허먼 멜빌

17 세계문학 단편선

허먼 멜빌

김훈 옮김

H
현대문학

차례

바틀비 · 7

꼬끼오! 혹은 고귀한 수탉 베네벤타노의 노래 · 67

베니토 세레노 · 107

총각들의 천국과 처녀들의 지옥 · 239

피뢰침 판매인 · 279

사과나무 탁자 혹은 진기한 유령 출몰 현상 · 295

선원, 빌리 버드 · 333

옮긴이의 말 저주받은 시대, 저주받은 한 작가의 초상 · 461

허먼 멜빌 연보 · 467

바틀비

Bartleby, the Scrivener

: A Story of Wall-Street

나는 나이가 지긋한 축에 드는 사람이다. 지난 30년 동안 한 일들로 인해 나는 자연히 흥미롭고 좀 이상한 사람들, 내가 알기로 지금까지 기록에 오른 적이 전혀 없는 사람들과 자주 접해 왔다. 곧 법률서기 같은 이들과. 나는 개인적으로나 직업상으로 그런 이들을 아주 많이 알고 있으며, 따라서 마음만 내키면 그 사람들 몇몇의 개인사를 얼마든지 들려줄 수도 있다. 선량한 신사라면 빙긋이 웃고, 다정다감한 이라면 눈물을 흘릴 법한 이야기들이다. 하지만 내가 직접 보거나 이야기를 들은 법률서기들 중에서 가장 괴상한 사람인 바틀비의 삶에 관한 몇 대목을 이야기하기 위해 다른 서기들의 이야기는 접어 두려 한다. 한데 다른 서기들이라면 완벽한 일대기를 쓸 수 있는 반면 바틀비에 관해서는 그럴 수가 없다. 이 사람에 관한 완전하고 만족스러운 전기를 쓸 만한 자료 같은 것은 없는 듯싶다. 이는 돌이킬 수 없는 문학적 손실이다. 바틀비는 직접적이고 원천적인 자료들을 통해서 파악하고 있는 것 말고는 아무것도 알 수 없는 사람들 중의 하나였으며, 그의 경우에는 그나마도 거의 없는 편이다. 바틀비에 관해서 알고 있는 **것이라고는** 다음에 소개할 모호한 전말기 말고는 내가 놀라서 휘둥그레진 눈으로 직접 목격한 것이 전부일 뿐이다.

그 서기가 처음 내 앞에 나타났을 때의 이야기를 하기에 앞서 나 자신과 내가 고용한 직원들, 내가 하는 일, 사무실, 전반적인 주위 환경부터 이야기하는 것이 좋을 듯하다. 미리 설명을 좀 들어야 앞으로 소개할 주인공을 제대로 이해할 수 있기 때문이다. 나는 젊은 시절부터 쉽게 쉽게 사는 것이 최고라는 뿌리 깊은 확신을 가진 사람이다. 따라서 나는 에너지가 넘치고 팽팽한 긴장이 어려 있어 가끔 시끌벅적한 소란이 이는 것으로 소문난 직종에 속해 있지만, 그런 일들로 마음의 평화가 깨진 적은 한 번도 없었다. 나는 배심원들 앞에서 화려한 변론을 펼치거나 어떤 식으로든 대중의 박수갈채를 이끌어 낼 생각이 전혀 없는 야심 없는 변호사로, 그저 고즈넉한 평화가 깃든 안온한 은신처에서 부자들의 채권과 저당권, 등기권리증을 취급하는 은밀한 업무에 종사하는 사람이다. 나를 알고 있는 사람들은 하나같이 나를 아주 믿을 만한 사람으로 여긴다. 시적인 열정 같은 것은 거의 없던 고故 존 제이컵 애스터*는 내 으뜸가는 장점은 신중함이요, 다음으로는 체계적이라는 점을 꼽을 수 있다고 주저 없이 단언했다. 허영심에 사로잡혀서 이런 말을 하는 것은 아니다. 나는 그저 고 존 제이컵 애스터에게

* 모피 왕이자 자선사업가로, 생전에 미국에서 가장 부유한 사람으로 알려진 인물이다.

10

서 일을 의뢰받지 못한 적은 한 번도 없었다는 사실을 있는 그대로 이야기할 뿐이다. 솔직히 말해서 나는 그의 이름을 거듭 되뇌기를 좋아한다. 그 이름을 발음하면 둥글게 구르는 듯한 소리가 나는 것이 꼭 금괴의 울림 같다. 터놓고 한 마디 더 덧붙이자면, 나는 고 존 제이컵 애스터가 내린 좋은 평가를 속으로 은근히 즐겼다.

이 짧은 이야기가 시작되기 얼마 전에 내가 하는 일의 가짓수가 크게 불어났다. 지금은 뉴욕 주에서 사라지고 없는 형평법재판소의 주사主事 자리가 내게 돌아왔기 때문이다. 일은 별로 힘들지 않으면서 보수는 꽤 두둑한 자리였다. 나는 화내는 일이 드물고 불의나 무례함에 과도하게 분노하는 경우는 더더욱 없는 사람이지만, 여기에서만은 평소의 삼가는 태도를 버리고 한마디 분명하게 짚고 넘어가고 싶다. 나는 새로운 주州 헌법에 의거해서 형평법재판소 주사직을 하루아침에 단칼에 쳐내 버린 것은 때 이른 졸속적인 처사였다고 생각한다. 나는 종신소득을 보장받으리라 기대했는데 그 때문에 몇 년 치의 소득을 얻는 것으로 그쳤기 때문이다. 하지만 이건 여담에 불과하다.

내 사무실은 월 가 ××번지 건물 2층에 자리 잡고 있었다. 사무실의 한끝에서는 건물의 맨 밑에서 꼭대기까지 수직으로 관통하고 천장에 채광창이 난 넓은 환기통로의 하얀 내벽이 내다보였다.

이것은 풍경화가들이 '생명'이라고 부르는 것이 결여된 삭막한 풍경이라 할 만했다. 한데 사무실 다른 한끝으로 내다보이는 풍경은 반대쪽과 크게 다를 것이 없긴 하지만 적어도 대조적인 모습을 보여 주기는 했다. 그쪽 창밖으로는 세월의 흐름과 영원한 그늘로 검게 변색된 높은 벽돌 벽이 고스란히 내다보였다. 그 벽의 은밀한 아름다움을 완상하기 위해 굳이 쌍안경을 동원할 필요까지는 없었다. 벽은 근시안인 사람들도 쉽게 볼 수 있을 정도로, 우리 사무실 창문에서 불과 3미터밖에 되지 않는 곳까지 바싹 다가와 있었기 때문이다. 주위의 건물들이 워낙 높은 데다 우리 사무실은 2층에 있어서 그 벽과 우리 사무실 사이의 공간은 거대한 사각형 물탱크를 연상시켰다.

바틀비가 출현하기 직전 무렵에 우리 사무실에는 법률서류들을 베끼는 일을 하는 사람 둘과 사환 일을 하는 장래가 유망한 소년이 하나 있었다. 터키, 니퍼스, 진저너트*라는 그들의 이름은 인명부에서 좀처럼 보기 힘든 것들이다. 사실 이는 세 직원이 서로에게 붙여 준 별명으로, 각자의 사람됨이나 개성을 반영한 것으로 보인다. 터키는 키가 작고 늘 숨을 씩씩거릴 정도로 뚱뚱한 영국인으로, 나이는 나랑 비슷해서 예순 살에 가까웠다. 아침이면 그의 얼굴은 혈색 좋은 사람처럼 발그레했지만, 그의 점심 식사 시간인 정오가 지나고 나면 크리스마스 때 석탄으로 가득 찬 벽난로처럼 벌겋게 타올랐으며, 그렇게 이글거리던 안색은 오후 6시쯤에 이를 때까지 줄곧 빛을 잃어 갔다. 그리고 그 시간 뒤에는 그 얼굴의 임자를 더 이상 볼 수 없었다. 그 얼굴은 태양과 함께 정점에 이르렀다가 태양과 함께 졌다. 이튿날에도 규칙적으로 운행하면서 제 빛을 잃지 않는 광영과 더불어 다시 떠올라서 천공의 꼭대기에 이르렀다가 이울어 가는 얼굴. 나는 평생에 걸쳐 괴이한 우연의 일치를 많이 겪었지만, 그중에서도 압권이라 할 만한 것은 터키의 안색이 벌겋게 작열하는 바로 그 순간부터 그의 업무 능력에 심각한 장애가 오는 것으로 보이는 시간대가 시작된다는 사실이었다. 그가 아무 하는 일 없이 빈둥거린다거나 업무를 거부하는 것은 아니

* 셋 다 먹을거리와 관련되어 있다. '터키'는 칠면조, '니퍼스'는 게나 바닷가재의 집게발, '진저너트'는 생강과자를 의미한다.

었다. 그런 경우들과는 거리가 멀었다. 문제는 대체로 과도하게 원기왕성해지는 경향이 있다는 점이었다. 그는 쉽게 흥분했다가 허둥댔다가 들떠서 분별없는 짓을 저지르는 식의 이상한 모습을 보였다. 그럴 때는 잉크스탠드에 펜을 함부로 찍어 댔다. 그가 내 법률서류들에 떨어뜨린 잉크 얼룩들은 하나같이 점심시간 이후에 생겼다. 오후만 되면 부주의하게 행동하는 바람에, 유감스럽게도 서류에 얼룩을 만드는 데 그치지 않고 시끄럽게 난리를 치기도 했다. 그럴 때도 역시 그의 얼굴은 마치 무연탄 위에 촉탄*을 부은 것처럼 이글이글 타올랐다. 그는 의자로 불쾌한 소음을 내고, 모래상자**의 모래를 엎지르고, 깃털펜 끝을 다듬다가 인내심을 잃고 여러 조각을 내 버리고는 벌컥 성을 내면서 바닥에 내동댕이쳤으며, 자리에서 일어나 책상 위에 몸을 잔뜩 굽히고 서류들을 함부로 이리저리 거칠게 뒤적였다. 그처럼 나이 든 사람이 그러는 꼴을 보는 것은 여간 유감스러운 일이 아니었다. 하지만 그는 내게 여러모로 큰 도움이 되고 정오의 점심시간 전까지는 늘 더없이 빠르고 견실한 일솜씨를 보여 주는 데다, 누구도 쉽게 흉내 내기 어려울 만큼 능숙한 솜씨로 많은 일을 해냈다. 그러므로 나는 그의 괴팍한 짓들을 기꺼이 눈감아 주긴 했지만 가끔은 충고를 하기도 했다. 하지만 그럴 때도 아주 부드럽게 했다. 그가 오전에는 더없이 정중한 사람, 아니, 더없이 온화하고 공손한 사람이지만 오후에는 뭐라고 한마디라도 할라치면 퉁명스럽게 반응하는 경향이 있었기 때문이다. 사실은 무례하게 맞받아친다고 해야 옳을 것이다. 한번은 그가 오전에 해내는 일들을 여느 때처럼 높이 평가하고 그런 이득을 잃지 않도록 하

* 기름과 가스를 다량 함유한 석탄.
** 옛 시절에, 잉크를 말리기 위해 뿌리는 모래를 담은 상자.

자고 마음먹고 있는 상태였음에도, 12시가 지나기만 하면 쉽게 흥분하고 성내는 그의 버릇에 그만 기분이 언짢아졌다. 나는 평화를 좋아하는 사람인 터라 괜히 그에게 충고를 해서 퉁명스러운 말대꾸를 불러일으키고 싶지 않았지만, 어느 토요일 정오(그는 토요일만 되면 늘 상태가 더 나빠졌다)에 그에게 가급적 부드러운 어조로 넌지시 이제 나이도 들고 했으니 근무시간을 줄이는 편이 좋지 않겠느냐는 식의 이야기를 건네기로 결심했다. 요컨대 12시 이후 식사를 마친 뒤에는 사무실로 오지 말고 집에 가서 오후의 티타임 때까지 편안하게 쉬는 것이 좋겠다는 이야기를. 하지만 대답은 "아니요"였다. 그는 오후에도 내게 헌신해야 한다고 주장했다. 그가 긴 자로 사무실의 다른 한끝을 향해 삿대질하면서, 웅변조로 자신이 오전에 나를 위해서 하는 일이 도움이 된다면 오후에는 그 얼마나 더 도움이 되겠느냐고 단언하는 동안 그의 얼굴은 시뻘겋게 달아올랐다.

"죄송합니다만, 저는 제가 변호사님의 오른팔이라고 여기고 있습니다. 오전에는 부대를 정렬시키고 전개시킬 뿐이며, 오후에는 제가 선두에 나서서 적군을 향해 용감하게 돌격합니다, 이렇게." 그러면서 그는 긴 자로 허공을 맹렬히 찔러 댔다.

나는 슬쩍 한마디 했다. "하지만 터키, 잉크 얼룩들이,"

"그렇죠. 한데 죄송합니다만, 이 머리 좀 보세요! 저는 자꾸 나이 들어 가고 있습니다. 더운 오후에 잉크 한두 방울을 떨어뜨린다고 해서 이 머리를 자꾸 더 세게 해서는 안 될 일이죠. 비록 서류에 얼룩을 만들기는 하지만 노년의 나이는 존중받아 마땅하다고 생각합니다. 죄송합니다만 우리는 함께 늙어 가고 있는 처지입니다."

내 동료의식을 자극하는 이런 호소에는 도저히 버텨 낼 재간이 없었다. 아무튼 나는 그가 일찍 퇴근하는 일은 없으리라는 점을 잘 알았다. 그리하여 나는 그를 그대로 내버려 두자고 마음먹기는 했지만, 오후 시간에는 반드시 그에게 덜 중요한 서류만 맡겨야 한다고 다짐하는 것으로 결론 내렸다.

내 직원명부에서 두 번째 자리를 차지하고 있는 니퍼스는 칙칙해 뵈는 얼굴 양옆에 구레나룻을 기르고 있어 대체로 해적처럼 보이는 스물다섯 살가량의 청년이었다. 나는 그를 늘 야심과 소화불량이라는 두 가지 사악한 힘의 희생자로 여겼다. 그 야심은 자신이 고작 서류 베끼는 일을 하는 직원에 불과하다는 데 짜증을 내고, 법률서류 원본 작성이라는 고도로 전문적인 업무 영역을 함부로 침범하는 데서 드러났다. 소화불량은 가끔 신경질적으로 짜증을 내거나 이를 꼭 물고 빈정거리는 듯한 표정을 하고 있는 바람에 필사하다가 실수를 할 때마다 이를 가는 소리가 들리는 데서 드러났다. 그는 필사하는 일에 한참 열을 내는 동안에도 불필요한 욕설을 나직하게 쉭쉭 뱉어 내곤 했다. 자신이 일하는 책상의 높이가 마음에 들지 않을 때 이런 버릇은 특히 더 심해졌다. 니퍼스는 대단히 정교한 물리적 변경을 꾀하곤 했지만 끝내 그 책상을 자기 마음에 들게 조정하지는 못했다. 책상 밑에 나무 도막이나 온갖 종류의 벽돌, 두꺼운 판지 조각 등을 끼워 넣은 뒤 마지막으로 압지를 접어 미세하게 조정을 해 보기까지 했다. 하지만 어떤 방법도 소용이 없었다. 그는 등을 편하게 하려고 책상 뚜껑을 턱에 닿을 만큼 급경사가 지게 올려놓은 뒤 마치 네덜란드식 가파른 지붕을 책상으로 사용하는 사람처럼 거기에 서류를 놓고 글을 쓰다가는 팔에 피가 통하지 않는다고 소리쳤다. 그다음에는 책상을 자기 허리띠 높이까지 낮춰 놓고 허리를 잔뜩 숙이고 글을 쓰더니만 등이 쑤신다고 투덜댔다. 요컨대 그 문제의 진실은 니퍼스가 자신이 뭘 원하는지 모른다는 데 있었다. 그가 참으로 원하는 것이 있다면 그것은 서기의 책상을 완전히 없애 버리는 것이었다. 그의 병적인 야심은 그가 추레한 외투 차림을 한 정체불명의 사람들이 찾아오는 것을 좋아하는 데서도 드러났다. 그는 그 사람들을 자기 고객이라고 했다. 사실 나는 그가 때로 구구의 정치꾼으로 상당한 영향력을 행사할 뿐만 아니라 이따금 법원에서 약간의 거래도 해서 툼스 교도소*의 계단에서는 나름대로 알려진 인물이라는 사실을 알고 있었다. 하지만 나는 우리 사무실로 그를 찾아온 어떤 사람, 그가 잔뜩 뻐기는 투로 자기 고객이라고 주장한 사람이 사실은 빚 받아 내는 일을 하는 이에 불과하고, 그가 등기권리증이라고 주장한 것이 실은 어음에 지나지 않는다고 믿을 만한 충분한 근거를 갖고 있었다. 그러나 니퍼스는 나를 불쾌하고 곤혹스럽게 만드는 온갖 결점에도 불구하고 본인의 동료 터키처럼 내게 아주 쓸모 있는 사람이었다. 그는 신속하고 깔끔하게 글을 썼으며, 마음만 내키면 어디 하나 흠잡을 데 없는 신사처럼 처신했다. 게다가 그는 늘 신사처럼 차려입고 다녀 그 덕에 우리 사무실의 평판을 더 좋게 하는 역할도 했다. 반면 터키의 경우에는 내게 나쁜 평판을 안겨 주는 일이 없게끔 옷차림에 많은 신경을 써야 했다. 그의 옷은 대체로 기름에 전 것처럼 번들번들했고, 툭하면 식당의 음식 냄새가 풍기곤 했다. 여름이면 자루처럼 헐렁한 바지를 입고 다녔다. 외투는 꼴사나워 보였고, 모자는 손대기도 싫을 지경이었다. 하지만 그는 내게 고용된 영국인답게 사무실에 들어올 때마다 의당 예의와 존경의 표시로 늘 모자를 벗

---

* 1830년대에 인기 있었던 이집트 건축 양식을 모방하여 뉴욕 시에 지은 교도소.

었기에 내게 그것은 별문제가 되지 않았다. 하지만 외투의 경우에는 이야기가 달랐다. 나는 그의 외투에 관해서 몇 차례 알아듣게 이야기해 봤지만 아무 소용이 없었다. 내가 생각하기에 그렇게 적은 수입으로 살아가는 사람이 윤기 흐르는 얼굴과 근사한 외투를 동시에 선보일 능력을 갖추기는 아무래도 어려울 것 같았다. 니퍼스가 전에 한 번 이야기했던 것처럼 터키는 버는 돈의 상당 부분을 붉은 잉크*값으로 썼다. 어느 겨울날 나는 터키에게 꽤 고상해 보이는 내 외투를 선물로 줬다. 속에 패드를 대서 푹신하고 아주 따뜻하며 무릎에서 목까지 단추를 채우는 외투였다. 나는 터키가 내 호의에 감사해하면서 오후의 거칠고 무례한 행동을 좀 삼가려 들 것이라 기대했다. 한데 아니었다. 나는 그렇게 솜털처럼 포근하고 담요처럼 따뜻한 외투를 걸치고 단추를 든든히 채우고 다니는 것이 그에게 좋지 않은 영향을 미쳤다고 확신하고 있다. 그것은 말에게 귀리를 너무 많이 주면 좋지 않은 것과 같은 이치이다. 사실 거칠고 주인 말을 잘 듣지 않는 말을 일러 "귀리의 영향을 받았다"**고 하는 것과 똑같이 터키도 그 외투의 영향을 받았다. 그것은 그를 거만하게 만들었다. 그는 유복함이 해가 되는 사람이었다.

터키의 방종한 습관들에 대해서는 그저 나 나름의 개인적인 추측을 하는 정도였지만, 니퍼스의 경우에는 다른 여러 가지 면에서 허물이 좀 있다 해도 술만큼은 절제할 줄 아는 젊은이라는 확신이 있었다. 하지만 사실은 자연 그 자체가 그를 빚어낸 포도주 양조업자 같았다. 그는 나중에 커서 술을 마실 필요가 없을 만큼 태어날 때부터 브랜디처

---

* 레드와인.
** feel one's oats. 의역하면 '잘난 체하다'라는 뜻을 가진 관용어이다.

럼 독하고 성마른 기질로 잔뜩 채워져 있었다. 니퍼스는 조용한 사무실에서 가끔 뭔가 견딜 수 없다는 듯이 자리에서 벌떡 일어나, 책상 위로 상체를 잔뜩 숙이고 양팔을 넓게 벌려 책상 전체를 움켜쥐고는 험악한 기세로 이리저리 움직이거나 뒤흔들어 댈 때가 있었다. 마치 책상이 자신을 좌절시키고 괴롭히려는 의도를 지닌 심술궂은 자유행위자라도 되는 양 그것을 바닥에 대고 갈아 버리기라도 할 것 같은 기세였다. 이런 경우를 생각해 볼 때 니퍼스에게 물 탄 브랜디 같은 것은 전혀 필요치 않음이 분명했다.

소화불량이라는 별난 증상 때문에 일어나는 니퍼스의 성마름과 그에 따른 신경질은 주로 오전에만 나타났고, 오후에는 비교적 조용하게 지내는 것이 내게는 여간 다행이 아니었다. 터키의 발작은 12시경 이후에만 일어나므로 나는 두 사람의 괴상한 짓거리들을 동시에 겪지 않아도 되었다. 그들의 발작은 보초들이 교대하는 것처럼 번갈아 나타났다. 니퍼스가 발작을 하면 터키는 조용했고, 터키가 발작을 하면 니퍼스는 조용했다. 우리가 처한 상황에서 그것은 아주 적절하고 자연스러운 조정이었다.

내 직원명부에서 세 번째 자리를 차지하고 있는 진저너트는 열두 살 어름의 소년이었다. 아이의 아버지는 마부로, 살아생전에 아들이 마차가 아니라 재판관석에 앉는 걸 간절히 보고 싶어 했다. 그리하여 그는 심부름을 하고 청소도 하면서 법률을 배우게 하려고 일주일에 1달러를 받는 조건으로 아들을 우리 사무실에 보냈다. 아이는 작은 책상을 배정받았지만 그것을 사용하는 일은 별로 없었다. 서랍을 열어 보면 다양한 종류의 견과류 껍질들이 잔뜩 널려 있었다. 사실 반지빠른 이 아이에게는 법률이라는 고상한 학문 전체가 견과 껍질 하나 속에*

다 담겨 있었다. 진저너트가 하는 일들 중에서 적지 않은 비중을 차지하고 또 신속 정확하게 이행하는 일은 터키와 니퍼스에게 과자와 사과를 사다 주는 것이었다. 법률서류를 베끼는 일이라는 것이 원래 건조하고 딱딱하기로 소문난 일이어서 우리의 두 서기는 세관과 우체국 근방에 늘어서 있는 노점에서 파는 스피첸버그**로 입을 자주 적시고 싶어 했다. 두 사람은 또 작고 납작하고 둥글고 맵싸한 그 색다른 과자도 사 오게 했고, 바로 그 때문에 아이에게 진저너트라는 별명을 붙여 줬다. 하는 일이 아주 따분하고 지루하게 느껴지는 추운 날 오전이면 터키는 1페니에 여섯 개에서 여덟 개가량 주는 그 과자가 마치 웨이퍼***라도 되는 양 몇십 개를 게걸스럽게 먹어 치웠고, 그 바람에 그의 입속에서 과자가 바삭바삭 부서지는 소리와 그가 펜을 긁어 대는 소리가 뒤섞여 들려오곤 했다. 터키가 오후만 되면 불같이 타올라서 저지르는 큰 실수나 황당한 짓들 중에는 그 과자를 입술 사이에 물고 침을 적신 뒤 봉인을 한답시고 저당서류에 탁 내리쳐 붙인 일도 포함되어 있었다. 그때 나는 하마터면 그를 해고할 뻔했다. 하지만 그가 동양식으로 공손히 허리 숙여 절하면서 이렇게 말하는 바람에 마음이 누그러졌다.

"죄송합니다만, 편지지들은 제가 마음을 내어 제 돈으로 산 것이랍니다, 변호사님."

이즈음 형평법재판소 주사직을 받아들이면서 내 본래 업무, 곧 양도증서 작성, 부동산 권리증서 검증, 온갖 종류의 난해한 서류 작성과 관

---

* in a nutshell. '아주 간단하게', '단 한 마디로'를 뜻하는 관용어.
** 뉴욕 주에서 많이 재배되는, 여름에 익는 미국 사과.
*** 종잇장처럼 얇고 바삭바삭한 과자.

련된 일이 크게 불어났으며, 자연히 서기들이 할 일도 많아졌다. 나는 이미 있는 서기들을 독려하는 한편으로 새 인원을 하나 더 추가해야 했다.

어느 날 아침, 내가 낸 광고를 보고 한 젊은이가 우리 사무실을 찾아와 여름이라 활짝 열려 있던 문 앞에 조용히 섰다. 그 모습은 지금도 눈에 선하다. 푸르스름한 빛이 돌 만큼 말끔하고, 딱한 느낌이 들 만큼 예의 바르고, 누구도 어떻게 해 줄 수 없을 만큼 쓸쓸해 뵈는! 그가 바로 바틀비였다.

나는 그의 자격과 업무 능력에 관해 잠시 이야기를 나눈 뒤 그를 채용했다. 나는 유달리 조용해 뵈는 사람을 충원하게 되어 은근히 기뻤다. 나는 그가 터키의 변덕스러운 기질과 니퍼스의 격렬한 기질에 좋은 영향을 미치리라 기대했다.

미리 이야기했어야 하는데 깜박 잊고 넘어간 것이 하나 있다. 우리 사무실은 젖빛유리로 된 접이문으로 나뉘어 있었고, 그중 한쪽은 직원들이, 다른 한쪽은 내가 썼다. 나는 내 기분에 따라서 그 문을 열어 놓기도, 닫아 놓기도 했다. 나는 바틀비를 내가 쓰는 방 접이문 곁 구석 자리에 앉히기로 했다. 자잘한 일들을 시키기 위해 쉽게 부를 수 있는 곳에 이 조용한 사람을 배치하기 위해서였다. 그의 책상은 작은 곁창 가까운 곳에 놓게 했다. 원래 그 창으로는 칙칙한 뒤뜰과 벽돌들이 내다보였지만 잇따라 건물들이 올라서는 바람에 지금은 아무것도 보이지 않고 약간의 빛만 새어 들어왔다. 창문에서 1미터도 채 떨어지지 않은 곳을 벽이 가로막고 있어서, 마치 돔의 작은 틈을 비집고 들어온 빛처럼 아득히 높은 곳, 두 개의 높은 건물 사이로 빛이 떨어져 내려왔다. 나는 자리를 좀 더 만족스럽게 배치하기 위해 높은 초록색 칸막이 커튼을 들여왔다. 그것은 내 목소리를 바틀비에게 잘 전하면서도 바틀비를 내 시야에서 완전히 가려 주는 역할을 했다. 그렇게 해서 프라이버시와 어울림의 분위기가 공존하는 모양새가 그런대로 갖춰졌다.

처음에 바틀비는 엄청나게 많은 양의 서류를 베껴 썼다. 그는 베껴 쓰는 일에 오래도록 굶주리기라도 한 사람처럼 내 서류들을 허겁지겁 집어삼켰다. 소화하기 위해 잠시 쉬지도 않았다. 낮에는 햇빛에, 밤에는 촛불 빛에 의지해서 줄곧 내달렸다. 그가 환한 표정으로 열심히 일했다면 나는 그의 근면함에 무척이나 기뻤을 것이다. 하지만 그는 조용히, 무미건조하게, 기계적으로 일했다.

법률서기가 꼭 해야 할 일들 중의 하나는 자신이 베낀 서류를 한 자 한 자 꼼꼼하게 확인하는 일이다. 한 사무실에 서기가 둘 이상 있으면, 한 사람은 사본을 소리 내어 읽고 다른 한 사람은 그것을 원본과 대조하는 식으로 서로 도와 가며 검증 작업을 한다. 그것은 아주 따분하고 지겹고 맥 빠지는 일이다. 쾌활하고 활달한 사람에게는 참으로 견디기 힘든 일임을 쉽게 짐작할 수 있을 것이다. 예컨대 혈기 왕성한 시인 바이런이 바틀비와 함께 앉아 구불구불한 글씨체로 빽빽하게 쓴 법률 서류 500쪽을 즐겁게 대조하는 작업을 했다고 한다면, 나는 그 이야기를 믿지 않을 것이다.

이따금 일을 급하게 처리해야 할 때면 나는 터키나 니퍼스를 불러 간단한 서류를 대조하는 작업을 직접 거들곤 했다. 내가 바틀비를 칸막이 커튼 뒤, 나와 아주 가까운 자리에 앉혀 놓은 것은 바로 그런 자잘한 일들을 처리할 때 그의 도움을 받기 위해서였다. 그날은 아마 그가 우리 사무실에서 일한 지 사흘째 되던 날이었을 것이다. 그가 자신이 쓴 서류들을 대조해 봐야 될 필요성이 있기 전이었다. 나는 한 가지 작은 일을 급하게 마무리해야 해서 불쑥 바틀비를 불렀다. 마음이 급한 데다 그가 즉각 내 요청에 응하리라 생각했기에 나는 책상 앞에 앉아 원본 쪽으로 고개를 숙이고 약간 긴장된 자세로 필사본을 쥔 오른손을 옆으로 뻗었다. 바틀비가 자신의 은신처에서 나오자마자 즉각 그것을 낚아채 지체 없이 대조 작업에 들어갈 수 있게 하려는 뜻에서였다.

나는 그런 자세로 앉아서 그를 부른 뒤 어떤 일을 해야 하는지 빠르게 말했다. 양이 얼마 되지 않는 서류를 나와 함께 대조하는 작업을 하자고. 한데 바틀비가 자신의 은신처에서 꼼짝하지 않은 채 이상하리만치 상냥하면서도 단호한 목소리로 "하지 않는 게 좋겠습니다"*라고 대답했을 때 내가 얼마나 놀랐을지, 아니, 얼마나 섬뜩했을지는 상상에 맡긴다.

나는 충격을 받아 얼얼해진 정신을 수습하면서 잠시 더없이 고요한 가운데 묵묵히 앉아 있었다. 이내 내가 뭘 잘못 들었거나 바틀비가 내 말뜻을 완전히 잘못 이해한 것이라는 생각이 들었다. 나는 최대한 또박또박한 말투로 방금 전에 한 요구를 반복했다. 하지만 그에 못지않게 분명한 어조로 같은 답이 돌아왔다. "하지 않는 게 좋겠습니다."

나는 몹시 흥분해서 자리에서 일어나 성큼성큼 실내를 가로지르면서 그의 대답을 반복했다. "하지 않는 게 좋겠다니. 그게 무슨 뜻인가? 자네, 머리가 어떻게 된 건가? 나는 자네가 여기 이 서류를 대조하는 일을 도와줬으면 해. 자, 받아." 그러면서 서류를 그에게 들이밀었다.

그는 말했다. "하지 않는 게 좋겠습니다."

* I would prefer not to.

나는 그를 뚫어지게 쳐다봤다. 그는 별다른 표정 없는 차분한 얼굴을 하고 있었고, 회색 눈은 어슴푸레한 고요함 속에 가라앉아 있었다. 심적인 동요를 알려 주는 주름살 하나 꿈틀거리지 않았다. 그의 태도에서 일말의 불쾌감, 분노, 짜증, 건방진 기색이 엿보였다면, 달리 말해 여느 인간다운 요소가 조금이라도 엿보였다면, 나는 분명 그를 난폭하게 사무실 밖으로 내쫓았을 것이다. 하지만 곧, 그래 봤자 키케로의 허연 석고 흉상 같은 것을 문밖으로 내던져 버리는 것이나 다름없다는 생각이 들었다. 나는 잠시 그를 물끄러미 응시하며 서 있었고, 그는 글 쓰는 일을 계속했다. 이윽고 나는 내 자리로 돌아와 앉았다. 참 이상한 일이라는 생각이 들었다. 어떻게 하면 좋을까? 하지만 업무가 바빠 그 문제는 일단 유보해 두고 다음에 한가할 때 처리하기로 했다. 그리하여 다른 방에 있는 니퍼스를 불러 신속하게 대조 작업을 했다.

그러고 나서 며칠 뒤 바틀비는 기나긴 서류 네 부를 필사하는 작업을 끝마쳤다. 그것은 형평법재판소에서 내가 청취한 일주일 치의 증언을 네 번씩이나 베껴 쓰는 일이었다. 사정상 그 서류들을 일일이 대조해 봐야 했다. 중요한 소송이라 매우 정확히 처리해야 하는 일이었기 때문이다. 나는 네 직원에게 사본 한 부씩을 맡기고, 나는 원본을 읽을 생각을 하고는 모든 준비를 끝마친 뒤 옆방에 있는 터키, 니퍼스, 진저너트를 불렀다. 터키, 니퍼스, 진저너트가 사본 한 부씩을 들고 나란히 앉은 뒤, 나는 바틀비를 이 흥미로운 모임에 끼게 하기 위해 오라고 했다.

"바틀비! 어서 와. 기다리고 있잖나."

카펫이 깔려 있지 않은 맨바닥에서 그의 의자 다리가 천천히 밀려나는 소리가 났다. 곧이어 그가 자신의 은신처 입구에 나타나 멈춰 섰다.

그가 상냥한 어조로 물었다. "무슨 일 때문에 그러시나요?"

나는 급하게 말했다. "사본, 사본 때문에. 이제 사본들을 대조해 볼 참이야. 자, 여기." 나는 그에게 네 번째 사본을 내밀었다.

"하지 않는 게 좋겠습니다." 그는 그렇게 말하고는 조용히 커튼 뒤로 사라져 버렸다.

직원들이 차례로 늘어앉아 있는 탁자의 상석에서 나는 잠시 소금 기둥이 되어 버렸다.* 이윽고 정신이 든 나는 커튼 쪽으로 다가가 그렇게 터무니없는 행동을 하는 이유를 물었다.

"어째서 거부하는 거지?"

"하지 않는 게 더 좋을 것 같아서요."

다른 사람이었다면 나는 곧바로 무서운 격노에 휩싸여 그가 무슨 말을 하든 그냥 깔아뭉개고 굴욕스럽게 내쫓았을 것이다. 하지만 바틀비에게는 이상하게도 나를 무장 해제 시킬 뿐 아니라 놀라우리만치 내 마음을 움직이고 당혹스럽게 하는 뭔가가 있었다. 나는 그가 알아듣게 이야기하기 시작했다.

"우리가 대조해 보려는 이 서류들은 자네가 베낀 거야. 자네로서는 수고를 더는 일이 되지. 한 번에 네 부의 사본을 대조하게 되니까. 이건 통상적으로 하는 일이야. 모든 서기들은 자신이 베낀 서류의 대조 작업을 도와줄 의무가 있어. 그렇지 않은가? 말을 하지 않을 셈인가? 대답해 봐!"

"하지 않는 게 좋겠습니다." 그는 피리 같은 목소리로 말했다. 내가

---

* 롯의 고집 센 아내가 맞은 결말. 『창세기』 19장 26절.

말하는 동안 그는 내 모든 말을 하나하나 조심스럽게 되씹고 있는 듯했다. 그 뜻을 충분히 이해하고 너무도 당연한 그 결론을 부정하지 못하는 것처럼 보였다. 그러나 그와 동시에 그보다 더 중요한 어떤 이유 때문에 그런 식으로밖에 말할 수 없는 것도 같았다.

"그럼 자네는 내 요구에, 통상적인 관례와 상식에 따른 요구에 응하지 않기로 결심한 건가?"

그는 그 점에 관해서는 내가 제대로 판단한 것 같다고 간단히 말했다. 응하지 않기로 했다고. 그의 결심은 뒤집을 수 없는 것이었다.

사람이 전례가 없는 데다 도무지 이치에 맞지 않는 방식의 위협을 받으면 자신이 지닌 너무나 자명한 확신마저도 흔들리기 시작하는 경우가 간혹 있는데, 이 경우가 바로 그랬다. 이를테면 자신의 확신이 제아무리 훌륭하다 해도 모든 정의와 이치가 그 반대편에 있을지도 모른다는 막연한 의심이 들기 시작하는 것이다. 그러면 그 사람은 그 건과 무관한 제삼자들이 곁에 있을 때는 그들에게 의지하여 흔들리는 마음을 다잡으려 들게 마련이다.

"어떻게 생각해요, 터키? 내가 잘못한 건가요?"

터키는 더없이 부드럽게 말했다. "감히 말씀드리자면, 저는 변호사님이 옳다고 생각합니다."

"니퍼스, **자네**는 어떻게 생각하나?"

"저는 저자를 사무실에서 내쫓아야 한다고 생각합니다."

(이해력이 좋은 독자라면 이때가 오전 중이라 터키의 대답은 공손하고 차분하지만 니퍼스의 대답은 성마르다는 사실을 알아차릴 것이다. 다시 말해 니퍼스는 고약한 기분 상태가 발동 중이었고, 터키의 그것은 쉬고 있었다.)

나는 무시하고 넘어가도 좋을 사람조차도 내 편으로 끌어들이고 싶어서 한 번 더 물었다. "너는 어떻게 생각하니, 진저너트?"

진저너트가 씩 웃으면서 말했다. "저는 저분의 머리가 살짝 **돌았다**고 생각합니다."

나는 커튼 쪽으로 돌아서서 말했다. "이 사람들이 말하는 것을 들었을 테니 이리 와서 자네가 해야 할 일을 하게나."

하지만 그분은 어떤 대답도 내려 주지 않으셨다. 나는 당혹감과 쓰라린 기분으로 잠시 생각에 잠겼다. 하지만 이번에도 역시 바쁜 업무에 쫓겼다. 나는 또다시 한가한 시간에 이 딜레마를 해결할 방도를 찾아보기로 하고 그냥 넘어갔다. 약간 어려움이 있기는 했지만 우리는 바틀비 없이 사본 대조 작업을 그럭저럭 끝마쳤다. 하지만 그 과정에서 터키는 한두 쪽을 대조할 때마다 공손한 어조로 이것이 상례에서 크게 벗어난 조처라는 의견을 넌지시 내비치곤 했다. 반면 니퍼스는 소화불량으로 신경이 과민해진 나머지 의자에서 연신 몸을 뒤틀고, 앙다문 이 사이로 커튼 뒤의 완강한 천치를 욕하고 저주하는 소리를 쉭쉭 뱉어 냈다. 자신의 입장에서는 대가도 받지 않고 다른 사람의 일을 대신 해 주는 것은 이번이 처음이자 마지막이 될 거라나.

그러는 동안 바틀비는 자신의 은신처에 앉아 모든 것을 잊고 자신이 하는 일에만 몰두했다.

며칠이 지났다. 그동안 바틀비는 모두 끝내는 데 긴 시간을 요하는 다른 일을 배정받았다. 그가 최근에 보인 괴이한 행동 때문에 나는 그의 거동을 주의 깊게 살펴봤다. 그리고 그가 한 번도 식사를 하러 나간 적이 없다는 사실을 알아차렸다. 사실 그는 어디에도 가지 않았다. 내가 알기로 그는 그때까지 단 한 번도 우리 사무실 밖으로 나간 적이 없었다. 그는 그 구석 자리의 영원한 초병이었다. 하지만 나는 오전 11시 경이 되면 진저너트가 바틀비의 칸막이 커튼 틈 쪽으로 다가가곤 한 다는 것을 눈치챘다. 바틀비가 내가 앉은 자리에서는 보이지 않는 어 떤 몸짓으로 조용히 아이를 불러들이는 듯했다. 그러면 아이는 몇 페 니의 동전을 짤랑거리면서 사무실을 떠났다가 생강과자를 한 움큼 들 고 다시 나타나 그 은신처에 전달하고 수고한 대가로 과자 두 개를 받 았다.

나는, 그럼 저 친구는 생강과자를 먹고 사는군, 하고 생각했다. 정확 히 말하자면 전혀 식사를 하지 않아. 그렇다면 채식주의자가 분명해. 아냐. 채소조차도 먹은 적이 없는걸. 그저 생강과자만 먹지. 그러고 나 서 내 마음은 생강과자만 먹고 사는 것이 바틀비의 인체 구조에 미쳤 을 가능성이 있는 영향에 관한 이런저런 몽상 속에 잠겼다. 생강과자 는 그 독특한 성분들 중의 하나로 생강이 들어가 있고 그것이 그 과자 의 결정적인 맛을 좌우하기에 그런 이름을 얻었다. 그런데 생강은 어 떤 것일까? 맵고 싸한 맛이 나지. 바틀비가 맵고 싸한 사람인가? 아니, 전혀. 그렇다면 생강은 바틀비에게 아무 영향도 끼치지 않은 셈이다. 아마 그가 생강의 영향을 전혀 받지 않는 쪽을 더 좋아해서* 그런가 보지.

소극적인 저항만큼 성실한 사람을 괴롭히는 것은 다시없다. 그런 식의 저항을 받는 사람이 무자비한 기질을 가진 사람이 아니고, 저항 하는 사람의 소극적인 태도가 아무 해도 끼치지 않는다면, 받는 사람 은 기분이 과히 나쁘지 않을 경우 자신의 머리로는 좀처럼 판단이 서

* 바틀비의 말 습관에 빗댄 표현이다.

지 않는 일에 대해 상상력을 동원해 너그럽게 해석해 보려고 애쓸 것이다. 이해하기 힘들기는 해도 대체로 나는 바틀비와 그의 행동 방식을 존중했다. 나는 생각했다. 가여운 사람 같으니! 악의가 있는 건 아냐. 의도적으로 오만 방자하게 구는 것도 아닌 건 분명해. 저 사람의 괴상한 행동이 본의에서 나온 게 아니라는 것은 얼굴만 봐도 알 수 있어. 저 사람은 내게 쓸모 있는 사람이야. 저 사람하고 잘 지낼 수 있어. 내가 쫓아내면 저 친구는 나보다 관대하지 못한 고용주 밑에 들어가 심한 대우를 받게 될 거야. 어쩌면 비참하게 굶주리게 될지도 몰라. 그래, 여기에서 나는 별다른 수고를 하지 않고도 자기 인정이라는 기분좋은 소득을 얻을 수 있어. 바틀비의 친구가 되어 주고, 그의 괴팍한 외고집에 장단을 맞춰 줘서 손해날 건 없을 거야. 그건 결국 내 양심에 달콤한 양식임이 입증될 것을 내 영혼에 쌓아 두는 셈이 되는 거지. 그러나 이런 기분이 늘 변함없이 지속되지는 않았다. 가끔 바틀비의 수동적인 태도에 짜증이 나기도 했다. 왠지 그와 또다시 맞서고 싶은, 그에게서 내 분노에 상응하는 분노의 불꽃을 이끌어 내고 싶은 묘한 충동 같은 것을 느끼기도 했다. 하지만 그런 것을 기대하느니 차라리 세숫비누에 손가락을 열나게 문질러 불을 일으키려고 시도해 보는 편이 더 나을 것이다. 한데 어느 날 오후 내 안의 사악한 충동이 나를 사로잡았고, 그 바람에 한바탕 소동이 벌어졌다.

"바틀비, 그 서류를 다 베끼고 나면 내가 자네와 함께 대조 작업을 할 거야."

"하지 않는 게 좋겠습니다."

"어째서? 설마하니 그 고집불통 같은 괴팍한 짓을 계속할 심산은 아니겠지?"

대답을 하지 않았다.

나는 곁에 있는 접이문을 활짝 열어젖히고 터키와 니퍼스 쪽으로 돌아서서 소리쳤다.

"바틀비가 이번에도 본인이 베낀 서류의 대조 작업을 하지 않겠다고 하는데. 어떻게 생각해요, 터키?"

이때가 오후라는 것을 기억해 주시기 바란다. 터키는 황동 보일러처럼 벌겋게 이글거리는 얼굴로 앉아 있었다. 대머리에서는 김이 나고, 두 손은 잉크로 얼룩진 서류들 속을 헤맸다.

그가 팩 소리쳤다. "생각하긴 뭘 생각해요? 저 같으면 다짜고짜 저 커튼 뒤로 들어가서 저자의 눈텡이를 시커멓게 해 주고 말 겁니다!"

터키는 그렇게 말하면서 자리에서 일어나더니 두 팔을 번쩍 쳐들어 권투선수 같은 자세를 취했다. 그가 자기가 한 말을 지키려고 급하게 걸음을 옮기는 순간, 나는 점심 식사 후에 터키가 보이곤 하는 호전적인 태도를 부채질하는 경솔한 짓의 결과에 깜짝 놀라 황급히 그를 만류했다.

"앉아요, 터키. 그리고 니퍼스가 뭐라고 하는지 들어 보도록 합시다. 자네는 어떻게 생각하나, 니퍼스? 지금 당장 바틀비를 해고하는 게 옳지 않을까?"

"죄송합니다만, 그건 변호사님께서 결정하실 일입니다. 저로서는 저 사람의 행동이 아주 상례에서 벗어난 짓이라고 생각하고 있고, 사실 터키와 제 입장에서 볼 때 부당한 짓임이 분명합니다. 하지만 그건 단지 일시적인 변덕일지도 모르겠습니다."

"아!" 나는 탄식을 금치 못했다. "자네는 묘하게도 마음을 바꿔 이제는 저 친구를 아주 너그럽게 감싸 주는구먼."

터키가 소리쳤다. "순전히 맥주 덕입니다. 맥주를 마신 덕에 마음이 너그러워진 거죠. 니퍼스와 저는 오늘 점심 식사를 함께했거든요. 변호사님은 제가 얼마나 너그러운 사람인지 잘 아실 겁니다. 제가 가서 그놈의 눈텡이를 시커멓게 만들어 놓을까요?"

"그놈이라는 건 바틀비를 말하는 거겠지. 아니, 오늘은 안 돼요, 터키. 제발 부탁이니 그 주먹 좀 치워요."

나는 접이문을 닫고 다시 바틀비에게 다가갔다. 나는 또다시 내 운명을 시험해 보고 싶은 충동이 일어나는 것을 느꼈다. 다시 바틀비의 저항과 정면으로 맞닥뜨리고 싶어 견딜 수가 없었다. 나는 바틀비가 한 번도 사무실을 떠난 적이 없다는 사실을 잊지 않고 있었다.

"바틀비, 진저너트가 없어서 그러는데 우체국에 좀 다녀오지 않겠나? (그곳은 3분 거리밖에 되지 않았다.) 가서 나한테 온 우편물이 있나 좀 보고 오게."

"하지 않는 게 좋겠습니다."

"다녀오지 않겠다고?"

"가지 않는 게 좋겠습니다."

나는 비틀거리며 내 자리로 돌아와 앉아 깊은 생각에 잠겼다. 맹목적이라고 할 만큼 집요한 내 기질이 되돌아왔다. 비쩍 마르고 무일푼인 이 인간, 내가 고용한 직원에게 다시 굴욕스럽게 퇴짜를 맞을 만한 일이 뭐가 있을까? 완벽하게 합당한 요구지만 그자가 거부할 게 분명한 것이 또 뭐가 있지?

"바틀비!"

아무 대답이 없었다.

더 크게 소리쳤다. "바틀비."

대답이 없었다.

천둥처럼 고함을 쳤다. "바틀비."

그는 세 번째 부름에 마법의 주문에 응하기라도 하듯 진짜 유령처럼 자신의 은신처 입구에 모습을 드러냈다.

"옆방에 가서 니퍼스를 이리로 오라고 하게."

"하지 않는 게 좋겠습니다." 그는 공손하고도 천천히 말하고는 슬며시 사라졌다.

"아주 잘했어, 바틀비." 나는 그에게 곧 닥쳐올 무서운 보복이라는 변경할 수 없는 결의를 암시하는, 차분하면서도 엄격하고 냉정한 어조로 조용히 을러댔다. 그 순간에는 실제로 그 같은 보복을 할 마음도 어느 정도 있었다. 그러나 저녁 식사 때가 다가오는 데다 당혹스러운 감정과 정신적인 고통으로 무척이나 힘들었기에 그날은 그냥 모자를 쓰고 집으로 가는 편이 좋겠다는 쪽으로 생각이 기울었다.

이것을 그냥 인정해 줘야 하는 걸까? 모든 사태를 종합해 볼 때 나올 다음과 같은 결론을? 바틀비라는 이름을 지닌 안색이 창백한 서기가 책상 하나를 차지했다는 것이 이내 우리 사무실의 움직일 수 없는 '사실'이 되었으며, 그가 1폴리오(100단어)당 4센트라는 통상적인 보수를 받으면서 필사 작업을 하지만 자신이 베낀 서류를 대조하는 작업은 영구히 면제받았고, 그 일이 바틀비보다 훨씬 더 눈치 빠르게 처신하는 터키와 니퍼스에게 마치 치하의 표시처럼 떠넘겨졌다는 사실을? 더 나아가 바틀비에게는 제아무리 사소한 심부름이라 해도 절대로 시킬 수 없고, 그런 일을 해 달라고 간곡히 부탁해도 그가 "하고 싶지 않습니다"라는 식으로 나오리라는 걸, 달리 말해 딱 잘라 거절하리라는 것을 이제는 모두가 받아들였다는 사실을?

바틀비에게 맺힌 감정은 하루하루 시간이 지나면서 많이 풀어졌다. 꾸준하고 어떤 유흥이나 방종에도 휩쓸리는 일 없이 늘 근면하다는 점(커튼 뒤에 묵묵히 서서 몽상에 빠져드는 편을 택할 때를 제외하고는), 대단히 조용하고 어떤 상황에서도 변함없는 태도를 보인다는 점에서 그는 내가 얻은 소중한 자원이었다. 무엇보다 중요한 것은 그가 **늘 그곳에 있다**는 점이었다. 아침에는 제일 먼저 나와 있고, 온종일 제자리를 지키고, 밤에도 제일 늦게까지 남아 있었다. 나는 그의 정직성을 이상하리만치 깊이 신뢰했다. 아주 중요한 서류도 그에게 맡기면 마음이 놓였다. 물론 이따금 그에 대한 분노가 느닷없이 발작적으로 치밀어 오르는 것은 나로서도 어쩔 수가 없었다. 바틀비 자신이 우리 사무실에 머무는 조건으로 정한 암묵적인 조건들, 곧 그 괴이한 버릇들, 특권, 전례 없는 면제를 늘 염두에 두고 있기는 대단히 어려운 일이기 때문이었다. 이따금 나는 급한 일을 신속하게 처리하고 싶은 마음이 앞서서 무심코 빠른 말투로 바틀비를 불렀다. 빨간 테이프로 서류 뭉치를 묶으려 할 때 그에게 이리 와서 테이프 한쪽을 손가락으로 눌러 달라고 부탁하려 했던 일 등이 한 예다. 물론 칸막이 커튼 뒤에서는 여느 때와 다름없이 "하고 싶지 않습니다"라는 대답이 흘러나왔다. 인간이라면 누구나 다 본원적인 결함들을 안고 있으며, 나 역시 그런 사람이니 그렇게 무례하고 억지스러운 몽니 부리기에 직면할 때 어찌 화가 나서 소리를 지르지 않을 수 있겠는가. 하지만 이런 식으로 자꾸 거부를 당하다 보니 결과적으로 내 쪽에서 그런 부주의한 행동을 할 가능성이 점차 더 줄어들었다.

많은 사무 공간을 갖추고 있는 법조인 전용 건물에 세 들어 있는 대다수 변호사들은 관례적으로 자기 사무실 열쇠를 몇 개씩 갖고 있으

운 자리에 남아 있는 난로 받침쇠 밑에는 구두약 상자와 솔이, 의자 위에는 비누와 해진 수건 한 장이 들어 있는 양철 대야가 놓여 있었으며, 생강과자 부스러기들과 치즈 한 조각이 신문지 위에 놓여 있었다. 나는 바틀비가 이곳을 집 삼아서 홀로 생활해 온 것이 분명하다고 생각했다. 그러자 즉각, 그가 비참하리만치 외롭고 쓸쓸하게 지냈구나, 하는 생각이 스치고 지나갔다. 무척이나 가난하기도 하겠지만, 그의 외로운 처지는 정말 처절할 정도로구나! 한번 생각해 보라. 월 가는 일요일이면 페트라*처럼 버려지고, 주중에도 밤만 되면 인적 없는 곳으로 화한다. 이 건물 역시 주중에는 바쁘게 일하는 이들로 붐비지만 밤이 되면 텅 비며, 일요일이면 낮이고 밤이고 인적이 딱 끊어진다. 바틀비는 이런 곳에 거주하면서 인파로 붐비다가 더없이 적막해지는 곳을 혼자서 쓸쓸히 지켜보곤 하는 것이다. 그는 카르타고의 폐허에서 깊은 생각에 잠겨 있는, 순수하게 변모된 유형의 마리우스** 같은 사람이었다!

나는 난생처음으로 견딜 수 없을 만큼 처연하게 가슴을 저미는 깊은 슬픔에 사로잡혔다. 그 전까지 겪어 본 슬픔이라 봐야 과히 불쾌하지 않은 정도의 것들에 불과했다. 이제 같은 인간이라는 유대감이 나를 사로잡아 서글픈 심경에 빠져들게 했다. 형제애에서 우러나온 슬픔! 나도 바틀비도 다 같은 아담의 아들이었으니까. 그날 화사한 실크 옷을 떨쳐입고 미시시피 강을 미끄러지듯 나아가는 백조처럼 브로드웨이를 활보하던 생기발랄한 얼굴들이 떠올랐다. 나는 그 얼굴들을 핏기 없는 서기의 얼굴과 대조해 보면서 생각했다. 아, 행복은 빛을 불

* 요르단 남부에 있는 고대 도시로 한때 번성했다가 7세기 이슬람 제국의 침입을 받아 역사의 무대에서 사라졌다.
** 고대 로마의 장군으로, 한때 부하였던 술라에게 패해 아프리카로 탈출한다.

러들이고 따라서 우리는 세상을 즐거운 곳이라고 여기는 반면, 불행은 멀리 떨어진 곳에 잠복해 있어서 그런 건 존재하지 않는다고 여기지. 병적이고 어리석은 머리가 빚어낸 망상임이 분명한 이런 서글픈 상상은 바틀비의 기벽과 관련된 좀 더 특별한 다른 생각으로 이어졌다. 나는 뭔가 이상한 것들을 발견할 것 같은 예감에 휩싸였다. 무정한 낯선 이들 사이에서 하늘거리는 수의에 싸여 누워 있는 바틀비의 창백한 모습이 떠올랐다.

문득 내 관심은 서랍이 닫혀 있는 바틀비의 책상 쪽으로 돌아갔다. 서랍 자물쇠에는 열쇠가 꽂혀 있었다.

나는 생각했다. 나쁜 짓을 하려는 것도, 냉혹한 호기심을 만족시키려는 것도 아니야. 게다가 이 책상은 내 것이고 그 내용물들도 내 것이니 나는 과감하게 이 안을 들여다볼 거야. 모든 것이 가지런히 놓여 있었고 종이들도 잘 정돈되어 있었다. 서류함의 칸들은 속이 깊었다. 나는 거기에서 서류철들을 꺼내면서 그 밑을 더듬어 봤다. 이내 뭔가의 감촉이 느껴져 그것을 끄집어냈다. 낡고 큰 손수건으로 싸인 묵직한 물건이었다. 매듭을 풀어 보니 저금통이었다.

나는 그간 내가 알게 된 그의 모든 은밀한 비밀을 떠올려 봤다. 그는 물어보는 말에 대답하는 것 말고는 어떤 말도 한 적이 없었다. 그는 이따금 꽤 길게 혼자만의 시간을 보냈지만 그가 책을 읽는 광경은 한 번도 본 적이 없었다. 신문조차도 읽지 않았다. 그는 칸막이 커튼 뒤의 희미한 창가에 서서 바로 앞을 가로막고 선 벽돌 벽을 한동안 내다보곤 했다. 나는 그가 간이매점이나 식당 같은 곳은 가지 않는다고 확신하고 있었다. 다른 한편으로 그의 창백한 얼굴은 그가 터키처럼 맥주를 마시는 일은 절대로 없다는 것을, 여느 사람들처럼 커피나 차를 마시는 일조차도 없다는 것을 분명히 말해 주고 있었다. 내가 알고 있는 한 그는 특정한 어느 곳을 찾아간 적이 전혀 없었다. 산책을 하러 나간 적도 없었다. 지금 그가 산책을 하러 나간 것이 아니라면 말이다. 그는 자기가 어떤 사람이고 어디에서 왔는지, 이 세상 어딘가에 어떤 일가붙이가 있는지에 관해서 일절 말하지 않았다. 안색이 그렇게 창백하고 몸이 비쩍 말랐음에도 건강이 좋지 않다고 불평한 적도 없었다. 무엇보다도 그에게는 엷은, 뭐라고 표현하면 좋을까, 무의식적으로 희미하게 피어나는 오만함의 기운이랄까, 아니면 심하게 자제하는 분위기랄까, 아무튼 그런 것이 있다는 생각이 떠올랐다. 나는 그런 분위기에 압도되어 아무 소리 못 하고 그의 기벽들을 묵묵히 받아들였다. 한참을 아무 기척도 없어 그가 커튼 뒤에 서서 창밖의 벽을 내다보며 몽상에 잠겨 있으리라는 걸 알면서도 더없이 사소한 일조차도 해 달라고 부탁하기가 두려웠다.

이 모든 것을 곰곰이 생각해 보고 그것들을 방금 전에 발견한 사실, 곧 그가 계속 내 사무실을 거처이자 집으로 삼았다는 사실과 연결해 보고, 그의 병적인 침울함도 감안하면서 이런저런 생각을 하다 보니 타산적인 감정이 나를 엄습해 왔다. 처음에 내 안에서 일어난 감정은 순수한 슬픔, 진심 어린 연민이었다. 하지만 바틀비의 그 처연한 고독이 내 상상 속에서 자꾸 더 자라나는 것에 정비례해서 애초의 슬픔은 두려움으로, 연민은 혐오감으로 바뀌었다. 누군가가 불행하다는 생각이 들었거나 그런 처지를 실제로 목격했을 때 어느 선까지는 선한 감정들이 일어난다. 하지만 어떤 특별한 경우 그 선을 넘어설 때는 그렇게 되지 않는다는 것은 엄연한 진실이요, 또 아주 무서운 일이기도 하다. 이런 것을 모든 인간이 타고난 이기적인 심성 탓으로만 돌린다면

이는 잘못 판단한 것이다. 그것은 차라리 병이나 고통의 정도가 너무 심하고 구조적인 것이어서 도저히 치유될 가망성이 없어 보이는 데서 비롯된다. 예민한 사람의 경우에는 연민이 고통으로 화하는 경우가 적지 않다. 그리고 결국 그런 연민이 실효성 있는 구제로 이어질 수 없다는 것을 깨닫는 순간, 상식이 나서서 연민의 감정을 떨쳐 버리라고 명한다. 나는 그날 아침에 그런 일을 겪고 나서 바틀비는 선천적인, 치유 불가능한 장애의 희생자라고 확신했다. 나는 그의 육신에 물질적인 도움을 줄 수도 있었다. 하지만 그의 육신이 그를 괴롭히는 것은 아니었다. 그를 고통스럽게 하는 것은 그의 영혼이었고, 그의 영혼은 내가 어떻게도 해 볼 수 없었다.

그날 아침 나는 트리니티 교회에 가려던 목적을 이루지 못했다. 아무튼 그때 내가 본 것들 때문에 교회에 가고 싶은 마음이 사라졌다. 나는 집으로 가는 길에 바틀비를 어떻게 하면 좋을지 생각해 봤다. 그러다 마침내 결심을 굳혔다. 내일 아침에는 그의 개인사 같은 것을 조용히 물어봐야지. 그가 만일 터놓고, 아무 거리낌 없이 대답하기를 거부하면 (하지 않는 게 좋겠다고 하겠지), 그에게 지불해야 할 보수에 20달러를 더 얹어 주면서 이제는 그의 조력이 필요하지 않다고 말할 거야. 하지만 내가 달리 도울 길이 있다면 기꺼이 그렇게 하겠다, 특히 고향에 돌아가고 싶다면 거기가 어디든 간에 기꺼이 그 비용을 부담할 용의가 있다고 이야기해 주겠어. 거기에 더해, 만일 고향에 돌아간 뒤에도 도움이 필요한 상황에 처할 때는 언제든 내게 편지를 하라고, 그러면 틀림없이 도움을 주겠다고 이야기할 거야.

이튿날 아침이 되었다.

나는 칸막이 커튼 뒤에 있는 그를 부드럽게 불렀다. "바틀비."

대답이 없었다.

나는 여전히 부드럽게 불렀다. "이리 오게, 바틀비. 자네가 하고 싶어 하지 않을 일을 하라고 하지는 않을 테니까. 그냥 자네하고 이야기를 좀 하고 싶어서 그래."

이 말에 그가 소리 없이 나타났다.

"자네가 태어난 곳이 어딘지 말해 주지 않겠나?"

"하지 않는 게 좋겠습니다."

"자네 자신에 관해서 무슨 이야기든 좀 해 주지 않겠나?"

"하지 않는 게 좋겠습니다."

"그런데 내게 말하길 거부할 만한 무슨 합당한 이유라도 있나? 나는 자네에게 좋은 감정을 품고 있는데."

그는 내가 말하는 동안 나를 쳐다보지 않고 줄곧 키케로의 흉상만 바라보고 있었다. 그 흉상은 자리에 앉아 있는 내 바로 뒤, 내 머리 위로 15센티미터쯤 되는 곳에 자리 잡고 있었다.

"대답을 해 봐, 바틀비." 나는 꽤 긴 시간을 기다린 끝에 말했다. 그동안 허옇게 바래 가는 입술만이 보일락 말락 하게 아주 희미하게 떨릴 뿐, 그의 표정에는 시종 아무 변화가 없었다.

"지금은 아무 대답도 하지 않는 게 좋겠습니다." 그는 그렇게 말하고는 자신의 은신처로 물러갔다.

솔직히 말해 내가 물러 터지게 행동했다는 것은 인정한다. 하지만 이때 나는 그의 태도에 화가 치밀어 올랐다. 그의 태도에는 조용한 경멸감 같은 것이 내재되어 있는 듯했다. 뿐만 아니라 그간 내가 그에게 베푼 부인할 수 없는 좋은 대우와 특전을 고려해 본다면 그의 고집스럽고 완강한 행동은 배은망덕한 짓이 아닐 수 없었다.

또다시 나는 어떻게 하면 좋을지 곰곰이 생각하며 앉아 있었다. 그의 행동에 굴욕감을 느꼈고, 또 애초에 사무실에 들어올 때는 그를 해고하겠다는 결심을 굳힌 상태였다. 하지만 묘하게도 미신적인 어떤 것이 내 가슴을 두드리며 내가 결심한 바를 실행에 옮기지 말라고, 만일 내가 전 인류에서 가장 고독한 이 사람에게 감히 한 마디라도 모진 소리를 내뱉는다면 나를 악당으로 매도하겠다고 으르는 것 같았다. 마침내 나는 스스럼없이 내 의자를 커튼 뒤로 끌고 가서 앉은 뒤 입을 열었다. "자네의 개인사 같은 건 밝히지 않아도 좋아, 바틀비. 하지만 친구로서 한 가지 간곡히 부탁하는데, 이 사무실의 관례만큼은 좀 따라 주도록 하게. 내일이나 모레부터는 서류 대조하는 일을 거들겠다고 약속해 줘. 하루 이틀 뒤에는 좀 더 합리적으로 행동하겠다고 이야기해 주게…… 그렇게 해, 바틀비."

그러자 시체처럼 음산한 대답이 흘러나왔다. "지금으로서는 좀 더 합리적인 사람이 되지 않는 게 좋겠습니다."

그 순간 접이문이 벌컥 열리고 니퍼스가 다가왔다. 그는 간밤에 평소보다 더 심한 소화불량 때문에 전에 없이 잠을 설쳤는지 몹시 힘들어 보였다. 그는 바틀비의 마지막 말을 들은 상태였다.

"뭐, 하지 않는 게 좋겠다고?" 니퍼스가 이를 갈았다. "제가 변호사님이라면 저자를 택하겠어요. 저자의 **말대로 하겠다**고요. 저 고집 센 노새 같은 자한테 **특전**을 베푸세요! 저자가 지금 뭘 **하지 않는** 게 좋겠다는데, 그게 대체 뭐죠?"*

바틀비는 미동도 하지 않았다.

---

* 여기에서 니퍼스는 바틀비의 입버릇인 "하지 않는 '게 좋겠다prefer'"를 반복적으로 이용하여 말하고 있다.

나는 말했다. "나는 댁이 지금 여기에서 물러나 주는 편이 더 좋겠소, 니퍼스 씨."

어쩌다 보니 요즘은 꼭 맞는 상황이 아닐 때에도 나도 모르게 "더 좋겠다"는 표현을 사용하는 습관이 붙어 버렸다. 그 서기와의 접촉이 이미 내 정신에 심각한 영향을 미쳤다는 생각이 들어 몸이 떨렸다. 그 때문에 더 깊고 심한 착란이 일어나면 어떻게 하지? 이런 우려는 내가 즉각적인 조처를 취하기로 결정하는 데 효과가 없지 않았다.

니퍼스가 몹시 마뜩지 않아 부루퉁한 얼굴로 나가자 터키가 온화하고 공손한 태도로 다가왔다.

"한 말씀 드리겠습니다. 어제 바틀비에 관해 생각을 좀 해 봤는데요, 이 친구가 매일 질 좋은 에일 맥주 1리터씩을 마시는 편을 좋아하게 되기만 한다면 이 친구를 바로잡고, 자기 서류를 대조하는 작업을 돕게 하는 데 큰 도움이 될 거라는 생각이 듭니다."

나는 약간 흥분해서 말했다. "아니, 댁도 그런 표현을 쓰는군요."

"무슨 표현을 말씀하시는 건가요?" 터키는 그렇게 말하면서 비좁아진 커튼 뒤의 공간을 조심스럽게 비집고 들어왔고, 그 바람에 나는 바틀비의 몸을 밀치게 되었다. "무슨 표현이오, 변호사님?"

바틀비는 여러 사람이 자신의 개인 공간을 침해한 데 기분이 상했는지 이렇게 말했다. "저는 여기에서 혼자 있는 편이 더 좋겠습니다."

"**바로 저** 표현이오, 터키. 바로 **저거.**"

"아, **더 좋겠다**는 거요? 아, 예…… 묘한 표현이죠. 저는 그런 표현을 절대로 쓰지 않습니다. 한데 좀 전에 말씀드렸다시피, 이 친구가 매일 질 좋은 맥주 1리터씩을 마시는 편을 좋아하게 되기만 한다면……"

나는 그의 말을 중간에 끊었다. "터키, 제발 좀 나가 줘요."

"아, 예. 변호사님이 그러는 편이 더 좋겠다고 하시면요."

터키가 접이문을 열고 나가는 순간 자기 자리에 앉아 있던 니퍼스가 나를 힐끗 쳐다보더니 어떤 서류를 파란 종이와 하얀 종이 중에서 어느 쪽에 베끼는 것이 더 좋겠느냐고 물었다. '좋겠느냐'는 말을 할 때 희롱조의 억양을 더하지는 않았다. 그 말은 자기도 모르게 흘러나온 것임이 분명했다. 나는 생각했다. 결단코 이 정신 나간 자를 내쫓아야 해. 이자는 나나 우리 직원들의 머리까지는 아니라 해도 혀는 이미 어느 정도 꼬이게 만들어 버렸잖아. 하지만 나는 신중을 기하고자 당장 해고 소식을 공표하지는 않기로 했다.

이튿날 나는 바틀비가 아무 일도 하지 않고 창가에 우두커니 서서 바로 앞의 벽을 내다보며 몽상에 잠겨 있는 것을 알았다. 왜 글을 쓰지 않느냐고 물어보니 베끼는 일을 더 이상 하지 않기로 했다는 대답이 돌아왔다.

"지금 무슨 일이 있기에? 대체 뭘 바라기에 더 이상 일을 하지 않겠다는 거지?"

"이제 안 할 겁니다."

"이유가 뭔가?"

그는 퉁명스럽게 답했다. "보고도 그 이유를 모르시겠어요?"

나는 그의 얼굴을 뚫어지게 쳐다보다가 이윽고 그의 눈이 흐릿하고 뿌옇다는 걸 알아챘다. 그 순간, 그가 나와 함께 보낸 지난 몇 주 동안 창으로 새어 들어오는 침침한 빛에 의지해서 유례없이 근면하게 일하는 바람에 일시적으로 시력이 손상된 것이라는 생각이 들었다.

가슴이 뭉클해졌다. 나는 눈이 그렇게 되어서 안됐다는 말을 해 줬다. 그가 한동안 글을 쓰지 않기로 한 것은 현명한 판단이라는 뜻도 넌지시 전했다. 나는 이 기회를 이용해서 야외에 나가 건강에 좋은 운동을 하라고 권했다. 하지만 그는 그렇게 하지 않았다. 그러고 나서 며칠 뒤에 다른 직원들이 모두 나가고 없는 사이에 편지 몇 통을 급하게 부쳐야 할 일이 생겼다. 나는 바틀비가 지금은 아무 할 일이 없어 평소와는 달리 덜 고집스럽게 굴 테니 아마도 우체국에 편지를 부치러 가리라고 생각했다. 하지만 그는 딱 잘라 거절했다. 그 바람에 무척 성가시기는 했지만 내가 직접 갔다.

다시 며칠이 지나갔다. 바틀비의 눈이 좋아졌는지는 알 수가 없다. 겉으로 보기에는 좋아진 것도 같았다. 하지만 좋아졌느냐는 내 질문에 그분은 대답하는 친절을 베풀어 주지는 않으셨다. 아무튼 그는 베끼는 일을 하려 들지 않았다. 내가 자꾸 재촉하자 마침내 그는 이제 베끼는 일을 완전히 그만뒀다고 답했다.

"뭐라고! 자네의 시력이 완전히 회복되어도, 아니 전보다 더 좋아진다고 해도 베끼는 일을 하지 않을 셈인가?"

"베끼는 일은 그만뒀습니다." 그는 그렇게 답하고는 슬쩍 옆으로 피했다.

그는 전과 다름없이 우리 사무실에 붙박여 있었다. 아니, 전보다 더한 붙박이가 되어 버렸다. 붙박이가 되는 것이 실제로 가능하다면 말이다. 어떻게 하면 좋지? 그는 사무실에서 아무것도 하지 않으려고 해. 그런데 왜 붙어 있으려고 하는 거지? 분명한 사실은 이제 그가 목걸이로 쓸모가 없을 뿐만 아니라 걸고 다니기에도 끔찍하게 괴로운 연자맷돌* 같은 존재가 되었다는 점이다. 하지만 나는 그가 딱했다. 그

---

* 『마태복음』 18장 6절. "누구 하나라도 죄짓게 하는 사람은 그 목에 연자맷돌을 달고 깊은 바다에 던져져 죽는 편이 오히려 나을 것이다."

가 오로지 제 입장만 헤아리느라 내게 불편을 끼쳤다고 말한다면 그것은 진실과는 거리가 좀 있는 이야기일 것이다. 만일 그가 친척이나 친구의 이름을 단 하나라도 댔다면 나는 즉각 편지를 보내 이 불쌍한 친구를 조용히 쉴 만한 곳으로 데려가 달라고 당부했을 것이다. 하지만 그는 혼자인 것 같았다. 이 우주에서 절대적으로 혼자인 사람. 대서양 한복판을 떠다니는 난파선의 한 조각. 마침내 나는 내 일과 관련된 여러 가지 필연성에 몰려 모든 고려나 동정심을 떨쳐 버렸다. 나는 바틀비에게 최대한 좋은 말로, 앞으로 엿새 안에 무조건 사무실을 떠나야 하며 그동안 다른 거처를 마련하기 위한 조처를 취하라고 통고했다. 나는 그가 사무실을 떠나기 위한 첫걸음을 떼기만 해도 거처를 구하는 일을 도와주겠다고 했다. 그리고 이렇게 덧붙였다. "자네가 최종적으로 여기를 떠날 때는 전혀 아무것도 없는 빈털터리 상태로 떠나지 않도록 해 주겠네. 지금부터 엿새 안에 나가야 한다는 걸 명심하도록 하게."

그 기한이 끝났을 때 나는 커튼 뒤를 슬그머니 들여다봤다. 맙소사, 바틀비는 그대로 붙어 있었다.

나는 외투의 단추를 끝까지 다 채우고 몸의 균형을 잡은 뒤 천천히 그에게 다가가 그의 어깨를 짚으며 말했다. "기한이 끝났어. 자네는 여기에서 나가야 해. 미안하게 됐네. 여기 돈이 있네. 자네는 떠나야 해."

"가지 않는 게 좋겠습니다." 그는 여전히 내게 등을 돌린 자세로 말했다.

"가야 해."

그는 침묵을 지켰다.

나는 이 사람의 일관된 정직성에 무한한 신뢰를 갖고 있었다. 그는 내가 부주의해서 바닥에 떨어뜨린 6펜스나 1실링짜리 동전을 자주 주

44

위 내게 돌려줬다. 나는 그렇게 사소한 일들에 부주의한 편이었다. 그러니 다음에 이어진 내 행동이 뜻밖의 행동으로 여겨지지는 않을 것이다.

"내가 자네에게 줘야 할 돈은 12달러야. 여기 32달러가 있네. 여분의 20달러도 자네 거야…… 받을 거지?" 그러면서 나는 그에게 그 액수의 지폐를 건넸다.

하지만 그는 꿈쩍도 하지 않았다.

"여기에다 돈을 놓고 가겠네." 나는 책상 위에 지폐를 놓고 그 위에 문진을 올려놓았다. 그러고 나서 모자와 단장을 집어 들고 문 쪽으로 가다가 조용히 돌아서서 덧붙였다…… "사무실에서 자네의 소지품들을 다 내간 뒤에는 당연히 문을 잠그겠지…… 이제 자네 말고는 다 퇴근했으니까…… 내가 내일 아침에 회수할 수 있게 문밖 깔개 밑에다 열쇠를 집어넣고 가도록 하게. 앞으로 다시 볼 일이 없을 테니 여기에서 작별을 고해야겠군. 앞으로 새 거처에서 지내는 동안 내가 도울 수 있는 일이 있다면 편지로 꼭 알려 주도록 하게. 안녕, 바틀비, 잘 지내도록 하게."

하지만 그는 한 마디도 하지 않았다. 그는 폐허가 된 사원의 마지막 기둥처럼 그 외에는 아무도 없는 방 한복판에서 홀로 묵묵히 서 있었다.

시름 어린 기분으로 집을 향해 걸어가는 동안 내 허영심이 연민의 감정을 밟고 일어섰다. 나는 바틀비를 쫓아내는 일에서 내가 보인 기막힌 솜씨에 스스로 찬탄해 마지않았다. 기막힌 솜씨라고 표현했는데, 어디에도 치우치지 않는 냉철한 사람들이 그 장면을 봤더라면 누구나 다 그렇게 생각했을 것이다. 내가 취한 조처의 백미는 그 완벽한 고요함에 있는 것 같았다. 야비한 괴롭힘도, 어떤 종류의 허세도, 성나서 고함지르는 일도, 정신 사납게 방을 이리저리 왔다 갔다 하는 일도, 바틀비에게 그의 거지 같은 물건들을 잘 챙겨 가라고 사납게 호통치는 일도 없었다. 그런 것은 전혀 없었다. 질 낮은 것들이 흔히 그러듯이 바틀비에게 큰 소리로 나가라고 하지 않았다. 나는 그가 떠날 수밖에 없는 입장이라고 가정하고는 그 가정 위에 내가 해야 할 말들을 차례로 쌓아 올렸다. 내가 취한 조처를 생각하면 할수록 그저 신통방통하기만 했다. 그러나 이튿날 아침, 잠에서 깨어났을 때는 회의 어린 기분에 휩싸였다. 어떤 경로였든 허영심의 취기에서 깨어난 것이다. 사람이 가장 냉철하고 현명해지는 시간대 중 하나는 아침에 잠에서 깨어난 직후다. 내가 취한 조처는 여전히 현명한 듯했지만 이론상으로만 그런 것 같았다. 실제로 어떤 식으로 판명이 날지가 문제였다. 바틀비가 떠나리라는 가정은 참으로 근사한 가정이었다. 하지만 결국 그 가정은 내가 세운 것이지 바틀비하고는 무관했다. 그 문제의 핵심은 그가 떠날 것이라고 내가 가정했는지의 여부가 아니라 그가 과연 그렇게 하는 편을 선택할지의 여부였다. 그는 가정보다는 선택과 더 관련이 있는 사람이었다.

아침 식사 후 나는 성공과 실패의 가능성을 열심히 따지면서 시내를 걸어갔다. 한순간 나는 그 조처가 비참한 실패로 끝나 바틀비가 평소처럼 내 사무실에 건재하게 있으리라고 생각했다. 다음 순간에는 그의 의자가 비어 있는 광경을 보게 될 것임이 분명해 보이기도 했다. 내 생각은 계속 그런 식으로 오락가락했다. 브로드웨이와 커낼 가가 만나는 교차로 모퉁이에서 나는 한 무리의 사람들이 잔뜩 흥분해서 열띤 이야기를 주고받는 광경을 목격했다.

그 곁을 지나가는데 누군가가 말했다. "나는 그렇게 되지 않는다는 쪽에 걸겠네."

나는 말했다. "안 나간다고? 좋아! 그렇다면 돈을 걸어."

나는 내깃돈을 꺼내기 위해 본능적으로 주머니에 손을 집어넣다가 오늘이 선거일임을 깨달았다. 내가 들은 말은 바틀비에 관한 것이 아니라 시장 선거에 출마한 어떤 후보자의 당선 여부에 관한 것이었다. 내 생각에만 골몰해 있다 보니 브로드웨이 전체가 나와 더불어 흥분해 있고 같은 문제를 두고 나와 토론을 하고 있다는 착각에 빠진 것이다. 나는 거리가 소란한 덕분에 내 넋 나간 소리가 가려진 데 깊이 감사하면서 그곳을 지나쳤다.

나는 애초에 의도했던 대로 평소보다 더 일찍 사무실에 도착했다. 잠시 문 앞에 서서 안의 동정에 귀 기울였다. 고요했다. 그 친구가 떠난 것이 분명해. 문손잡이를 돌려 봤다. 문은 잠겨 있었다. 옳지, 내 조처가 제대로 먹혀든 모양이군. 그는 정말로 자취를 감춘 거야. 그러자 그렇게 들뜬 기분에 일말의 슬픈 기분이 섞여 들었다. 내가 빛나는 성공을 거뒀다는 사실이 살짝 아쉽기까지 했다. 바틀비가 두고 갔을 열쇠를 찾으려고 깔개 밑을 더듬다가 우연히 무릎으로 문짝을 치는 바람에 소리가 났다. 그러자 안에서 그 소리에 응답하는 목소리가 흘러나왔다. "아직 안 돼요. 일이 있어요."

바틀비였다.

나는 기겁했다. 그 순간 나는 오래전 버지니아에서 구름 한 점 없는 어느 오후에 여름 번개에 맞아 입에 파이프를 문 채로 죽은 사내처럼 그 자리에 얼어붙었다. 그 사내는 활짝 열려 있는 따뜻한 창가에서 죽었는데, 그 꿈결 같은 오후에 누군가가 건드려서 쓰러지기 전까지 창

밖으로 고개를 내민 상태로 서 있었다.

마침내 나는 웅얼거렸다. "가지 않았군!" 하지만 그 수수께끼 같은 서기가 내게 행사하는, 내가 어떻게 해도 벗어날 수 없는 그 불가사의한 주도권에 나는 다시 순종했다. 나는 천천히 계단을 내려와 거리로 들어섰다. 그 골목을 천천히 거닐면서 생전 듣도 보도 못한 이 황당한 상황에서 다음에 뭘 해야 할지를 곰곰이 생각했다. 물리적인 힘을 행사해서 강제로 내쫓는 짓은 할 수 없었다. 심한 욕을 해서 쫓아내는 짓도 하고 싶지 않았다. 경찰을 부르는 일도 별로 내키지 않았다. 그렇다고 해서 그가 음산한 승리의 도취감에 빠져서 지내도록 방치하는 것도 생각할 수 없는 일이었다. 어떻게 하면 좋지? 아니, 어떻게도 할 수 없는 처지라면 이 문제에서 내가 또 어떤 가정을 할 수 있을까? 그래, 전에 내가 앞일을 예상하면서 바틀비가 떠날 것이라고 가정했듯이 이제는 이 문제를 과거에 이미 끝난 일로 치고 바틀비가 진작 떠났다는 식으로 가정해 볼 수도 있을 것이다. 나는 이런 가정을 그대로 실천에 옮겨 급하게 사무실에 들어가 바틀비가 전혀 보이지 않는 척하면서 마치 그가 공기인 양 그가 있는 쪽으로 곧장 걸어갈 수도 있을 것이다. 가정의 원리를 그런 식으로 적용했을 때 바틀비가 버텨 내기는 힘들지 않을까. 하지만 다시 생각해 보니 그런 계획이 예상처럼 잘 먹혀들 성싶지 않아 보였다. 나는 이 문제를 두고 그와 다시 부딪쳐 보기로 결심했다.

나는 사무실에 들어가면서 차분하고 엄격한 표정으로 말했다. "몹시 불쾌하군, 바틀비. 기분이 언짢아. 자네가 이런 식으로 나올 줄은 몰랐어. 나는 자네가 신사다운 사람이어서 제아무리 곤혹스러운 딜레마에 빠져 있어도 약간 언질만 주면 충분하리라고 생각했는데, 알고 보니 억측이었군. 나 혼자 멋대로 생각한 데 불과했어. 아니," 나는 진심으로 놀라 말했다. "돈에 손도 대지 않았네." 나는 전날 저녁에 돈을 놔둔 곳을 가리켰다.

그는 아무 대답도 하지 않았다.

"자네, 떠날 텐가 말 텐가?" 문득 나는 불끈 성이 나서 그에게 바짝 다가섰다.

"떠나지 **않는** 게 좋겠습니다." 그러면서 그는 '**않는**'을 살짝 강조했다.

"도대체 무슨 권리로 여기에 있겠다는 거야? 방세를 낼 건가? 내가 낼 세금을 대신 내줄 거야? 아니면 이 사무실이 자네 건가?"

묵묵부답이었다.

"이제 베끼는 일을 할 준비가 되었나? 눈이 다 나았어? 오늘 오전에 양이 얼마 되지 않는 서류를 좀 베껴 줄 수 있겠어? 아니면 그 일부를 대조하는 작업을 거들어 주거나? 그것도 아니면 우체국에 좀 다녀올 텐가? 요컨대 이곳을 떠나기를 거부할 만한 근거가 될 뭔가를 하겠느냐 말일세."

그는 조용히 자신의 은신처로 물러났다. 나는 화가 나면서도 불안한 기분이 들어 지금은 성내는 것을 억제하는 것이 현명한 처사라고 생각했다. 실내에는 바틀비와 나, 둘뿐이었다. 나는 콜트의 사무실에서 일어난, 불운한 애덤스와 그보다 더 불운한 콜트의 비극*을 떠올렸다. 가여운 콜트는 애덤스 때문에 극도로 화가 난 나머지 경솔하게도 걷잡을 수 없이 흥분해 자기도 모르게 치명적인 짓을 저질렀다. 아마 나중에

---

* 1841년, 콜트 권총의 발명자 새뮤얼 콜트의 형인 존 C. 콜트는 이 소설의 무대가 된 곳에서 그리 멀지 않은 브로드웨이의 자기 사무실에서 새뮤얼 애덤스를 살해한 죄로 기소되었다. 살인으로 이어진 두 사람의 논쟁은 애덤스가 자신이 지불받을 돈에서 1달러 35센트가 모자란다는 데 의견 차이가 있어서였다고 한다.

는 당사자가 그 누구보다도 더 그런 짓 한 걸 개탄했을 것이다. 그 사건을 떠올릴 때마다 두 사람의 언쟁이 백주 대로에서나 가정집에서 벌어졌더라면 일이 그런 식으로 끝나지는 않았으리라는 생각이 들었다. 콜트는 인간적인 체취가 물씬 풍기는 가정집의 분위기와는 전혀 딴판인 건물 2층의 사무실, 분명 카펫도 깔려 있지 않았을 먼지투성이의 살풍경한 사무실에 홀로 앉아 있었다. 바로 그런 환경이 불운한 콜트를 맹목적인 격분 상태로 몰아넣는 데 크게 작용했을 것이 분명하다.

하지만 내 안에서 원초적인 분노가 일어나 바틀비를 어떻게든 해치워 버리라고 유혹했을 때, 나는 분노와 드잡이를 해서 내동댕이쳐 버렸다. 어떻게? 그저 "나는 너희에게 새 계명을 주겠다. 서로 사랑하여라"*라는 성스러운 명령을 떠올리는 것만으로. 그렇다. 나를 구원해 준 것은 이것이었다. 더 고상한 동기들은 제쳐 두고, 우선 자비는 흔히 대단히 현명하고 사려 깊은 원칙으로 작동한다. 자비심을 가진 사람에게 그것은 훌륭한 보호 장치다. 사람들은 질투, 분노, 증오, 이기심, 종교적인 오만 때문에 살인을 자행한다. 어떤 사람이 친절한 자비심 때문에 극악한 살인을 저질렀다는 이야기는 들어 본 적이 없다. 그렇다면 그저 자기를 위하는 마음을 갖는 것만으로, 더 나은 다른 동기들에 힘입지 않고도, 모두가 다 자비심과 우애의 정신을 좇게 될 것이다. 고결한 기질을 가진 사람들은 특히 더 그럴 것이고. 아무튼 그때 나는 바틀비의 행동을 좋은 쪽으로 해석함으로써 그 때문에 격앙된 내 감정을 다스리려고 애썼다. 나는 생각했다. 불쌍한 사람, 가여운 사람 같으니! 저 사람은 무슨 의도가 있어서 그러는 게 아니야. 게다가 그동안

* 『요한복음』 13장 34절.

힘들게 살아온 사람이니 내가 너그럽게 받아 줘야 해.

　나는 또 곧바로 업무에 전념하는 동시에 낙담한 기분을 안정시키려고 노력했다. 나는 바틀비가 오전 중에 본인에게 적당하다고 여겨지는 시간에 자진해서 은신처에서 나와 문 쪽을 향해 결연하게 걸어가는 모습을 그려 보려 애썼다. 하지만 아니었다. 12시 반경이 되자 터키가 얼굴이 이글거리기 시작하면서 잉크스탠드를 뒤엎었고, 그에 따라 사무실이 시끄러워졌다. 니퍼스는 조용하고 공손한 상태로 가라앉았다. 진저너트는 한낮에 먹곤 하는 사과를 깨물어 먹었다. 바틀비는 여전히 창가에 서서 벽을 내다보며 더없이 깊은 몽상에 잠겨 있었다. 사람들이 이런 걸 믿어 줄까? 내가 이걸 인정해 줘야 하나? 그날 오후에 나는 그에게 더 이상 아무 말도 하지 않고 사무실을 떠났다.

　다시 며칠이 지났다. 그동안 나는 한가한 시간이 날 때마다 에드워즈의 의지론과 프리스틀리의 필연성에 관한 책들*을 조금씩 들여다봤다. 그런 상황에서 이 책들은 유익한 기분을 불러일으켜 줬다. 나는 바틀비와 관련된 이 말썽이 모두 영겁의 세월 전부터 미리 예정된 것이고, 그는 절대적으로 지혜로운 신의 신비한 어떤 의도에 따라 내게서 머물 곳을 얻게 되어 있었다는 확신에 점차 빠져들었다. 언제고 죽을 수밖에 없는 운명을 타고난 나 같은 인간으로서는 신의 그런 의도를 도저히 헤아릴 수 없었다. 나는 생각했다. 그래, 바틀비, 그 커튼 뒤에 계속 머물도록 해. 더 이상 자네를 괴롭히지 않을 테니까. 자네는 여기 있는 이 해묵은 의자들만큼이나 해롭지 않고 조용한 존재지. 간단

---

* 조너선 에드워즈의 『의지의 자유』(1754)와 조지프 프리스틀리의 『유물론의 원리와 철학적 필연성에 관한 자유로운 논의』(1778)를 말한다. 둘 다 인간의 의지는 자유롭지 않다고 주장하는 저술이다.

히 말해, 나는 자네가 여기에 있다는 걸 의식할 때마다 신비로운 어떤 기분을 맛봐. 드디어 그걸 느끼고 알아. 나는 미리 예정된 내 삶의 목적을 꿰뚫어 보고 있어. 나는 만족해. 다른 사람들은 좀 더 고귀한 역할을 배정받았을지도 모르지만 이 세상에서 내가 맡은 소명은 바틀비자네가 적당하다고 여기는 기간 동안 사무실 방을 자네에게 제공해 주는 거야.

일 문제로 우리 사무실에 들른 친구들이 이쪽에서 의견을 묻지도 않았는데 무정한 말을 툭툭 던지지만 않았다면 이 지혜롭고 은총 어린 마음가짐은 지속되었을 것이다. 한데 인색하고 편협한 사람들이 자꾸 쪼아 대면 더 너그러운 사람이 품고 있는 더없이 훌륭한 결심도 결국은 바닥을 드러내는 경우가 종종 있다. 그러나 돌이켜 보면 우리 사무실에 들르는 사람들이 이해하기 어려운 바틀비의 기이한 모습과 맞닥뜨리고 그에 관한 험구를 늘어놓는 것도 이상한 일은 아니었다. 변호사 한 사람이 내게 볼일이 있어 이따금 우리 사무실에 들렀다가 바틀비 혼자만 있는 것을 보고 내가 무슨 일로 어디에 갔는지 알고 싶어 이것저것 물었다. 하지만 바틀비는 매번 그의 이야기를 들은 척도하지 않고 사무실 한복판에 우두커니 서서 꿈쩍도 하지 않았다. 그리하여 그는 그런 바틀비를 물끄러미 쳐다보다가 아무것도 알아내지 못하고 그냥 돌아가곤 했다.

우리 사무실에서 중재 절차가 진행될 때도 비슷한 일이 일어났다. 변호사들과 증인들이 가득 들어찬 사무실에서 업무가 빠르게 진행되고 있는 동안 그 일에 몰두해 있던 한 변호사가 아무것도 하지 않고 있는 바틀비를 보고 얼른 자기 사무실에 가서 어떤 서류를 좀 가져다 달라고 부탁했다. 바틀비는 그 부탁을 조용히 거절하고는 여전히 아무 일도 하지 않고 있었다. 변호사는 바틀비를 뚫어지게 쳐다보다가는 이윽고 내 쪽으로 시선을 돌렸다. 하지만 내가 무슨 말을 할 수 있었겠는가? 마침내 나는 같은 직종의 지인들 사이에서 내가 우리 사무실에 데리고 있는 괴상한 인물에 관한 의혹과 불신 어린 이야기들이 떠돌고 있다는 사실을 알게 되었다. 그 때문에 나는 무척이나 걱정이 되었다. 그가 생각한 것보다 명이 길어 계속 내 사무실에 거주하면서 내 권위를 무시하고, 나를 찾아온 사람들을 당혹스럽게 하고, 내 직업적인 명성을 실추시키고, 우리 사무실 전체에 어두운 그림자를 드리우고, 저축한 돈에서 하루에 고작 5센트씩만 쓰면서 마지막까지 버틸지도 모른다는 생각이 들었다. 그러다 결국 나보다 더 오래 살아남아 장기점유를 근거로 해서 내 사무실의 소유권을 주장하고 나서지는 않을까? 이런 음산한 예감들이 서로 합세해서 점점 더 자주 출몰하고, 내 친구들이 우리 사무실에 있는 유령에 관해 끊임없이 무자비한 충고와 경고를 해 대는 통에 내 심경에는 큰 변화가 일어났다. 나는 내 능력을 총동원해서 참을 수 없는 악몽 같은 그자를 영원히 제거하기로 결심했다.

그러나 나는 이런 목적과 부합되는 복잡한 방안을 강구하기에 앞서, 우선 바틀비에게 이곳을 완전히 떠나는 것이 좋겠다고 넌지시 말하고 신중히 잘 생각해 보라고 했다. 그러면서 사흘간의 말미를 줬지만 그날이 왔을 때 바틀비는 본인의 결심에 변함이 없다는 사실을 통고했다. 요컨대 그는 여전히 나와 함께 머무르는 편을 택했다.

어떻게 해야 하지? 나는 외투 단추를 맨 위까지 잠그면서 중얼거렸다. 어떻게 하는 게 좋을까? 어떻게 해야 하지? 내 양심은 이 인간을, 아니 이 유령을 어떻게 처리하는 게 좋다고 할까? 그자를 쫓아내야 해. 그는 나가야 해. 한데 어떻게? 그를, 그 불쌍하고, 안색이 창백하고, 수동적인 사람을 강제로 밀어내지 않을 거라고? 그 무력한 사람을 문밖으로 내쫓지는 않을 거라고? 그렇게 잔인한 짓을 해서 명예를 실추시키지는 않을 거라고? 맞아, 나는 그렇게 하지 않을 거야. 그렇게는 못 해. 차라리 그가 여기에서 그대로 살게 내버려 뒀다가 죽으면 그의 시체를 벽에 붙여 놓고 벽돌을 쌓아 올리겠어. 무슨 뾰족한 수가 있겠어? 제아무리 그럴싸한 말로 설득을 해도 그는 꿈쩍도 하지 않으려 드는데. 뇌물을 줬지만 그건 내가 문진으로 눌러놓은 그대로 있는걸. 요컨대 그는 나한테 찰싹 들러붙는 편이 더 좋겠다고 마음먹은 게 분명해.

그렇다면 뭔가 준엄한, 아주 특별한 조처를 취해야 해. 뭐라고! 설마하니 경찰을 불러 아무 죄 없는 그 창백한 자를 체포해서 감방에 처넣게 하려는 건 아니겠지? 도대체 뭘 가지고 그렇게 할 수 있다는 거야? ······그가 부랑자라고? 말도 안 돼! 사무실에서 꼼짝도 하지 않으려든다고 해서 그가 부랑자요, 떠돌이라고? 그가 아무 의지할 데가 없는 부랑자가 되지 **않으려** 한다는 이유로 그 사람을 부랑자로 취급하려는 수작이지. 그건 너무나 앞뒤가 안 맞는 이야기야. 뚜렷한 생계 수단을 갖고 있지 않다는 것. 이거면 충분한 근거가 되겠지. 아니, 이번에도 틀렸어. 그는 분명 제힘으로 먹고살아. 그런 점이야말로 본인이 자활할 수단을 갖고 있다고 주장할 수 있는, 어떻게도 반박할 수 없는 유일한 증거가 되지. 됐어, 그만하자. 그가 내 곁을 떠나지 않으려 드니 내 쪽에서 그의 곁을 떠나야 해. 사무실을 옮길 거야. 다른 데로 이전할 거야. 만일 그가 새 사무실에 들어온다면 불법 침입자로 고발하겠다고 분명히 경고할 거야.

다음 날 나는 이 결심을 실행에 옮기기로 하고 그에게 말했다. "이 사무실은 시청에서 너무 먼 것 같아. 공기도 좋지 않고. 그래, 다음 주에 사무실을 옮길 작정이야. 그리고 이제는 자네의 도움이 필요치 않을 것 같아. 자네가 다른 곳을 찾을 수 있도록 미리 이야기해 두는 걸세."

그는 아무 대꾸도 하지 않았고, 나도 더 이상 말하지 않았다.

이사하기로 정한 날 나는 짐마차와 인부들을 고용해서 사무실로 왔다. 가구가 얼마 없었기에 불과 몇 시간 만에 짐을 다 실었다. 짐을 옮기는 동안 그 서기는 내내 칸막이 커튼 뒤에 묵묵히 서 있었다. 그 커튼은 맨 나중에 옮기라고 미리 이야기해 놓아서 인부들은 다른 일이 다 끝난 뒤에 그것을 옮겼다. 그것이 커다란 2절지처럼 접히면서 휑뎅그렁하게 빈 사무실에는 꼼짝하지 않고 서 있는 그만 남았다. 잠시 문밖에 서서 그를 주시하는 동안 내면에서 무엇인가가 나를 찌르듯이 질책했다.

나는 한 손을 주머니에 찌른 채 다시 사무실 안으로 들어갔다. 그리고…… 가슴이 뭉클했다.

"잘 지내게, 바틀비. 난 이제 갈 거야. 모쪼록 신의 가호가 자네와 함께하기를. 그리고 이거 받게." 그러면서 그의 손에 뭔가를 쥐여 줬다. 하지만 그것은 바닥에 떨어졌다. 그러고 나서…… 이상한 이야기지만…… 나는 어떻게든지 벗어나고 싶었던 그에게서 떨어지려 들지 않는 발길을 간신히 돌렸다.

새 사무실에 자리 잡은 뒤 처음 하루 이틀은 문을 꼭 잠갔다. 복도에서 발소리가 날 때마다 흠칫흠칫 놀랐다. 잠깐 사무실을 비웠다가 돌아올 때도 잠시 문 앞에 멈춰 서서 열쇠를 돌리기 전에 안의 동정에 귀를 기울였다. 하지만 이것은 쓸데없는 두려움이었다. 바틀비는 내 근처에 얼씬도 하지 않았다.

나는 모든 것이 다 잘되어 간다고 생각했다. 한데 바로 그때 한 낯선 사람 하나가 심란한 표정으로 나를 찾아와 내게 최근에 월 가 ××번지의 사무실에 있던 사람이 맞느냐고 물었다.

나는 불길한 예감에 휩싸인 채 그렇다고 답했다.

그 사람은 자신이 변호사라고 밝히면서 이렇게 말했다. "그렇다면, 댁이 거기에 남겨 두고 온 사람에 대한 책임을 지셔야겠습니다. 그 사람은 서류 베끼는 일을 전혀 하지 않으려 듭니다. 무슨 일이든 다 하지 않겠다고 해요. 노상 '하지 않는 게 좋겠다'고 합니다. 사무실을 떠나는 것도 거부합니다."

속으로는 오싹했지만 나는 짐짓 태연한 척하며 말했다. "죄송합니다만 댁이 말씀하신 그 사람은 저하고 전혀 무관한 사람입니다. 제가 책임을 져야 한다고 하시는데, 그 사람은 제 친척도 아니고 제 밑에서 일을 배우는 사람도 아닙니다."

"도대체 그 사람 어떤 사람입니까?"

"저로서는 뭐라고 말씀드릴 게 없네요. 그 사람에 관해서는 아는 게 아무것도 없습니다. 전에 서류 베끼는 일을 하는 직원으로 고용했는데 얼마 전부터 아무 일도 하지 않았어요."

"그럼 그 사람은 제가 알아서 처리하도록 하지요…… 이만 실례하겠습니다."

며칠이 지났고, 더 이상 아무 소식도 듣지 못했다. 옛 사무실에 들러 가여운 바틀비를 보고 올까 하는 자비로운 충동이 가끔 일어나기도 했지만 왠지 꺼림칙한 기분이 들어 그만두었다.

다시 한 주가 더 지나도록 아무 소식이 없어 마침내 나는 이제 모든 게 다 끝났나 보다고 생각했다. 한데 그다음 날 사무실에 오니 문 앞에서 몇 사람이 몹시 흥분해서 나를 기다리고 있었다.

맨 앞에 서 있던 사람이 소리쳤다. "저 사람입니다…… 이리로 오고 있는 사람." 나는 그가 먼젓번에 혼자서 나를 찾아왔던 변호사임을 알아봤다.

풍채 좋은 사람 하나가 내 쪽으로 다가오면서 소리쳤다. "즉시 그 사람을 데려가 주셔야겠습니다." 그는 월 가 ××번지의 건물 주인이었다. "우리 세입자이신 이 신사분들께서 더 이상 참을 수가 없으시답니다." 그가 그 변호사를 가리키며 말했다. "B── 씨가 그 사람을 사무실에서 쫓아냈더니 이제는 건물 여기저기에 출몰하면서 사람들을 괴롭힙니다. 낮에는 계단 난간에 앉아 있다가 밤에는 건물 현관에서 잠을 자는 식으로요. 모두가 걱정을 합니다. 고객들이 떠나고 있어요. 무뢰배가 아닌가 하며 두려워하는 사람들도 있습니다. 댁이 어떻게든 해 주셔야겠어요. 그것도 지체 없이."

나는 그가 폭포수처럼 퍼붓는 말에 혼겁을 하고 뒷걸음질 쳤다. 기분 같아서는 얼른 새 사무실 안으로 피신해서 문을 걸어 잠그고 싶었다. 나는, 당신들과 마찬가지로 나 역시 바틀비와 아무 관련이 없는 사람이라고 주장했지만 그 말은 먹혀들지 않았다. 그들은 내가 어떤 식으로든 그와 관계를 맺은 마지막 사람이라는 것을 갖고 나를 걸고넘어졌다. 결국 나는 내 이야기가 신문에 날까 두려워(그중 한 사람이 슬쩍 그러겠다는 식으로 협박했다) 심사숙고한 끝에 마침내 입을 열었다. 그 변호사가 본인의 사무실에서 나가고 내가 그 서기와 단둘이 이야기할 기회를 준다면 그날 오후에 그들이 성가셔 하는 그 골칫거리가 그곳을 떠나도록 힘써 보겠다고.

옛 사무실로 이어지는 계단을 올라가자니 바틀비가 층계참 난간에
조용히 앉아 있는 모습이 보였다.

"여기서 뭐 하고 있어, 바틀비?"

그는 상냥하게 답했다. "난간에 앉아 있죠."

나는 그에게 사무실로 들어가자고 손짓했다. 그러자 변호사는 우리
를 위해 밖으로 나가 줬다.

"자네가 사무실에서 해고된 뒤 계속 이 건물 현관을 점거하는 바람
에 내가 큰 고초를 겪고 있다는 걸 알고 있나, 바틀비?"

그는 아무 대답도 하지 않았다.

"이제 둘 중의 하나야. 자네가 뭔가를 하든지, 아니면 자네가 무슨
일을 당하든지. 그래, 어떤 일을 하고 싶은가? 누군가의 서류를 베끼
는 일을 다시 하고 싶은가?"

"아뇨. 어떤 변경도 하지 않는 게 좋겠습니다."

"포목점 사무원 일을 하는 건 어때?"

"그 일을 하면 노상 가게에 갇혀 지내야 해요. 사무원이 되고 싶지
않습니다. 하지만 전 까다로운 사람은 아닙니다."

나는 소리쳤다. "노상 가게에 갇혀 지내다니. 자네는 늘 자진해서 갇
혀 지내잖나!"

"사무원이 되지 않는 게 좋겠습니다." 그는 그 하찮은 사안을 단칼에
정리하려는 듯이 답했다.

"바텐더 일은 어때? 눈을 혹사시키지 않아도 되는 일이잖아."

"전혀 하고 싶지 않습니다. 하지만 앞서 말씀드렸다시피 저는 까다
로운 사람이 아닙니다."

그가 이례적이라고 할 만큼 말을 많이 하는 바람에 나는 기운이 나

서 다시 밀어붙였다. "으음, 그렇다면, 상인들을 대신해서 전국을 돌아다니면서 수금을 하는 일은 어떤가? 그 일을 하다 보면 건강도 좋아질 텐데."

"아뇨, 다른 일을 하는 게 좋겠습니다."

"그럼, 집안 좋은 젊은이가 유럽을 여행하는 동안 그 친구의 말벗이 되어 주는 건 어때? 그거 괜찮지 않나?"

"전혀요. 일의 성격이 뚜렷하지 않아 보이네요. 저는 고정된 형태의 일이 좋습니다. 하지만 저는 까다로운 사람이 아닙니다."

"그렇다면 계속 그렇게 한곳에 붙박여 지내봐." 이제 나는 인내심을 잃고 소리쳤다. 나는 열통 터지는 그와의 관계에서 처음으로 벌컥 화를 냈다. "날이 어두워지기 전에 자네가 이 건물에서 나가지 않는다면 부득불 내가…… 어쩔 수 없이 내가…… 이곳을 떠나야만 해!" 나는 어떻게 위협을 해야 그의 완강한 태도를 허물 수 있을지 몰라 그렇게 엉뚱한 말로 이야기를 끝냈다. 더 이상 이야기해 봤자 헛수고다 싶어서 황황히 그의 곁을 떠나려는 순간 한 가지 생각이 떠올랐다. 전에도 몇 번 해 봤던 생각이.

나는 그렇게 흥분된 상황에서 할 수 있는 한 최대한 상냥하게 말했다. "지금 나랑 같이 우리 집에 가겠나, 바틀비? 우리 사무실이 아니라 우리 집에. 시간 여유가 있을 때 자네에게 알맞은 일이 뭔지를 의논해서 결정할 때까지 거기 머무르도록 하게. 자, 지금 당장 가도록 하지."

"아뇨. 지금은 아무것도 바꾸지 않는 게 좋겠습니다."

나는 아무 대꾸도 하지 않았다. 그리고 사람들이 미처 캐물을 여지도 주지 않고 번개같이 건물을 빠져나와 월 가를 따라 브로드웨이 쪽으로 뛰어갔다. 그러다 승합마차가 보이자 댓바람에 뛰어올라 이내 추적권에서 벗어났다. 평정심이 돌아오자마자 나는 건물 주인과 세입자들의 요구, 그리고 바틀비에게 도움을 주고 그가 심한 박해를 받지 않게 보호해 주고 싶은 욕구와 의무감에 관한 한 내가 할 수 있는 일은 다 했다는 것을 분명히 알았다. 이제 나는 모든 근심 걱정을 떨치고 편안한 기분에 젖어 들려고 애썼다. 양심에 비춰 봐도 내 행동은 정당한 것 같았다. 하지만 내 마음은 내가 바라는 대로 되지 않았다. 나는 격노한 건물주와 세입자들이 다시 나를 찾아올까 두려워 내가 할 일을 니퍼스에게 맡기고는 내 사륜마차를 타고 며칠 동안 뉴욕 시 북부와 그 일대를 돌아다녔다. 나는 강을 건너 저지시티와 호보컨에 가봤고, 맨해튼빌과 애스토리아를 슬쩍 들러 보기도 했다. 사실, 그 며칠 동안 나는 사륜마차에서 살다시피 했다.

다시 사무실에 돌아와 보니 건물주가 보낸 편지가 내 책상 위에 놓여 있었다. 나는 떨리는 손으로 편지를 펼쳤다. 건물주가 경찰에게 바틀비를 부랑자라고 신고해서 그를 툼스 교도소에 보내게 했다는 내용이 적혀 있었다. 게다가 내가 그 누구보다도 더 바틀비를 잘 알고 있으니 그곳에 출두해서 바틀비와 관련된 사실들을 진술해 줬으면 좋겠다고 했다. 이 소식을 듣고 내 안에서는 서로 상반되는 두 가지 감정이 일어났다. 처음에는 분개했지만 결국은 그 조처를 거의 인정했다. 건물주는 힘이 넘치고 결단력이 빠른 사람이어서 나로서는 결정을 내리지 못했을 법한 조처를 쉽게 단행했다. 그런 특수한 상황에서 그것은 마지막으로 취할 만한 유일한 방안인 것 같았다.

훗날 알게 된 일이지만, 그 불쌍한 서기는 툼스로 연행된다는 이야기를 들었을 때 무표정하고 창백한 얼굴로 아무 저항도 하지 않고 묵묵히 따랐다고 한다.

호기심이나 동정심으로 모여든 몇몇 구경꾼도 그 현장에 있었다. 경찰관 하나가 바틀비의 팔짱을 끼고 앞장서서 걸어갔고, 뒤이어 침묵의 행렬이 온갖 소음과 열기와 즐거움으로 소연한 정오의 대로를 따라 나아갔다.

편지를 받은 그날 나는 툼스 교도소, 아니, 좀 더 정확히 말하자면 법원에 갔다. 담당 직원을 찾아서 방문 목적을 이야기하니, 그 직원이 내가 찾는 사람이 실제로 그 안에 있다고 알려 줬다. 나는 그에게 바틀비는 뭐라고 설명하기 어려운 괴짜이긴 하지만 더없이 정직해서 큰 온정을 베풀어야 하는 사람이라고 보증했다. 나는 알고 있는 모든 것을 진술했으며, 덜 가혹한 어떤 조처—사실 나도 그게 뭔지는 제대로 몰랐지만—가 취해질 때까지 가급적 관대하게 감방 생활을 할 수 있게 해 주면 좋겠다는 뜻을 넌지시 내비치는 것으로 이야기를 끝마쳤다. 아무튼 어떤 결정도 내려질 수 없다면 구빈원에서 그를 받아 줘야 했다. 이어서 나는 바틀비를 만나게 해 달라고 간청했다.

바틀비가 수치스러운 죄목으로 고발된 것이 아닌 데다 모든 면에서 워낙 조용하고 무해한 사람이었기에 그들은 그가 교도소 안, 그중에서도 특히 사면이 벽으로 둘러싸이고 잔디로 덮인 마당들에서 자유롭게 돌아다니는 것을 허용했다. 그리하여 나는 그곳에서 그를 발견했다. 그는 마당에서 가장 조용한 곳에서 높은 벽 쪽을 바라보며 홀로 서 있었다. 나는 감방 창문의 좁은 틈 사이로 살인범들이나 절도범들이 그의 모습을 내다보고 있으리라고 생각했다.

"바틀비!"

그는 고개도 돌리지 않고 말했다. "나는 댁이 누군지 알아요. 댁하고는 아무 이야기도 하고 싶지 않아요."

나를 의심하고 있다는 기미가 내포된 그런 대답에 나는 찌르는 듯한 아픔을 느꼈다. "자네를 이곳으로 보낸 사람은 내가 아니야. 그리고 자네에게 여기는 그리 고약한 곳이 아닐 거야. 여기에 있다고 해서 자네에게 수치스러운 어떤 낙인이 찍히는 것도 아니고. 보다시피 이곳은 어떤 사람들이 생각하듯이 그렇게 지독한 곳은 아니야. 봐, 저 위에는 하늘이 있고 이 밑에는 잔디밭이 있잖나."

"여기가 어딘지는 나도 압니다." 그가 그렇게 말하고는 더 이상 아무 말도 하지 않아 나는 그의 곁을 떠났다.

다시 복도에 들어섰을 때 앞치마를 두른, 펑퍼짐한 고깃덩어리처럼 생긴 사내가 다가와 내게 말을 걸었다. 그는 엄지로 어깨 뒤를 가리켰다. "저 사람, 선생님의 친구분인가요?"

"예."

"저 사람, 굶어 죽을 작정인가요? 그럴 마음이라면 감방 음식으로 연명하게 내버려 두면 됩니다."

나는 그런 곳에서 그런 비공식적인 이야기를 하는 사람을 어떻게 생각해야 좋을지 몰라서 물었다. "댁은 누구요?"

"취사 담당입니다. 이곳에 친구가 있는 분들은 저를 고용해서 친구에게 먹을 만한 음식을 제공하게 하죠."

나는 교도관을 돌아보면서 물었다. "그런가요?"

그는 그렇다고 했다. 나는 취사 담당—그곳에서는 그를 그렇게 불렀다—에게 얼마간의 은화를 슬쩍 건넸다. "그렇다면 저기 저 친구에게 특별히 신경을 써 줘요. 댁이 구할 수 있는 가장 좋은 먹을거리를 제공해 줘요. 그리고 가급적 저 친구에게 정중하게 대해 줘야 해요."

그는 자신의 예의범절을 직접 선보일 기회를 얻지 못해 안달하는 듯한 표정으로 나를 쳐다보며 말했다. "친구분에게 저를 소개시켜 주지 않겠습니까?"

나는 그렇게 하는 편이 바틀비에게 이로울 것이라고 생각하고 순순히 응했다. 취사 담당의 이름을 묻고는 그와 함께 바틀비에게로 갔다.

"바틀비, 이 사람은 자네의 친구일세. 앞으로 자네에게 많은 도움을 줄 걸세."

취사 담당은 앞치마를 처들고 허리를 깊숙이 숙이며 말했다. "저는 선생님의 하인입니다, 하인이에요. 여기에서 즐거운 시간을 보내시기를 바랍니다. 근사한 마당…… 시원한 방도 있고요…… 얼마 동안 저희랑 같이 지내시게 될 텐데 가급적 유쾌하게 지내셨으면 합니다. 오늘 저녁에는 뭘 드시고 싶으세요?"

바틀비가 돌아서서 말했다. "오늘은 식사를 하지 않는 게 좋겠습니다. 먹으면 탈이 날 겁니다. 저녁 식사를 하는 데 익숙하지 않으니까요." 그는 그렇게 말하고는 마당 반대쪽으로 천천히 걸어가 벽과 마주 보는 자세로 섰다.

"왜 그러는 거죠?" 취사 담당이 놀란 눈으로 나를 쳐다보았다. "별난 분이군요."

"머리가 좀 혼란스러운 것 같아요." 나는 서글픈 어조로 말했다.

"머리가 혼란스럽다고요? 혼란스럽단 말씀이죠? 흐음, 저는 선생님의 친구분이 위조범인 줄 알았습니다. 그 사람들은 항상 안색이 창백하고 태도가 점잖거든요. 그분들을 보면 왠지 모르게 딱해요. 꼭 그런 기분이 듭니다. 먼로 에드워즈*를 아세요?" 그는 의미심장하게 말한

---

* 1842년에 유죄 선고를 받을 때까지 툼스 교도소에 수감되었던 악명 높은 위조범.

뒤 잠시 말을 멈췄다. 그러고 나서는 안됐다는 듯이 내 어깨에 한 손을 얹고는 한숨을 쉬었다. "그 사람은 싱싱 교도소에서 폐결핵으로 죽었답니다. 그러니까 먼로와 아는 사이가 아니시라고요?"

"그래요. 나는 위조범과는 어울린 적이 한 번도 없어요. 한데 더 이상 지체할 수가 없군요. 저 친구를 잘 좀 돌봐 줘요. 그렇게 해서 손해 볼 일은 없을 겁니다. 나중에 또 봅시다."

그러고 나서 며칠이 지났을 때 나는 다시 툼스 교도소에 가서 면회 허가를 얻은 뒤 바틀비를 찾으려고 복도를 이리저리 돌아다녔지만 찾을 수가 없었다.

교도관이 말했다. "그 사람이 조금 전에 방에서 나오는 걸 봤는데요. 아마 마당을 거닐러 나간 것 같습니다."

나는 그쪽으로 갔다.

또 다른 교도관이 내 곁을 지나가면서 말했다. "그 조용한 사람을 찾으세요? 저쪽에 누워 있어요. 마당에서 잠자고 있죠. 눕는 걸 본 지 20분도 채 안 됐어요."

마당은 더없이 고요했다. 일반 수인들은 들어갈 수 없는 곳이었다. 사방의 벽들이 놀랄 만큼 두꺼워 그 너머에서 들려오는 모든 소리를 차단해 줬다. 피라미드를 연상시키는 그 웅장한 돌벽들의 음산한 분위기가 나를 짓눌렀다. 하지만 발밑에서는 사방 벽에 갇힌 채 보드라운 풀들이 자라고 있었다. 영원한 피라미드의 심장부인 듯한 그곳에서는 돌 틈마다 새들이 떨구고 간 풀씨들이 이상한 마법에 의해서 돋아나 있었다.

벽 밑에서 두 무릎을 세우고 모로 누운 이상한 자세로 몸을 웅크린 채 싸늘한 돌에 머리를 대고 있는 쇠약한 바틀비의 모습이 보였다. 한

데 그 몸은 미동도 하지 않았다. 나는 걸음을 멈췄다가 그에게 좀 더 가까이 다가가 허리를 숙이고 내려다봤다. 흐릿한 두 눈이 열려 있었다. 그렇지 않았다면 깊이 잠들어 있는 것처럼 보였을 것이다. 무엇인가가 그를 건드려 보라고 나를 채근했다. 그의 손을 만지는 순간 섬뜩한 전율이 팔을 타고 올라와 척추를 타고 발끝까지 내려갔다.

그때 취사 담당의 둥그런 얼굴이 나를 내려다봤다. "이분 식사가 준비되었는데요. 오늘도 식사를 하지 않겠다고 하시나요? 아니면 먹지 않고도 사는 건가요?"

"먹지 않고도 산답니다." 나는 그렇게 말하며 그의 눈을 감겨 줬다.

"아! 영면했군요. 그렇죠?"

나는 웅얼거렸다. "세상의 왕들과 자문관들과 더불어."

*

이제 이 이야기는 더 진행시킬 필요가 없는 것처럼 보일 것이다. 가여운 바틀비의 매장에 관한 짧은 이야기는 상상력으로 얼마든지 대체할 수 있으리라. 하지만 독자들과 헤어지기에 앞서 다음과 같은 이야기를 덧붙이는 것을 허락해 주시기 바란다. 만일 이 짧은 이야기 때문에 그에게 적지 않은 관심을 갖게 되어 바틀비가 어떤 사람이었고 그가 나와 알고 지내기 전에 어떤 삶을 살았는지가 궁금하시다면, 나로서는 그저 나 역시도 그런 궁금증을 갖고 있기는 하나 그것을 충족시켜 줄 수 있는 처지가 전혀 못 된다는 답변을 드릴 수밖에 없다. 한데 여기에서 내가 들은 하찮은 소문 하나를 밝혀야 할지 잘 모르겠다. 그 소문은 바틀비가 죽고 나서 몇 달 뒤 내 귀에 들어왔다. 그것이 어떤 근거에서 나온 것인지 확인할 수가 없어서, 나로서는 어느 정도로 진실인지는 자신 있게 말할 수 없다. 하지만 이 막연한 소문이 슬픈 것이기는 하나·내게는 뭔가 암시해 주는 것이 없지 않다. 이는 다른 이들에게도 그렇게 비칠 가능성이 있다고 여겨져 여기에서 간단히 언급하려고 한다. 소문은 이러하다. 바틀비는 워싱턴의 배달불능 우편물 취급 부서의 하급 직원으로 일하다가 운영 방침이 바뀌면서 갑자기 해고당했다. 이 소문에 관해 깊이 생각해 볼 때마다 나를 사로잡는 그 기분과 감정은 뭐라고 형언하기가 힘들다. 배달할 수 없는 죽은 편지들dead letter! 그 말은 마치 죽은 사람들이라는 말처럼 들리지 않는가? 선천적으로, 그리고 불운으로 무력한 절망 상태에 빠지기 쉬운 사람을 떠올려 볼 때, 끊임없이 그런 죽은 편지들을 취급하고, 그것들을 분류해서 불태우는 일보다도 더 그런 절망감을 부채질할 만한 일이 달리 또 어디 있겠는가? 그런 편지들은 해마다 대량으로 불태워지니까. 안색이 창백한 그 직원은 가끔 접힌 편지지 사이에서 반지를 발견하곤 한다. 그것을 끼었어야 할 손가락은 아마 무덤 속에서 썩고 있을 것이다. 누군가를 신속하게 돕기 위해 보낸 지폐가 나올 때도 있다. 그것으로 구원받았을 사람은 이제 더 이상 먹지도, 배고파하지도 않을 것이다. 절망하며 죽은 이들에게 사죄를, 아무 희망이 없는 상태에서 죽은 이들에게 소망을, 도무지 좋아질 가망성이 없어 보이는 불행에 짓눌려 죽은 이들에게 희소식을 전하는 편지들도 나온다. 생명과 구원의 소식을 담은 그 편지들은 신속히 죽음의 나락으로 떨어지고 만다.

아, 바틀비여! 아, 인류여!

꼬끼오!
혹은 고귀한 수탉 베네벤타노의 노래

Cock-a-Doodle-Doo!
or, The Crowing of the Noble Cock Beneventano

근래 들어 세계 전역에서 야만적인 전제에 대항해 활기차게 일어난 많은 반란이 좌초의 운명을 겪었다. 기관차와 기선이 불러일으킨 수많은 끔찍한 사고들도 역시 활기 넘치는 많은 여행자들의 목숨을 빼앗아 갔다(나는 그런 사고 중 하나로 친한 친구 하나를 잃었다). 나 자신의 사적인 생활도 압제와 불의의 사고와 사망으로 가득했다. 그 무렵의 어느 봄날 아침, 나는 기분이 너무 저조해서 도통 잠이 오지 않아 집을 나와 언덕 중턱에 있는 풀밭으로 산책을 나갔다.

　대기는 싸늘하고 안개가 끼고 축축해서 불쾌했다. 전원이 겨울잠에서 깨어난 지 얼마 되지 않아 풋풋한 기운이 도처에 어려 있었다. 긴 외투는 마차 안에서만 사용했기에 날렵한 더블 연미복 차림이었던 나는 눅눅한 공기를 차단하기 위해 가급적 단추를 꼭꼭 채웠다. 그리고 상체를 숙이고 지팡이로 질척한 잔디밭을 심술궂게 꾹꾹 찌르면서 언덕 오르막길을 올랐다. 이런 힘겨운 자세 때문에 머리가 자연히 지면으로 깊이 숙여져서, 나는 마치 머리로 세상을 들이받으면서 걷는 사람만 같았다. 나는 그런 사실을 의식하기는 했지만 그저 쓰게 웃기만 했다.

내 주위로는 둘로 나뉜 제국의 전형적인 특징이 엿보였다. 옛 풀들과 새 풀들이 힘겨루기를 하고 있었다. 저습지들에서는 푸르른 신록이 모습을 드러냈다. 그 너머 산들에는 산 가장자리가 황갈색인 탓에 유난히 도드라져 보이는 엷은 눈밭이 깔려 있었다. 혹처럼 튀어나온 언덕들 모두가 흡사 얼룩소 무늬처럼 보였다. 숲에는 3월의 사나운 바람에 부러진 죽은 나뭇가지들이 도처에 널려 있는 반면, 숲 가장자리를 둘러싼 어린 나무들은 노르스름한 빛을 띤 새순을 막 선보이고 있었다.

나는 언덕 꼭대기 부근에서 울창한 숲을 등지고, 파도처럼 굽이치는 다채로운 전원 풍경을 폭넓게 에워싼 산맥 쪽을 바라보는 자세로, 썩어 가는 큰 통나무에 잠시 걸터앉았다. 산들이 연이어 늘어서 있는 긴 산맥의 아랫부분을 따라 강이 격렬하게 용틀임하며 느리게 흘렀고, 그 너머로는 그 아래 강의 구불구불한 모습과 정확하게 상응하는, 진한 안개가 중첩된 강이 굽이쳐 흘렀다. 저 아래 여기저기에서 수증기 자락들이, 버림받았거나 키 없이 방황하는 국민들이나 배들처럼 혹은 십자로 엇갈린 빨랫줄들에 걸린 젖은 수건들처럼, 허공을 게으르게 배회하고 있었다. 저 멀리, 산맥으로 둘러싸인 만처럼 생긴 평원에는 마을 하나가 자리 잡고 있었고, 마을 상공으로 장막 같은 널찍한 이내가 걸려 있었다. 마을을 감금하듯 에워싼 산들 때문에 굴뚝들에서 솟아난 연기와 마을 사람들이 내쉰 숨결이 흩어지지 않고 찬 공기에 응결되면서 생겨난 이내였다. 너무 무겁고 활력이 없어서 더 올라가지 못하고 마을과 하늘 사이에 가로걸려, 부루퉁한 표정의 사람들과 까탈스러운 아이들의 모습들을 덮고 있었다.

나는 드넓게 굽이치는 평원, 산들, 마을, 여기저기 흩어져 있는 농가들, 큰 숲과 작은 숲, 시내, 바위, 초원을 둘러보면서 생각했다. 결국 이 거대한 대지에 인간이 만들어 내는 자취들이란 얼마나 하찮은가. 그러나 대지는 인간에게 자취를 남긴다. 오하이오에서 내 친한 친구와 30명의 선량한 사람들이 보일러의 염관焰管에서 밸브가 빠져나온 것을 알지 못한 천치 같은 기관사 한 사람의 잘못 때문에 황천길로 간 것은 얼마나 끔찍한 일인지. 저기 저 산맥 바로 너머 철로에서 열차 충돌 사고가 일어났다. 얼빠진 두 열차가 정면충돌하여 공중으로 솟구치면서 서로의 몸뚱이를 잡아 찢었다. 한 기관차는 알에서 갓 깨어난 병아리처럼 껍질이 홀랑 벗겨진 채 상대 열차의 한 객실 속에서 발견되었다. 한 신혼부부, 아무 죄 없는 갓난아기를 포함한 20명가량의 고귀한 생명이 카론*의 무정한 배에 한꺼번에 실렸고, 카론은 아무 짐도 들지 않은 그들을 쇳물이 펄펄 끓어오르는 곳으로 실어다 줬다. 하지만 개탄해 봤자 무슨 소용이 있겠는가? 어느 치안판사가 이 사태를 바로잡아 주겠는가? 그렇다, 온갖 신들을 괴롭히고 졸라 봤자 무슨 소용이 있겠는가? 하늘이 이런 식으로 일이 돌아가지 않도록 정하면, 그런 일이 일어날 수 없는 것이 되기라도 한단 말인가?

비참한 세상이여! 철도와 기선을 비롯해서 세상에서 아주 중요한 다른 이기利器들을 관리하는 많은 악당들과 멍청이들 때문에 자신이

---

* 그리스 신화에 등장하는 인물로, 저승으로 가는 강을 건너게 해 주는 뱃사공이다.

쌓은 부를 얼마나 오래 유지할 수 있을지 알 수 없는 상황에서 어느 누가 돈을 벌려고 기를 쓰겠는가? 사람들이 잠시라도 나를 북아메리카의 절대 권력자로 세워 준다면, 나는 그들을 죄다 교수형에 처하고 말 것이다! 목매달고 땅바닥에 질질 끌고 다니고 사지를 찢어 버릴 것이다. 튀기고 볶고 끓일 것이다. 뜨거운 물에 삶고 칠면조 다리처럼 구워 버릴 것이다. 그 한심하고 멍청한 기관사들을. 그자들을 지옥의 불 속에서 화부로 일하게 만들 것이다. 꼭 그렇게 하고 싶다!

　이 시대의 엄청난 진보라고! 그게 뭔데! 죽음과 살인을 손쉽게 만드는 것을 일러 진보라고 하지! 누가 그렇게 빨리 여행하고 싶어 한단 말인가? 우리 할아버지는 그런 것을 바라지 않으셨고, 그분은 바보가 아니셨다. 들어 보라! 여기 그 늙은 용이 다시 오고 있다. 몰록*이라는 거대한 등에가. 거센 콧바람! 칙칙폭폭! 꽥! 그가 낙타를 타고 느리게 달리는 아시아 콜레라처럼 완만하게 몸을 틀면서 이 신록의 숲들을 뚫고 들어오고 있다. 다들 비켜! 여기에 그가 오고 있다. 살인면허를 소지한 살인자가! 죽음의 전매특허자가! 재판관과 배심원들과 교수형 집행자의 희생자들은 항시 성직자의 은전도 받지 못하고 죽는다. 저 쇠로 된 악마는 고함을 치면서, "더! 더! 더!"라고 부르짖으며 400킬로미터에 걸친 땅을 내달리고 있다. 그와 공모한 50곳의 산들이 그의 위세에 머리를 조아릴 것이다! 그리고 그 산들이 부복할 때 내 빚쟁이, 빚을 갚으라고 요구하는 더 작은 악마에게도 머리를 조아릴 것이다. 그 빚쟁이는 어떤 기관차보다도 더 내 목숨을 위협하고 있다. 턱이 뾰족하고 여윈 악당. 그 악당도 꼭 철로 위로 내달리는 것만 같다. 일요

* 셈족의 신. 『레위기』 18장 21절.

일에도 내게 빚 독촉을 하고 교회에까지도 줄곧 따라온다. 그렇게 따라와 나와 같은 신도석에 앉아서 예의 바른 척하면서 해당되는 쪽을 펼친 기도서를 내게 건네주고, 내가 기도하는 바로 그 순간에 내 코밑에 성가신 청구서를 들이민다. 그리고 그렇게 해서 나와 구원 사이를 비집고 들어온다. 그러니 내가 어떻게 화를 내지 않을 수가 있겠는가?

나는 이 흉측한 인간에게 빚을 갚을 수가 없는 처지다. 하지만 사람들은 돈이 이토록 풍족했던 적은 없었다고 말한다. 공급 과잉으로 팔리지 않는 약처럼 많다고. 그러나 환자들이 이제 더 이상 필요로 하지 않는 약이라 하더라도, 내가 그런 약을 구할 수만 있다면 나를 나무라도 좋다. 그런 말은 거짓말이다. 돈은 풍족하지 않다. 내 주머니를 뒤져 보면 알 수 있는 일이다. 흥! 내가 아일랜드 출신의 도랑 파는 인부가 살고 있는 저쪽 오두막의 병든 아기에게 보내 주려고 하는 가루약이 여기 있다. 아기는 성홍열에 걸렸다. 사람들은 이 나라에 홍역, 유사 천연두, 수두도 역시 유행하고 있다고 하는데, 젖니가 나는 아이들에게 이것은 고약한 일이 아닐 수 없다. 나는 가난한 집 아이들의 상당수가 결국은 이 모든 질병들이 유행하는 과정에서 목숨을 잃을 것이라고 생각한다. 그렇게 그 아이들은 홍역, 이하선염, 급성폐쇄성 후두염, 성홍열, 수두, 급성토사증, 여름설사를 비롯한 온갖 질병에 쉽게 걸렸다! 아! 내 오른쪽 어깨에서는 류머티즘에서 오는 통증이 일고 있다. 어느 날 밤 노스리버를 항해하는, 선객들로 잔뜩 들어찬 배에서 병든 부인에게 내 침대를 양보하고 부슬비가 내리는 날씨에 아침나절까지 갑판에 머물다가 생겨난 증상이다. 자비를 베풀면 감사하다는 말을 듣는다! 통증도 얻고! 썩 꺼져라, 너 류머티즘이여! 내가 만일 악당이라서 그 부인을 돕는 대신에 살해를 했다면 너는 그렇게 설쳐 댈 수 없었을 것이다. 나는 소화불량에도 시달리고 있다.

안녕! 외양간에서 막 방목장으로 나온 두 살배기 송아지들이 다가오고 있다. 그 송아지들은 여섯 달 동안 외양간에서 찬 음식만 먹었다. 그 모습은 얼마나 비참해 보이는지! 녀석들은 혹독한 겨울을 보냈음이 분명하다. 앙상한 뼈들이 팔꿈치처럼 튀어나왔다. 녀석들의 옆구리에는 이상한 것들이 뒤범벅된 것이 팬케이크처럼 여러 층으로 달라붙어 있다. 몸 여기저기에 털이 닳아 없어진 곳도 보인다. 털이 닳아 없어졌거나 팬케이크가 달라붙어 있는 부분들을 제외한 나머지 부위들은 더러운 털들이 뭉쳐서 옆으로 누운 것처럼 보인다. 사실, 그들은 여섯 마리의 두 살배기 송아지들이 아니라 이 목초지를 배회하는 여섯 마리의 혐오스러운 털 뭉치들이다.

들어 보라! 이런, 저게 뭐지? 보라! 털 뭉치들이 저 소리에 귀를 쫑긋 세우고 있다. 풀밭에서 일어나 저 아래 굽이치는 전원을 내려다보고 있다. 다시 들어 보라! 얼마나 선명한 소리인가! 얼마나 음악적인가! 길게 늘어지는 소리! 새벽을 알리는 그 얼마나 의기양양한 감사기도인가! 녀석은 이 세상의 그 어떤 수탉 못지않게 한 마디 한 마디를 똑똑 떨어지게 발음한다. "지극히 높은 곳에서는 하느님께 영광이요!"* 이런, 이런. 나는 다시 정신을 가다듬기 시작했다. 아무튼 안개가 별로 짙지 않은 날이다. 저 멀리서 태양이 모습을 드러내기 시작하고 있다. 몸이 따뜻해지는 것을 느낀다.

들어 보라! 저기서 다시 그 소리가 들린다! 이 지상에서 저렇게 쨍쨍하게 울려 퍼지는 수탉의 울음소리를 일찍이 들어 본 적이 있었던

* 『누가복음』 2장 14절.

74

가! 청아하고 쨍쨍하고 원기 왕성하고 화끈하고 흥겹고 환희에 가득한 소리를. 그것은 분명하게 말하고 있다. "죽겠다는 소리 하지 말아요!" 친구들아, 저 소리는 아주 특별하지 않니?

나는 스스로 미처 의식하지 못한 사이에 흥분해서 두 살배기 송아지들에게 말을 하고 있다는 사실을 깨달았다. 그것은 인간의 참된 본성이 가끔 더없이 무의식적인 방식으로 스스로를 드러낸다는 사실을 보여 준다. 대체 왜 두 살배기 송아지처럼 구는 거야. 저 아래 평원에서 배고픈 주인이 마음만 먹으면 언제라도 목숨을 빼앗길 운명에 처해 있는 하잘것없는 수탉 한 마리가 아무 뜻 없이 뉴올리언스에서의 영광스러운 승리*를 기리는 계관시인처럼 소리를 지르고 있을 때, 나는 언덕 위에서 부루퉁한 상태에 빠져 있었다.

들어 보라! 다시 그 울음소리가 들린다! 친구들아, 저 녀석은 상하이**가 분명하다. 이 나라에서 태어난 어떤 수탉도 저렇게 빼어난 울음소리를 의기양양하게 토해 낼 순 없어. 친구들아, 저 녀석은 중국 황실 혈통의 상하이임이 분명하다.

그러나 내 친구들인 털 뭉치들은 이제 저 요란하고 의기양양한 울음소리에 무척이나 놀란 나머지 당황해서 꼬리를 연신 허공에 흔들면서 도망치고 있다. 녀석들이 서투르게 내달리는 모습은 지난 여섯 달 동안 다리를 제대로 놀리지 못했다는 사실을 확연히 드러내 줬다.

들어 보라! 다시 또 그 소리가 들린다! 저건 누구의 수탉일까? 이 지역의 누가 저렇게 특별한 상하이를 살 능력을 갖고 있을까? 맙소사, 피가 들뛰고, 심장이 두근거린다. 이게 뭐지? 대체 뭐가 이 썩은 통나

---

* 1814년, 뉴올리언스에서 미국군과 영국군이 벌인 전투.
** 다리가 긴 닭의 일종.

무 위에서 내 몸을 들썩이게 하고 내 팔꿈치를 파닥거리게 하고 수탉처럼 울게 하는 걸까? 그러고 나서 씁쓸한 기분이 찾아온다. 이 모든 것은 그저 한 마리의 수탉 울음소리에서 비롯되었다. 놀라운 수탉! 그러나 이 연약한 녀석은 더없이 기운차게 울어 젖힌다. 하지만 지금은 단지 아침일 뿐이다. 녀석이 한낮에는, 그리고 황혼 녘에는 어떤 식으로 우는지 살펴보자. 생각해 보면, 수탉들은 하루가 시작될 때 가장 기운차게 운다. 결국 녀석들의 기운은 지속되지 않을 것이다. 그래, 그래. 수탉들도 보편적인 시련의 마법에 굴복할 수밖에 없다. 처음에는 환희로 넘치지만 결국에는 풀이 죽고 마는 법이다.

　　……화창한 아침나절마다,
　　원기 왕성한 우리 멋쟁이 수탉들은 기쁨에 겨워 울기 시작한다.
　　그러나 해 질 녘이 다가오면 우리는 별로 울지 않는다,
　　그즈음이면 낙담과 광기가 찾아오기 때문이다.*

　이 시를 썼을 때 시인은 바로 이 상하이를 염두에 두고 있었다. 하지만 잠깐. 녀석이 다시 운다. 전보다 열 배나 더 낭랑하고 충만하고 길게, 시끄럽다고 할 정도로 의기양양하게! 사실, 저 종을 떼 버리고 이 상하이를 그 자리에 세워 놓아야 한다. 그 울음소리는 마일엔드 공원—거기가 '엔드(끝)'는 아니다—에서 프림로즈 언덕—거기에는 '프림로즈(앵초)'가 전혀 없다—에 이르는 런던의 모든 이들을 즐겁게 해줄 것이고, 그곳의 안개를 몰아내 줄 것이다.

* 윌리엄 워즈워스의 시 「결의와 독립」을 멜빌이 패러디를 한 것으로 알려진다.

으음, 지난주에는 도통 식욕이 없었지만 오늘 아침에는 식욕이 동한다. 원래는 차와 토스트만 먹으려고 했는데 커피와 달걀 몇 개를 먹을 작정이다. 아니, 갈색 스타우트*와 비프스테이크를 먹어야겠다. 푸짐한 식사를 하고 싶다. 아, 하행 열차가 다가오고 있구나. 하얀색 객차들이 은빛 혈관처럼 숲을 뚫고 빠르게 내달린다. 증기관이 칙칙폭폭 칙칙폭폭, 흥겹게 노래한다! 승객들도 흥겨워한다. 손수건 하나가 나부끼고 있다. 굴을 먹으러, 친구들을 만나러, 서커스를 구경하러 런던으로 가고 있는 이의 손수건이. 저기 저 안개를 보라. 언덕들 주위에서 부드럽게 소용돌이치고 굽이치는 안개를. 언덕들 사이에서 태양이 햇살을 펼치고 있다. 새색시의 침대를 덮은 푸른 캐노피처럼 마을을 뒤덮은 하늘색 연기를 보라. 강물이 초지들 위로 넘쳐흐르는 저 시골은 얼마나 찬연해 보이는가. 옛 풀들은 새 풀들에게 항복해야 한다. 이렇게 산책한 덕분에 기분이 좋아졌다. 이제 집으로 가자. 집에 가서 스테이크를 먹고 갈색 스타우트를 마시도록 하자. 스타우트stout 1쿼트**를 마시고 나면 나는 삼손만큼이나 힘이 용솟음치는stout 것 같은 기분을 느끼게 될 것이다. 그런데 가만 생각해 보니 그 빚쟁이가 찾아올지도 모르겠다. 저 숲에 들어가 몽둥이감 하나를 베어 와야겠다. 오늘, 녀석이 빚 독촉을 한다면 몽둥이로 두들겨 팰 거야.

들어 보라! 상하이가 다시 노래하고 있다. 상하이는 말한다. "브라보!" 상하이는 말한다. "놈을 두들겨 패요!"

오, 용감한 수탉이여!

오전 시간 내내 나는 전에 없이 기분이 좋았다. 11시경에 빚쟁이가

* 흑맥주.
** 1.14리터.

우리 집을 찾아왔다. 나는 심부름하는 아이 제이크에게 그자를 위로 올려 보내라고 했다. 나는 『트리스트럼 샌디』*를 읽고 있었고, 그런 상황에서는 아래층에 내려갈 수가 없었다. 그 비쩍 마른 악당(비쩍 마른 농부이기도 하다. 이 점을 염두에 두시길 바란다!)이 방에 들어와서는 내가 두 발을 탁자 위에 올려놓은 채 안락의자에 느긋하게 기대앉아 두 번째 갈색 스타우트 병을 옆에 두고 책을 들여다보고 있는 모습을 봤다.

나는 말했다. "앉게나. 이번 장을 다 읽고 나서 이야기하도록 하지. 근사한 아침이야. 하하하! 이건 토비 삼촌과 미망인 웨드먼에 관한 뛰어난 풍자를 다룬 장이지! 하하하! 내, 자네한테 이 대목을 읽어 주도록 하지."

"저는 시간이 없습니다. 낮에 해야 할 일이 있거든요."

"할 일 같은 건 엿이나 먹으라고 해! 여기다 담뱃재 떨어뜨리지 마. 그랬다간 밖으로 쫓아낼 테니까."

"나리!"

"미망인 웨드먼에 관한 이 대목을 읽어 줄 테니 들어 봐. 미망인 웨드먼은 말했다."

"제 청구서가 여기 있습니다."

"아주 좋아. 그걸 좀 말아 주겠나. 내가 담배 피울 시간이 되어서 말이야. 그리고 저 벽난로에서 석탄 한 덩이를 집어 갖고 오게!"

"제 청구서를 봐 주세요!" 내 뜻밖의 반응—과거에 나는 늘 창백한 얼굴로 녀석에게 얼버무리기 바빴다—에 놀란 데다 분노가 치솟아 올

---

* 아일랜드 출신의 영국 소설가로, 근대 심리소설의 선구자로 꼽히는 로렌스 스턴의 소설.

라 악당의 얼굴이 새하얘졌다. 하지만 녀석은 너무나 신중해서 무척이나 놀랐으면서도 그런 기색을 추호도 내비치지 않았다. "제 청구서를 봐 주세요." 녀석이 그것을 단호하게 내게 들이밀었다.

나는 말했다. "정말 근사한 아침이야! 전원 풍경은 정말 아름다워! 자네 오늘 아침에 그 대단한 수탉 울음소리 들었나? 내 스타우트 한잔 하게나!"

"댁의 스타우트를 마시라고요? 사람들에게 댁의 스타우트를 권하기 전에 우선 빚부터 갚으세요!"

"요컨대 자네는 내게 스타우트가 없다고 생각하는 거로군." 나는 천천히 몸을 일으키면서 말했다. "자네의 잘못을 깨우쳐 주도록 하지. 내 자네에게 바클레이와 퍼킨스보다 더 나은 스타우트를 보여 주겠네."

나는 별로 힘들이지 않고 그 거만하고 무례한 빚쟁이가 입고 있는 헐렁한 상의를 꽉 움켜쥐었다. (깡마른 몸집에 배도 쑥 들어간 녀석이라 상의가 헐렁했다.) 나는 그런 식으로 녀석을 꼼짝 못 하게 하고 세일러 매듭 방식으로 녀석의 몸을 줄로 결박했다. 그리고 녀석의 위아랫니 사이에 청구서를 구겨 넣고는 우리 집 주위에 있는 공터로 끌고 나갔다.

나는 말했다. "제이크, 창고에 가면 노바스코샤산 감자 한 자루가 있을 거야. 그걸 이리 갖고 와서 이 비렁뱅이한테 주고 내쫓아 버려. 이 자가 나한테 푼돈을 구걸해 왔거든. 이자가 일을 할 수 있다는 걸 내가 아는데, 게을러 빠졌어. 감자를 줘서 쫓아 버려, 제이크!"

감사하게도 근사한 울음소리가 들려왔다! 상하이가 완벽한 찬송가를 보내 줬다. 승리의 나팔 소리 같은 것을 보내 주는 바람에 내 영혼이 고동쳤다. 빚쟁이들! 그것들이 떼로 몰려온다 해도 나는 능히 물리칠 수 있다. 상하이는 분명, 빚쟁이들은 걷어차이고 목매달리고 언어 맞고 뭉개지고 목 졸리고 박살 나고 물먹고 몽둥이찜질을 당하기 위해 이 세상에 태어난 자들이라는 생각을 갖고 있었다.

집 안으로 돌아와 빚쟁이에게 승리한 기쁨이 약간 가라앉자 나는 그 신비로운 상하이에 관한 생각에 빠져들었다. 우리 집에서 상하이의 울음소리를 들으리라고는 꿈에도 생각하지 못했다. 녀석이 대체 어느 부잣집 마당에서 우는지가 궁금했다. 녀석은 애초에 내가 생각했던 것과는 달리 우는 걸 멈추지 않았다. 이 상하이는 적어도 대낮까지는 울었다. 녀석이 하루 종일 울까? 나는 알아보기로 결심했다. 다시 그 언덕으로 올라갔다. 이제는 모든 곳이 다 눈부신 햇살 속에 잠겨 있었다. 주위 사방에서는 풋풋한 신록이 움트고 있었다. 들판에서는 소들이 풀을 뜯고 있었다. 남쪽에서 갓 도착한 새들이 공중에서 즐겁게 노래하고 있었다. 까마귀들조차도 열정적으로 깍깍거렸으며, 빛깔도 평소보다 덜 까매 보였다.

들어 보라! 그 노랫소리가 들린다! 한낮에 울리는 저 상하이의 노래를 대체 어떻게 표현하면 좋을까! 해 뜰 무렵의 소리는 지금의 저 소리에 비하면 속삭임 정도에 지나지 않았다. 그것은 사람을 놀라게 할 만큼 더없이 우렁차고 길었으며, 기이하다고 할 만큼 더없이 음악적이었다. 일찍이 나는 수많은 수탉의 노래를, 근사한 소리를 내는 많은 소리를 들었다. 하지만 이 녀석은! 이 녀석의 노래는 플루트처럼 아주 매끄러웠고, 그 넘치는 환희의 저변에는 차분함이 깔려 있었다. 그것은 마치 황금의 목에서 터져 나오듯이 우렁차게 울려 퍼졌고, 파도처럼 굽이치고 하늘 높이 솟아올랐으며, 멀리멀리 퍼져 나갔다. 그것은 세상 물정 모르는 풋내기 수탉들의 멍청하고 허세 어린 소리와는 달랐다. 풋내기 수탉들은 앞으로 어떤 일을 겪을지를 전혀 모르고 있기에 안하무인격으로 설치면서 인생살이를 시작한다. 하지만 이것은 뭔가 교훈되는 것을 알려 주는 수탉의 노랫소리였다. 뭔가를 체득한 수탉의 소리. 세상과 싸우고 그 싸움에서 승리를 거둬 온 수탉, 땅이 솟아나고 하늘이 무너져도 노래하기로 결심한 수탉의 소리. 그 수탉은 지혜로운 수탉이었다. 무적의 수탉. 달관한 수탉. 수탉 중의 수탉.

나는 또다시 활력에 넘치고, 이 세상 어떤 것에도 굴하지 않을 용기 충천한 상태가 되어 집으로 돌아왔다. 나는 내가 진 빚과 그 밖의 두 통거리들, 해외의 가난하고 억압받는 민중들의 불운한 봉기들, 철도와 기선 사고, 심지어는 내 친한 친구를 잃은 일에 관해 생각했다. 나는 차분하고 온화한 형태의 저항에서 오는 환희에 휩싸였고, 그 때문에 스스로도 놀랐다. 나는 독립 자존과 보편적인 안전감으로 충만한 상태에서 마치 내가 죽음을 만나고, 그를 식사 자리에 초대하고, 그와 함께 카타콤을 위해 축배를 들 수도 있을 것만 같은 기분이었다.

저녁 무렵, 그 멋진 수탉이 해 뜰 때부터 해 질 때까지 줄곧 기세 좋게 우는지 알아보려고 나는 또다시 언덕으로 올라갔다. 저녁기도 시간 혹은 만종 시간을 알리는 소리! 저녁에 그 수탉이 두 날개를 가진 주인으로서 강력한 목에서 뽑아내는 소리는 동방의 크세르크세스*처럼 당당하게 울려 퍼져 온 누리에 깃들었다. 그것은 참으로 불가사의한 일이었다. 정말이지 대단한 수탉이로군! 그 수탉은 그날 밤을 편히 자겠다는 일념으로 하루 종일 기세 좋게 노래했으며, 수천 번에 이르는 노래의 여운을 밤 시간에까지 남겨 놓았다.

* 고대 페르시아의 황제.

나는 이례적이라고 할 만큼 곤하고도 개운한 잠을 잔 뒤 아침 일찍 완충 스프링처럼 가볍고 가뿐하게, 철갑상어의 주둥이처럼 기운차게 솟구치듯 깨어났다. 그리고 축구공처럼 통통거리며 언덕에 올라갔다. 들어 보라! 상하이가 나보다 먼저 잠에서 깨어 일어났다. 일찍 일어나 벌레를 잡아먹은 그 새는 엔진으로 작동되는 나팔처럼 기쁨으로 충만한 소리를 우렁차게 토해 냈다. 여기저기 흩어져 있는 농가들에서 수많은 다른 수탉이 서로의 노래에 화답하면서 연이어 외쳐 댔다. 그러나 문제의 상하이가 트롬본이라면 그것들은 그저 작은 피리에 불과했다. 그 소리들에 상하이의 노랫소리가 갑자기 끼어들면서 기세등등한 돌풍처럼 그들의 소리를 대번에 압도했다. 그는 다른 수탉들의 노래에는 아무 관심도 없는 것 같았다. 그는 다른 수탉들에게 화답하지 않고 독자적으로, 오로지 자기만을 위해서 고고하게 노래했다.

　오, 용감한 수탉이여! 오, 고상한 상하이여! 오, 그 누구도 범접할 수 없는 무적의 소크라테스가 인생에 대한 최후의 승리의 증거로 제시한 새여.

　나는 생각했다. 이 은총 어린 날 나는 살아 있으니 가서 상하이를 찾아내, 내 땅을 담보로 또다시 돈을 빌리는 한이 있어도 그것을 사도록 하자.

　나는 그 소리가 어느 방향에서 날아오는지 알아내려고 주의 깊게 귀 기울였다. 그러나 그 소리는 너무나 에너지가 강하고 충만해서 온 대기에 가득 흘러넘쳤기에 정확히 어느 지점에서 터져 나오는지 도통 가늠할 수가 없었다. 내가 결론 내릴 수 있는 것은 그저 이것 하나뿐이었다. 그 소리가 서쪽이 아니라 동쪽에서 나오고 있다는 것. 그러고 나서 나는 수탉의 노랫소리를 들을 수 있는 최대 거리가 어느 정도나 될까 생각해 봤다. 이렇게 고요하고 사방이 산들로 둘러져 갇힌 지역에서는 아주 먼 곳에서도 소리를 들을 수 있다. 게다가 땅이 파도처럼 굽이치고 산들이 굽이치는 언덕들과 골짜기들과 연접한 지형은 이상한 메아리와 반향과 소리의 증폭 현상과 공명의 축적 현상을 일으켰다. 그런 것들은 대단히 놀랍고 당혹스러운 현상들이었다. 이 용감하고 훌륭한 상하이, 태연자약하게 죽은 그 싸움닭이자 그리스인인 쾌활한 소크라테스의 새는 어디에 숨어 있을까? 대체 어디에 잠복해 있는 걸까? 오, 고귀한 수탉이여, 그대는 어디에 있는가? 나의 밴텀 닭이여, 다시 한 번 울어다오! 나의 위엄 있고 당당한 상하이여! 중국 황제의 새여! 태양의 형제여! 위대한 주피터의 사촌이여! 그대는 어디 있는가? 다시 한 번 울어서 그대의 번지수를 알려다오!

들어 보라! 그 수탉의 노랫소리가 전 세계의 수탉들로 이루어진 완전한 오케스트라가 연주하는 소리처럼 장엄하게 울려 퍼진다. 그런데 어디에서? 소리는 나는데, 어디에서? 동쪽에서 났다는 것 말고는 더 이상 뭐라고 할 말이 없었다.

아침 식사를 한 뒤 나는 지팡이를 들고 큰길로 나섰다. 그 일대에는 많은 신사들의 집이 점점이 흩어져 있었다. 나는 이 부유한 신사들이 최근에 트레이드윈드*호나 화이트스콜**호, 소버린오브더시스***호 등에 실려서 들어온 로열 상하이들에 거액을 투자했으리라는 것을 믿어 의심치 않았다. 그렇게 멋진 수탉이라는 큰 재산을 실어 나른 배들은 멋진 이름을 가진 멋진 배들일 것이 분명했다. 나는 그 지역 전체를 걸

* 무역풍.
** 구름 없이 내리는 스콜.
*** 바다의 군주.

어 다니며 이 고귀한 외래 동물을 찾아다녀 보기로 결심했다. 하지만 가장 하찮아 보이는 농가들에 들러서 도시에서 이주한 신사들 소유의, 최근에 수입된 상하이에 관한 소문을 우연히 들은 적이 있는지 알아보는 것도 과히 나쁘지 않으리라고 생각했다. 가난한 농부 혹은 가난한 사람들이 그런 동양의 트로피를, 세인트폴 대성당의 큰 종소리 같은 소리를 내는 귀한 닭을 소유할 수 없으리라는 것은 분명했다.

나는 길가 울타리 가까운 밭에서 쟁기질하는 노인을 만났다.

"최근에 유별나게 우는 수탉의 울음소리를 들은 적이 있나요?"

그는 느릿하게 말했다. "글쎄요, 잘 모르겠네요. 크로푸트라는 과수댁에 수탉이 한 마리 있고, 스퀘어토스 나리 댁에도 수탉이 한 마리 있고…… 우리 집에도 한 마리가 있는데, 모두가 울어요. 하지만 그중 어느 녀석이 유별나게 우는지는 잘 모르겠네요."

"수고하세요." 나는 무뚝뚝하게 말하고 돌아섰다. "그 중국 황제의 수탉이 우는 소리는 들어 보지 못한 모양이로군."

이윽고 나는 다 쓰러져 가는 낡은 가로장 울타리를 고치고 있는 또 다른 노인을 만났다. 썩은 가로장들이 노인의 손이 스칠 때마다 노란 가루가 되어 부서져 내렸다. 울타리는 가만 내버려 두거나 새 가로장을 덧대는 게 더 나아 보였다. 나는 농민들이 다른 어떤 계층 사람들보다도 더 그렇게 어리석은 짓을 잘한다는 서글픈 사실은, 그런 작업이 따뜻하고 나른한 봄날에 이루어진다는 데서 그 원인을 찾아야 한다고 본다. 그런 작업은 가망 없는 일이다. 힘든 일이다. 무익한 일이다. 비탄을 낳는 일이다. 헛된 일을 하느라 엄청난 공력만 든다. 썩은 가로장 울타리를 녹슨 못들로 오래 지탱시키는 일이 어떻게 가능하겠는가? 60년의 겨울과 여름에 걸쳐서 얼었다가 달궈지는 과정을 거듭해 온

막대기들에 무슨 수로 사라져 버린 나뭇진을 다시 주입시킬 수 있단 말인가? 이것은 썩어 빠진 가로장 울타리를 썩어 빠진 가로장들로 수리하려는 한심한 시도이며, 많은 농부들이 그런 작업을 하다가 결국은 요양원에 들어가고 만다.

문제의 노인 얼굴에서는 치매 초기 징후가 뚜렷하게 엿보였다. 그의 앞에 있는 60여 개의 가는 기둥들은 일찍이 내가 본 가장 한심하고 가장 비참해 뵈는 버지니아 가로장 울타리들 중 하나였다. 그 뒤의 들판에서는 귀신 들린 한 무리의 어린 수송아지들이 이 가망 없는 낡은 울타리를 계속 들이받은 끝에 여기저기서 울타리를 뚫고 나갔다. 그 바람에 노인은 하던 일을 멈추고 추격이 가능한 범위 내에 있는 녀석들의 뒤를 쫓아다녔다. 노인은 골리앗의 대들보만큼이나 크지만 코르크처럼 가벼운 가로장 하나를 들고 송아지들을 쫓아다녔다. 그것은 처음에는 그럴싸해 보였으나 곧 부서져서 가루가 되었다.

나는 이 가여운 노인네한테 말을 걸었다. "최근에 유별난 수탉의 울음소리를 들은 적이 있었나요?"

차라리 죽음의 초침 소리를 들어 봤냐고 물어보는 것이 더 나을 뻔했다. 노인은 어리둥절한 것 같은, 뭐라고 형언하기 힘든 음산한 눈빛으로 나를 한참 쳐다보더니 아무 대꾸도 하지 않고 그 한심한 일로 다시 돌아갔다.

나는 생각했다. 바보 같으니. 그렇게 음울하고 맥없는 노인에게 그렇게 명랑 쾌활한 수탉에 관해서 물어보다니!

나는 계속 걸어갔다. 나는 우리 집이 자리 잡고 있는 고지대에서 낮은 곳으로 내려온 터라 상하이의 울음소리를 들을 수가 없었다. 그 울음소리는 분명 저 위에서 나를 비껴갔으리라. 어쩌면 상하이가 옥수수와 귀리로 점심 식사를 하거나 낮잠을 자는 통에 얼마 동안 노래하는 즐거움을 누리지 못하는 사정에 처했을 수도 있다.

마침내 나는 말을 타고 그 길을 지나가는 풍채 좋은 신사, 아니 몸집이 비대한 큰 부자를 만났다. 그는 근래 광활한 땅을 사고 근사한 저택을 지었으며, 집 곁에 규모가 꽤 큰 닭장도 지었다. 그런 그의 명성은 일대에 널리 퍼져 있었다. 나는, 이 사람이야말로 상하이의 주인이야, 라고 생각했다.

나는 말했다. "실례합니다만 저는 이 지방 사람인데요, 뭐 좀 여쭤보겠습니다. 혹시 상하이들을 키우고 계시는지요?"

"아, 예. 열 마리를 키우고 있죠."

나는 놀라서 소리쳤다. "열 마리나! 그것들은 모두가 우나요?"

"아주 기운차게 울죠. 녀석들 모두가 그래요. 저는 울지 않는 수탉은 아예 키우지를 않습니다."

"댁으로 되돌아가서 제게 그 상하이들을 보여 주실 수 있나요?"

"기꺼이 그렇게 하죠. 저는 녀석들을 자랑스럽게 여기고 있습니다. 녀석들을 사는 데 총 600달러나 들었거든요."

그의 말 곁에 붙어서 걸어가는 동안 혹시 내가 열 마리의 상하이가 하나가 되어 일제히 울어 대는 소리를 한 마리의 상하이가 발하는 초자연적인 울음소리로 잘못 안 것은 아닌가 생각해 봤다.

나는 말했다. "댁의 상하이들 중에서 다른 녀석들이 도저히 따라갈 수 없을 만큼 울음소리가 유난히 더 우렁차고 음악적이고 강력한 녀석이 있습니까?"

그는 정중하게 답했다. "제가 알기로 녀석들의 울음소리는 거의 비슷합니다. 솔직히 말해 녀석들 하나하나의 울음소리를 정확히 가려내지는 못할 것 같습니다."

　나는 결국 이 부유한 신사의 집에는 그 고귀한 수탉이 있을 것 같지 않다고 생각하기 시작했다. 하지만 우리는 그의 닭장 안에 들어가서 그의 상하이들을 봤다. 그때까지 나는 이 외래종 닭을 한 번도 본 적이 없었다는 사실을 먼저 밝혀 둬야겠다. 나는 그저 상하이가 엄청나게 비싸고 덩치도 아주 크다는 이야기를 듣고는 그것들이 그 크기와 가격에 걸맞을 만큼 아름답고 근사할 것이라고만 생각했다. 그런데 막상 눈부신 깃털 같은 것은 찾아볼 수도 없는, 홍당무 빛깔을 지닌 열 마리의 괴물들을 보고는 무척이나 놀랐다. 그 즉시 나는 내 그 존귀한 수탉은 이것들 가운데에는 있지 않으며, 또 이 덩치 크고 흉측하게 생긴 닭들이 진짜 상하이 순종이라고 한다면 그 수탉은 상하이일 수 없으리라는 판단을 내렸다.

　나는 하루 종일 걸어 다니고, 어느 한 농가에서 점심 식사를 하고 휴식을 취하고, 많은 닭장들 속을 조사하고 닭을 키우는 많은 주인들에게 질문을 던지고 다양한 닭들의 울음소리를 경청했지만, 그 신비로운 수탉은 찾아내지 못했다. 사실 너무나 멀리 나아간 터라, 그 수탉의 울음소리도 들을 수가 없었다. 나는 그 수탉이 우리 고장에 잠시 들렀다가 11시 기차를 타고 남쪽으로 떠났으며, 지금쯤은 롱아일랜드 수로의 짙푸른 둑 어딘가에서 환희에 찬 노래를 부르고 있을지도 모르겠다고 생각하기 시작했다.

　그러나 이튿날 아침 나는 다시 그 감동적인 노랫소리를 듣고 피가 끓는 것을 느꼈고, 또다시 삶의 모든 불행에 초연해지는 것을 느꼈으며, 그 빚쟁이를 얼마든지 대문 밖으로 몰아낼 수 있을 것만 같은 기분이 들었다. 그러나 빚쟁이는 지난번에 형편없는 대접을 받고 몹시 기분이 상했는지 우리 집 근처에는 얼씬도 하지 않았다. 그 멍청이는 아무 해 없는 장난을 아주 심각하게 받아들이고 있는 것이 분명했다.

며칠이 지났다. 그동안 나는 그 지역 일대를 이리저리 돌아다녀 봤지만 그 수탉을 찾는 데는 실패했다. 하지만 나는 언덕에서 그의 노래를 들었다. 가끔 우리 집에서도 들었고, 그리고 가끔 야심한 시간에도 들었다. 나는 가끔 그 의기양양하고 도전적인 노랫소리를 듣고도 울적한 기분에 빠져들 때가 있었지만, 내 영혼은 수탉이 되어 그처럼 날개를 치고 목을 뒤로 젖히고 비탄으로 가득한 온 세상에 활기찬 도전의 숨결을 토해 내기도 했다.

몇 주가 지난 뒤 드디어 나는 빚을 갚기 위해, 빚쟁이들 중에서도 특히 그자에게 진 빚을 갚기 위해 다시 땅을 저당 잡혀야 했다. 그자는 최근에 나를 상대로 민사소송 절차를 밟기 시작했다. 소환장이 내게 전달된 방식은 더없이 모욕적이었다. 그때 나는 마을 술집의 한 방에서 필라델피아 포터 한 병과 허키머 치즈, 롤빵을 먹고 있었다. 식사가 끝난 뒤 나는 술집 주인에게 다음에 돈이 들어올 때 식대를 갚겠다고 이야기하고 나서 모자를 걸어 둔 모자걸이 쪽으로 갔다. 모자 속에는 내가 남겨 둔 고급 시가가 들어 있었다. 그런데 보라! 나는 그 시가를 감싸고 있는 소환장을 발견했다. 시가에서 소환장을 풀어 펼쳤을 때, 대기하고 있던 경관이 다가와 탁한 목소리로 "잘 읽어 보세요!"라고 했다. 그는 속삭이듯이 다시 덧붙였다. "그 내용을 잘 읽어 보고 알아서 하세요!"

나는 즉각 술집에 있는 신사들 쪽으로 돌아서서 말했다. "여러분, 이것이 민사소송 소환장을 전하는 품위 있는, 아니 합당한 방식일까요? 이걸 보세요!"

그들은 이구동성으로, 신사가 포터와 치즈로 점심 식사를 하고 있는 시간에 경찰관이 찾아오는 것은 품위 없는 짓이며, 신사의 모자 속에 소환장을 슬쩍 집어넣는 것은 대단히 무례한 짓이라고 했다. 그것은 비열한 짓이었다. 잔인한 짓이었다. 점심시간에 느닷없이 그렇게 충격적인 일을 당하게 되면 치즈가 제대로 소화될 리가 없지 않겠는가. 속담에서 이야기하는 것처럼 치즈는 블랑망제*만큼이나 소화시키기가 어려운 식품이다.

집에 도착해서 나는 소환장을 읽었다. 그리고 울적한 기분에 빠져들었다. 가혹한 세상이여! 험난한 세상이여! 나는 그 누구 못지않게 선량하고 따듯하고 친절하고 너그러운 사람이거늘. 운명은 내가 이 고장 사람들에게 많은 것을 베풀 수 있을 만한 재산을 갖도록 허용해 주지를 않는구나. 아니, 인색하기 그지없는 많은 구두쇠들은 주체할 수 없이 많은 돈을 가지고 떵떵거리며 살고 있는데, 고상한 마음을 가진 내게는 소환장이나 날아드는 판국이라니! 나는 고개를 떨궜다. 버림받고, 부당한 대우를 받고, 함부로 취급당하고, 진가를 인정받지 못한 기분이었다. 한마디로, 비참한 기분.

들어 보라! 클라리온** 소리 같은 저 소리를! 많은 종들의 울림을 동반한 천둥소리처럼 터져 나오는 더없이 찬란하고 도전적인 노랫소리를! 저 소리가 나를 다시 일으켜 세워 주는구나! 내 두 발로 꿋꿋하게 서게끔! 그래, 참으로 원기 왕성하게!

오, 고귀한 수탉이여!

그는 수탉답게 꾸밈없이 말했다. "이 세상과 세상 사람들일랑 몽땅

* 우유를 갈분과 우무로 굳힌 과자.
** 전쟁 때 쓰였던 나팔.

망하게 해 버려요. 댁은 그저 즐겁게 지내세요. 죽겠다고 하지 말고 기운을 내요! 댁과 비교할 때 세상 따위가 다 뭐예요? 한낱 흙덩어리에 불과하잖아요? 즐겁게 사세요!"

오, 숭고한 수탉이여!

나는 다시 생각해 봤다. "하지만 친애하는 내 멋쟁이 수탉아, 이 세상을 그렇게 쉽게 보내 버리긴 어려워. 모자 속에 소환장이 들어 있거나 손에 소환장을 들고 있는 상황에서 즐겁게 지내기는 어렵구나."

들어 보라! 다시 그 노랫소리. 그는 수탉답게 단순 명료하게 말했다. "소환장일랑 없애 버려요, 그걸 보낸 자를 목매달아 버려요! 만일 땅도 현금도 없다면, 가서 그자를 때려눕히고 돈 갚을 생각이 없다고 말하세요. 즐겁게 지내세요!"

내가 땅을 추가로 저당 잡힌 것은 바로 이 때문이었다. 그 수탉이 명령조로 암시하는 바람에. 그렇게 해서 나는 땅을 추가로 저당 잡히고 빌린 돈으로 빚을 몽땅 갚았다. 그렇게 해서 속 편한 상태가 되자 그 고귀한 수탉 찾는 일을 다시 시작했다. 그러나 허사였다. 매일 그 수탉의 노랫소리를 듣기는 했지만 말이다. 나는 이 불가사의한 사태 속에 뭔가 속임수 같은 것이 숨어 있을지도 모른다고 생각하기 시작했다. 놀라운 능력을 가진 어떤 복화술사가 우리 집 광이나 지하실이나 지붕 위를 배회하면서 장난을 치고 싶어서 그런 짓을 한 게 아닐까. 하지만 아니다. 대체 어떤 복화술사가 그렇게 절묘하고 장엄한 소리를 낼수 있단 말인가?

드디어 어느 날 아침, 한 사내가 우리 집에 찾아왔다. 지난 3월에 우리 집 나무들을 톱질하고 도끼로 패서 125세제곱미터나 되는 장작을 만들어 낸 남자로, 이제 그 보수를 받으러 온 것이다. 그는 정말 이상한 사람이었다. 그는 크고 여윈 몸집에, 긴 얼굴은 슬퍼 보였다. 한데 눈에는 흥겨워하는 빛이 어려 있어서 얼굴과 더없이 묘한 대조를 이뤘다. 진지한 분위기였지만, 우울해 보이지는 않았다. 그는 잿빛의 길고 초라한 상의를 걸치고, 찌그러진 큰 모자를 쓰고 있었다. 그는 우리 집 나무들을 톱질해서 많은 장작을 만들어 냈다. 그는 휘몰아치는 눈보라 속에서도 온종일 서서 톱질을 했다. 눈보라 따위에는 전혀 아랑곳하지 않았다. 그는 내가 말을 시키지 않으면 한 마디도 하지 않았다. 그저 톱질만 했다. 쓱싹, 쓱싹, 쓱싹. 그리고 눈은 끝없이 내렸다. 그의 톱질과 눈보라가 지극히 자연스럽게 한데 어우러졌다. 우리 집에 일하러 온 첫날, 그는 먹을 것을 싸 와서 눈보라 속에서 톱질 모탕에 걸터앉아 식사를 했다. 나는 로버트 버턴의 『우울증의 해부』를 읽고 있다가 창문으로 그가 식사하는 광경을 목격했다. 나는 모자도 쓰지 않고 문밖으로 뛰쳐나가 소리쳤다. "맙소사! 뭐 하고 있는 거요? 들어와요. 댁이 먹을 음식이 여기 있어요!"

그는 젖은 신문지로 싼 상한 빵 한 덩어리와 소금에 절인 쇠고기 한 덩어리를 갖고 왔고, 깨끗한 눈을 한 움큼 입속에 집어넣어 마른 음식을 넘기고 있었다. 나는 이 분별없는 사내를 집 안으로 데리고 와 벽난로 옆에 앉히고 뜨거운 포크 앤드 빈스* 한 접시와 사과주 한 컵을 내줬다.

나는 말했다. "앞으로 젖은 음식들을 갖고 오지 말아요. 계약에 따라서 일하는 거지만 댁의 식사는 내가 제공해 줄 거요."

그는 차분하고도 당당한 자세로, 하지만 과히 불쾌하지 않은 방식으

* 돼지고기와 토마토소스를 넣어서 만든 콩 요리.

로 감사의 뜻을 표했다. 그리고 흡족하게 식사를 했고, 나도 역시 식사를 했다. 그가 사내답게 사과주를 단숨에 쭉 비우는 모습을 보고 나는 기뻤다. 나는 그를 존경했다. 그에게 다가가 그가 톱질 모탕을 이용해 일하는 방식에 관해서 이야기할 때 나는 그를 아주 존중하고 존경하는 태도로 조심스럽게 대했다. 나는 그의 묘한 면에 관심이 갔고, 대부분의 사람들이 더없이 피곤하고 진저리 나는 일로 여기는 톱질을 놀랍도록 힘차게 하는 데 깊은 인상을 받은 나머지, 그가 어떤 사람인지, 어떤 삶을 살아왔는지, 어디에서 태어났는지 등에 관한 이야기를 들어 보려고 했다. 하지만 그는 침묵으로 일관했다. 그는 우리 집 나무들을 톱질하러 왔고, 내가 제공해 준 식사를 하기는 했어도(내가 식사를 제공해 주기로 했을 경우에는) 말은 거의 하지 않았다. 처음에 나는 질문을 해도 그가 뚱한 표정으로 아무 대꾸도 하지 않는 데 약간 분개했다. 하지만 다시 생각해 보고 나서는 그를 더욱 존경하게 되었으며, 그에게 이야기할 때면 전보다 더 존경 어린 어조로 아주 정중하게 이야기했다. 나는 나 나름의 결론을 내렸다. 이 사람은 힘겨운 시절을 보냈고, 고통스러운 많은 시련을 겪어 왔고, 진지하고 근엄한 기질을 타고났으며, 솔로몬의 지혜를 가졌고, 고요하고 점잖고 절제 있게 살아가는 사람이라고. 비록 아주 가난하기는 해도 대단히 훌륭한 사람이라고. 가끔 나는 그가 작은 시골 교회의 장로나 집사가 아닐까 하고 생각했다. 이 훌륭한 사람을 미국 대통령으로 출마시키는 것도 과히 잘못된 일은 아닐 것이라고도 생각했다. 그는 온갖 폐습을 대대적으로 개혁하는 인물임을 입증할 것이다.

그의 이름은 메리머스크였다. 나는 그렇게 무뚝뚝한 사람의 이름치고는 참 명랑 쾌활한 이름이라고 종종 생각했다. 나는 사람들에게 메리머스크를 아느냐고 물어봤다. 하지만 한참 시간이 지난 뒤에야 비로소 그에 관해 많은 사실을 알게 되었다. 그는 메릴랜드 주에서 태어난 듯하며, 오랫동안 그 주 일대에서 떠돌이 생활을 하며 지냈다. 그리고 불과 10년 전까지만 해도 돈을 헤프게 쓰면서 지냈지만 범죄 같은 것과는 전혀 무관했다. 그는 한 달 동안 놀라우리만치 착실하게 일한 뒤 그렇게 번 돈을 하룻밤 사이에 유흥비로 몽땅 탕진해 버렸다. 젊은 시절 그는 선원으로 일했고 바타비아에서 배를 버리고 달아났으며, 거기에서 열병에 걸려 사경을 헤매기도 했다. 그러나 그는 다시 살아나 다시 배를 타고 고국에 돌아왔지만 친하게 지냈던 친구들이 모두 죽은 것을 알고 북부 내륙 지방에 들어가 그 이래로 줄곧 거기에서 지냈다. 9년 전 그는 결혼을 했고, 슬하에 사 남매를 뒀다. 그의 아내는 중환자가 되어 드러누웠고, 한 아이에게는 하얀 종기 증상이 있었고, 나머지 아이들은 병약했다. 그와 아내는 산자락 밑으로 지나가는 철로 근방의 황량한 밭에 외따로 서 있는 오두막에서 살고 있었다. 그는 아이들에게 건강에 좋은 우유를 듬뿍 먹이려고 좋은 품종의 암소 한 마리를 샀는데, 암소가 그만 새끼를 낳다가 죽어 버렸다. 하지만 그에게는 또 다른 암소를 살 만한 돈이 없었다. 그래도 그의 식구들은 먹을거리가 없어 고생을 하지는 않았다. 그는 열심히 일해서 가족이 먹을 양식을 댔다.

앞에서 내가 말했듯이 메리머스크는 전에 한동안 우리 집 나무들을 톱으로 켜서 장작을 만들어 주는 일을 했고, 이제 보수를 받으러 우리 집에 왔다.

나는 말했다. "이 근방에 유별나게 우는 수탉을 가진 신사가 있습니까?"

그의 눈이 순간적으로 반짝, 했다.

그는 말했다. "유별난 수탉이라고 할 만한 것을 가진 '신사'가 있는지는 잘 모르겠는데요."

그 말에 나는, 아, 메리머스크는 그 방면으로 아는 사람이 없는가 보군, 이라고 생각했다. 나는 그 특별한 수탉을 영영 찾지 못하게 될까 봐 두려웠다.

나는 메리머스크에게 줄 만큼은 돈이 없어서, 있는 돈을 최대한 긁어서 주고는 하루 이틀 내에 내가 직접 그의 집에 들러서 남은 돈을 주겠다고 했다. 그래서 화창한 어느 날 아침, 그 일로 집을 나섰다. 나는 그의 오두막으로 가는 지름길을 찾느라고 꽤나 애를 먹었다. 그 집이 정확히 어디에 있는지 아는 사람은 아무도 없는 것 같았다. 그 집은 한쪽에 울창한 숲이 우거진 산(10월이면 산의 풍치가 아주 근사해서 나는 그 산을 '시월 산'이라고 부른다)이 있고, 다른 한쪽에는 잡목이 우거진 늪지가 있으며, 철도가 그 늪지를 가로질러 가는 아주 외진 곳에 자리하고 있었다. 철도는 그 늪지를 똑바로 꿰뚫고 지나갔다. 온갖 아름다움, 높은 지위, 유행, 건강, 여행 가방, 금과 은, 의류와 식료품, 신랑과 신부, 행복한 아내와 남편들을 실은 기차가 하루에도 수십 차례 그 초라한 오두막의 외로운 대문 곁을 바람처럼 날아가면서 그 집을 감질나게 괴롭혔다. 잠시라도 멈추는 일 없이 눈 깜짝할 사이에 그 집 앞을 스쳐 지나가 양 끝으로 자취를 감췄다. 마치 세상의 이 부분은 머무르는 일 없이 번개처럼 날아가야 할 곳이기라도 하듯이. 이런 것이 바로 그 오두막의 시야에 비친, 사람들이 인생이라고 부르는 것인 듯했다.

나는 다소 난감하기는 했지만 오두막이 있는 방향을 대략적으로 꿰고 있었기에 그쪽을 향해 터덜터덜 걸어갔다. 계속 앞으로 나아감에 따라 그 신비로운 수탉의 노랫소리가 점점 더 선명하게 들리는 바람에 나는 은근히 놀랐다. 나는 생각했다. 상하이를 소유한 신사가 이렇게 외지고 황량한 지역에 산다는 것이 과연 있을 수 있는 일일까? 그 찬연하고 도전적인 클라리온 소리는 점점 더 커지고 점점 더 가까워졌다. 나는 중얼거렸다. 비록 메리머스크의 집으로 가는 길에서 벗어나 있을지는 몰라도, 고맙게도 그 특별한 수탉이 있는 쪽으로 가고 있는 것 같기는 하군. 나는 이 상서로운 사건에 크게 기뻐했다. 나는 계속 앞으로 나아갔다. 이따금 한 번씩 수탉은 더없이 상쾌하고 즐겁고 화려하게 노래했다. 그 소리는 한 번씩 울릴 때마다 늘 먼젓번 소리보다 더 가까워졌다. 서양딱총나무들로 이루어진 숲을 벗어난 순간 나는 저 앞에 있는, 인간의 시력에 주어진 더없는 축복이라고 할 만한 눈부신 피조물을 목격했다.

수탉이 아니라 황금 독수리에 더 가까운 수탉을. 수탉이 아니라 전장을 주름잡는 대원수를 닮은 수탉을. 번쩍이는 검을 들고 적 함대를 향해 돌진하는 뱅가드호의 후갑판에 우뚝 선 넬슨 제독을 닮은 수탉을. 엑스라샤펠에서 황제의 예복을 떨쳐입은 샤를마뉴 대제를 닮은 수탉을.

바로 그런 수탉을!

그는 당당한 몸집을 지닌 수탉으로, 거만한 두 다리로 도도하게 서 있었다. 그의 몸은 붉은색과 황금색과 하얀색으로 이루어져 있었다. 고대의 방패 문양을 떠올리게 하는, 헥토르의 투구처럼 당당하고 균형 잡힌 벼슬은 붉은빛을 띠고 있었다. 눈처럼 새하얀 깃털에는 황금빛 무늬들이 수놓여 있었다. 그는 왕국을 다스리는 귀족처럼 오두막 앞을 거닐고 있었다. 벼슬은 우뚝 솟고, 가슴은 크게 부풀어 올랐으며, 거기에 수놓인 장식들은 햇살에 번뜩였다. 걸음걸이는 우아하고 당당했다. 그는 장엄한 이탈리아 오페라에 등장하는 동방의 왕처럼 보였다.

메리머스크가 문밖으로 나왔다.

"저분은 바로 세뇨르 베네벤타노가 아닌가요?"

"예?"

"저것이 바로 내가 이야기한 그 수탉입니다." 나는 약간 당황하면서 말했다. 사실은 감격한 나머지 어리석은 소리를 내뱉었다. 배우지 못한 사람 앞에서 유식한 비유를 든 것이다. 나는 그 사람의 정직한 눈빛을 보고 그 사실을 깨닫고는 멍청한 짓을 했구나 싶은 느낌에 사로잡혔다. 하지만 나는 "저것이 바로 내가 이야기한 수탉입니다"라고 말하는 것으로 그 상황을 슬쩍 눙치고 넘어갔다.

지난가을에 나는 어느 도시에 갔고, 그곳에서 이탈리아 오페라를 관람했다. 그 오페라에는 세뇨르 베네벤타노라는 고상한 인물이 등장했다. 키가 크고 위풍당당한 풍채의 남자는 깃털을 닮은 화려한 의상을 걸치고, 사람들을 깔보는 듯한 태도로 무대를 활보했다. 세뇨르 베네벤타노는 과도하게 오만하여 형편없는 처지로 전락할 위기에 처해 있는 것 같았다. 그리고 그 수탉의 당당한 걸음걸이는 바로 그 무대에서 세뇨르 베네벤타노가 걷는 모습과 똑같아 보였다.

들어 보라! 갑자기 수탉이 걸음을 멈추더니 영감에 사로잡힌 것처럼 머리를 더 꼿꼿이 세우고 깃털을 일으키면서 우렁찬 소리를 토해냈다. 그 소리는 '시월 산'에 부딪혀 메아리쳤고, 그 메아리는 다시 다른 산들에 부딪혀 메아리쳤으며, 또 다른 산들이 다시 그 소리를 받아 메아리로 화답하면서 지역 전체에 울려 퍼졌다. 그제야 나는 내가 여기에서 멀리 떨어진 언덕 위에서 어떻게 그 반가운 소리를 듣게 되었는지를 명확히 파악했다.

"맙소사! 저 수탉이 댁의 것인가요? 댁이 주인인가요?"

"예, 제 수탉입니다!" 메리머스크는 엄숙해 뵈는 긴 얼굴 한구석에서 은근히 기쁨의 기색을 내비쳤다.

"어디에서 저걸 구했나요?"

"우리 집에서 알을 까고 나왔죠. 제가 키웠고요."

"댁이?"

또다시 노랫소리. 일찍이 이 지역에서 벌채된 모든 소나무와 솔송나무들의 영혼을 일깨울 만한 소리였다. 경이로운 수탉이여! 그는 한바탕 울어 젖힌 뒤 그에게 감복한 암탉 무리에게 둘러싸인 채 다시 보무당당하게 활보했다.

"세뇨르 베네벤타노에 대한 대가를 얼마 받을 셈인가요?"

"예?"

"저 마법의 수탉을 얼마에 넘기실 거냐고요."

"팔지 않을 겁니다."

"50달러 드리죠."

"쳇!"

"100달러!"

"피!"

"500달러!"

"흥!"

"댁은 가난한 분이에요."

"아뇨. 제가 바로 저 수탉의 주인이고, 방금 전에 500달러에 팔라는 제안도 거절했는데요?"

나는 깊이 생각에 잠겨 말했다. "맞아요. 그건 사실입니다. 그럼 댁은 저걸 팔지 않을 셈인가요?"

"예."

"그럼 그냥 주시겠어요?"

"아뇨."

"그럼 고이 잘 간직하고 사세요!" 나는 화가 나서 버럭 소리쳤다.

"그럴 겁니다."

나는 그 수탉에 감탄하고 또 그 사내에게 경탄하면서 잠시 우두커니 서 있었다. 결국 내 마음속에서 수탉에 대한 감탄의 감정은 두 배가 되었고, 사내에 대한 존경심도 역시 두 배가 되는 것으로 끝났다.

메리머스크가 말했다. "좀 들어가시지 않겠어요?"

"한데 저 수탉도 함께 들어가면 안 될까요?"

"그렇게 하죠. 트럼펫! 이리 와, 아가! 이리 와!"

수탉이 돌아서더니 메리머스크에게로 성큼성큼 다가갔다.

"가자!"

수탉이 우리를 따라 오두막 안으로 들어왔다.

"울어!"

지붕이 진동했다.

오, 고귀한 수탉이여!

나는 조용히 집주인을 돌아봤다. 그는 무릎과 팔꿈치 부분을 다른 천으로 덧대어 꿰맨, 후줄근한 잿빛 상의와 바지 차림에 딱하게 보일 만큼 잔뜩 찌그러진 모자를 쓴 채 여기저기 흠집이 난 낡은 궤에 걸터앉아 있었다. 나는 실내를 둘러봤다. 머리 위로 서까래들이 드러나 있고, 거기에 포를 뜬 딱딱한 쇠고기 조각들이 걸려 있었다. 흙바닥 한 귀퉁이에는 감자 한 무더기가 쌓여 있고, 다른 한구석에는 옥수수알 한 자루가 놓여 있었다. 실내 한끝에 담요 한 장이 걸려 있고, 그 안에서 여자와 아이들의 병약한 목소리가 새어 나왔다. 그런데 그 목소리들에는 불평하는 기색이 어려 있지 않은 것 같았다.

"부인과 자녀들?"

"예."

나는 수탉을 바라봤다. 그는 방 한복판에서 위엄 있게 서 있었다. 마치 길에서 소나기를 만나 어떤 농부의 헛간 속에 들어와 있는 스페인 대공 같아 보였다. 그에게는 주위와 아주 대조되는, 이상하리만치 불가사의해 보이는 면모가 있었다. 그는 오두막 안을 환하게 했다. 초라한 오두막을 풍요롭게 보이게 만들었다. 낡은 궤를, 누더기에 가까운 잿빛 상의를, 찌그러진 모자를 생생하게 살아나게 했다. 담요 뒤에서 새어 나오는 병약한 목소리들에 생기를 불어넣어 줬다.

병약한 기운이 어린 가녀린 목소리가 외쳤다. "오, 아빠, 트럼펫이 다시 울게 해 주세요."

메리머스크가 외쳤다. "울어."

수탉이 노래하는 자세를 취했다.

지붕이 들썩거렸다.

"이 소리가 메리머스크 부인과 아픈 아이들을 괴롭게 하지 않나요?"

"다시 울어, 트럼펫."

지붕이 들썩거렸다.

"그럼, 식구들을 힘들게 하지 않는다는 건가요?"

"울게 해 달라고 아이들이 부탁하는 소리를 못 들으셨나요?"

나는 말했다. "몸이 아픈 식구들이 어떻게 이런 소리를 좋아할 수가 있죠? 저 수탉은 근사한 수탉이고 목소리도 기가 막히긴 한데, 환자들이 있는 방에는 어울리지 않는 것 같은데요. 식구들이 정말로 이 소리를 좋아합니까?"

"선생님은 싫어하세요? 들으면 기분이 좋아지지 않나요? 가슴을 뛰게 하지 않느냐고요? 용기를 불어넣어 주지 않나요? 절망을 이겨 낼 힘을 주지 않나요?"

"아, 그건 그렇죠." 나는 초라한 상의로 위장한 그 용감한 정신에게 깊은 겸양을 표하는 뜻에서 모자를 벗으며 말했다. 그럼에도 염려하는 마음이 여전히 가시지 않아서 다시 덧붙여 말했다. "하지만 제 생각에 이렇게 크고, 놀라우리만큼 쩌렁쩌렁한 소리는 환자들에게 좋지 않을 수도 있을 것 같은데요. 건강을 회복하는 데 지장을 줄 것도 같고."

"이제 있는 대로 한번 질러 봐, 트럼펫!"

나는 의자에서 튀어 오르듯 벌떡 일어났다. 그 수탉은 『묵시록』에 나오는 막강한 천사처럼 나를 겁먹게 했다. 그는 악으로 물든 바빌론의 멸망에 기뻐하고, 정의로운 여호수아가 아스글론 골짜기에서 승리한 것을 축하하는 것만 같았다. 침착한 태도를 약간 되찾았을 때 내 내면에서 탐구심이 고개를 쳐들었다. 나는 그 마음을 만족시켜 주기로 결심했다.

"저를 댁의 아내와 아이들에게 소개해 주지 않겠습니까?"

"그렇게 하죠. 여보, 여기 이 신사분이 거기로 들어가 보고 싶다는구려."

병약한 목소리가 응답했다. "그렇게 하시라고 하세요."

담요 커튼 뒤로 가 보니 쇠잔한, 그러나 이상하리만치 명랑한 얼굴이 거기에 있었다. 그 얼굴은 무척이나 아름다웠다. 침대 겉덮개와 낡은 외투로 가려진 몸은 너무나 졸아들어 그 안에 푹 파묻혀 있었다. 창백한 얼굴의 소녀가 침대 곁에서 그녀를 보살피고 있었다. 또 다른 침대에서는 그 소녀보다 낯빛이 더 창백한 세 아이가 나란히 누워 있었다.

"아, 아빠, 저 신사분을 싫어하는 건 아니지만, 트럼펫도 함께 보게 해 주세요."

그 말에 수탉이 커튼 안으로 성큼성큼 걸어 들어오더니 아이들의 침대 위로 뛰어올랐다. 병약한 아이들은 기쁨과 흥분에 설레는 눈빛으로 수탉을 바라봤다. 아이들은 수탉의 빛나는 깃털을 통해서 일광욕을 하는 것만 같았다.

메리머스크가 말했다. "약제사보다 더 훌륭하죠. 그야말로 닥터 콕(수탉)입니다."

우리는 그곳에서 물러났다. 나는 다시 의자에 앉아서 이 이상한 가족에 관한 생각에 잠겼다.

나는 말했다. "댁은 당당하고 자주적인 분 같습니다."

"저도 선생님을 바보라고 생각하지 않습니다. 한 번도 그런 생각을 한 적이 없죠. 선생님은 멋진 분입니다."

나는 조심스럽게 화제를 바꿔 보려고 했다. "부인은 건강을 회복할 가망이 있나요?"

"전혀요."

"아이들은요?"

"거의 가망 없습니다."

"쓸쓸하고 서글픈 삶이군요. 댁과 관련된 모든 것이 다요. 이렇게 외지고 쓸쓸한 환경이, 이 오두막이, 고된 노동이, 힘겨운 나날이."

"제게는 트럼펫이 있잖습니까? 녀석은 우리를 응원해 줍니다. 종일 울어 대지요. 한밤중에도 웁니다. 지극히 높은 곳에서 하느님께 영광이요! 끊임없이 이렇게 찬송합니다."

"제가 우리 집 근처 언덕에서 처음 그 소리를 들었을 때 꼭 그렇게 들렸죠. 그래서 웬 갑부가 값 비싼 상하이를 갖고 있는가 보다고 생각했죠. 댁처럼 가난한 분이 이렇게 근사한 국내산 수탉을 갖고 있으리라곤 미처 생각하지 못했습니다."

"저처럼 가난한 사람이라뇨? 왜 저더러 가난하다고 하시는 거죠? 제 소유의 저 수탉이 이 별 볼 일 없고 메마르고 황량한 땅에 빛과 생기를 더해 주지 않나요? 제 수탉이 선생님의 기운을 북돋아 주지 않았나요? 그리고 저는 선생님께 이 모든 찬송을 공짜로 드리고 있습니다. 저는 위대한 자선사업가입니다. 저는 부자예요. 엄청난 부자. 그리고 더없이 행복한 사람이지요. 울어, 트럼펫."

지붕이 들썩였다.

나는 깊은 생각에 잠긴 채 집으로 돌아왔다. 내 마음은 메리머스크에 대한 감탄으로 가득하기는 했으나, 그의 견해가 꼭 옳다고는 생각하지 않았다. 내가 문 앞에서 그 문제에 관해 생각하고 있는데, 다시 그 수탉의 노랫소리가 들려왔다. 그것으로 족했다. 메리머스크의 말이 옳았다.

오, 고귀한 수탉이여! 오, 고귀한 사람이여!

그 후 나는 몇 주 동안 메리머스크를 보지 못했다. 그러나 영화롭고 환희 어린 그 노랫소리를 들으면서 그가 여느 때처럼 잘 지내겠거니

했다. 내 마음은 여전히 들뜨고 흥분해 있었다. 그 수탉은 여전히 내 가슴을 뛰게 했다. 나는 농장을 담보로 또다시 돈을 빌렸지만 그 돈으로 한 다스의 스타우트와 수십 병의 필라델피아 포터를 사는 것으로 그쳤다. 내 친척 몇 사람이 죽었다. 나는 상복도 입지 않고 사흘 동안 색깔이 더 짙다는 이유만으로 포터는 제쳐 놓고 스타우트만 줄창 마셨다. 좋지 않은 소식이 날아올 때마다 즉시 그 수탉의 노랫소리가 들렸다.

"이 스타우트로 그대의 건강을 빌어 주마, 오, 고귀한 수탉이여!"

나는 한동안 메리머스크를 보지 못했고, 소식도 듣지 못했기에 다시 그를 찾아가 봐야겠다고 생각했다. 그곳에 다가갔을 때 오두막에서는 아무 기척도 없었다. 이상하게 마음이 불안했다. 그러나 실내에서 수탉이 울었고, 그와 더불어 불길한 예감은 사라졌다. 문을 두드렸다. 안으로 들어오라는 힘없는 목소리가 들렸다. 담요 커튼은 사라지고 없었다. 이제는 집 안 전체가 다 병원이었다. 메리머스크는 낡은 옷 무더기 위에 누워 있었고, 아내와 아이들은 모두 자기네 침대에 누워 있었다. 수탉은 오두막 중앙의 대들보에 매달린 큰 통의 녹슨 쇠테 위에 올라앉아 있었다.

나는 서글픈 심경으로 말했다. "병이 들었구려, 메리머스크."

"아뇨, 저는 괜찮습니다." 그가 맥없이 대꾸했다. "울어, 트럼펫."

나는 움찔했다. 병약한 몸속에 깃든 강렬한 영혼이 나를 오싹하게 만들었다.

수탉이 울었다.

지붕이 들썩였다.

"부인의 상태는 어때요?"

"괜찮습니다."

"아이들은?"

"괜찮습니다. 다들 괜찮아요."

그의 마지막 두 마디는 병을 이겨 낸 승리의 광적인 희열과 같은 형태로 터져 나왔다. 전율이 일 정도로 근사한 말이었다. 그의 고개가 뒤로 툭 떨어졌다. 마치 그의 얼굴에 하얀 냅킨이 떨어진 것만 같았다. 메리머스크는 죽었다.

나는 혹심한 두려움에 사로잡혔다.

수탉이 울었다.

수탉은 모든 깃털이 깃발이라도 되는 양 뒤흔들었다. 수탉은 세인트 폴 대성당의 돔에 매달린 전리품 깃발처럼 오두막 지붕에 매달려 있었다. 수탉이 지닌 그 불가사의한 경이로움에 나는 두려웠다.

나는 여자와 아이들이 누운 침대들 곁으로 다가갔다. 그들은 내 표정에 이상한 공포심이 어려 있음을 눈치챘다. 그들은 무슨 일이 일어났는지 알았다.

여자가 낮은 목소리로 말했다. "우리 그이가 죽었군요. 진실을 말해 주시겠어요?"

나는 말했다. "돌아가셨습니다."

수탉이 울었다.

그녀는 한숨 한 번 쉬지 않고 그대로 축 늘어졌다. 기나긴 사랑의 교향곡도 끝이 났다.

수탉이 울었다.

수탉이 깃털을 흔들면서 황금빛 섬광이 번쩍였다. 수탉은 자선의 환희에 휩싸인 듯했다. 그는 둥근 쇠테에서 뛰어내려 메리머스크가 누워 있는 낡은 옷 무더기 쪽으로 위풍당당하게 걸어갔다. 그리고 문장紋章에 나오는, 방패를 받드는 동물처럼 그의 곁에 자리 잡고 섰다. 그러고 나서 마치 그 톱장이의 영혼을 일곱 번째 천국*으로 가볍게 보내려는 듯 목을 뒤로 한참 젖히고는 마지막 울음의 성격을 지닌, 음악적이고 의기양양한 노래를 길게 뽑아냈다. 그런 뒤 제왕처럼 당당한 걸음으로 여자의 침대 쪽으로 다가갔다. 거기에서도 그는 고개를 뒤로 젖히고 앞서의 울음과 짝을 이루는 우렁차고 의기양양한 노래를 뽑아냈다.

창백했던 아이들의 안색이 환해졌다. 그 빛은 아이들의 얼굴에 앉은 때와 먼지를 뚫고 눈부시게 피어났다. 그들은 초라한 모습으로 변장한, 황제의 자녀들 같았다. 수탉은 아이들의 침대 위로 뛰어올라 온몸을 흔들면서 거듭거듭 노래했다. 그는 아이들의 영혼이 그 쇠약한 육체에서 빠져나오도록 하기 위해 온 힘을 다하는 것만 같았다. 해방되고자 하는 크고 깊고 강력한 열망이 내 눈앞에서 아이들을 영혼으로 탈바꿈시켰다. 나는 아이들이 누워 있던 자리에서 천사들을 봤다.

아이들은 죽었다.

수탉은 아이들의 위에서 깃털을 흔들었다. 그는 노래했다. 그것은 이제 브라보, 혹은 만세, 라고 하는 것처럼 들렸다. 만세 삼창! 수탉이 오두막 밖으로 걸어 나갔다. 나는 따라갔다. 수탉은 그 집의 가장 높은 곳으로 날아올라 가 양 날개를 쫙 펼치고 초자연적이라고 할 만큼 엄청난 노래를 뽑아낸 뒤 내 발 앞에 툭 떨어졌다.

수탉은 죽었다.

만일 여러분이 그 산지를 찾아간다면, 늪지 맞은편, 시월 산 바로 밑

---

* 회교도나 유대인이 하느님이 계신 곳으로 생각한, 더없이 행복한 곳.

에 있는 철길 근처에서 비석 하나를 보게 될 것이다. 해골 표시는 없고, 목을 빼고 노래하는 기운 찬 수탉의 모습과 그 아래에 다음과 같은 시구들을 새겨 놓은 비석을.

오, 죽음이여, 그대의 가시는 어디 있는가?
오, 무덤이여, 그대의 승리는 어디 있는가?

톱장이와 그의 가족은 세뇨르 베네벤타노와 더불어 그곳에 잠들어 있다. 나는 그곳에 그들을 매장하고 그 비석을 세워 놓았다. 그 비석은 주문해서 만들었다. 그 후로 나는 한 번도 우울한 기분에 빠져들지 않았다. 어떤 상황에서도 늘 울리는 그 소리에 아침부터 밤늦게까지 즐겁게 지냈다.

꼬끼오오오오오!

베니토 세레노
Benito Cereno

1799년, 매사추세츠 덕스버리 출신으로 대형 바다표범잡이 배 겸 무역선 선장인 애머사 델러노는 배에 귀중한 화물을 싣고 산타마리아 항에 닻을 내렸다. 기나긴 칠레 해안선의 최남단 부근에 있는 작고 황량한 무인도에 자리 잡은 항구였다. 그는 물을 얻기 위해 그곳에 기항했다.

둘째 날, 여명이 움튼 지 얼마 되지 않은 시각에 그가 선실에 누워 있을 때 항해사가 내려와 이상한 범선 한 척이 만으로 들어오고 있다고 보고했다. 당시 그 해역에는 지나는 배들이 오늘날처럼 많지 않았다. 그는 침대에서 일어나 옷을 걸쳐 입고 갑판에 올라갔다.

그날 아침 그곳 해안은 좀 유별나 보였다. 사방이 깊은 침묵에 싸이고, 보이는 모든 것이 잿빛 일색이었다. 긴 파도들이 일렁이기는 했지만 바다는 움직임을 멈춘 듯했으며, 수면의 물결은 제련소의 주형 속에서 냉각되어 굳어진 물결 모양의 납판처럼 매끄러웠다. 하늘은 회색 외투 자락 같았다. 회색 안개 속에 뒤섞여 힘겹게 날갯짓하는 잿빛 새들과 그 친척뻘 되는 새들은 폭풍이 불기 직전에 풀밭 위를 나는 제비들처럼 수면 바로 위를 스치듯이 낮게, 단속적으로 날아다녔다. 앞으로 다가올 더 짙은 그림자를 예고하는 어두운 그림자가 사방에 짙게 깔려 있었다.

델러노 선장은 선창을 통해 내다보이는 그 이상한 배가 아무 깃발도 달고 있지 않은 것을 보고 놀랐다. 그 해안에 사람이 전혀 살지 않고 기껏 배 한 척만 정박되어 있었지만, 항구로 들어올 때 깃발을 올리는 것은 전 세계의 평화로운 뱃사람들 사이에서 통용되는 일반적인 관행이었다. 델러노 선장은 좀처럼 남을 의심할 줄 모르는 온화한 성품이어서 반복적으로 심한 자극을 받지 않는 한 인간이 본래 사악하다는 관점에서 비롯된 불안감과 공포심에 사로잡히는 경우가 드물었다. 그런 사람이 아니었더라면, 그 항구가 외지고 법의 보호망이 존재하지 않는 곳이라는 점과 당시 그 해역과 관련된 소문들을 고려했을 때, 처음의 놀라움이 이내 불안하고 꺼림칙한 기분으로 이어졌을 수도 있다. 인간성이 갖고 있는 능력의 면에 비추어 볼 때 그의 이런 특성이 자비로운 심성과 아울러 보통 이상으로 민감하고 정확한 지적 인식 능력을 의미하는지 여부는 현자들에게 그 판단을 맡겨야 할 것이다.

그러나 그 낯선 배를 처음 보고 어떤 식의 의혹과 불안감이 올라왔든, 웬만한 뱃사람이라면 뱃머리 쪽 물속에 산호초 하나가 어렴풋이 보이는데도 배가 지나치게 해안 가까이에 접근하는 것을 본 순간 그런 감정이 거의 사라졌을 것이다. 그것은 그 낯선 배가 바다표범잡이 배의 정체뿐만 아니라 이 섬의 사정에도 어둡다는 것을 입증해 주는 것 같았다. 따라서 그 배는 이 해역에 자주 출몰하는 해적선일 리가 없었다. 델러노 선장은 적지 않은 관심을 갖고서 그 배를 계속 주시했다. 선체를 둘러싼 안개 때문에 배는 쉽게 나아가지 못했으며, 선실에서는 엷은 새벽빛이 아주 희미하게 흘러나오고 있었다. 이 무렵, 항구로 들어오는 낯선 배와 동행하는 것처럼 보이는 해가 수평선 위에 반쯤 고개를 내밀고 있었다. 해는 수평선에 낮게 떠 있는 구름에 감싸여 마치 리마에서 칙칙한 사야이만토*를 걸치고 인디언 총안을 통해서 광장을 내다보는 여자 책략가의 사악한 한쪽 눈과 흡사해 보였다.

안개의 속임수 탓일 수도 있지만, 계속 지켜보다 보니 그 배는 시간이 지날수록 더욱더 이상한 움직임을 보였다. 그것이 과연 항구에 들어오려는 것인지 아닌지, 뭘 원하는지 혹은 뭘 하려는 것인지를 판단하기가 쉽지 않았다. 밤새도록 꽤 심하게 불었던 바람이 이제는 아주 약해졌고, 그 때문에 그 범선의 움직임은 더더욱 불확실해졌다.

이윽고 델러노 선장은 낯선 배가 곤경에 처해 있을지도 모른다고 생각하고는 구명용 보트를 내리라고 명령했다. 항해사가 신중을 기하는 것이 좋겠다면서 말렸지만 그는 그 배에 승선해서 최소한 수로 안내라도 해 줄 작정이었다. 전날 밤, 그의 휘하 선원들 일부는 보트를 타고 바다표범잡이 배에서 보이지 않는 먼 암초 지대로 나가 적지 않은 고기를 잡아 갖고 날이 밝기 한두 시간 전에 돌아왔다. 마음씨 좋은 선장은 낯선 배가 육지에 정박한 지 오래되었을 것이라고 짐작하고

---

* 얼굴을 제외한 전신을 감싼 여성용 가운.

물고기 몇 바구니를 선물로 주기 위해 보트에 싣게 하고 출발했다. 낯선 배가 계속해서 산호초에 지나치게 가까이 접근하는 것을 보고 위험하다고 판단한 선장은 낯선 배에 탄 사람들에게 그들이 처한 상황을 빨리 알려 주려면 서둘러야 한다고 선원들에게 소리쳤다. 하지만 보트가 낯선 배에 가까이 다가가기 조금 전에 비록 힘은 약했지만 일정한 방향으로 계속 불던 바람의 방향이 바뀌면서 배 주변의 안개를 일부 몰아냈고, 배의 진로도 바꿔 놓았다.

시야가 조금 더 확보되자, 낯선 배가 선체 여기저기에 조각난 작은 안개 자락들을 걸친 채 납빛 너울들 가장자리에서 뚜렷이 제 모습을 드러냈다. 그 모습은 피레네 산맥의 암갈색 절벽 위에 걸터앉은, 폭풍우 덕에 말끔하게 씻겨 하얗게 빛나는 수도원을 떠올려 줬다. 그러나 델러노 선장이 저 앞에 보이는 배 안에 수사들이 우글거리고 있다는 착각에 잠시 빠진 것은 그 배의 모습에서 수도원을 떠올렸기 때문만은 아니었다. 아직도 거리가 좀 떨어져 있어 흐릿해 보이기는 했지만, 현장舷墻* 너머로 내다보고 있는 사람들은 정말로 검은 두건을 쓴 수사들처럼 보였기 때문이다. 다른 한편으로 열려 있는 현창들** 사이로 간간이 이리저리 움직이는 검은 형상들이 희미하게 보였는데, 꼭 수도원 안을 오가는 도미니크 수도회 수사들 같았다.

그 배에 좀 더 가까이 다가가자 그런 모습은 바뀌었다. 그 배의 진짜 모습은 평범했다. 여러 귀중한 화물들 중에서도 특히 흑인 노예들을 식민지 항구에서 항구로 운송하는 1등급 스페인 상선이었다. 매우 크고 당시로서는 아주 근사한 이런 배는 때로 큰 바다에서 마주치곤 하는

* 뱃전에 설치한 울타리.
** 뱃전에 난 창문.

것으로, 이따금 아카풀코 보물선 혹은 스페인 왕실 해군의 퇴역 프리깃함*의 역할을 대신했다. 그런 배들은 이탈리아의 낡은 궁전들처럼 주인이 몰락했음에도 여전히 옛 신분을 알려 주는 표지들을 보존하고 있었다.

순백색 점토가 칠해진 그 배는 구명보트가 점점 더 가까이 다가감에 따라 전체적으로 게으름과 태만함에서 비롯된 특이한 외관을 드러냈다. 돛대와 활대를 포함한 원재圓材, 로프, 그리고 현장의 대부분은 오랫동안 긁거나 타르 칠 혹은 솔질을 하지 않아 칙칙했으며, 용골은 늑재들을 엮어서 만든 것 같았다. 그 배는 마른 뼈들이 널려 있는 에스겔의 골짜기**에서 출발했다.

현재는 다른 업종에 종사하고 있었지만 배의 전반적인 양식과 장비들은 원래의 호전적이고 프루아사르***적인 패턴에서 별반 달라지지 않은 듯했다. 하지만 대포는 보이지 않았다.

돛대 끝 부분에 달린 돛대다락檣樓은 꽤 컸고, 예전에는 팔각형 그물망의 형태였을 것이 가장자리를 두르고 있었지만, 이제는 다락도 그물망도 형편없이 망가져 있었다. 그 다락들은 세 개의 망가진 새장처럼 허공 높이 걸려 있었고, 그중 한 곳 안쪽 줄사다리 위에는 하얀 제비갈매기**** 한 마리가 앉아 있었다. 그 새는 몽유병자처럼 무기력한 것이 특징이라 바다에서 흔히 맨손으로도 쉽게 잡을 수 있어 그런 이름이 붙었다. 성채 모양으로 생긴 선수루船首樓*****는 부서지고 곰

---

* 1750~1850년경, 상중上中 두 갑판에 포를 장비한 목조 쾌속 범선.
** 무덤과 같은 절망적인 상태. 『에스겔』 37장 1~14절.
*** 프랑스의 시인이자 백년전쟁의 연대기 작가.
**** noddy. '바보', '멍청이'라는 뜻을 갖고 있다.
***** 배 앞쪽에 높이 솟아 있는 갑판.

팡이가 잔뜩 피어나 있어, 오래전에 적의 공격을 받은 뒤 보수하지 않고 그대로 방치된 낡은 탑처럼 보였다. 선미 쪽으로는 텅 비어 있는 것처럼 보이는 선실이 있고, 여기에 곧바로 이어진 장식형 난간, 즉 선미 전망대 두 개가 높이 솟아 있었다. 마른 부싯깃 같은 바다이끼로 여기저기 뒤덮인 두 전망대는 날씨가 아주 온화했음에도 채광창들이 꼭꼭 잠겨 있고 단단히 밀봉되어 있다시피 했다. 점유자가 없는 이 난간들은 그 해역이 마치 거대한 베네치아 운하라도 되는 양 바다 위로 몸을 내밀고 있었다. 하지만 이울어 가는 이 장려한 배의 주요 유물은 큰 타원형 방패처럼 생긴 선미장식품이었다. 카스티야와 레온* 왕국의 문장 형태로 정교하게 조각된 이 유물은 신화적이거나 상징적인 도안들이 원형으로 돋을새김되고, 작품의 최상부와 중앙에는 가면을 쓴 검은 반인반수가 역시 가면을 쓴 채 괴로움에 몸부림치는 사람의 늘어진 목을 발로 밟고 있는 장면이 묘사되어 있었다.**

뱃머리에는 뱃머리 장식이 달려 있는지, 아니면 그냥 밋밋한 부리가 달려 있는지는 알 수가 없었다. 갈아서 윤내는 작업을 하는 동안 보호하기 위해서인지, 혹은 부식되어 가는 모습을 그럴싸하게 감추기 위해서인지는 몰라도 뱃머리 부분을 캔버스 천으로 덮어 놓았기 때문이다. 천 밑으로 일종의 대좌臺座 같은 것이 보였는데, 그 앞면에는 어떤 선원이 장난삼아 페인트나 분필 같은 것으로 갈겨쓴 듯한 "너희 지도자를 따르라"는 뜻의 스페인어 글귀가 보였다. 한편 그 부근의 변색된 뱃머리 판자에는 '산도미니크'라는 배의 이름이 금색의 장중한 대문자

---

* 스페인 중부의 옛 왕국.
** 사악한 반인반수가 패배한 사람의 목을 밟고 서 있는 이미지는 이 이야기에 등장하는 흑인들과 백인들이 연출하는 가면무도회의 첫 장을 열어 주는 역할을 하는 인상적인 이미지이다.

로 쓰여 있었으나, 그 위로 구리 못의 녹이 흘러내려 세로줄들이 죽죽 가 있었다. 게다가 해초의 검은 꽃줄들이 위로 상장喪章들처럼 늘어져 있어, 선체가 관을 얹은 관대처럼 흔들릴 때마다 이리저리 요동하면 서 그 이름을 처덕처덕 쓸어 내곤 했다.

마침내 보트가 낯선 배의 뱃머리에서 내려 준 갈고리와 연결되면서 선체 중앙의 출입구 쪽으로 다가가고 있을 때, 선체와 아직 10여 센티 미터쯤 떨어져 있는 보트의 용골이 물속 산호초에 걸리기라도 한 것 처럼 거칠게 갈렸다. 알고 보니 그것의 정체는 수면 아래 선체 옆구리 에 혹처럼 달라붙은 조개삿갓이나 따개비 종류의 커다란 덩어리들이 었으며, 그것은 그 배가 그 해역 어딘가에서 한동안 바람이 불지 않은 탓에 제자리에 붙박여 있었음을 알려 주는 한 증거였다.

이윽고 방문객이 뱃전에 오르자 이내 한 무리의 백인들과 흑인들 이 시끄럽게 떠들어 대며 그를 둘러쌌다. 한데 그 배처럼 항구에 들어 온 여느 흑인 노예 운송선들과 달리 그 배에서는 흑인의 수가 백인의 수보다 더 많았다. 그러나 그들 모두는 한 가지 언어로 한목소리인 양 자기네가 공통적으로 겪은 고통의 이야기를 쏟아 냈다. 그들 중에 드 물지 않게 섞여 있는 흑인 여자들이 외쳐 대는 고통 어린 소리가 제일 컸다. 열병과 더불어 괴혈병이 상당수의 목숨을 빼앗아 갔으며, 스페 인 사람들의 경우에는 그 정도가 더 심했다. 그들은 하마터면 케이프 혼* 앞바다에서 난파를 당할 뻔했고, 그 후 며칠 동안은 바람이 불지 않아 꼼짝도 하지 못했다. 식량은 거의 바닥났고, 식수의 경우에도 사 정이 별반 다르지 않았다. 그때 그들의 입술은 하나같이 바싹 말라 있

---

* 남아메리카 최남단의 곶.

었다.

그렇게 모든 사람이 델러노 선장을 향해서 떠들어 대는 동안, 그는 그들의 얼굴을 모두 한 번씩 일별하고 주위에 있는 다른 사물들도 주의 깊게 살펴봤다.

바다에서 동인도 출신의 선원들이나 필리핀 원주민 출신의 선원들처럼 누가 누군지 구별하기 어려운 이들이 잔뜩 타고 있는 큰 배, 그중에서도 특히 외국 배에 처음 오를 때마다 늘 받는 인상은 낯선 나라에서 낯선 사람들로 가득한 낯선 집에 처음 들어갈 때 받는 인상과는 크게 다르다. 집은 벽과 덧문들로, 배는 성벽처럼 높이 솟은 현장으로 마지막 순간까지 안을 들여다보지 못하게 한다는 공통점을 갖고 있지만, 배의 경우에는 또 다른 것이 있다. 즉 갑자기, 완벽하게 노출되는 순간, 그것이 간직하고 있는 생생한 장관에는 그것을 구획하고 있는 횅한 바다와는 대조적으로 사람의 마음을 사로잡는 마법적인 어떤 것이 있다. 배는 비현실적인 것처럼 보인다. 낯선 옷차림들과 몸짓, 얼굴들. 한데 그것은 막 심연에서 모습을 드러낸 덧없는 장면 같기만 하다. 곧바로 심연으로 되돌아가야만 하는 장면 같은.

주위를 차분하게 살펴보는 동안 델러노 선장의 내면에서 이상하고 별나다는 느낌을 증폭시켜 준 것은 아마도 앞서 묘사하려고 한 바와 같은 것의 영향 때문이 아니었을까 싶다. 이상하다는 느낌은 유난히 눈에 띄는 네 명의 나이 든 반백의 흑인들을 봤을 때 특히 더했다. 끝이 말라 시커먼 버드나무 가지들을 닮은 머리 모양을 한 그들은 밑에서 벌어지는 소동과는 아주 대조적이라 할 만큼 점잖게, 스핑크스를 닮은 자세로 웅크리고 앉아 있었다. 한 사람은 우현의 닻걸이 위에, 또 한 사람은 좌현에 앉아 있었고, 나머지 두 사람은 주主로프들 위의 반

116

대편 현장들에서 서로 얼굴을 마주 보고 앉아 있었다. 그들은 하나같이 올이 풀린 낡은 밧줄 도막을 손에 쥐고 있었다. 그들은 자기만족적인 초연한 자세로 그 밧줄 도막을 올올이 풀어서 뱃밥*을 만들었고, 그 곁에는 그렇게 만든 뱃밥이 수북이 쌓여 있었다. 그들은 머리가 허옇게 센 사람들이 백파이프로 장송곡을 연주할 때 나는 소리를 닮은 낮고 단조로운 노래를 끊임없이 흥얼거리며 일했다.

선미갑판이 솟아올라 이루어진 꽤 높은 선미루의 앞쪽 가장자리, 뱃밥을 만드는 이들처럼 다른 이들보다 2.5미터가량 높은 자리에서는 여섯 명의 흑인이 각자 일정한 간격으로 책상다리를 하고 앉아 있었다. 그들은 하나같이 녹슨 손도끼를 들고 있었으며, 허드레꾼들처럼 벽돌 조각과 낡은 헝겊으로 도끼날을 문질러 닦고 있었다. 두 사람 사이사이에는 날을 앞으로 향한 채 연마되기를 기다리는 손도끼들의 작은 무더기가 쌓여 있었다. 뱃밥을 만드는 네 사람은 이따금 한 번씩 저 아래에 있는 어떤 사람, 혹은 몇 사람에게 짧은 말을 던지곤 했지만, 손도끼를 연마하는 여섯 사람은 다른 이들에게 일절 말을 걸지 않았고, 자기네끼리 소곤대지도 않았다. 일과 놀이를 결합시키기를 유달리 좋아하는 흑인들답게 그들은 둘씩 짝을 이뤄 손도끼를 심벌즈인 양 부딪쳐 야만스러운 소리를 낼 때를 제외하고는 일하는 데만 열중했다. 다른 이들과는 달리 그 여섯 명은 천진한 아프리카인의 본래 면모를 그대로 간직하고 있었다.

그러나 방문객은 눈에 덜 띄는 몇십 명과 아울러 그 열 사람을 잠시 두루 살펴보다가 많은 사람들이 한꺼번에 떠들어 대는 소리를 더는

---

* 낡은 밧줄을 푼 것으로 물이 새지 않게 뱃전의 틈새를 메우는 데 쓰는데, 옛날에는 주로 죄수들이나 빈민들이 이런 일을 했다.

참지 못하고 그 배를 지휘하는 이가 누군지 알아보려고 시선을 다른 데로 돌렸다.

한데 그 배의 스페인인 선장은 마치 자신을 괴로운 처지에 빠뜨린 그 배의 상황을 은연중 알리고 싶기라도 한 듯, 혹은 당분간은 그렇게 하는 것을 삼가려는 데서 오는 절망감에서인 듯, 주돛대에 몸을 기댄 채 묵묵히 서 있기만 했다. 그는 점잖고 과묵해 보였으며, 델러노 선장의 눈에는 좀 젊어 보였다. 옷차림은 유달리 화려했지만, 최근에 밤잠을 설칠 정도의 근심 걱정과 불안에 시달린 자취가 뚜렷이 엿보였다. 한순간 그는 흥분해서 떠드는 사람들을 건조하고 생기 없는 눈빛으로 바라보다가 다음에는 자신의 방문객에게 처량하고 우울해 보이는 시선을 던지곤 했다. 그의 곁에는 키 작고 뚝뚝해 보이는 얼굴을 지닌 흑인 하나가 서 있었는데, 그는 가끔 슬픔과 애정이 뒤섞인 표정으로 양치기 개처럼 스페인인 선장의 얼굴을 말없이 올려다봤다.

미국인 선장은 몰려든 사람들을 헤치고 스페인인 선장에게 다가가 여러 가지로 어려운 일을 겪어 심려가 많겠다고 하면서 힘닿는 대로 무엇이든 돕겠다고 했다. 이에 스페인인 선장은 침울한 어조로 의례적인 감사의 뜻만 짧게 전했으며, 그의 좋지 않은 건강에서 비롯된 우울한 기분 때문에 국가 의례도 자연히 직직한 분위기에서 이루어졌다.

그러나 델러노 선장은 인사치레만 하는 데 시간을 허비하지 않고 이내 출입구 쪽으로 돌아가 보트에 싣고 온 생선 바구니들을 낯선 배로 옮기게 했다. 그리고 아직도 바람이 약해서 적어도 몇 시간은 지나야 배가 항구에 정박할 수 있기에 부하 선원들에게 자기 배로 돌아가 식수를 보트에 실을 수 있을 만큼 잔뜩 실어 오고, 주방에서 만든 부드러운 빵도 있는 대로 다 가져오고, 배에 남아 있는 호박 전부와 설탕

118

한 상자, 자신이 마시는 사과주 열두 병도 함께 실어 오라고 지시했다.

보트가 떠나고 나서 얼마 지나지 않아 안타깝게도 바람은 완전히 숨을 죽였고, 조수가 바뀌면서 배가 속절없이 바다 쪽으로 떠밀려 가기 시작했다. 그러나 델러노 선장은 이런 상태가 오래 지속되지는 않으리라 믿고 그 배 사람들에게 다 잘될 것이라면서 기운을 북돋아 주려고 애썼다. 그는 스페인어권인 카리브 해 연안을 자주 항해했던 덕에 스페인 뱃사람들과 스페인어로 어느 정도 자유롭게 이야기를 나눌 수 있는 것에 꽤나 흡족해했다.

델러노 선장은 혼자 그 배에 남겨진 지 얼마 되지 않아 처음 받았던 인상들을 증폭시키는 몇 가지 사실을 알아차렸다. 하지만 그로 인한 놀라움은 스페인 사람들과 흑인들에 대한 동정심 때문에 곧 사라졌다. 양쪽 다 물과 식량 부족으로 눈에 띄게 여위었다. 한데 고통스러운 상황이 오래 지속되자 흑인들의 다소 선량하지 못한 성품들이 드러나고, 그것이 흑인들을 다스리는 스페인인 선장의 권위를 손상시킨 것 같았다. 그러나 그 상황에서 이런 현상들은 충분히 예상할 수 있는 일이었다. 육군, 해군, 도시, 가족, 혹은 자연에서 고통만큼 질서를 약화시키는 것은 다시없다. 그럼에도 델러노 선장은 베니토 세레노가 좀 더 힘 있는 사람이었다면 배 안의 상태가 지금처럼 무질서한 상태에까지 이르지는 않았으리라는 생각이 없지 않았다. 하지만 이 스페인인 선장의 무기력증은 그것이 타고난 것이든 육체적, 정신적 고초로 일어난 것이든, 아무튼 그냥 지나치기 힘들 정도로 너무나 뚜렷했다. 그는 마치 오래도록 희망에 조롱당하기라도 한 사람처럼 깊은 실의에 빠져 있어 이제 희망의 조롱이 끝났음에도 좀처럼 그 상황을 즐기려 하지 않았다. 늦어도 그날 저녁이면 배가 항구에 정박할 수 있고, 휘하 선원들에게 식수가 풍족하게 공급될 것이며, 자신에게 조언을 하고 도움을 줄 인정 많은 선장이 곁에 있다는 사실들도 그의 마음을 북돋아 일으키는 듯한 기미는 전혀 보이지 않았다. 그의 마음은 아주 심하게 병든 정도까지는 아니라 하더라도 심한 무력감에 빠진 것이 아닌가 싶었다. 이 참나무 벽판들에 갇히고, 끝없이 지휘와 명령을 반복해야 하는, 넌더리가 날 만큼 지겨운 일상의 끔찍한 사슬에 매여 있는 그는 심기증*에 걸린 수도원장처럼 천천히 이리저리 걸어 다니다가 이따금 걸음을 멈추곤 했다. 그러다 다시 걷거나 어딘가를 응시하고, 입술을 깨물거나 손톱을 물어뜯기도 하고, 얼굴이 벌게지기도 하고 창백해지기도 하고, 턱수염을 실룩이기도 했다. 그 외에도 그는 넋 나간, 혹은 우울한 사람 특유의 여러 징후를 보였다. 이렇게 혼란스러운 마음이 앞에서 암시했다시피 건강하지 못한 육신에 깃들어 있었다. 그는 키가 큰 편에 속했지만 몸이 강건했던 적이 한 번도 없었던 것 같았고, 그간 심한 고통을 겪은 탓에 이제는 거의 해골처럼 바싹 말라 있었다. 최근에 어떤 폐질환적 증상을 겪지는 않았나 싶기도 했다. 목소리가 폐의 반이 나간 사람처럼 잔뜩 잠겨 있어서 말이 쉰 목소리로 속삭이는 것처럼 새어 나왔기 때문이다. 이런 상태에서 그가 비실거리며 걸을 때 그의 몸종이 근심 어린 표정으로 따라다니는 것은 당연한 일이었다. 그 흑인은 가끔 한 팔로 주인의 팔을 끼기도 하고, 주인의 호주머니에서 손수건을 꺼내 건네기도 했다. 애정 어린 열성을 갖고서 이런 일들을 하다 보면 어느새 그것이 비록 비천한 일이기는 해도 효성 어린 행동이나 우애 어린 행동같이 변하는 법이다. 흑인들

* 과도한 건강 염려증, 우울증.

120

은 바로 그런 점 때문에 세상에서 가장 흡족한 몸종 역할을 한다는 명성을 얻었다. 이런 사람에게 주인은 엄격한 주종 관계를 유지할 필요가 없다. 친근감 어린 신뢰를 갖고 대해도 되는, 하인이라기보다는 헌신적인 친구에 더 가까운 사람.

흑인들은 대체로 시끄럽게 떠들면서 무질서하게 굴고 백인들은 침울하고 무력한 상태에 빠져 있는 것 같은 가운데, 델러노 선장은 바보의 꾸준한 선행을 지켜보는 것이 그리 싫지 않았다.

바보의 착한 행동은 겉보기에 다른 흑인들이 함부로 구는 것과 크게 다르지 않았지만 실제로는 반쯤 넋이 나간 돈 베니토를 몽롱한 침체 상태에서 끌어내기 위한 행동인 것 같았다. 하지만 이 스페인인 선장이 방문객의 마음에 심어 준 인상은 그런 식의 호의적인 것이 아니었다. 동요하고 있는 그의 상태는 배를 둘러싼 전반적인 불행과 고통의 분위기 속에서 단지 유별나게 눈에 띄는 것 정도로만 여겨졌을 뿐이다. 한데 델러노 선장은 방문객인 자신에게 불친절하고 냉담하다고밖에 해석할 수 없는 돈 베니토의 행동에 적지 않게 마음이 쓰였다. 게다가 그의 태도에는 일종의 음침하고 뒤틀린 경멸감 같은 것이 어려 있었는데, 스스로도 굳이 그런 점을 감추려고 하지 않는 것 같았다. 그러나 천성이 너그러운 미국인은 이를 병에서 오는 괴로움 탓으로 돌렸다. 오랫동안 육체적 고통에 시달리다 보면 친절하게 행동해야 한다는 사회적 본능이 사라지기도 한다는 것을 과거의 경험을 통해서 알고 있었기 때문이다. 어쩔 수 없이 검은 빵을 먹어야 하는 처지에 놓인 사람들이 곁에 오는 모든 사람에게 예의에 어긋나는 언사와 행동을 통해서 억지로 검은 빵을 먹게 만드는 것을 공평한 처사로 여기는 경우처럼 말이다.

그러나 이내 델러노 선장은 애초에 이 스페인 사람을 보고 판단했을 때처럼 너그러운 마음가짐으로 돌아갔다. 어쩌면 자기가 충분히 베풀지 않아서 그랬을 수도 있다는 식으로. 본질적으로 그의 마음을 불쾌하게 만든 것은 돈 베니토의 침묵이었다. 하지만 돈 베니토는 자신의 충직한 몸종을 제외한 다른 모든 사람들에게도 똑같은 태도를 보였다. 바다에서의 관례에 따라 정해진 시간마다 하급 선원들이 공식적인 보고를 할 때조차 그는 경멸 어린 반감을 여과 없이 드러내면서 상대의 말에 제대로 귀를 기울이려고도 하지 않았다. 보고하는 이가 백인이건 혼혈인이건 흑인이건 그의 태도는 한결같았다. 그럴 때 그의 태도는 제위에서 물러나 수도원에 들어가기 직전의 카를로스 5세*가 보여 줬음직한 태도와 별반 다르지 않았다.

그가 자신의 지위에 대해 이렇듯 성마르고 경멸감 어린 태도를 보이는 면은 지위와 관련된 거의 모든 직무에서 확연히 드러났다. 그는 침울한 만큼이나 거만해서 어떤 명령도 직접 내리는 법이 없었다. 특별한 명령을 내려야 할 때면 몸종을 대리로 내세워 그가 심부름꾼들을 통해서 최종적인 목적지에 전하게 했다. 동작이 재빠른 스페인 소년이나 노예 소년들인 그 아이들은 부르면 금방 달려올 수 있을 만큼 항상 돈 베니토와 가까운 곳에서 맴도는 급사나 동갈방어** 같았다. 따라서 돈 베니토가 말없이 무표정하게, 그리고 병자처럼 맥없이 이리저리 걸어 다니는 모습을 본 육지 사람이라면 그가 바다에 있는 동안만큼은 그 누구도 감히 대들 수 없는 절대권을 갖고 있는 사람이라고는 꿈에도 생각하지 못할 것이다.

* 1500~1558년. 신성로마 제국의 황제이자 스페인의 왕으로, 생의 마지막 2년을 수도원에서 보냈다.
** 상어를 먹이가 많은 곳으로 안내하는 작은 물고기.

그러므로 과묵한 모습을 보이는 스페인 사람은 본의 아니게 정신적인 혼란을 겪는 사람 같았다. 하지만 사실 그의 침묵은 어느 정도 의도적인 것일 수도 있었다. 실제로 그렇다면, 그것은 정도의 차이가 있기는 하지만 큰 배의 선장이라면 누구나 다 채택하는, 신중하기는 하지만 냉정한 정치적 처신이 병적이라 할 정도로 심각한 상태에 이르렀음을 입증해 주는 것일 것이다. 그런 태도는 위중한 비상시의 경우를 제외하고는 사교적인 모든 표현과 아울러 내적 동요의 기미를 한꺼번에 덮어 가려 주는 역할을 할 것이고, 그렇게 해서 그 사람을 목석 혹은 발사 명령이 떨어지기 전까지 무서운 침묵을 지키는, 포탄이 장전된 대포 같은 존재로 변형시켜 버릴 것이다.

이런 관점에서 볼 때 그것은 오랜 기간에 걸친 혹심한 자기 억제에 의해 생겨난 고약한 습관이 자연스럽게 드러난 것에 불과한 듯했으며, 스페인 사람은 현재 자기 배가 심각한 상황에 처했음에도 여전히 그런 습관을 고수하고 있었다. 그런 처신은 처음 출항했을 때의 산도미니크호처럼 모든 설비가 잘 갖춰진 배에서는 별 해가 없고 또 적절한 것일 수도 있지만, 지금 같은 상황에서는 전혀 지혜롭지 못한 짓이었다. 한데도 스페인 사람은 선장이라면 모름지기 어떤 상황에서도 신처럼 입을 굳게 닫고 있어야 한다고 생각하는 모양이었다. 하지만 지배권 행사의 정지 상태로 보이는 이런 겉모습은 스스로 잘 알고 있는 자신의 나약함을 덮어 가리기 위한 의도적인 위장에 불과한 것일 수도 있었다. 사실이 그렇다면 그것은 깊이 있는 처신이 아니라 얕은 술책이었다. 그러나 진상이 어떠하든, 돈 베니토의 태도가 의도적인 것이든 아니든, 델러노 선장은 그 암울하고 무거운 침묵에 주의를 기울이면 기울일수록 자신을 겨냥하는 그 침묵이 어떤 식으로 표출되든

간에 점점 덜 불편해졌다.

그의 생각이 온통 선장에게만 사로잡혀 있었던 건 아니었다. 그는 편안하고 가족 같은 자기 선원들의 조용한 질서와 규율에 익숙해져 있었기에 괴로움에 시달려 온 산도미니크호 사람들이 시끄럽고 어지럽게 구는 데 자꾸 눈길이 갔다. 규율뿐 아니라 품위와 예절까지도 사라진 것이 분명해 보였다. 델러노 선장으로서는 그런 현상의 대부분을 다른 더 높은 소임들과 아울러 많은 인원이 승선한 배의 치안을 맡은 갑판 담당 간부 선원들이 없는 탓으로 돌릴 수밖에 없었다. 실제로 뱃밥을 만드는 늙은이들은 가끔 동료 흑인들에게 훈계하고 나무라는 경찰 역할을 하는 듯했다. 그러나 사람들 사이에서 일어나는 사소한 충돌을 가라앉히는 데는 가끔씩 성공하기도 했지만, 전체적인 분위기를 차분하게 다잡는 면에서는 거의, 혹은 전혀 힘을 쓰지 못했다. 산도미니크호는 대서양 횡단 이민선급에 해당하는 배였으며, 선적된 많은 살아 있는 화물들 가운데는 분명 짐짝이나 상자만큼이나 다루기 쉬운 몇몇 개인이 있었다. 하지만 그런 이들이 거칠고 무례한 자기네 동료들에게 친절하게 타이르는 것보다는 항해사의 불친절한 완력이 훨씬 더 효과가 있는 법이다. 산도미니크호에 필요한 것은 여느 이민선들에 존재하는 엄격한 간부 선원들이었다. 하지만 이 배의 갑판에는 사등 항해사조차도 보이지 않았다.

방문객은 간부 선원의 부재가 불러일으킨 재난의 구체적인 내용과 그 결과들을 알고 싶은 호기심에 사로잡혔다. 배에 올라탄 첫 순간 그를 맞아 준 울부짖음을 통해서 그 항해가 어떠했을지 대략이나마 눈치챌 수는 있었지만 상세한 내용은 자세히 알지 못했기 때문이다. 선장이 분명 자세한 이야기를 해 줄 것이다. 그러나 처음에 방문객은 상대가 조금이라도 마뜩지 않아 하는 기색을 보일까 봐 그런 것을 물어보고 싶지 않았다. 하지만 그는 마침내 용기를 내서 돈 베니토에게 다가가 말을 걸었다. 그는 다시금 호의 어린 관심을 표하면서 자신이 그 배가 겪은 재난들을 상세히 알게 된다면 그들이 겪고 있는 고통을 좀 더 쉽게 덜어 줄 수 있을 테니 모든 전말을 자세히 이야기해 주면 좋겠다고 했다.

돈 베니토는 말을 더듬거렸다. 그러더니 갑자기 누군가에게 저지당한 몽유병자처럼 방문객을 멍하니 쳐다보다 이윽고 시선을 떨구고는 갑판만 내려다봤다. 그가 너무나 오랫동안 그러고 있어서 델러노 선장도 상대에 못지않게 당황한 나머지 자신도 모르게 거의 무례하다 싶을 정도로 갑자기 몸을 홱 돌려 원하는 정보를 얻기 위해 스페인인 뱃사람들 중 한 사람 쪽으로 걸어갔다. 하지만 그가 다섯 발짝도 채 떼지 않았을 때 돈 베니토가 황급히 그를 불러 세우더니 자신이 순간적으로 정신이 나갔다고 하면서 이제는 자세한 이야기를 할 준비가 되었다고 말했다.

돈 베니토가 이야기의 대부분을 털어놓는 동안 두 선장은 근처에 몸종 외에는 아무도 없는 주갑판 뒤편에 서 있었다.

스페인인 선장은 쉰 목소리로 속삭이듯이 말하기 시작했다. "충분한 수의 간부 선원들과 일반 선원들, 그리고 선실 승객들, 모두 해서 50명가량 되는 스페인인 승객들이 탄 이 배가 일반 화물들과 총포, 파라과이 차 등을 싣고 부에노스아이레스를 떠나 리마로 향한 지 오늘로서 190일째입니다." 그는 앞쪽을 가리키면서 말을 이었다. "보시다시피 지금은 이 배에 탄 흑인들 숫자가 150명도 채 되지 않지만 떠날 때는 300명도 넘었지요. 한데 케이프혼 앞바다에서 우리는 엄청난 폭풍을 만났습니다. 밤중에 선원들이 지렛대로 얼어붙은 돛을 끌어 내리려고 쇠사슬을 당기는데, 그들이 서 있던 큰 돛대 아래활대가 부러지는 바람에 활대는 물론 가장 뛰어난 간부 선원 셋과 일반 선원 열다섯을 잃었습니다. 우리는 선체를 가볍게 하기 위해 무게가 많이 나가는 마테차 자루들과 그 당시 갑판을 내리치던 송수관들 대부분을 바다에 던져 버렸습니다. 이때 이 마지막 필수품이 사라져 버린 것과 더불어 훗날 한 수역에 장기간 못 박혀 있었던 일 때문에 우리는 엄청난 고초를 겪게 되었죠. 그러다⋯⋯"

이 대목에서 갑자기 심한 기침이 발작하면서 그는 의식을 잃었다. 이 기침 발작은 정신적인 비탄 때문에 일어난 게 분명했다. 몸종이 돈 베니토의 몸을 떠받치고는 그의 주머니에서 강심제 역할을 하는 술을 꺼내 입술에 대 줬다. 그러자 그는 조금 살아났다. 하지만 흑인 몸종은 아직 다 회복되지 않은 주인의 몸을 떠받쳐 주지 않고 방치하는 것이 불안한지 한 팔로 여전히 주인의 몸을 감싸 안은 채 마치 완전한 회복의 첫 징후나 발작 재발의 징후를 찾아보려 하기라도 하듯 그의 얼굴에 시선을 고정시켰다.

돈 베니토는 꿈꾸는 사람처럼 어눌한 어조로 띄엄띄엄 말을 이었다. "오, 맙소사! 그 꼴을 당하느니 차라리 끔찍한 폭풍과 맞닥뜨리는 게 더 낫지. 제아무리 거센 바람이라도 기쁘게 맞아들였겠구먼. 한데⋯⋯"

기침 발작이 재발하더니 그 강도가 점점 더 심해졌다. 이윽고 발작이 가라앉자 그는 입술이 벌게지고 눈을 감은 상태에서 몸종에게 힘없이 쓰러졌다.

몸종이 애처롭다는 듯이 한숨을 쉬었다. "주인님은 정신이 오락가락하십니다. 그 폭풍에 뒤따라온 전염병에 대해 생각하고 계세요. 불쌍하고 가여운 주인님!" 몸종은 한 팔로는 주인의 몸을 감싸 안고 다른 한 손으로는 입을 닦아 주면서 말했다. "하지만 견디셔야 해요, 나리." 그가 다시 델러노 선장에게로 고개를 돌렸다. "이런 발작은 오래가지 않습니다. 주인님은 곧 정신을 차리실 겁니다."

돈 베니토는 다시 살아나 이야기를 계속했다. 하지만 이 대목에서는 말을 아주 띄엄띄엄 하는 바람에 여기에서부터는 단지 이야기의 골자만 기록하려 한다.

배가 케이프혼 앞바다에서 여러 날 폭풍에 시달린 뒤 괴혈병이 돌아 많은 백인과 흑인이 목숨을 잃었다. 마침내 그들은 고생 고생하며 곶을 간신히 돌아 태평양에 들어섰고, 돛대와 활대와 돛들이 심하게 파손되어 살아남은 선원들이 대충 수선을 했다. 한데 선원들 대다수가 몹시 쇠약해진 상태라 바람을 이용해서 배를 북쪽으로 향하게 할 수가 없었다. 바람이 꽤 강해서 이미 통제 불능 상태에 빠진 배는 며칠 밤낮을 북서쪽으로 떠밀려 갔다. 그리고 미지의 수역에서 갑자기 바람이 뚝 끊기는 통에 배는 푹푹 찌는 날씨 속에서 꼼짝도 하지 못했다. 전에는 송수관이 사람들의 생명을 위협했는데 이제는 그것이 없는 것이 사람들의 생명을 위협했다. 악성 열병이 돌았는데, 그것은 턱없이 부족한 물 배급량 때문이었을 수도 있다. 설령 그 때문이 아니라 해도 최소한 그 병을 더 악화시키는 역할을 했을 것이다. 그리고 그 병에 뒤이어 괴혈병이 다시 돌았다. 그 전에 엄청난 파도로 많은 흑인들, 그리고 비율상으로 그들보다 더 많은 스페인 사람들이 휩쓸려 갔는데, 그 스페인 사람들 가운데는 불운한 재난 때문에 얼마 남지 않은 간부 선원들도 포함되어 있었다. 한데 열병에 이은 괴혈병과 아울러 배가 푹푹 찌는 더위 속에 장기간 꼼짝하지 못한 일도 역시 앞선 폭풍우 못지

않게 많은 사람들의 목숨을 쉽게 빼앗아 갔다. 그리하여 그 고요함 뒤에 드디어 거센 서풍이 불어왔을 때는 돛들을 그냥 늘어뜨려야 했다. 한데 이미 찢어지고 해진 돛들은 필요할 때 걷어 올릴 수가 없어서, 지금 보이는 것처럼 점차 거지가 걸친 누더기처럼 변해 갔다. 선장은 잃어버린 선원들을 대체할 인원을 충원하고 물과 돛을 공급받기 위해 서풍이 불자마자 칠레와 남아메리카 최남단의 문명화된 도시 발디비아 쪽으로 배를 몰았다. 하지만 해안 가까이에 이르렀을 때 날씨가 잔뜩 흐려져 그 항구를 찾을 수가 없었다. 그때 이후로 산도미니크호는 변변한 선원도, 돛이나 물도 거의 없는 상태에서 간간이 죽은 시체들을 바다에 내던지면서 바람에 이리저리 떠밀리거나 조류에 끌려가기도 하고, 때로는 무풍지대에 갇혀서 뱃전에 해초만 잔뜩 키웠다. 그리고 숲 속에서 길을 잃은 사람처럼 같은 뱃길을 여러 차례 오갔다.

돈 베니토는 몸종에게 반쯤 끌어안긴 상태에서 힘겹게 고개를 돌리며 쉰 목소리로 말을 이어 나갔다. "하지만 이런 재난과 불운이 거듭되는 가운데서도 저는 저 흑인들에게 감사해야 합니다. 경험 없는 사람들의 눈에는 함부로 행동하는 것처럼 보일 수도 있겠지만, 사실은 그런 온갖 상황들 가운데서도 애초에 저들의 주인이 예상했던 것보다 말썽을 훨씬 덜 피웠거든요."

이 대목에서 그는 다시 맥없이 쓰러졌다. 그는 다시 정신이 오락가락했지만, 이윽고 기운을 차리더니 전보다 좀 더 분명한 어조로 말을 이었다.

"그래요, 저들의 주인이 자기 흑인들에게는 족쇄를 채울 필요가 없을 거라고 보증했는데, 그 말은 옳았습니다. 그 사람이 자기 흑인들을 수송할 때마다 늘 그랬던 것처럼 저 흑인들은 항상 갑판 위에서 지냈습니다. 여느 노예수송선에서라면 늘 갑판 밑에서 처박혀 지내야 했을 텐데. 그리고 저는 처음부터 저 사람들이 마음 내키는 대로 주어진 영역 내에서 자유롭게 돌아다니도록 허용해 줬습니다."

그는 또다시 의식을 잃었고, 정신이 오락가락하다가 이윽고 기력을 되찾은 뒤 말을 계속했다.

"한데 제가 지금까지 목숨을 부지할 수 있었던 건 바로 여기 있는 바보가 애쓴 덕입니다. 그리고 이따금 불평불만에 휩싸이는 경향이 있는, 자기보다 더 무지한 동포들을 달래는 데도 큰 공이 있지요."

그 흑인은 고개를 꾸벅하면서 탄식하듯 말했다. "아, 주인님, 제 이야기는 하지 말아 주세요. 바보는 하찮은 인간입니다. 바보는 마땅히 그렇게 해야 할 의무가 있습니다."

델러노 선장이 소리쳤다. "충직한 사람이로군! 이런 친구를 둔 것이 부럽습니다, 돈 베니토. 이런 친구라면 노예라고 부를 수 없을 겁니다."

흑인이 주인의 몸을 받쳐 주며 서 있는 모습을 앞에서 보고 있자니 그렇게 충직함과 신뢰가 어울린 장면을 보여 줄 수 있는 관계란 참으로 아름답다는 생각이 절로 우러났다. 그들이 지닌 지위의 차이를 알려 주는 대조적인 복장 때문에 그런 장면은 한결 더 인상적으로 비쳤다. 스페인 사람은 검은 벨벳 천으로 된 헐거운 칠레 재킷을 걸치고 하얀 반바지와 하얀 스타킹 차림에 무릎과 발등에는 은빛 버클을 착용하고, 결 고운 풀로 짠 왕관처럼 높이 솟은 솜브레로*를 쓰고 있었으며, 장식 허리띠 매듭에는 은으로 장식된 가는 칼을 차고 있었다. 이런 허리띠는 장식으로서보다는 실용성 때문에 이즈음의 남아메리카 신

---

* 스페인, 멕시코 등지에서 쓰는 챙이 넓은 중절모.

사의 복장에서 빠지지 않고 등장하는 부속물이었다. 그가 가끔 심하게 몸을 뒤트는 바람에 흐트러지는 경우를 제외하고, 그의 차림새에서는 정밀함과 철저함 같은 것이 엿보였다. 이는 주위의 꼴사나운 무질서, 특히 흑인들이 독차지한 큰 돛대 앞쪽의 지저분하고 어지러운 빈민굴과 묘한 부조화를 이루고 있었다.

하인은 통 넓은 바지만 걸치고 있었다. 천이 거칠고 덧댄 부분들이 있는 것으로 보아 낡은 톱세일*로 만들어진 것이었다. 바지는 깨끗했고, 허리에는 올이 풀린 로프를 두르고 있었다. 그런 옷차림과 침착하고 이따금 탄원하는 것 같은 태도 때문에 그는 성 프란체스코 교단의 탁발 수사 같은 분위기를 풍겼다.

적어도 생각이 고루하고 굼뜬 미국인의 눈으로 볼 때 돈 베니토의 옷차림은 때와 장소에 어울려 보이지 않았고, 온갖 고초를 겪은 끝에 간신히 살아남은 사람의 옷차림이라기에는 좀 이상해 보였다. 하지만 적어도 유행이라는 면에서는, 그 계층의 남아메리카 사람들의 당대 복색에서 크게 벗어난 것이 아닐 수도 있었다. 돈 베니토는 자신이 이번 항해에서는 부에노스아이레스에서 출발했지만, 원래 칠레 출신이자 그곳 주민이라고 했다. 그리고 칠레 사람들은 대체로 평범한 외투와 예전에 서민들이 입던 바지 같은 것은 입지 않으며, 그것들을 개량하고 변형시켜 이 세상 어느 지역의 의상에 못지않게 아름다워진 토속 의상을 고수하는 편이라고 공언했다. 하지만 그간의 불운한 항해 내력과 그의 창백한 안색에 비추어 볼 때 이 스페인 사람의 옷차림새에는 전염병이 창궐하는 시기에 몸이 허약한 궁정의 벼슬아치가 런던

---

* 중간돛대 돛천.

시가를 배회하는 이미지를 떠올리게 할 만큼 어딘지 어울리지 않아 보이는 면이 있었다.

돈 베니토의 이야기에서 문제의 위도를 고려해 볼 때 일말의 놀라움과 아울러 큰 궁금증을 자아내는 대목 하나는 장기간의 무풍 상태였다. 좀 더 구체적으로 표현하자면 그 배가 그렇게 오래도록 표류했다는 사실이었다. 물론 미국인은 그런 생각을 차마 입 밖에 내지 못했고, 그렇게 제자리에 못 박혀 있던 것을 그저 조종술이 서툴고 항해술이 잘못된 탓으로 돌릴 수밖에 없었다. 그는 돈 베니토의 작고 노란 손을 유심히 살펴보고는 간단하게 이 젊은 선장이 닻줄구멍에서가 아니라 선실 창문에서 명령을 내렸으리라고 추론했다. 정말로 그랬다고 한다면, 젊음과 병약함과 우아함이 결합된 데서 무능함이 나왔다고 해서 놀랄 이유가 어디 있겠는가?

그러나 델러노 선장은 비판하는 마음을 연민의 감정으로 억누르고 참으로 안됐다는 뜻을 다시 한 번 밝힌 뒤 그의 이야기를 끝까지 다 들었다. 그러고 나서 처음에 그랬던 것처럼 돈 베니토와 그 배에 탄 사람들이 절실히 필요로 하는 물품들을 제공하도록 조처할 뿐만 아니라, 이제는 좀 더 나아가 모든 사람들이 한동안 충분히 마실 만한 양의 물과 얼마간의 돛과 삭구들도 제공하겠다고 약속했다. 이와 아울러 자기에게는 적지 않은 어려움이 따르겠지만 산도미니크호에서 임시 갑판 담당 간부 선원 역할을 할 가장 뛰어난 선원 셋을 파견해 배를 지체 없이 콘셉시온으로 향하게 하겠다, 그리고 거기에서 배를 제대로 수리하고 완전하게 장비를 갖춰 최종 목적지인 리마로 떠날 수 있도록 돕겠다고 말했다.

그런 너그러운 조처는 병약한 이에게조차도 효과가 있었다. 돈 베니토의 얼굴은 환해졌다. 그는 열망 어린 들뜬 눈빛으로 방문객의 정직한 눈을 마주 봤다. 그는 감사한 마음에 어쩔 줄 몰라 하는 것 같았다. "이렇게 흥분하시는 건 주인님께 해롭습니다." 하인이 돈 베니토의 팔을 붙잡으면서 속삭였다. 그리고 몇 마디 달래는 말과 함께 그를 다른 곳으로 데려갔다.

돈 베니토가 돌아왔을 때 미국인은 그의 뺨에 어렸던 갑작스러운 홍조와 더불어 기대감에 찼던 표정이 한낱 열병에 의한 일시적인 것이었음을 깨닫고는 기분이 고약해졌다.

잠시 후 배의 주인은 어두운 표정으로 선미루 쪽을 올려다보면서, 그곳이 바람이 좀 더 잘 불어 시원할 테니 그리로 올라가자고 청했다.

돈 베니토가 그런 말을 하는 동안 델러노 선장은 손도끼를 가는 이들이 가끔 도끼를 탕탕 부딪치는 것에 한두 번 놀라면서 어째서 선장끼리의 대화를 그런 식으로 방해하는 것을 가만 내버려 두는지 의아해했다. 특히 배의 그 구역에서, 그리고 병약한 선장의 귀에 똑똑히 잘 들리는 데서 그러는지 말이다. 게다가 그 손도끼들은 보기 좋은 것과는 거리가 아주 멀었고, 도끼를 가는 이들의 모습은 그보다 더했다. 그러므로 델러노 선장은 겉으로는 정중한 태도로 주인의 초대를 묵묵히 따르기는 했지만 솔직히 말하자면 왠지 내키지 않았고, 심지어는 위축되는 기분까지 들었다. 돈 베니토가 때아니게 예법을 고수하는 변덕을 부려 그런 기분은 더해졌다. 그런데도 창백하고 수척한 모습 때문에 더 딱해 보이는 돈 베니토는 카스티야식 절을 하면서 근엄하게 손님이 먼저 선미루로 이어지는 사다리를 올라가야 한다고 주장했다. 사다리의 마지막 단 양쪽에는 가문의 문장을 들고 있는 이들과 보초병들 대신 그 불길해 보이는 흑인들이 열을 지어 앉아 있었다. 사람 좋은 델러노 선장은 더없이 조심스럽게 그들 사이에 발을 내디뎠다. 그리고 그곳을 지나자마자 마치 방금 태형*을 받고 나온 사람처럼 장딴지가 심하게 뒤틀리는 기분이 들었다.

그러나 막상 돌아서서 보니 그들 모두는 오르간 연주자들이 모여서 함께 연주할 때처럼 다른 모든 일에는 아랑곳하지 않고 우직하다고 할 만큼 자기 일에만 열중해 있어서, 그는 자신이 방금 전에 괜한 공포감에 사로잡혀 안절부절못했던 것에 헛웃음이 나왔다.

잠시 후 배 주인과 함께 서서 저 아래 갑판을 내려다보고 있던 델러노 선장은 좀 전에 열을 지어 앉은 흑인들이 암시적으로 보여 준 것 같은 불복종의 예 하나를 목격하고 충격을 받았다. 세 흑인 소년이 두 스페인 소년과 함께 손도끼 위에 걸터앉아 좀 전에 빈약한 먹을거리를 담았던 투박한 목조 접시들을 문질러 닦고 있었다. 그런데 흑인 소년 하나가 백인 친구 하나가 던진 말에 갑자기 격분해서 칼을 움켜쥐더니 뱃밥 만드는 노인 하나가 그만두라고 소리치는데도 백인 소년의 머리를 찔러 상처를 입혔고, 그 상처에서는 피가 쏟아져 나왔다.

델러노 선장이 놀라서 이게 어찌 된 일이냐고 묻자, 창백한 안색의 돈 베니토는 단지 장난일 뿐이라고 얼버무렸다.

델러노 선장이 말했다. "장난치고는 아주 심한 장난이군요. 우리 배 철러스딜라이트호에서 저런 일이 일어났다면 즉각 처벌을 받았을 겁니다."

그 말에 스페인 사람은 갑자기 반쯤 미친 사람 같은 눈빛으로 미국인을 똑바로 쳐다보더니 다시 예의 무감각한 눈빛으로 돌아가면서 말

* 두 줄로 늘어선 사람들 사이를 알몸으로 뛰면서 채찍이나 몽둥이찜질을 받는 형.

했다. "그렇죠, 당연히 그랬겠죠, 세뇨르."

델러노 선장은 생각했다. 이 불운한 사람이야말로 내가 알고 있는, 그저 이름만 선장인 사람 중 하나가 아닐까? 힘으로 제압할 수 없는 것들은 그저 정략적으로 눈감아 주고 넘어가는? 이름만 선장이지 통제력은 거의 갖고 있지 못한 선장을 보는 것보다 더 슬픈 일은 없구나.

델러노 선장은 소년들의 일에 간여하려 했던 뱃밥 만드는 사람을 힐끗 쳐다보면서 말했다. "돈 베니토, 선장님은 모든 흑인들에게, 특히 젊은 흑인 애들에게 일거리를 주는 것이 여러모로 유익하다는 걸 알게 될 겁니다. 제아무리 쓸모없는 일이라도, 배가 어떤 사정에 처해 있더라도 그렇습니다. 인원이 얼마 되지 않는다 해도 나는 그런 방침이 꼭 필요하다고 봅니다. 예전에 맹렬한 폭풍을 만나 배가 사정없이 표류한 적이 있었습니다. 매트고 사람이고 할 것 없이 많은 것이 파도에 쓸려 나가는 바람에 나는 사흘 동안 배 운항을 포기하다시피 했죠. 그럴 때도 나는 한 선원에게 선미갑판에서 내 선실 매트들을 털라고 지시했습니다."

돈 베니토는 웅얼거렸다. "그렇죠, 당연히 그러셨겠죠."

델러노 선장은 뱃밥 만드는 사람들을 다시 힐끗 보고, 이어서 근처에서 손도끼를 가는 이들을 쳐다보면서 말을 이었다. "그래도 선장님 휘하의 일부는 할 일을 갖고 있군요."

"그렇습니다." 다시 공허한 대답이 돌아왔다.

델러노 선장은 뱃밥 만드는 사람들을 가리키면서 말을 계속했다. "자기네 설교단에서 영향력을 행사하는 저 늙은 사람들은 어느 정도 교장 같은 역할을 하는 것 같군요. 저 사람들의 훈계가 때로는 잘 먹혀들지 않는 것 같기도 하지만요. 이런 역할은 저 사람들이 자발적으로 나서서 하는 건가요, 아니면 선장님이 저 사람들을 검은 양 무리를 이끌 목자들로 지명한 건가요?"

"여기 사람들이 어떤 자리를 맡고 있든 그건 모두 제가 지명한 겁니다." 스페인 사람은 마치 미국인이 나름대로 짐작하고 비아냥기가 섞인 듯한 말을 하는 데 분개하기라도 한 것처럼 퉁명스럽게 대꾸했다.

델러노 선장은 손도끼 가는 사람들이 머리 위로 군데군데 날이 번쩍이는 손도끼를 심벌즈처럼 휘두르는 광경을 다소 마뜩잖은 눈빛으로 바라보며 말했다. "저 사람들, 저 아샨티* 마법사들은 좀 묘한 일을 하는 것 같네요, 돈 베니토?"

"우리가 폭풍을 만났을 때 바다로 내던져지는 운명을 모면한 화물들은 바닷물에 젖어서 많이 손상되었죠. 폭풍이 지나가고 날씨가 평온해진 뒤로 저는 매일 칼집들과 손도끼 일부를 가져와 잘 살펴보고 녹을 닦아 내게 하고 있습니다."

"신중한 조처군요, 돈 베니토. 선장님은 배와 화물의 공동 소유자인 걸로 짐작이 됩니다만, 저 흑인들은 선장님의 소유물이 아니겠죠?"

돈 베니토는 짜증스러운 어조로 답했다. "사망한 친구인 알렉산드로 아란다에게 속한 상당수 흑인들을 제외하고는 모든 사람과 물건이 다 제 것입니다."

그 이름을 언급했을 때 돈 베니토는 목소리에서 비통한 심경이 묻어나고, 양 무릎이 덜덜 떨렸다. 하인이 얼른 그의 몸을 부축했다.

델러노 선장은 돈 베니토에게서 그렇게 유별난 감정이 일어난 원인을 자신이 제대로 짚었다고 생각하고는 그 짐작이 맞는지 확인하고자

---

* 지금의 가나에 해당하는 서아프리카 아샨티 지역.

잠시 후 다시 물었다. "선장님이 좀 전에 일부 선실 승객들에 관해 말씀하셔서 드리는 말인데, 혹시 선장님의 마음에 그렇게 큰 타격을 안겨 준 친구분이 이번 항해가 시작될 때 본인 소유의 흑인들을 대동하고 이 배에 승선했는지 물어도 될까요?"

"승선했습니다."

"그런데 열병으로 사망했나요?"

"열병으로 사망했죠. 오, 저로서는 어쩔 수가……"

스페인 사람은 다시 몸을 부르르 떨면서 말을 멈췄다.

델러노 선장이 낮은 소리로 말했다. "미안합니다. 한데 나 역시 가슴 아픈 경험이 있어서 선장님을 한층 더 비탄에 빠지게 하는 것이 뭔지 나름대로 짐작이 갑니다. 예전에 바다에서 친한 친구이자 형제 같은 사람인 화물관리인을 잃는 비운을 당한 적이 있었죠. 나는 그 친구의 영혼이 평안하리라 확신하면서 사내답게 그 친구의 죽음을 받아들일 수 있었습니다. 하지만 그 친구 생전에 내가 자주 쳐다보곤 했던 그 진실한 눈, 자주 잡았던 정직한 손, 따듯한 심장을 비롯한 모든 것을 개들에게 먹이를 던져 주듯 바다에 던져 상어 밥이 되게 해야 했습니다! 그때 나는 맹세했어요. 앞으로 사랑하는 사람을 내 배에 태울 때는 참사가 일어날 경우에 대비해서 해안에 매장하기 전까지 시신을 방부 처리하는 데 필요한 모든 물품을 그 사람 모르게 필히 준비하겠다, 그러지 못할 때는 사랑하는 사람을 절대로 내 배에 태우지 않겠다고. 친구분의 유해가 지금 이 배에 있다고 한다면, 그분의 이름을 들을 때 선장님이 영향을 받는 건 하등 이상한 일이 아니지요."

"이 배에 있다고요?" 스페인 사람은 그 말을 그대로 따라 했다. 그러더니 어떤 망령과 맞닥뜨리기라도 한 것처럼 공포에 질린 사람의 몸짓과 함께 의식을 잃더니 이에 미리 대비하고 있던 하인의 품 안에 쓰러졌다. 하인은 자기 주인을 그토록 혹심한 비탄에 빠지게 하는 화제는 다시는 꺼내지 말아 달라고 간청하는 것 같은 표정으로 델러노 선장을 말없이 쳐다봤다.

그 광경을 보고 미안한 마음에 사로잡힌 미국인은, 이 가여운 사람이 유기된 시신과 악귀를, 버려진 집과 유령을 결부시키는 서글픈 미신의 희생자인 모양이라고 생각했다. 우리는 정말 아주 다른 유형의 사람들이로구나! 이 스페인 사람은 나와 비슷한 일을 겪었지만 내게는 아주 흡족하게 여겨질 법한 일을 암시하는 말만으로도 그만 공포에 질려 인사불성 상태에 빠져들다니. 불쌍한 알렉산드로 아란다! 과거에 돈 베니토가 항해에 나설 때마다 그는 몇 달 동안 뒤에 남겨져 자주 친구를 보고 싶은 심경에 빠지곤 했을 것이다. 그런데 돈 베니토가 가까운 곳에 그 사람의 시신이 있다는 생각만으로도 공포에 사로잡히는 모습을 그 사람이 본다면 대체 뭐라고 할까.

그 순간 뱃밥 만드는 반백의 노인들 중 한 사람이 앞갑판의 종을 쳤다. 폭풍의 전조를 알리는 듯한 음산한 종소리가 납처럼 무거운 침묵을 뚫고 10시를 알렸다. 그때 델러노 선장은 아래에 있는 많은 흑인들 사이에서 몸집이 거대한 한 흑인의 움직임에 시선을 빼앗겼다. 그는 높이 솟은 선미 쪽으로 천천히 다가왔다. 그의 목에는 쇠로 된 목걸이가 걸려 있고, 그 목걸이와 연결된 쇠사슬이 몸을 세 겹으로 휘감고 있었다. 그 쇠사슬 끝은 허리띠에 해당하는 넓은 쇠테와 자물쇠로 연결되어 있었다.

하인이 웅얼댔다. "아투팔은 꼭 묵비권을 행사하는 사람처럼 구는군."

그 흑인이 선미 계단을 올라왔다. 그리고 형을 선고받으러 출두하는 용감한 죄수처럼 이제 졸도 상태에서 깨어난 돈 베니토 앞에 두려움 없는 자세로 우뚝 섰다.

돈 베니토는 그가 다가오는 모습을 처음 쳐다본 순간 흠칫 놀랐다. 그의 얼굴에 분한 기색이 떠올랐다. 무력한 분노에 사로잡혔던 기억이 갑자기 고개를 쳐들면서 하얗게 질린 그의 위아랫입술이 단단히 달라붙었다.

델러노 선장은 은근한 감탄과 함께 그 흑인의 거대한 몸을 훑어보면서, 이 사람은 고집스러운 항명자인가 보다고 생각했다.

하인이 말했다. "저자가 심문을 기다리고 있습니다, 주인님."

하인의 채근을 받은 돈 베니토는 마치 반항적인 대답이 나오리라 미리 짐작하고 이를 피하기라도 하듯 불안한 기색으로 상대의 눈길을 피하면서 당황한 투로 말했다.

"아투팔, 이제 내게 용서를 구하겠는가?"

흑인은 침묵을 지켰다.

"다시 물어봐 주세요, 주인님." 하인은 심하게 나무라는 것 같은 눈빛으로 동족을 노려보면서 속삭였다. "다시요, 주인님. 저자는 이제 주인님께 굴복할 겁니다."

돈 베니토는 여전히 상대를 외면한 채 말했다. "대답하라. 용서해 달라는 한 마디만 하면 된다. 그럼 그 사슬을 풀어 줄 거야."

그 말에 흑인은 서서히 양손을 쳐들더니 아래로 털썩 늘어뜨렸고, 절거덕거리는 사슬 소리와 함께 마치 "아뇨, 저는 이대로 좋습니다"라고 말하기라도 하듯 고개를 숙였다.

"가라." 돈 베니토의 목소리에는 뭔지 모를 어떤 감정이 내포되어 있었다.

흑인은 왔을 때처럼 유유히 그 자리를 떠났다.

델러노 선장이 말했다. "죄송합니다만, 돈 베니토, 정말 놀라운 광경이 아닐 수 없군요. 이건 도대체 뭘 뜻하는 건지요?"

"이건 모든 흑인들 중에서 그 검둥이 하나만 유독 저를 화나게 할 만한 특별한 원인을 제공했다는 뜻입니다. 그래, 저는 그자를 쇠사슬로 묶어 놓았습니다. 저는……"

여기에서 그는 말을 멈췄다. 그리고 마치 현기증이 일거나 갑자기 기억에 혼란이 일어나기라도 한 것처럼 한 손으로 머리를 짚었다. 하지만 하인의 상냥한 눈빛을 보더니 안심한 듯이 말을 계속했다.

"저는 그자를 매질할 수가 없었습니다. 하지만 제게 용서를 구해야 한다고 말했죠. 한데 아직도 하지 않고 있습니다. 그래서 그자는 제 명령에 따라 두 시간마다 한 번씩 제 앞에 출두하는 겁니다."

"그렇게 한 지 얼마나 됐나요?"

"60일쯤이에요."

"그 밖의 다른 면에서는 순종하고 있나요? 공손하고요?"

"그렇습니다."

델러노 선장은 충동적으로 소리쳤다. "내가 보기에 그 사람은 왕의 기상을 갖고 있는 게 분명합니다."

돈 베니토는 쓸쓸하게 답했다. "그런 면이 있을지도 모르죠. 자기 말로 제 나라에서는 왕이었다고 했으니까요."

"맞습니다." 하인이 끼어들어 한마디 했다. "아투팔의 양쪽 귀에 있는 그 구멍들에는 한때 금으로 된 쐐기 모양의 장식이 걸려 있었습니다. 하지만 여기 이 불쌍한 바보는 제 나라에서도 불쌍한 노예였을 뿐입니다. 바보는 흑인의 노예였고, 지금은 백인의 노예입니다."

델러노 선장은 하인이 마치 그들과 허물없는 사이라도 되는 양 이런 이야기를 거침없이 하는 데 기분이 약간 언짢아져, 의아한 눈빛으로 하인을 쳐다봤다가는 다시 캐묻는 것 같은 눈빛으로 주인을 쳐다봤다. 하지만 주인과 하인 모두가 이런 비공식적인 사소한 대화에 오랫동안 익숙해 있기라도 하듯 델러노 선장의 그런 반응을 이해하지 못하는 것 같았다.

델러노 선장은 물었다. "대체 아투팔은 어떤 죄를 저지른 건가요, 돈 베니토? 만일 중죄를 저지른 게 아니라면 이 어리석은 사람의 조언을 받아 주면 좋겠군요. 그 사람이 전반적으로 유순하고 본인이 타고난 기백을 존중하는 마음을 가지고 있다는 점에서 그 사람이 받고 있는 형을 감면해 주는 게 어떻겠습니까."

그러자 하인이 혼잣말을 하듯 중얼거렸다. "안 됩니다, 안 돼요. 주인님께서는 결코 그렇게 하지 않으실 겁니다. 거만한 아투팔은 우선 주인님께 용서를 구해야 합니다. 그 노예는 자물쇠를 달고 다니지만 우리 주인님께서는 열쇠를 갖고 계십니다."

그의 말에 열쇠에 관심을 갖게 된 델러노 선장은 돈 베니토의 목에 가는 비단 줄이 걸려 있고, 그 줄에 열쇠 하나가 달려 있는 것을 처음으로 알아차렸다. 하인의 중얼거림 덕에 그것이 어떤 열쇠인지를 알게 된 그는 싱긋이 웃었다. "그렇군요, 돈 베니토. 자물쇠와 열쇠라. 정말로 의미심장한 상징이군요."

돈 베니토는 입술을 깨물며 비틀거렸다.

생전 빈정거리거나 비꼬는 말을 할 수 없을 만큼 단순한 성격인 델러노 선장의 그 말은, 돈 베니토가 그 흑인에 대해서만큼은 유별나게 확연한 지배권을 갖고 있는 것에 대해 농담조로 한마디 언급한 것에 불과했다. 하지만 그 우울증 환자는 그 말을, 적어도 말로나마 항복을 권하는 자리에서 아직까지 그 노예의 굳건한 의지를 무너뜨리지 못한, 자기 스스로가 고백한 무능력에 대한 악의적인 비방으로 받아들인 것 같았다. 델러노 선장은 돈 베니토가 자기 말을 이런 식으로 오해했다고 여기고 유감스럽게 생각은 했지만 그것을 바로잡기를 단념하고 화제를 돌렸다. 하지만 그는 스페인 사람이 마치 모욕을 당했다고 생각하고 그것을 속으로 힘겹게 삭이고 있기라도 한 듯이 전보다 더 움츠러들어 있다는 사실을 알아챘다. 침울하고 예민한 스페인 사람의 내밀한 복수처럼 여겨지는 그런 반응 때문에 그도 역시 본뜻과는 달리 위축된 기분에 말수가 줄어들었다. 하지만 스페인 사람과는 정반대의 성품을 지닌 선량한 선장은 속으로 분개한 마음뿐만 아니라 겉으로 그런 내색을 하는 것도 지그시 억눌렀다. 따라서 그가 침묵을 지켰다면 그건 순전히 스페인 사람의 태도에 전염이 되어서 그런 것뿐이었다.

이윽고 스페인 사람은 하인의 부축을 받으면서 다소 무례한 태도로 손님의 앞을 가로질러 갔다. 주인과 하인이 높은 채광창 한 곁에 멈춰서서 낮은 소리로 소곤대기 시작하지만 않았다면, 그런 행동은 괜한 변덕으로 치부하고 그냥 넘어갈 수도 있었을 것이다. 아무튼 그런 행동은 불쾌했다. 지나친 심기증 환자의 침중함과도 무관하지 않은, 스페인 사람이 풍기는 침울한 기분은 이제 전혀 위엄이 없어 보였다. 그리고 지나치게 허물없이 구는 하인의 태도는 천진한 애정에 내재된 본래의 매력을 상실했다.

방문객은 당황스럽고 거북한 기분에 배의 다른 쪽으로 고개를 돌렸다. 그렇게 해서 우연히 그의 시선은 손에 밧줄 한 타래를 들고 갑판에서 뒷돛대 삭구의 첫 번째 발판에 막 오른 젊은 스페인 선원에게로 돌아갔다. 청년이 활대에 오르는 동안 무엇인가를 호소하는 듯한 강렬한 눈빛으로 델러노 선장을 주시하지 않았다면 아마 선장의 눈에 띄지 않았을 것이다. 이어서 방문객의 시선은 자연스럽게 자신의 귀에는 들리지 않을 정도로 낮게 소곤대고 있는 두 사람 쪽으로 돌아갔다.

그렇게 해서 다시 두 사람을 주시하게 된 델러노 선장은 은근히 놀랐다. 바로 그때 돈 베니토가 보여 주는 몸짓과 태도로 미루어 두 사람이 그렇게 멀찌감치 떨어진 데로 가서 소곤대는 것이, 아니, 적어도 그러는 이유의 일부가 자기 때문인 것 같다는 느낌이 들었기 때문이다. 그런 식의 추측은 주인에게 명예가 되는 것이 아니요, 손님 자신에게도 과히 기분 좋은 것이 아니었지만 자기도 모르게 그런 느낌이 들었다.

예의 바른 태도와 막돼먹은 사람처럼 구는 태도를 번갈아 보여 주는 스페인 선장의 괴이한 행태는 순수한 광기 아니면 악의적인 협잡에서 나온 것이라고밖에는 달리 설명할 길이 없었다.

냉정한 구경꾼이라면 당연히 그것을 순수한 광기 때문이라고 여겼을 것이다. 델러노 선장 역시 이제까지 그런 경우를 가끔 본 적이 있었다. 하지만 이제 그는 돈 베니토의 그런 행태를 의도적인 무례함으로 보기 시작했으며, 따라서 광기 때문이라는 생각은 사실상 사라졌다. 한데 정신이상자가 아니라면 대체 무엇 때문에? 지금 같은 상황에서 점잖은 신사가, 아니 정직하고 소박한 사람이 지금 저 사람이 하는 것 같은 행동을 한다? 협잡꾼이니 그렇게 하지. 바다를 누비는 귀족으로 분장은 했으나, 지금 보인 대단히 무례한 행태에서 여실히 드러난 것처럼 기본적인 신사도에서 가장 중요한 필요 요건이 뭔지도 모르는 비천한 태생의 협잡꾼. 다른 경우들에서 목격했다시피 과도하게 격식을 갖추는 그 이상한 행동도 역시 제 진짜 분수를 넘어서는 역할을 하는 자들의 전형적인 특징인 것 같았다. 돈 베니토 세레노…… 당당한 이름이다. 그 성씨는 그 시대 남아메리카 북부의 카리브 해 연안 일대에서 교역을 하는 화물관리인들과 선장들에게 널리 알려져 있었다. 그 일대에서 아주 폭넓고도 왕성하게 교역을 하는 가문들 중 하나에 속한 성씨요, 남아메리카의 모든 주요 교역도시들에 귀족 출신의 형제나 사촌이 터 잡고 있는, 카스티야의 로스차일드* 같은 성씨였다. 돈 베니토로 자처하는 그 사람은 나이가 스물아홉이나 서른쯤 되어 보이는 청년이었다. 재주와 배짱을 지닌 젊은 악당이 내세울 만한 역할로 그런 가문이 운영하는 해운업 분야의 간부 선원 역할만큼 그럴싸한 게 또 어디 있겠는가? 하지만 그 스페인 사람은 창백한 병자였다. 그러니 걱정할 것 없다. 일부 협잡꾼들이 통달했다고 하는 고도의 술책인, 치명적인 병에 걸린 것으로 위장하는 정도로까지 나온다 해도 상관없다. 저 유약한 겉모습 속에 가장 야만적인 에너지가 잠복해 있을 수도 있다니. 저 스페인 사람이 걸친 벨벳 옷 속에는 보드라워 보이는 발톱이, 그리고 송곳니들이 숨겨져 있을지도 모른다.

이런 상념들은 분명한 맥락에서 나온 것이 아니었다. 내면에서 나온 것이 아니라 밖에서 왔다. 그리고 갑자기, 흰 서리처럼 떼로 몰려왔지만 델러노 선장의 좋은 성품이라는 온화한 태양이 다시 중천에 떠오르자 이내 사라졌다.

---

* 국제적인 은행 가문을 세운 독일계 유대인 은행가. 말하자면 '한국의 록펠러'라는 식의 비유이다.

그는 다시 주인 쪽으로 시선을 돌렸다. 채광창 위로 드러난 돈 베니토의 옆얼굴은 이제 그를 향하고 있었다. 그는 그 옆모습에 깊은 인상을 받았다. 그 선연한 윤곽은 좋지 않은 건강 상태로 살이 빠져서 세련되게 다듬어졌다. 턱도 턱수염 덕에 품위 있는 모습이었고. 의심은 치우자. 그는 진정한 이달고* 세레노의 후예였다.

이런 생각과 그 밖의 좋은 생각으로 마음이 가벼워진 방문객은 돈 베니토가 일부러 무례하게 군다고 살짝 의심한 것은 물론, 심지어 협잡을 한다는 의혹을 품기까지 했다는 것을 드러내지 않기 위해 짐짓 아무 일도 없었던 것처럼 나직하게 콧노래를 부르면서 선미루 갑판을 걸어 다니기 시작했다. 둘이서 멀찌감치 떨어진 곳에 가서 소곤거린 의심쩍은 일은 아직 해명되지 않았지만, 그런 식의 불신은 자신의 망상에서 나온 것임이 입증되었기 때문이다. 델러노 선장은 굳이 그런 사소한 의문을 해소하려 들었다가 자신이 옹졸한 추측을 했다는 사실을 돈 베니토가 눈치라도 채면 크게 후회하리라는 생각이 들었다. 요컨대 스페인 사람의 그런 행동은 당분간 여백으로 그냥 남겨 두는 것이 최선이었다.

이윽고 스페인 사람이 수심 가득한 창백한 얼굴을 실룩거리면서, 그리고 여전히 하인의 부축을 받으면서 손님 쪽으로 다가왔다. 그가 평소보다 훨씬 더 곤혹스러워하는 것 같은 표정과 아울러 쉰 목소리로 뭔가 이상한 음모를 꾸미는 것 같은 분위기를 물씬 풍기는 가운데 대화가 다시 시작되었다.

"이 섬에서 얼마나 머무실 예정인지 여쭤 봐도 될까요, 선장님?"

* 스페인의 하급 귀족, 신사.

144

"아, 하루나 이틀 정도요, 돈 베니토."

"마지막으로 떠나오신 항구가 어디였나요?"

"캔턴*이오."

"거기서 바다표범 가죽을 차와 비단하고 교환하셨나요? 그러셨다고 들은 것 같습니다만."

"맞습니다. 비단이 대부분이죠."

"남는 금액은 정화**로 받으셨겠죠?"

델러노 선장은 약간 불편한 기분을 느끼면서 대답했다. "예. 은화로. 하지만 많은 금액은 아닙니다."

"아…… 그렇군요. 선장님 휘하에 선원이 몇 명이나 되는지 여쭤도 될까요?"

델러노 선장은 은근히 놀랐지만 대답했다. "모두 해서 25명이오."

"그리고 현재 모두가 승선해 있겠죠?"

델러노 선장은 흡족한 기분으로 답했다. "모두 다 배에 있죠."

"오늘 밤에도 다들 배에서 지낼 예정인가요?"

그렇게 많은 질문을 쏟아 낸 뒤 이 마지막 질문을 던지는 대목에서 델러노 선장은 완연히 정색을 하고 상대를 쳐다볼 수밖에 없었다. 돈 베니토는 그 시선을 그대로 받아 내지 못하고 어떻게 해야 좋을지 몰라 쩔쩔매면서 갑판 쪽으로 시선을 떨궜다. 그의 그런 품위 없는 모습은 마침 느긋한 표정으로 돈 베니토의 발아래 무릎을 꿇고 앉아 그의 헐거워진 구두 버클을 조정하고 있는 하인의 모습과 대비되었다. 하인은 약간의 호기심에서 주인의 풀 죽은 시선을 빤히 올려다보고 있

---

* 중국의 광둥 항.
** 명목화폐인 지폐가 아니라 금화나 은화를 뜻한다.

었다.

돈 베니토는 여전히 뭔가 켕기는 구석이 있는 사람처럼 우물쭈물하다가 방금 전의 질문을 반복했다.

"그리고…… 오늘 밤에도 다들 배에 있을 예정인가요?"

델러노 선장은 대답했다. "예, 아마도. 아, 아닙니다." 그는 마음을 다잡고 용감하게 진실을 드러냈다. "그중 몇몇은 자정 무렵에 다시 고기를 잡으러 나갈 거라고 했습니다."

"그런 배들은 일반적으로 다소의 무장을 하고 있겠죠?"

"아, 비상시를 대비해서 6파운드짜리 포 한두 문이 있죠." 그는 아무 두려움 없이 담담하게 답했다. "약간의 머스킷 소총, 바다표범잡이 창, 단도 같은 것들도 있고."

델러노 선장은 이렇게 대답하고는 다시 돈 베니토를 지그시 응시했다. 하지만 돈 베니토는 시선을 다른 데로 돌렸다. 그리고 갑자기, 좀 어색하게, 화제를 바꿔 바람이 도무지 불지 않는다고 짜증스럽게 말하더니 이번에도 역시 실례하겠다는 말 한 마디 없이 하인과 함께 반대편 현장 쪽으로 가더니 아까처럼 둘이서 소곤대기 시작했다.

그 순간, 델러노 선장이 방금 전에 일어난 일들을 냉철하게 돌아볼 기회를 갖기도 전에 예의 그 젊은 스페인 선원이 활대에서 내려오는 모습이 보였다. 그가 갑판으로 뛰어내리려고 허리를 구부렸을 때 타르 얼룩이 잔뜩 묻은, 크고 널찍한 그의 작업복 앞섶이 가슴께까지 벌어지면서 지저분한 속옷이 드러났다. 올이 가는 리넨 천으로 만든 듯하고 목 주위를 가는 푸른색 리본으로 마감한 속옷은 딱하다고 할 만큼 해지고 색도 많이 바래 있었다. 그 순간 젊은 선원의 시선은 다시 현장 앞에서 소곤대는 두 사람에게 고정되었다. 델러노 선장은 한순간 프리메이슨 단원들이 주고받는 무언의 신호와도 같은 것이 교환되기라도 한 것처럼 자신이 그 눈빛에 숨겨진 의미를 알아차렸다고 생각했다.

이 때문에 그의 시선은 또다시 돈 베니토 쪽으로 향했으며, 아까와 마찬가지로 이번에도 역시 두 사람이 주고받는 이야기의 주제가 바로 자신이라고 생각하지 않을 수가 없었다. 그는 꼼짝도 하지 않았다. 손도끼 날을 가는 소리가 들려왔다. 그는 다시 두 사람을 재빨리 곁눈질했다. 두 사람 사이에는 무엇인가를 공모하는 것 같은 분위기가 어려 있었다. 좀 전에 돈 베니토가 계속 질문을 해 대던 일과 젊은 선원이 돈 베니토에게 던진 묘한 눈빛이 결부되면서 아까처럼 본의 아닌 의심이 일어나기 시작했다. 유달리 성실하고 정직한 그 미국인도 자기 내면이 그렇게 돌아가는 것은 어쩔 수가 없었다. 그는 있는 힘을 다해 쾌활하고 익살스러운 표정을 지으면서 재빨리 두 사람에게 다가가 말했다. "하, 선장님은 여기 이 흑인을 대단히 신뢰하는 모양이군요. 마치 내밀한 상담역처럼."

그 말에 하인이 상냥하게 씩 웃으면서 위를 올려다봤다. 하지만 주인은 마치 독사에 물리기라도 한 것처럼 기겁했다. 스페인 사람은 잠시 시간이 지난 뒤에야 겨우 정신을 수습했다. 그는 아주 조심스럽게 대답했다. "맞습니다, 선장님. 저는 바보를 신뢰합니다."

그 말에 바보는 앞서의, 동물적인 단순한 익살에서 나온 웃음을 지적인 미소로 바꾸면서 감사해하는 눈빛으로 주인을 쳐다봤다.

스페인 사람은 그 순간 손님이 곁에 있는 것이 불편하다는 사실을 무심결에, 혹은 일부러 암시하기라도 하듯 말없이 서 있기만 했다. 델러노 선장은 상대의 무례함에 대해서조차도 무례하게 대응한다는 인상을 주고 싶지 않아서 사소한 말 몇 마디를 하고는 그 자리를 떠났다. 그는 돈 베니토 세레노의 불가사의한 태도를 마음속에서 거듭거듭 되새겨 봤다.

그가 선미루에서 내려가 골똘히 생각에 잠긴 채 아래의 선실로 이어지는 어두운 승강구 곁을 지날 때였다. 그는 어떤 움직임을 감지하고는 무엇이 그렇게 움직이는지 알아보려고 그쪽을 주시했다. 바로 그 순간 어두운 승강구 안에서 뭔가가 번뜩였다. 그는 한 스페인 선원이 그곳을 살그머니 배회하면서 마치 뭔가를 숨기기라도 하듯 가슴께 옷자락 속에 황급히 한 손을 집어넣는 모습을 봤다. 그는 지나가는 사람이 누구인지 확인할 겨를도 없이 모습을 감췄다. 하지만 델러노 선장은 그 모습을 얼핏 보고도 그가 아까 삭구에 오르던 젊은 선원임을 확신할 수 있었다.

델러노 선장은 생각했다. 저 번뜩이는 것의 정체는 뭘까? 램프도, 성냥도, 타고 있는 석탄도 아니었다. 보석일까? 하지만 선원들이 어떻게 보석 장신구를 착용하거나 비단으로 가장자리를 장식한 속내의 차림으로 배를 탄단 말인가? 죽은 선실 승객의 여행 가방에서 훔친 것일까? 설령 그런 짓을 했다 해도 훔친 물건을 착용하고 갑판을 활보하지는 못할 것이다. 아, 아…… 그 수상쩍은 젊은 친구와 그의 선장 사이에 순간적으로 오갔던 것이 정말로 비밀 신호였다면. 내 마음이 불안한 와중에서도 내 감각들이 나를 속인 게 아니라는 것을 확신할 수만 있다면 좋겠는데. 내 감각이 제대로 작동한 것이라면……

여기서 그는 수상쩍었던 일들을 하나하나 짚어 가다가 돈 베니토가 자신의 배에 관해서 던진 이상한 질문들을 찬찬히 반추해 봤다.

묘한 우연의 일치로, 돈 베니토의 질문이 하나하나 떠오를 때마다 아샨티의 검은 마법사들이 백인 방문객의 생각에 불길한 코멘트라도 하듯 손도끼를 허공에서 맞부딪쳤다. 제아무리 의심이 없는 사람이라 할지라도 그런 수수께끼와 불길한 징조들에 짓눌린 상태에서 불안감과 근심 걱정이 고개를 쳐들지 않는다면 그것은 거의 인간 본성에 반하는 일일 것이다.

이 견실한 뱃사람은 자신이 탄 배가 현재 조류에 휩쓸리면서 마법의 돛들에 의해 점차 빠르게 바다 쪽으로 떠내려가는 광경을 주시하고, 또 얼마 전까지 육지의 돌출부를 가로막고 있던 자신의 배가 이제는 보이지 않는다는 사실을 깨달았다. 차마 스스로에게 고백하지 못했던 생각들이 불현듯 떠오르면서 몸이 떨리기 시작했다. 무엇보다도 그는 돈 베니토에 대한 두려움이 유령처럼 희미하게 떠오르는 것을 느끼기 시작했다. 하지만 그는 퍼뜩 정신을 차리고는 가슴을 쑥 내밀고, 양다리로 든든히 버티고 선 자신을 의식하면서 그런 생각과 감정들을 냉철하게 돌아봤다. 이 모든 망상들의 정체는 대체 뭐란 말인가?

만일 그 스페인 사람이 어떤 사악한 계략을 품고 있다면, 그것은 분명 자신이 아니라 자신의 배를 겨냥한 것일 터이다. 따라서 현재 한 배가 조류에 떠밀려 다른 배에서 멀어진다는 것은 그런 식의 계략을 실천하는 데 도움이 되는 것이 아니라 적어도 당분간 그와는 정반대의 작용을 할 것이다. 그런 모순들을 수반하는 의심은 망상임이 분명하다. 게다가 곤경에 처한 배, 병으로 선원들을 거의 전부 잃다시피 한 배, 탑승한 사람들이 물이 부족해서 타들어 가는 배의 선장이 현재 해적질의 성격을 지닌 그런 계략을 품고 있다는 것은 도무지 말이 되지 않는 이야기 아닌가? 그 사람이, 자신을 위해서건 혹은 부하들을 위해서건, 신속한 구조나 재충전이 아닌 다른 어떤 욕망을 품고 있다는 것이 가능한 일일까? 하지만 그것은 그 배에 탄 사람 모두가 겪는 고통이 아닐 수도 있다. 특히 갈증의 경우에는 일부러 그런 척하는 것이 아닐까? 병으로 죽어서 소수만 남았다고 하는 선원들이 사실은 죽지 않고 고스란히 남아서 바로 그 순간에 화물 창고 속에 숨어 있을 수도 있지 않을까? 인간의 탈을 쓴 악마들이 외따로 떨어진 집에 가 제발 냉수 한 컵만 마시게 해 달라고 불쌍하게 간청해서 집 안에 들어가서는 흉악한 짓을 저지른 뒤에야 느긋하게 물러나는 일은 비일비재했다. 말레이 해적들 중에는 다른 배들을 꾀어서 자기네 본거지인 항구로 유인하거나, 여차하면 매트를 집어 던지고 금방이라도 뛰어나올 채비를 갖추고 창으로 무장한 해적 100명을 배 밑창에 숨겨 둔 채 해상에서 사람이 거의 타고 있지 않거나 텅 빈 갑판을 보여 줌으로써 적들을 자기네 배로 유인하는 경우가 드물지 않았다. 델러노 선장이 그런 이야기들을 전적으로 믿는 것은 아니었다. 과거에 그런 이야기들을 들은 적이 있었고, 지금은 기억에 남은 일화들로 마음속에 떠올랐을 뿐이다. 한데 현재 그 배가 지향하는 목적은 항구에 정박하는 것이다. 그때 그 배는 자기네 배 가까이 다가올 것이다. 두 배가 그렇게 가까워졌을 때 산도미니크호가 잠시 활동을 멈추고 있던 화산처럼 감춰진 에너지들을 갑자기 터뜨릴 수도 있지 않을까?

그는 그 스페인 사람이 그간 겪은 이야기를 하는 동안 보여 줬던 태도를 떠올렸다. 거기에는 왠지 개운치 않아 보이는 머뭇거림과 얼버무림 같은 것들이 있었다. 그것은 대체로 좋지 않은 목적을 이루기 위해서 이야기를 날조하는 사람이 보임직한 태도와 똑 닮아 있었다. 그러나 그 이야기가 진실이 아니라면 진실은 도대체 무엇일까? 그가 불법적인 방법으로 이 배를 소유한 것일까? 하지만 그 이야기의 많은 세목들, 특히 선원들의 죽음, 그 결과로 일어난 장기간의 표류, 바람이 없는 상태가 끈질기게 계속된 데서 온 과거의 고통과 갈증으로 현재도 지속되고 있는 고통처럼 좀 더 비참한 부분들을 언급한 대목들은 날조로 보이지 않았다. 흑인과 백인이 마구 뒤섞인 많은 이들의 울부짖음뿐만 아니라 델러노 선장이 직접 목격한 모든 사람들의 표정과 행동도 역시 돈 베니토의 이야기가 모두 사실임을 입증해 줬다. 그들의 표정과 행동은 꾸미는 것이 불가능해 보였다. 만일 돈 베니토의 이야기가 처음부터 끝까지 날조된 것이라면, 가장 나이 어린 흑인 여자아이들까지 포함해서 그 배에 탄 모든 사람이 그의 계획에 따라 잘 훈련된 사람들이라는 이야기가 되는데, 그것은 있을 수 없는 이야기였다. 그러나 만일 그 이야기의 진실성을 의심할 만한 어떤 근거가 있다면 그런 추론은 정당한 추론이 될 수도 있었다.

한데 스페인 사람이 던진 질문들, 사실 거기에는 의문을 품을 여지가 있었다. 그 질문들은 강도나 암살자가 밤에 숨어들어 가려고 하는 집의 벽을 대낮에 답사하는 것과 아주 흡사한 목적을 가진 것처럼 보이지 않는가? 하지만 위험에 처한 당사자에게 좋지 않은 목적을 품고서 그런 정보를 꼬치꼬치 캐묻고, 그렇게 해서 그 사람의 경계심을 불러일으키는 것은 얼마나 우스꽝스러운 짓인가? 그렇다면 그런 식의 질문이 좋지 않은 의도에서 나왔다고 가정하는 것은 어리석은 일이다. 따라서 이 경우에 경각심을 불러일으켰던 행동이 그와 동시에 경각심을 없애 주는 역할도 했다. 요컨대, 그 당시에는 아주 합리적으로 보이는 어렴풋한 의혹이나 불안감이 일어났다 해도, 이제는 그에 못지않게 합리적인 이유로 그런 감정들이 사라져 버렸다.

마침내 그는 앞서 자신을 찾아왔던 육감들, 그 육감들을 뒷받침해 주는 역할을 한 그 이상한 배를 생각하며 웃음을 터뜨리기 시작했다. 괴상해 보이는 흑인들, 특히 낡은 가위를 가는 아샨티들, 침대에 누워 뜨개질을 하는 늙은 여자들, 뱃밥 만드는 사람들, 그 모든 장난꾸러기 도깨비들의 중심에 서 있는 음산한 표정의 스페인 사람을 떠올리면서 웃기 시작했다.

그 나머지 것들의 경우, 대체로 그 불쌍한 병자는 침울한 분위기 속에서 인상을 쓰고 있든 혹은 아무 분별이나 목적 없이 쓸데없는 질문을 던지든, 자신이 뭘 하려고 하는지 거의 알지 못한다는 생각이 들면서 수수께끼 같았던 것들이 이제는 모두 다 기분 좋게 설명이 되었다. 분명히 그 사람은 현재 이 배를 맡기에 적합하지 않았다. 델러노 선장은 호의적이고 자비로운 이유를 대서 그에게서 배의 지휘권을 회수한 뒤 훌륭한 인품과 뛰어난 항해 능력을 지닌 자기 배의 이등 항해사에게 맡겨 그 배를 콘셉시온 항으로 보내야만 했다. 그것은 산도미니크호보다는 돈 베니토에게 더 편리하고 유익한 계획이었다. 그 병자는 모든 근심 걱정에서 놓여나 자기 선실에서만 시간을 보내며 하인의 따뜻한 보살핌을 받다가, 아마도 항해가 끝날 무렵에는 어느 정도 건강이 회복되어 다시 배의 지휘권을 돌려받을 것이기 때문이다.

미국인의 생각은 그러했다. 이런 생각들 덕에 그의 마음은 편안해졌다. 돈 베니토가 델러노 선장에게 좋지 않은 결과를 일으킬지도 모른다는 생각에 빠져 있는 것과 델러노 선장이 돈 베니토의 앞날에 좋은 영향을 미칠 것이라는 생각 사이에는 큰 차이가 있었다. 그럼에도 불구하고 얼마 후 멀리서 자기네 보트가 나타난 것을 봤을 때 이 선량한 뱃사람은 적잖이 안도했다. 보트가 그렇게 오래도록 나타나지 않은 것은 산도미니크호가 계속 육지에서 밀려나는 통에 돌아오는 길이 멀어진 것과 아울러 바다표범잡이 배 쪽에서 예기치 못한 지체가 있었기 때문이기도 했다.

흑인들도 자기네 배 쪽으로 다가오는 검은 점을 발견했다. 그들의 환호성이 돈 베니토의 주의를 끌었다. 그는 비록 양이 부족하고 일시적인 것에 불과하기는 하겠지만 절실히 필요로 하는 물자들이 오고 있다는 것이 흡족해서 답례차 델러노 선장에게 다가가 그런 마음을 전했다.

델러노 선장은 답을 했다. 한데 그 말을 하는 동안 그는 저 아래 갑판에서 진행되고 있는 어떤 일에 주의를 빼앗겼다. 보트가 오는 광경을 보고 싶어 육지 쪽의 현장으로 올라가는 사람들 틈에서 백인 선원 한 사람이 두 흑인의 진로를 가로막자 두 흑인이 그를 거칠게 옆으로 밀친 것이다. 백인 선원의 그런 행동은 어디로 보거나 우연한 것에 불과했는데도. 백인 선원이 분개하자 두 흑인은 뱃밥 만드는 사람들의 근심 어린 외침에도 불구하고 그를 갑판으로 확 밀쳐 냈다.

델러노 선장이 황급히 말했다. "돈 베니토, 저기에서 어떤 일이 벌어지고 있는지 압니까? 보세요!"

하지만 스페인 사람은 기침 발작을 하면서 양손으로 얼굴을 가리고 금방이라도 쓰러질 것처럼 비틀거렸다. 델러노 선장이 그의 몸을 잡아 주려고 했지만 하인의 동작이 더 재빨랐다. 그는 한 손으로는 주인의 몸을 붙잡고 다른 한 손으로는 강장제 병 주둥이를 주인의 입술에 갖다 댔다. 돈 베니토는 금방 회복되었고, 하인은 부축하던 손을 내리고는 살짝 옆으로 물러났다. 하지만 주인이 낮게 불러도 들릴 정도의 거리에 충직하게 머물러 있었다. 방문객이 볼 때, 하인은 앞에서 언급했던 두 사람의 천박한 속삭임 때문에 그에게 씌었을지도 모를 무례하다는 오점을 말끔히 씻어 낼 만큼 분별 있고 신중하게 행동했으며, 설령 하인이 잘못했다 해도 그것은 그의 탓이 아니라 주인의 탓이 더 컸다는 점을 보여 줬다. 그 혼자서 행동할 때는 그처럼 나무랄 데 없이 행동할 줄 알았으니까.

델러노 선장은 무질서하고 불온한 광경에서 바로 앞의 기분 좋은 광경 쪽으로 시선을 빼앗기자, 그런 하인을 데리고 있는 주인에게 다시금 축하의 말을 하지 않을 수 없었다. 그 하인은 가끔 좀 주제넘게 굴 때도 있기는 했으나 전체적으로 보아 환자 같은 처지에 있는 주인에게 더없이 소중한 사람임이 분명했다.

그는 씩 웃으면서 한마디 덧붙였다. "여기 있는 이 사람을 제 곁에 두고 싶은데 그러려면 얼마를 드리면 될까요, 돈 베니토? 50더블룬* 정도면 될까요?"

"우리 선장님은 1,000더블룬을 준다고 해도 바보와 헤어지려고 하시지 않을 겁니다." 이야기를 엿들은 흑인 하인이 그것을 진담으로 알아듣고는 자기 주인이 높이 평가하는 충직한 하인의 묘한 자만심에서 그렇게 중얼거렸다. 그는 방문객이 자기를 그렇게 낮게 평가하는 것을 수치로 여기는 듯했다. 하지만 돈 베니토는 아직 완전히 회복되지 않았는지 다시 기침 발작이 터져 나와 제대로 알아들을 수 없는 말을 웅얼대기만 했다.

그는 육체적 고통이 너무나 커서 마음에도 영향을 받는 것 같았다. 그러자 하인은 그 슬픈 장면을 가리기라도 하듯 주인을 부축해서 아래로 모시고 갔다.

* 옛 스페인의 금화 이름.

혼자 남겨진 미국인은 자기네 보트가 도착할 때까지 얼마간의 시간을 보내기 위해 이곳에서 본 몇 안 되는 스페인인 선원들 중 한 사람에게 다가가서 말을 걸고 싶었다. 하지만 돈 베니토가 해 준 그들의 좋지 않은 행실에 관한 이야기가 생각나면서 선장이나 되는 사람이 공연히 남의 배 선원들의 비겁하고 불성실한 면을 부추기는 짓을 해서는 안 될 것 같아 그만두고 말았다.

그가 이런 생각을 하면서 그 소수의 선원들 쪽에 눈길을 주었을 때 문득 그들 중 한둘이 뭔가 의미 있는 눈짓으로 응답하고 있다는 느낌이 들었다. 그는 눈을 비비고 다시 봤다. 하지만 이번에도 역시 같은 모습이 보이는 것 같았다. 전에 떠올랐던 의심이 새로운 형태로, 하지만 더 모호한 형태로 다시 떠올랐다. 하지만 돈 베니토가 곁에 없어서 두려움과 당혹감은 전보다 덜했다. 그 선원들은 좋지 않은 평판을 받고 있었지만, 델러노 선장은 즉시 그들 중 하나에게 다가가 말을 걸어 보기로 결심했다. 그가 선미루에서 내려와 흑인들 사이를 뚫고 지나가는데 뱃밥 만드는 사람들이 그의 움직임을 보고 괴상한 외침을 발했고, 그 소리를 들은 흑인들이 서로서로 몸을 잡아당겨 그의 앞에서 둘로 쫙 갈라졌다. 하지만 그들은 백인 방문객이 자기네 게토를 방문하는 목적이 뭔지 궁금하다는 듯이 그의 뒤에서 그런대로 질서 정연하게 늘어서서 따라가기 시작했다. 그리하여 그의 행진은 말을 탄 시종들 혹은 흑인 의장대의 에스코트를 받는 듯한 형국이 되었다. 그는 흥거워하는 표정을 지은 채 마치 기분 나는 대로 움직이는 사람처럼 계속 앞으로 나아갔다. 그는 가끔 흑인들에게 말을 건네면서 흑인들 속에 드문드문 섞여 있는 백인들의 표정을 호기심 어린 눈빛으로 관찰했다. 그들은 마치 상대편 말들이 늘어선 진영 속에 위태롭게 뒤섞인 길 잃은 하얀 졸*들처럼 보였다.

그는 자신의 목적을 이루기 위해 누구를 선택할까 생각하는 동안 우연히 갑판에 앉아서 큰 도르래의 줄에 타르 칠을 하는 한 선원을 봤다. 한 무리의 흑인들이 그를 빙 둘러싸고 앉아서 호기심 어린 눈빛으로 그가 일하는 모습을 구경하고 있었다.

그 사람이 하는 천한 일은 그의 고상한 외모와 대조적이었다. 한 흑인이 들고 있는 타르 통 속에 계속 집어넣어 시커메진 그의 손은, 초췌하다는 점만 제외하고는 잘생긴 얼굴과 어딘지 어울려 보이지 않았다. 이런 초췌함이 범죄적 성향과 모종의 연관성이 있는지에 대해서는 뭐라고 단언할 수 없다. 뜨거운 열과 아주 차가운 냉기는 서로 다른 것이지만 비슷한 감각을 불러일으키듯이, 무죄와 유죄도 얼굴에 뚜렷이 보이는 어떤 흔적을 남기는 정신적인 고통과 우연히 결부될 때는 하나의 도장, 곧 거칠게 새긴 도장으로 찍은 것처럼 비슷한 느낌을 안겨 주는 법이기 때문이다.

델러노 선장은 비록 너그러운 사람이기는 했지만, 그때는 이런 생각이 다시 일어나지 않고 그와는 전혀 딴판인 생각이 떠올랐다. 그것은 근심과 수치심 때문인 양 델러노 선장의 시선을 피해 다른 곳을 향하고 있는 검은 눈과 유별나게 초췌한 인상이 한데 어우러진 그의 모습을 지켜보고 있자니, 자기 선원들을 좋지 않게 이야기한 돈 베니토의 이야기가 떠오르면서 근심과 수치심을 미덕이 아니라 항상 악덕과 결부시키곤 하는 세상의 통념에 영향을 받았기 때문이다.

델러노 선장은 생각했다. 만일 참으로 이 배에 사악하고 고약한 어떤 면이 존재한다면, 저 사람은 지금 타르로 손을 더럽히고 있는 것처럼 그런 사악함에 손을 담근 것이 분명할 것이다. 저 친구에게는 말을 걸고 싶지 않다. 권양기 위에 있는 다른 선원과 이야기를 해 보자.

그는 잔뜩 해진 짧은 빨간색 바지 차림에 지저분한 나이트캡을 쓰고 가시투성이 산울타리처럼 뒤엉킨 구레나룻을 무성하게 기른 나이든 바르셀로나 선원에게 다가갔다. 졸린 것 같은 표정을 한 두 흑인 사이에 앉은 이 선원은 본인보다 더 젊은 예의 동료 선원처럼 삭구 다루는 일, 곧 두 로프를 합쳐서 잇는 작업을 하고 있었고, 졸린 얼굴의 두 흑인은 그의 일을 돕기 위해 양 로프의 바깥 부분을 잡아 주는 손쉬운 일을 하고 있었다.

델러노 선장이 다가가자 그가 이내 고개를 전보다 더 깊숙이 떨궜다. 일을 하는 데 필요한 자세. 마치 여느 때보다 더 열심히 작업에 몰두하고 있다는 인상을 주려는 것 같은 자세였다. 델러노 선장이 말을 걸자 그가 힐끗 올려다봤다. 한데 묘하게도 햇볕에 검게 탄 그 얼굴에는 마치 으르렁거리면서 물려고 덤비는 것이 아니라 수줍어하면서 선웃음을 치는 것 같은 회색 곰의 표정을 닮은, 은밀하면서도 겁먹은 것 같은 기색이 어려 있었다. 델러노 선장은 이번 항해와 관련된 몇 가지 질문을 던졌다. 그 배에 처음 승선했을 때 그에게 몰려온 사람들이 울부짖으면서 들려준 이야기들은 제외하고, 돈 베니토가 들려준 이야기들 중에서 일부러 몇 대목과 관련된 내용만 골라서. 선원은 질문을 받을 때마다 짧은 대답으로 전체 이야기에서 확인이 필요한 대목을 모두 적절히 확인해 줬다. 권양기 주변에 앉아 있던 흑인들도 나서서 대답을 했다. 한데 그들이 수다스럽게 말을 잔뜩 늘어놓자 선원은 점차 말수가 줄어들더니 마침내 아주 뚱한 표정이 되었다. 이제 질문을 받아도 아무 대답도 하고 싶지 않은 것 같았다. 한데 곰처럼 뚱하고 무뚝뚝한 그 모습에는 시종 양처럼 수줍어하는 기색도 함께 어려 있었다.

델러노 선장은 그런 켄타우로스*와 자연스러운 대화를 나누기는 힘들다고 보고 주위를 두리번거리며 좀 더 가망성 있는 사람을 찾아봤다. 하지만 그런 사람이 눈에 띄지 않자 흑인들에게 상냥한 어조로 길을 비켜 달라고 말했다. 그들이 좌우로 갈라서자 선장은 씩 웃기도 하고 이맛살을 찌푸리기도 하는 흑인들 사이를 지나 선미루로 돌아왔다. 그는 얼핏 이상한 기분을 느꼈으며, 왜 그런지 이유는 알 수 없었지만 대체로 베니토 세레노를 다시 신뢰하게 되었다.

그는 생각했다. 구레나룻이 무성한 저 늙은이는 나한테서 좋지 않은 이야기를 들을 것을 각오한 것 같은 기색이었어. 내가 다가오는 것을 본 순간 내가 자기네 선장한테서 선원들의 좋지 않은 행실에 관한 이야기를 듣고 행여 나무라는 이야기를 하지 않을까 두려워하는 게 분명했어. 그래서 고개를 푹 떨궜고. 하지만, 지금 생각해 보니, 내가 잘못 본 게 아니라면, 그 사람은 여기 있던 나를 줄곧 열심히 쳐다본 사람들 중 하나인 것 같은데. 아, 이런 생각의 흐름들이 꼭 조류가 배를 돌게 하듯 머리를 어지럽게 하는구나. 하, 이제는 사람 마음을 기분 좋게 해 주는 밝은 광경이 펼쳐져 있군. 서로서로 사이좋게 지내는 분위기도 자리 잡고 있고.

그의 관심은 레이스 모양으로 얽힌 밧줄들 사이로 힐끔 보이는, 졸고 있는 흑인 여자의 모습에 쏠렸다. 그녀는 숲 속 바위 그늘에서 쉬고 있는 암사슴처럼 현장의 바람막이 아래에서 젊은 팔다리를 아무렇게나 늘어뜨린 채 누워 있었다. 완전히 깨어난 새끼 사슴이 그녀의 겹쳐진 가슴께에서 버둥거리고 있었다. 갑판에서 반쯤 일어선 그 작고 검

* 반인반마.

158

은 몸은 어미의 몸과 열십자를 이루고 있었으며, 짐승의 앞발 같은 두 손으로 어미의 몸을 기어오르고 있었다. 아기는 엄마의 가슴에 열심히 입과 코를 들이박았지만 목표하는 곳에 이르는 데는 번번이 실패했다. 그동안 약이 올라 낑낑대는 아기의 칭얼거림과 흑인 여자가 태평하게 코 고는 소리가 뒤섞여 들려왔다.

아기의 유별난 활력이 마침내 엄마를 잠에서 깨웠다. 그녀는 멀리서 자기를 바라보는 델러노 선장의 시선과 마주치자 놀라서 일어나 앉았다. 그러나 그녀는 무심히 바라보는 그 시선에 전혀 개의치 않는다는 듯이 엄마 특유의 희열감에 사로잡혀 아기를 번쩍 안아 들고 연방 키스를 퍼부었다.

델러노 선장은 거기에는 꾸밈없는 자연, 순수한 애정과 사랑이 있다고 생각하면서 아주 흡족해했다.

그는 이 작은 사건에 자극을 받아 다른 흑인 여자들을 전보다 더 유심히 살펴봤다. 그는 그들의 태도에 만족했다. 대부분의 미개한 여성들처럼 그 여자들도 마음은 부드럽고 몸은 강인해 보였다. 하나같이 아이들을 위해 싸우거나 죽을 각오가 되어 있는 여자들. 암표범처럼 순수하고 비둘기처럼 온유하고 따뜻한 여자들. 아! 아마 이 여자들이 야말로 존 레디어드가 아프리카에서 보고 대단히 높이 평가한 여자들일 것이다.* 이 자연스러운 광경은 저절로 그의 신뢰감과 편안한 기분을 더 돋워 주는 역할을 했다. 이윽고 그는 자기네 보트가 어디쯤 왔는지 알아보려고 바다 쪽을 바라봤다. 하지만 그것은 아직도 배와 아주

---

* 존 레디어드John Ledyard는 아프리카 여자들이 아니라 아시아 여자들에 관한 책을 썼다. 여기에서 멜빌은 레디어드의 책 내용을 아프리카를 탐험한 먼고 파크Mungo Park의 책 내용과 의도적으로 뒤섞은 것으로 보인다.

멀리 떨어져 있었다. 그는 돈 베니토가 돌아왔는지 알아보려고 고개를 돌렸지만 그는 아직 오지 않았다.

그는 장소를 바꾸고 또 다가오는 보트를 한가롭게 구경하려고 뒷돛대 사슬들을 지나 우현의 선미전망대로 갔다. 앞에서 언급했듯 사람 없이 버려진 베네치아의 장식 난간 같은 그곳은 갑판과 따로 떨어져 있는 은신처라 할 만했다. 그가 그곳을 뒤덮은, 반은 눅눅하고 반은 마른 홍조류들에 발을 디뎠을 때 우연히 유령 같은 미풍이 불어와 그의 뺨을 스쳤다. 그것은 예기치 않게 불어왔다가 사라져 버리고 마는 약한 바람의 아주 작은 섬이었다. 그는 길게 열 지어 늘어선, 관 속에 누워 있는 시신의 구리 눈*처럼 모두 밀폐된 작고 둥근 현창들을, 한때는 그 전망대와 연결되었던 의전용 선실 문을 바라봤다. 예전에는 그 현창들을 통해 밖을 내다볼 수 있었지만 지금은 석관 뚜껑처럼 징들이 단단히 박혀 있었다. 이어서 그는 타르가 칠해진 검붉은 널빤지, 문지방, 기둥을 바라보면서 저 의전용 선실과 이 의전용 발코니에서 스페인 왕 휘하 관리들의 목소리가 울려 퍼졌던 때를, 아마도 그가 서 있던 곳에 기대서 있었을 리마 총독 딸들의 모습을 떠올렸다. 이런 이미지들과 그 밖의 이미지들이 무풍지대에서 미풍이 스치고 지나가듯 그의 내면을 스치고 지나갔을 때, 그는 한낮에 평원에서 혼자 오수를 즐긴 뒤에 깨어났을 때 문득 불안한 기분에 젖어 드는 경우처럼 어렴풋한 불안감이 일어나는 것을 점차 자각하게 되었다.

그는 조각 장식이 된 난간에 기대서서 다시 보트 쪽을 바라봤다. 하지만 그의 시선은 배의 흘수선을 따라 초록색 상자의 테두리처럼 일

---

* 죽은 사람의 눈에 동전을 덮어 놓는 관습에 대한 비유이다.

직선으로 늘어서 있는 갈풀 쪽으로, 그리고 도처에 떠 있는 넓은 타원형이나 초승달 모양의 해초들로 이루어진 정원 쪽으로 옮아갔다. 그 정원 곳곳에서 파도의 테라스들을 가로지르며 마치 물속의 동굴들로 이어지기라도 하듯이 둥글게 휘어 돌아가는 긴 오솔길 같은 것들이 보였다. 그가 한쪽 팔을 난간 위에 늘어뜨리고 있는데, 타르에 일부가 얼룩지고 군데군데 이끼가 자라고 있는 그 난간은 오랫동안 방치된 장려한 정원에 있는, 불타고 남은 여름 별장의 잔해 같았다.

그의 상념은 한 마법에서 헤어 나오려 애쓰다 새 마법에 다시 걸려드는 것으로 끝나곤 했다. 그는 드넓은 대양에 나와 있었음에도 더없이 깊은 내륙 오지에 들어와 있는 것만 같았다. 어떤 마차나 여행자도 지나가지 않는 텅 빈 길이나 황량한 맨땅만 보이는, 버려진 어떤 성에 유폐된 죄수 같기도 했고.

하지만 이런 마법들은 그의 시선이 녹슨 주사슬들로 옮겨 갔을 때 약간 풀렸다. 크고 무거우며 녹이 잔뜩 슨 구식 연결고리와 사슬, 볼트는 그 배가 새로 건조되었을 당시보다 지금과 같은 상황에 더 적합해 보였다.

이윽고 그는 사슬들 근처에서 뭔가가 움직인다고 생각했다. 눈을 비비고 자세히 쳐다봤다. 사슬들 근처에 밧줄 무더기들이 쌓여 있었는데, 그곳에서 꼬인 밧줄을 푸는 데 쓰는 끝이 뾰족한 쇠막대를 한 손에 든 스페인인 선원 하나가 인디언이 솔송나무 뒤에 숨어서 내다보듯 굵은 밧줄 뒤에서 몰래 내다보고 있었다. 그는 발코니 쪽을 향해 불완전한 어떤 몸짓 같은 것을 했는데, 갑판 안쪽에서 다가오는 발소리에 놀라기라도 한 양 밧줄 무더기들이 숲을 이루고 있는 후미진 곳으로 밀렵꾼처럼 재빨리 자취를 감췄다.

그것은 뭘 뜻하는 것일까? 그 사람이 전하려고 했던 것, 그 누구도, 심지어는 선장도 모르는 그것은 무엇일까? 그 비밀은 그의 선장에게 불리한 어떤 것을 포함하고 있는 것일까? 그 전에 델러노 선장의 내면에서 일어났던 막연한 불안감을 입증해 주는 어떤 것일까? 아니면 그 순간 뭔가에 쎈 것 같은 기분 속에서, 밧줄을 수선하려는 듯이 바쁘게 움직이는 그 사람이 뜻 없이, 우연히 어떤 동작을 한 것을 보고 의미심장한 손짓 신호를 한 것으로 잘못 해석한 것은 아닐까?

그는 뭐가 뭔지 알 수가 없어 당혹해하면서 자기네 보트 쪽을 바라봤다. 하지만 그것은 섬의 돌출된 바위에 잠시 가려져 있었다. 보트가 바위 너머로 부리를 내미는 광경을 보고 싶은 마음에 그가 상체를 앞으로 기울이면서 그쪽을 잔뜩 주시하고 있을 때 난간이 숯처럼 힘없이 무너져 내렸다. 만일 늘어진 밧줄 하나를 재빨리 움켜쥐지 않았더라면 그는 바다에 떨어졌을 것이다. 썩은 나무가 부서지는 소리는 약했고, 그 조각들이 바다에 떨어지는 소리는 울림이 약했지만 다른 사람들의 귀에도 전해진 것이 분명했다. 그는 위를 올려다봤다. 뱃밥 만드는 늙은이들 중 하나가 앉아 있던 자리에서 바깥활대 쪽으로 슬그머니 나와 차분한 호기심을 갖고 그를 내려다보고 있었다. 한편 그 늙은 흑인 밑으로, 그의 눈에 띄지 않는 은신처 입구에서 그 스페인인 선원이 여우처럼 빠끔히 이쪽의 동정을 살펴보고 있다가 다시 몸을 바짝 웅크렸다. 그 사람이 느닷없이 암시적인 어떤 행동을 하는 바람에 델러노 선장의 내면에서 황당한 생각이 불쑥 고개를 쳐들었다. 돈 베니토가 몸이 좋지 않다는 이유를 대고 아래로 내려간 것이 사실은 핑계에 불과했다는 생각이. 돈 베니토는 저 아래에서 부하들과 함께 자신이 꾸민 계략을 면밀히 다듬고 있으며, 그 스페인인 선원은 어찌어

찌해서 그런 계략이 있다는 걸 눈치채고는 델러노 선장이 그 배에 처음 올라섰을 때 친절한 말을 해 준 데 감사한 마음이 들어 그에게 예고해 주려는 마음을 먹게 된 것이 아닐까? 돈 베니토가 전에 자기 휘하 선원들의 좋지 않은 면을 지적하고 흑인들을 칭찬한 것은 이런 식의 방해가 있을지도 모른다고 내다봤기 때문은 아닐까? 사실은 백인 선원들도 흑인들에 못지않게 고분고분한 사람들인데도? 한데 백인들은 또 천성적으로 영리한 사람들이기도 하다. 좋지 않은 의도를 가진 사람이라면 자신의 악행에 관해 아무것도 알지 못하는 어리석은 사람들은 칭찬해 주고, 영리해서 그런 악행을 눈치챌지도 모를 사람들에 대해서는 헐뜯으려 들 수도 있지 않을까? 있을 수 있는 일이다. 한데 만일 백인들이 돈 베니토와 관련된 추악한 비밀을 눈치채고 있다고 한다면, 그건 돈 베니토가 흑인들과 공모하고 있음을 뜻하는 것일 수도 있지 않을까? 하지만 흑인들은 너무나 어리석은 사람들이다. 게다가 일찍이 흑인들과 공모하고 결탁함으로써 자기네 인종을 저버리는 배신자 역할을 한 백인이 있다는 이야기를 들어 본 적이 있는가? 이런 난해한 문제들은 그 전에 그를 괴롭혔던 문제들을 다시 떠올려 줬다. 그런 난해한 문제들의 미궁 속에 빠진 델러노 선장은 이제 다시 갑판으로 돌아가 불안하게 앞으로 나가다가 새로운 얼굴을 봤다. 주출입구 근처에서 책상다리를 하고 앉아 있는 나이 든 선원의 얼굴을. 그의 피부는 펠리컨의 늘어진 빈 주머니처럼 주름살이 오글오글했고 머리는 허옇게 셌으며 표정은 진지하고 차분했다. 그는 양손에 밧줄들을 잔뜩 들고는 큰 매듭을 짓는 중이었다. 흑인 몇 명이 주변에 앉아서 필요할 때마다 밧줄 사리를 적절히 들어 올려 줬다.

델러노 선장은 그에게 다가가 매듭을 자세히 살펴보면서 묵묵히 서 있었다. 그런대로 적절한 변화 덕에 그의 마음은 자체의 얽힘에서 밧줄의 얽힘 쪽으로 옮아갔다. 그렇게 복잡하게 얽힌 매듭은 미국 배에서는 물론이요, 다른 어떤 배에서도 본 적이 없었다. 그 늙은이는 아몬 신전*에서 쓸 고르디우스 매듭**을 만드는 이집트의 사제 같아 보였다. 그 매듭은 2중 보라인 매듭, 3관 매듭, 백핸디드 웰 매듭, 매듭 속을 들어갔다 나왔다 하는 매듭, 재밍 매듭의 조합 같았다.

매듭의 의미를 파악하려고 애쓰던 델러노 선장은 마침내 늙은이에게 물었다. "뭘 그렇게 엮고 있는 거요?"

"매듭이오." 늙은이는 위를 쳐다보지도 않고 간단히 대꾸했다.

"그런 것 같기는 한데 어디에다 쓸 건데요?"

"누군가가 풀어내라고." 늙은이는 이제 거의 다 완성되어 가는 매듭 위에서 전보다 더 열심히 손가락들을 놀리면서 퉁명스럽게 중얼거렸다.

델러노 선장이 그를 주시하며 서 있는데 늙은이가 갑자기 매듭을 그에게 집어 던지면서 어눌한 영어―델러노가 그 배에 오른 뒤 처음으로 들은―로 훌쩍 한마디 했다. "그걸 풀어. 빨리 끊어 버려." 낮으면서도 빠른 어조로 전달된 그 말에는 무언가가 함축되어 있었다. 그는 마치 그 짧은 영어를 덮어 가리기 위해서인 것처럼 그 말을 하기 전에도, 후에도 스페인어로 느릿느릿하게 말했다.

델러노 선장은 손뿐만 아니라 머릿속으로도 그 매듭을 받아 든 채 잠시 멍하니 서 있었다. 그동안 늙은 선원은 더 이상 그에게 신경 쓰지

---

* 태양신을 모시는 옛 이집트 신전.
** 전설 속의 매듭으로, 아무도 풀지 못하던 매듭을 알렉산드로스 대왕이 칼로 단번에 끊어 버렸다고 한다.

않고 다른 밧줄들을 엮는 일에 열중했다. 그러다 델러노 선장 뒤편에서 가벼운 소란이 일었다. 고개를 돌려 보니 쇠사슬에 묶여 있는 아투팔이라는 흑인이 묵묵히 서 있었다. 다음 순간 늙은 선원이 뭐라고 투덜거리면서 자리에서 일어나 배의 앞쪽으로 걸어가 무리 속으로 사라져 버렸고, 그의 보조 일꾼 역할을 했던 흑인들도 그의 뒤를 따라갔다.

아기처럼 몸에 천 조각 하나만 두른, 머리가 희끗희끗하고 변호사 같은 분위기를 풍기는 나이 든 흑인 한 사람이 델러노 선장에게 다가왔다. 그는 싱긋이 웃으며 알 만하다는 듯이 윙크를 하고는 그런대로 유창한 스페인어로, 매듭을 만든 선원은 천진하고 재치 있는 사람이지만 가끔 악의 없이 이런 이상한 장난을 친다고 말했다. 그러면서 손님께서는 당연히 그런 걸로 골머리를 앓고 싶지 않으실 테니 이리 달라고 했다. 델러노 선장은 무심코 넘겨줬다. 흑인은 허리를 숙여 정중하게 절하면서 그것을 받아 들더니 금은 장신구 밀수품을 찾아내는 일을 하는 세관원처럼 주의 깊게 살펴봤다. 이윽고 그는 아프리카어로 "쳇, 뭐야 이게"라고 말하면서 바다에 던져 버렸다.

델러노 선장은 메스꺼운 기분과 함께 모든 것이 아주 이상하다고 생각했다. 하지만 그는 뱃멀미 초기 증상을 느끼는 사람이 흔히 그러듯 그 증상을 없애기 위해 그것을 애써 무시했다. 그는 다시 보트 쪽으로 시선을 돌렸다. 그는 이제 보트가 섬의 돌출된 바위를 뒤로하고 다시 모습을 드러낸 것을 보고 기뻐했다.

그 대목에서 맛본 감동은 그의 불안한 기분을 조금 덜어 줬고 곧이어 그런 기분을 없애 주기 시작하는 의외의 효과를 발휘했다. 그가 익히 잘 알고 있는 보트가 조금 더 가까워졌다. 보트는 전처럼 잘 보이는 게 아니라 안개와 뒤섞여 있어 희미하기는 했지만 윤곽은 분명해서 사람의 개성과도 같은 원래의 특징을 뚜렷이 드러냈다. 로버라는 이름의 그 보트는 지금은 비록 낯선 바다에 떠 있지만 델러노 선장의 고향 해변을 자주 들렀고, 수리하기 위해 뉴펀들랜드종 개처럼 친근한 모습으로 그 해변에 엎드려 있던 적도 있었다. 그와 한 식구 같은 그 보트의 모습은 그와 연관된 미더운 많은 기억들을 떠올려 줬다. 그런 기억들은 좀 전에 그의 마음을 사로잡았던 의심과는 정반대로 긍정적인 자신감과 아울러 그 전까지 자신감이 결여되었던 데 대한 익살기 어린 자책감을 안겨 줬다.

'소년 시절 해변의 잭이라는 별명을 가졌던 나 애머사 델러노, 손에 책가방을 들고 바닷가를 따라 철벅거리면서 낡은 배를 헐어서 지은 학교에 다니곤 했던 나, 사촌 냇과 다른 또래 아이들과 어울려 산딸기를 따러 돌아다니는 해변의 꼬마 잭이었던 내가 지구의 한끝인 여기에서 유령 같은 해적선에 올라 끔찍한 한 스페인 사람의 손에 살해당할 운명에 처해 있다고? 아무리 생각해도 말도 안 되는 이야기다! 누가 애머사 델러노를 죽이고 싶어 한단 말인가? 그는 깨끗한 양심을 가진 사람이다. 저 하늘 위에서 누군가가 내려다보고 계신다. 딱하기도 하지, 해변의 잭! 너는 정말 어린애야. 제2의 유년기를 맞은 애. 너는 암만해도 노망이 나기 시작한 거야.'

마음과 발걸음이 가벼워진 그는 선미 쪽으로 나아가다 돈 베니토의 하인을 만났다. 하인은 기분이 좋은지 밝은 표정으로 주인이 기침 발작의 여파에서 회복되어 훌륭한 손님이신 돈 애머사에게 와서 감사의 뜻을 표하고 본인(돈 베니토)도 곧 그와 합류하게 될 것이라는 소식을 전하라고 지시했다고 말했다.

델러노 선장은 선미루 갑판을 걸으면서 다시 생각했다. 저 친구 이야기를 잘 새겨 두고 있는가? 이 얼마나 멍청한 인간인지. 10분 전까지만 해도 나는 내게 따뜻한 치하의 말을 전한 친절한 신사가 등을 들고 선창에 들어가 나를 죽이려고 둥근 숫돌에 손도끼를 갈고 있다고 생각했지. 이거 참. 이렇게 바람이 전혀 불지 않는 것이 사람의 마음에 아주 음산한 영향을 미친다는 이야기를 전에 가끔 들은 적이 있었지만 나는 그 말을 전혀 믿지 않았지. 하, 이거 참! 보트 쪽으로 시선을 돌리자 입에 하얀 뼈*를 문 착한 개, 로버가 보였다. 내게는 예쁜 큰 뼈 같다. 그래, 보트가 거센 파도와 맞닥뜨리고 있구나. 그 때문에 배의 진로가 잠시 어긋나기도 하는군. 인내심이 필요한 시간.

때는 정오 무렵이었지만 사방이 칙칙한 잿빛으로 물들어 있어 꼭 저물녘 같았다.

바람은 전혀 불지 않았다. 육지의 영향을 거의 받지 않는 아주 먼 곳에서 납빛 대양이 드넓게 펼쳐져 어디론가 이어져 있는 듯했다. 그 흐름이 끝나는 곳은 영혼이 소멸되는 곳이다. 하지만 그 배가 떠 있는 해역에서는 육지에서 밀려오는 조류의 힘이 강해져 그 배를 그 너머에 있는 몽환의 해역 쪽으로 소리 없이 밀어내고 있었다.

그러나 델러노 선장은 그 해역의 위도를 잘 알고 있는 터라 지금은 비록 바람기가 전혀 없지만 조만간 강하고 상쾌한 바람이 불어오리라는 희망을 품고 있었다. 따라서 밤이 오기 전에 산도미니크호가 그 바람을 타고 항구에 이르러 안전하게 닻을 내릴 수 있으리라고 낙관했다. 배가 육지에서 꽤 많이 떠밀려 오긴 했지만 그런 것은 아무 문제도 되지 않았다. 바람만 제대로 불어 준다면 10분의 항해로 60분 동안 떠

---

* 뱃머리에서 이는 허연 거품을 이르는 뱃사람들의 관용어.

밀려 내려온 거리를 만회할 수 있으니까. 그는 계속 선미루 갑판을 왔다 갔다 하면서 한번은 거센 파도와 싸우고 있는 로버호 쪽을 바라봤다가 다음번에는 돈 베니토가 오는지 알아보려고 아래쪽을 내려다보곤 했다.

보트가 오는 것이 지체되자 그는 속에서 점차 짜증이 이는 걸 느꼈고, 그런 기분은 이내 불안감으로 바뀌었다. 그는 마치 무대와 객석을 번갈아 보듯이 저 앞과 저 밑의 이상한 무리들을 번갈아 보다가 곧이어 그 무리들 속에서 주사슬이 있는 곳에서 무슨 신호인가를 하는 듯했던 스페인 선원의 얼굴, 이제는 무심한 표정을 하고 있는 얼굴을 알아봤고, 그 순간 그를 괴롭혔던 공포심이 되살아났다.

그는 꽤나 심각한 생각에 빠졌다. 아, 꼭 학질 증세 같구나. 사라졌다가 되돌아오곤 하는.

그는 증세가 재발된 것이 부끄러웠지만 그것을 완전히 억누르지는 못했다. 그리하여 본인이 타고난 선량한 성품을 최대한 발휘하여 서서히 하나의 타협점에 이르렀다.

그래, 이건 이상한 내력을 가진 이상한 배야. 여기에 타고 있는 사람들도 이상하고. 하지만 그 이상은 아니야.

그는 보트가 도착할 때까지 마음이 그런 증세에 물들지 않도록 선장과 선원들의 상례에서 벗어난 행동들을 일종의 추리를 하듯 곰곰이 파고드는 일에 몰두하려 애썼다. 무엇보다도 네 가지 기묘한 사건이 마음에 걸렸다.

첫째, 노예 소년이 칼로 스페인 소년을 공격한 사건과 돈 베니토가 그걸 그냥 눈감아 준 행위. 둘째, 돈 베니토가 마치 어린애가 코뚜레에 의지해서 나일 강 황소를 함부로 다루듯이 흑인인 아투팔을 사슬로 묶어 잔혹하게 다루는 것. 셋째, 두 흑인이 백인 선원을 거칠게 밀치는 무례한 짓을 저질렀는데 아무 질책도 없이 그냥 넘어간 일. 넷째, 주로 흑인들로 이루어진 아랫사람들 모두가 마치 사소한 실수만 해도 포악한 선장이 화를 낼까 봐 두려워하기라도 하듯이 비굴해 보일 정도로 굽실거리던 일.

이런 점들을 종합해 볼 때 그것들은 서로 좀 모순되어 보였다. 그러나 델러노 선장은 이제 배에 가까이 다가온 보트를 바라보면서, 그래서 어쨌단 말이냐, 하고 생각했다. 돈 베니토는 아주 변덕스러운 선장이잖아. 그렇게 변덕스러운 유형의 선장을 과거에도 여러 번 본 적이 있지 않은가. 뭐, 그런 유의 다른 선장들보다 더 심한 변덕을 부리는 것 같긴 하다만. 그의 생각은 몽롱한 상태 속에서 계속 이어졌다. 하지만 스페인 사람들은 죄다 별종들인걸. 스페인 사람이라는 말 자체가 괴상한 음모가인 가이 포크스*를 저절로 떠올리게 하지 않는가. 그러나 감히 말하건대 대부분의 스페인 사람들은 매사추세츠 덕스버리 사람들만큼이나 좋은 사람들이다. 아, 좋아! 드디어 로버호가 도착했다.

반가운 화물을 실은 보트가 배 옆구리에 닿자 뱃밥 만드는 사람들이 점잖은 태도로 흑인들을 제지하려 했지만 흑인들은 보트 밑바닥에 있는, 생선찌꺼기들이 달라붙은 지저분한 물 세 통과 뱃머리에 실린 시든 호박 무더기를 보고는 기뻐서 어쩔 줄 몰라 하며 우르르 현장에 달려들어 난간에 매달렸다.

바로 그때 돈 베니토가 하인을 대동하고 나타났다. 흑인들의 환성을 듣고 서둘러 나왔을 것이다. 델러노 선장은 돈 베니토에게 몇몇 사람

* 1605년 전국적인 가톨릭교도 반란을 일으킬 음모를 꾸미고 영국 국회의사당을 폭파하려고 했다가 붙잡혀 처형당한 인물.

들이 너무 많은 양의 물을 마시는 바람에 피해를 보는 사람들이 나오지 않게끔 모두에게 똑같은 양의 물이 돌아가게 해 달라고 요청했다. 사리에 맞는 친절한 제안이었지만, 돈 베니토는 자신에게 선장에 걸맞은 에너지가 없다는 것을 자각하고 있기라도 한 듯이, 그리고 허약함에서 비롯된 질투심에서 어떤 식의 간섭도 다 모욕으로 받아들이고 분개라도 한 듯이 그 제안을 짜증스럽게 받아들이는 것 같았다. 아무튼 델러노 선장은 그런 식으로 추측했다.

곧이어 배로 물통들을 끌어 올리고 있을 때 성질 급한 흑인 몇 사람이 배의 출입구 곁에 서 있던 델러노 선장을 옆으로 밀어제쳤다. 그러자 델러노 선장은 돈 베니토가 곁에 있다는 것을 깜박하고는, 순간적인 충동으로 부드럽지만 권위 있는 말투와 역시 얼핏 부드러워 보이지만 위협적인 요소가 가미된 몸짓으로 그들에게 뒤로 물러나라고 명령했다. 그러자 흑인들이 서 있던 자리에 즉각 멈춰 섰다. 남자고 여자고 간에 그 명령의 뜻을 알아차린 모든 흑인이 그 전까지 취했던 자세 그대로 몇 초 동안 얼어붙었다. 그사이에 각기 제자리에 앉아 있던 뱃밥 만드는 사람들 사이에서 뜻을 알 수 없는 한 마디 음절이, 마치 전보가 한 수신소에서 다음 수신소로 전해지듯이 차례로 전달되었다. 델러노 선장이 그 장면을 주시하고 있는 동안 손도끼를 갈던 사람들이 갑자기 몸을 반쯤 일으켰고, 돈 베니토가 다급하게 외쳤다.

델러노 선장은 그 외침을 자기를 살해하라는 신호라고 생각하고 보트로 뛰어내리려고 했다. 하지만 뱃밥 만드는 사람들이 간곡하게 외치며 군중 속에 뛰어들어 모든 백인과 흑인을 뒤로 물러나게 했고, 그와 동시에 상냥하고 친숙한, 그리고 익살기 어린 몸짓과 함께 그에게 어리석은 짓을 할 생각일랑 말라고 명령하듯이 말하는 바람에 제자리에 멈춰 섰다. 그와 함께 손도끼 가는 사람들은 많은 재봉사들이 일제히 자기 자리에 앉듯이 조용히 제자리에 앉았으며, 도르래로 물통을 배에 올리는 작업을 하던 백인들과 흑인들 역시 아무 일도 없었다는 듯이 노래를 하면서 작업을 재개했다.

델러노 선장은 돈 베니토를 힐끗 쳐다봤다. 흥분한 병자가 하인의 품에 쓰러져 안겼다가 그 허약한 몸을 다시 일으키는 모습을 봤을 때 델러노 선장은 선장으로서 정당한 권리를 행사할 기회에도 그토록 허약하게 행동하는 스페인 사람이 자제심을 완전히 잃고 사악한 혈기에 넘쳐 자기를 살해하려 한다고 순간적으로 속단하여 자기가 공황 상태에 빠졌던 것에 아연하지 않을 수 없었다.

물통들이 갑판에 올라온 뒤 보조 승무원 한 사람이 델러노 선장에게 많은 단지와 컵을 넘겨줬다. 그는 델러노 선장이 제안했던 그대로 해 달라고 자기네 선장을 대신해서 간청했다. 모두에게 물을 골고루 나눠 달라고. 델러노 선장은 이 공화주의적 환경에 걸맞은 공화주의적인 공정한 마음가짐으로 그 요구에 응했다. 그는 가장 어린 흑인에게도 가장 나이 많은 백인에게도 똑같은 양의 물을 나눠 줬지만 가여운 돈 베니토의 경우만은 예외로 했다. 그에게 별도로 더 많은 물을 나눠 준 것은 계급이 아니라 건강 상태를 고려해서였다. 델러노 선장은 우선 그에게 많은 물이 든 주전자를 건넸다. 돈 베니토는 목이 몹시 마른 상태임에도 정중하게 몇 차례 절을 하여 답례한 뒤에야 비로소 물을 마셨으며, 두 선장이 예의 바르게 인사를 주고받는 것을 본 아프리카인들은 그 광경이 마음에 들어 박수를 치면서 환호했다.

선실 식탁에 따로 챙겨 둔 덜 시든 호박 두 개를 제외한 나머지 호박은 잘게 썰어서 전체가 골고루 나눠 먹을 수 있게 했다. 델러노 선장은 부드러운 빵과 설탕, 병에 든 사과주를 백인들에게, 그중에서도 특히 돈 베니토에게 주려고 했지만 그는 거절했다. 그 공정한 태도를 보고 델러노 선장은 적지 아니 기뻐했다. 그렇게 해서 바보가 주인을 위해서 따로 챙겨 둔 사과주 한 병을 제외한 나머지는 백인들과 흑인들 모두에게 골고루 돌아갔다.

여기서 보트가 처음 그 배 곁에 왔을 때 델러노 선장이 부하들을 배에 승선하도록 허락하지 않았다는 사실을 언급해야겠다. 그는 갑판이 더 혼란스러워지지 않도록 이번에도 역시 부하들을 보트에 그대로 남아 있게 했다.

델러노 선장은 배 전체에 감도는 아주 좋은 분위기의 영향을 받은 터라 너그러운 생각 말고 다른 것은 모두 잊어버렸다. 그래서 최근의 여러 징후로 미루어 늦어도 한두 시간 안에는 바람이 불 것이라고 믿고 보트를 자기네 배로 다시 돌려보냈다. 그는 보트를 보내기 전에 물을 길어 오는 일에 즉각 투입할 수 있는 모든 인력을 총동원해서 빈 물통들을 육지의 샘으로 가져가 물을 채워 오라고 명령했다. 또한 그날 밤에는 보름달이 뜰 것이고, 자신이 남아 있다가 나중에 바람이 불때 배를 안내할 예정이니, 지금의 예상과 달리 저물녘까지 이 배를 항구에 정박시키지 못한다 해도 걱정하지 말라는 뜻을 자기네 일등 항해사에게 전하라고 했다.

두 선장이 함께 서서 떠나는 보트를 바라보고 있을 때 하인은 주인의 벨벳 소매에 얼룩이 묻은 것을 발견하고 조용히 그것을 비비는 데 열중해 있었다. 델러노 선장은 산도미니크호에 항해하기 적합하지 않은 낡은 대형 보트 하나를 제외하고는 보트가 한 척도 실려 있지 않은 것이 유감스럽다고 말했다. 사막에 널려 있는 낙타의 해골처럼 목재들이 뒤틀려 있고 색도 허옇게 바랜 그 보트는 배 중앙에 빈 단지처럼 엎어져 있었다. 게다가 측면 판자의 일부가 떨어져 나가 몇몇 흑인 가족이 거처하는 일종의 지하 공간 같은 것을 제공해 주고 있었다. 주로 여자와 어린아이들이 친숙한 동굴 속에 피신한 박쥐 떼처럼 안에 있는 낡은 매트 위에 웅크리고 앉아 있거나 어두운 돔 속에 가로걸린 자리들에 걸터앉아 있는 모습이 희미하게 보였다. 벌거벗어 새까만 맨몸을 고스란히 드러낸 서너 살쯤 된 사내아이들과 여자아이들이 이따금 굴의 출입구를 바쁘게 들락거렸다.

델러노 선장은 말했다. "배에 보트가 서너 척 있었다면, 흑인들에게 노를 젓게 해서 당면한 여러 문제를 해결하는 데 어느 정도 도움이 되었을 텐데요. 애초에 보트도 없이 출항을 하셨나요, 돈 베니토?"

"폭풍에 다 부서졌답니다, 세뇨르."

"그거 참 딱한 일이군요. 그때 사람들도 많이 잃으셨겠죠. 보트와 사람들을 함께. 엄청난 폭풍이었던 모양이군요, 돈 베니토."

스페인 사람이 움찔하면서 말했다. "필설로 형언할 수 없는 폭풍이었죠."

미국인은 부쩍 흥미가 동해서 재우쳐 물었다. "케이프혼 앞바다에서 폭풍을 만났나요, 돈 베니토?"

"케이프혼이오? 누가 케이프혼이라고 이야기했죠?"

"선장님이 그렇게 말씀하지 않았습니까. 지난 항해에 관한 이야기를 들려줬을 때." 델러노는 돈 베니토가 엄청난 고초를 겪은 것 같다는 데 놀랐지만 그가 자기가 한 말을 뒤집는 것에도 그에 못지않게 놀랐다. "케이프혼이라는 이야기는 선장님 자신이 하셨습니다." 그는 같은 말을 힘주어 반복했다.

돈 베니토는 어깨를 구부정하게 숙인 채 고개를 돌리다가 마치 허공에서 물로 뛰어들려는 사람처럼 한순간 동작을 딱 멈췄다.

바로 그때 심부름하는 백인 소년이 황급히 그들 곁을 달려갔다. 그 소년은 선실 시계가 30분을 지날 때마다 그것을 선수갑판 쪽에 알려서 큰 종을 울리게 하는 역할을 맡고 있었다.

하인은 주인의 외투 소매를 문지르다가 멈췄다. 그리고 자기가 맡은 일을 하는 것이 주인에게는 짜증 나는 일임을 알지만 주인을 위해 어쩔 수 없이 해야 하는 사람처럼 소심하게 염려하는 기색을 내보이면서 넋을 잃고 있는 스페인 사람에게 말했다. "선장님, 선장님께서는 면도할 시간이 되면 당신이 어디에 계시든, 어떤 일을 하시든 구애받지 말고 항상 그 즉시 알려 달라고 하셨습니다. 미겔이 오후에 30분마다 울리는 종을 치게 하려고 막 지나갔습니다. 지금이 그 시간입니다, 선장님. 커디*로 가시죠."

"아…… 그래." 스페인 사람은 마치 꿈속에서 현실로 돌아온 사람처럼 흠칫하면서 대답했다. 그러고는 델러노 선장 쪽으로 돌아서면서 잠시 후에 다시 이야기하자고 말했다.

하인이 말했다. "주인님과 말씀을 더 나누고 싶으시다면 커디에 오셔서 곁에 앉아 계시도록 하시죠. 여기 이 바보가 비누거품 칠을 하고 숫돌에 칼을 가는 동안 선장님께서는 말씀하시고 주인님께서는 그 말씀을 들으실 수 있지 않겠습니까."

델러노에게는 이 사교적인 제안이 과히 나쁘지 않아 보였다. "선장님만 괜찮다면 나도 좋습니다. 선장님과 함께 가도록 하죠."

* 작은 선실.

"그럼 그렇게 하시죠, 세뇨르."

세 사람이 선미를 지나가는 동안 미국인은 그것이 배 주인의 변덕스러움을 말해 주는 또 다른 이상한 예라고 생각하지 않을 수 없었다. 대낮에 꼭 제시간에 맞춰서 그렇게 면도를 하다니. 그러나 하인이 때맞춰 이야기를 중단시킨 것이 주인으로 하여금 본인을 사로잡고 있던 이상한 분위기에서 벗어나게 하는 데 도움이 되었다는 점에 비춰 볼 때 하인의 근심 어린 충성심이 그런 변덕과 어떤 관계가 있을 공산이 크다고 생각했다.

커디라고 하는 공간은 선미루에 의해 이루어진 작은 갑판 선실로, 그 아래 더 큰 선실에 딸린 일종의 다락 같은 곳이었다. 일부는 전에 간부 선원들의 숙소였지만, 그들이 죽은 뒤 모든 칸막이를 거둬 낸 터라 실내 전체가 통풍이 잘되는 넓은 홀로 바뀌었다. 잘 짠 가구들은 없고 이상한 부속물들만 여기저기 흩어져 있었고, 사슴뿔에 사냥 재킷과 담배쌈지가 걸려 있고, 한구석에 낚싯대와 집게와 지팡이 같은 것들이 놓여 있었다. 이런 실내 풍경은 시골에 사는 괴짜 총각 지주의 넓고 어지러운 홀을 연상시켜 주는 면이 있었다.

처음에는 그런 유사성이 떠오르지 않을 수도 있지만 주위를 둘러싼 바다 풍경을 보면 그런 유사성이 저절로 느껴진다. 어느 면에서 시골과 대양은 사촌 간인 것 같기 때문이다.

커디 바닥에는 매트가 깔려 있었고 머리 위로는 네댓 정의 낡은 머스킷 소총이 들보를 따라 수평으로 난 구멍들에 꽂혀 있었다. 한 곁에는 발톱 모양의 다리가 달린 탁자가 밧줄로 갑판에 고정되어 있고, 그 위에는 자주 들춰 본 자국이 나 있는 미사전서가 놓여 있었으며, 그 위의 벽에는 작고 볼품없는 십자가상이 걸려 있었다. 탁자 밑에는 가난한 탁발 수사의 허리띠 무더기처럼 안쓰러운 느낌을 주는 낡은 밧줄들이 있고, 그 사이에 날이 빠진 한두 개의 단도와 녹슨 작살 하나가 놓여 있었다. 실내에는 또 오래되어 검게 변색되고 종교재판관의 고문대처럼 보기 흉한, 등나무 줄기를 엮어 만든 두 조의 긴 의자와 볼품없는 이발소 의자의 등받이처럼 생긴 등판이 달려 있고 그로테스크한 형틀 같아 보이는 모양 사나운 안락의자 하나가 놓여 있었다. 한구석에는 깃발을 넣어 두는 함이 뚜껑이 열린 채로 자리 잡고 있었는데, 그 안에는 다양한 색깔의 깃발들이 완전히 말려 있거나 반쯤 말린 채 마구 뒤섞여 있었다. 반대편에는 성수반의 대좌처럼 생긴 것 위에 검은 마호가니로 만든 육중한 세면대가 놓여 있었으며, 그 위에는 난간으로 둘러싸인 선반 하나가 걸려 있고 선반에는 빗과 브러시를 포함한 화장 도구들이 놓여 있었다. 그 곁에는 염색한 풀들을 엮어서 만든 찢어진 해먹이 걸려 있었는데, 그 안의 시트는 젖혀져 있고 베개는 그것을 베고 누웠던 사람이 슬픈 생각과 고약한 꿈이 교대로 찾아오는 바람에 잠을 설치기라도 한 것처럼 주름이 잔뜩 가 있었다.

배의 선미 너머로 튀어나온, 커디의 맨 끝 부분에는 세 개의 구멍이 나 있었다. 내다보는 사람의 목적에 따라서 창문이 될 수도 있고 포문이 될 수도 있는 것들이. 지금은 사람도 포도 보이지 않았지만, 그 목조 부분에 부착된 고리 달린 큼직한 볼트들과 그 밖의 녹슨 쇠붙이들은 전에 그곳에 24파운드 포들이 설치되어 있었다는 것을 암시해 줬다.

델러노 선장은 커디 안에 들어서면서 해먹을 힐끗 쳐다보고 말했다. "여기에서 주무시나 보죠, 돈 베니토?"

"예, 날씨가 좋아진 뒤로는 쭉 여기에서 잤습니다, 세뇨르."

"이곳은 공동 침실이자 거실, 돛 깁는 방, 예배실, 병기고, 개인의 사적인 방으로 두루 쓰이는 공간 같군요, 돈 베니토." 델러노 선장은 주위를 둘러보면서 덧붙였다.

하인은 한 팔에 냅킨을 두른 채 주인이 마음의 준비가 될 때까지 기다리고 있겠다는 듯한 몸짓을 했다. 돈 베니토가 준비됐다는 신호를 하자 하인은 주인을 안락의자에 앉히고 맞은편에 있는 긴 의자 하나를 끌어당겨 손님을 앉힌 뒤, 주인의 셔츠 깃을 뒤로 젖히고 넥타이를 풀면서 면도할 준비를 하기 시작했다.

흑인들은 사람의 신체와 관련된 일을 하기에 유달리 적합한 면을 갖고 있다. 대부분의 흑인들은 타고난 시종이자 미용사로, 빗과 브러시가 마치 캐스터네츠처럼 잘 어울리며, 또 캐스터네츠를 갖고 놀 때처럼 그런 것들을 즐겁게 사용한다. 또한 이런 일을 할 때 그들은 유연하고도 경이로운 솜씨를 보여 준다. 거침없이 활달하게, 그러면서도 소리 없이 우아하게 손을 놀려서 보기에도 여간 즐겁지 않으며, 서비스를 받는 이들의 경우에는 더더욱 즐거운 기분을 맛보게 된다. 그리고 그들은 싹싹함이라는 최고의 선물을 타고났다. 그저 매사에 잘 웃는 정도를 이야기하는 것이 아니다. 그들의 타고난 재능을 설명하는 데 웃음이라는 용어는 적합하지 않다. 마치 신이 모든 흑인을 기분 좋은 어떤 가락에 맞춰 놓기라도 한 것처럼 그들의 모든 시선과 몸짓에는 가락이 맞는 나긋나긋한 쾌활함 같은 것이 존재한다.

이런 특성에다 시야가 좁아서 사소한 것들에 쉽게 만족하는 데서 비롯되는 유순함이 더해질 때, 그리고 논의의 여지가 없을 만큼 열등한 존재들이 이따금 타고나는 맹목적이고 민감한 애정이 더해질 때, 우리는 어째서 새뮤얼 존슨이나 바이런 같은 우울증 환자들—베니토 세레노를 닮은 것 같은—이 백인들은 거의 배제하다시피 하고 바버나 플레처*같은 흑인들을 기꺼이 하인으로 받아들인 이유를 쉽게 짐작할 수 있다. 그런데 만일 흑인에게 병적이거나 냉소적인 마음에서 비롯된 음침함에 물들지 않게 해 주는 요소가 있다고 할 때, 인정 많고 자비로운 사람의 눈에 이렇게 더없이 매력적인 특성들을 지닌 흑인은 대체 어떻게 비칠까? 주위 상황이 순탄하게 돌아갈 때면 델러노 선장은 흑인을 친절하고, 친근하고, 유머러스하게 대하곤 했다. 집에서 그는 문 앞에 앉아 자유로운 신분의 유색인이 일을 하거나 노는 모습을 지켜보면서 종종 깊은 만족감을 맛봤다. 항해하는 동안 흑인을 휘하 선원으로 데리고 있을 경우 그는 늘 기탄없이 이야기를 주고받거나 장난기 어린 기분으로 상대했다. 사실, 선량하고 쾌활한 성품을 지닌 대다수 사람들과 마찬가지로 델러노 선장도 박애주의적인 정신에서가 아니라 그저 친절한 마음에서 흑인들을 좋아했다. 사람들이 뉴펀들랜드종 개를 좋아할 때처럼 말이다.

산도미니크호를 발견한 뒤에 이어진 여러 상황 때문에 그때까지 그는 흑인을 좋아하는 그런 성향을 억누르고 있었다. 하지만 커디에 들어와 그 전까지 그를 괴롭히던 불안하고 불편한 기분에서 벗어났고, 여러 이유로 그날의 다른 어떤 시간보다도 더 사교적인 기분이 된 데다, 주인에게 아주 극진한 흑인 하인이 팔에 냅킨을 두르고 면도라는 익숙한 일을 하는 모습을 보고 있자니, 흑인들에게 아주 약한 그의 본모습이 되돌아왔다.

무엇보다도 그는 그 아프리카인이 화사한 색깔들과 근사한 쇼를 좋

---

* 존슨은 바버라는 자메이카 출신의 흑인을 하인으로 뒀지만 바이런의 하인은 플레처라는 백인이었다.

아하는 별난 취향을 드러내는 것이 재미있었다. 하인은 깃발 함에서 갖가지 색깔로 장식된 넓은 깃발을 아무 거리낌 없이 꺼내 에이프런 대용으로 주인의 턱 밑에 거침없이 밀어 넣었다.

스페인 사람들이 면도하는 방식은 다른 나라 사람들과는 약간 다르다. 그들에게는 특별히 '이발사의 대야'라고 부르는 대야가 있다. 그 대야의 한쪽 면은 턱을 제대로 받칠 수 있게끔 파여 있는데, 비누거품을 낼 때 그쪽 면에 턱을 바짝 갖다 댄다. 비누거품을 낼 때는 솔로 하는 것이 아니라 비누를 대야 물에 살짝 적셔서 얼굴에 문지른다.

지금의 경우에는 민물이 부족해서 바닷물을 이용했으며, 돈 베니토가 턱수염을 기르고 있는 터라 입술 위와 목 아랫부분에만 비누를 칠했다.

델러노 선장에게는 준비 과정이 다소 신기한 터라 의자에 앉아 호기심 어린 눈으로 열심히 지켜봤는데, 그 때문에 두 사람 사이에는 어떤 대화도 이루어지지 않았다. 돈 베니토 쪽에서도 새로 어떤 이야기를 꺼내고 싶어 하지 않는 것 같았다.

흑인은 대야를 내려놓고 여러 개의 면도칼 중에서 날이 가장 잘 드는 것을 찾고 있었다. 이윽고 그는 적당한 걸 찾아내자 단단하고 기름칠한 것처럼 매끄러운 손바닥에 능숙하게 갈아 날을 세웠다. 그런 뒤 곧바로 일을 시작하려는 몸짓을 취했지만, 중간에 잠시 멈추고는 한 손에 든 면도칼을 위로 치켜 올리고 다른 한 손으로는 스페인 사람의 여윈 목에 비누를 칠해서 거품을 일으켰다. 돈 베니토는 번뜩이는 강철 날이 가까이 있다는 데 영향을 좀 받아서인지 흠칫 몸을 떨었다. 평소 유령처럼 핼쑥한 그의 모습은 비누거품 때문에 한층 더 음산해 보였으며, 비누거품은 흑인의 검은 몸과 대조되어 유난히 더 하얘 보였다. 적어도 델러노 선장의 눈에는 그 광경이 전체적으로 좀 기묘해 보였다. 그리하여 두 사람이 그런 자세들을 취했을 때 그는 흑인에게서는 사형집행인의 모습을, 백인에게서는 단두대에 목을 들이민 사람의 모습을 보는 것 같은 엉뚱한 느낌이 드는 것을 어찌할 수가 없었다. 하지만 이는 한순간에 나타났다가 사라지는 기괴한 망상들 중의 하나였으며, 제아무리 절제된 마음을 지닌 사람이라 해도 그런 현상에서 항상 자유로운 것은 아니었다.

한편 스페인 사람이 동요하면서 깃발이 약간 느슨해졌고, 그 바람에 넓은 주름 하나가 의자 팔걸이 너머로 쏠려 나가 바닥으로 커튼처럼 늘어졌다. 그러면서 스페인 왕가의 가로 줄무늬들이자 화려한 바탕색들—검정, 파랑, 노랑—을 배경으로 뒷발로 선 흰 사자와 그것과 대각선을 이루는 시뻘건 전쟁터의 문이 잠긴 성이 제 모습을 드러냈다.

델러노 선장은 소리쳤다. "성과 사자! 선장님이 지금 사용하는 건 스페인 국기로군요. 이걸 보는 사람은 왕이 아니라 나 혼자뿐이니 아무 상관 없겠죠." 그는 싱긋이 웃으며 한마디 덧붙였다. "한데," 그러면서 그는 흑인 쪽으로 돌아섰다. "이 색깔들은 하나같이 화려하기 그지없구먼." 이 장난기 어린 말은 흑인을 다소 즐겁게 해 줬다.

그는 국기를 다시 바로잡고, 주인의 머리를 뒤로 살짝 젖혀 등판의 Y자 형으로 갈라진 부분에 대게 하면서 말했다. "자, 주인님." 강철 면도날이 그의 목 가까이에서 번뜩였다.

돈 베니토는 다시 보일락 말락 하게 몸을 떨었다.

"그렇게 몸을 떠시면 안 됩니다, 주인님. 보시다시피 저희 주인님은 제가 면도를 해 드릴 때마다 늘 몸을 떠신답니다, 선장님. 하지만 주인님은 제가 이제까지 한 번도 피를 낸 적이 없다는 걸 잘 알고 계십니다. 주인님이 심하게 몸을 떠시면 앞으로 제가 실수를 할지도 모르긴 합니다만. 자, 주인님 그리고 선장님, 그 폭풍에 관한 이야기를 계속하시죠. 주인님은 선장님의 말씀을 들으실 수 있고 간간이 대답도 해 드릴 수 있을 겁니다."

델러노가 말했다. "아, 그래, 그 폭풍. 한데 나는 선장님의 항해에 관해서 생각하면 할수록 의아한 기분이 더해집니다. 그 대단했을 폭풍 때문이 아니라 그것에 이어진, 많은 재난을 불러일으킨 시간 간격 때문에요, 돈 베니토. 선장님의 설명으로는 선장님 배가 케이프혼에서 이곳 산타마리아 항까지 오는 데 두 달 이상이 걸렸습니다. 나라면 순풍이 불어 줄 경우 불과 며칠 만에 올 수 있는 거리인데요. 물론 선장님이 항해할 때는 오랫동안 바람이 불지 않았죠. 한데 두 달 동안이나 바람이 불지 않았다는 건 좀 별난 일입니다. 선장님이 아닌 다른 누군가가 그런 이야기를 했다면 좀 믿기 힘든 기분이 들었을 겁니다."

그러자 스페인 사람의 얼굴에 좀 전에 갑판에서 보였던 뜨악한 표정이 다시 떠올랐다. 그리고 그가 놀라서 그랬는지, 무풍 상태에서 선체가 뜬금없이 요동을 해서 그랬는지, 혹은 하인의 손이 순간적으로 삐끗해서 그랬는지는 몰라도 아무튼 면도날이 돈 베니토의 목을 살짝 베었고, 핏방울들이 흘러나와 목 아래의 크림빛 비누거품을 분홍빛으로 물들였다. 흑인 이발사는 즉각 면도칼을 뒤로 거뒀다. 그리고 전문가다운 자세를 잃지 않은 채 델러노 선장을 등지고 돈 베니토와 마주 보면서 핏방울이 떨어지는 면도칼을 쳐들고는 익살기가 섞인 슬픈 어조로 말했다. "보세요, 주인님, 그렇게 몸을 떠시니까 이 바보가 처음으로 피를 내고 말았잖습니까."

영국의 제임스 1세* 앞에서 누군가가 뽑은 그 어떤 검도, 그 소심한 왕의 면전에서 일어난 그 어떤 암살 행위도 이 순간 돈 베니토가 보여 준 겁에 질린 표정 같은 것은 결코 자아내지 못했을 것이다.

델러노 선장은, 저 불쌍한 사람은 이발사가 피를 낸 것을 견뎌 낼 수 없을 만큼 겁 많고 소심한 사람이라고 생각했다. 이렇게 신경이 약한 병자가, 자기 몸에서 피 몇 방울이 살짝 흘러나온 것도 참아 내지 못하는 사람이, 어떻게 내 모든 피를 흘리게 할 의도를 가졌다고 상상했단 말인가? 애머사 델러노, 그대는 오늘 정신이 나간 것이 분명하다. 멍청한 애머사, 고국에 돌아가서는 이런 이야기를 절대로 입에 담지 말도록 해. 그래, 저 사람이 살인자처럼 보이나? 오히려 본인이 살해당할 운명처럼 보이는데. 그래, 그래, 오늘의 경험은 앞으로 좋은 교훈이 될 거야.

이런 생각들이 정직한 뱃사람의 내면을 스쳐 가는 동안 하인은 팔에 두르고 있던 냅킨을 집어 들고 돈 베니토에게 말했다. "제가 면도칼에 묻은 이 흉한 것을 닦아 내고 면도칼을 다시 가는 동안 선장님의 말씀에 대답해 주세요, 주인님."

흑인 하인은 두 사람 모두에게 자기 얼굴을 보여 주기 위해 고개를 반쯤 돌린 채 말했는데, 그 표정으로 미루어 자기 주인으로 하여금 대화를 계속 이어 가게 함으로써 방금 전에 일어났던 기분 나쁜 사건에서 다른 쪽으로 주의를 돌리고 싶은 마음이 간절한 것 같았다. 돈 베니토는 하인이 내미는 구원의 손길을 반갑게 낚아채기라도 하듯 아까의 화제를 다시 이어 나갔다. 그는 유별나게 오래 지속된 무풍 상태뿐만 아니라 배가 강력한 조류에 휘말려 든 일에다 그 밖의 여러 가지 사건

---

* 스코틀랜드 왕 출신으로, 영국의 엘리자베스 1세에 이어 영국 왕위를 차지했다.

까지 덧붙여 장황하게 이야기했지만, 그중 일부는 케이프혼에서 산타마리아 항까지 오는 항로가 유난히 길었던 이유를 설명하기 위해 전에 한 이야기들을 재탕한 것에 불과했다. 그런 이야기를 하는 사이사이에 그는 흑인들이 전반적으로 착실하게 행동한 데 대한 칭찬의 말을 곁들였는데, 이때는 전에 한 말들과 달리 좀 건성으로 느껴졌다. 그의 이야기는 하인이 면도를 하는 사이에 끊어졌고, 그는 평소보다 더 쉰 목소리로 그런 이야기와 칭찬의 말을 늘어놓았다.

완전히 잠들지 않고 다시 작동하기 시작한 델러노 선장의 상상 속에서, 이 스페인 사람의 태도에는 아주 공허한 어떤 면이 도사리고 있는 것 같았다. 하인의 음산한 침묵에도 그것과 짝을 이루는 공허함과 불성실함이 존재하는 것 같았다. 그러면서 주인과 하인이 알 수 없는 어떤 목적 때문에 말과 행동, 아니 심지어는 돈 베니토가 사지를 떠는 몸짓까지 동원해 가며 그의 앞에서 연극을 하고 있는지도 모른다는 생각이 선장의 뇌리를 스치고 지나갔다. 둘이 공모했을지도 모른다는 그런 의혹을 뒷받침해 주는 명백한 증거도 있었다. 전에 언급했듯이 두 사람은 델러노 선장에게서 멀리 떨어진 곳으로 가서 소곤거리지 않았는가. 한데 그의 앞에서 이런 이발사 놀이를 하는 목적은 대체 무엇일까? 그러다 어릿광대처럼 스페인 국기로 턱을 받치고 있는 돈 베니토의 연극적인 모습이 그의 변덕스러운 일면을 조금씩 암시해 주면서 델러노 선장은 그런 의혹을 재빨리 떨쳐 냈다.

면도가 끝나자 하인은 작은 향수병을 꺼내 돈 베니토의 머리에 몇 방울 떨어뜨린 뒤 부지런히 비볐다. 열심히 몸을 흔들다 보니 그의 얼굴 근육이 좀 이상하게 실룩거렸다.

이어서 그는 빗과 가위와 브러시를 갖고 일했다. 그는 주인의 몸 주위를 빙빙 돌면서 구부러진 머리를 곱게 펴고, 제멋대로 자란 구레나룻을 가위로 다듬고, 관자놀이께의 머리를 곱게 빗고, 여기저기에 달인의 솜씨를 입증하는 즉흥적인 손질을 가했다. 그동안 돈 베니토는 이발사의 손에 머리를 내맡긴 여느 신사들처럼 그런 모든 과정을 묵묵히 견뎌 냈다. 그의 표정은 적어도 면도를 할 때보다는 훨씬 덜 불편해 보였다. 사실 그는 너무나 창백한 표정에다 아주 딱딱한 자세로 앉아 있어서 흑인 하인은 백인 조각상의 머리 부분을 마무리하는 누비아의 조각가 같아 보였다.

모든 과정이 끝나자 하인은 스페인 국기를 벗겨 둘둘 만 뒤 깃발 함에 던져 버렸다. 이어서 그는 뜨거운 숨을 훅훅 불어 주인의 목에 남아 있을 머리카락들을 날려 버리고 옷깃과 넥타이를 바로잡고 벨벳 옷의 옷깃에 붙어 있는 보푸라기를 떨어 냈다. 그러고 나서 뒤로 몇 걸음 물러나더니 자기만족감을 지그시 억누르는 표정으로 멈춰 서서, 적어도 몸단장을 해 줄 때만큼은 자신의 세련되고 능숙한 손길이 빚어낸 작품인 주인의 모습을 잠시 느긋하게 살펴봤다.

델러노 선장은 장난기 어린 말로 하인의 노고를 칭찬했고, 돈 베니토에게도 축하한다는 말을 했다.

그러나 맑은 물도, 비누로 씻어 준 것도, 충성심도, 사근사근한 태도도 스페인 사람을 즐겁게 해 주지는 못했다. 델러노 선장은 돈 베니토가 여전히 제자리에 앉아 또다시 가까이하기 어려운 울적한 상태에 빠져든 것을 보고, 자기가 예견했던 것처럼 바람이 부는지 알아보러 가야겠다는 핑계를 대고 그곳을 빠져나왔다.

그는 큰 돛대 쪽으로 걸어가다가 잠시 걸음을 멈추고 좀 전에 봤던 장면을 다시 돌이켜 봤다. 그리고 막연한 불안감이 없지 않은 상태에서 커디 부근에서 어떤 소리가 나는 것을 듣고 뒤를 돌아보았다. 흑인 하인이 뺨에 한 손을 대고 있었다. 델러노 선장은 그에게로 다가가다가 흑인의 뺨에서 피가 흐르고 있다는 것을 알았다. 무슨 일이냐고 물어볼까 하는데 흑인이 울면서 혼잣말하는 소리를 듣고 어떤 상황인지를 눈치챘다.

"아, 저 선장이 언제 병에서 회복될까. 까다로운 병이 빚어낸 못된 심사가 바보를 저런 식으로 대하게 만들었구나. 우연히 실수로 주인의 몸에 약간 생채기를 냈다고 해서, 그것도 많은 날들 중에 처음으로 그랬다고 해서 면도칼로 바보의 얼굴을 베다니. 아아." 그는 한 손으로 얼굴을 가리면서 탄식했다.

델러노 선장은 그런 일이 과연 일어날 수 있을까 생각해 봤다. 돈 베니토는 저 불쌍한 친구한테 은밀히 스페인식의 앙갚음을 하려고 일부러 내게 시무룩한 태도를 보여 내가 어쩔 수 없이 그곳을 나오게 만든 걸까? 아, 이런 식의 노예 제도가 인간의 흉악한 격정을 낳는구나. 불쌍한 사람!

그는 흑인에게 동정 어린 말을 해 줘야겠다고 마음먹었지만 막상 커디로 다시 들어갈 때는 소심하게 꺼려지는 기분이 앞섰다. 주인과 하인도 그의 쪽으로 다가왔는데, 돈 베니토는 마치 아무 일도 없었다는 듯이 하인의 몸에 자기 몸을 의지하고 있었다.

그러나 델러노 선장은 이 일은 결국 사랑싸움 같은 것이 아닐까 생각했다.

그는 돈 베니토에게 다가가 말을 걸었고, 두 사람은 함께 천천히 걸었다. 그들이 불과 몇 발짝 가지 않았을 때 서너 장의 마드라스 손수건을 머리에 층층이 말아 올려 만든 탑 모양의 터번을 쓴, 키가 크고 인도의 왕후 같아 보이는 흑백 혼혈 승무원이 다가와 이슬람교도식의 절*을 하더니 선실에 점심 식사가 마련되었다고 말했다.

　두 선장이 그리로 향해 갈 때 혼혈인은 앞질러 가서 계속 뒤를 돌아보고 미소 띤 얼굴로 절을 꾸벅꾸벅 하면서 길 안내를 하는 품위 있는 태도를 보여 줬다. 그의 그런 태도는 모자를 쓰지 않은 맨머리에 키 작은 바보의 미천함을 뚜렷이 드러내 줬다. 바보는 자신의 열등함을 의식하기라도 한 것처럼 그 정중하고 품위 있는 승무원을 째려봤다. 그러나 델러노 선장은 바보의 질투심 어린 경계의 눈길을 순종 아프리카인이 혼혈인에게 품는 특유의 감정에서 나온 것은 아닐까 하는 생각도 좀 했다. 그 승무원의 경우, 그의 태도가 자긍심에 넘치는 위엄 있는 마음가짐을 말해 주는 것은 아닐지라도, 상대를 기쁘게 해 주고 싶은 강렬한 욕구가 있다는 것을 입증해 주기는 했다. 그런 욕구는 이중적인 장점을 지닌, 즉 기독교적이면서 동시에 체스터필드 백작풍**의 욕구이다.

　혼혈인은 안색이 혼혈인 반면 인상은 전형적인 유럽인의 인상이어서 델러노 선장은 관심을 갖고 그를 유심히 바라봤다.

　그는 낮게 속삭였다. "돈 베니토, 황금빛 피부를 지닌 댁의 안내인을 보는 게 즐겁네요. 전에 바베이도스의 한 농장주가 내게 표준적인 유럽인의 인상을 지닌 혼혈인을 만나면 조심해라, 그자는 악마다, 라는 식의 고약한 이야기를 한 적이 있는데, 저 사람을 보니 그건 맞지 않는 말 같습니다. 보세요, 댁의 승무원은 영국의 조지 왕보다 더 반듯한 이목구비를 갖추고 있고, 목례를 하고 절을 하고 웃기도 잘합니다. 친절

* 오른 손바닥을 이마에 대고 정중하게 고개를 숙이는 절.
** 귀족인 체하는. 우아하고 고상한.

186

한 마음과 정중한 태도를 갖춘 왕입니다그려. 게다가 목소리는 또 얼마나 좋은지."

"맞습니다, 세뇨르."

"그런데 저 사람이 늘 선량하고 가치 있는 사람이라는 점이 입증되었나요?" 델러노 선장은 승무원이 한쪽 무릎을 꿇고 예를 표한 뒤 선실로 사라지는 동안 잠시 걸음을 멈추고 말했다. "방금 전에 말씀드린 그 이야기 때문에 꼭 알고 싶어서 그럽니다."

"프란체스코는 좋은 사람입니다." 돈 베니토는 남의 결점을 지적하지도, 추어올리는 말도 하지 않는 무덤덤한 감식자처럼 느릿하게 말했다.

"아, 나도 그렇게 생각했습니다. 왜냐하면 이건 참으로 이상한 현상이니까요. 우리 백인들의 입장에서는 참으로 믿기 어려운 일이고. 아프리카인의 피에 우리의 피가 약간 섞일 경우 아프리카인의 자질이 좋아지기는커녕 시커먼 고깃국에 황산을 부은 것 같은 참혹한 결과를 낳을 테니까요. 피부색은 좀 좋아지겠지만 인성이 더 건전해지지는 않겠죠."

"물론입니다, 물론이에요, 세뇨르. 하지만," 그는 바보를 힐끗 쳐다보고는 무덤덤하게 말했다. "방금 전에 말씀하신 그 농장주의 견해는 흑인들뿐만 아니라 우리 지역의 스페인 사람과 인디언의 혼혈인들에게도 적용되는 말입니다. 하지만 저는 그런 문제에 관해서는 아무것도 모릅니다."

이 대목에서 그들은 선실에 들어섰다.

점심 식사는 소박했다. 델러노 선장이 가져온 약간의 신선한 생선과 호박, 비스킷, 소금에 절인 쇠고기, 따로 보관해 둔 사과주, 산도미니크호에 마지막으로 남아 있던 카나리아 제도산 포도주 한 병.

그들이 들어섰을 때 프란체스코는 두세 명의 흑인 보조들과 함께 식탁 주위를 돌면서 마지막 손질을 하고 있었다. 그들은 자기네 선장이 들어오는 모습을 보고 선실에서 물러났다. 프란체스코는 그 방을 나가기 전에 싱긋이 웃으며 절했고, 돈 베니토는 그걸 알아차렸다는 뜻의 답례도 하지 않고, 델러노 선장에게 자기는 요란하게 시중드는 건 딱 질색이라고 퉁명스럽게 말했다.

주인과 손님은 자식 없는 부부처럼 말동무들도 없이 둘이서만 식탁 양 끝에 동그마니 앉아 있었다. 돈 베니토는 그 모습을 보고 델러노 선장에게 자기 쪽으로 오라고 손짓하면서, 자기는 비록 무력한 사람이긴 하지만 선장님은 자기 앞에 앉아야 한다고 주장했다.

흑인 하인은 돈 베니토의 발밑에 융단을 깔아 주고 등에는 쿠션을 대 준 뒤 주인의 의자 뒤가 아니라 델러노 선장의 의자 뒤로 가서 섰다. 처음에 델러노 선장은 그 모습을 보고 약간 놀랐다. 하지만 그 흑인이 자리를 잡는 사소한 일에서도 주인에게 변함없이 충실하게 행동한다는 사실을 금방 미루어 짐작할 수 있었다. 그렇게 주인과 마주 보고 있으면 그때그때 주인이 뭘 원하는지 더 쉽게 알아차릴 수 있기 때문이었다.

델러노 선장은 맞은편에 앉은 돈 베니토에게 조그맣게 말했다. "댁의 하인은 머리가 아주 비상하군요."

"그렇습니다, 세뇨르."

식사하는 동안 손님은 돈 베니토의 이야기로 다시 돌아가 조목조목 짚어 가며 좀 더 상세한 이야기를 해 달라고 졸랐다. 그는 괴혈병과 열병으로 흑인들은 반도 안 죽었는데 어째서 백인들은 그렇게 몰살당하다시피 했느냐고 물었다. 이런 질문이 스페인 사람의 눈앞에 그런 재난이 빚어낸 모든 참상을 되살리기라도 한 것처럼, 과거 많은 친구들과 간부 선원들을 주위에 거느렸던 선실에 이제는 홀로 비참하게 앉아 있다는 사실을 떠올려 주기라도 한 것처럼, 그의 손은 떨리고 얼굴은 창백해졌으며 말은 어눌하게 새어 나왔다. 한데 과거의 기억들이 이제는 광기 어린 공포심으로 즉각 뒤바뀐 것 같았다. 그는 놀란 눈으로 앞을 멍하니 응시했다. 그 자리에는 카나리아 제도산 포도주 잔을 내밀고 있는 하인의 손 말고는 아무것도 보이지 않았기 때문이다.* 그는 포도주를 몇 모금 마시고 나서야 겨우 기운을 좀 차렸다. 그는 특정한 어떤 질병들에 강한 저항력을 갖고 있는 여러 인종의 각기 다른 체질에 관해 두서없이 이야기를 늘어놨다. 델러노 선장으로서는 처음 듣는 이야기였다.

이윽고 델러노 선장은 자신이 그에게 해 준 일의 금전적인 부분에 관한 것, 특히 자기가 제공한 신형 돛들과 그런 종류의 다른 물품들에 관한 이야기를 하기로 마음먹었다. 그는 자기 배의 소유자들에게 그런 것들을 세세하게 해명할 의무가 있는 입장이었기 때문이다. 그리고 그런 일들은 당연히 사적으로 은밀하게 처리하고 싶었기에 돈 베니토가 몇 분 정도는 하인의 시중을 받지 않고도 견딜 수 있으리라 보고 하인이 그만 선실 밖으로 물러났으면 했다. 하지만 그는 이야기가 진행되다 보면 자기가 굳이 채근하지 않아도 돈 베니토가 그런 예법을 알아차릴 것이라고 생각하고 잠시 기다렸다.

그러나 상황은 델러노 선장이 기대했던 바와는 다르게 흘러갔다. 마

---

* 『누가복음』 22장 21절. "그런데 나를 제 손으로 잡아 넘길 자가 지금 나와 함께 이 식탁에 앉아 있다."

침내 그는 견디다 못 해서 주인과 시선이 마주쳤을 때 엄지로 뒤를 살짝 가리키며 속삭였다. "죄송합니다만, 내가 선장님에게 솔직하게 이야기하는 데 방해가 되는 요소가 있습니다."

그 말에 스페인 사람의 안색이 확 바뀌었다. 그 말을 자기 하인에 대한 일종의 비난으로 여기고 분개한 탓이었다. 돈 베니토는 잠시 침묵을 지키다 다시 입을 열어 손님에게, 자기가 간부 선원들을 잃은 뒤로 바보(그의 원래의 직책이 노예들의 대장이었다는 사실이 이때 드러났다)를 자신의 고정적인 수행원이자 친구로 삼았을 뿐만 아니라 모든 일에서 자기를 도와줄 심복으로 삼았기 때문에 그 흑인이 이 자리에 함께 있어도 아무 지장이 없다고 보증했다.

그 뒤에는 그런 이야기를 더 이상 할 수가 없었다. 사실 델러노 선장은 자기가 그렇게 확실하게 도와주려는 바로 그 당사자가 그토록 사소한 요청조차 들어주지 않는 것에 은근히 부아가 나는 것을 어쩔 수 없었다. 하지만 그런 기분을 자신의 성마른 태도에서 비롯된 것에 불과하다고 생각하고는 자신의 포도주 잔을 채우고 나서 곧바로 용건에 들어갔다.

돛들과 그 밖의 물품들에 관한 가격은 타결되었다. 그러나 이런 과정이 진행되는 동안 델러노 선장은 애초에 자신이 도움을 주겠다고 했을 때는 돈 베니토가 얼굴을 붉히면서까지 반색했지만, 지금 그 도움에 대한 청산을 이야기하는 실무적인 자리에서는 무관심하고 냉담한 태도를 드러내고 있음을 알아차렸다. 사실상 돈 베니토는 본인과 본인의 항해와 관련해서 중대한 이익이 걸려 있다는 어떤 생각에서가 아니라, 그저 일반적인 관례에 비추어 억지로 이야기를 듣고 있는 것만 같았다.

그 뒤 돈 베니토는 더욱더 말이 없어졌다. 그를 사교적인 대화로 끌어들이려는 델러노 선장의 노력도 허사로 끝났다. 그는 침울한 기분에 빠져 턱수염을 실룩이며 앉아 있었다. 그동안 입을 굳게 다물고 있던 하인은 포도주병 쪽으로 할 일 없이 손을 뻗었다.

점심 식사가 끝나자 두 사람은 방석이 깔린 선미판에 앉았고, 하인은 돈 베니토의 등에 베개를 대 줬다. 오랫동안 바람이 불지 않는 날씨가 이제는 대기에 영향을 미쳤다. 돈 베니토는 마치 숨을 쉬기 위해서인 것처럼 무겁게 한숨을 내쉬었다.

델러노 선장이 말했다. "커디로 가시지 그러세요. 그곳에는 여기보다 공기가 더 풍부한데." 하지만 주인은 꼼짝도 하지 않고 앉아 침묵만 지켰다.

그동안 하인은 그의 앞에 무릎 꿇고 앉아 깃털부채를 부쳐 주고 있었다. 프란체스코가 발끝으로 살금살금 걸어와 향내 나는 물이 든 작은 컵을 하인에게 건네줬다. 그러자 하인은 이따금 한 번씩 그 물을 주인의 이마에 발라 문질러 주고, 관자놀이께의 머리에도 발라 주고는 간호사가 아이의 머리를 쓸어 주듯 부드럽게 쓸었다. 말은 한 마디도 하지 않았다. 그는 마치 돈 베니토가 빠져 있는 비탄의 한복판에서 말없이 충성스러운 모습을 보이는 것으로 주인의 기운을 조금이라도 북돋우려는 사람처럼 그저 주인에게만 시선을 고정하고 있었다.

얼마 후 배의 종이 오후 2시를 알렸고, 선실 창문으로 파도가 가볍게 이는 광경이 보였다. 그들이 바라는 방향에서 바람이 불어오고 있었다.

델러노 선장은 소리쳤다. "저것 보세요! 내가 이렇게 될 거라고 이야기했잖아요, 돈 베니토! 보세요!"

그는 동료의 기운을 북돋아 주려고 아주 흥분한 어조로 그렇게 이야기하면서 벌떡 일어섰다. 그러나 그 순간 돈 베니토 곁에 있는 선미 창문의 붉은 커튼이 펄럭이면서 그의 창백한 뺨을 가볍게 두드렸음에도 그는 무풍 상태보다 그 바람을 덜 반기는 것처럼 보였다.

델러노 선장은 생각했다. 가여운 사람 같으니. 그간 혹심한 고초를 겪어서 제비 한 마리가 날아왔다고 해서 여름이 온 게 아닌 것처럼 파도가 좀 친다고 해서 바람이 불어온다는 걸 보증해 주는 건 아니라고 여기는 모양이군. 하지만 이번에는 이 사람이 잘못 생각하고 있는 거야. 내가 이 사람을 위해서 이 배를 항구로 몰고 들어가는 것으로 바람이 제대로 분다는 걸 입증해 주겠어.

델러노 선장은 넌지시 돈 베니토의 건강이 좋지 않다고 말하면서 자기가 그 바람을 제대로 활용할 책임을 기꺼이 질 용의가 있으니 돈 베니토는 그대로 조용히 앉아 있는 편이 좋겠다고 주장했다.

델러노 선장은 갑판으로 나가는 도중에 뜻밖에도 아투팔이 이집트 왕 묘의 입구를 지키는 검은 대리석 문지기 조각상처럼 문 앞에 기념비처럼 우뚝 서 있는 모습을 보고 놀라서 흠칫했다.

하지만 이번에는 순전히 아투팔의 몸집 때문에 그렇게 놀랐을 것이다. 부루퉁한 표정에서조차도 유순한 면모가 유난히 돋보이는 아투팔의 모습은 끈질긴 인내심을 갖고서 자기네의 근면함을 입증하고 있는 손도끼 가는 사람들의 모습과는 대조적이었다. 그 두 장면은 돈 베니토의 권위가 대체로 물러 보이기는 해도 그가 그것을 행사하기로 마음먹을 때는 제아무리 야만적이고 몸집이 거대한 사람조차도 어쨌든 복종해야 하는 것 같았다.

델러노 선장은 현장에 걸려 있는 트럼펫 하나를 낚아챈 뒤 매끄러운 스페인어로 이런저런 지시를 내리면서 선미루의 전면 끝으로 성큼 성큼 걸어갔다. 소수의 백인 선원들과 많은 흑인들이 하나같이 기뻐 하면서 그의 명령에 따라 군말 없이 배를 항구 쪽으로 돌리는 작업을 시작했다.

델러노 선장은 아래쪽 보조돛을 펼치라는 지시를 내리는 동안 문득 누군가가 그 지시를 충실하게 복창하는 소리를 들었다. 돌아보니 파일럿* 휘하에서 노예 대장 역할을 하던 바보가 지금은 제 역할을 하고 있는 광경이 보였다. 그것이 소중한 도움임은 곧 입증되었다. 누더기처럼 잔뜩 기워진 돛들과 활대들이 이내 정비되었다. 신명이 난 흑인들은 유쾌한 노랫소리에 맞춰서 아딧줄과 마룻줄을 당겼다.

델러노 선장은 생각했다. 괜찮은 친구들이로군. 약간만 훈련을 시키면 훌륭한 선원들이 되겠어. 저런, 여자들까지 나서서 노래를 부르며 밧줄을 당기는군. 저 여자들은 훌륭한 전사들을 길러 낸다는 아샨티 흑인 여자들임이 분명해. 그런데 키는 누가 맡고 있지? 아무래도 실력 있는 선원이 맡고 있는 것이 분명해.

그는 알아보러 갔다.

산도미니크호는 대형 수평 도르래들이 장착된 육중한 키 손잡이로 운행되고 있었다. 각각의 도르래 끝에는 하위 직급의 흑인이 하나씩 서 있었고, 그들 사이에 위치한 키 손잡이 앞에는 한 스페인 선원이 그 책임을 맡고 있었다. 그는 앞으로 바람이 불 것이라는 믿음과 기대감을 갖고 본인의 역할이 뭔지 잘 알고 있는 사람의 표정을 하고 있었다.

알고 보니 그는 권양기 위에서 아주 수줍어하는 기색을 보였던 사

---

* 수로안내인, 곧 선장.

람이었다. 델러노 선장은 소리쳤다. "아, 자네로구먼. 으음, 이제는 더 이상 양 같은 눈빛을 하고 있지 말게나. 똑바로 앞을 보고 배를 똑바로 몰도록 하게. 실력이 있다고 믿어도 되겠지? 그리고 이 배를 항구에 무사히 진입시키고 싶겠지?"

선원은 키 손잡이를 단단히 움켜쥔 채 낮게 웃는 것으로 델러노 선장의 말에 동의한다는 뜻을 밝혔다. 그가 그러는 광경을 두 흑인이 뚫어지게 쳐다보고 있었지만 미국인은 그것을 알아차리지 못했다.

조타실 쪽에 아무 문제도 없음을 확인한 파일럿은 선수루의 상황을 알아보러 갔다.

배는 이제 조류의 흐름을 제대로 헤치면서 나아가고 있었다. 저녁이 되면 바람은 분명 더 강해질 것이다.

델러노 선장은 당장 필요한 모든 조처를 다 취했기에 선원들에게 마지막 명령을 내리고 나서 선실에 있는 돈 베니토에게 상황을 보고 하러 선미 쪽으로 돌아섰다. 여기에는 하인이 갑판에서 일하는 동안 잠시 돈 베니토와 단둘이 이야기를 나눌 기회를 얻을 수 있으리라는 기대감도 일부 작용했다.

선미루 밑에는 선실로 이어지는, 서로 반대 방향으로 난 통로가 둘 있었다. 하나가 다른 하나보다 더 앞쪽에 있었고, 앞쪽 통로는 그보다 더 긴 복도와 연결되어 있었다. 델러노 선장은 하인이 아직 갑판에 있는 것을 확인하고는 최근에 가까운 출입구라는 이름이 붙은, 문 앞에 아투팔이 서 있는 통로로 들어가 서둘러 걸었다. 이윽고 선실 문 앞에 이른 그는 기대감에 부푼 마음을 좀 가라앉히려고 잠시 걸음을 멈췄다. 그리고 돈 베니토에게 하고 싶은 말을 되새기면서 선실 안으로 들어갔다. 그가 자리에 앉아 있는 돈 베니토에게 다가가고 있을 때 그의 발소리와 박자를 맞춘 또 다른 발소리가 들려왔다. 반대쪽 문에서 쟁반을 받쳐 든 하인이 들어오더니 그와 마찬가지로 돈 베니토 쪽으로 다가왔다.

델러노 선장은 생각했다. '지겹게도 충직한 놈 같으니. 약 오를 만큼 제시간에 딱 맞춰 오네.'

그가 그렇게 슬며시 약이 오른 것은 바람이 부는 덕에 득의만면해진 기분 때문이 아니라면 다른 어떤 것 때문이었을 것이다. 하지만 그의 내면에서 문득 바보와 아투팔이 막연히 연결되면서 그는 찌르는 듯한 자책감을 맛봤다.

그는 말했다. "돈 베니토, 기쁜 소식을 전해 드리죠. 앞으로 바람이 계속 불고, 점점 더 세질 겁니다. 그건 그렇고, 시계처럼 제시간에 나타나는 그 키 큰 친구, 아투팔이 밖에 서 있던데, 그건 물론 선장님의 명령 때문이겠죠?"

돈 베니토는 마치 델러노 선장이 반박할 여지를 전혀 주지 않기 위해 깍듯하게 예의를 갖춘 교묘한 말로 자기를 부드럽게 비꼬기라도 한 듯이 움찔했다.

델러노 선장은, 이 사람은 꼭 산 채로 껍질이 벗겨진 사람 같은 표정을 하고 있군, 이라고 생각했다. 이 사람을 움츠러들게 하지 않고 접촉할 만한 무슨 좋은 방법이 없을까?

하인이 주인에게 다가가서 방석을 조정해 줬다. 다시 공손한 태도로 돌아온 돈 베니토는 딱딱한 말투로 말했다. "맞습니다. 그 노예는 제 명령에 따라서 선장님이 보신 그곳에 나타납니다. 정해진 시간에 제가 여기 있으면 그자는 거기에 서서 제가 오기를 기다립니다."

"아, 죄송합니다만, 그 불쌍한 친구를 옛날에 왕이었던 사람으로 대접해 주는 방식이 그런 것이로군요." 그는 싱긋이 웃으며 말을 이었다. "선장님은 어떤 면에서는 온갖 방종을 묵인해 주지만, 사실은 지독하게 엄한 주인이 아닌가 싶기도 합니다."

돈 베니토는 다시 움찔했다. 이 선량한 선원은 그걸 보고 이번에는 참으로 양심의 가책 때문에 그러는 것이라고 생각했다.

다시 대화가 막혔다. 델러노 선장은 바다를 부드럽게 가르고 나가는 용골의 움직임에 주의를 기울이려 했지만, 정신이 산란해서 좀처럼 잘되지 않았다. 눈빛이 흐리멍덩한 돈 베니토가 몇 마디 말을 하다 침묵을 지켰다.

잠시 후 바람이 꾸준히 일고 항구 쪽으로 곧장 부는 덕에 산도미니크호는 빠르게 앞으로 내달렸다. 육지에서 돌출된 지점을 돌아가자 저 멀리서 델러노의 배가 선명하게 시야에 들어왔다.

델러노 선장은 다시 갑판으로 나가 한동안 그곳에 머물렀다. 그는 배를 암초에서 멀리 떨어진 곳에 정박시키기 위해 마침내 배의 침로를 변경시킨 뒤 잠시 아래로 내려갔다.

그는, 이번에는 꼭 저 불쌍한 친구의 기운을 북돋아 줄 거야, 하고 생각했다.

그는 부산스럽게 선실로 들어가면서 소리쳤다. "상황이 점점 더 좋아지고 있어요, 돈 베니토. 이제 곧 선장님의 근심 걱정은 끝날 겁니다. 적어도 얼마 동안은요. 참혹한 오랜 항해 끝에 저 항구에 닻을 내리고 나면 선장님의 가슴을 짓누르던 엄청난 부담이 덜어질 테니까요. 모든 게 순탄하게 진행되고 있어요, 돈 베니토. 우리 배가 시야에 들어왔어요. 이쪽으로 좀 내다보세요. 우리 배가 저기서 모든 돛을 활짝 펼치고 있잖아요! 우리 좋은 친구, 배철러스딜라이트호가. 아, 이 바람은 정말 기운을 북돋아 주는군요. 오늘 저녁, 선장님은 나와 함께 커피를 마셔야 합니다. 우리 배의 접객 담당자가 선장님에게 술탄들이 즐겨 마실 법한 질 좋은 커피를 대접할 겁니다. 어때요, 돈 베니토, 그렇게 하실 거죠?"

처음에 돈 베니토는 열에 들뜬 사람처럼 번쩍 고개를 쳐들고는 간절한 눈빛으로 델러노의 배를 바라봤고, 하인은 근심 어린 표정으로 주인의 얼굴을 묵묵히 지켜봤다. 갑자기 전의 그 오한이 다시 찾아와 그의 몸을 방석에 털썩 주저앉혔고, 그는 다시 말을 잃었다.

"대답을 해 주시지 않는군요. 선장님은 온종일 나를 접대해 줬습니다. 선장님은 일방적으로 환대를 베풀기만 할 작정이신가요?"

그 대답은, "저는 갈 수가 없습니다"였다.

"뭐라고요? 선장님을 피곤하게 하지는 않을 겁니다. 두 배가 서로 부딪치거나 얽히는 일 없이 최대한 가까이 정박할 겁니다. 방에서 방으로 건너가듯이 갑판에서 갑판으로 옮겨 가는 일에 불과한걸요. 자, 자, 선장님은 내 청을 거절하시면 안 됩니다."

"저는 갈 수 없습니다." 돈 베니토는 단호하고도 매섭게 같은 말을 반복했다.

돈 베니토는 시체처럼 음산한 표정으로 거의 결례에 가까운 그런 반응을 보인 뒤 자신의 엷은 손톱을 속살에 이르기까지 잘근잘근 씹으며 손님을 노려보듯이 응시했다. 그것은 낯선 사람의 존재가 꼭 자신이 우울한 기분에 한껏 탐닉하는 것을 방해해서 짜증이 난 것 같은 표정이었다. 그동안 용골이 촬촬거리며 수면을 흥겹게 가르는 소리가 창문을 통해서 새어 들어왔다. 그 소리는 마치 그가 검은 심연과도 같은 침울함에 빠져든 것을 나무라는 듯했고, 그가 제아무리 우울하고 그 때문에 잔뜩 성이 나 있다고 해도 자연은 손톱만큼도 개의치 않는다고 말하는 것 같았다. 이제껏 그게 누구 탓인데?

하지만 순풍이 절정에 이르렀을 때 그의 어두운 기분은 맨 밑바닥까지 가라앉아 있었다.

그 사람에게는 이미 손님의 너그럽고 선한 성품도 더 이상 감내하기 힘들다는 사실을 입증해 준, 단순히 사교적이지 못하다거나 음침하다는 것을 훨씬 더 넘어선 뭔가가 있었다. 델러노 선장은 너무 황당해서 그런 태도를 도무지 이해할 수가 없었다. 그는 그것을 괴이한 버릇을 동반한 병으로 여겼다. 그것은 어떤 변명도 할 수 없고 어떤 식으로도 상대를 납득시킬 수 없을 만큼 극단적인 것이었으며, 본인의 어떤 행동도 그것을 정당화시킬 수 없었기에 델러노 선장의 자존심이 고개를 쳐들기 시작했다. 이제는 그도 말수를 잃었다. 하지만 그 스페인 사람에게는 이러나저러나 아무 상관이 없는 것 같았다. 그리하여 델러노 선장은 그의 곁을 떠나 다시 갑판으로 나왔다.

그 배는 이제 델러노의 바다표범잡이 배와 3킬로미터도 채 떨어지지 않은 곳까지 와 있었다. 그 사이의 해역에서 델러노의 보트가 물살을 가르며 다가오는 모습이 보였다.

요컨대 두 배는 그 파일럿의 기술 덕에 동네 이웃처럼 나란히 정박하게 될 터였다.

델러노 선장은 자기 배로 돌아가기 전에 자신이 돕겠다고 제안한 내용에서 좀 더 세세한 항목을 돈 베니토와 상의할 생각이었다. 하지만 또다시 거절당하는 수모를 겪고 싶지 않아 산도미니크호가 안전하게 정박한 것을 봤으니 이제는 초대하겠다는 이야기나 실무적인 이야기는 더 이상 꺼내지 않고 즉각 그 배를 떠나기로 결심했다. 그는 마음속에 품고 있는 계획들을 무기한 연기하고 앞으로 일어나는 상황에 맞춰서 적당히 행동하기로 했다. 그의 보트는 그를 맞을 채비가 되어 있었지만 이 배 주인은 여전히 저 밑에서 꾸물거리고 있었다. 델러노 선장은 만일 스페인 사람이 예의범절이 부족한 사람이라면 그럴수록 자기편에서 더 모범을 보여 줄 필요가 있다고 생각했다. 그는 예의 바르면서도 암암리에 나무라는 기미가 내포된 작별 인사를 하기 위해 선실로 내려갔다. 하지만 돈 베니토는 자기에게 무시당한 손님이 나름대로 예의를 갖춘 채 자기에게 은근히 보복하려고 그렇게 찾아온 것에 중압감을 느끼기 시작하기라도 한 듯이 하인의 부축을 받으면서 자리에서 일어나 델러노 선장의 손을 꼭 잡은 채 벌벌 떨고 서 있었다. 그걸 보고 델러노 선장은 아주 흡족한 기분이 되었다. 돈 베니토는 너무 흥분해서 아무 말도 하지 못했다. 하지만 그 자리에서 생겨난 좋은 조짐은 그가 전보다 더 침울해져서 다시 입을 굳게 다물고 델러노 선장의 시선을 슬며시 피하면서 또다시 방석에 주저앉는 바람에 순식간에 사라지고 말았다. 그에 상응해서 싸늘했던 감정들이 다시 돌아오자 델러노 선장은 정중하게 인사를 하고 그곳을 떠났다.

그가 선실에서 계단으로 이어지는, 터널처럼 컴컴하고 좁은 복도를 반도 채 지나지 않았을 때 감옥에서 처형 시간이 되었음을 알리는 듯한 종소리가 들려왔다. 시간을 알려 주는, 금이 간 종소리가 지하 납골당에 음산하게 울려 퍼졌다. 저항할 수 없는 어떤 숙명에 의해서 그 불길한 징조에 마음이 감응하면서 그는 즉각 미신적인 의심들에 사로잡혔다. 그는 잠시 걸음을 멈췄다. 과거에 그를 사로잡았던 온갖 불신과 의혹의 아주 세세한 부분들이 이런 말보다 훨씬 더 빠른 이미지의 형태로 그의 내면을 스치고 지나갔다.

지금까지는 남에게 잘 속아 넘어가는 선량한 성품이 너무나 쉽게 작동했기에 그는 두려움을 합리적으로 뒷받침할 만한 적절한 근거를 대지 못했다. 그 스페인 사람은 이따금 과하다 할 정도로 격식을 차리더니 이제는 어째서 평범한 예법도 잊어버리고 자기 배를 떠나는 손님과 동행하지 않는 걸까? 몸이 불편해서 그랬을까? 바로 그날 그는 몸이 불편함에도 그보다 더 성가신 수고도 마다하지 않았다. 돈 베니토가 마지막으로 보여 준 애매모호하고 수상쩍은 태도가 다시 떠올랐다. 그는 자리에서 일어나 손님의 손을 꼭 잡고는 자기 모자가 있는 쪽으로 움직였다. 그러더니 한순간에 불길한 침묵과 침울함 속에서 태도가 싹 바뀌었다. 이것은 그가 간악한 음모를 꾸몄다가 참회하는 기분이 들면서 잠시 마음이 누그러졌지만 이내 무자비하고 냉혹한 원래의 마음가짐으로 돌아갔다는 것을 뜻하는 것일까? 그의 마지막 눈빛은 비참한 심경이면서도 어쩔 수 없이 순응하는 자세로 델러노 선장에게 영원한 작별을 고하는 것 같았다. 그날 저녁에 바다표범잡이 배로 와 달라는 초대를 어째서 거절했을까? 유다는 예수를 배신하기로 마음먹은 바로 그날 밤에 예수와 함께 저녁 식사를 하기를 마다하지 않았는데, 그 스페인 사람은 유다만큼 마음이 냉혹하지 못해서였을까? 하루 동안의 모든 수수께끼와 모순된 행위들은 은밀한 습격을 하기에 앞서 그런 계획을 가리려는 의도가 아니면 대체 뭐란 말인가? 그 순간 바깥문 곁에서는 반역자로 위장하고 있지만 빈틈없는 그림자인 아투팔이 잠복해 있었다. 그는 파수꾼이거나 그 이상인 듯했다. 죄상을 자백했다는 이유로 그를 그곳에 서 있게 한 사람은 누구인가? 그 흑인은 지금 거기에 잠복해서 나를 기다리고 있을까?

뒤에는 스페인 사람이, 앞에는 그의 부하가 있었다. 그로서는 어둠

속에서 빛 속으로 후다닥 뛰쳐나가는 것 말고는 달리 선택할 여지가 없었다.

그다음 순간, 그는 이를 앙다물고 두 주먹을 꽉 움켜쥔 채 아투팔의 곁을 재빨리 지나 아무 해도 받지 않고 밝은 빛 속에 우뚝 섰다. 그는 소리치면 거의 들릴 만한 거리에 자신의 말끔한 배가 평화롭게 정박해 있는 광경을 봤고, 산도미니크호의 뱃전에서 이는 작은 파도에 꾸준히 오르락내리락하고 있는 보트를 봤다. 그러고 나서 현재 서 있는 갑판을 둘러보자 뱃밥 만드는 사람들이 여전히 부지런하게 손가락을 놀리는 광경이 보였고, 손도끼 가는 사람들이 여전히 그 끝없는 일에 매달리면서 내는 낮게 잉잉거리는 휘파람 소리와 콧노래 소리가 들렸다. 무엇보다도 그는 그날 저녁 순수한 휴식을 취하고 있는 자연의 온화한 모습을, 서녘의 고요한 야영지에서, 아브라함의 천막에서 새어나오는 따뜻한 빛처럼 환하고 밝은, 안개로 가려진 태양을 봤다. 마법에 걸린 눈과 귀가 쇠사슬에 묶여 있는 그 흑인의 몸체와 아울러 이 모든 것을 보고 들은 순간, 앙다물린 이와 꽉 쥐어진 주먹이 느슨해졌다. 그는 망상들에 조롱당했음을 깨닫고 또다시 쓴웃음을 지었다. 그리고 잠시나마 그런 망상들이 활개 치게 함으로써 저 위에서 늘 내려다보시는 하느님에 대한 무신론자의 의심을 암암리에 드러낸 것을 자책하는 양심의 가책 비슷한 감정을 느꼈다.

그의 명령에 따라 보트에 탄 선원들이 보트를 배의 현문 곁에 대고 갈고리를 거느라 몇 분이 지체되었다. 그러는 동안 그날 자신이 한 낯선 사람에게 온정을 베풀기 위해 해 준 여러 가지 일들이 떠오르면서 델러노 선장의 마음속에는 일말의 서글픈 만족감 같은 것이 슬그머니 깃들었다. 그는 생각했다. 아, 선행을 한 뒤 그 혜택을 받은 사람이 전혀 감사할 줄 모른다 해도 선행을 한 사람의 양심은 이렇게 나름대로 보답을 해 주는구나.

이윽고 그가 보트로 내려가려고 측면 사다리의 첫 단을 밟았을 때였다. 그의 얼굴은 살짝 갑판 쪽을 향하고 있었는데, 바로 그 순간 누군가가 정중하게 그의 이름을 부르는 소리가 들려왔다. 돈 베니토가 다가오는 것을 봤을 때 그는 기쁨과 놀라움에 휩싸였다. 마지막 순간에 자신의 무례를 벌충하려고 마음먹기라도 했는지 돈 베니토는 이례적일 만큼 힘 있는 모습으로 다가왔다. 타고난 선한 성품이 발동하면서 델러노 선장도 계단에서 발을 들어 올리고 돌아서서 반갑게 그에게 다가갔다. 그런 델러노 선장의 모습을 보고 스페인 사람의 민감한 열정이 고조되었지만 생동했던 활력은 금방 사그라들었다. 하인은 주인의 몸을 좀 더 잘 떠받치기 위해 자신의 맨살 어깨에 주인의 손을 올려놓고 어깨로 지탱해 줌으로써 일종의 목발 같은 역할을 했다.

두 선장이 만났을 때 스페인 사람은 다시 미국인의 손을 꼭 잡고 간절한 눈빛으로 그를 응시했다. 하지만 스페인 사람은 이번에도 역시 가슴이 너무 벅차서 말을 하지 못했다.

델러노 선장은 자책했다. 내가 이 사람을 오해했어. 싸늘해 보이는 겉모습 때문에 내가 잘못 생각했지. 이 사람은 어떤 경우에도 나를 해칠 의도가 없었어.

한편, 하인은 그런 장면이 지속되는 것이 주인의 신경을 약하게 할까 봐 두렵기라도 한 듯 어서 빨리 그 상황을 끝내고 싶어 조바심치는 것 같았다. 그리하여 그는 여전히 주인의 목발 역할을 하면서 두 선장 사이에서 걸음을 옮겼고, 그렇게 해서 그는 두 선장과 함께 현문 쪽으로 다가갔다. 돈 베니토는 다사로운 참회의 마음으로 가득한 사람처럼 좀처럼 델러노 선장의 손을 놓고 싶지 않아 흑인의 몸을 가로질러서 잡은 그 손을 그대로 붙잡고 있었다.

잠시 후 그들은 배의 측면에 서서 보트를 내려다봤고, 보트에 탄 선원들은 호기심 어린 눈길로 그들을 올려다봤다. 당황한 델러노 선장은 돈 베니토가 자기 손을 놔주기를 잠시 기다리다가 열려 있는 현문의 문턱을 넘어가려고 한 발을 들었다. 그런데도 돈 베니토는 여전히 그의 손을 놔주지 않았다. 하지만 결국 그는 떨리는 목소리로 말했다. "저는 더 이상 갈 수가 없습니다. 여기에서 선장님께 작별을 고해야겠군요. 아디외, 친애하는, 친애하는 돈 애머사. 가세요…… 어서!" 그러면서 갑자기 손을 놓았다. "가세요. 하느님이 저보다 저의 더없는 친구인 선장님을 더 잘 보살펴 주시길."

그의 그런 태도에 감명을 받은 델러노 선장은 그 자리에 좀 더 오래 머물고 싶었지만 부드럽게 훈계하는 듯한 하인의 눈빛에 서둘러 작별 인사를 하고 보트로 내려갔다. 돈 베니토는 여전히 현문 앞에 붙박인 듯 서서 작별 인사를 되풀이했다.

보트 끝에 자리 잡고 앉은 델러노 선장은 마지막 인사말을 던지고는 그만 떠나자고 명령했다. 선원들이 노를 공중에 꼿꼿이 세웠다. 뱃머리 쪽에 앉은 선원들이 노들을 길게 뻗을 수 있는 공간을 확보하기 위해 보트를 배에서 밀어냈다. 그 작업이 이루어진 순간 돈 베니토가 현장 너머로 뛰어내려 델러노 선장의 발치에 떨어졌다. 그와 동시에 그가 자기 배를 향해서 소리쳤다. 하지만 목소리가 너무나 격앙되어 있어서 보트에 탄 누구도 그 말뜻을 이해하지 못했다. 그러나 그 배의 각기 다른 지점에 서 있던 세 선원은 그들처럼 둔감하지 않은지 그 소리를 듣자마자 곧장 바다로 뛰어내린 뒤 마치 자기네 선장을 구하려는 듯 보트를 향해 헤엄쳐 왔다.

보트에 탄 간부 선원은 당황한 나머지 이게 어찌 된 영문이냐고 물었다. 델러노 선장은 도무지 속을 알 수 없는 그 스페인 사람을 보고 경멸 어린 쓴웃음을 짓다가 고개를 돌리면서, 자기도 영문을 모르고 또 어찌 된 일이건 아무 상관 하지 않는다, 하지만 돈 베니토가 자기 편 사람들에게 보트에 탄 사람들이 자기를 납치해 가려 한다는 인상을 주기 위한 심산으로 이렇게 하는 게 아닌가 싶다고 말했다. 그는 배 안에서 시끌벅적한 소동이 일어나고 손도끼 가는 이들이 울리는 경종 소리가 요란하게 울려 퍼지는 광경을 보고 사납게 소리 쳤다. "죽어라고 노를 저어라. 안 그랬다간," 그러면서 그는 돈 베니토의 목을 움켜쥐고 소리쳤다. "이 해적은 살인을 하려고 이런 음모를 꾸민 거야!" 그 말을 입증이라도 하듯이 한 손에 단검을 든 하인이 배의 난간 위에서 아래로 뛰어내리려는 자세를 취하고 있는 광경이 보였다. 그는 필사적인 충성심으로 마지막까지 주인을 돌보려는 것 같았다. 그사이에 그 흑인을 돕기 위해서인 듯 백인 선원 세 사람이 복잡한 뱃머리로 기어오르려고 애쓰고 있었다. 위험에 처한 자기네 선장을 보고 흥분했는지 배에 탄 모든 흑인의 얼굴이 마치 검은 눈사태가 난 것처럼 현장 위에 걸려 있었다.

그 모든 일들이 그에 앞선 일들 및 뒤에 일어난 일들과 더불어 한꺼번에 소용돌이치면서 너무나 빨리 일어났기에 과거, 현재, 미래가 하나가 된 것만 같았다.

델러노 선장은 흑인 하인이 뛰어내리는 모습을 보고는 스페인 사람의 몸을 거의 움켜잡듯 하면서 옆으로 홱 내동댕이쳤다. 그리고 그에 따른 무의식적인 반동으로 뒷걸음질 치면서 양팔을 쳐들어 배에서 뛰어내린 하인의 몸을 재빨리 움켜잡았다. 델러노 선장의 심장에 단검을 겨눈 것으로 보아 흑인 하인은 그것을 목표로 삼아 일부러 그리로 뛰어내린 것 같았다. 하지만 델러노 선장은 하인의 손목을 비틀어 단검을 떨어뜨린 뒤 그의 몸을 보트 바닥으로 밀쳐 냈다. 엉켜 있던 노들이 제자리를 찾으면서 보트는 빠르게 바다를 가르고 나아가기 시작했다.

이 중요한 순간에 델러노 선장은 돈 베니토가 기력을 잃고 말없이 늘어져 있는 데 아랑곳하지 않고 왼손을 옆으로 뻗어 다시 그의 몸을 움켜잡고, 오른발로는 반대편에 쓰러져 있는 흑인의 몸을 밟았다. 그리고 오른손으로 보트의 속도를 높이기 위해 선미의 노를 지그시 누른 채 전방을 주시하면서 부하 선원들에게 있는 힘껏 노를 저으라고 소리쳤다.

보트에 매달린 백인 선원들을 간신히 떼어 내는 데 성공한 간부 선원이 선미 쪽을 향해 앉아 뱃머리의 선원이 노를 젓는 것을 거들다가 갑자기 델러노 선장에게 흑인이 무슨 짓을 하려는 것 같으니 주의하라고 소리쳤다. 포르투갈 출신의 노잡이도 스페인 사람이 무슨 말을 하고 있는지 잘 들어 보라고 소리쳤다.

델러노 선장은 발밑을 내려다보고는, 하인이 자유로운 손으로 품속에 숨겨 갖고 온, 먼젓번 것보다 더 작은 단검을 움켜쥐고 주인의 심장을 향해 뱃바닥을 살금살금 기어가고 있다는 것을 알았다. 복수심 어린 그의 살벌한 표정은 그의 혼의 집중된 결의를 적나라하게 드러내고 있었다. 반면 스페인 사람은 하얗게 질려 맥없이 몸을 움츠리면서 잔뜩 쉰 목소리로 뭐라고 했는데, 포르투갈 출신 선원 말고는 아무도 그 말을 알아듣지 못했다.

그 순간, 오래도록 어둠의 미명에 잠겨 있던 델러노 선장의 마음속에서 계시와도 같은 깨달음이 퍼뜩 스치고 지나가면서 그 스페인 사람의 이해할 수 없는 모든 괴이한 태도, 그날의 모든 수수께끼 같은 사건들, 과거 산도미니크호에서 일어났던 일들의 전모를 환히 밝혀 줬다. 그는 바보의 손을 사납게 내리쳤지만 그의 마음은 그를 더 강하게 내리쳤다. 그리고 그는 끝없는 연민의 심정으로 돈 베니토를 잡고 있던 손을 거둬들였다. 그 흑인이 보트에 뛰어내려 찔러 죽이려 했던 사람은 델러노 선장이 아니라 돈 베니토였다.

델러노 선장은 산도미니크호를 올려다보면서 이제는 눈에서 비늘이 떨어진 상태에서 흑인들을 제대로 봤다. 그들은 무질서하게 행동하고 할 일 없이 소동을 벌이고 미친 듯이 돈 베니토를 걱정하는 사람들이 아니었다. 가면이 벗겨지고 보니 그들은 손도끼와 칼을 휘두르면서 난폭하게 반란을 일으킨 해적 같은 자들이었다. 델러노 선장은 그 사실을 깨닫고는 바보의 두 손을 결박했다. 여섯 명의 아샨티들은 광란에 빠진 더비시*들처럼 갑판 위에서 춤을 췄다. 적들이 방해하는 바람에 바다로 뛰어들지 못한 스페인 소년들이 가장 높은 활대들 위로 황급히 기어올라 가고, 동작이 재빠르지 못해서 세 명의 스페인 선원들처럼 바다에 뛰어들지 못한 백인 선원들이 속절없이 갑판 위에서 흑인들과 뒤섞여 있는 모습이 보였다.

델러노 선장은 자기 배를 향해 큰 소리로 포문을 열라고 명령했고, 그 명령에 따라 포신들이 밖으로 나왔다. 하지만 이즈음 산도미니크호의 닻줄이 끊어졌고, 그 끄트머리가 허공을 날더니 뱃머리의 부리

* 신비 체험을 얻기 위해 춤추고 빙글빙글 도는 수련을 하는 회교 수행자.

206

를 감싸고 있던 캔버스 천을 후려쳐 날리면서 느닷없이 시체 한 구가 모습을 드러냈다. 뱃머리의 장식처럼 내걸린 하얀 인골은 그 아래 하얀 분필로 써 놓은 "너희 지도자를 따르라"는 글에 대한 같은 빛깔의 코멘트인 셈이었다.

그 광경을 보고 돈 베니토가 얼굴을 감싸고 울부짖었다.

"저 사람은 아란다입니다! 살해당한 뒤 매장되지 못한 내 친구!"

보트가 자기네 배 앞에 당도하자 델러노 선장은 밧줄을 가져오게 해서 흑인을 결박한 뒤 그의 몸을 갑판으로 끌어 올리게 했다. 그는 아무 저항도 하지 않았다. 그러고 나서 델러노 선장은 거의 탈진 상태에 이른 돈 베니토가 뱃전으로 올라가는 것을 도와주려고 했지만, 돈 베니토는 낯빛이 파랗게 질려 흑인 하인을 먼저 자기 눈에 보이지 않는 곳으로 데려가기 전까지는 절대로 올라가지 않겠다고 말했다. 요구대로 해 주자 그는 주저하지 않고 배에 올라갔다. 델러노 선장은 바다에서 헤엄치고 있는 세 선원을 데려오기 위해 즉각 보트를 내보냈다. 한편 대포들은 사격 준비를 마쳤지만, 산도미니크호가 바다표범잡이 배의 뒤쪽으로 나아가고 있었기에 배에서 가장 뒤에 있는 대포 한 문만 사용할 수 있었다. 바다표범잡이 배의 선원들은 달아나는 배의 돛대나 활대를 부러뜨려 무력화시키려고 도합 여섯 발의 포탄을 발사했지만 그리 중요하지 않은 밧줄 몇 가닥만 떨어져 나갔을 뿐이다. 산도미니크호는 이내 만 밖으로 완전히 빠져나가 대포의 사정거리에서 벗어났다. 선수의 제1 사장斜檣* 주위에 잔뜩 몰려 있던 흑인들은 백인들을 조롱하는 함성을 지르다가 다음에는 들새 사냥꾼의 수중에서 빠져

---

* 선수에서 앞으로 돌출한 돛대 모양의 둥근 기둥.

나간 까마귀들이 깍깍 울어 대듯이 이제 어둑해진 대양이라는 황무지로 나온 것이 기뻐서 환성을 지르며 펄쩍펄쩍 뛰었다.

처음에는 닻을 끌어 올리고 그 뒤를 쫓아가고 싶은 충동이 일었다. 하지만 다시 생각해 보니 구명용 보트와 욜*로 쫓는 것이 더 나을 것 같았다.

델러노 선장이 돈 베니토에게 산도미니크호에 어떤 화기들이 실려 있는지 묻자 돈 베니토는 머스킷 소총이 몇 정 있지만, 반란 초기 단계에 사망한 선실 승객 한 사람이 죽기 전에 그것들의 발사 장치를 몰래 망가뜨리는 바람에 이제는 무용지물이 되었다고 대답했다. 하지만 돈 베니토는 그 흑인들은 대단한 악당들이라 이쪽에서 습격을 했다가는 남아 있는 백인들을 몰살시키려 들 테니 배로든 보트로든 제발 추격하지 말아 달라고 간청했다. 그는 기진맥진한 상태임에도 필사적으로 그렇게 사정을 했다. 하지만 델러노 선장은 그의 이런 경고를 비참한 고통을 겪어 기백이 완전히 무너진 사람의 말이라고 여기고 자신의 계획을 포기하지 않았다.

두 보트가 무장을 하고 떠날 채비를 끝냈다. 델러노 선장은 부하들에게 보트에 타라고 명령했다. 그 역시 직접 갈 생각이었는데, 돈 베니토가 그의 팔을 붙잡았다.

"왜 이러십니까! 선장님은 제 목숨을 구해 주셨는데, 이제는 선장님의 목숨을 버리려 하시는 겁니까?"

간부 선원들도 자기네의 이해관계가 걸려 있는 사안인 데다 앞으로의 항해나 배 소유주들에 대한 의무를 생각해서라도 선장이 직접 가

---

* 돛대가 두 개인 작은 범선.

는 것에 강력히 반대하고 나섰다. 델러노 선장은 그들의 충언을 깊이 생각해 본 끝에 배에 남아 있는 것이 좋겠다는 결론을 내렸다. 그는 민간 나포선* 선원 출신으로 강건하고 결단력 있는 일등 항해사를 두 보트의 지휘자로 임명했다. 돈 베니토가 자기 배를 유실물로 간주하며, 그 배와 그 배에 실린 금과 은의 가치를 모두 합산하면 1,000더블룬 이상의 가치가 있다고 말하자 선원들의 투지는 더욱더 끓어올랐다. 그 배를 가지세요. 그 배에 실린 것은 제아무리 사소한 물건이라도 그자들의 것이 아닙니다. 그 말에 선원들은 함성으로 화답했다.

도망자들은 이제 거의 앞바다까지 나갔다. 밤 시간이 다 되었지만 달이 뜨고 있었다. 두 보트에 탄 선원들은 오래도록 힘겹게 노를 저은 끝에 산도미니크호 가까이에 이르렀을 때 적당한 거리에서 노 위에 머스킷 소총을 얹고 발사했다. 배에서는 어떤 총탄도 날아오지 않고, 흑인들의 고함 소리만 날아왔다. 두 번째 일제사격을 가할 때 흑인들이 인디언처럼 손도끼를 던졌다. 그중 하나가 한 선원의 손가락들을 날려 버렸다. 또 다른 것은 구명용 보트의 뱃머리로 날아와 그곳에 매달려 있던 밧줄을 끊어 버리고 나무꾼의 도끼처럼 뱃전에 박혔다. 항해사는 박힌 곳에서 부르르 떨고 있는 손도끼를 뽑아내 배를 향해 던졌다. 배로 되돌아간 손도끼는 퇴락한 선미전망대에 날아가 박혔다.

흑인들이 격렬하게 반응하자 백인들은 배와의 거리를 조금 넓혔다. 백인들은 보트들을 손도끼의 사정거리 밖에서 움직이면서, 근접전에 대비해 흑인들이 백병전을 할 때 가장 치명적인 무기가 될 손도끼들을 모조리 바다에 날려 버리게끔 유도하려 했다. 하지만 얼마 지나지

* 전시에 적의 상선을 나포할 수 있는 허가를 받은 민간 무장선.

않아 흑인들은 그런 전략을 눈치채고 손도끼 날리는 일을 그만두었다. 하지만 나중에 백인들과 직접 맞붙었을 때 흑인들 중의 상당수가 날려 버린 손도끼 대신 나무 지렛대를 사용해야 했고, 그것은 백인들이 계산한 대로 그들에게 아주 유리한 결과를 빚어냈다.

한편 산도미니크호는 강한 바람을 맞아 여전히 물살을 가르며 앞으로 나아갔고, 보트 두 척은 뒤처지기도 하고 따라잡기도 하면서 간간이 일제사격을 가했다.

이때 흑인들이 선미 쪽에 몰려 있었기에 백인들은 주로 선미 쪽을 겨냥해서 사격했다. 하지만 그들은 흑인들을 죽이거나 불구로 만들기 위해서가 아니라 배와 함께 그들을 사로잡기 위해서 사격을 가했다. 그들을 사로잡으려면 백인 선원들이 배 위에 뛰어올라 가야 하는데, 배가 너무 빨리 내달려서 그렇게 할 수가 없었다.

그때 항해사에게 좋은 생각이 떠올랐다. 그는 스페인 소년들이 여전히 돛대 위 높은 곳에 올라가 있는 모습을 보고, 그들에게 활대가 있는 곳으로 내려가서 돛을 잡아맨 밧줄을 끊어 버리라고 소리쳤다. 소년들은 그가 시키는 대로 했다. 이 무렵, 앞으로 밝혀질 원인 때문에 선원 복장을 하고 뚜렷이 제 모습을 드러낸 스페인 선원 두 사람이 일제사격이 아니라 의도적인 단발사격으로 살해되었다. 반면 나중에 밝혀졌다시피 백인들의 일제사격으로 흑인 아투팔, 그리고 그와 함께 조타실에 있던 스페인 선원이 살해되었다. 돛들이 내려지고 지도자들도 없어서 이제 흑인들로서는 배를 뜻대로 조종할 수가 없었다.

항해사가 소리쳤다. "그대들의 지도자를 따르라!" 두 보트의 백인 선원들은 차례로 뱃머리를 통해 배에 뛰어올라 갔다. 바다표범잡이 창과 단도가 손도끼와 나무 지렛대하고 맞붙었다. 배 가운데 엎어진 보트 속에 웅크리고 있던 흑인 여자들이 흐느껴 울면서 구슬픈 노래를 불렀고, 강철과 강철이 맞부딪치는 소리들이 그 노래에 맞춰 합창을 했다.

얼마 동안 공격은 주춤했고, 흑인들은 백인들을 물리치기 위해 앞다투어 몰려왔다. 반쯤 격퇴된 선원들은 아직 발붙일 거점을 확보하지 못하고 안장 위에 올라앉은 기병처럼 한 다리는 배 안쪽에 늘어뜨리고 다른 한 다리는 배 밖으로 늘어뜨린 채 단도를 마부의 채찍처럼 휘두르며 싸웠다. 하지만 허사였다. 흑인들에게 거의 압도될 찰나에 그들은 전원이 마치 한사람인 것처럼 한 덩어리를 이룬 채 함성을 올리면서 배 안으로 뛰어들어 흑인들과 맞붙었고, 그 와중에 본의 아니게 다시 흩어졌다. 몇 번의 호흡을 할 정도의 짧은 시간 동안 물속에서 황새치가 검은 돌고래 떼 사이를 이리저리 뚫고 돌진할 때처럼 알아듣기 힘든 희미한 소리만 났다. 그러다 이내 그들은 한 무리가 되었고, 배에 남은 스페인 선원들까지 가세해서 수면 위로 솟아올라 흑인들을 선미 쪽으로 거세게 몰아붙였다. 그러나 큰 돛대 주위에는 이미 상자와 자루들로 배를 가로지르는 방어벽이 이루어져 있었다. 흑인들이 거기에서 돌아섰다. 그들은 평화나 휴전을 경멸했지만, 일단은 휴식을 취하며 한숨 돌리고 싶어 했다. 그러나 지칠 줄 모르는 백인들은 지체없이 장애물을 뛰어넘어 다시 그들에게 달려들었다. 탈진한 흑인들은 이제 절망 상태에서 싸웠다. 그들의 검은 입에서 새빨간 혀가 늑대의 혀처럼 늘어졌다. 그러나 백인 선원들은 이를 앙다문 채 아무 소리도 내지 않았다. 그리고 5분이 조금 지났을 때 그 배는 백인들의 수중에 떨어졌다.

근 20명의 흑인이 살해당했다. 총탄에 맞아 죽은 사람들 말고도 많은 흑인이 칼로 난도질당했다. 부상자들은 대부분 긴 날이 달린 바다 표범잡이 창에 상처를 입었다. 그 모습은 프레스턴팬스 전투*에서 잉글랜드인들이 스코틀랜드 고지 사람들의 자루 달린 큰 낫에 베인 상처를 닮았다. 백인들 쪽은 항해사를 포함한 몇 명이 부상을 입었고, 그중 몇은 중상을 입었지만 사망자는 한 명도 없었다. 살아남은 흑인들은 임시로 감금시켰고, 자정 무렵에 항구로 예인된 배는 또다시 그곳에 닻을 내렸다.

뒤이은 사건들과 조처들은 생략하고, 이틀간 산도미니크호를 수리한 뒤 두 배가 나란히 칠레의 콘셉시온 항으로 항해했고, 거기에서 다시 페루의 리마로 갔다고 말하는 것만으로 충분할 것이다. 이 사건의 전말은 리마의 총독법정에서 처음부터 끝까지 자세히 다뤄졌다.

항해해 가면서 불운한 돈 베니토는 압박감에서 풀려나면서 제 힘으로 건강을 회복할 조짐을 보였다. 하지만 그 자신의 불길한 예감대로 리마에 도착하기 직전에 병이 재발하여 결국은 다른 사람에게 안겨서 상륙하는 처지가 되었다. 왕들의 도시**에 있는 많은 종교단체 중 하나가 그의 이야기와 어려운 처지를 듣고 그에게 쾌적한 피난처를 제공해 줘 그는 의사와 사제의 간호를 받을 수 있었다. 그리고 그 단체의 한 회원이 자진해서 그를 밤낮으로 지켜 주고 위로해 주기까지 했다.

다음에 나오는, 스페인 공식 문서 중의 하나를 영어로 번역한 인용문은 산도미니크호가 처음에 출발한 진짜 항구와 산타마리아 섬에 도착할 때까지의 진짜 이야기를 밝혀 주고, 앞에서 상세히 서술한 내용을 좀 더 선명하게 이해할 수 있는 단서를 제공해 줄 것이다.

* 1745년, 스코틀랜드 고지 사람들이 잉글랜드인들을 격퇴시킨 전투.
** 리마 시.

하지만 그 인용문을 소개하기 전에 우선 다음과 같은 점을 밝히고 넘어가는 것이 좋을 것 같다.

다른 많은 문서들 중에서 선택되었고 그중 일부만 영어로 번역된 이 문서에는 이 소송에서 처음에 채택된 베니토 세레노의 증언이 포함되어 있다. 당시 그 증언 속에 들어 있는 일부 폭로 내용은 경험적으로 알고 있는 사실들과 자연스러운 여러 이유들로 해서 의심을 받았다. 법정에서는 증인이 그 전에 일어난 사건들로 정신이 산란해서 절대로 일어날 수 없는 사건들을 진술했다는 의견이 우세했다. 그러나 그 뒤, 살아남은 선원들이 더없이 이상한 몇몇 사건들에 대한 자기네 선장의 폭로가 사실이라고 뒷받침해 줌으로써 선장이 증언한 그 밖의 다른 모든 진술에도 신빙성을 부여해 줬다. 그리하여 법정에서는 최종 판결에서, 만일 증인의 진술에 확증이 결여되어 있었더라면 법정에서는 이를 거부하는 것을 의무로 여겼을 것이라는 말을 근거로 해서 피고에게 사형을 선고했다.

*

왕실 세입과 이 지역 등기부 담당 서기이자 이 주교 관구의 성십자군 공증서기 등인 나, 돈 호세 데 아보스와 파디야는, 1799년 9월 24일에 시작된 산도미니크호의 흑인들을 상대로 한 형사소송에서 내 앞에서 다음과 같은 증언이 이루어졌음을 법률이 요구하는 대로 입증하고 공표한다.

첫 번째 증인, 돈 베니토 세레노의 증언

위와 같은 해, 달, 날에 이 왕국의 사법구 평의원이자 이 행정구의 법에 밝은 닥터 후안 마르티네스 데 로사스 지방판사는 산도미니크호의 선장 돈 베니토 세레노에게 법정 출두를 명했으며, 돈 베니토 세레노는 인펠레스 수사를 대동하고 침상가마에 실린 상태로 법정에 출두했다. 후안 마르티네스 데 로사스는 돈 베니토 세레노의 서약을 받았다. 그는 하느님과 그리스도 앞에서 성호를 그으며 자신이 알고 있는 것과 질문받은 사항에 대해 진실만을 말하겠다고 약속했다. 그리고 심문 과정을 시작하는 법적 절차에 따른 질문을 받은 뒤, 지난 5월 20일, 그는 칠레의 발파라이소에서 그 나라의 생산품들, 기계설비 30상자, 대부분이 멘도사 시의 신사 돈 알렉산드로 아란다의 소유인 남녀 흑인 160명을 배에 싣고 페루의 카야오를 향해 떠났다고 말했다. 배에는 승객으로 승선한 사람들 외에 36명의 선원이 탔다. 그리고 그 배에 탄 흑인들의 일부는 다음과 같다.

〔원문에는 발견된 아란다의 서류들, 선서증인(돈 베니토)의 기억을 통해서 편집해 낸 50여 명의 이름과 특징과 나이에 관한 목록이 수록되어 있으나 여기에서는 그 일부만 인용한다.〕

열여덟 살에서 열아홉 살가량으로 추정되는 호세라는 자. 이자는 4~5년 동안 주인 돈 알렉산드로의 시중을 들던 자라 스페인어에 능통하다. ──선실 승무원으로 풍채와 목소리가 좋은 혼혈인 프란체스코. 이자는 부에노스아이레스 태생으로 나이는 서른다섯 살가량이며, 발파라이소의 여러 성당에서 노래를 불렀다. ──다고라는 이름의 약삭빠른 흑인. 그는 오랫동안 스페인 사람들 사이에서 무덤 파는 인부로 일했으며 나이는 마흔여섯 살. ──아프리카에서 태어났고 나이가 60대에서 70대 사이로, 뱃밥 만드는 일을 착실히 해 온 흑인 4명. 그들의 이름은 다음과 같다. 첫 번째는 이름이 무리로 (디아멜로라는 이름의 아들과 더불어) 살해당했다. 두 번째는 나크타. 세 번째는 욜라로 그 역시 살해당했다. 네 번째는 고판. 그리고 나이가 서른 살에서 마흔다섯 살에 이르는 중년으로, 모두 아샨티들 사이에서 태어난 원색적인 흑인 6명. 마르티니크, 야우, 레크베, 마펜다, 얌바이오, 아킴. 이들 중에서 4명이 살해당했다. ──아프리카에서 추장이었던 것으로 추정되는 아투팔이라는 이름의 힘 좋은 흑인. 그의 주인은 그를 대단히 중요시했다. ──세네갈 출신으로 체구가 왜소하고, 스페인 사람들 사이에서 몇 년을 지냈으며, 나이는 서른 살가량 된 바보라는 이름의 흑인. ──증인은 그 밖의 다른 흑인들의 이름은 기억하지 못하지만 돈 알렉산드로의 남은 서류들이 발견되면 그들 모두의 이름과 특징을 제대로 설명해서 법정에 제출할 수 있으리라는 기대를 여전히 품고 있다. ── 그리고 다양한 연령대의 여자들과 아이들 39명이 있다.

〔흑인 명부를 공표하는 순서가 끝난 뒤 증언이 계속된다.〕

모든 흑인들은 항해 중의 관례에 따라서 갑판에서 잠을 잤으며, 그들의 주인이자 증인의 친구인 아란다가 증인에게 그들이 하나같이 온순하다고 말하는 바람에 아무도 족쇄를 차지 않고 지냈다. ──항구를 떠난 지 7일째 되던 날 새벽 3시에 경비를 서던 두 간부 선원, 곧 갑판장인 후안 로블레스와 목수인 후안 바우티스타 가예테, 키잡이와 그의 심부름꾼 소년을 제외한 모든 스페인 사람이 잠들어 있을 때 흑인들이 돌연 반란을 일으켰다. 그들은 나무 지렛대와 손도끼로 갑판장과 목수에게 중상을 입히고 갑판에서 잠자고 있던 백인 18명을 연속해서 살해했으며, 그 밖의 사람들은 밧줄로 몸을 결박한 뒤 산 채로 바다에 던져 버렸다. 갑판에서 잠자던 스페인 사람들 중에서 7명이 살아남았는데, 증인은 흑인들이 그 배를 운항하게 하기 위해 그들의 몸을 결박한 채 살려 둔 것이 아닌가 생각하고 있다. 그리고 반란 당시 재빨리 몸을 숨긴 3~4명도 역시 살아남았다. 흑인들이 반란을 일으켜 승강구들을 장악할 때 6~7명이 부상을 당하기는 했지만 아무 방해도 받지 않고 조타실로 곧장 진입했다. 반란이 일어나는 동안 항해사와, 증인이 이름을 기억하지 못하는 또 다른 사람이 승강구를 통해 올라가려고 시도했지만 이내 부상을 입고 선실로 돌아가야만 했다. 그날 아침 동이 틀 무렵 증인은 선실로 이어지는 사다리를 타고 올라가기로 결심했다. 그곳에 반란의 주모자인 흑인 바보와 조력자 아투팔이 있어 증인은 그들에게 그 같은 잔학 행위를 그만 중단하라고 간곡하게 권했다. 그와 동시에 그들이 바라고 의도하는 바가 무엇인지 물으면서 그들이 시키는 대로 다 하겠다고 약속했다. 그럼에도 그들은 증인이 보는 앞에서 산 채로 결박당해 있는 세 사람을 다시 바다에 던져 버렸다. 그들은 증인을 죽이지 않을 테니 올라오라고 했다. 증인이 시키는 대로 하자 바보는 그 해역에 그들이 갈 만한 흑인 국가들이 있느냐고 물었고, 증인은 없다고 대답했다. 후에 바보는 증인에게 자기네를 세네갈이나 그 인근에 있는 세인트니콜라스 제도로 데려다 달라고 했다. 증인은 그곳이 너무 멀리 떨어져 있는 데다 케이프혼을 돌아가야 하는데, 배의 상태가 좋지 않고 식량과 돛과 물이 부족해서 불가능하다고 답했다. 하지만 흑인 바보는 그래도 어떻게 해서든 자기네를 그곳에 데려가야 한다, 증인이 그렇게 하려 든다면 먹을 것과 마실 것으로 뭘 요구해도 다 들어주겠다고 했다. 흑인들이 사정이야 어떻든 자기네를 세네갈로 보내 주지 않으면 모든 백인을 죽이겠다고 위협하는 바람에 증인은 긴 협상 끝에 그들의 요구에 응할 수밖에 없었고, 그렇게 오랜 항해를 하려면 물을 확보하는 것이 무엇보다 중요하니 우선 가까운 해안에 가서 물을 구한 뒤 그들이 원하는 항로를 따라 배를 몰고 가면 된다고 했다. 흑인 바보는 그 의견에 찬동했고, 증인은 물을 구하러 가는 동안 자기네를 구해 줄 스페인 배나 외국 배를 만나게 되리라는 희망을 품은 채 근처에 있는 중간 항구들 쪽으로 배를 몰고 갔다. 그로부터 열흘에서 열하루가 지났을 때 그들은 육지를 발견했으며, 나스카 인근 육지를 따라 항해를 계속했다. 증인은 자기가 물을 구하지 못했기 때문에 흑인들이 초조해하면서 금방이라도 들고일어날 것 같은 기색을 눈치챘다. 흑인 바보는 다음 날에는 틀림없이 물을 구해야 한다고 협박했다. 증인은 바보에게 해안이 너무 가파르다는 사실을 그곳에 도착해서야 알았고, 지도에 표시된 강들도 찾을 수가 없다고 말했고, 그 밖에도 물을 찾기 힘든 여러 이유들을 댔다. 그러면서 가장 좋은 방법은 외국 배들이 흔히 그러듯이 산타마리아 섬으로 가는 것이다, 그곳은 외딴 섬이라 물을 구하기 쉽다고 말했다. 증인은 가까이 있는 피스코나 그 밖의 어떤 항구로도 가지 않았다. 흑인 바보가 만일 증인이 어떤 도시나 마을, 취락으로 배를 몰고 갔다는 사실이 드러나는 그 즉시 모든 백인을 죽이겠다고 몇 번이나 협박했기 때문이다. 증인은 산타마리아 섬으로 가는 도중이나 그 섬 근방에서 자기네를 도와줄 배를 만날 수도 있고, 보트를 타고 도망쳐 그 섬 근처에 있는 아라우코 해변에 가서 배를 되찾을 수단을 얻을 수 있으리라는 생각에 즉각 항로를 바꿔 그 섬 쪽으로 배를 몰았다. 흑인 바보와 아투팔은 매일 회의를 열어 세네갈로 돌아가려는 자기네의 계획을 성사시키는 데 필요한 일들이 뭔지, 그리고 모든 스페인 사람들, 그중에서도 특히 증인을 죽여야 할지를 두고 의논을 거듭했다. 나스카 해안을 떠난 지 여드레째 되던 날 막 동이 틀 무렵 증인이 당직을 서고 있을 때, 흑인들이 회의를 끝내자마자 흑인 바보가 증인이 있는 곳에 와서 주인 돈 알렉산드로 아란다를 죽이기로 결정했다는 사실을 통보했다. 이유는 두 가지였다. 하나는 아란다를 죽이지 않으면 그와 그의 동료들이 자유를 얻었다는 사실을 확신할 수 없다는 것이었다. 다른 하나는 백인 선원들을 복종시키기 위한 방편으로, 만일 자기들에게 반기를 들경우 어떤 결말이 기다리고 있을지를 사전에 미리 경고해 두기 위해서라고 했다. 그러면서 그는 돈 알렉산드로를 죽이면 그런 경고가 가장 잘 먹힐 것이라고 했다. 하지만 그 당시 증인은 흑인들이 돈 알렉산드로를 죽일 작정이라는 말보다도 그것이 백인 선원들에게 경고하기 위해서라는 말을 더 이해하기가 힘들었다. 게다가 흑인 바보는 훌륭한 항해사 라네즈를 돈 알렉산드로 및 그의 일행과 함께 부득이하게 죽이는 일이 벌어질 수도 있으니, 그런 일을 예방하기 위해 돈 알렉산드로를 죽이기 전에 증인에게 선실에서 자고 있는 라네즈를 불러오라고 했다. 젊은 시절부터 돈 알렉산드로의 친구였던 증인은 제발 그를 죽이지 말아 달라고 바보에게 탄원하고 하늘에 기원까지 했지만 아무 소용이 없었다. 흑인 바보는 누구도 그 일을 하지 못하게 가로막아서는 안 된다면서, 만일 그 일이나 다른 일에서 스페인 사람들이 자기의 뜻을 거스르려고 들었다가는 모두가 죽음을 면치 못할 것이라고 으름장을 놓았다. 이렇게 바보와 입씨름을 벌이는 동안 증인은 항해사 라네즈를 불렀으며, 그는 따로 격리되는 신세가 되었다. 그 일이 끝나자 흑인 바보는 즉각 아샨티 마르티니크와 아샨티 레크베에게 선실로 가서 돈 알렉산드로를 죽이라고 명령했다. 두 사람은 손도끼를 들고 돈 알렉산드로의 거처로 내려갔다. 잠시 후 그들은 온몸을 난도질당하기는 했으나 아직 목숨이 반쯤 붙어 있는 돈 알렉산드로를 갑판으로 끌고 올라왔다. 그들은 돈 알렉산드로를 바다에 던져 버리려고 했지만 흑인 바보가 중단시키고는 갑판에서 자기가 보는 앞에서 그를 확실하게 죽여야 한다고 했다. 두 사람은 시키는 대로 한 뒤 시신을 갑판 아래로 끌고 갔다. 그 후 증인은 사흘 동안 스페인 사람들이 죽는 광경을 더 이상 보지 못했다. ──발파라이소에서 오랫동안 거주했고 과거에 본인이 가끔 드나들곤 했던 페루의 한 관청 관리로 임명받아 그 배를 탄 노인 돈 알론소 시도니아는, 그때 돈 알렉산드로의 방 맞은편 방에서 잠을 자고 있다가 두 흑인이 돈 알렉산드로의 방으로 뛰어들 때 그가 비명을 지르는 바람에 잠에서 깨어났다. 그는 두 흑인이 피 묻은 손도끼를 들고 있는 광경을 보고는 가까이 있는 선실 창문을 통해 바다로 뛰어내려 익사했다. 그 상황에서 증인은 그를 돕거나 배 위로 끌어 올릴 힘이 없었다. ──두 흑인은 아란다를 살해한 직후 아란다의 사촌으로 멘도사에 거주하는 중년 남자 돈 프란시스코 마사, 스페인 출신의 하인 폰세와 함께 그즈음 스페인에서 온 청년 돈 호아킨 마르케스 데 아람보알라사, 모두가 카디스 출신으로 아란다 밑에서 일하고 있던 젊은 직원 호세 모사이리와 로렌소 바르가스와 에르메네힐도 간딕스를 갑판으로 데려왔다. 흑인 바보는 앞으로 드러날 어떤 목적을 위해서 돈 호아킨과 에르메네힐도 간딕스는 살려 줬다. 하지만 돈 프란시스코 마사, 호세 모사이리, 로렌소 바르가스, 하인 폰세는 갑판장 후안 로블레스, 갑판장의 조수인 마누엘 비스카야와 로데리고 우르타, 그리고 다른 네 선원과 더불어 산 채로 바다에 던져 버리라고 명령했다. 하지만 그들은 아무 저항도 하지 않고 그저 살려 달라고 빌기만 했다. 수영을 할 줄 아는 갑판장 후안 로블레스는 통회의 기도를 하면서 가장 오랫동안 수면에 떠 있었다. 그리고 마지막에는 증인에게 미사에 참석해서 구원의 성모 앞에서 자기의 영혼을 위해 기도해 달라고 부탁했다. ──그 뒤로 사흘 동안 돈 알렉산드로의 시신이 어떻게 됐는지 알지 못하고 있던 증인은 틈만 나면 흑인 바보에게 시신이 어디에 있느냐, 나중에 해안에 매장할 수 있게끔 잘 보존하고 있느냐고 물었고, 아직 배에 남아 있다면 꼭 좀 그렇게 해 달라고 간청했다. 흑인 바보는 나흘째에 이르기까지 아무 대답도 하지 않다가 해 뜰 무렵 증인이 갑판에 올라오자 해골 하나를 보여 줬다. 원래 그 배의 뱃머리에는 신대륙의 발견자 크리스토퍼 콜럼버스의 조각상이 장식되어 있었지만 흑인들은 그것을 치우고 그 해골을 세워 놨다. 흑인 바보는 증인에게 그것이 누구의 해골인 것 같으냐, 색깔이 하얀 것으로 미루어 백인의 것이라고 생각하지 않느냐고 물었다. 증인의 얼굴을 발견했을 때 흑인 바보는 그에게 바짝 다가와 뱃머리를 가리키면서 다음과 같은 취지의 말을 했다. "여기에서 세네갈에 갈 때까지 흑인들과의 신의를 지켜라. 그러지 않을 경우 너는 몸과 마음 모두 네 지도자의 뒤를 따르게 될 것이다." ──같은 날 아침 흑인 바보는 스페인 선원들을 하나씩 차례로 불러내 그것이 누구의 해골인 것 같으냐, 색깔이 하얀 것으로 미루어 백인의 것 같지 않느냐고 물었다. 그때마다 선원들은 두 손으로 얼굴을 가렸으며, 흑인 바보는 증인에게 했던 말을 되풀이했다. ──그 일이 있고 나서 스페인 선원들이 선미에 모여 있을 때 흑인 바보는 자기는 이제 할 일을 다 했다, (흑인들의 항해자인) 증인은 앞으로 자기의 방침을 따르게 될 것이다, 그리고 만일 그들이 자기 말을 거역하거나 흑인들에게 맞설 음모를 꾸민 것이 들통 날 경우에는 몸으로나 마음으로나 돈 알렉산드로와 똑같은 길을 걷게 될 것이라고 열변을 토했다. 그는 매일 그런 식의 협박을 되풀이했다. 그런 일들이 있기 전, 흑인들은 요리사가 자기네가 알아들을 수 없는 어느 나라 말을 했다고 해서 산 채로 묶어 바다에 던지려고 했지만 증인이 간청하는 바람에 흑인 바보가 결국 그를 살려 줬다. 며칠 뒤, 증인은 어떻게 해서든 남아 있는 백인 선원들의 목숨을 지켜 주려고 안간힘을 쓰면서 흑인들에게 평화와 평정에 관해 이야기했고, 자신과 글을 쓸 줄 아는 모든 백인 선원들이 서명하는 문서 하나를 작성하는 데 동의했으며, 흑인 바보도 자신과 모든 흑인을 대표해서 그 문서에 서명하기로 했다. 그것은 증인이 흑인들을 반드시 세네갈까지 데려다줘야 하고 흑인들은 더 이상 사람을 죽이지 말아야 하며, 증인은 그 배와 배에 실린 모든 화물을 흑인들에게 공식적으로 양도한다는 내용의 문서였다. 흑인들은 그 문서를 보고 흡족해서 더 이상 아무 말도 하지 않았다. ──하지만 이튿날 흑인 바보는 백인 선원들이 탈출할 가능성에 좀 더 철저히 대비하기 위해 아무 쓸모 없는 큰 보트와 비교적 상태가 좋은 커터* 한 척을 제외한 모든 보트를 파괴하라고 명령했다. 흑인 바보는 그 커터가 앞으로 대형 물통들을 견인해 오는 데 필요하다는 것을 알고 배 밑의 선창에 집어넣어 두게 했다.

* 외대박이 돛배.

〔그 뒤에 바람이 전혀 불지 않는 끔찍한 무풍 상태가 계속되면서 그 배가 오랫동안 당혹스럽고 힘겨운 항해를 하는 과정에서 일어난 다양한 사건이 언급되는데, 여기에서는 그에 관한 증언 중에서 한 대목만 인용한다.〕

바람이 뚝 끊기고 나서 닷새째 되던 날, 그 배에 탄 모든 사람은 더위와 물 부족으로 혹심한 고통을 겪었다. 5명이 병에 걸리거나 미쳐서 죽자 흑인들은 초조해했다. 항해사인 라네즈가 증인에게 사분의 측정 결과를 보여 주는 광경을 보고 흑인들은 부쩍 의심이 나서 그를 살해했다. 사실 그것은 자기네한테 아무 해도 되지 않는 행위였는데. 나중에 흑인들은 그 항해사가 증인을 제외하고는 그 배를 조종할 수 있는 유일한 사람이었기에 그를 죽인 것을 후회했다.

——과거의 불운과 갈등을 하릴없이 떠올리게 하는 데만 도움이 될 가능성이 있는, 매일매일 일어난 다른 사건들은 생략하고, 나스카를 떠난 시점부터 계산해서 73일 동안 그들은 식수가 부족한 데다 앞에서 언급한 무풍 상태로 심한 고초를 겪었다는 점만 기록해 두기로 하자. 그러다 그들은 8월 17일 오후 6시경, 마침내 산타마리아 섬에 도착했다. 그 시각에 그들의 배는 너그러운 선장 애머사 델러노가 지휘하는 미국 배 배철러스딜라이트호와 아주 가까운 곳에 정박했다. 그러나 그들은 그날 오전 6시에 이미 그 항구를 발견했으며, 당초에 흑인들은 그 섬에서 다른 배를 만나리라는 예상을 하지 않고 있다가 막상 멀리서 그 배를 보고 난 즉시 불안감에 빠져 허둥거렸다. 흑인 바보는 전혀 두려워할 필요가 없다는 말로 그들을 진정시켰다. 그런 직후 그는 뱃머리에 세워 둔 해골을 가리기 위해 마치 뱃머리를 수리하기

위해서인 것처럼 돛천으로 덮어씌우고 갑판에 어지럽게 널려 있는 물건들을 정리하라고 지시했다. 흑인 바보와 아투팔은 한동안 의논을 했다. 흑인 아투팔은 다른 곳으로 가자는 의견이었지만 흑인 바보는 그러고 싶지 않아 혼자서 어떻게 하는 것이 좋을지 곰곰이 생각했다. 그러다 마침내 그는 증인에게 와서 증인이 법정에서 미국인 선장에게 말하고 행동했다고 증언한 내용 그대로 말하고 행동하라고 했다. ——흑인 바보는 증인에게 만일 조금이라도 자기가 시킨 대로 하지 않거나 다른 말을 하거나 과거의 사건들과 현재 상태에 관한 단서를 제공할 만한 어떤 표정이라도 지었다가는 즉각 그와 그의 동료들을 모두 죽일 것이라고 경고했다. 그러면서 그는 품속에 갖고 다니는 단검을 꺼내 보이면서 그 단검이 자기 눈매만큼이나 예리할 것이라는 취지의 말을 했다. 그리고 나서 흑인 바보는 자기의 흑인 친구들에게 이 계획을 발표했으며, 그들은 그 이야기를 듣고 기뻐했다. 이어서 그는 진실을 좀 더 효과적으로 위장하기 위한 많은 방법을 고안해 냈으며, 그중 일부는 속임수와 방어를 결합시킨 것들이었다. 앞에서 언급한 6명의 아샨티들도 그런 종류의 전략에 해당되었는데, 사실 그들은 자객이었다. 그는 그들을 선미루의 앞 끝에 앉혀 놓고 (그 배에 실린 화물의 일부로 상자들 속에 들어 있던) 일부 손도끼들을 갈고 있는 것처럼 위장하게 했지만, 사실 비상시에는 그것들을 급히 나눠 주고 자신의 신호에 따라 사용하게 할 심산이었다. 그의 오른팔 격인 아투팔을 사슬로 묶어서 보여 주는 책략도 그중 하나로, 그 사슬은 여차하면 대번에 풀리게끔 되어 있었다. 그는 그런 책략을 쓸 때마다 증인이 어떤 식으로 연기해야 하고 어떤 이야기를 해야 하는지를 자세히 알려 줬으며, 그렇게 알려 줄 때마다 만일 조금이라도 딴짓을 했다가는 곧바로 죽이겠다고 위협하는 말을 빼놓지 않았다. 흑인 바보는 흑인들 상당수가 거칠고 소란스럽다는 것을 의식하고 뱃밥 만드는 일을 하는 4명의 나이든 흑인들에게 갑판에서 소란이 일어날 때마다 질서를 잡는 역할을 맡겼다. 그는 스페인 선원들과 자기의 흑인 동료들을 상대로 해서 자신의 의도와 계획들, 증인이 들려줄 날조된 이야기를 상세히 알려 주고 그들이 그런 이야기의 흐름에 어긋나는 말을 해서는 안 된다고 거듭 당부하고 다그쳤다. 그는 자기네가 그 배를 처음 목격하고 나서 애머사 델러노 선장이 자기네 배에 오를 때까지의 두세 시간 동안 그런 식의 모든 수배를 끝마쳤다. 애머사 델러노 선장은 보트를 타고 그 배로 왔으며, 그들 모두는 그를 반갑게 맞아 줬다. 증인은 그 배의 주요 소유주이자 자유로운 처지의 선장 역할을 억지로 수행하면서 애머사 델러노 선장에게 자기네가 300명의 흑인을 태우고 부에노스아이레스를 떠나 리마로 가는 중이고, 많은 흑인들이 케이프혼 앞바다에서, 그리고 그 뒤에 찾아온 열병으로 죽었으며, 그 비슷한 재난들을 만나 모든 간부 선원들과 일반 선원의 대다수가 죽었다는 이야기를 들려줬다.

〔이렇게 해서 증인은 바보가 본인에게 할 것을 강요하고 증인을 통해서 델러노 선장에게 전달된 가짜 이야기, 델러노 선장의 호의 어린 제안을 비롯한 여러 가지 일들을 증언한다. 하지만 여기에서는 그 모든 내용은 생략한다. 그 가짜 이야기 등이 끝난 뒤 증언은 다음과 같이 계속된다.〕

자비로운 애머사 델러노 선장은 그날 하루 종일 배에 머물러 있다가 저녁 6시에 배가 항구에 정박했을 때 떠났다. 그동안 증인은 앞에서 언급한 원칙들에 따라서 지어낸 재난에 관한 이야기를 그에게 계속 들려줬다. 흑인 바보가 천한 노예처럼 복종하는 체하면서 증인의 온갖 일에 관여하며 한시도 그 곁을 떠나지 않았으므로, 증인은 본인이 알고 있는 진실과 실제 상태에 관해 한 마디도 할 수 없었고 힌트조차도 줄 수 없었다. 흑인 바보가 하인 역할을 한 것은 스페인어에 능숙했기에 증인의 행동과 말을 면밀히 관찰하기 위해서였다. 게다가 그 주변에도 끊임없이 증인을 감시하는 몇몇 사람이 있었고, 그들 역시 스페인어를 잘 알아들었다. ──한번은 증인이 갑판에 서서 애머사 델러노와 이야기를 나누고 있을 때 흑인 바보가 은밀하게 신호해서 증인을 한 곁으로 불러냈는데, 그것은 둘의 밀담이 마치 증인이 원한 일인 것처럼 위장하기 위해서였다. 증인이 다가오자 흑인 바보는 애머사 델러노에게서 본인의 배와 선원과 무기에 관한 상세한 정보를 캐내라고 했다. 증인이 "무엇 때문에?"라고 묻자 흑인 바보는 좋은 착상이 떠오를 것 같아서 그런다고 했다. 증인은 그 자비로운 애머사 델러노 선장에게 좋지 않은 일이 닥칠 것이라는 생각에 가슴이 아파 처음에는 흑인 바보가 시키는 대로 하기를 거부하고 어떻게 해서든 이 새로운 계획을 포기하게 하려고 그와 한참 입씨름을 벌였다. 그러자 흑인 바보는 품속에 숨겨 둔 단도의 끝을 살짝 보여 줬다. 흑인 바보는 원하던 정보를 얻고 나서 다시 증인을 살짝 불러내 그날 밤 미국인 배의 선원 대다수가 고기를 잡으러 나갈 것이니 6명의 아샨티들만으로도 쉽사리 그 배를 빼앗을 수 있을 것이라고 하면서, 증인은 곧 한 배의 선장이 아니라 두 배의 선장이 될 것이라고 했다. 흑인 바보는 그런 목적과 관련된 다른 이야기도 여러 가지 했다. 증인이 아무리 간청해도 소용이 없었다. 애머사 델러노가 그 배에 타기 전까지만 해도 증인은 미국 배를 탈취하는 것과 관련된 어떤 말도 들은 적이 없었다. 증인은 무력한 처지라 이런 계획을 막을 수가 없었다. ——증인의 기억 속에서 몇 가지 사항들이 서로 뒤얽혀 있어서 모든 사건을 명확하게 떠올릴 수가 없었다. ——앞에서 언급한 대로 그날 저녁 6시에 배가 항구에 정박하자마자 미국인 선장은 자신의 배로 돌아가기 위해 작별 인사를 했다. 증인은 본인이 하느님과 천사들에게서 왔다고 믿고 있는 갑작스러운 충동에 몰려 서로 작별 인사를 나눈 뒤 뱃전 끝까지 자비로운 델러노 선장의 뒤를 따라가 그가 보트에 앉을 때까지 다시 작별 인사를 하기 위해서인 척하면서 계속 그곳에 머물렀다. 그리고 보트에 탄 선원들이 출발하기 위해 노로 뱃전을 밀어냈을 때 증인은 뱃전에서 보트로 뛰어내려 보트 안에 떨어졌다. 그는 자신이 어떻게 그렇게 했는지 모른다. 그를 지켜 주시는 하느님만이 아실 일이다.

〔원문에서는 이 대목 다음에 증인의 탈출 뒤에 일어난 다른 이야기들, 산도미니크호를 다시 찾은 과정, 해안으로 오는 여정에 관한 증언이 이어진다. 그 가운데는 "자비로운 애머사 델러노 선장"에게 "영원히 감사한다"는 표현이 자주 포함되어 있다. 그러고 나서는 요약된 설명과 아울러 흑인들의 공정하지 못한 보답에 관한 증언이 이어진다. 증인은 법관의 명령에 따라 앞으로 피고들에게 선고할 판결의 토대가 될 자료들을 제공해 주려는 관점에서 과거에 일어난 여러 사건에서 흑인들 각각이 한 역할에 관해서 증언한다. 다음에 나오는 내용은 이 대목에서 인용한 것이다.〕

그는 처음에는 모든 흑인이 반란 계획을 알고 있지 않았지만 반란이 성공했을 때는 모두가 다 동조했다고 믿고 있다. ──나이는 열여덟 살이고 돈 알렉산드로의 개인 심부름꾼이었던 흑인 호세는 반란 전에 선실 상황을 흑인 바보에게 알려 준 자였다. 이런 사실은 그가 툭하면 자정 전에 선실에 있는 주인 침대 밑 자기 침대에서 빠져나와 주모자와 그 패거리가 있는 갑판으로 나왔기에 다른 이들에게 알려졌다. 그는 흑인 바보와 은밀하게 이야기를 나누곤 했는데, 항해사가 그런 광경을 몇 번이나 목격했다. 어느 날 밤에는 항해사가 그를 두 번이나 갑판에서 쫓아냈다. 이 흑인 호세는 흑인 바보가 명령하지도 않았는데 주인 돈 알렉산드로가 반쯤 죽은 상태로 갑판에 끌려 나왔을 때 레크베, 마르티니크와 더불어 그를 칼로 찔렀다. ──혼혈인 승무원 프란체스코는 반란의 선봉에 선 사람들 중 하나로 모든 일에서 흑인 바보의 앞잡이이자 도구 역할을 했다. 그는 두 선장이 선실에서 식사하기 직전에 흑인 바보의 환심을 사려고 자비로운 애머사 델러노 선장에게 독이 든 음식을 줄 것을 제안했다. 증인은 흑인들이 이야기해 주는 바람에 이런 사실을 알게 되었고, 또 그것이 사실이라고 믿고 있다. 한데 다른 계획을 갖고 있던 흑인 바보가 그렇게 하지 못하게 했다. ── 아샨티 레크베는 아샨티들 중에서 가장 사악한 자로 산도미니크호를 탈환하던 날에는 양손에 손도끼를 들고 배를 방어하는 데 일조했으며, 배에 처음 뛰어들려고 했던 애머사 델러노 선장 휘하의 일등 항해사를 그 손도끼의 하나로 공격해서 그의 가슴에 부상을 입혔다. 이 사실은 모두가 다 알고 있었다. 레크베는 흑인 바보의 명령에 따라서 돈 프란시스코 마사를 산 채로 바다에 던지려고 갑판으로 끌고 올라갔으며, 증인이 보는 앞에서 손도끼로 그를 가격했다. 그 외에도 앞에서 언급했다시피 돈 알렉산드로 아란다와 그 밖의 선실 승객들을 살해하는

데도 참여했다. 아샨티들이 두 척의 보트를 타고 온 백인 선원들과 맞붙었을 때 맹렬히 싸운 덕에 이 레크베와 야우는 목숨을 부지했다. 야우라는 자도 레크베만큼이나 악질이었다. 야우는 바보의 명령이 떨어지자 자진해서 돈 알렉산드로의 해골을 발라낸 자였다. 후에 흑인들은 그가 어떤 식으로 그렇게 했는지를 말해 줬다. 하지만 그는 이성이 남아 있는 한 그런 사실을 결코 제 입으로 발설할 수 없을 것이다. 야우와 레크베는 밤중에 사위가 고요할 때 그 해골을 못으로 박아 뱃머리에 고정시켰다. 이런 사실 역시 흑인들이 증인에게 이야기해 줬다. 그 밑에 분필로 글씨를 쓴 자는 흑인 바보였다. 흑인 바보는 이 사건을 처음부터 끝까지 모두 계획한 자였다. 모든 살인은 그의 명령으로 일어났다. 그는 반란의 핵심이었다. 아투팔은 모든 사건에서 그의 부관 역할을 했다. 하지만 아투팔은 제 손으로는 아무도 죽이지 않았으며, 그 점은 흑인 바보도 마찬가지였다. ──아투팔은 두 척의 보트를 타고 온 사람들이 배에 뛰어들기 전, 배와 보트 사이에 벌어진 교전에서 총탄에 맞아 죽었다. ──성인의 연령에 이른 흑인 여자들은 반란 음모를 알고 있었으며, 주인 돈 알렉산드로가 죽은 걸 알고 흡족해한다는 걸 직접 드러냈다. 만일 흑인 남자들이 말리지만 않았다면 그 여자들은 흑인 바보의 명령에 따라서 살해당한 스페인 선원들을 그냥 죽이는 것이 아니라 고문해서 죽였을 것이다. 그 여자들은 어떻게 해서라도 증인을 처치하고 싶어 온갖 영향력을 다 발휘하곤 했다. 그 여자들은 사람을 죽이는 현장에서 여러 번 노래하고 춤췄다. 하지만 그 춤과 노래는 경쾌한 것이 아니라 비장했다. 보트를 타고 온 백인들과 전투를 벌일 때뿐만 아니라 그 전에도 이 여자들은 흑인 남자들에게 구슬픈 노래를 불러 줬다. 그렇게 구슬픈 음조는 다른 유형의 음조들보다 사람의 감정을 훨씬 더 격발시키는 효과를 발휘했으며, 여자들이 의도한 것이 바로 그것이었다. 증인은 흑인 남자들이 이 모든 것을 다 이야기해 줬기 때문에 사실이라고 믿었다. ──증인이 알고 있는, 승객들(그들은 모두 죽고 없다)을 제외한 선원 36명 가운데서 6명만이 살아남았다. 그 6명 중 4명은 정식 선원 명단에 포함되지 않는, 선실에서 일하는 급사 소년들과 선원들의 심부름을 하는 급사 소년들이었다. ──흑인들은 선실에서 일하는 소년 1명의 팔을 부러뜨렸고, 그를 손도끼로 여러 차례 가격하기도 했다.

〔그러고 나서 다양한 시점에 일어난 사건들을 생각나는 대로 증언하는 내용이 이어진다. 그 내용을 인용하면 다음과 같다.〕

애머사 델러노 선장이 배에 타고 있는 동안 선원들은 몇 가지 시도를 했다. 하나는 에르메네힐도 간딕스가 자기네가 처한 진상을 암시적으로 전하려고 한 것이었는데, 그것은 죽음을 당할 것이라는 두려움 때문에 실효를 거두지 못했다. 더구나 애머사 델러노의 너그러운 성격과 경건한 마음가짐뿐 아니라 사태의 진상을 덮어 가리는 역할을 한 여러 가지 간계 때문에 그 사악한 짓거리들을 알리거나 신호해 줄 수도 없었다. ──스페인 해군 출신으로 나이가 예순 살가량 되는 늙은 선원 루이스 갈고는 애머사 델러노 선장에게 신호를 하려고 애쓴 사람 중 하나였다. 그 의도가 발각되지는 않았지만 흑인들의 의심을 사는 바람에 그는 부득불 다른 볼일이 있는 것 같은 인상을 주면서 현장에서 물러났다. 그리고 배 밑 창고로 끌려가 흑인들에게 목숨을 빼앗겼다. 그 후에 흑인들이 들려준 이야기로는 그러하다. ──배에서 일하던 소년 중 하나는 애머사 델러노 선장이 배에 승선하자 앞으로 흑인들의 압제에서 놓여날지도 모른다는 가능성을 보고, 경솔하게도 그런 기대감과 관련된 말을 무심코 입 밖에 냈다. 그때 함께 식사를 하던 노예 소년 하나가 그 이야기를 듣고는 칼로 머리를 가격해 큰 상처를 입혔다. 소년이 입은 상처는 현재 낫고 있는 중이다. 배가 항구에 정박하기 얼마 전에 조타실에서 일하던 선원 한 사람은 앞의 다른 선원과 비슷한 동기에서 얼굴 표정으로 무슨 뜻인가를 전달하려다 흑인들에게 들키는 바람에 위험에 처했지만, 그 후에 조심을 한 덕에 죽음을 모면했다. ──이런 진술들은 흑인들이 반란을 일으킨 시점에서부터 진압될 때까지 증인과 그의 부하들이 실제로 행동한 것과 다르게 행동하는 것이 불가능했다는 사실을 법정에서 증언하기 위해 이루어졌다. ──돈 알렉산드로의 세 번째 직원인 에르메네힐도 간딕스는 흑인들의 강요로 선원들과 함께 지내기 전부터 선원 복장을 하고 있어 모든 면에서 선원처럼 보이는 사람이었는데, 두 척의 보트에 나눠 타고 온 미국 선원들이 배에 뛰어오르기 전에 그의 정체를 오해하고 쏜 총탄에 맞아 사망했다. 그는 그들이 배에 올라올 경우 흑인들이 자기를 죽일까 두려워, "승선하지 마"라고 소리치면서 황급히 돛대 세로돛의 활대 위로 뛰어올라 갔다. 그러자 미국인들은 그를 흑인들의 편을 드는 사람이라고 오해하여 두 발의 총탄을 쐈고, 그 때문에 그는 부상을 입고 활대에서 바다에 떨어져 익사했다. ──청년 돈 호아킨 마르케스 데 아람보알라사는 세 번째 직원인 에르메네힐도 간딕스처럼 일반 선원 복장을 하고 지내야 하는 처지에 내몰렸다. ──한번은 돈 호아킨이 잔뜩 움츠러든 모습을 보이자 흑인 바보는 아샨티 레크베에게 타르를 가져오라고 명령한 뒤 그것을 끓여 돈 호아킨의 양손에 들이부었다.

─돈 호아킨 역시 미국인들의 오해를 받는 바람에 총탄에 맞아 죽었다. 두 척의 보트가 접근해 왔을 때 흑인들이 손도끼를 그의 양손에 바짝 들려 있는 상태로 묶어 놓은 뒤 현장 위에 세워 두는 바람에 그는 그런 운명을 피할 수가 없었다. 미국인들은 그가 양손에 무기를 들고 있는 모습을 보고 배신자라고 여기고는 총으로 쏘아 죽였다. ─돈 호아킨이 품속에 보석 하나를 숨기고 있었다는 사실이 드러났다. 발견된 서류들에 따르면 그것은 그가 최종 목적지인 페루에 상륙했을 때 스페인에서부터 시작된 모든 항해를 안전하게 끝마치게 된 데 감사하는 뜻으로 리마의 성모 마리아 성전에 바치기 위해 사전에 마련해서 잘 간직해 온 것이었다고 한다. ─그 보석은 고故 돈 호아킨의 다른 소지품들과 더불어 사세르도테스 병원 조합원들의 수중에서 명예로운 법원의 처분을 기다리고 있다. ─증인이 정신없는 상태였던 데다 두 척의 보트가 배를 공격하기 위해 서둘러 떠나는 바람에 미국인들은 그 배에 흑인 바보가 선원들로 위장시킨 승객 1명과 승무원 1명이 있다는 사실을 미리 통고받지 못했다. ─교전 중에 살해된 흑인들 외에 생포된 흑인 몇 명은 밤에 배가 항구에 다시 정박한 뒤 갑판에서 족쇄에 묶인 상태에서 살해당했다. 이런 일을 금지하는 조처가 내려지기 전에 백인 선원들이 벌인 일이었다. 애머사 델러노 선장은 이런 사실을 통보받자마자 자신의 모든 권한을 사용해서 이런 행위를 금지시켰다. 특히 그는 마르티네스 골라가 족쇄에 묶인 한 흑인이 입고 있는 상의 주머니에서 면도칼을 발견하고 그것으로 그 흑인의 목을 겨누자 주먹으로 그를 때려눕혔다. 고결한 애머사 델러노 선장은 또 백인들이 대량 학살을 당할 때 바르톨로메오 바를로가 어딘가에 몰래 숨겨 놨던 단도로 족쇄를 찬 흑인 하나를 찌르려는 찰나에 그의 손을 잡아

비틀어 단도를 빼앗았다. 그 흑인은 그 대학살의 날에 다른 흑인과 더불어 바르톨로메오 바를로를 넘어뜨리고 심하게 발길질을 한 적이 있는 자였다. ——배가 흑인 바보의 수중에 떨어지고 나서 아주 오랜 기간 동안 온갖 사건이 다 일어났지만 증인으로서는 여기에서 그 모든 전말을 다 이야기할 수 없다. 하지만 그가 말한 내용들은 지금 그의 기억에 남아 있는 가장 믿을 만한 이야기들이며, 그는 그것들이 모두 진실임을 서약했다. 법정에서 위와 같은 진술서가 낭독되었을 때 증인은 다 듣고 난 뒤 모두 사실임을 확증해 줬다.

그는 자신이 스물아홉 살의 나이에 몸과 마음이 다 망가졌다고 말했다. 그리고 법정을 떠나도 좋다는 명령이 떨어지면 고향인 칠레로 돌아가지 않고 아고니아 산 외곽에 있는 수도원으로 갈 것이라고 했다. 그는 진술서에 정중하게 서명하고 성호를 그은 뒤 법원에 올 때처럼 인펠레스 수사를 대동하고 침상가마에 실려 그곳을 떠나 우선 사세르도테스 병원으로 갔다.

베니토 세레노.

닥터 로사스.

*

돈 베니토의 증언이 그에 앞서서 일어난 복잡한 사건들이라는 자물쇠에 딱 들어맞는 열쇠의 기능을 한다면, 이제 산도미니크호를 덮어 가리고 있던 선체도 지하 납골당 문이 열리듯 활짝 열릴 것이다.

이제까지 서술한 이 이야기는 초장에 여러 복잡한 사건들을 언급하는 것을 피할 수 없었던 데다 본질적으로 많은 것들을 발생 순서대로

가 아니라 때로 과거로 소급해 올라가거나 두서없는 형태로 서술할 수밖에 없는 경우가 적지 않았다. 이 이야기를 끝맺는 다음과 같은 내용의 마지막 대목도 역시 그런 경우에 해당된다.

그간 많은 수난을 겪었던 돈 베니토는 리마로 나아가는 길고도 평온한 항해를 하는 동안 앞에서 잠깐 언급했던 것처럼 건강을 약간 회복한 것 같았고, 적어도 어느 정도 마음의 평정을 되찾은 것이 확실했다. 그의 병이 다시 심각한 형태로 재발하기 전까지 두 선장은 진심에서 우러난 대화를 많이 나눴다. 과거에 움츠리거나 숨기곤 했던 것과는 정반대로 흉금을 털어놓고 나눈 따듯한 대화였다.

돈 베니토는 바보가 강요했던 역할을 하는 것이 얼마나 힘들었는지를 거듭거듭 토로했다.

"아, 선장님이 저를 부루퉁하고 배은망덕한 사람이라고 생각하실 때마다, 아니, 지금 솔직하게 말씀하신 것처럼 제가 선장님을 살해할 음모를 꾸미고 있다고 생각하실 때마다 제 가슴은 얼어붙었습니다. 저는 제 배에서나 선장님의 배에서 친절한 은인의 목숨을 위협할 만한 사태가 닥쳐오리라는 생각을 할 때마다 선장님의 얼굴을 차마 쳐다볼 수가 없었습니다. 선장님께서 진상을 전혀 알지 못하고 선장님의 배로 돌아가신 뒤 그날 밤 해먹에 누워 잠이 든 상태에서 기습을 받아 동료 선원들과 함께 다시는 돌아오지 못할 길로 가실 것이라는 생각이 들지 않았다면, 제가 과연 제 목숨만을 구하기 위해 선장님의 보트로 뛰어내릴 용기를 낼 수 있었을지는 의문입니다, 선장님. 선장님이 밑에 지뢰가 벌집처럼 빽빽하게 매설되어 있는 것 같은 이 배의 갑판 위를 거닐고, 선실에 앉아 계셨다는 걸 생각해 보세요. 만일 제가 선장님께 슬쩍 암시를 던져서 우리가 서로의 마음을 조금이라도 이해할 수 있는 상태가 되었더라면 지뢰가 터지면서 선장님과 저는 죽음을 면치 못했을 겁니다."

델러노 선장은 놀라서 소리쳤다. "맞아요, 맞아요. 내가 선장님의 목숨을 구한 것 이상으로 선장님도 내 목숨을 구해 줬어요, 돈 베니토. 내가 진상을 알지 못하게 하고, 내가 의도했던 것을 거스르는 식으로 해서 내 목숨을 구해 줬죠."

스페인 사람은 경건함에 가까운 정중한 태도로 답했다. "그렇지 않습니다. 선장님의 목숨은 하느님이 마력으로 지켜 주신 겁니다. 제 목숨은 선장님이 구해 주셨고요. 선장님이 하신 일들을 생각해 보세요. 수시로 웃고 잡담을 하셨죠. 마구 지적을 하시고 손짓 발짓을 해 대셨죠. 그자들은 그보다 더 사소한 행동으로도 제 배의 항해사 라네즈를 죽였습니다. 하지만 선장님은 천국의 왕자만이 갖고 있는 안전통행증을 갖고서 모든 매복처를 무사히 돌파해 나가셨습니다."

"맞아요, 모든 건 다 하느님의 섭리 덕분이죠. 하지만 그날 아침 나는 평소보다 기분이 훨씬 더 좋았고, 다른 한편으로 내 선한 성격과 동정심과 자비심에 진짜가 아니라 조작된 엄청난 고통의 현장이 더해지면서 그 세 가지 특성이 적절하게 조합되어 작동했죠. 그렇지 않았다면 선장님이 암시했듯이 나는 분명 그 상황에 몇 번이나 관여했을 것이고, 그것은 불행한 결과를 초래했을 겁니다. 게다가 내가 이야기한 그 감정들 덕에 나는 순간적인 불신의 감정을 넘어설 수 있었어요. 과민하게 반응했더라면 다른 사람의 목숨을 구하기는 고사하고 나 자신의 목숨마저도 잃을 뻔한 위기가 몇 번이나 있었으니까요. 마지막에 가서야 선장님을 의심하는 마음이 나를 온통 사로잡았죠. 그런 의심이 얼마나 터무니없는 것이었던가는 선장님도 잘 알 겁니다."

돈 베니토는 서글픈 어조로 말했다. "정말로 터무니없는 것이었죠. 선장님은 하루 종일 저와 함께 계셨습니다. 저와 함께 서 계셨고, 앉아 계셨고, 이야기를 나눴고, 저를 쳐다보기도 하셨고, 함께 먹고 함께 마셨죠. 하지만 선장님은 결국 죄도 없고 가장 비참한 사람을 괴물로 여기셨습니다. 사악한 음모와 속임수는 그 정도로 사람의 눈을 멀게 할 수 있습니다. 더없이 좋은 사람조차도 익숙하지 않은 상황에 처하게 되면 사람의 행동을 판단하는 데 그런 식의 실수를 할 수가 있죠. 하지만 선장님의 입장에서는 그렇게 오해하실 수밖에 없었습니다. 그리고 적절한 순간에 미망에서 깨어나셨죠. 그런 상황에서는 누구나 다 비슷하게 생각하고 행동했을 겁니다."

"선장님은 이번 사례를 일반화시키는군요. 그건 정말 유감스러운 일이었어요. 하지만 과거는 이미 지나갔는데 무엇하러 그것에 연연하세요? 잊어버리세요. 저 밝은 태양은 그 모든 걸 다 잊어버렸어요. 푸른 바다도, 푸른 하늘도. 그것들이 어우러져 이미 새 잎들을 돋아나게 했는걸요."

돈 베니토는 맥없이 말했다. "그런 것들에게는 기억이 없기 때문이죠. 인간이 아니기 때문이고."

"하지만 지금 선장님의 뺨을 쓸어 주는 이 부드러운 무역풍이 선장님의 몸과 마음을 치유해 주는 인간적인 존재처럼 느껴지지 않나요? 무역풍은 늘 변함없이 따뜻한 친구죠."

그러자 불길한 대답이 돌아왔다. "변함없는 친구죠. 하지만 그것은 결국 저를 무덤으로 인도할 겁니다, 세뇨르."

델러노 선장은 더욱더 놀라고 가슴이 아파서 소리쳤다. "선장님은 위험한 상황에서 놓여났어요. 그런데 대체 어떤 것이 선장님에게 그렇게 어두운 그늘을 드리우는 거죠?"

"그 흑인이오."

침묵이 흘렀고, 그동안 그 침울한 사람은 망토가 마치 관을 덮는 보라도 되는 듯이 그것으로 천천히, 무의식적으로 몸을 감싸고 있었다.

그날의 대화는 그것으로 끝났다.

스페인 사람이 침울한 기분 때문에 앞의 경우처럼 이야기를 하다 말고 가끔 입을 다무는 것으로 끝낸 적이 있는 반면에 전혀 입에 올리지 않은 일화들도 있었다. 사실 과거에 그는 그런 일화들을 털어놓지 않고 침묵으로 일관했다. 최악의 것들은 생략하고 그저 사건의 전모를 명료하게 드러내기 위해 한두 가지 이야기만 인용하기로 하자. 그가 여러 가지 사건을 술회하던 날 값 비싼 옷들만으로 제대로 갖춰 입은 복장은 그가 자진해서 입은 것이 아니었다. 그리고 전제적인 지휘권의 상징으로 보이는 은으로 장식된 검은 사실 검이 아니라 검의 환영 같은 것에 불과했다. 그의 몸에 부자연스럽게 걸려 있던 그 검집은 비어 있었다.

흑인 바보의 경우에는 몸이 아니라 뇌가 그 반란을 계획하고 선도했다. 그의 뇌를 떠받치기에 부적당한 그의 여윈 체구는 보트에서 자신을 포획한 이의 우월한 근육질 체격에 이내 제압당했다. 모든 것이 끝났음을 알았을 때 그는 찍소리도 하지 않았다. 그리고 무슨 말을 하게끔 강요할 수도 없었다. 그의 표정은, 나는 아무 행동도 할 수 없는 처지니 아무 말도 하지 않겠다, 라고 말하는 것 같았다. 그는 다른 흑인들과 함께 배의 창고에서 쇠고랑에 묶여 리마로 호송되었다. 그 항해 기간 동안 돈 베니토는 그를 보러 가지 않았다. 그때나 그 후에나 돈 베니토는 그를 전혀 보고 싶어 하지 않았다. 법정에서도 그는 그 흑인을 보라는 판사의 지시에 응하지 않았다. 판사들이 보라고 자꾸 다그치자 그는 졸도했다. 그 때문에 법정에서 바보의 법률적 신원을 밝히는 일은 선원들의 증언에만 의지해야 했다.

그로부터 몇 달 뒤 그 흑인은 노새의 꽁무니에 묶여 교수대로 끌려가 아무 말 없이 조용한 최후를 맞이했다. 그 몸은 화장되었다. 하지만 치밀한 음모의 근원이자 중심이었던 그의 머리는 광장에 세워진 장대 끝에 걸려 백인들의 시선을 태연히 맞받았다. 그 광장에서는 성 바르톨로메오 성당이 보였으며, 그 성당의 지하 납골당에서는 나중에 회수된 아란다의 유골이 고이 잠들어 있었고 지금도 그러하다. 그리고 리막 다리 건너편으로는 아고니아 산 외곽에 있는 수도원이 보이는데, 돈 베니토는 그 재판에서 놓여나고 나서 석 달이 지났을 때 관대에 실려 문자 그대로 자신의 지도자*의 뒤를 따라갔다.

* 아란다.

총각들의 천국과 처녀들의 지옥

The Paradise of Bachelors and the Tartarus of Maids

총각들의 천국

　그곳은 템플바*에서 그리 멀지 않은 곳에 있다. 통상적인 방식으로 그리로 가는 것은 뜨거운 평원에서 주위의 산들에 가려진 서늘하고 깊은 골짜기로 숨어들어 가는 것과 비슷하다.

　기혼자 상인들이 빵값 상승과 허기로 쓰러지는 아기에 관해 생각하면서 미간을 잔뜩 찌푸린 채 서둘러 지나다니는 플리트 가의 소음에 질리고 진창으로 더러워진 사람이라면, 신비로운 모퉁이―거리가 아니라―를 돌아 양쪽에 칙칙하고 수수하고 엄숙해 보이는 건물들이 늘어선 침침하고 조용한 길을 살그머니 따라가 보라. 그 길을 따라 계속 가다 보면 온갖 근심 걱정으로 찌든 세상에서 훌쩍 벗어나 '총각들

*런던 시 서쪽 지역에 있던 기념문.

의 천국'의 조용한 회랑 아래 서게 된다.

사하라에서 오아시스를 만나면 반갑다. 오거스트 초원의 작은 섬과 같은 숲은 매혹적이다. 수많은 불신이 횡행하는 가운데 밝고 순수한 믿음을 만난 것 같달까. 하지만 경이로운 런던의 무덤덤한 중심가에서 찾아낸 꿈결 같은 '총각들의 천국'은 그보다 더 반갑고, 더 매혹적이고, 더 유쾌한 곳이다.

조용히 명상하듯 그 회랑을 걸어 보라. 그 정원의 물가에서 한가한 시간을 즐겨 보라. 오래된 도서관에 가서 시간을 보내 보라. 조각상들로 장식된 예배당에서 예배를 드려 보라. 하지만 한데 몰려 있는 독신자들 사이에서 식사를 하기 전까지는, 그들의 생기발랄한 눈빛과 안경알의 번뜩임을 보기 전까지는 뭘 봤다고, 뭘 알았다고 말할 수 없으며, 그 정수를 맛봤다고도 말할 수 없다. 학기 중에 시끌벅적한 일반인들 틈에서 식사하지 않도록 하라. 종업원에게 슬쩍 이야기해서 혼자만의 식탁에서 조용히 식사하도록 하라. 그곳에서는 몇몇 훌륭한 템플러*들이 손님을 초대하는 호의를 베풀었다.

템플러? 낭만적인 이름이다. 가만 있자. 내가 알기로 브리앙 드 부아길베르** 같은 이가 템플러였다. 이것을 저 유명한 템플 기사들이 현대 런던에 아직도 살아남아 있다는 뜻으로 받아들여야 하나? 그 수도사 기사들이 무장을 하고 성체 앞에 무릎 꿇고 기도드릴 때처럼 그들의 굽 높은 튼튼한 부츠에 달린 고리의 울림이 들릴까? 그들의 방패가 덜커덕거리는 소리도? 번쩍이는 허리 갑옷, 승합마차가 튀긴 흙탕

---

* 변호사나 법학생을 뜻하기도 하고, 템플 기사를 뜻하기도 하는데 여기에서는 변호사를 뜻한다.
** 월터 스콧의 『아이반호』에 등장하는 템플 기사.

물 얼룩이 묻어 있는 눈처럼 하얀 겉옷 차림의 수도사 기사가 스트랜드 가를 따라 조심스럽게 걸어가는 모습은 진귀한 광경임이 분명하다. 교단의 규칙에 따라 긴 턱수염을 기르고, 얼굴에 표범처럼 털이 비죽비죽 돋아난 음산한 유령 같은 모습은 단정하게 머리를 깎고 말끔하게 면도한 시민들 사이에서 어떻게 비칠까. 우리는 도덕적인 피폐함이 이 성스러운 단체를 오염시켰다는 사실을 슬픈 역사를 통해 알고 있다. 검으로 무장한 적들이 성채 안에 있는 그들을 격멸하지 않았음에도 사치의 작태가 그들의 방어망 밑에서 창궐했고, 기사다운 성실성을 좀먹어 들어갔으며, 금욕의 맹세를 갉아먹은 끝에 결국은 수도사의 검소하고 엄격한 생활 태도는 해이해져 질펀한 술잔치로 날을 새웠고, 엄숙하게 서약했던 기사 총각들이 위선자와 난봉꾼에 불과한 존재들로 전락해 버렸다.

그러나 이 모든 사실에도 불구하고 우리는 템플 기사들이—지금까지 존재한다고 할 때—완전히 세속화되어 성지를 탈환하기 위해 영광스럽게 싸웠다고 하는 불후의 명성을 아로새기던 처지에서 이제는 식탁에서 구운 양고기나 썰어 먹는 처지로 전락했다는 사실을 있는 그대로 받아들일 마음의 준비가 아직 되어 있지 않았다. 이 타락한 템플 기사들이 이제는 아나크레온*처럼 전쟁터가 아니라 연회장에서 쓰러지는 것을 훨씬 더 달콤한 일로 여기고 있을까? 그게 아니라면 이 유명한 집단이 어떻게 여태껏 살아남을 수 있겠는가? 현대 런던의 템플 기사들을 상상해 보라! 붉은 십자가 문양이 찍힌 망토를 걸친 템플 기사들이 흡연실에서 시가를 피우는 광경을! 강철 투구와 창과 방패가

---

* 기원전 6세기경 그리스의 서정시인으로, 사랑과 술을 찬미하는 시를 썼다.

잔뜩 쌓여 열차 전체가 길게 연장된 하나의 기관차처럼 보이는 열차 안에 가득 들어찬 템플 기사들!

천만에. 순수한 템플 기사는 이미 오래전에 사라졌다. 템플 교회에 찾아가서 그 놀라운 묘들을 보도록 하라. 고요한 심장 위에 팔짱을 끼고 큰대자로 누운 채 꿈꾸지 않는 영원한 잠 속에 빠져든 그 엄숙하고 오만한 형상들을 보라. 그 대담한 템플 기사들은 아득한 옛날에 사라지고 없다. 그 이름, 교단 이름, 옛터, 옛 건축물들의 일부만 남아 있을 뿐. 그러나 그들의 강철 부츠는 에나멜가죽 부츠로 변했다. 양손으로 쥐고 사용하던 장검은 한 손으로 쥐고 사용하는 깃펜으로 변했다. 영적인 조언을 무료로 제공하던 성직자는 이제 보수를 받으면서 자문을 해 준다. 석관의 지킴이(무기를 잘 다루는 사람일 경우)는 이제 지켜야 할 대상을 여럿 갖고 있다. 성묘*로 이어지는 모든 길을 열고 개척하겠다고 맹세한 이는 이제 모든 법정과 법의 길을 관리 감독하고 가로막고 방해하고 쉽게 다가가지 못하게 할 특별한 책무를 맡고 있다. 아크레의 곳을 올라갔던 사라센의 기사-전사는 이제 웨스트민스터 홀에서 법률적 쟁점을 두고 다투고 있다. 왕년의 투구는 이제 가발이 되었다. 시간의 마법사의 지팡이가 가진 힘에 의해 템플 기사는 오늘날 법률가가 되었다.

그러나 템플 기사의 타락은, 사과가 가지에 붙어 있을 때는 딱딱하지만 땅바닥에 떨어지면 달콤하게 농익는 것처럼, 찬란한 영광의 정점에서 굴러떨어진 다른 많은 이들과 마찬가지로 그를 더없이 훌륭한 존재로 변모시키는 결과를 빚어냈을 뿐이다.

나는 그 옛 전사-성직자들은 기껏해야 난폭하고 사나운 이들에 불

---

* 예수의 묘.

과했다고 감히 말한다. 버밍엄에서 생산된 무기들로 무장한 그들의 울퉁불퉁한 강철 팔이 어떻게 우리의 팔에 정감 있는 울림을 전해 줄 수 있겠는가? 그들의 거만하고 야심만만하고 금욕적인 영혼은 옛 기도서처럼 굳게 닫혀 버렸다. 그들의 얼굴은 포화 속에 처박혔다. 그들이 대체 어떤 부류의 친절한 사람들이었단 말인가? 그러나 현대의 템플러는 최고의 동료, 더없이 친절한 주인, 훌륭한 손님이다. 그의 재치와 와인이야말로 빛나는 브랜드에 해당된다.

교회와 회랑, 안뜰과 아치형 천장, 좁은 길과 샛길, 연회장, 큰 식당, 도서관, 테라스, 정원, 넓은 산책로, 주거지, 디저트 전문 식당들이 중앙 부분에 한데 몰려 아주 넓은 공간을 차지하고 있고, 이 유서 깊은 도시를 에워싼 소음으로부터 잘 격리되어 있다. 이곳의 모든 것들은 독신자다운 특징을 물씬 풍기고, 또 그런 특징을 잘 유지하고 있다. 런던의 어느 지구도 이렇게 쾌적하고 조용한 피난처를 제공해 주지 못한다.

사실 템플*은 바로 도시 자체이다. 앞서 열거한 장소들이 보여 주는 바와 같이 최상의 부속물들이 고루 갖춰진 도시. 공원과 화단과 강변이 딸려 있는 도시. 유프라테스 강이 에덴의 원초적인 동산 곁을 유유히 흐르듯이 한편으로 시원하게 흐르는 템스 강을 끼고 있는 도시. 오늘날의 템플 동산에 해당하는 곳 안에서 옛 십자군들은 군마를 조련하고 창술을 연마했다. 이제 현대의 템플 기사들은 그곳 숲 그늘 아래의 벤치에 기대앉아 에나멜가죽 부츠를 연신 이리저리 옮기며 재치 있는 응답을 통해서 활발하게 의견 교환 연습을 한다.

연회장에 길게 늘어선 장중한 초상화들은 저명한 위인들(유명한 귀

---

* 여기에서는 법원들과 법학원, 법조인협회 등이 모여 있는 지구를 뜻한다.

족, 판사, 대법관들)이 생전에 템플러*들이었다는 사실을 보여 준다. 하지만 모든 법조인들의 명성이 하나같이 세상에 널리 알려진 것은 아니다. 따뜻한 가슴과 그보다 더 따뜻한 환대, 넉넉한 마음과 그보다 더 넉넉한 포도주 저장실을 갖추고 있고, 좋은 조언과 빛나는 만찬을 제공해 주고, 재미와 화려함이라는 드문 도락이 곁들여졌다면 불멸의 상찬을 받을 만한 일이겠지만, 일단 앉아서 R. F. C.와 그의 당당한 형제의 이름을 떠올려 보자.

한 가지 참된 의미에서의 템플러가 되려면 변호사나 법과대학생이 되어야 하고, 그곳에 자기 사무실을 갖고 있다 할지라도 정식으로 그 집단의 일원으로 등록해야 한다. 반면 이 고색창연한 거주지에는 템플러로 허락받지 못한 주민들도 많이 있다. 그곳의 호젓한 격리 상태에 매혹된 한가로운 신사이자 독신자 혹은 미혼의 조용한 문필가가 이 고즈넉한 야영지에서 다른 텐트들 사이에 본인의 텐트를 치고 싶다면, 그 집단의 누군가와 친해져야 한다. 그리고 돈을 내고 그 친구의 명의로 마음에 드는 빈방을 빌리면 된다.

나는 명목상으로는 기혼자요, 홀아비였지만 실제로는 총각이었던 존슨 박사**가 여기에서 살 방을 구했을 때 바로 그렇게 했으리라고 짐작한다. 틀림없는 총각이요, 보기 드물 만큼 선량한 사람이었던 찰스 램***도 그렇게 했다. 훌륭한 영혼을 가진 그 밖의 많은 사람들, 독신교단의 형제들이 이따금 여기에서 잠시 거주하면서 식사를 하고 잠을 잤다. 사실 그곳은 사무실과 주거지로 이루어진 벌집 같은 곳이다.

* 법조인.
** 새뮤얼 존슨. 18세기 영국의 작가이자 사전 편찬자.
*** 영국의 수필가.

그곳은 꼭 치즈처럼 총각들의 아늑한 방들로 사방에 온통 구멍이 나 있다. 사랑스럽고 쾌적한 곳! 아! 내가 거기에서 보낸 그 달콤한 시간, 그 고색창연한 지붕들 밑에서 기분 좋은 환대를 받으며 지냈던 시절을 생각할 때면 내 가슴은 오로지 시를 통해서만 적절한 표현을 찾을 수 있을 뿐이다. 그리고 나는 한숨을 쉬고는 〈내 고향으로 날 보내 주오〉를 나직하게 노래한다.

총각들의 천국은 대략 이런 곳이다. 나는 화사한 5월 어느 맑은 날 오후에 거기가 그런 곳이라는 것을 깨달았다. 그날 나는 트래펄가 광장에 있는 호텔에서 기분 좋게 출발해 훌륭한 법정변호사이자 독신자요 법조학원 평의원인 R. F. C.(그는 우선 법정변호사이고 다음이 독신자이고, 법조학원 평의원 직함은 세 번째에 나와야 옳을 터여서 그의 이름을 이런 식으로 부른다)와의 저녁 약속을 위해 그곳에 갔다. 나는 그의 명함을 장갑 낀 엄지와 검지로 단단히 쥔 채 그 이름 밑에 찍힌 기분 좋은 주소를 이따금 한 번씩 들여다봤다. "템플러, 엘름코트, ××번지"라는 내용을.

근본적으로 그는 아주 솔직하고 태평하고 느긋하고 아주 붙임성 있는 영국인이었다. 처음 사귀었을 때 그가 말이 별로 없고 아주 냉정한 태도로 나오는 것 같은 느낌이 들었다면 인내심을 발휘하시도록. 이 샴페인은 서서히 녹을 테니까. 끝내 녹지 않는다 해도 액체 식초보다는 언 샴페인이 더 낫다.

식사하는 자리에는 하나같이 총각들인 아홉 명의 신사가 앉아 있었다. 한 사람은 '템플, 킹스비치워크, ××번지' 사람이었다. 두 번째, 세 번째, 네 번째, 다섯 번째 사람들은 여러 법학원에 속한 사람들, 혹은 그에 못지않게 유족한 울림을 주는 음절들로 이루어진 이름을 지닌 사람들이었다. 그것은 사실 템플 지구 내에 넓게 흩어져 있는 각 구역들에서 보내진,* 템플 지구의 전반적인 독신주의를 대표하는 일종의 독신자 평의회였다. 아니, 참석자들의 대표성으로 보아 런던의 가장 훌륭한 총각들의 대人의회였다. 먼 구역에서 와 참석한 몇몇은 변호사이자 총각의 불멸의 터전들, 곧 링컨스인 법학원과 퍼니벌스인 법학원 소속이었다. 그리고 내가 경외심을 품고 본 신사 하나는 예전에 베룰럼 경**이 독신자로 지냈던 곳, 즉 그레이스인 법학원 소속이었다.

그 건물은 하늘을 향해 우뚝 솟아 있었다. 그 안으로 들어가기 위해 얼마나 많은 기묘하고 낡은 계단을 올라갔는지 나도 잘 모른다. 그러나 멋진 사람들과 동석해서 근사한 만찬을 즐기는 것은 아주 괜찮은 일이다. 주인이 음식을 제대로 즐기고 소화시키는 데 꼭 필요한 사전 준비를 철저히 해야 한다는 생각에서 수준 높은 식당을 갖췄다는 데는 의심의 여지가 없다.

실내의 가구들은 허세기가 전혀 없는 차분하고 안락한 훌륭한 고가구들이었다. 바니시가 채 마르지 않아 끈적거리고 번쩍이는 새 마호가니 가구는 하나도 없었다. 이 조용한 건물 안에는 사람의 마음을 산란하게 하거나 사용하기에 불편한 마음이 들 만큼 호화로운 긴 의자도, 소파도 없었다. 분별 있는 미국인이 분별 있는 영국인에게서 배워야 할 것은, 요란하게 번쩍이는 겉만 번지르르한 싸구려 물건들은 아늑하고 안온한 실내에 별반 필요치 않다는 점이다. 미국 기혼자들은 시내의 금박 입힌 쇼박스에서 질긴 고기를 허겁지겁 뜯어 먹는다. 영국 총각들은 평범한 식당이 아니라 집에서 더할 나위 없이 맛있는 사

---

* 법학원 학생들은 변호사 공부를 하는 과정에서 이런 만찬에 의무적으로 참석해야 한다.
** 프랜시스 베이컨의 별칭.

우스다운종 양고기로 식사를 한다.

방 천장은 낮았다. 그 누가 성 베드로 대성당의 돔 밑에서 식사하고 싶겠는가? 높은 천장이라니! 그런 게 당신이 요구하는 것이고 높을수록 더 좋다고 한다면, 당신은 키가 아주 큰 사람일 테니 야외로 나가서 하늘 높이 치솟은 기린과 더불어 식사하는 것이 좋을 것이다.

제시간에 모인 아홉 명의 신사들은 각자 자기 자리에 앉아서 이내 식사를 하기 시작했다.

내 기억이 맞는다면, 식사는 아마 쇠꼬리 수프로 시작되었을 것이다. 처음에 나는 그 수프의 주재료를 소몰이꾼의 소몰이 막대기나 의전관의 가죽 채찍하고 혼동했지만 진한 황갈색을 띤 그 기분 좋은 수프의 맛은 그런 기분을 말끔히 몰아냈다. 막간에 우리는 보르도산 레드와인을 조금 마셨다. 두 번째로 나온 것은 해산물 요리였다. 하얀 넙치 요리. 눈처럼 하얀 생선을 조각내 만든 것으로, 끈끈했지만 바다거북 요리처럼 기름지지는 않았다. 이 시점에서 우리는 셰리로 입가심을 했다. 가벼운 전초전이 끝나자 유명한 영국 대원수, 곧 로스트비프를 필두로 해서 육중한 대포급에 해당하는 요리들이 행진해 왔다. 대원수의 부관 격인 양 등심, 기름진 칠면조, 치킨 파이, 그 밖의 많은 맛 좋은 요리들이 나왔다. 그사이에 척후병에 해당되는, 은제 술병에 들어 있는 거품 이는 맥주 아홉 병이 나왔다. 이 육중한 포들이 경무장 척후병들의 자취를 따라 사라지자 각종 새 요리로 이루어진 정선된 여단이 식탁 위에 진을 쳤다. 그들의 캠프파이어에 해당되는 것은 디캔터의 더없이 새빨간 빛이었다.

맛있는 여러 조촐한 음식과 더불어 과일 파이와 푸딩이 뒤따라 나왔고, 그다음에는 치즈와 크래커가 나왔다. 우리는 그저 해묵은 격식을 따른다는 의미로 이 대목에서 해묵은 포트와인을 한 잔 마셨다.

이제 식탁보가 치워졌다. 전쟁 막판에 워털루 전장에 뛰어들어 온 블뤼셔*의 군대처럼 급한 행군으로 먼지를 뒤집어쓴 병들의 새 파견대가 행진해 들어왔다.

소크라테스의 머리통 모양에, 머리칼이 눈처럼 하얗고, 그 못지않게 새하얀 냅킨을 받쳐 든 놀라우리만치 나이 든 육군 원수 한 사람(나는 그를 웨이터라는 불명예스러운 명칭으로 부르고 싶지는 않다)이 전군 全軍의 기동작전을 지휘하고 있었다. 그는 중요한 업무에 열중하다 보니 유쾌한 기분으로 가득한 그 연회장에서도 절대로 웃지 않았다. 존경할 만한 분이다!

나는 위에서 전체적인 작전 계획의 간략한 스케줄을 제시하려고 시도했다. 하지만 수준 높은 보통 만찬의 경우, 식탁에 오르는 모든 식음료들을 하나하나 세밀하게 열거할 수 없을 만큼 많은 것들이 어지럽게 오른다는 사실은 누구나 알고 있다. 그러므로 나는 때맞춰 나오는 레드와인 한 잔, 셰리 한 잔, 포트와인 한 잔, 맥주 한 잔을 마신 것으로 간략하게 이야기했다. 하지만 그것들은 공식적인 큰 줄기들에 불과했다. 신사들은 주요 줄기에 해당하는 것들을 마시는 사이사이에 기분 날 때마다 많은 잔들을 비웠다.

아홉 명의 총각들은 서로의 건강에 따뜻한 관심을 갖고 있는 것 같았다. 와인이 끊임없이 흐르는 와중에 그들은 늘 양옆에 앉은 신사들의 행복한 삶과 영원한 건강을 진심으로 바란다는 뜻을 진지하게 표현했다. 나는 이런 부류의 총각들은 디모데처럼 그저 자신의 위장을 위하여** 와인을 좀 더 마시고 싶을 때도 다른 총각들이 합류하려 들

* 프로이센의 원수.

250

지 않을 경우에는 혼자서 마시지 않는다는 것을 알았다. 다른 이들은 마시지 않는데 굳이 혼자 마시는 것은 상스럽고 이기적이고 우애 없는 짓으로 간주되는 것 같았다. 와인 잔들이 빨리 돌아감에 따라 일행의 분위기는 점점 더 더없이 화기애애하고 자유로운 상태로 올라갔다. 그들은 온갖 즐거운 이야기들을 나눴다. 이제 그들의 사생활에서 선택과 관련해 경험한 일들이 화제에 올랐다. 이를테면 모젤 와인과 라인 와인을 선택하는 문제 같은 것. 이는 그들이 특별한 친구들을 만났을 때 털어놓으려고 간직해 둔 이야기들이었다. 한 사람은 옥스퍼드에서 학창 시절을 보냈을 때의 감미로운 추억을 들려줬다. 더없이 솔직한 귀족들과 자유사상을 지닌 친구들의 흥미진진한 다양한 일화들을 곁들여 가면서. 잿빛 머리에 쾌활한 인상을 지닌 또 다른 총각은, 본인의 설명에 따르면, 시간이 났다 하면 플랑드르의 건축양식을 살펴보기 위해 저지대 국가들***에 건너갔단다. 백발에 쾌활한 인상을 지닌 이 박식한 노총각은 옛 플랑드르인들의 땅에 산재한 길드 홀,**** 시공회당, 지사 관저들이 지닌 정교하고 장려한 아름다움을 표현하는 데 탁월한 재능이 있었다. 세 번째로 말문을 연 사람은 대영 박물관을 수시로 들락거리는 이로, 놀라운 많은 고대 유물들과 오리엔트 지역의 고문서들, 복사본도 없는 값 비싼 책들에 관해 해박한 지식을 갖고 있었다. 네 번째 사람은 최근에 유서 깊은 그라나다를 여행하고 돌아온 터라 당연하게도 사라센 문화의 풍취에 흠씬 젖어 있었다. 다섯 번째 사람은 재미있는 법률적 사례를 들려줬다. 여섯 번째 사람은 온갖

** 『디모데전서』 5장 23절. 바울은 디모데에게 "위장을 위해서나 자주 앓는 그대의 병을 위해서 포도주를 좀 마시도록 하시오"라고 권했다.
*** 지금의 베네룩스 3국.
**** 중세 유럽 도매무역상들의 단체조합 장소.

와인에 해박했다. 일곱 번째 사람은 책으로는 결코 출간되지 않은 철의 공작*의 사생활과 관련된, 묘하다고 할 만큼 독특한 일화들을 들려줬다. 이런 일화들은 공적이거나 사적인 어떤 자리에서도 언급된 적이 없었다. 여덟 번째 사람은 최근 가끔 풀치**의 익살스러운 시를 번역하는 일로 저녁 시간을 보내곤 했다. 그는 아주 재미있는 시구들을 인용하며 우리를 즐겁게 해 줬다.

그리하여 그날 저녁 시간은 쏜살같이 흘러갔으며, 그때의 시간은 앨프레드 대왕이 쓰던 물시계 같은 것이 아니라 와인 크로노미터***로 측정되었다. 그동안 식탁은 일종의 엡섬 히스 같았다. 디캔터들이 맹렬한 속도로 질주하며 돌아가는 표준형 경마장. 한 디캔터가 충분히 빠른 시간에 목적지에 도착하지 못할까 봐 그에게 서두르라고 재촉하기 위해 또 다른 디캔터가 파견되었다. 세 번째 디캔터가 다시 두 번째를 재촉하기 위해 파견되었고, 그리고 네 번째, 다섯 번째가 연이어 파견되었다. 이렇게 맹렬하게 질주하는 내내 큰소리가 나는 일은 일절 없었고, 예의에 어긋나는 짓이나 소란스러운 행위도 전혀 일어나지 않았다. 나는 소크라테스의 머리 모양을 닮고 더없이 진지하고 엄숙한 태도를 지닌 육군 원수가 자신이 시중을 드는 사람들에게서 조금이라도 예의에 어긋난 모습을 발견했다면 아무런 사전 경고 없이 즉각 그 자리를 떴으리라고 확신한다. 후에 나는 그 만찬이 이어지는 동안 옆방의 한 허약한 총각이 3주간의 길고 따분한 시간을 보낸 뒤 처음으로 식탁 앞에서 단잠을 잤다는 이야기를 전해 들었다.

* 워털루 전쟁을 승리로 이끈 웰링턴 공작의 속칭.
** 15세기 이탈리아 시인.
*** 정밀 시계.

그것은 바람직한 삶의 방식, 기분 좋은 음주, 좋은 느낌, 유익한 이야기들을 조용히 즐길 수 있는 완벽한 시간이었다. 우리는 형제들이었다. 그 모임의 큰 특징은 편안함, 화기애애한 가정적인 안락함이었다. 이 느긋한 사람들은 당연히, 걱정하고 염려해야 할 아내나 자식이 딸리지 않은 사람들이었다. 그들 대부분은 여행자이기도 했다. 가정을 돌보지 않는다는 점 때문에 양심의 가책을 받을 이유가 없는 사람들이었고.

고통이라고 하는 것과 근심이라고 하는 유령, 이 두 전설적인 이름들은 이 총각들의 상상력 속에서는 설 자리가 없는 것 같았다. 자유분방한 의식, 무르익은 학식, 폭넓은 철학적 이해와 연회에 대한 이해를 갖춘 이 사람들이 수도승들이나 갖고 있음직한 그런 우화들에 연연한다는 것이 과연 가능하겠는가? 고통! 근심! 차라리 가톨릭의 기적들에 관해 이야기하는 편이 더 나을 것이다. 그 자리에 그런 것들은 설 자리가 없다. 그 셰리나 이리 넘겨주세요. 흥! 말도 안 돼요! 포트와인 좀 넘겨주시겠어요. 바보 같은 소리. 제게 그런 말씀은 하지 말아 주세요. 디캔터가 댁 앞에서 멈춘 것 같습니다만.

만찬은 그렇게 흘러갔다.

식탁보를 치우고 나서 얼마 되지 않았을 때 주최자가 소크라테스에게 눈짓을 했고, 소크라테스는 엄숙한 자세로 한 탁상으로 가더니 끝이 둥그렇게 휜 큼직한 뿔 하나를 갖고 돌아왔다. 윗부분이 번쩍이는 은으로 장식된, 사냥한 짐승의 뿔을 묘하다고 할 만큼 화려하게 장식한 보통의 여리고 뿔이었다. 근사하게 생긴 그 뿔의 넓은 입구 양쪽으로는 두 개의 실물대 염소 머리가 튀어나와 있고, 그 염소들의 머리에는 네 개의 단단한 은제 뿔이 달려 있었다.

나는 우리의 주최자가 그런 나팔 연주자라는 이야기를 듣지 못했던
터라, 마치 그가 한바탕 연주를 하려 들기라도 하듯이 그것을 들어 올
리는 것을 보고 놀랐다. 하지만 그가 뿔의 입구 속에 엄지와 검지를 집
어넣는 모습을 보고는 그 용도를 깨닫고 안도했다. 거기에서는 은은
한 향내가 풍겼고, 고급 코담배 냄새가 내 콧구멍을 간지럽혔다. 그 뿔
은 바로 코담뱃갑이었다. 그것이 식탁을 한 바퀴 돌았다. 나는 이런 순
간에 코담배 냄새를 맡는 것은 근사한 아이디어라고 생각했다. 우리
나라에도 이런 멋진 관습이 들어오면 좋겠다고도 생각했고.

　아홉 총각들의 훌륭한 예의범절은 와인을 아무리 마셔도 흔들림이
없었고, 분위기가 제아무리 흥겨워도 전혀 흐트러짐이 없었다. 그 모
습을 보면서 나는 다시 깊은 인상을 받았다. 그들은 자유분방하게 코
담배를 즐겼지만 자세가 전혀 흐트러지지 않았고, 옆방의 허약한 청
년이 그 냄새를 즐기다가 재채기를 했어도 아무도 그를 놀리지 않았
다. 그들은 마치 그것이 나비 날개에서 채취한 아무 해 없는 분말이라
도 되는 양 조용히 냄새만 맡았다.

　그러나 총각들의 만찬이 제아무리 근사하다 해도 총각 생활처럼 영
원히 지속될 수는 없다. 이윽고 자리를 파할 시간이 왔다. 총각들은 차
례로 모자를 쓰고, 둘씩 둘씩 짝을 지어 팔짱을 끼고 여전히 담소를 나
누면서 돌로 포장된 안마당으로 내려갔다. 어떤 이들은 자러 가기 전
에 데카메론의 또 한 책장을 넘기기 위해 이웃 방으로 갔다. 서늘한 강
변에 있는 정원을 산책하면서 시가를 피우는 이들도 있었다. 또 어떤
이들은 마차를 타고 멀리 있는 거처까지 편하게 가려고 거리로 나갔
다.

　나는 제일 나중까지 남아 있었다.

주최자가 미소 지으면서 말했다. "그래, 여기 템플에 관해서 어떻게 생각해요? 우리 총각들이 이 안에 살면서 영위하는 생활 방식이."

나는 찬탄하는 마음을 솔직하게 드러냈다. "예, 여기야말로 바로 총각들의 천국입니다!"

처녀들의 지옥

그곳은 뉴잉글랜드의 워돌러 산에서 그리 멀지 않은 데 자리 잡고 있다. 향기로운 풀들이 우거진 6월 초의 날씨에 고개를 끄덕이면서 멋진 농장들과 양지바른 초지들을 빠져나오자마자 동쪽으로 방향을 돌리면 황량한 산지 사이로 올라가는 길로 접어든다. 산지는 점차 좁아져서 어슴푸레한 산길에 이르게 된다. 이 길은 험준한 바위들로 이루어진 벽 사이로 끊임없이 격렬하게 휘몰아치는 만류와 아울러, 오래 전에 그 근처 어딘가에 있던 한 미친 노처녀의 오두막에 관한 전설 때문에 '미친 처녀의 포효하는 피리'라는 이름을 얻었다.

전에 급류가 흘렀던 자리를 차지하고 있는, 위태로워 보일 만큼 좁은 마찻길이 그 골짜기 바닥을 따라 꼬불꼬불하게 이어진다. 그 길을 따라 가장 높은 지점에 이르면, 댄틴 관문 안에 서게 된다. 양쪽에 가파른 암벽들이 있고, 그 암벽들이 이상하리만치 새까맣다는 점, 골짜기가 갑자기 좁아졌다는 점 때문에 이곳은 '검은 협곡'이라는 이름이 붙어 있다. 이 협곡은 아래로 내려갈수록 점차 넓어져서 울창한 숲으로 뒤덮인 음산한 산들 사이로 푹 꺼진, 자주색의 거대한 깔때기 모양의 분지로 이어진다. 그 지역 사람들은 그 분지를 '악마의 지하감옥'이라고 부른다. 거기에서는 급류 흐르는 소리가 사방에서 들린다. 이 급류들은 거대한 둥근 바위들 사이로 난 물길을 따라 흐르는 벽돌색의 탁한 개천에 이르러 하나로 합쳐진다. 지역 사람들은 이 이상한 색깔의 계류를 '피의 강'이라고 부른다. 그 계류는 검은 절벽에 이르러 갑자기 서쪽으로 방향을 틀면서 높이 18미터가량의 폭포를 이루어 늙은 소나무들로 이루어진 발육부전의 숲 속으로 쏟아져 들어간다. 거기에서부터 개천은 보이지 않는 저지대를 향해서 소용돌이치면서 흘러간다.

그 폭포의 가장자리, 바위 절벽 꼭대기에는 옛 제재소의 잔해가 우뚝 솟아 있다. 제재소는 그 일대에 거대한 소나무들과 솔송나무들이 울창하게 자라고 있었던 아득한 옛 시절에 지어진 것이다. 대못들이 옹이처럼 박혀 있고 이끼로 덮인 커다란 검은 통나무들이 여기저기 쓰러진 채 오랫동안 방치되어 썩어 가고 있었으며, 개중에는 폭포의 어두운 가장자리 너머로 위태롭게 튀어나와 있는 것들도 있었다. 이 황량한 목조 잔해는 그런 광경 때문에 대충 떼어 낸 한 덩어리의 큰 바위 같아 보이기도 했고, 또 그 일대의 풍경을 이루는 음산한 산들 때문에 중세의 라인란트와 투름베르크처럼 보이기도 했다.

악마의 지하감옥 밑바닥에서 그리 멀지 않은 곳에 커다란 하얀 건물이 서 있다. 그 건물은 산허리의 음산한 전나무들, 높이가 700미터가량 되는 칙칙한 테라스들에서 까마득하게 치솟아 오른 강건한 상록수들을 배경으로 해서 거대한 하얀 묘처럼 돌출해 있다.

그 건물은 제지공장이다.

종묘 사업을 대규모로 시작한 뒤(사업을 워낙 광범위하게 펼치는 바람에 결국 우리 씨앗들은 동부와 북부 주들 전역에 팔려 나갔으며, 심지어는 미주리와 남북 캐롤라이나에까지도 팔려 나갔다), 우리 사업장의 종이 수요가 엄청나게 커져서, 그 비용이 곧 전체 회계에서 가장 중요한 항목이 되었다. 종묘 사업자들이 종이를 어떻게 활용하는지에 대해서는 굳이 귀띔해 줄 필요가 없다. 봉투를 만드는 데 쓴다. 그 봉투는 대개 누르스름한 종이를 사각형으로 접어서 만든다. 씨앗을 집어넣어도 거의 납작한 편이고, 거기에다 우표를 붙이고 그 안에 들어 있는 씨앗의 성질을 기재한다. 그렇게 하면 우송 준비가 끝난 사업자용 편지 꼴이 대충 갖춰진다. 내가 사용하는 이 작은 봉투의 양은 좀처럼 믿기지 않을 만큼 엄청나다. 한 해에 몇십만 장가량 되니까. 한동안 나는 내가 필요로 하는 종이를 이웃 마을에 있는 도매업자들한테서 구입했다. 그러다 이제 경제적인 목적 때문에, 그리고 여행을 하고 싶은 마음도 일부 작용해서 100킬로미터가량 떨어진, 그 산맥 너머 악마의 지하감옥에 있는 제지공장에 가서 앞으로 쓸 종이를 주문하기로 결심했다.

1월 말경, 썰매 여행을 하기에 아주 좋은 조건이 마련되고 당분간 그런 상태가 유지될 가능성이 높은 터라 나는 혹독한 추위에도 불구하고 하늘이 잔뜩 찌푸린 어느 금요일 정오경에 들소와 늑대 가죽으로 만든 털옷으로 잘 무장한 뒤 말 한 마리가 끄는 상자형 썰매를 타고 출발했다. 나는 길에서 하룻밤을 보낸 뒤 이튿날 정오 무렵에 워돌러 산이 보이는 곳까지 이르렀다.

멀리 보이는 산 정상은 눈으로 하얗게 덮여 있었다. 하얀 숲 꼭대기에서는 마치 굴뚝에서 연기가 오르듯이 하얀 수증기가 피어올랐다. 온 천지가 꽁꽁 얼어붙어 하나의 거대한 화석이 된 것처럼 보였다. 눈밭이 마치 깨진 유리라도 되는 양 썰매의 강철 날들이 아주 건조한 유리가루 같은 눈밭을 버석거리며 나아갔다. 길 가장자리 여기저기에 펼쳐진 숲들은 모든 섬유 조직들에 추위가 스며들어 뻣뻣하게 얼어붙은 채 묘한 신음을 냈다. 간헐적으로 돌풍이 무자비하게 불어와 숲 속을 뚫고 지나가는 통에 흔들거리는 나뭇가지들뿐만 아니라 수직으로 우뚝 선 나무 기둥들도 신음을 냈다. 커다란 단풍나무들에 눈이 너무나 많이 쌓이는 바람에 나무줄기들이 담배 파이프 대처럼 뚝 부러져 무감각한 대지에 널려 있었다.

여섯 살 난 우리 말 블랙은 전신이 얼어붙은 땀의 박편들로 뒤덮여 유백색 양처럼 하얗게 변했고, 숨 쉴 때마다 콧구멍으로 두 개의 뿔 모양으로 생긴 더운 날숨을 연신 토해 냈다. 블랙은 그렇게 앞으로 나아가다가 갑작스럽게 달라진 풍경을 보고 움찔했다. 길 건너 오른쪽에 쓰러진 지 10분도 채 되지 않은, 전신이 마구 뒤틀린 늙은 솔송나무 한 그루가 시커먼 아나콘다 같은 모습으로 땅바닥에 누워 있었기 때문이다.

'미친 처녀의 포효하는 피리'에 이르렀을 때 사납게 휘몰아치는 돌풍이 뒤가 높은 썰매를 언덕 쪽으로 밀어 주다시피 했다. 마치 그곳에 불행한 세상에 발이 묶인 길 잃은 원혼들로 가득하기라도 한 듯이 돌풍이 고개 전체를 온통 뒤흔들었다. 썰매가 정상에 이르기 전에 블랙은 살을 에는 바람에 성이 나기라도 한 것처럼 튼튼한 뒷다리들로 길을 박차고 내달리면서 가벼운 썰매를 곧장 고개 꼭대기로 잡아 끌고 갔다. 블랙은 좁은 협곡을 단숨에 휩쓸고 지나가 폐허가 된 제재소를 지나 미친 듯이 아래로 내달렸다. 말과 폭포가 함께 악마의 지하감옥을 향해 돌진해 내려갔다.

나는 자리에서 일어나 외투를 벗고 썰매의 흙받기판에 한 발을 대고는 몸을 뒤로 기울인 상태에서 있는 힘을 다해 고삐를 잡아당겨 길이 휘어 도는 지점에서 블랙을 딱 제시간에 멈춰 서게 함으로써 사자처럼 웅크린 길가 바위의 살벌한 주둥이와 충돌하는 것을 모면했다.

처음에 나는 그 제지공장을 찾을 수가 없었다.

바람에 눈이 휘날려 한 귀퉁이가 드러난 화강암들이 여기저기 흩어져 있는 것을 제외하고는 분지 전체가 눈으로 하얗게 빛났다. 산들은 수의를 걸친 시체 같은 모습으로 우뚝 솟아 있었다. 공장은 어디 있지? 갑자기 뭔가가 윙윙 회전하는 소리가 들려왔다. 그쪽으로 고개를 돌려 보니 굴러 내려오다 멈춰 선 눈사태를 닮은 커다란 하얀색 공장이 시야에 잡혔다. 그 건물은 그보다 더 작은 다른 건물들로 둘러싸여 있었다. 작은 건물들 일부는 싸구려 티가 나고 무미건조하게 보이는데다, 길이가 꽤 길고, 많은 창문들이 나 있고, 왠지 쓸쓸해 보이는 외관으로 미루어 여공들의 기숙사임이 분명했다. 눈밭 속에 자리 잡고 있는 눈처럼 하얀 마을. 그림처럼 옹기종기 모여 있는 건물들 사이사이에 살풍경하고 불규칙한 여러 개의 작은 광장과 안뜰이 자리 잡고 있었는데, 그것은 그곳이 바위가 많은 변칙적인 지형이기 때문이었다. 지형이 그래서 무슨 수를 써도 건물들을 반듯반듯하게 배치하기가 어려워 보였다. 몇몇 좁은 길들과 샛길들도 역시 지붕에서 쏟아져 내린 눈으로 일부가 막혀 있었고, 그 때문에 마을은 사방이 다 차단되어 있었다.

　그 전에 내가 농부들이 종소리를 딸랑거리며 지나다니고, 썰매로 목재를 시장에 내가고, 빠르고 작은 썰매로 자주 이 마을 저 마을의 술집들로 내달리곤 하는 넓은 길에서 벗어났을 때, 그 번잡한 간선도로를 벗어나 산길을 이리저리 휘돌아 '미친 처녀의 포효하는 피리'에 접어들어 그 너머에 있는 음산한 '검은 협곡'을 바라보는 순간, 이상하게도 잠재되어 있던, 그와 동시에 시간상으로나 풍경상으로 명료한 어떤 것이 내 마음속에 어둡고 칙칙한 템플바를 처음 봤을 때의 인상을 떠올려 줬다. 그리고 블랙이 그 검은 협곡을 위태로워 보일 만큼 맹렬히 질주할 때는 문득 런던의 폭주하는 승합마차에 탔던 때가 떠올랐다. 승합마차는 꼭 블랙과 같은 속도로 내달린 것은 아니었지만 그와 비슷한 방식으로 렌의 아치*를 맹렬한 속도로 통과했다. 그 두 대상은 결코 서로 상응하는 것들이 아니었지만, 그들이 지닌 부분적인 부적절함 때문에 비슷하다는 느낌이 어지러운 꿈속의 느낌 못지않게 생생하게 부각되었다. 그리하여 불쑥 튀어나온 바위가 있는 곳에서 말고삐를 잡아당겨 썰매를 정지시킨 뒤 마침내 이색적으로 조합된 공장과 작은 건물들을 발견했을 때, 나는 넓은 길과 그 너머의 검은 협곡을 등지고 서 있었다. 주위에는 아무도 보이지 않고 그저 나 혼자뿐이었다. 그 외진 곳으로 이어지는, 눈밭에 움푹 팬 좁은 통로를 조용히 지나가자 높은 박공지붕이 달리고 한 끝에는 무거운 상자들을 끌어 올리는 용도의 조잡한 탑 하나가 설치된 기다란 공장 건물이 보였다. 공장은 많은 별채들과 기숙사들 한가운데 자리 잡고 있었다. 그런 풍경은

* 템플바. 크리스토퍼 렌은 17세기의 영국 건축가로, 템플바를 바로크 양식의 아치형 문으로 재건했으며, 세인트폴 대성당을 비롯한 많은 교회 건물을 설계했다.

많은 사무실들과 기숙사들로 에워싸인 런던의 템플 교회를 떠올려 줬다. 내가 불가사의하다고 할 만큼 산속 아주 외진 곳에 호젓하게 자리 잡은 그 묘한 풍경이 주는 강력한 마법에 사로잡혔을 때, 기억이 결여된 부분을 보조적인 온갖 상상력이 채워 줬다. 그리고 나는 중얼거렸다. 여기야말로 총각들의 천국과 짝을 이루는 곳이로군. 눈으로 뒤덮여 있고, 서리로 채색된 무덤 속 방 같다는 점만 다를 뿐.

나는 썰매에서 내려 위험한 비탈길을 조심스럽게 내려갔다. 눈 덮인 길에서 말과 사람 모두 이따금 한 번씩 미끄러졌다. 마침내 나는 공장 건물의 한쪽 벽 앞에 있는 가장 큰 광장에 들어섰다. 아니 내 힘으로 간 게 아니라 바람에 떠밀려서 거기까지 이르렀다고 해야 할지도 모르겠다. 건물 모퉁이에 이르자 살을 에는 듯한 날카로운 바람이 맹렬하게 불어왔다. 그 한쪽에서는 붉은색을 띤 흉측한 피의 강이 맹렬하게 흐르고 있었다. 광장 안에는 번쩍거리는 엷은 얼음 갑옷을 뒤집어쓴 엄청난 양의 재목 더미들이 쌓여 있었다. 북쪽 면에 눈이 잔뜩 달라붙어 있는 말고삐를 매는 기둥들이 공장 벽을 따라 한 줄로 늘어서 있었다. 광장 바닥은 싸늘한 얼음으로 뒤덮여 있어 걸을 때마다 금속성이 울려 퍼졌다.

역설적인 유사성이 다시 떠올라 나는 묘한 생각에 잠겼다. "감미롭고 고요한 템플 정원, 템스 강은 그 짙푸른 화단을 두르면서 흐르고."

한데 그 명랑하고 쾌활한 총각들은 어디에 있는 것일까?

휘몰아치는 바람 속에서 나와 말이 떨고 있을 때, 광장 곁의 기숙사 문에서 처녀 하나가 튀어나오더니 맨머리에 얇은 앞치마를 뒤집어쓰고는 맞은편 건물을 향해 걸어갔다.

"아가씨, 잠깐만요. 여기에 말과 썰매를 둘 헛간 같은 게 있나요?"

처녀가 걸음을 멈추고는 노동으로 창백해지고 추위에 새파래진 얼굴을 내 쪽으로 돌렸다. 본인과 무관한 고통에 초연한 눈빛이었다.

"아니," 나는 더듬거리며 말했다. "제가 사람을 잘못 봤네요. 어서 가세요. 별일 아닙니다."

나는 말을 끌고 그 처녀가 나온 문 쪽으로 다가가서 문을 두드렸다. 안색이 창백하고 추위로 새파래진 또 다른 처녀가 나타나 찬 바람이 들어오는 것을 막으려고 문을 빠끔히 연 채 추위로 몸을 벌벌 떨고 서 있었다.

"아, 또 실수했군요. 문 닫으세요. 잠깐만, 여기에 남자는 없나요?"

그 순간 추위에 대한 방비를 단단히 한, 안색이 시커먼 사람 하나가 그 앞을 지나 공장 문 쪽으로 갔고, 처녀는 그가 다가오는 것을 보고는 얼른 문을 닫아 버렸다.

"여기에는 마구간이 없나요?"

"저기, 목재로 지은 우리가 있어요." 그는 그렇게 대꾸하고는 공장 안으로 사라졌다.

나는 말과 썰매를 끌고 톱질이나 도끼질된 나무들이 곳곳에 무더기로 쌓여 있는 곳을 이리저리 뚫고 지나가느라 무진 애를 먹었다. 그렇게 해서 우리 안에 들어간 뒤 말의 몸에 담요와 들소 가죽옷을 덮어 주고, 그것이 바람에 날리지 않도록 끝자락을 말의 가슴걸이와 엉덩이띠에 꼭꼭 여몄다. 그러고 나서 얼음으로 뒤덮인 미끄러운 바닥과 몸에 걸친 마부용 방한 천 때문에 비틀거리면서 공장 문을 향해 달려갔다.

들어가자마자 나는 열 지어 늘어선 창문들 덕분에 아주 환하고 드넓은 공간에 서서 눈 덮인 바깥 풍경을 배경으로 하여 안에다 눈의 초점을 맞췄다.

휑해 보이는 긴 탁자가 열 지어 늘어서 있고, 탁자마다 멍한 표정의 처녀들이 줄지어 앉아 맨손에 하얀 접지기를 들고 멍하니 백지를 접고 있었다.

한구석에 육중한 쇠로 된 거대한 기계가 서 있고, 피스톤처럼 생긴 수직의 장비가 일정한 시간 간격에 맞춰 위로 올라갔다가 육중한 목조 블록 위에 떨어지곤 했다. 잘 길들여진 그 종 앞에 키 큰 처녀 하나가 서서 쇠로 된 그 동물에게 장밋빛 색조의 편지지인 12매 엽지들을 연신 먹이고 있었다. 피스톤같이 생긴 장비가 아래로 떨어지면서 가볍게 두드릴 때마다 종이 한 귀퉁이에 장미 화환 문양이 찍혔다. 나는 그 장밋빛 종이에서 고개를 들어 처녀의 창백한 뺨을 바라봤지만 말은 건네지 않았다.

또 다른 처녀가 하프처럼 길고 가는 줄들이 줄줄이 엮인 긴 장비 앞에 앉아서 그것에 풀스캡판형* 종이들을 먹이고 있었다. 종이들은 묘하게도 그녀가 줄 위에 올려놓자마자 장비의 반대편 끝에 앉아 있는 두 번째 처녀 쪽으로 물러났다. 종이들이 첫 번째 처녀에게 올 때는 백지였지만 두 번째 처녀에게 갈 때는 가로선들이 줄줄이 찍힌 형태로 갔다.

나는 첫 번째 처녀의 이마를 바라보고는 그것이 젊고 깨끗하다는 것을 알았다. 두 번째 처녀의 이마를 보니 가로로 주름살들이 잔뜩 잡혀 있었다. 내가 계속 그렇게 지켜보고 있는데, 두 처녀가 단조로운 공정에 작은 변화를 주기 위해 자리를 바꾸는 바람에 희고 맑은 이마를 지닌 처녀가 서 있던 자리에 주름이 잔뜩 진 처녀가 섰다.

또 다른 처녀 하나가 좁은 대 위에 놓인 등받이 없는 높은 의자에 앉

* 가로 33센티미터, 세로 40.6센티미터 크기의 종이.

아서 쇠로 된 다른 동물을 보살피고 있었다. 반면에 그 대 아래에서는 또 다른 처녀가 앉아서 위의 처녀와 상호작용하는 작업을 하고 있었다.

모두 말은 한 마디도 하지 않았다. 사람 말소리는 전혀 들리지 않고, 들리느니 쇠로 된 동물들의 낮고 꾸준한 소음들뿐이었다. 그곳에서 인간의 목소리는 완전히 추방당했다. 여기서는 인간 노예들을 거느리고 있다는 것을 뽐내는 기계들이 인간들의 공손한 보살핌을 받으면서 서 있었다. 인간들은 노예가 술탄을 섬기듯이 그렇게 묵묵하고, 비굴한 태도로 기계들을 섬기고 있었다. 처녀들은 기계의 부속품인 톱니바퀴라기보다는 차라리 톱니바퀴의 이 정도에 지나지 않는 것 같았다.

내가 목에 두르고 있던 무거운 모피 숄 자락을 풀기도 전에 이 모든 광경이 한눈에 확 다 들어왔다. 하지만 내가 모피 숄을 벗자마자 가까이에 서 있던 검은 얼굴의 사내가 갑자기 빽 고함을 지르더니 내 팔을 잡고 공장 밖으로 끌고 나갔다. 그리고 아무 말도 하지 않고 다짜고짜 바닥에서 얼어붙은 눈을 집어 올려 내 양 뺨에 문지르기 시작했다.

그는 말했다. "댁의 양 뺨에 눈의 흰자위 같은 반점이 두 개 나 있어요. 뺨이 얼었어요."

나는 중얼거렸다. "괜찮을 겁니다. '악마의 지하감옥'의 서리가 더 깊이 박히지 않은 게 이상한 일이지요. 비벼 주세요."

온기가 되살아난 양 뺨에서 즉각 살이 찢어지는 것 같은 통증이 일었다. 수척한 블러드하운드 두 마리가 양쪽에서 내 뺨을 물어뜯는 것 같았다. 나는 악타이온*이 된 것만 같았다.

이윽고 그 과정이 다 끝난 뒤 나는 다시 공장 안에 들어가 내가 온

* 아르테미스가 목욕하는 장면을 봐서 저주를 받아 사슴으로 변해 자기 개에게 물려 죽은 사냥꾼.

목적을 알리고 그 일을 흡족하게 매듭 지었다. 그러고 나서 공장 전체를 살펴볼 수 있게 안내를 해 달라고 부탁했다.

검은 얼굴의 사내가 말했다. "그런 일이라면 큐피드가 딱이죠. 큐피드!" 사내가 그렇게 이상야릇하고 화려한 이름을 부르자 수동적으로 보이는 처녀들 사이에서 발그레한 양 뺨에 보조개가 패어 있고 원기 왕성하고 숙성해 보이며, 내 생각에 좀 건방져 보이는 소년 하나가 무채색의 파도에서 금빛 물고기가 튀어나오듯 모습을 드러냈다. 내가 보기에 그 소년은 별다른 일을 하고 있었던 것 같지 않았다. 사내는 소년에게 방문객을 모시고 공장 전체를 돌고 오라고 지시했다.

활기 넘치는 소년은 아이답게 팔팔하고, 다소 우쭐거리는 태도로 말했다. "우선 수차를 보셔야죠."

우리는 종이 접는 방을 떠나 눅눅하고 싸늘한 바다 판자들을 가로질러 가 동인도 무역선의 초록빛 따개비가 잔뜩 달라붙은 뱃머리처럼 거품으로 흠뻑 젖은 축축한 작업장 밑에 섰다. 여기에서는 변함없고 엄숙한 목표 하나를 지닌 거대한 검은색 수차가 빠르게 돌아가고 있었다.

"이것이 우리 공장의 모든 기계들을 돌아가게 합니다. 이 모든 건물들에 있는, 여자들이 붙어서 일하고 있는 모든 기계들을요."

나는 그것을 보고 피의 강의 탁한 물색이 인간이 사용하는 상황에서도 전혀 변함이 없다는 걸 알았다.

"여기서는 백지만 만드는군? 인쇄 같은 것은 전혀 하지 않고? 그렇지?"

"물론이죠. 제지공장에서 다른 것도 만들어야 하나요?"

이 대목에서 소년은 내 상식이 의심스럽다는 듯한 눈빛으로 나를 쳐다봤다.

"아, 참, 그렇겠군!" 나는 당황해서 말을 더듬었다. "빨간 물이 엷은 색깔의 치chee를 만들어 낸다는 것이 아주 이상해 보여서. 내 말은 종이를 만들어 낸다는 것이 말야."

소년은 나를 축축하게 젖은 낡은 계단을 통해 밝고 넓은 방으로 안내했다. 그 방에는 양옆에 늘어선 투박한 여물통 같은 용기들 외에는 아무것도 보이지 않았다. 여물통들 앞에는 처녀들이 고삐고리에 묶인 암말들처럼 줄줄이 늘어서 있었다. 각각의 처녀들 앞에는 번쩍이는 긴 낫이 수직으로 솟아나 있었고, 그 끝은 여물통 끝의 바닥에 단단히 고정되어 있었다. 자루가 없고 둥글게 휜 낫은 꼭 검처럼 보였다. 처녀들은 끊임없이 곁에 있는 바구니에서 하얗게 세탁된 긴 넝마 조각들을 집어 들어 예리한 칼날에 갖다 대 모든 이음매들을 뜯어내어 갈가리 찢어 내다시피 했다. 실내에는 유독한 미립자들이 잔뜩 떠돌면서 그 방 어디에서나 햇빛 기둥 속에 떠도는 먼지들처럼 보이지 않는 가운데 폐 속에 스며들고 있었다.

소년이 기침을 하면서 말했다. "여기는 넝마처리실이에요."

나도 기침을 하면서 답했다. "여기는 숨 막힐 것처럼 답답한 방이로군. 그런데 저 아가씨들은 기침도 안 하네."

"아, 저 여자들은 이골이 나서 괜찮아요."

나는 바구니 하나에서 넝마 한 줌을 집어 들고 물었다. "이 많은 넝마들을 어디서 가져오는 거지?"

"우리나라 곳곳에서 오는 것들도 있고, 바다 건너에서 오는 것도 있어요. 리보르노*나 런던 같은 데서."

---

* 이탈리아 중서부의 항구 도시.

나는 웅얼거렸다. "그럼, 이 넝마 무더기들 가운데는 총각들의 천국 기숙사들에서 나온 낡은 셔츠들도 있을 수 있겠군. 그런데 단추들은 죄다 떨어져 나갔네. 자네, 이 근방에서 '배철러스 버튼'*을 본 적이 있나?"

"이 일대에서는 자라지 않아요. 악마의 지하감옥은 꽃들이 자라기에 적합하지 않은 곳이죠."

"아! 자네는 꽃 이야기를 하고 있군? 수레국화 이야기를?"

"그 꽃에 관해서 물어본 것 아니었어요? 아니면 우리 대장의 금으로 된 가슴 단추들을 말씀하시는 건가요? 우리 공장 여자들은 자기네끼리 소곤거릴 때 그분을 '올드 배치'**라고 부르거든요."

"그럼 내가 아래에서 본 그 남자가 총각이군그래?"

"예, 총각이에요."

"내가 본 게 맞는다면, 저 검들의 날은 여자들 쪽을 향해 휘어져 있군. 그런데 넝마들과 손가락들에 가려서 명확하게 볼 수가 없어."

"예, 바깥쪽으로 휘어져 있어요."

나는 혼자 중얼거렸다. 으응, 이제 보이는군. 직립해 있는 검날이 처녀들 쪽으로 휘어져 있어. 내 해석이 맞는다면, 이건 꼭 사형 판결을 받은 국사범이 재판관실에서 죽음의 방으로 들어가는 모습을 방불케 하는군. 사형 판결을 받은 죄수라는 뜻에서 검의 칼날을 죄수 쪽으로 향하고 서 있는 간수가 있는 방으로 국사범이 들어가는 모습 말이야. 그렇게 해서 낯빛이 하얀 이 처녀들은 몽롱하고 넝마 같은, 소모성(결핵성)의 창백한 삶을 통해서 죽음으로 향해 가는군.

* bachelor's button. '총각들의 단추'와 '수레국화'라는 두 가지 뜻이 있다.
** 노총각이라는 뜻이 있다.

나는 다시 소년 쪽으로 고개를 돌리며 말했다. "이 낫들은 아주 예리해 보이는군."

"예, 여자들은 그 날을 그렇게 유지 관리해야 하죠. 보세요!"

그 순간 두 처녀가 넝마를 통 속에 떨어뜨리고는 숫돌을 아래위로 부지런히 움직이면서 검날을 갈았다. 그런 환경에 익숙하지 않은 내 피가 고문받는 강철 날이 내지르는 날카로운 비명에 바짝 졸아붙었다.

나는 생각했다. 스스로의 처형을 집행하는 사형집행인들이로군. 자기네를 죽일 검의 날을 갈고 있는 여자들.

"대체 무엇 때문에 아가씨들의 안색이 저토록 하얗게 변했을까?"

"노상 저렇게 허연 종이들을 다루다 보니까 저절로 저렇게 백지장처럼 하얘진 것 같아요." 소년은 짓궂은 눈빛으로 익살스러운 말을 툭 뱉어 냈지만, 자신이 얼마나 냉혹한 말을 했는지는 미처 모르고 있었다.

"이제 그만 넝마처리실을 떠나도록 하지."

인간과 관련된 것이건 기계와 관련된 것이건 그 공장에서 무엇보다 더 불가사의하고 비극적으로 보였던 것은, 그렇게 비정한 말을 함부로 내뱉는 소년이 그런 말들에 내포된 잔혹성에 이상하리만치 무지하다는 점이었다.

소년은 명랑하게 말했다. "자, 이제 손님은 엄청나게 큰 기계를 보고 싶으실 거예요. 우리 공장에서는 지난가을에 1만 2,000달러를 주고 그걸 샀답니다. 그건 '페이퍼'*를 만들어 내는 기계이기도 하죠. 이리

---

* 여기에서는 '지폐'라는 의미이다.

로 오세요."

나는 소년을 따라 바닥이 질척한 큰 방으로 들어갔다. 그 안에는 커다란 둥근 통 두 개가 있었는데, 통마다 반숙 달걀의 흰자하고 비슷하게 생긴, 섬유질이 많은 허연 액체가 그득했다.

큐피드가 통들을 기분 좋게 툭툭 두드렸다. "이것들이 종이의 첫 시작입니다. 이 하얀 펄프 보이시죠. 이 노가 움직이는 데에 따라 펄프가 거품을 일으키면서 빙빙 도는 걸 좀 보세요. 펄프가 이 통들에서 저기에 있는 하나의 도관으로 흘러들어 갑니다. 저 도관에서 두 통의 펄프가 잘 섞이면서 유유히 흘러 그 커다란 기계로 들어가고요. 자, 그리로 가시죠."

소년은 나를 피처럼, 배 속처럼 뜨끈뜨끈하고 묘한 열기로 가득한 방으로 데리고 갔다. 여기에서는 마치 좀 전에 넝마처리실에서 봤던 그 유독한 미립자들이 최종적으로 배양되는 것만 같았다.

내 앞에는 동양의 긴 두루마리처럼 종이가 뽑혀 나오는, 하나의 연속된 공정이 펼쳐지는 철제 구조물이 자리 잡고 있었다. 온갖 종류의 롤러, 휠, 실린더들로 이루어진 다기능의 신비로운 기계는 느린 속도로 끊임없이 움직이고 있었다.

큐피드가 기계의 가장 가까이에 있는 끝 부분을 가리켰다. "우선 여기에서 펄프가 나옵니다. 보세요. 펄프가 쏟아져 나와 이 넓은 경사판 위에 펼쳐지죠. 보세요. 그런 다음 저기 첫 번째 롤러 밑으로 꾸물거리며 얇게 흘러내립니다. 저 과정을 계속 따라가며 보세요. 펄프가 저 롤러 밑에서 흘러내려 다음 실린더로 이동하지요? 걸쭉한 기운이 아주 약간 덜해진 게 보일 거예요. 다시 한 단계를 더 거치면 펄프의 경도가 약간 더 강해집니다. 또 다른 실린더를 거치면서 저것의 점착도가 높아져 마치 두 개의 서로 분리된 롤러들 사이에 공중다리처럼 걸쳐지죠. 거미줄처럼 말입니다. 하지만 아직은 잠자리 날개 정도에 불과하죠. 저것은 마지막 롤러 위를 지나간 뒤 다시 밑으로 내려가 자취를 감춥니다. 그리고 손님의 눈에는 잘 안 보이는 여러 개의 실린더들 사이에서 1분간에 걸쳐 이중으로 겹쳐집니다. 그런 다음, 보세요. 여기에서 다시 나타납니다. 마침내 이제 펄프보다는 종이에 더 가깝게 보입니다. 그래도 잠시 동안은 아직 아주 약하고 불완전합니다. 하지만 이 과정을 좀 더 따라와 보세요. 여기 이 지점까지 오면 저것은 진짜 종이 같은 모습을 띕니다. 손님이 손을 대셔도 괜찮아 보일 것 같은 것으로. 그러나 아직 다 된 건 아닙니다. 여행을 더 해야죠. 더 많은 실린더들이 저것을 판판하게 밀어 줘야 합니다."

"기가 막히는군!" 나는 펄프가 끝없이 길게 뻗어 나가며 계속 돌아가고, 기계가 유유히 움직이는 데 놀라면서 말했다. "저 펄프가 한 끝에서 다른 한 끝까지 다 지나가 종이가 되어 나오기까지 시간이 꽤 오래 걸릴 것 같군."

조숙한 소년은 우월감과 아울러 생색을 내는 듯한 태도로 싱긋이 웃었다. "아, 그렇게 오래 걸리지는 않습니다. 9분 정도밖에 안 걸려요. 하지만 보세요. 손님이 직접 시험해 보셔도 됩니다. 종이쪽지 갖고 계시나요? 아! 여기 바닥에 하나가 떨어져 있네요. 자, 무슨 글이든 여기에 쓰시고 절 주세요. 제가 여기에 가볍게 붙여 놓을 테니까요. 그리고 이것이 다른 한 끝으로 떨어질 때까지 얼마나 시간이 걸리나 살펴보기로 하죠."

나는 연필을 꺼내면서 말했다. "그래, 한번 보지. 여기에 자네 이름을 적어 놓겠네."

큐피드는 내게 회중시계를 꺼내라고 하고는 기계에서 처음으로 모습을 드러낸 펄프 위에 본인의 이름이 적힌 쪽지를 살짝 떨어뜨렸다.

그 즉시 나는 시계 문자판의 분침을 들여다봤다.

나는 서서히 움직이는 쪽지를 눈으로 따라갔다. 그것은 가끔 몇 개인지 알 수 없는, 기계 아래쪽 실린더들 밑으로 들어가 30초가량 자취를 감췄다가 다시 조금씩 나타났다. 쪽지는 바르르 떨리는 종이 위의 반점처럼 그렇게 미끄러져 나와 완전히 제 모습을 드러냈다. 그러고 나서 다시 완전히 자취를 감췄다. 그렇게 시간이 계속 흘러갔다. 쪽지의 바탕을 이루는 종이는 줄곧 더 탄탄해져 갔다. 문득 나는 폭포와 크게 다르지 않은 일종의 종이 폭포를 봤다. 그러고 나서 줄을 끊는 것 같은 가위 소리가 들렸다. 그러면서 내가 "큐피드"라고 쓴 글자들이 희미하게 보이는 완벽한 형태의 눅눅하고 따뜻한 풀스캡판형 종이가 툭 떨어졌다.

거기가 기계의 끝이었기에 내 여행도 거기에서 끝났다.

큐피드가 말했다. "시간이 얼마나 걸렸죠?"

나는 손에 쥐고 있는 시계를 들여다봤다. "8분 59초."

"제가 그럴 거라고 말씀드렸죠?"

신비로운 예언이 성취된 것을 직접 목격한 것과 별반 다르지 않은 묘한 감동이 잠시 나를 사로잡았다. 하지만 곧이어 나는 스스로를 멍청하다고 나무랐다. 저것은 본질적으로 한결같은 정확성을 갖고 있는 단순한 기계가 아닌가.

좀 전까지 휠과 실린더들에 마음을 빼앗겼던 나는 이제 기계 곁에 서 있는, 슬퍼 보이는 여자 쪽으로 주의를 돌렸다.

"저기에서 조용히 기계 끝을 지키고 있는 저 여자는 나이가 좀 들어 보이는군. 저 일에 완전히 숙달되지도 않은 것 같고."

큐피드는 기계 소음 속에서도 부러 말소리를 낮춘 채 소곤거렸다. "아, 저 여자는 지난주에 왔어요. 전에는 간호사로 일했죠. 그런데 이 일대에서는 그런 일자리가 부족해서 전직을 했습니다. 저 여자가 저 기에서 쌓고 있는 종이를 보세요."

"아, 풀스캡판형 종이." 여자는 계속 자기 손에 들어오고 있는 축축하고 따듯한 종이를 차곡차곡 쌓아 올리고 있었다. "이 기계에서는 풀스캡판형 종이 말고 다른 종이들은 생산하지 않나?"

"아, 자주는 아니고 가끔 좀 더 질 좋은 종이들을 생산합니다. 우리는 그런 걸 일러 크림색 박엽지나 특제 종이라고 부르죠. 하지만 가장 많이 찾는 게 풀스캡판형 종이라서 대부분 그걸 생산합니다."

그것은 참 묘한 물건이었다. 백지가 계속 떨어지고, 떨어지고, 떨어지는 것을 보고 있는 가운데 내 마음은 장차 그 수천 장의 종이가 향해 갈 진기한 사용처들에 대한 경이에 사로잡혔다. 사람들은 지금은 아무것도 없는 백지들에 온갖 글을 다 쓸 것이다. 설교문, 변호사의 소송적요서, 의사의 처방전, 연애 편지, 혼인증명서, 이혼 서류, 출생신고서, 사망증명서 등을 비롯해서 한없이 많은 것들을. 이윽고 내 생각이 완전한 백지 상태의 종이들 쪽으로 되돌아왔을 때, 나는 존 로크의 유명한 비유를 생각하지 않을 수 없었다. 로크는 인간이 선천적인 인식을 갖고 있지 않다는 자신의 이론을 논증하면서 태어날 때의 인간 정신을 백지에 비유했다. 장차 무엇인가가 쓰일 운명이기는 하지만 그것이 어떤 종류의 글이 될지는 아무도 말할 수 없는 그런 백지에.

나는 여전히 윙윙거리는 소음을 내며 부지런히 작동하는 그 복잡한 기계를 따라 천천히 왔다 갔다 하면서 기계의 모든 움직임 속에 내재된 진전의 힘이라는 그 필연성에도 깊은 인상을 받았다.

나는 더 불완전한 단계에 놓여 있는 종이 부분을 가리켰다. "저기 저 엷은 거미집 같은 것이 찢어지거나 분리되지는 않나? 저것은 대단히 약한데, 저것이 통과하는 이 기계는 이렇듯 대단히 강력하지 않나."

"머리카락 굵기만큼도 찢어지지 않는다고 합니다."

"멈추지도 않나? 중간에 흐름이 막히거나 해서?"

"아뇨. 저것은 늘 작동합니다. 저 기계는 펄프를 저런 식으로 흘러가게 만듭니다. 딱 저런 식으로, 그리고 손님이 보고 계신 대로 딱 저런 속도로 흘러갑니다. 펄프는 계속 흘러갈 수밖에 없습니다."

이 불굴의 철제 동물을 바라보면서 내 마음속에서는 외경심 같은 것이 일었다. 이렇게 육중하고 정교한 종류의 기계들은 보는 이의 기분 상태에 따라 약간씩 차이는 있겠지만 대체로 사람의 마음속에 이상한 두려움 같은 것을 불러일으키곤 한다. 연신 헐떡이는 살아 있는 베헤못*이 그러하듯이. 내가 본 것을 유난히 두려운 것으로 비치게 하는 것은 그 준엄한 필연성, 그것을 지배하는 움직일 수 없는 숙명이었다. 가끔 거즈처럼 얇은 펄프의 베일이 그 신비로운 진행 과정을 전혀 볼 수 없는 구간에 들어설 때면 그 흐름을 좇아갈 수 없지만, 내 시야에서 벗어난 그런 구간들에서도 그것이 여전히 기계의 전제적인 간계奸計에 변함없이 순응하면서 앞으로 나아가리라는 것은 분명했다. 나는 그것에 매혹되었다. 그것에 넋을 빼앗긴 채 멍하니 서 있었다. 내 시선은 펄프가 눈앞에서 빙빙 돌아가는 실린더들을 따라 느릿하게 지나가는 가운데 펄프의 창백한 초입 부분에 못 박혔다. 그것은 그 음울

---

* 『욥기』 40장 15∼24절. 베헤못은 '짐승'을 뜻하는 히브리어로, 구약에 등장하는 거대한 수륙양서 괴물의 이름이다.

한 날, 내가 목격한 더없이 무력한 처녀들의 창백한 얼굴들을 연상시켰다. 그 처녀들의 모습은 천천히, 음울하게, 마치 탄원하듯, 그러면서도 아무 저항 없이 그 흐름을 따라 희미하게 명멸했다. 그녀들의 고통은 베로니카 성녀*의 손수건에 찍힌 고통스러운 얼굴 자국처럼 그 불완전한 종이에 희미하게 각인되어 있었다.

"손님! 이 방의 열기가 너무 뜨거우신가 보네요." 큐피드가 내 얼굴을 보더니 소리쳤다.

"아니, 나는 오히려 좀 으스스한데."

"우리 나가요, 손님. 밖으로, 밖으로." 이 조숙한 소년은 아버지가 신중하게 자녀를 보호하듯 서둘러 나를 밖으로 데리고 나갔다.

몇 분이 지나 기분이 조금 나아졌을 때 나는 처음에 들어갔던 종이 접는 방으로 들어갔다. 그곳에는 업무 처리용 책상이 횅한 긴 탁자들과 그 앞에서 일하는 멍한 표정의 처녀들에 둘러싸여 있었다.

"여기 이 큐피드가 제게 이상한 여행을 시켜 줬습니다." 나는 앞에서 언급한 바 있는 안색이 시커먼 사내에게 말했다. 그 전에 나는 이미 이 사내가 노총각에다 이 공장의 대표라는 사실을 알고 있었다. "사장님의 공장은 아주 훌륭한 공장입니다. 그 커다란 기계는 불가사의하다고 할 만큼 복잡한, 기적 같은 기계더군요."

"예, 모든 방문객들이 다 그렇게 생각하시죠. 한데 찾아오는 분들은 별로 없습니다. 여기는 아주 외진 곳이니까요. 주민들도 거의 없어요. 우리 애들도 대부분이 멀리 떨어진 마을에서 왔답니다."

"우리 애들이라." 나는 조용한 처녀들을 한 바퀴 둘러보면서 그의 말

---

* 예수가 십자가를 지고 골고다로 갈 때 베로니카가 이마를 닦으라고 머리의 천을 풀어 건네 줬는데 예수가 돌려줄 때 보니 거기에 예수의 얼굴 모습이 찍혀 있었다고 한다.

을 그대로 되받았다. "어째서 대부분의 공장에서는 여공들을 부를 때 여자들이라고 하지 않고 나이를 불문하고 무조건 애들이라고 부르는 걸까요?"

"아! 그건…… 제가 생각하기에 걔네들이 대체로 미혼이기 때문에 그런 게 아닐까 싶은데요. 한데 그런 점에 대해서는 한 번도 생각해 보지 않았습니다. 우리 공장에서는 앞으로도 기혼 여성들은 쓰지 않을 겁니다. 기혼 여성들은 기껏 들어왔다가도 쉽게 나가 버리곤 하니까요. 우리는 꾸준히 일할 여공들만 필요로 합니다. 매주 일요일, 추수감사절, 단식일을 제외한 1년 365일 동안 하루 12시간씩 일해 줄 애들만요. 그게 우리 규칙입니다. 그리고 우리 공장 여자들은 미혼자들이기 때문에 애들이라고 불러도 별 상관 없죠."

"그렇다면 이분들은 모두 아가씨들이군요." 나는 창백한 안색을 지닌 그 처녀들의 처지를 가슴 아파하면서 나도 모르게 경의를 표하는 뜻에서 고개를 숙였다.

"모두 아가씨들이죠."

또다시 나는 이상한 느낌에 휩싸였다.

사내는 나를 주의 깊게 살펴보면서 말했다. "손님, 두 뺨이 아직도 희뿌옇네요. 댁으로 가실 때 조심하셔야겠습니다. 지금도 통증이 좀 있습니까? 그렇다면 나쁜 징조인데."

나는 말했다. "일단 악마의 지하감옥을 벗어나고 나면 분명 상처가 회복될 겁니다."

"아, 그렇겠죠. 골짜기나 움푹 꺼진 곳이 다른 어디보다 훨씬 더 춥고 혹독하니까요. 믿지 않으실지 모르겠지만, 여기가 워돌러 산꼭대기보다 더 춥답니다."

"그렇겠죠. 그런데 시간이 촉박해서 그만 가 봐야겠습니다."

그 말과 함께 나는 방한 외투와 목도리로 다시 몸을 감싸고 바다표범 가죽으로 만든 큼직한 벙어리장갑을 낀 뒤 살을 에는 대기 속으로 튀어 나갔다. 그리고 가여운 나의 블랙이 추위로 몸을 잔뜩 움츠리고 있는 모습을 봤다.

나는 모피 옷을 걸치고 잠시 묵상한 뒤 곧바로 악마의 지하감옥을 떠나 비탈길을 올라갔다.

검은 협곡에서 잠시 썰매를 세웠을 때 또다시 템플바의 모습이 내 머리에 떠올랐다. 그러고 나서 그 고개를 지나 불가사의한 자연에 홀로 에워싸인 상태에서 나는 외쳤다. "오! 총각들의 천국이여! 오! 처녀들의 지옥이여!"

피뢰침 판매인
The Lightning-Rod Man

나는 아크로케라우니아* 산중에 위치한 집의 벽난로 재받이돌 위에 서서 불규칙하게 울리는 천둥소리를 들으며 정말 무시무시하다고 생각했다. 하늘 여기저기에서 번쩍이는 번개가 골짜기로 떨어져 내렸다. 번개가 칠 때마다 지그재그 모양의 섬광과 아울러 순간적으로 허공을 사선으로 그으며 내리꽂히는 사나운 빗발이 이어졌고, 빗발들이 우리 집 널지붕을 창끝처럼 두드리면서 요란한 소리가 났다. 나는 이 일대의 산들이 갈라지고 온통 뒤흔들리는 광경을 떠올리면서 천둥 치는 광경은 평원에서보다 이런 산중에서 볼 때 더 장관이라고 생각했다. 가만! 문 앞에 누군가가 와 있었다. 하필이면 이렇게 천둥 치는 때

* 폭풍우로 유명한 그리스 지역에서 따온 이름.

를 골라서 방문을 한 저 사람은 대체 누구지? 느낌으로 보아 남자 같은데, 왜 문고리를 사용하지 않고 음울한 장의사처럼 주먹으로 문짝을 치는 거지? 하지만 저 사람을 집 안에 들이기로 하자. 아, 그 사람이 집 안에 들어온다.

"안녕하세요." 이렇게 인사하는 이는 전혀 낯선 사람이다.

"자리에 앉으시지요." 저 사람이 쥐고 있는 저 이상해 뵈는 지팡이는 대체 뭘까. "근사한 폭풍우네요."

"근사하다고요? 끔찍하죠!"

"몸이 젖었네요. 이 벽난로 앞으로 와서 불을 좀 쬐세요."

"천만의 말씀입니다!"

방문객은 여전히 처음 들어와 선 오두막 정중앙에 그대로 서 있었다. 워낙 이상한 사람이라 그를 찬찬히 살펴보지 않을 수 없었다. 여윈 몸매에 음울해 보이는 인상. 검은 직모가 헝클어진 채로 이마 위에 아무렇게나 늘어져 있었다. 움푹 팬 눈구덩이 주위에서는 아무 해害 없는 번개 같은 남빛이 번쩍였다. 번개처럼 눈부시지는 않은 환한 빛 같은 것이. 전신에서 물방울이 뚝뚝 떨어지고 있었다. 그는 아무것도 깔지 않은 맨 참나무 바닥 위에 고인 물웅덩이에 서 있었다. 그 괴이한 단장은 허리 옆에 수직으로 서 있었다.

그것은 길이 1.2미터가량 되는 윤나는 구리 막대를 깔끔한 나무 지팡이에 세로로 길게 부착시킨 것을, 구리 테로 칭칭 감은 두 개의 녹색 유리공 속에 끼워 넣어 만든 것이었다. 금속 막대 맨 꼭대기는 금박을 입힌 것처럼 밝게 빛나는 삼발이 형태의 세 개의 날카로운 가지로 마감되어 있었다. 그는 그것의 나무 부분만을 쥐고 있었다.

나는 정중하게 고개를 숙이며 말했다. "천둥의 신 주피터께서 친히

왕림해 주신 건가요? 그리스 조각상에서는 번개를 움켜쥐고 서 계셨죠. 만일 댁이 그분이거나 그분 밑의 태수시라면 저는 댁이 우리 산에서 빚어내 온 이 고귀한 폭풍우에 감사드려야겠지요. 들어 보세요. 그건 장엄한 울림이었습니다. 아, 그 장엄함을 사랑하는 사람으로서 이 오두막에서 벼락의 신 본인을 맞아들였다는 건 좋은 일이죠. 그 때문에 천둥의 울림이 더 근사해지는군요. 한데 좀 앉으세요. 골풀로 바닥을 짠 이 낡은 안락의자는 올림포스에 있는 그 영원한 옥좌의 빈약한 대체물입니다만, 앉아 주시는 영광을 베푸시길."

내가 이렇듯 상냥하게 말하는 동안 방문객은 반쯤은 놀란 표정으로, 반쯤은 이상한 종류의 공포심 어린 표정으로 나를 빤히 쳐다봤지만 한 발짝도 떼지 않았다.

"앉으세요. 다시 밖으로 나가기 전에 몸을 말려야 합니다."

나는 기꺼이 초대한다는 뜻으로 넓은 벽난로 곁에 의자를 갖다 놨다. 때는 9월 초였기에 이날 오후 나는 냉기가 아니라 습기를 몰아내고자 벽난로에 작은 불을 지펴 놓았다. 하지만 방문객은 간곡한 내 권유를 들은 척도 하지 않고, 여전히 방 한복판에 서서 엄숙한 표정으로 나를 응시하면서 말했다.

"죄송합니다만, 거기 난로 곁에 앉으라는 권유를 받아들이는 대신 제 말을 꼭 들으셔야 한다고 엄숙하게 경고하는 바입니다. 이 방 한복판에서 저와 함께 서 있도록 하세요. 맙소사!" 그가 놀라서 소리쳤다. "그 끔찍한 꽹음이 또 들리는군요. 경고합니다, 선생. 그 난로 곁을 떠나세요."

나는 재받이돌 위에서 조용히 몸을 움직이며 말했다. "천둥의 신 주피터 씨, 저는 여기서 아무 탈 없이 서 있는뎁쇼."

그는 소리쳤다. "정말 끔찍하리만치 무지하군요. 이렇게 엄청난 폭풍우가 몰아칠 때는 집 안에서 더없이 위험한 구역이 바로 벽난롯가라는 것을 모르시는 걸 보면 말입니다."

"예, 그런 건 몰랐습니다." 나는 재받이돌 바로 밑에 있는 판자에 무심코 발을 디디면서 말했다.

그러자 방문객이 훈계에 성공하여 득의만면한 듯한 기분 나쁜 태도를 취해서, 나는 이번에도 아주 무심코 재받이돌 위로 돌아가 내가 취할 수 있는 최대한의 거만한 자세, 곧 허리를 아주 꼿꼿이 세운 자세를 취했다. 하지만 말은 전혀 하지 않았다.

그는 놀라움과 위협이 묘하게 뒤섞인 어조로 소리쳤다. "맙소사, 그 난롯가에서 내려오세요! 불에 달궈진 공기와 검댕이 전도체들이라는 것을 모릅니까? 쇠로 만든 큼직한 벽난로 받침들은 더 말할 것도 없고? 제발 부탁이니 그곳을 떠나세요. 이건 명령입니다."

"주피터 씨, 저는 제 집에서 남의 명령을 듣는 데 익숙하지 않습니다."

"그런 이교도식 이름으로 저를 부르지 마세요. 선생은 이 무서운 시점에서 불경스럽게 굴고 있어요."

"무슨 용무로 여기에 왔는지 말씀해 주는 친절을 베풀어 주지 않겠어요? 폭풍우를 피할 곳을 찾는다면 환영입니다. 예의 바르게 행동하는 한은. 하지만 사업차 왔다면 지금 당장 밝히세요. 댁은 뭐 하는 사람입니까?"

방문객은 어조를 부드럽게 하면서 말했다. "저는 피뢰침 판매인입니다. 제가 전문으로 하는 일은…… 자비로우신 하느님! 엄청난 굉음이네요! ……벼락을 맞은 적이 있나요? 집에 말입니다. 없나요? 그럼 설치하시는 게 좋습니다." 그는 금속 지팡이로 바닥을 의미심장하게 툭툭 쳤다. "본질적으로 폭풍우에서 안전한 곳은 없습니다만, 딱 이 말 하나만 하겠습니다. 저는 이 지팡이를 몇 번 흔드는 것만으로 이 집을 지브롤터*로 만들어 드릴 수 있습니다. 들어 보세요, 이 어마어마한 진동을!"

"말을 하다 말았네요. 댁이 전문으로 하는 사업에 관해서 이야기하려고 했잖습니까."

"제가 하는 일은 시골을 돌아다니면서 피뢰침 주문을 받는 겁니다. 이것은 피뢰침 견본입니다." 그는 손으로 지팡이를 툭툭 쳤다. "저는 최고의 증빙자료들을 갖고 있습니다." 그는 주머니를 뒤적였다. "지난달에는 크리건에서 불과 다섯 동의 건물에 23개나 되는 피뢰침을 세웠죠."

"가만 있자. 지난주에 크리건에서 사고가 있었죠? 토요일 자정 무렵에 교회 첨탑, 큰 느릅나무, 공회당의 둥근 지붕에 벼락이 떨어지지 않았나요? 그곳들에 댁의 피뢰침을 세웠나요?"

"느릅나무와 둥근 지붕은 아니고, 첨탑에만."

"그렇다면 댁의 피뢰침이 무슨 소용이 있단 말입니까?"

"생사를 좌우해 주죠. 제 일꾼이 부주의해서 난 사고였어요. 첨탑 꼭대기에 피뢰침을 설치할 때 피뢰침의 일부가 양철 지붕에 닿게 하는 바람에. 사고는 그래서 난 거죠. 제 잘못이 아니라 그 친구 잘못입니다. 들어 보세요!"

"염려 마세요. 저 소리는 굳이 손가락질하지 않아도 들릴 만큼 아주

---

* 튼튼한 성채를 뜻한다.

크니까. 작년에 몬트리올에서 일어난 사건 소식 들으셨나요? 한 하녀가 침대 곁에서 로사리오를 손에 들고 있다가 벼락에 맞은 사건 말입니다. 금속으로 된 묵주를 들고 있다가. 댁의 사업이 캐나다까지도 뻗어 있나요?"

"아뇨. 제가 듣기로 거기에서는 철로 만든 피뢰침만 쓰고 있다고 합니다. 그 사람들은 제 것과 같은 것을 써야 합니다. 구리로 만든 것을. 철은 쉽게 녹거든요. 그런데 그 사람들은 그런 피뢰침을 아주 가늘게 잡아 늘이는 바람에 엄청난 양의 전류를 흐르게 할 수 없습니다. 그런 피뢰침은 녹아 버리죠. 건물은 파괴되고. 구리로 만든 제 피뢰침은 결코 그렇지 않습니다. 캐나다 사람들은 바보예요. 일부 캐나다 사람들은 피뢰침 꼭대기를 둥글고 뭉툭하게 만드는데, 그랬다간 이런 종류의 피뢰침처럼 모르는 사이에 전류를 땅속으로 흘려 보내는 것이 아니라 치명적인 폭발을 일으킬 수 있습니다. 오로지 제 것만이 진정한 피뢰침이죠. 이걸 보세요. 1피트*에 단돈 1달러입니다."

"남의 집에 들어와 이렇게 행동하는 건 의심을 불러일으킬 수도 있습니다."

"들어 보세요! 천둥소리가 줄어들고 있어요. 우리 가까이 오고 있어요. 지면 가까이 내려오고 있고. 들어 보세요! 저 꽉 찬 울림을! 가까이에서 울리는 바람에 모든 진동이 하나가 된 겁니다. 또 다른 섬광. 잠깐만!"

나는 이제 그가 지팡이를 놓는 것과 동시에 창문 쪽으로 상체를 잔뜩 숙이고 오른손 검지와 중지를 왼쪽 손목에 갖다 대는 걸 보고 말했

---

* 약 30.48센티미터.

다. "뭐 하는 거요?"

그러나 내 말이 채 끝나기도 전에 그의 외침이 터져 나왔다.

"쾅광! 저기 저 숲 어딘가, 여기에서 500미터도 채 떨어지지 않은 곳에서 진동이 딱 세 번! 저는 거기에서 벼락 맞은 세 그루의 참나무 곁을 지나왔습니다. 막 껍질이 벗겨져 번들거렸지요. 참나무는 수액 속에 철분이 있어서 다른 나무보다 번개를 더 잘 끌어들입니다. 이 댁 바닥도 참나무 같군요."

"참나무 속심이죠. 이런 때 우리 집을 찾아온 것을 보니, 일부러 폭풍우가 몰아치는 날을 택해서 돌아다니는 것 같군요. 천둥이 난리를 치는 때야말로 댁의 사업에 유리한 인상을 심어 주기에 아주 좋은 시간이라고 여기고서."

"들어 보세요, 섬뜩하네요!"

"남들을 두려움 없이 살게 해 주려는 사람으로는 어울리지 않는다고 할 만큼 겁이 많은 것 같군요. 일반인들은 맑은 날을 골라서 여행하는데 댁은 폭풍우가 몰아치는 날을 선택합니다. 그런데,"

"제가 폭풍우 치는 날 돌아다니는 건 사실입니다. 하지만 피뢰침 판매인만이 아는 특별한 예방책 없이 돌아다니지는 않습니다. 들어 보세요! 서두르셔야 합니다…… 제 피뢰침 견본을 보세요. 1피트에 1달러입니다."

"아주 좋은 피뢰침으로 보이네요. 한데 댁의 그 특별한 예방책이라는 게 뭐죠? 우선 저 덧문부터 닫고 들어 봅시다. 창문 안으로 빗발이 들이치고 있으니. 빗장을 질러야겠어요."

"미쳤습니까? 저 빗장이 전도성이 뛰어난 전도체라는 걸 모릅니까? 그만두세요."

"난 단지 저 덧문을 닫기만 할 겁니다. 그런 다음 심부름하는 애를 불러서 나무 빗장을 가져오라고 하면 됩니다. 부탁인데, 거기 있는 그 종 줄을 당겨 주시겠어요?"

"제정신입니까? 이 종 줄은 댁을 결딴낼지도 몰라요. 폭풍우가 치는 날에는 종 줄을 절대로 건드리지 마세요. 어떤 종류의 종도 치지 말고요."

"종루 안에 있는 종도 치면 안 됩니까? 이런 때는 어디에서 어떻게 있어야 안전한지 이야기해 주지 않겠어요? 이 집에서 내가 목숨을 부지할 수 있다는 희망을 가질 만한 구역이 있긴 한가요?"

"있죠. 하지만 선생이 지금 서 계신 곳은 아닙니다. 그 벽에서 떨어지세요. 가끔 전류가 벽을 타고 흐를 겁니다. 그리고 인체는 벽보다 더 나은 전도체라 전류는 벽을 떠나 인체 속으로 흘러들어 갑니다. 번쩍! 저건 분명 여기에서 아주 가까운 데 떨어졌을 겁니다. 저건 구상球狀 형태의 번개였을 거예요."

"그랬겠죠. 당장 이야기해 봐요. 댁의 견해로는 이 집에서 가장 안전한 곳이 어딥니까?"

"이 방, 그리고 그중에서도 제가 서 있는 바로 이 지점. 이리로 오세요."

"우선 그 이유부터 밝혀 보세요."

"들어 보세요! 번개 친 뒤의 저 돌풍…… 창틀들이 부르르 떨고 있군요. 집, 집도! ……저 있는 데로 오세요!"

"부디 그 이유부터 이야기해 주세요."

"저 있는 데로 빨리 오시라니까요!"

"감사한 말씀입니다만 저는 이 스탠드를, 벽난로를 시험해 볼 생각입니다. 그리고 천둥이 잠시 쉬고 있는 지금 우리 집에서 이 방이 가장 안전한 장소이고, 그중에서도 댁이 서 있는 곳이 가장 안전한 곳이라고 판단하는 이유를 이야기해 주시겠습니까?"

폭우가 잠시 그쳤다. 피뢰침 판매인은 안도한 듯이 대답했다.

"댁의 집은 다락방과 지하실이 딸린 단층집입니다. 이 방은 그 중간에 있고요. 그러니 비교적 안전합니다. 가끔 번개가 구름대에서 지표로 떨어지고, 또 어떤 때는 지표에서 구름대로 올라가기도 합니다. 이해하시겠어요? 그리고 제가 방 중앙을 선택한 것은 번개가 집을 강타할 때 굴뚝이나 벽을 타고 내려오기 때문입니다. 따라서 당연히 굴뚝이나 벽에서 가급적 멀리 떨어져 있을수록 좋죠. 자, 이제 저 있는 데로 오세요."

"조금 이따가. 댁이 방금 한 이야기를 듣고 보니 이상하게도 겁이 나는 게 아니라 더 안심이 되네요."

"제가 무슨 이야기를 했는데요?"

"가끔 번개가 지표에서 구름대로 올라간다고 했잖아요."

"아, 우리는 그걸 귀환하는 번개라고 부르죠. 지표가 전류로 과도하게 충전될 때는 남는 양을 위로 방출해 버립니다."

"귀환하는 번개라. 말하자면 지표에서 하늘로. 그거 아주 좋은 일이로군요. 한데 여기 이 벽난로 쪽으로 와서 몸을 좀 말리세요."

"저는 여기가 더 좋습니다. 옷이 젖어 있을수록 더 좋고요."

"어째서요?"

"폭풍우가 몰아칠 때는 옷이 흠뻑 젖는 편이…… 또 치는군요! …… 가장 안전하니까요. 젖은 옷은 인체보다 더 전도가 잘되고, 따라서 번개가 칠 때는 전류가 인체를 건드리지 않고 젖은 옷을 타고 흘러내립니다. 다시 폭풍우가 더 심해지네요. 집에 양탄자가 있나요? 양탄자는 비전도체입니다. 하나 가져오세요. 여기에서 그 위에 올라서 있게요. 선생도 같이 올라서도록 하고. 하늘이 시커메집니다. 한낮이 저녁나절이 되어 버렸네요. 들어 보세요! 양탄자, 양탄자!"

나는 그에게 양탄자 한 장을 건네줬다. 구름에 휩싸인 산이 우리 집 쪽으로 다가와 집 안으로 밀려들어 오는 것만 같았다.

나는 내 자리로 되돌아가서 말했다. "입 다물고 있는 건 우리 둘 다에게 도움이 되지 않을 테니, 이제 출장 다니는 동안 폭풍우가 몰아칠 때의 예방책에 관한 이야기를 좀 들려주세요."

"이것이 지나갈 때까지 기다리세요."

"아니, 그 예방책 이야기나 해 봐요. 댁이 설명한 대로라면 지금 댁은 가장 안전한 곳에 서 있지 않나요. 이야기해 봐요."

"그럼, 간략하게 이야기해 보죠. 저는 소나무, 높은 집, 외따로 떨어진 헛간, 고지대의 풀밭, 흐르는 물, 소와 양 떼, 사람들이 몰려 있는 곳을 피해 다닙니다. 오늘처럼 도보로 다닐 때 저는 빠르게 걷지 않습니다. 마차를 타고 다닐 때면 마차 양옆이나 뒤를 건드리지 않습니다. 말을 타고 다닐 때는 말에서 내려 말을 앞세우고 걸어갑니다. 하지만 무엇보다 저는 키 큰 사람들을 피합니다."

"내가 꿈을 꾸고 있는 건가요? 사람이 사람을 피한다니? 그것도 위험한 때에?"

"폭풍우가 칠 때는 키 큰 사람들을 피합니다. 키가 180센티미터 정도만 되어도 능히 본인의 머리 위에 있는 전기 구름을 방전시킬 수 있다는 사실을 모를 만큼 무지한 분인가요? 켄터키 사람들은 혼자 밭에 나와 쟁기로 밭을 갈다가 벼락을 맞아 죽는 일이 없나요? 그렇진 않죠. 키가 180센티미터 이상 되는 사람이 흐르는 물 곁에 서 있을 경우, 구름은 가끔 그 사람을 전도체로 선택해서 흐르는 물로 들어갑니다. 들어 보세요! 저 검은 첨탑은 갈라진 게 분명합니다. 그래요, 인간은 훌륭한 전도체입니다. 번개는 인간을 꿰뚫고 지나가지만 나무의 경우에는 단지 껍질만 벗길 뿐입니다. 그런데 선생이 너무나 오래 질문에 대답만 하게 하신 바람에 아직 제 사업 이야기는 제대로 꺼내지도 못했네요. 제 피뢰침을 주문할 의향이 있으신가요? 이 피뢰침 견본을 잘 보세요. 자, 이건 최고의 구리로 만든 겁니다. 구리는 최상의 전도체죠. 선생의 집은 높이가 낮습니다. 하지만 집이 산중에 위치해 있어서 낮다는 것이 전혀 도움이 되지 않습니다. 선생 같은 산악 지대 분들은 위험에 가장 크게 노출되어 있습니다. 피뢰침 판매인의 주요 사업장이 이런 산악 지대죠. 이 견본을 보세요. 이처럼 꽤 작은 집에는 딱한 개만 설치하면 됩니다. 이 추천장들을 보세요. 딱 한 개면 됩니다. 가격은 단돈 20달러. 들어 보세요! 태코닉 산과 후식 산*의 모든 화강암들이 자갈들처럼 한꺼번에 굴러 내려가는군요. 소리로 미루어 번개가 뭔가를 때린 게 분명합니다. 이 집 지붕에 높이 5피트가량의 피뢰침 한 개를 세우면 반경 6미터 이내에 있는 모든 것을 보호해 줄 겁니다. 단돈 20달러입니다. 1피트당 1달러. 들어 보세요! 무시무시하군요. 주문하시겠습니까? 사시겠어요? 선생의 성함을 기입할까요? 마구간에서 고삐에 묶인 채 불타 버린 말처럼 번개 한 방에 숯처럼 새까맣게 변한 쓰레기 무더기를 한번 생각해 보세요!"

"당신은 본인이 번개의 신 주피터와 연락을 주고받는 특사나 전권

---

* 미국 북동쪽의 산들.

대사인 것처럼 구는구려." 나는 소리 내어 웃었다. "당신은 땅과 하늘 사이에 본인과 본인의 파이프 막대를 끼워 넣으려고 여기 온 사람에 불과해. 그런데 본인이 라이덴병*으로 작은 초록색 빛을 일으킬 수 있다고 해서 천상의 번개를 완전히 막을 수 있다고 생각하는 거요? 당신의 피뢰침이 녹슬거나 부러지면 당신은 어떻게 될까? 테첼** 선생, 대체 누가 하늘의 계율로부터 면죄받을 수 있는 증서를 팔아먹을 권한을 당신에게 부여해 준 거요? 우리가 살아갈 날은 우리 머리카락만큼이나 많아요. 나는 맑은 날과 마찬가지로 천둥 치는 날에도 우리 하느님의 보호하심 속에서 편안하게 지내고 있소. 엉터리 장사꾼 같으니, 썩 꺼져! 봐, 폭풍우의 두루마리가 감기고 있잖아. 우리 집은 무사해. 나는 저 푸른 하늘에 뜬 무지개를 통해 신이 인간의 대지에서 고의로 난리를 일으키지는 않으시리라는 걸 알아."

"불경한 놈!" 방문객은 입에 거품을 물었고, 시커먼 얼굴빛이 무지개처럼 빛났다. "네놈의 이교도적인 생각을 세상에 널리 알리고 말 거야."

잔뜩 우그러진 얼굴은 더 시커메졌다. 폭풍우가 자정 무렵의 달을 에워싸듯 그의 눈구덩이를 감싸고 있던 남색 원들이 더 커졌다. 그는 피뢰침 끝에 달려 있는 세 개의 날카로운 가지로 내 심장을 겨냥한 채 내게 달려들었다.

나는 그것을 움켜쥐고 낚아챘다. 그리고 뚝뚝 분질러 발로 지근지근 밟았다. 이어서 그 음산한 번개의 왕을 문밖으로 질질 끌고 가 내동댕이친 뒤 잔뜩 구부러진 구리 홀笏을 내던졌다.

---

* 방전용 병.
** 15~16세기 독일의 도미니크회 수사로, 면죄부 판매를 둘러싸고 마르틴 루터와 논쟁을 벌인 인물.

하지만 내 난폭한 취급에도, 내가 이웃들에게 그런 녀석과는 상종도 하지 말라고 했음에도, 그 피뢰침 판매인은 여전히 이 일대에 머무르고 있다. 그는 여전히 폭풍우가 몰아치는 날에 돌아다니면서 인간의 두려움을 이용해 장사를 아주 잘 해 먹고 있다.

사과나무 탁자
혹은 진기한 유령 출몰 현상

The Apple-Tree Table,
or Original Spiritual Manifestations

내가 호퍼*처럼 생긴 낡은 다락방의 저 안쪽 구석에서 거무스름하고 먼지투성이인 그 탁자를 처음 봤을 때 그것은 단지 베이컨 수사의 것이었을 가능성이 있는 마법의 작은 탁자에 불과했다. 탁자에는 깨지고 세월의 때가 묻은 진홍색 물약병들과 플라스크들, 책장들이 떨어져 나간 흐릿하고 낡은 4절판 책이 놓여 있었다. 그 탁자는 주술과 마법을 뜻하는 두 가지 분명한 특징을 갖고 있었다. 원탁과 세 개의 발이 그것이다. 둥그런 판자를 떠받친 30센티미터 정도의 뒤틀린 기둥에서는 세 개의 구불구불한 다리가 뻗어 나오고, 그 다리들의 끝은 둘로 갈라진 발굽으로 마무리되어 있었다. 참으로 흉측하게 생긴 작은 탁자였다.

* 곡물, 석탄, 자갈 등을 저장하는 통으로, 아래로 내용물을 내보낼 수 있는 깔때기 모양의 장치가 되어 있다.

이 탁자에 대한 이해를 돕기 위해 이것이 어디에서 왔는지 설명해 주는 것이 좋을 것 같다. 이것은 원래 미국에서 가장 오래된 마을들 중의 하나, 그것도 그 마을의 예스러운 구역에 있는 아주 오래된 집의 아주 낡은 다락방에서 나왔다. 다락방은 여러 해 동안 굳게 닫혀 있었다. 마을 사람들은 그 방에 귀신이 붙어 있다고 여겼다. 솔직히 말해 나는 그런 소문을 말도 안 되는 것이라고 여겼지만, 그 집을 구입할 당시 굳이 열을 내며 소문을 반박하려 들지는 않았다. 아마 그런 소문 덕에 내가 가진 돈만으로도 그 집을 쉽게 살 수 있기 때문이었을 것이다.

따라서 그 집에 처음 이사한 뒤로 5년 동안 다락방에 한 번도 들어가 보지 않은 것은 거기에 살고 있을지도 모를 귀신들이 두려워서가 아니었다. 굳이 그곳에 들어가야 할 만한 특별한 이유가 없었기 때문이다. 지붕은 슬레이트로 잘 덮여 있었고, 물이 전혀 새지 않았다. 우리와 계약을 맺은 보험회사에서는 그 방에 들어가 보는 것을 번번이 생략해 버렸다. 그런 상황에서 주인이 굳이 그 방에 신경 쓸 이유가 어디 있겠는가? 다락방 밑에는 우리 식구가 쓰기에 족할 만큼 방이 많아서 그 방을 쓰려고 할 이유는 더더욱 없었다. 당시 우리는 그 방으로 이어지는 계단 문의 열쇠를 잃어버린 상태였다. 그 문에는 큼직한 자물쇠가 채워져 있었다. 그것을 열려면 부득이 대장장이를 불러야 했고, 나는 굳이 그럴 필요까지는 없다고 생각했다. 게다가 나는 앞에서 언급한 소문이 두 딸의 귀에 들어가지 않게 하려고 신경을 썼지만, 아이들은 어떤 경로로 들었는지는 몰라도 그 소문에 관해 어느 정도 알고 있어서 귀신 붙은 방으로 들어가는 문이 굳게 잠겨 있는 것을 은근히 반겼다. 내가 우연히 우리 집의 골짜기같이 생긴 계단식 정원 한구석에서 크고 진기한 모양의 아주 오래되고 녹슨 열쇠를 발견하지 않았더라면, 그 문은 좀 더 오랫동안 닫혀 있었을 것이다. 나는 그것을 보고 즉시 다락방 열쇠가 분명하다는 결론을 내렸고, 직접 시험해 본 결과 이 가정은 옳았다. 사람이 어떤 곳으로 들어가는 열쇠를 얻게 되면 당장 문을 열고 답사해 보고 싶은 욕망이 일어나는 법이다. 이 경우에도 역시 그렇게 할 때 어떤 이익이 있을지를 고려해 보지도 않고 그저 욕구를 충족하고 싶은 본능만 앞섰다.

이윽고 나는 그 오래된 녹슨 열쇠로 자물쇠를 열고 혼자서 귀신 붙은 다락방 안으로 들어갔다. 다락방은 그 넓은 집의 모든 면적을 아우르고 있었다. 천장이 곧 지붕으로, 서까래들과 석판을 이고 있는 판자들이 보였다. 가장 높은 곳에서 네 방향으로 물이 흘러내리게 되어 있는 지붕 밑 공간은 장군의 큰 천막과 흡사해 보였다. 미로처럼 얽힌 목재 버팀대들이 중간에 쌓여 있는 것만 다를 뿐이었다. 그리고 여름철 정오의 빛을 받아 바그다드산 비단 천과 거즈처럼 빛나는 거미줄들이 잔뜩 걸려 있었다. 그곳 어디에서나 이상한 곤충들이 보였다. 그것들은 날아다니고, 서까래와 바닥을 내달리거나 기어 다녔다.

지붕 꼭대기 아래에는 투박하고 좁은 낡은 사다리가 있었다. 고딕식 계단과 유사한 모양새의 사다리는 설교단처럼 생긴 플랫폼으로 이어졌고, 그 플랫폼에는 높이 솟은 채광창으로 이어지는 좁은 사다리가 하나 있었다. 일종의 야곱의 사다리 같았다. 이것은 한 장의 작은 통유리가 과녁의 한복판처럼 튼튼한 틀에 끼워져 있는, 약 20제곱센티미터가량 되는 채광창이었다. 다락방으로 드는 빛은 단 하나뿐인 그 창을 통해 들어왔다. 그것도 빽빽한 거미집 커튼들을 통해서 여과된 형태로. 거미집들은 계단의 모든 단, 플랫폼, 사다리 바닥을 온통 뒤덮고, 그 위도 천개天蓋처럼 에워싸고 있었다. 음산한 궁륭형 천장에도 역시 겹겹이 늘어선 거미집들이 삼나무 숲의 캐롤라이나 이끼처럼 어지럽게 걸려 있었다. 공중에 걸린 카타콤 같은 거미집들에서는 온갖 종류의 무수히 많은 곤충 미라들이 흔들거리고 있었다.

플랫폼으로 이어지는 계단을 오른 뒤 잠시 멈춰 서서 숨을 고르고 있는데 묘한 광경이 보였다. 해가 중천에 반쯤 올라왔을 때였다. 그 작은 채광창을 통과한 햇살이 사선으로 비껴들어 오면서 다락방의 어둠을 가로지르는 선연한 무지갯빛 터널을 만들어 냈다. 그 터널 속에서 수많은 날벌레들이 바글대고 있었다. 채광창 자체에도 황금빛을 띤 많은 곤충들이 달라붙어 심벌즈 같은 소리를 내고 있었다.

나는 더 밝은 빛이 들어오게 하고 싶어 채광창을 밖으로 밀어 올리려고 했다. 하지만 걸쇠나 빗장 같은 것이 보이지 않았다. 한참을 살펴보자, 흡사 바다 밑바닥의 굴처럼 해초 같은 수많은 거미줄과 번데기, 거미알들이 겹겹이 둘러쳐진 곳에 숨어 있는 작은 맹꽁이자물쇠를 찾아냈다. 그런 잡다한 것을 쓸어 내고 보니 자물쇠는 잠겨 있었다. 나는 구부러진 못으로 자물쇠를 뜯어내려고 애썼다. 그러는 동안 동작이 굼뜬 몇십 마리의 작은 개미들과 날벌레들이 열쇠 구멍에서 기어 나와서 창유리에 어려 있는 태양의 온기를 감지하고 내 주위를 날아다니기 시작했다. 다른 날벌레들도 나타났다. 이윽고 나는 그것들에 온통 둘러싸였다. 내가 자기네 은신처를 침입한 것에 분개라도 한 듯이 수많은 날벌레들이 아래로부터 돌진해 와 말벌들처럼 내 머리를 두드렸다. 갑자기 요란한 소리와 함께 채광창이 활짝 열렸다. 그러고 나서 아! 그 놀라운 변화란! 나는 마치 온갖 벌레들이 바글대는 음산한 무덤에서 마침내 초록빛의 찬연한 불멸의 세계에 다시 태어나기라도 한 사람처럼 거미줄투성이의 낡은 다락방에서 향기로운 대기 속으로 머리를 쑥 내밀었다. 저 아래 작은 정원에서 자라고 있는 큰 나무들의 초록빛 꼭대기가, 지붕 정상부보다 더 높이 솟아오른 이파리들이 나를 맞아 줬다.

이런 조망에 기분이 상쾌해진 나는 이례적으로 환하게 밝아진 다락방을 들여다보려고 아래쪽으로 고개를 돌렸다. 어둠 속에 많은 고가구들이 웅크리고 있었다. 서랍들이 달려 있고 뚜껑을 접어 넣는 형태의 책상 칸막이들에서는 쥐들이 튀어나왔고, 그 비밀의 서랍들에서는 마치 나무줄기의 구멍 속에서 다람쥐들이 찍찍거리는 것 같은 소리들이 새어 나왔다. 그리고 이상한 문양들이 조각된 부서진 낡은 의자들. 마치 비밀회의에 참석하기 위해서 모인 마법사들이 앉았음직한 의자들이었다. 쇠를 씌운 뚜껑 없는 녹슨 큰 궤에는 곰팡이가 잔뜩 핀 낡은 문서들이 가득 들어차 있었다. 그중에는 한끝에 빛바랜 붉은 잉크 얼룩이 떨어진 문서가 있었는데, 그것은 흡사 파우스트 박사가 메피스토펠레스에게 건네준 계약서 원본처럼 보였다. 마지막으로, 가장 어두운 구석에는 부서진 망원경과 찌그러진 천구 등 뭐라 형언할 수 없는 온갖 잡동사니들이 어지럽게 늘어서 있었다. 그리고 그런 쓰레기들 사이에 오래된 작은 탁자 하나가 놓여 있었고, 그것을 떠받치고 있는, 흡사 악마의 다리 같은 발굽 하나가 겹겹이 둘러쳐진 거미줄들 사이로 희미하게 모습을 드러내고 있었다. 그 위에 놓인 물약병들과 플라스크들에는 반쯤 떡이 되다시피 한 두꺼운 먼지가 내려앉아 있었고, 한때는 액체였던 내용물들도 이제는 굳어 버렸다. 그리고 한가운데는 곰팡이가 잔뜩 핀, 괴이해 보이는 책이 한 권 놓여 있었다. 코튼 매더*가 쓴 『마그날리아』**가.

---

* 18세기 미국 회중파會衆派 교회 목사이자 역사가.
** 하느님의 위업.

나는 탁자와 책을 아래로 옮겼다. 그리고 발 하나가 흔들거리는 탁자와 누더기가 된 책을 복원했다. 나는 탁자라는 그 서글픈 은자隱者, 친절한 이웃들로부터 너무나 오랫동안 격리되어 온 은자를 따듯한 찻주전자, 따듯한 불, 따듯한 마음, 이 모든 따듯한 보살핌이 부화시켜 줄 작은 꿈의 다정한 온갖 영향력들로 에워싸 주기로 결심했다.

나는 그 탁자가 평범한 마호가니가 아니라 사과나무 목재로 만들어져 있다는 걸 알고 기뻤다. 목재는 오랜 세월이 흐르면서 호두나무처럼 보일 정도로 색깔이 짙어졌다. 나는 그것이 우리 집의 삼나무 거실에 있는 가구들과 잘 어우러질 수 있다는 걸 깨달았다. 우리 집 거실은 삼나무 목재를 징두리널*로 쓴 고풍스러운 공간이었기 때문이다. 천체를 닮은 탁자의 둥근 판은 수평 위치에서 수직으로 쉽게 바꿀 수 있게 고안되어 있어 사용하지 않을 때는 한구석에 얌전하게 치워 둘 수도 있었다. 나는 그것이 나와 아내, 두 딸을 위한 작고 근사한 아침 식사용 탁자, 혹은 다탁이 되어 줄 거라고 생각했다. 나는 또 그것이 멋진 독서용 책상이 되어 주리라는 생각에 흐뭇해했다.

처음에 아내는 내 이런 착상들에 거의 무관심했다. 그녀는 그렇게 유행에 뒤떨어지고 빈티 나는 탁자를 윤나고 귀티 나는 가구들 사이에 놓는 것을 마뜩지 않아 했다. 그러나 그것이 고급 가구 제작자의 작업장에 들어가 니스 칠을 말끔히 해서 새 동전만큼이나 빛나는 상태로 집에 돌아오자 제일 반색을 하면서 맞아들였다. 그것은 우리의 삼나무 거실에서 아주 좋은 자리를 차지했다.

그러나 내 딸 줄리아는 처음 우연히 그 탁자와 맞닥뜨렸을 때의 그

* 벽체 하단부를 장식하기 위해 씌운 패널.

이상한 감정들을 결코 이겨 내지 못했다. 그런 일은 공교롭게도 내가 탁자를 다락방에서 끌어 내리는 과정에서 일어났다. 나는 둥그런 판을 잡고 거미줄이 잔뜩 엉켜 있는 발굽 하나가 앞으로 튀어나온 상태에서 그것을 옮기고 있었는데, 계단 모퉁이에서 그 섬뜩하게 생긴 발굽이 때마침 계단을 올라오고 있던 딸의 몸을 갑자기 건드렸다. 딸은 고개를 돌려 봤지만, 살아 있는 어떤 존재도 보이지 않았다. 그때 내 몸은 둥그런 방패 뒤에 완전히 가려져 있었기 때문이다. 딸은 사람은 전혀 보이지 않고 그 악마의 발의 환영 같아 보이는 것만 보이자 비명을 질렀다. 내가 즉각 말을 하지 않는 이상 딸로서는 그 탁자 뒤에 뭐가 따라오는지 알 길이 없었기 때문이다.

아주 겁 많고 소심한 기질을 지닌 내 딸은 그렇게 해서 생겨난 인상에서 좀처럼 헤어나지 못했다. 딸은 내가 그 금단의 구역에 침입한 것을 미신적이라 할 만큼 몹시 유감스럽게 여겼고, 마음속에서 둘로 갈라진 발굽을 가진 탁자를 그 방에 산다는 유명한 마귀들과 결부시켰다. 줄리아는 내게 그 탁자를 거실에 들여놓으려는 생각을 제발 단념해 달라고 사정했다. 둘째 딸도 곁에서 거들었다. 우리 두 딸 사이에는 타고난 공감대가 형성되어 있었다. 하지만 실리적이고 냉철한 아내는 그 탁자가 마음에 든다고 선언했다. 그 사람은 확고부동한 태도와 에너지로 넘치는 사람이었다. 그 사람에게 줄리아와 애나의 선입견은 그저 어리석은 것에 불과했다. 그녀는 그렇게 소심하고 나약한 마음을 몰아내 주는 것이 어머니의 의무라고 여겼다. 우리 부부는 아침 식사 때나 차 마시는 시간이 될 때마다 딸들에게 같이 탁자 앞에 앉자고 꾸준히 권했다. 그 탁자에 그렇게 자꾸 다가가는 것은 나름대로 효과가 있었다. 얼마 후 딸들은 아주 차분하게 탁자 앞에 앉곤 했다. 하지만 줄리아는 가급적 그 발굽을 보려 들지 않았으며, 내가 그것을 보고 싱긋이 웃으면 심각한 표정으로 나를 쳐다봤다. 그 얼굴은 이렇게 말하는 것 같았다. 아, 아빠, 아빠도 나랑 똑같은 경험을 하게 될지도 몰라요. 줄리아는 그 탁자와 관련된 이상한 어떤 일이 일어날 것이라고 예견했다. 하지만 나는 다시 싱긋이 웃은 반면 아내는 분연히 줄리아를 나무랐다.

한편 나는 내 탁자를 야간 독서용 책상으로 쓰는 것을 유난히 좋아했다. 가사용품을 파는 시장에서 나는 예쁘게 만든 독서용 쿠션을 하나 산 뒤 그 위에 팔꿈치를 얹고 손바닥을 이마에 대어 빛을 가린 채 많은 시간을 보냈다. 내 곁에는 아무도 없었다. 오로지 다락방에서 갖고 내려온 그 이상한 낡은 책 하나뿐.

이제 곧 이야기하려는 그 사건이 일어나기 전까지는 모든 게 다 순조로웠다. 그 사건이 이 이야기에 나오는 다른 모든 사건과 마찬가지로 '여우 처녀들'이 등장하는 시간*이 되기 훨씬 전에 일어났다는 점을 기억해 주시기를 바란다.

때는 12월 어느 토요일 늦은 밤이었다. 나는 여느 때처럼 아담한 삼나무 거실의 그 작은 사과나무 탁자 앞에 홀로 앉아 있었다. 나는 자리에서 일어나 침대로 가려고 몇 번이나 애를 써 봤으나 그럴 수가 없었다. 사실 나는 홀린 것과 비슷한 상태에 빠져 있었다. 왜 그런지는 몰라도 내가 갖고 있던 합리적인 견해들이 전처럼 그렇게 합리적으로 여겨지지 않았다. 신경이 예민해져 있었다. 솔직히 말해서 그 전날 밤에 코튼 매더의 책을 읽었을 때는 그저 재미있다고만 생각했는데, 이

* 귀신이 나오는 시간.

날 밤에는 무서운 기분이 들었다. 과거 그런 이야기들을 대할 때면 나는 늘 그저 한바탕 웃고 말았다. 하지만 나는 불경스러운 늙은 여인네들이 지어낸 이야기들은 재미있다고 생각했다. 그러나 이날 밤에는 기분이 아주 달랐다. 그런 이야기들이 현실처럼 다가오기 시작했다. 이제 나는 처음으로 『마그날리아』를 쓴 사람이 로맨틱한 래드클리프 부인*이 아니라는 사실을 깨달았다. 이 책을 쓴 사람은 실제적이고 근면하고 성실하고 강직한 사람이요, 박식한 의사요, 선한 기독교인이자 정통적인 성직자였다. 그런 이가 사람들을 속여야만 할 어떤 필연적인 동기를 갖고 있다는 것이 과연 가능한 일일까? 그의 문체는 아주 명쾌하고, 진실에서 우러난 건조함과 대담함을 갖고 있었다. 그는 뉴잉글랜드의 마법에 관한 상세한 이야기들을 더없이 직선적인 방식으로 내 앞에 펼쳐 놓았으며, 존경할 만한 마을 사람들의 증언이 중요한 일화들을 뒷받침해 주고 있었다. 가장 불가사의한, 적지 않은 이야기들에서는 그가 직접 목격자로 나서기도 했다. 코튼 매더는 자신이 직접 목격한 사실들을 증언했다. 하지만 그런 현상이 과연 있을 수 있는 일일까? 나는 나 자신에게 물었다. 이윽고 실제적인 면이 강한 사전 편찬자인 존슨 박사가 유령의 존재를 믿는 사람이었다는 사실이 떠올랐다. 그 밖에도 그와 비슷한 견해를 가진 건전하고 존경할 만한 다른 많은 사람들도 역시 떠올랐다. 나는 그런 이야기들에 홀려 밤늦도록 책을 읽었다. 마침내 나는 내가 우연히 일어나는 더없이 작은 소리들에 놀라면서도, 다른 한편으로 주위가 지나치게 고요해지지는 말았으면 하고 바란다는 걸 깨달았다.

---

* 공포와 폭력의 요소들이 들어 있는 고딕소설들을 쓴, 18세기 말의 영국 여류 소설가 앤 래드클리프. 작품으로 『우돌포의 비밀』 등이 있다.

내 곁에는 약한 알코올기가 있는, 따끈한 펀치가 든 큰 컵 하나가 놓여 있었다. 나는 토요일 밤마다 그것을 즐겼다. 하지만 내 훌륭한 아내는 오래전부터 그런 습관을 나무랐고, 그런 습관을 버리지 않았다가는 장차 비참한 술주정뱅이가 되어서 죽을 것이라고 예언했다. 이 때문에 토요일 밤에 뒤이은 일요일 오전에는 우연히 찾아온 괴로움으로 약간이라도 짜증스러운 기분이 되지 않도록 극도로 조심해야 했다는 사실을 여기에서 언급하고 넘어가야겠다. 자칫 짜증을 냈다가는 밤새 술을 마셔서 그렇게 되었다고 해서 실컷 지청구를 들을 것이기 때문이었다. 반면에 집사람은 펀치를 입에도 대지 않기에 얼마든지 마음 내키는 대로 성질을 낼 수 있었다.

하지만 문제의 그날 밤, 나는 평소에 마시던 순한 펀치가 아니라 도수가 센 펀치를 만들고 싶었다. 흥분제가 필요했다. 코튼 매더, 음울하고 으스스한 코튼 매더와 맞설 수 있을 만큼 내게 원기를 불러일으켜줄 뭔가가 있었으면 했다. 신경이 점점 더 날카로워졌다. 홀린 것 같은 기분이야말로 내가 그 방을 빠져나오지 못하게 하는 원흉이었다. 초들이 점점 더 낮아지면서 심지가 길어지고 많은 양의 촛농이 아래에 쌓였다. 하지만 나는 심지에 가위를 댈 엄두를 내지 못했다. 그랬다가는 너무나 많은 소음이 일어날 테니까. 좀 전까지만 해도 소음이 좀 일었으면 하고 바랐으면서. 나는 계속 읽고 또 읽었다. 머리카락들이 멋대로 움직이기 시작했다. 눈이 긴장됐다. 눈이 아리고 아팠다. 나는 그것을 의식하고 있었다. 나는 내가 눈을 상하게 하고 있다는 것을 알았다. 다음 날이면 이렇게 눈을 혹사시킨 것을 후회하리라는 걸 알고 있었다. 그런데도 읽고 또 읽었다. 나로서는 어쩔 수가 없었다. 앙상한 손은 내 뜻을 따르고 있었다.

돌연…… 들어 봐!

머리가 곤두섰다.

내면을 똑똑 두드리는 것 같은, 혹은 줄질을 하는 것 같은 희미한 소리, 나무를 쪼는, 혹은 시계가 똑딱거리는 것 같은 희미한 소리와 뒤섞인, 뭐라 형언할 수 없는 괴이한 소리.

틱! 틱!

그렇다, 그것은 희미하게 틱틱거리는 소리였다.

나는 거실 한구석에 있는 대형 스트라스부르 시계를 올려다봤다. 거기서 나는 소리가 아니었다. 그 시계는 진즉 멈춰 있었다.

틱! 틱!

내 회중시계에서 나는 소리일까?

아내는 밤마다 부부 침실로 물러날 때면 습관적으로 내 회중시계를 갖고 가서 전용 못에 걸어 놓았다.

온 신경을 바짝 세우고 귀를 기울였다.

틱! 틱!

징두리널 속에서 나는 소리일까?

나는 징두리널에 귀를 댄 채 겁먹은 발걸음으로 거실 전체를 돌았다.

아니, 그것은 징두리널에서 나는 소리가 아니었다.

틱! 틱!

몸을 부르르 떨었다. 공포에 질린 것이 부끄러웠다.

틱! 틱!

그 소리는 점차 선명하고 선연해졌다. 나는 징두리널에서 물러났다. 그 소리가 나를 맞으러 다가오는 것만 같았다.

계속 주위를 두리번거렸지만 아무것도 보이지 않았고, 눈에 들어오는 것은 그저 그 작은 사과나무 탁자의 한 발굽뿐이었다.

갑자기 혐오감이 확 치밀어 오르면서 나는 중얼거렸다. 이런 젠장. 시간이 너무 늦은 것 같군. 아내가 곧 날 부르지 않을까? 그래, 그래. 침대로 가야 해. 집 안의 문들은 다 잘 잠겼을 거야. 돌아볼 필요 없어.

뭔가에 홀린 것 같은 기분은 사라졌지만 두려움은 더 커졌다. 나는 떨리는 손으로 코튼 매더의 책을 보이지 않는 곳에 치우고, 이내 손에 촛대를 들고 방으로 향했다. 농땡이꾼처럼 뒤가 켕기는 기분이었다. 소리 내지 않고 방에 들어가려고 하다가 의자에 부딪쳐서 비틀거렸다.

침대에서 아내가 말했다. "시끄러운 소리 좀 내지 말아요, 여보. 또 펀치를 잔뜩 마셨구려. 그 한심한 습관이 점점 더해 가네. 아, 당신이 노상 밤중에 이렇게 비틀거리며 방에 들어오는 꼴을 봐야 한다니."

나는 쉰 목소리로 속삭였다. "여보, 저기, 저 삼나무 거실에서 틱틱거리는 소리가 나."

"한심한 사람 같으니. 정신이 나갔네. 내 진즉 이렇게 될 줄 알았지. 침대로 가요. 가서 술 깨게 푹 자기나 해요."

"여보, 여보!"

"침대로 가요. 용서해 줄 테니. 내일 이걸 갖고 잔소리하지는 않겠어요. 하지만 펀치 마시는 짓은 그만둬야 해요. 그러는 편이 신상에 이로울 거예요."

나는 정말로 열이 나서 버럭 소리쳤다. "사람 화나게 하지 말아요. 집을 나가든지 해야지!"

"안 돼요, 안 돼! 그 상태로는 안 돼. 어서 침대로 올라가요, 여보. 내

입 꾹 다물고 있을 테니까."

이튿날 아침 잠에서 깨니 아내는 간밤의 사건에 관해 입도 뻥긋하지 않았다. 나는 특히 간밤에 그렇게 공포에 질렸다는 사실에 적지 아니 당혹스러운 기분이어서 나 역시 침묵을 지켰다. 결과적으로 아내는 여전히 내 기묘한 행동을 유령이 아니라 펀치에서 비롯된 혼란스러운 정신 상태 탓으로 돌리고 있는 것이 분명했다. 나는 침대에 누워 유리창에 떠오른 해를 바라보면서 자정 너머까지 코튼 매더의 책을 읽은 것이 몸에 좋지 않았다. 그것이 신경계에 병적인 영향을 미쳐 환각 증세를 불러일으켰다고 생각하기 시작했다. 나는 코튼 매더의 책을 영구히 치워 버려야겠다고 결심했다. 그런 결심을 실천에 옮기고 나서는 그 틱틱거리는 소리가 돌아올까 봐 두려워하는 마음이 사라졌다. 거실에서 틱틱거리는 소리가 난 것 같았던 것은 귓속의 이명에 불과했다고 생각하기 시작했다.

아내는 평소 습관대로 나보다 먼저 일어났으며, 나는 욕실에서 유유히 기분 좋은 시간을 보냈다. 나는 정신적 혼란은 대부분 몸 상태에서 비롯된다는 것을 잘 알고 있기에, 때를 미는 솔로 피부를 박박 문질러 닦고, 예전에 누가 이명에 특효약이라고 추천해 준 뉴잉글랜드산 럼주로 머리를 감았다. 그리고 실내복을 걸치고 스카프를 맵시 있게 잘 매고 손톱을 깎고 나서 상쾌한 기분으로 아침 식사를 하기 위해 작은 삼나무 거실로 내려갔다.

나는 아내가 무릎을 꿇고 아침 식사가 차려진 그 작은 사과나무 탁자 아래 카펫 주위를 열심히 수색하고 있고, 줄리아와 애나가 넋이 나가 거실 안을 이리저리 뛰어다니는 광경을 보고 깜짝 놀랐다.

줄리아가 허겁지겁 내게 달려오며 소리쳤다. "아, 아빠, 아빠! 일이 이렇게 될 줄 알았어요. 저 탁자, 탁자가!"

애나가 탁자에서 멀리 떨어진 곳에 서서 탁자를 손가락질하며 소리 쳤다. "귀신이에요! 귀신!"

아내가 일갈했다. "조용히 해! 너희가 그렇게 난리를 치는데 어떻게 내가 그 소리를 들을 수가 있겠니? 조용히 해 봐. 이리 와 봐요, 여보. 당신이 이야기했던 그 틱틱거린다는 소리가 이거였어요? 이리 와 보라니까요. 이 소리가 그 소리예요? 여기서 무릎 꿇고 귀 기울여 봐요. 틱, 틱, 틱! 이 소리가 들리지 않아요?"

"들려, 들려." 나는 소리쳤다. 두 딸은 우리 부부에게 제발 그곳에서 떨어지라고 사정했다.

틱, 틱, 틱!

그 이상한 소리는 하얀 식탁보, 따듯한 찻주전자, 뜨거운 우유에 적신 토스트 바로 밑에서 들려왔다.

나는 아내에게 고개를 돌리고 말했다. "옆방에 난로가 있지 않소. 우리 거기 가서 아침 식사를 합시다. 가요, 어서. 그 탁자 곁을 떠나요. 비디에게 먹을 것들을 옮겨 달라고 하고."

그러고 나서 아주 차분한 자세로 문 쪽으로 걸어가는데 아내가 나를 제지했다.

"이 방을 떠나기 전에 나는 이 소리가 어디에서 나는지 알아내야겠어요." 그녀는 힘주어 말했다. "분명히 찾아낼 수 있어요. 나는 귀신 따위는 믿지 않아요. 특히나 아침 식사 때 그런 게 나온다는 건. 비디! 비디! 이것들을 부엌으로 옮겨 줘." 그러면서 찻주전자를 비디에게 건넸다. 그런 다음 식탁보를 치우자 탁자의 맨바닥이 드러났다.

줄리아가 소리쳤다. "저 탁자예요, 저 탁자!"

아내가 말했다. "말도 안 돼. 세상에 틱틱거리는 소리를 내는 탁자가 있다는 이야기를 들어 봤어? 바닥에서 나는 소리야. 비디! 줄리아! 애나! 이 방에 있는 물건을 모조리 옮겨. 이 탁자랑 가구 전부. 장도리가 어디 있지?"

줄리아가 비명을 질렀다. "맙소사, 엄마! 설마하니 카펫을 걷어 내려는 건 아니겠죠?"

"장도리 여기 있어요, 마님." 비디가 벌벌 떨면서 다가와 말했다.

"나한테 줘야지!" 아내가 빽 소리쳤다. 가여운 비디가 마치 내 아내가 전염병에라도 걸린 양 아주 멀찍이 떨어져서 그것을 들고만 있었기 때문이다.

"자, 여보, 당신은 카펫의 그쪽 편을 들어 줘요. 나는 이쪽을 잡을 테니까." 아내가 무릎을 꿇었고, 나도 그녀의 말대로 했다.

카펫을 치우고 맨마룻바닥에 귀를 대 봤지만 아무 소리도 들리지 않았다.

아내가 소리쳤다. "그 탁자, 결국 그 탁자예요. 비디, 그 탁자 다시 갖고 와."

"아, 안 돼요, 마님. 전 못 해요, 제발." 비디가 흐느껴 울었다.

"바보 같으니! 여보, 당신이 가져와요."

나는 말했다. "여보, 우리 집에는 다른 탁자들도 많은데 왜 굳이 그걸?"

아내는 내 완곡한 타이름을 무시하고 경멸 어린 투로 외쳤다. "그 탁자 어디 있어?"

"목재 창고에다 갖다 놨어요. 최대한 멀리 치워 버렸어요." 비디가 여전히 흐느끼면서 말했다.

"내가 목재 창고로 갈까요, 아니면 당신이 가겠어요?" 아내는 사무적이면서도 으르는 것같이 말했다.

나는 즉각 문밖으로 튀어 나갔다. 목재 창고에 가 보니 그 작은 사과나무 탁자가 톱밥 통 하나 안에 뒤집혀진 채 내던져져 있었다. 나는 그걸 들고 급히 거실로 돌아갔다. 아내는 여전히 소리의 진원지를 열심히 찾고 있었다. 틱, 틱, 틱! 소리의 진원지는 역시 그 탁자였다.

모자를 쓰고 숄을 걸친 비디가 거실에 들어와서 말했다. "죄송합니다만, 마님, 제가 받을 임금을 주시면 좋겠는데요."

아내가 크게 소리쳤다. "당장 그 모자와 숄을 벗고 이 탁자에 다시 식사를 차려."

나도 열이 나서 으르렁거렸다. "밥상 차려. 안 그러면 경찰을 부를 거야."

두 딸이 동시에 소리쳤다. "아, 하느님 맙소사! 이제 우리 식구는 어떻게 되는 걸까! 귀신이야! 귀신!"

나는 비디에게 다가서면서 소리쳤다. "밥상을 차릴 건가?"

"예, 그렇게 하겠습니다, 그렇게 하겠어요, 마님, 주인님. 하겠어요. 귀신이야! 거룩하신 성모 마리아님!"

아내가 말했다. "여보, 이 틱틱거리는 소리가 무슨 연유로 나는 것이든 간에, 나는 이 소리도, 저 탁자도 우리 식구를 해칠 수 없다고 확신해요. 우리는 모두 선량한 기독교인이니까. 그리고 나는 제아무리 시간과 공이 들더라도 이 소리의 원인이 뭔지 기필코 알아내고야 말겠어요. 우리가 이 집에서 사는 한 나는 다른 탁자들 말고 꼭 이 탁자에서 아침 식사를 할 거예요. 다시 식사를 차려 놨으니 자리에 앉아서 조용히 식사하도록 해요." 그녀는 줄리아와 애나 쪽으로 고개를 돌렸다.

"너희 방으로 가서 마음이 좀 가라앉은 뒤에 돌아오도록 해. 그렇게 유치하고 어리석게 구는 꼴은 더 보고 싶지 않으니까."

가끔 그녀는 그렇게 우리 집을 지배하는 여왕이 되었다.

식사하는 동안 대화가 시작되었다가는 번번이 끊기고 말았다. 아내가 다른 식구들도 본인처럼 활달하게 만들려고 재미있는 이야기를 꺼냈지만 그 역시 허사로 돌아갔다. 줄리아와 애나는 자기네 찻잔에 고개를 떨구고 여전히 그 소리에만 신경을 쓰고 있었다. 나로서는 딸들의 그런 태도가 전염성이 있었다는 사실을 고백해야겠다. 그런데 그때는 아무 소리도 들리지 않았다. 그 소리가 완전히 사라져 버렸거나, 아니면 아주 작아진 바람에 한밤중이나 이른 아침나절의 고요함과는 대조적이라 할 만큼 꽤 시끄러워진 거리의 소음에 묻혀 버렸거나, 둘 중 하나였다. 아내는 식구들이 불안감을 애써 감추고 있는 모습을 보고 분개했다. 게다가 자기만이 공포심에 사로잡히지 않은 것이 자랑스러운 듯했다. 아침 식사가 끝난 뒤 그녀는 내 회중시계를 갖고 와서 탁자 위에 올려놓고는 거기에 깃들여 있으리라고 여겨지는 귀신에게 도전적이면서도 익살맞은 어조로 이야기했다.

"거기 있는 틱틱거리는 녀석아, 누가 더 크게 틱틱거릴 수 있는지 한 번 두고 보자!"

나는 그날 온종일 밖에 나가 있는 동안 그 불가사의한 탁자에 관해 생각했다. 코튼 매더의 이야기가 진실일 수 있을까? 귀신이 정말 존재했을까? 탁자가 귀신 들린 것일까? 악마가 단란한 가족이 사는 가정에서 감히 제 발굽을 보여 주려 든 것일까? 나는 두 딸이 엄숙하게 경고하는데도 불구하고 고집스럽게 그 발굽을 거실에 들여왔다는 생각을 하고는 몸을 부르르 떨었다. 그래, 발굽이 하나도 아니고 세 개지.

하지만 정오 무렵이 되자 이런 느낌은 점차 엷어지기 시작했다. 거리에서 많은 실제적인 사람들과 계속 부대끼다 보니 그 키메라*들은 저절로 떨어져 나갔다. 전날 밤이나 그날 아침에 내가 용감하고 대담하게 행동하지 못했다는 사실이 떠올랐다. 나는 아내에게 다시 신뢰받는 사람이 되기로 결심했다.

저녁에 차 마시는 시간이 끝나고 아내와 두 딸이 카드놀이를 하는 동안 틱틱거리는 소리가 전혀 들리지 않아 나는 무척이나 마음이 편안해졌다. 나는 파이프 담배를 피웠고, 세 사람에게 잠잘 시간이 됐다고 말하고는 내 의자를 벽난로 쪽으로 옮겨 앉은 뒤 슬리퍼를 벗고 두 발을 벽난로의 난로망 위에 얹어 놓았다. 나는 내 대담함을 좀 더 분명히 드러내기 위해, 아브데라 마을의 장난꾸러기 소년들이 어느 자정 무렵 마을 공동묘지에서 완강한 철학자 데모크리토스를 가짜 귀신들로 겁주려고 했을 때의 그 노老철학자만큼이나 차분하고 고요한 태도로 탁자를 바라봤다.

나는 그 훌륭한 신사가 그때의 행동을 통해 모든 시대 사람들에게 좋은 모범을 보여 줬다고 생각했다. 아주 고요한 시간대에 연구에 몰입해 있던 데모크리토스는 그 이상한 소리를 듣고 책에서 고개도 돌리지 않고 그저 이렇게만 말했다. "얘들아, 얘들아, 집에 가거라. 여기는 너희가 올 데가 아냐. 여기에 있으면 감기에 걸릴 거야." 이 말에 내재된 철학은 다음과 같다. 이 말은 이전에 그가 내린 결론을 함축하고 있으니, 즉 영적인 현상들에 대한 어떤 연구도 다 불합리하고 어리석다는 것이다. 그런 것들과 처음 직면한 순간 온전한 사람의 마음은 본

---

* 사자의 머리, 염소의 몸, 뱀의 꼬리를 하고 불을 뿜는 괴물.

능적으로 그것들을 가짜나 속임수라고, 관심을 둘 만한 여지가 전혀 없는 하찮은 것들이라고 단언한다. 그런 현상이 공동묘지에서 일어났다면 특히 더 그렇다. 공동묘지는 유난히 더 고요하고, 살아 있는 생명이 드문 고적한 곳이니까. 하지만 철학자는 바로 그런 이유로 아브데라의 공동묘지를 자신의 연구 장소로 삼았다.

이윽고 나는 혼자가 되었고, 주위는 조용해졌다. 나는 파이프 담배를 흡족하게 즐길 수 있을 정도로 주위가 고요하지는 않다고 느끼고 파이프를 내려놨다. 나는 신문 하나를 들고 벽난로 가까이에 끌어다 놓은 작은 책상에 놓인 촛불 빛에 의지해서 좀 불안한 심경으로, 다소 급하게 읽기 시작했다. 그날 나는 사과나무 탁자가 책 읽는 책상으로 쓰기에는 좀 낮다는 결론을 내렸기에 그날 밤에는 그것을 사용하지 않는 것이 좋겠다고 생각했다. 하지만 그것은 내게서 그리 멀리 떨어지지 않은 방 중앙에 놓여 있었다.

나는 신문을 읽는 데 집중하려고 했지만 뜻한 대로 잘되지 않았다. 귀만 있고 눈은 없는 것 같았다. 청각만 생생하게 살아 움직였다. 한데 얼마 지나지 않아 그런 팽팽한 긴장 상태가 깨졌다.

틱! 틱! 틱!

그 소리를 들은 게 처음이 아니었고, 이런 시간대에 그 소리를 기다리고 있었음에도, 막상 그 소리가 들리자 마치 창문으로 대포 터지는 소리가 날아온 것만큼이나 아주 뜻밖의 일로 여겨졌다.

틱! 틱! 틱!

나는 처음에 당황했던 마음을 가급적 제대로 추스르기 위해 한동안 꼼짝도 하지 않았다. 그러다 자리에서 일어나 그 탁자를 지그시 바라봤다. 그쪽으로 아주 천천히 다가갔다. 그것을 지그시 쥐었다. 하지만 이내 손을 뗐다. 그런 뒤 거실 안을 오락가락했다. 걷다가 걸음을 멈추고는 귀를 곤추세우고 듣다가 다시 걸었다. 그러는 동안 내 내면에서는 공포와 철학의 다툼이 좀처럼 끝날 기미를 보이지 않는 채 지속되었다.

틱! 틱! 틱!

그날 밤 그 소리는 섬뜩하다고 할 만큼 선명해졌다.

맥박이 요란하게 뛰었다. 심장이 두방망이질을 했다. 데모크리토스가 때맞춰 나를 구해 주러 오지 않았더라면 나는 어떻게 해야 좋을지 알지 못했을 것이다. 나는 부끄러워하면서 중얼거렸다. 어떤 철학의 모범적인 예가 제아무리 좋다고 해도 따라 할 수 없다면 그게 무슨 소용이 있겠느냐고. 나는 그 예를 그대로 따라 해 보기로 했다. 그때 그 늙은 현자가 몰두하고 있었던 일과 태도까지도 그대로 흉내 내 보기로.

나는 탁자를 등지고 다시 의자에 앉은 뒤 신문을 집어 들었다. 그리고 마치 연구에 깊이 몰입하기라도 한 것처럼 한동안 그런 자세를 유지했다. 그동안 틱틱거리는 소리는 계속되었다. 나는 최대한 무심하고 건조하게, 그러면서도 익살스러운 투로 점잖게 말했다. "잘한다 잘해, 이 녀석아, 오늘 밤에는 실컷 장난을 쳐 봐."

틱! 틱! 틱!

이제 그 소리에는 조소하는 것 같은 기미가 어려 있었다. 그것이 내 흉내 솜씨가 형편없는 것에 의기양양해하는 것 같았다. 하지만 그 비웃음이 나를 자극하면 할수록 내 마음은 더 완강해져서 같은 짓을 계속하게 만들 뿐이었다. 나는 내 말투를 추호도 바꾸지 않기로 결심했다.

"그래, 그래, 더, 더 시끄럽게 굴어 봐, 이 녀석아. 장난도 참 어지간히 치네. 이제 그만 끝낼 시간 됐다."

그 말을 하자마자 소리가 뚝 그쳤다. 내 말에 감응해서 복종하는 것이 이토록 정확할 수가 없었다. 탁자를 돌아보고 싶은 마음을 아무리 억누르려고 해도 소용이 없었다. 제아무리 분별 있는 사람이라고 해도. 그래서 막상 돌아봤을 때 나는 내 눈을 믿을 수가 없었다. 나는 탁자 위에서 움직이는, 혹은 꿈틀거리는 어떤 것을 봤다. 그것은 반딧불이처럼 빛났다. 나는 무의식적으로 가까운 곳에 세워져 있는 부지깽이를 움켜쥐었다. 그러나 부지깽이로 반딧불이를 공격하는 것은 무척이나 어리석은 짓이라는 생각이 들어 그것을 내려놨다. 몸은 벽난로 쪽을 향하고 얼굴은 탁자 쪽으로 돌린 채 얼마나 오랫동안 그렇게 넋을 잃고 쳐다봤는지는 나도 잘 모른다. 하지만 드디어 나는 자리에서 일어나 상의 단추를 다 풀고는 갑자기 용기백배하여 탁자 쪽으로 기세 좋게 행진해 갔다. 그리고 둥그런 널판 중앙 부근에서 고르지 않은 작은 구멍, 혹은 뭔가가 갉아 만들어 놓은 짧은 홈 같은 것을 봤다. 그 구멍에서 번데기에서 빠져나온 나비 같은 것, 그 빛나는 것, 그것의 정체가 뭐든 간에 아무튼 그런 것이 버둥거리며 기어 나오고 있었다. 그 것의 몸짓은 생명의 몸짓이었다. 나는 그것에 매료되었다. 나는 생각했다. 참으로 귀신이란 게 있을까? 그리고 저게 그것? 천만에. 나는 꿈을 꾸고 있는 것이 분명했다. 나는 벽난로에서 타고 있는 빨간 불을 바라봤다가 다시 탁자 위에 있는 그 희미한 발광체 쪽으로 고개를 돌렸다. 내가 본 것은 시각적 환상이 아니라 진정한 경이였다. 몸의 떨림이 점차 심해졌다. 그리고 또다시 데모크리토스가 나를 거들어 줬다. 그 것은 불가사의한 빛처럼 보이기는 했으나 나는 그 이상한 것을 오로지 과학적인 방식으로만 보려고 애썼다. 그렇게 보고 있자니 그것은 새로운 종류의 빛나는 작은 딱정벌레 혹은 야광충처럼 보였으며, 나 역시 그렇게 생각했다. 약간의 억지가 없지는 않았지만.

나는 계속 그것을 주시했으며, 그러는 동안 마음이 점점 더 차분해 졌다. 그것은 빛을 발하고 꿈틀거리면서 여전히 저 나름의 몸부림을 치고 있었다. 곧이어 그것은 감옥에서 막 탈출하기 직전의 상황까지 갔다. 바로 그때 한 가지 생각이 떠올랐다. 나는 부리나케 달려가 컵을 갖고 와서 딱 알맞은 순간에 컵으로 그 곤충을 덮어 버렸다.

나는 컵으로 가둔 그것을 좀 더 지켜보다가 그대로 내버려 두고 그 런대로 차분해진 기분으로 침실에 들어갔다.

그때는 어떻게 생각을 해 봐도 그 현상이 도무지 이해가 되지 않았 다. 죽은 탁자에서 살아 있는 벌레가 나오다니? 아주 오래된 목재에서 반딧불이가 나오다니? 낡은 다락방으로 치워진 지 얼마나 오랜 세월 이 흘렀는지 아무도 모르는 고물 탁자에서? 일찍이 그런 이야기를 들 어 봤다거나 상상해 본 적이 있었던가? 그 벌레는 어떻게 그 속에 들 어갔을까? 됐어, 괜찮아. 나는 데모크리토스를 떠올리고는 차분하고 냉철한 마음을 갖자고 마음먹었다. 아무튼 그 틱틱거리는 소리의 수 수께끼는 풀렸지 않은가. 그 소리는 그저 벌레가 밖으로 나갈 길을 내 기 위해 쏠고 갉고 두드리는 과정에서 나온 소리에 불과했다. 이제 그 소리가 더 이상 들리지 않을 것이라고 생각하니 마음이 여간 흡족하 지 않았다. 나는 이 기회를 이용해서 신망과 권위를 얻어야겠다고 결 심했다.

이튿날 아침 나는 말했다. "여보, 우리 탁자에서 틱틱거리는 소리에 대해서는 더 이상 걱정하지 않아도 돼요. 그 소리가 딱 그치도록 내가 조처해 놓았으니까."

그녀는 믿기지 않는다는 기색으로 말했다. "정말로요?"

나는 다소 허세를 부리면서 답했다. "그럼. 그 소리를 딱 그치게 해 놨어. 그 소리가 더 이상 당신을 괴롭히지 않을 거요."

아내는 자세히 설명해 달라고 사정했지만 나는 입을 꾹 다물었다. 아내의 궁금증을 해소해 주고 싶지 않았다. 내가 그 소리를 침묵시킨 영웅적인 업적의 실상을 다양하게 상상할 여지를 남겨 둠으로써, 내가 전에 혹시나 드러냈을지도 모를 공포감과 당혹감을 상쇄시키고 싶었기 때문이다. 그것은 아무 해 없는 순수한 책략 같은 것이었으며, 나는 그런 책략이 나름대로 쓸모가 있으리라고 생각했다.

하지만 아침 식사를 하러 갔을 때 나는 아내가 다시 탁자 앞에 무릎을 꿇고 있고, 두 딸이 전보다 열 배는 더 겁먹은 것 같은 표정을 하고 있는 광경을 봤다.

아내가 분개해서 말했다. "왜 그렇게 나한테 허풍을 쳤어요? 그래 봤자 금방 탄로 날 거라는 걸 알았을 텐데. 이 소리를 들어 봐요. 다시 틱틱거리고 있잖아요. 전보다 더 선명하게."

나는 말했다. "그럴 리가." 하지만 귀를 대 보니 분명히 그 소리가 들렸다. 틱! 틱! 틱!

나는 간신히 정신을 수습한 뒤 벌레를 어디에 뒀느냐고 물었다.

줄리아가 비명을 질렀다. "벌레라고요? 맙소사, 아빠!"

아내가 엄한 얼굴로 말했다. "설마하니 이 집에 벌레들을 들여온 건 아니겠죠."

나는 소리쳤다. "그 벌레, 벌레! 컵 속에 있던 벌레 말이오."

딸들이 동시에 소리쳤다. "컵 속의 벌레들이라고요! 우리가 쓰는 컵은 아니죠, 아빠? 우리가 쓰는 컵에 벌레를 집어넣은 건 아니죠? 아, 그 말이 대체 무슨 뜻이에요?"

"이 구멍 보이지? 여기 이 홈?" 나는 그곳에 손가락을 대면서 말했다.

아내가 잔뜩 골난 얼굴로 말했다. "보여요. 그런데 어떻게 거기에 그런 구멍이 난 거죠? 당신, 탁자에 무슨 짓을 한 거예요?"

나는 열띤 어조로 같은 말을 반복했다. "이 구멍이 보이지?"

줄리아가 말했다. "보여요, 보여. 그래서 겁이 났어요. 마녀가 한 짓처럼 보인다고요."

애나가 소리쳤다. "귀신이야! 귀신!"

아내가 말했다. "조용히 해! 계속해 봐요. 그 구멍에 관해서 알고 있는 걸 말해 봐요."

나는 엄숙하게 말했다. "다들 잘 들어. 간밤에 내가 여기 혼자 앉아 있는 동안 이 구멍에서 아주 근사한……"

이 대목에서 나는 뭔가 끔찍한 것을 예상하고 금방이라도 튀어나올 것 같은 줄리아와 애나의 눈에 정신이 팔린 나머지 나도 모르게 말을 멈췄다.

줄리아가 소리쳤다. "뭐가요, 뭐가요?"

"벌레가 나왔어, 줄리아."

아내가 소리쳤다. "벌레가? 이 탁자에서 벌레가 나왔다고요? 그래, 그걸 어떻게 했어요?"

"컵으로 콱 덮어 놨어."

아내가 문 쪽으로 가서 소리쳤다. "비디! 비디! 이 방을 청소할 때 이 탁자, 여기에 있는 컵 봤니?"

"예, 봤어요, 마님. 그 안에 있던 흉측한 벌레도요."

내가 물었다. "그걸 어떻게 했지?"

"불 속에 던졌어요, 주인님. 그러고 나서 컵을 씻고 또 씻었고요, 마님. 수십 번이나요."

애나가 소리쳤다. "그 컵은 어디 있어? 빡빡 씻었어야 하는데. 껍데기가 벗겨질 만큼 빡빡. 앞으로 그 컵에 든 건 아무것도 마시지 않을 거야. 내 앞에 그 컵은 절대로 갖다 놓지 마, 비디. 벌레, 아휴, 벌레라고! 아, 언니! 아, 엄마! 지금 그게 내 몸 위를 막 기어 다니는 것 같아. 귀신 붙은 탁자야!"

줄리아가 소리쳤다. "귀신이야! 귀신!"

엄마가 위엄 있는 눈길로 말했다. "얘들아, 너희가 좀 더 분별 있게 행동할 수 있을 때까지 너희 방에 가 있어. 그리고 넋이 나갈 만큼 당신을 겁먹게 한 게 고작 벌레라고요? 당장 이 방을 벗어나고 싶게 만든 것이? 당신이 그렇게 유치하고 어리석은 행동을 했다는 게 나는 더 놀라워요. 기가 막히고." 딸들이 각자 자기 방으로 물러나자마자 아내는 내게 말했다. "자, 말해 봐요, 솔직하게 털어놔 봐요. 정말로 탁자에 있는 이 구멍에서 벌레가 나왔어요?"

"정말이야, 여보."

"그게 나오는 걸 봤어요?"

"봤어."

그녀는 구멍 쪽으로 고개를 숙이고 열심히 들여다봤다.

"정말요?" 그녀는 여전히 상체를 숙이고 고개만 쳐든 채 물었다.

"정말이고말고."

그녀는 침묵을 지켰다. 나는 그 사건의 수수께끼가 그녀의 마음에도

와 닿기 시작했다고 생각했다. 그래, 앞으로 곧 아내가 두려움에 벌벌 떠는 광경을 보게 될 거야. 누가 알아? 저 사람이 탁자에 붙은 귀신을 몰아내기 위해 늙은 목사를 집 안에 불러들일지.

갑자기 아내가 다소 흥분한 기색으로 말했다. "우리가 뭘 해야 할지를 말할게요."

나는 신비로운 방법과 관련된 어떤 제안이 나오리라 예상하고 바짝 구미가 동해서 물었다. "뭔데, 여보? 뭘 하겠다는 거야?"

"내가 소문으로 들은 저 유명한 '바퀴벌레 퇴치용 분말'로 이 탁자를 살살이 닦아 주는 거예요."

"저런! 그럼 당신은 그게 귀신이라고 생각하지 않는다는 거요?"

"귀신이오?"

그녀의 입에서 나온, 너무 어처구니가 없어서 도저히 믿어지지 않는다는 식의 말은 바로 데모크리토스의 입에서 나옴직한 말이었다.

"하지만 이 소리, 이 틱틱거리는 소리는?"

"녀석에게 본때를 보여 줄 거예요."

나는 말했다. "이봐요, 이봐. 당신은 지금 엉뚱한 방향으로 너무 멀리 가고 있어. 바퀴벌레 약도 몽둥이도 이 탁자의 문제를 해결해 주지는 못할 거야. 이건 괴상한 탁자야, 여보. 그 사실을 외면할 수는 없어."

아내는 말했다. "그래도 바퀴벌레 약으로 이걸 문지를 거예요. 아주 철저히." 그녀는 비디를 불러 왁스와 브러시를 가져오게 한 뒤 탁자를 열심히 쓸고 닦았다. 일이 끝나자 아내는 다시 그 위에 식탁보를 덮어 놓았다. 우리는 그 식탁에서 아침 식사를 했다. 하지만 두 딸은 끝내 모습을 보이지 않았다. 줄리아와 애나는 그날 아침밥을 먹지 않았다.

아내는 별다른 감정의 동요 없이 기계적으로 식탁보를 걷어 낸 뒤 검은색 시멘트로 탁자의 작은 구멍을 완전히 봉해 버렸다.

두 딸의 안색이 창백해 보여 나는 아이들에게 오전에 아빠와 함께 산책을 하러 나갔다 와야 한다고 주장했다. 그 뒤에 다음과 같은 대화가 이어졌다.

줄리아가 말했다. "그 탁자에 관한 내 끔찍한 예감이 사실로 입증된 거예요, 아빠. 내 어깨에 그 발굽이 닿은 게 아무 의미도 없는 일이 아니었어요."

"말도 안 되는 소리. 우리, 브라운 부인 댁에 가서 아이스크림이나 먹자꾸나."

이제 내 안에서 데모크리토스의 정신은 더 강력해졌다. 묘한 우연의 일치로 햇살이 따가워지면서 그렇게 되었다.

애나가 말했다. "그런데 그건 불가사의한 일 아니에요? 어떻게 벌레가 탁자에서 나올 수가 있죠?"

"그렇지도 않아, 나무에서 벌레들이 나오는 것은 아주 흔한 일이야. 벽난로 속에 집어넣은 장작들 끝에서 벌레들이 나오는 걸 본 적이 있지 않니?"

"아, 하지만 그 장작은 숲에서 금방 나온 거잖아요. 하지만 그 탁자는 적어도 100년은 됐을 거예요."

나는 흥겹게 말했다. "그게 뭐 어때서? 천지창조 무렵에 생겨난 죽은 바위 속에서 살아 있는 두꺼비들이 발견되기도 했잖니?"

줄리아가 말했다. "아빠가 뭐라고 하든, 나는 그게 귀신이라는 걸 느껴요. 그 귀신 들린 탁자를 당장 집 안에서 내보내요, 아빠."

"바보 같은 소리."

또 다른 묘한 우연의 일치로, 딸들이 겁을 집어먹을수록 나는 더욱

더 용감해졌다.

밤 시간이 찾아왔다.

아내가 말했다. "이렇게 계속 틱틱거리는 소리 끝에 또 다른 벌레가 나올 거라고 생각하지 않아요?"

묘하게도 그 전까지 내게는 한 번도 그런 생각이 떠오르지 않았다. 벌레가 쌍으로 있을 것이라는 생각은 전혀 하지 못했다. 그런데 이제, 누가 알겠는가. 세 마리가 있을지.

나는 예방책을 강구하기로 했다. 만일 두 번째 벌레가 있다면 틀림없이 생포하기로 하자. 그날 밤, 틱틱거리는 소리가 다시 들려왔다. 밤 10시경, 나는 탁자에 귀를 대고 소리 나는 곳을 최대한 정확하게 짚어낸 뒤 그 위에 컵을 엎어 놓았다. 그러고 나서 우리 식구들은 모두 제 방으로 물러났다. 나는 거실로 나가는 문을 잠근 뒤 열쇠를 주머니에 집어넣었다.

이튿날 아침, 아무것도 보이지 않았지만 틱틱거리는 소리는 들렸다. 두 딸의 공포심이 되살아났다. 아이들은 이웃 사람들을 불러오고 싶어 했다. 하지만 아내는 그 의견에 맹렬히 반대했다. 우리가 온 마을 사람들의 웃음거리가 될 것이라고 하면서. 그리하여 이 사건에 관해 일절 함구하기로 의견의 일치를 봤다. 아내는 비디에게도 밖에 나가서 절대로 이런 이야기를 하지 말라고 다그쳐서 그러겠다는 약속을 받아 냈다. 그리고 만전을 기하기 위해 행여나 비디가 목사에게 그 사실을 털어놓지 못하게끔 그 주에는 고해하러 가지도 못하게 했다.

그날 나는 온종일 집에만 머물러 있었다. 눈과 귀를 계속 탁자에 고정시킨 채. 밤 시간이 다가왔을 때 나는 틱틱거리는 소리가 점점 더 선명해지며, 그 소리와 내 귀를 가르는 탁자의 목재 부분이 점점 더 얇아지고 있다는 생각이 들었다. 또 컵을 엎어 놓은 부분의 목재가 부풀어 오른 것 같다는 느낌이 들었다. 아내는 이토록 사람을 긴장시키고 불안하게 하는 상황을 끝장내자면서 칼을 가져와서 그 부분을 후벼 내보는 것이 어떠냐고 했다. 하지만 나는 좀 더 느긋한 계획을 갖고 있었다. 즉 현재의 여러 징후들로 미루어 그 벌레가 날이 밝기 전에 모습을 드러낼 것 같으니 그날 밤 아내와 내가 탁자 곁에 앉아서 지켜보자는 계획. 나는 그것의 첫 출현 장면을, 그 어린 녀석이 껍질을 깨고 나올 때의 그 찬란한 빛을, 보고 싶었다.

아내는 내 생각을 그런대로 괜찮다고 여겼다. 아내는 줄리아와 애나도 동참시켜야 한다고 주장했다. 아이들의 어리석음을 깨우쳐 주려면 제 눈으로 그 광경을 똑똑히 보게 해야 한다고. 아내는 귀신이 틱틱거리고, 그 귀신이 벌레들의 형태로 탈바꿈해서 나타난다고 하는 것이야말로 어리석은 상상 중에서도 가장 어리석은 것이라고 여겼다. 사실 그 사람은 그런 일이 일어나는 이유를 밝힐 수 없었다. 하지만 그런 일이 설명될 수 있고, 또 조만간 어떤 식으로든 완전히 납득할 만하게 설명될 것이라는 굳은 확신을 갖고 있었다. 아내 자신은 전혀 깨닫지 못했지만 그 사람은 여성 데모크리토스였다. 이때의 내 느낌은 반반이었다. 나는 묘하고도 과히 기분 나쁘지 않은 방식으로 데모크리토스와 코튼 매더 사이에서 조용히 왔다 갔다 하고 있었다. 하지만 아내와 딸들에게는 순수한 데모크리토스인 것처럼 처신하고 있었다. 모든 탁자 귀신을 조롱하는 사람으로.

그리하여 우리 네 식구는 초와 크래커를 넉넉히 갖고 와 탁자를 둘러싸고 앉았다. 한동안 아내와 나는 열띤 대화를 나눴다. 하지만 딸들은 침묵을 지켰다. 이윽고 아내와 나는 카드놀이를 했다. 세 판을 해서 두 판을 이기는 사람이 최종 승자가 되기로 했다. 하지만 딸들은 함께 하자고 아무리 권해도 응하지 않았다. 그리하여 우리는 두 사람 순서를 건너뛰면서 게임을 했다. 아내가 최종 승자가 되었다. 아내는 그 승리로 피곤해진 나머지 카드를 치워 버렸다.

11시 반이 되었다. 벌레는 나타날 기미를 보이지 않았다. 촛불들이 희미해지기 시작했다. 아내가 막 촛불 심지들을 잘라 내리려고 하는 찰나, 갑자기 울림이 큰 요란한 소리가 들려왔다. 달칵달칵, 탁탁.

줄리아와 애나가 자리에서 벌떡 일어났다.

"이상 무!" 거리에서 누군가가 외쳤다. 야경꾼이었다. 그는 곤봉으로 먼저 보도를 두드리고 이어서 이렇게 높은 목소리로 외쳤다.

나는 흥겨운 목소리로 말했다. "이상 무! 얘들아, 너희도 저 소리 들었지?"

사실, 내가 세 여자와 함께 앉아 있고 그중 둘이 넋이 나갈 만큼 무서워 떨고 있는 와중에 저 밖의 브루스만큼이나 꿋꿋한 정신을 갖고 있다는 것은 놀라운 일이 아닐 수 없었다.

나는 일어나서 파이프를 물고 철학적인 흡연을 즐겼다.

나는 영원히 데모크리토스의 정신에 따라 살겠다고 마음먹었다.

내가 깊은 침묵 속에서 담배를 피우고 있을 때 탁자 바로 아래에서 펑! 펑! 펑! 하는 섬뜩한 소리가 울렸다.

이번에는 우리 넷이 동시에 벌떡 일어났다. 내 파이프가 바닥에 떨어져 깨졌다.

"맙소사! 이게 뭐지?"

줄리아가 소리쳤다. "귀신이야, 귀신!"

애나가 소리쳤다. "아, 아, 아!"

아내가 말했다. "부끄러운 줄 좀 알아! 저 소리는 지하실에서 새로 들여놓은 사과주 뚜껑이 터지는 소리야. 오늘 비디에게 저 병들 뚜껑을 철사로 고정시켜 놓으라고 일렀건만."

이 대목에서, 그날 밤의 나머지 시간 동안 내가 끄적거렸던 일기 내용을 인용하기로 하자.

1시. 벌레가 나올 기미 없음. 틱틱거리는 소리는 계속됨. 아내가 졸고 있음.

2시. 벌레가 나올 기미 없음. 틱틱거리는 소리, 간헐적으로 들려옴. 아내는 곤히 자고 있음.

3시. 벌레가 나올 기미 없음. 틱틱거리는 소리가 꾸준하게 들려옴. 줄리아와 애나가 졸고 있음.

4시. 벌레가 나올 기미 없음. 꾸준히 틱틱거림. 하지만 기운차지는 않음. 아내, 줄리아, 애나 모두가 의자에 앉아 곤히 잠들어 있음.

5시. 벌레가 나올 기미 없음. 틱틱거리는 소리가 희미해짐. 나도 졸음이 옴. 나머지 식구들은 여전히 잠들어 있음.

이상은 일기 내용이었다.

똑! 똑! 똑!

문을 두드리는 불길하고 섬뜩한 소리.

우리 모두는 꿈에서 화들짝 깨어나 벌떡 일어섰다.

똑! 똑! 똑!

줄리아와 애나가 비명을 질렀다.

나는 거실 한구석에서 몸을 웅크렸다.

아내가 일갈했다. "이 바보들! 빵 배달하는 사람이잖아."

6시.

아내가 덧문을 열러 갔다. 하지만 그 전에 줄리아가 빽 소리쳤다. 침침한 방 안에서 번쩍이는 오팔처럼 환하게 빛나는 벌레가 뚫어진 구멍으로 몸을 반쯤 걸친 채 꿈틀거리고 있었다.

이 벌레가 옆구리에 작은 다마스쿠스 검을 차고, 목에 다이아몬드 목걸이를 걸치고, 그 집게발로 작은 놋쇠 권총을 쥐고, 입에 칼데아의 작은 문서를 물고 있었다고 해도 줄리아와 애나가 이보다 더 매혹되지는 않았을 것이다.

그것은 참으로 아름다운 벌레였다. 유대인 보석 세공인이 만든 벌레, 찬연한 일몰의 빛과 같은 벌레.

줄리아와 애나는 꿈에서도 그런 벌레를 본 적이 없었다. 그 아이들에게 벌레는 그저 섬뜩함의 동의어였다. 하지만 이 벌레는 천사같이 거룩한 벌레였다. 아니, 그 벌레는 나비butterfly처럼 아름다웠기에 beautiful 그저 'B'라고 할 만했다.

줄리아와 애나는 홀린 것처럼 주시했다. 아이들은 더 이상 놀라거나 두려워하지 않았다. 기뻐했다.

줄리아가 소리쳤다. "그런데 이 이상하고 예쁜 것이 어떻게 이 탁자 속에 들어가 있었을까요?"

애나가 답했다. "귀신은 어디에도 다 들어갈 수 있지."

아내가 픽 하고 코웃음을 쳤다.

내가 말했다. "아직도 틱틱거리는 소리가 들려?"

모두 다 귀를 기울여 봤지만 아무 소리도 들리지 않았다.

"그렇다면 이걸로 다 끝난 거로군. 오늘 오전 중에 나가서 이것에 관해 자문을 구해 봐야겠어."

줄리아가 소리쳤다. "오, 그러세요, 아빠. 주술사 파치 부인에게 가서 자문을 구해 봐요."

아내가 말했다. "그보다는 차라리 박물학자인 존슨 교수를 찾아가서 자문을 구하는 게 낫지."

"브라보, 데모크리토스 부인! 내가 찾아가려는 사람이 바로 존슨 교수요."

다행히도 나는 교수를 만날 수 있었다. 내가 그 사건에 관해 간략하게 이야기해 주자 그는 차분하고도 냉철한 관심을 보였고, 진지한 표정으로 나와 함께 우리 집에 와 줬다. 나는 교수에게 그 탁자와 두 개의 구멍, 그 벌레를 보여 주고 사건의 전말을 자세히 설명해 줬다. 아내와 딸들도 현장에 입회했다.

나는 말했다. "교수님은 어떻게 생각하세요?"

박식한 교수는 안경을 끼고 탁자를 열심히 들여다보더니 아무 말도 하지 않은 채 주머니칼로 구멍들을 살살 긁었다.

애나가 걱정스러운 어조로 물었다. "이건 드문 일이 아니죠?"

"아주 드문 일이오, 아가씨."

그 말에 줄리아와 애나는 의미심장한 시선을 교환했다.

줄리아가 물었다. "그런데 놀라운 일이 아닌가요? 아주 놀라운 일?"

"아주 놀라운 일이오, 아가씨."

두 딸은 좀 더 의미심장한 시선을 교환했다. 줄리아가 용기를 내서 다시 말했다.

"그럼 교수님도 인정하셔야 하지 않나요? 이게 그러니까 귀, 귀, 귀, 의 장난이라고?"

그러자 무뚝뚝한 대꾸가 돌아왔다. "귀신? 천만에."

나는 부드럽게 말했다. "얘들아, 너희가 질문을 하는 이분은 주술사 파치 부인이 아니라 저명한 박물학자이신 존슨 교수님이야. 교수님, 저희에게 자세히 설명 좀 해 주시지 않겠습니까? 우리의 무지를 깨우쳐 주세요."

그 더없이 박식한 신사는 약간 건조한 사람이었기에 같은 말을 반복하지 않고 명료하게, 다음과 같이 간략하게 설명해 주는 것으로 그쳤다.

이런 사건은 예가 전혀 없는 것은 아니다. 이 탁자의 목재는 사과나무며, 사과나무는 다양한 곤충들이 아주 좋아하는 나무다. 이 벌레들은 그것들의 어미가 과수원의 살아 있는 나무의 껍질 속에 까 놓은 알들에서 나왔다. 두 번째 벌레가 나온 구멍의 위치를 널빤지의 피질층들과 연관하여 면밀하게 살펴보고, 벌레가 완전히 뚫고 나온 구멍의 길이가 3.7센티미터쯤 된다고 보고, 벌레가 파낸 구멍을 밖에서 보고 뚫어 낸 피질층의 숫자를 계산해서 널빤지의 피질층 총수를 계산해 본 결과, 그 나무가 베어지기 90년 전쯤에 벌레의 어미가 나무에 알을 깐 것으로 보인다. 그런데 그 나무가 베어진 시점과 지금의 시점 사이에는 얼마마한 세월의 간극이 있을까? 그것은 꽤 오래전에 제작된 탁자다. 탁자의 나이를 80년 정도로 추정해 본다면, 어미가 알을 깐 것은 약 150년 전의 일이 될 것이다. 존슨 교수가 계산한 결과에 따르면 최소한 그 정도였다.

나는 말했다. "자, 줄리아, 이 사례에 대한 과학적인 설명에 따르자면, (솔직히 말해 나는 교수의 설명을 제대로 이해하지 못한 상태였다) 네가 말하는 귀신은 도대체 어디 있다는 거냐? 이 벌레는 대단히 놀라운 것이긴 하다만 네가 말하는 귀신은 어디 있지?"

아내도 나서서 거들었다. "그래, 어디 있니?"

"아니, 부인께서는 순전히 자연적인 이 현상을 정말로 생경한 영적인 가설과 결부시키지 않았단 말입니까?" 박식한 교수는 다소 비꼬는 투로 말했다.

줄리아가 컵 속에 든, 그 찬연하게 빛나는 살아 있는 오팔을 쳐들면서 말했다. "뭐라고 형언할 수 없을 만큼 황홀하게 아름다운 이 생물이 귀신이 아니라면, 아빠가 얘기하고 싶은 대로 얘기하세요. 하지만 이건 하나의 영적인 교훈을 가르쳐 주네요. 단순한 곤충이 150년 동안이나 매장되어 있다가 마침내 세상에 나와서 눈부신 광채를 보여 줬다면, 인간 영혼에게 있어 이보다 더 찬란한 부활이 어디 있겠어요? 귀신이야, 귀신!" 줄리아는 환희에 차서 소리쳤다. "나는 아직도 기꺼이 귀신을 믿어요. 예전에는 그저 두렵게만 여겼지만."

그 신비로운 곤충은 그 빛나는 삶을 오래 즐기지 못했다. 그것은 이튿날 죽었다. 그러나 내 딸들은 그것을 보존했다. 그 벌레는 은으로 된 각성제 약병 속에서 방부 처리가 되어 삼나무 거실의 창과 창 사이의 벽에 안치된 그 작은 사과나무 탁자 위에 놓여 있다.

마을의 어떤 부인이 이 이야기를 의심하는 기색을 보이기라도 하면 딸들은 기꺼이 그 벌레와 탁자를 보여 줄 것이다. 그리고 새로 보수한 탁자 판의 왁스로 밀봉한 두 개의 흔적을 가리킬 것이다. 그것들은 포탄들이 브래틀 가 교회를 파괴한 현장을 알려 주는 표식과 마찬가지로 두 마리의 벌레가 만들어 낸 두 개의 구멍이 있던 자리를 알려 주는 흔적들이다.

선원, 빌리 버드
—세상에 드러나지 않은 이야기
Billy Budd, Sailor
—An Inside Narrative

1843년, 미국 프리깃함 유나이티드스테이츠호의
큰돛대 망루 대장인 영국인 잭 체이스*,
그 위대한 마음이 지금 이 지상에 있든 혹은 천국에 있든
이 작품을 그에게 바친다.

* 멜빌이 크게 존경했던 동료 선원 체이스는 멜빌이 1843년과 1844년에 걸쳐 프리깃함 유나
이티드스테이츠호에서 겪었던 일들을 토대로 해서 쓴 소설『화이트 재킷』에 등장하는 주인
공의 모델이 된 인물이기도 하다.

1

    증기선이 출현하기 전 시대에 중요한 항구의 부두를 따라 거닐던 사람들은, 흔히 전함이나 상선에서 일하며 피부가 청동빛으로 번들거리는 한 떼의 수병이나 선원들이 외출복 차림으로 뭍을 자유로이 활보하는 모습에 시선을 빼앗기는 경우가 많았다. 때로 그들은 같은 계급에 속한 우월한 사람을 수행원처럼 좌우로 호위하듯 하면서 돌아다녔다. 그 우월한 사람은 같은 별자리의 덜 밝은 별들에게 둘러싸인 알데바란*처럼 행동했다. 수병이건 상선 선원이건 그는 지금보다 덜 산

---

* 황소자리의 알파별. '황소의 눈'이라고도 한다.

문적인 시대의 '멋쟁이 선원'에 해당하는 인물이었다. 허영기가 전혀 없고 타고난 왕처럼 꾸밈없는 그는 동료 선원들의 자발적인 존경심을 그대로 받아들이는 듯했다.

좀 특출한 경우 하나가 기억난다. 지금으로부터 반세기 전 리버풀에서 나는 프린스 독의 아주 칙칙한 거리 벽(오래전에 제거된 장애물) 그늘 속에서 피부가 유난히 새까매서 불의한 함*의 혈통을 타고난 아프리카 원주민임이 분명한 일반 선원을 본 적이 있었다. 그는 키가 아주 크고 균형 잡힌 몸매를 갖고 있었다. 목에 두른 화려한 실크 손수건의 양 끝이 밖으로 드러난 새까만 가슴 위에서 대롱거리고, 양 귀에는 금으로 된 큰 고리가 걸려 있었으며, 격자무늬 띠로 장식된 하일랜드 보닛이 그의 잘생긴 머리통을 돋보이게 해 줬다. 때는 7월의 뜨거운 정오 무렵이었다. 땀으로 번들거리는 그의 얼굴은 야성적인 활기로 빛나고 있었다. 그는 동료 선원들 한가운데서 번뜩이는 하얀 이빨을 드러내고 좌우로 유쾌한 농담을 던지면서 신나게 떠들고 있었다. 이들은 종족과 피부색을 달리하는 온갖 사람들로 이루어져 있어서 아나카르시스 클로츠**가 인류의 사절들로서 프랑스 국민의회의 난간 앞에 늘어서 있게 한 사람들을 떠올려 줬다. 그 여행자들은 걸음을 멈추고 멍하니 응시하거나 간혹 감탄의 외침을 말하는 형태로 이 검은 남성 신에게 자발적인 경의를 표했다. 다양한 유형의 수행원들은 그런 감정을 불러일으킨 이를 자기네가 자랑스럽게 여긴다는 사실을 보여 주고 있었다. 그것은 충실한 신자들이 거대한 황소 조각상*** 앞에

* 가나안의 조상. 『창세기』 9장 22~25절.
** 프랑스 대혁명 시기 외국인들의 대표로 보편적 인권을 위한 투쟁을 이끌던 혁명가.
*** 거대한 황소 모습을 한 풍요와 비의 신 바알.

서 부복할 때 아시리아 사제들이 보여 주곤 한 것과 같은 자부심을 닮았다.

여담은 그만하고 본론으로 돌아가도록 하자. 때로 육지에 모습을 드러내곤 하는 바다의 뮈라*라고 할 수 있는, 여기서 다루는 시대의 그 멋쟁이 선원은 번드르르하게 빼입은 빌리비담과는 전혀 무관한 사람이요, 지금은 거의 멸종되다시피 한 재미있고 유쾌한 인물이다. 하지만 가끔 폭풍우가 몰아치는 이리 운하**를 항해하는 배의 조타실에서 그 사람보다 더 재미있는 유형의 인물을 만나기도 한다. 그보다 좀 더 흔한 경우로 배 끄는 길***가의 술집에서 허풍을 떨고 있는 이들 가운데서 그와 비슷한 사람을 만나기도 하고. 많은 위험 부담이 따르는 천직에서 늘 뛰어난 솜씨를 보였던 그 멋쟁이 선원은 또 꽤 막강한 복서이자 레슬러이기도 했다. 그는 힘과 아름다움을 겸비한 사람이었다. 사람들은 그의 용맹함을 칭송하는 일화들을 자주 떠올렸다. 뭍에서는 챔피언이었고, 바다에서는 대변인이었다. 필요할 때마다 그는 늘 선두에 섰다. 강풍이 불어와 중간돛대의 돛을 줄여야 할 때면 그곳에 있었다. 활대 아래의 디딤줄을 등자처럼 딛고 바람이 불어오는 쪽의 활대 끝에 걸터앉아 젊은 알렉산드로스가 사납게 날뛰는 자신의 군마 부세팔루스를 다루듯이 돛의 윗귀를 활대에 매는 가는 밧줄을 양손으로 고삐처럼 당겼다. 황소의 두 뿔을 잡은 채 몸이 벼락 치는 하늘로 연신 들까불리는 상태에서도 활대 위에 늘어서서 애쓰고 있는 다른 동료들에게 즐겁게 외쳐 대는 멋진 사내.

* 나폴레옹 휘하의 원수이자 나폴리 왕. 과시적인 옷차림과 태도로 유명했다.
** 선원들이 흔히 쓰는 농담. 원래 이리 운하는 아주 잔잔한 수로이다.
*** 말들이 보트를 끌고 갈 때 이용했던, 운하나 강변에 난 길.

도덕적인 천품이 신체적인 구조와 일치하지 않는 경우는 드물다. 사실 남성성과 관련하여 늘 매력적으로 비치는 잘생긴 외모와 힘도 도덕적인 천품으로 잘 조율되지 않을 경우, 몇몇 예들에서 멋쟁이 선원들이 그들보다 못한 동료들에게서 받곤 하는 순수한 외경심 같은 것을 끌어내기 어렵다.

　하늘처럼 푸르른 눈을 지닌 빌리 버드—좀 더 친근한 애칭으로는 베이비 버드—야말로 적어도 어떤 면에서는 그 같은 찬미의 대상이었다. 이 이야기가 진행되어 감에 따라서 그의 그런 지위에 중요한 변화가 일어나기는 했지만 말이다. 그 후에 주어진 상황에 따라 그는 18세기의 마지막 10년이 저물어 갈 즈음 마침내 스물한 살의 나이로 영국 해군에 징집되어 앞돛대 망꾼으로 근무하게 되었다. 앞으로 여기에서 소개할 이야기가 시작되기 얼마 전에 그는 고국으로 향하던 영국 상선에서 차출되어 영국 해협과 아일랜드 해를 순회하는 H. M. S. 벨리포텐트호에 승선함으로써 영국 해군 병사가 되었다. 그 상선은 적정인원이 부족한 상태로 바다에 나가곤 했는데, 이런 일은 상황이 급박하게 돌아가던 그 시절에는 드물지 않았다. 래트클리프 대위는 상선선원들이 자신의 신중한 점검을 받기 위해 공식적으로 후갑판에 소집되기도 전에 배의 현문에서 처음 빌리와 맞닥뜨린 순간 곧바로 그를 골라잡았다. 대위는 오로지 빌리 한 사람만 선택했다. 그것은 그의 앞에 정렬한 다른 선원들이 빌리보다 더 나아 보이지 않아서였을 수도 있고, 일손이 부족한 그 배의 사정이 딱해서였을 수도 있다. 아무튼 대위는 처음에 빌리를 보자마자 즉각 그를 선택한 것에 흡족해했다. 빌리가 아무 이의를 제기하지 않아 상선의 동료들은 놀랐고, 대위는 무척이나 흐뭇해했다. 하지만 사실, 검은방울새를 새장 안에 집어넣으려는 데 반대하거나 항의해 봤자 아무 소용 없는 일이었을 것이다.

상선 선장은 빌리가 이처럼 아무 불평 없이 대위의 명령에 순순히 따르는 모습에 놀라서 빌리에게 말없이 질책하는 듯한 시선을 던졌다. 어떤 이들은 빌리의 그런 태도를 보고 그가 기꺼이 복종했다고 말할 수도 있을 것이다. 그 선장은 모든 직업군에서 볼 수 있는 가치 있는 이들, 거기에다 겸허함까지 갖춘 이들 중 한 사람이었다. 모든 사람이 '존경할 만한 분'이라고 부르는 데 동의할 만한 부류의 사람. 그는 거친 파도를 헤치고 다니는 사람이요, 평생토록 다루기 힘든 자연의 힘들과 맞서 싸워 온 사람이었지만, 이 정직한 사람이 내심 가장 사랑하는 것은 소박한 평화와 고요함인 것 같다고 말해도 무방할 것이다. 그 외에 그는 나이가 쉰 살 어름이고 몸은 약간 부한 편이었으며 구레나룻을 기르지 않은 데다 보기 좋게 그을린, 호감 가는 인상을 갖고 있었다. 좀 통통한 편에 교양 있고 지성적으로 보이는 인상. 날이 좋고 순풍이 부는 데다 모든 일이 순탄하게 돌아갈 때 그의 목소리에 어리는 음악적인 울림이야말로 이 심지 깊은 사람의, 무엇으로도 가릴 수 없는 진정한 면모가 아닐까 싶다. 그는 대단히 신중하고 양심적이었으며, 바로 이런 미덕들 때문에 그의 내면에서는 불안과 근심이 들끓는 경우가 종종 있었다. 항해하는 과정에서 배가 뭍에 상륙할 때가 가까워 오면 그래블링 선장은 도통 잠을 이루지 못했다. 일부 선장들이 그리 무겁게 여기지 않는 그 중차대한 책임을 그는 마음 깊이 새기고 있었다.

빌리 버드가 선원실에 내려가 짐을 챙기는 동안 솔직하고 무뚝뚝한 래트클리프 대위는 그래블링 선장이 아주 마뜩잖은 상황을 맞은 데다 이런저런 생각에 골몰한 나머지 관례적인 대접을 빠뜨린 것에 개의치 않고 무람없는 태도로 불쑥 선장실에 들어갔다. 그의 노련한 눈은 금방 술 찬장에서 플라스크를 발견하고 그리로 다가갔다. 사실 그는 아주 오래 지속된 연이은 전쟁 기간 동안 해군에 복무하며 온갖 고초와 위험한 상황을 겪으면서도 감각적인 향락을 좇는 타고난 본능을 결코 잃어버리지 않은 노련한 선원들 중 하나였다. 그는 항상 자신의 의무를 충실히 이행했다. 하지만 의무는 가끔 건조한 것이 되기도 하는 법이며, 그는 기회가 닿을 때마다 기분을 풍요롭게 해 주는 증류주로 그 무미건조함을 촉촉하게 적시곤 했다. 방 주인은 최대한 민첩하게 움직이고 친절하게 행동하면서 강요받은 호스트 노릇을 하는 것 외에 달리 할 일이 없었다. 그는 제지할 수 없는 그 손님 앞에 플라스크에 으레 따라붙게 마련인 컵과 물주전자를 조용히 갖다 놔 줬다. 하지만 그는 사정이 있어 술을 함께 마실 수 없으니 양해해 달라는 말을 하고는 장교가 태연하고 느긋하게 독주에 약간의 물을 부어 희석시킨 뒤 세 모금 만에 쭉 비워 버리는 광경을 우울한 눈빛으로 지켜봤다. 장교는 팔을 뻗으면 쉽게 닿을 거리 정도에 빈 잔을 밀어 놓는 것과 동시에 의자 등받이에 편히 기대앉아 적이 만족스러운 표정으로 입맛을 다시면서 주인의 얼굴을 똑바로 쳐다봤다.

그런 과정들이 모두 끝나자 그래블링 선장 쪽에서 침묵을 깨뜨렸다. 그의 목소리에는 쓰라린 기분을 이기지 못하고 나오는 비난의 기운이 어려 있었다. "대위님은 우리 배에서 가장 뛰어난, 보석 같은 친구를 데려가려 하고 있어요."

대위는 술을 다시 채우기에 앞서 컵을 즉각 끌어당기면서 대꾸했다. "예, 압니다. 저도 잘 알고 있습니다. 죄송합니다."

"미안한 얘기지만, 대위님은 내 말을 이해 못 하고 있습니다. 들어 보세요. 내가 그 젊은 친구를 고용했을 때, 우리 배 선원들은 노상 싸움을 하면서 난리를 피워 댔습니다. 아무튼 하루도 편할 날이 없는 암담한 시절이었어요. 좋아하는 파이프 담배도 위안이 되지 못할 정도로 나는 아주 심란했었죠. 바로 그럴 때 빌리가 등장했어요. 꼭 가톨릭 사제가 아일랜드인들의 소동을 진정시킨 것이나 다름없는 일이었죠. 그 친구는 선원들에게 어떤 설교도 하지 않았고, 특별히 어떤 말이나 행동도 하지 않았어요. 하지만 그 친구에게서 보이지 않는 어떤 좋은 기운이 우러나와 성질 고약한 선원들의 마음을 녹여 줬죠. 선원들은 당밀에 달라붙는 말벌처럼 그 친구를 좋아하고 따랐습니다. 무리 중에서 불평불만이 가득한, 새빨간 구레나룻을 기른 털북숭이 녀석 하나를 빼고는 모두 다요. 그 녀석은 신참을 질투해서 그런 것 같은데, 아무튼 그 친구를 '상냥하고 싹싹한 놈'이라고 생각하고 다른 선원들 앞에서 그 친구를 조롱하듯 그런 식으로 불렀어요. 그리고 그런 놈은 싸움닭의 기백을 갖고 있을 리가 없다고 여기고 언제 한번 손을 봐 줘야겠다고 벼르고 있었죠. 빌리는 그 녀석의 그런 태도를 참아 내면서 좋은 말로 이야기를 했어요. 빌리는 나 같은 타입이라 싸우는 걸 아주 싫어했거든요. 하지만 소용이 없었어요. 그래서 어느 날 두 번째 반半당직을 서는 시간에 빨간 구레나룻은 다른 선원들이 보는 앞에서 빌리에게 등심스테이크를 어느 부위에서 발라내는지를 보여 준다는 명목으로—그 녀석은 예전에 고깃간에서 일했거든요—빌리를 모욕하려고 그 친구의 갈빗대 밑을 쿡 찔렀어요. 그러자 빌리는 번개처럼 재빨리 녀석의 팔을 날려 버렸어요. 감히 말하지만, 빌리는 결코 그런 식으로 행동할 뜻이 없었을 겁니다. 하지만 어쩌다 보니 그 뒤통맞은 바보 녀석에게 보기 좋게 한 방 먹인 셈이 되고 말았죠. 내가 생각하기에 그 모든 일이 30초 안에 일어나지 않았나 싶어요. 그리고 그 덜떨어진 녀석은 빌리의 몸동작이 번개처럼 빠른 데 무척이나 놀랐죠. 이제 그 빨간 구레나룻이 빌리를 진심으로 좋아한다는 사실을 믿을 수 있겠습니까, 대위님? 참으로 빌리를 사랑하지 않으면서 그런 척한다면 그 친구는 이 세상에 둘도 없는 위선자일 겁니다. 하지만 선원들 모두가 빌리를 좋아해요. 몇몇 사람은 그 친구의 옷을 빨아 주고, 낡은 바지를 꿰매 줘요. 배 목수는 요즘 빌리를 위해서 틈나는 대로 작고 예쁜 서랍장을 만들고 있답니다. 빌리 버드를 위해서라면 모두가 다 무슨 짓이든 할 겁니다. 우리 배의 선원들은 행복한 가족이에요. 한데 이제 그 젊은 친구가 가 버리고 나면, 우리 배의 분위기가 어떻게 될지 나는 잘 압니다. 저녁 식사를 하고 갑판에 올라가 캡스턴*에 기대서서 한가롭게 파이프 담배를 즐기는 일 같은 건 당분간 없을 겁니다. 아, 대위님은 우리의 보석 같은 친구를 데려가려 하고 있어요. 이 배의 평화를 유지해 주는 사람을 데려가려 하고 있다고요!" 이 말과 함께 이 선량한 사람은 속에서 치솟아 오르는 흐느낌을 참으려고 무진 애를 썼다.

그 모든 이야기를 흥미롭게 경청한 대위는 이제 독한 술로 기분이 좋아져서 말했다. "으음, 평화 유지자들에게 하늘의 축복이 내리기를. 특히 전투적인 평화 유지자들에게. 우리 74문의 예쁜이들이 바로 그런 존재들이죠. 저를 위해서 대기하고 있는 저 전함의 둥근 현창 밖으로 그중 몇몇이 코를 내밀고 있는 광경이 보일 겁니다." 그는 선장실 창문을 통해서 벨리포텐트호를 가리켰다. "하지만 용기를 가지시기를! 그렇게 낙담한 얼굴을 하지 말아 주세요. 선장님께 폐하의 재가를

* 닻 따위를 감아올리는 장치.

받아 드리겠다는 걸 미리 약속드립니다. 폐하께서는 욕심 많은 선원들이 폐하의 건빵을 탐탁하게 여기지 않고, 또 해군에서 노련한 선원 한두 명을 차출해 가는 것을 몇몇 선장들이 은밀히 분개하는 이 시절에, 이런 사실을 아시면 기뻐하실 테니 안심하십시오. 폐하께서는 적어도 어떤 선장 한 분만은 자기 무리의 꽃인 친구를, 한결같은 충성심을 갖고서 어떤 이의나 불만도 제기하지 않는 선원을 폐하께 기꺼이 양도해 드렸다는 걸 아시면 크게 기뻐하실 겁니다. 한데 우리 예쁜이는 어디 있나요? 아." 그는 선장실의 열린 문 밖을 내다보고는 말을 이었다. "저기, 그 친구가 큼직한 상자를 안고 오는군요. 대형 여행 가방을 든 아폴로! 우리 친구가." 대위는 빌리에게 다가갔다. "전함에는 그렇게 큰 상자를 반입할 수 없어. 전함에 실린 상자는 대부분 다 탄약 상자지. 자네의 옷가지들은 자루 속에 집어넣도록 하게. 기병은 안장과 부츠를, 해군 병사는 자루와 해먹만 챙기면 돼."

빌리는 큰 상자에서 자신의 소지품들을 꺼내 자루 속에 집어넣었다. 대위는 빌리가 보트로 옮겨 타는 걸 보고 자신도 올라탄 뒤 노로 라이츠오브맨*호의 뱃전을 떠밀게 했다. 그것은 이 상선의 이름이었다. 선장과 선원들은 줄여서 라이츠호라고 부르곤 했지만. 던디** 출신의 고집스러운 선주는 토머스 페인의 충실한 찬미자였으며, 프랑스 대혁명을 비난한 에드먼드 버크에 대한 답변 형식으로 나온 페인의 책은 한동안 출간되어 세상 모든 곳에 퍼져 나갔다. 자기 배에 페인의 그 책 제목을 따서 붙인 던디 사람은 당대의 필라델피아 선주 스티븐 지라드와 비슷한 부류의 사람이었다. 스티븐 지라드는 자기 배들에 볼테

---

* Rights of Man. 인간의 권리, 인권.
** 스코틀랜드 동부의 항구 도시.

르, 디드로 등의 이름을 붙임으로써 자신의 고국 및 자유주의 철학자들에 대한 공감과 공명의 심정을 분명히 드러냈다.

이제 보트가 상선의 선미 밑으로 미끄러져 나아갈 때 보트에 탄 장교와 노잡이들은 상선에 박혀 있는 그 이름을 올려다봤다. 몇몇 사람들이 그것을 보고 씁쓸한 표정을 지었고, 나머지 사람들은 씩 웃었다. 바로 그때 보트의 키잡이가 앉으라고 미리 지시했음에도 뱃머리에 앉아 있던 신병이 벌떡 일어나더니 선미 난간에서 서글픈 눈길로 묵묵히 내려다보고 있는 동료 선원들에게 모자를 흔들며 다정한 작별의 인사말을 던졌다. 그러고 나서는 그 배에게도 작별의 인사를 했다. "라이츠오브맨, 너도 잘 있거라."

대위는 자신의 계급에 걸맞게 준엄한 목소리로 일갈했다. "앉아!" 하지만 그는 입가에 번지는 미소를 간신히 억눌렀다.

빌리의 행동은 분명 해군 예법을 크게 위반한 행위였다. 하지만 그는 그런 예법을 배운 적이 없었다. 대위는 빌리가 그 배에 그런 식의 인사를 하지만 않았다면 그 점을 고려해서 크게 나무라고 싶지 않았다. 대위는 그 인사를 신병이 은밀히 비아냥거리고 싶은 마음을 전하려는 의도가 있는 것으로 받아들였다. 징병 제도 전반, 특히 그 자신의 징병에 대한 은근한 비방으로. 하지만 그것이 정말로 비꼬는 말이었다 해도 의도한 것은 아니었을 공산이 컸다. 빌리는 운 좋게도 터질 듯한 건강과 젊음, 자유로운 마음에서 비롯된 쾌활한 태도를 갖고 있기는 했지만 빈정거리는 기질을 가진 젊은이는 결코 아니었기 때문이다. 그에게는 그렇게 하려는 의도나 질 나쁜 교활함이 결여되어 있었다. 어떤 종류의 비아냥이든, 그런 식의 말투를 쓰거나 이중적인 의미를 구사하는 것은 그의 천성에 전혀 걸맞지 않은 짓이었다.

그는 자신이 강제 징집 된 것을 평소 날씨 변화를 받아들일 때와 똑같이 받아들이는 것 같았다. 그는 철학자가 아니었지만 자신도 미처 알지 못하는 사이에 동물들처럼 운명론자 비슷하게 처신했다. 그는 이렇게 위험한 업무 전환을 차라리 좋아했을지도 모른다. 이런 전환은 새로운 장면들과 전쟁의 짜릿한 자극을 맛볼 기회를 약속해 주는 것이었으니까.

벨리포텐트호에 승선한 우리의 상선 선원은 그 즉시 유능한 선원으로 평가받아 우현의 앞돛대 망루에서 망보는 일을 배정받았다. 그는 그 일에 금방 숙달되었다. 또한 꾸밈없고 잘생긴 얼굴과 온화하고 낙천적인 분위기 덕에 누구에게도 미움을 받지 않았다. 그의 동료들 가운데 그보다 더 쾌활한 사람은 없었다. 그의 이런 면은 그 전함에서 그처럼 징집되어 승선한 다른 병사들과는 아주 대조적으로 비쳤다. 자원해서 승선하지 않은 이들의 경우에는, 특히 마지막 반당번 시간*이면 일몰이 다가오면서 여러 가지 잡념이 일어나게 마련이며, 침울한 기분을 동반한 서글픈 심경에 빠져들기 쉽다. 하지만 그들은 우리의 앞돛대 망꾼만큼 젊지 않았으며, 가정의 단란함을 맛본 이들이 적지 않았다. 어떤 이들의 경우에는 아마도 불확실한 상황 속에 처자를 두고 왔을 수도 있을 것이고, 그렇다면 이들은 그저 일가친척에게 감사의 뜻을 표하는 것 외에는 다른 어떤 방도도 없을 것이다. 그런 반면, 머지않아 밝혀질 테지만, 빌리의 경우에는 가족이라고 해 봤자 달랑 그 혼자뿐이었다.

* 오후 6시에서 8시까지.

2

우리의 신참 앞돛대 망꾼은 상갑판과 포열갑판에서 괜찮게 받아들여지기는 했지만, 이곳에서 그는 과거 이 배보다 규모가 더 작은 상선 선원들 사이에서 누려 왔던 찬미의 대상은 되지 못했다. 지금까지 그는 단지 그 사람들과 잘 어울리는 정도였다.

그는 젊었다. 골격은 거의 다 발달했지만 피부가 깨끗하고 맑아 여성스러워 보이기까지 하는 매끄러운 얼굴에 아직까지도 풋풋한 청소년의 티가 어려 있는 바람에 제 나이보다 더 젊어 보였다. 하지만 그간의 선원 생활 탓에 백합은 심하게 억눌렸고, 장미는 햇볕에 그을려서 생긴 황갈색을 통해서 눈에 띄게 붉어지려고 안간힘을 쓰고 있었다.

인위적이고 복잡한 생활 속에서 신병은 본질적으로 과거의 단순한 영역에서 대형 전함의 더 넓고 세련된 세계로 갑작스럽게 옮겨 왔고, 그의 기질에 자만심이나 허영심 같은 것이 내재되어 있었다면 그런 변화는 당혹스러운 일이 될 수도 있을 것이다. 벨리포텐트호에 승선한 이들은 다종다양했는데, 그중에는 계급은 낮아도 일반적이고 흔한 유형에 속하지 않는 사람들, 지속적인 군사훈련과 반복적인 참전 덕에 평범한 사람조차도 어느 정도 감지할 수 있는 그곳 특유의 분위기에 유난히 민감한 선원들도 몇몇 포함되어 있었다. 그 전함에서 멋쟁이 선원인 빌리 버드는 시골 출신의 소박한 미인이 궁정의 명문가 출신 귀부인들과 겨루는 것과 비슷한 입장에 처해 있었다. 그러나 빌리는 이런 식의 환경 변화를 거의 의식하지 못했다. 그는 자신의 어떤 면이 유난히 딱딱한 표정을 한 일부 수병들의 얼굴에 묘한 미소를 자아낸다는 사실을 거의 알아채지 못했다. 자신의 사람됨과 태도가 후갑판의 좀 더 지적인 장교들에게 두드러지게 좋은 인상을 안겨 준다는 사실도 미처 알지 못했고, 그들이 그런 인상을 받은 것은 당연했다. 노르만족이나 그 밖의 종족들의 피가 전혀 섞이지 않은 순수한 색슨 혈통을 타고난 잉글랜드인들의 가장 훌륭한 신체적인 표본이라 할 만한 그는 자신의 얼굴을 통해 그리스 조각가가 몇몇 예들에서 자신의 영웅적인 강자 헤라클레스에게 부여해 준 온화하고 인간미 넘치는 표정을 보여 줬다. 하지만 또 다른 전반적인 특징들이 그런 표정을 다시 미묘하게 보완해 줬다. 작고 맵시 있는 귀, 발의 아치, 입과 콧구멍의 곡선, 마룻줄들과 타르 양동이로 단련되었음을 말해 주는, 큰부리새 부리 특유의 오렌지색 혹은 황갈색으로 물든 단단한 손 같은 것들이. 그러나 무엇보다도 풍부한 표정 속에 깃든 어떤 것, 우연한 모든 태도와 움직임, 큐피드와 미의 세 여신이 유난히 좋아한 한 어머니를 떠올려 주는 어떤 것이 있었다. 묘하게도 이 모든 것은 그의 운명과는 정반대의 혈통을 암시해 줬다. 이런 신비로운 면은 빌리가 캡스턴에서 정식으로 수병 입대 절차를 밟았을 때 드러난 사실 탓에 덜 신비로운 것이 되었다. 체구가 작고 팔팔한 장교가 이런저런 질문을 하다가 그의 출생지를 묻는 순서가 되었을 때 빌리는 "모릅니다"라고 답했다.

"어디에서 태어났는지 모른다고? 자네 아버님은 어떤 분인가?"

"하느님만이 아십니다."

그런 솔직 담백한 대답에 놀란 장교가 다시 물었다. "자네의 출생과 관련해서 알고 있는 게 있나?"

"없습니다. 하지만 어느 날 아침, 브리스틀에 사는 어느 신사분이 그분 댁의 문고리에 걸린, 예쁜 실크 안감을 댄 바구니 속에 들어 있는 저를 발견했다는 이야기를 들은 적이 있습니다."

"자네를 발견했다고?" 장교는 고개를 뒤로 젖히고 신병의 위아래를 훑어봤다. "흐음, 그 사람은 횡재를 한 셈이로군. 자네 같은 친구들이 또 발견됐으면 좋겠군. 우리 함대에서는 그런 친구들을 무척이나 필요로 하니까."

그렇다. 빌리 버드는 버림받은 아이, 사생아로 추정되는 젊은이였다. 비천하지 않은 집안 출신으로 보이는 젊은이였고, 그는 서러브레드 종마처럼 고귀한 혈통을 타고난 것이 분명했다.

그 밖의 경우 예리한 수완도 없고, 뱀의 지혜 같은 것은 털끝만큼도 없고, 그렇다고 아주 비둘기 같지도 않은* 그는 지식이라는 수상쩍은 사과를 아직 제공받지 않은 사람, 건전한 사람의 판에 박히지 않은 정직함에 상응하는 정도의 지혜를 갖추고 있었다. 그는 문맹이었다. 책을 읽을 수는 없지만 노래를 할 줄은 알았다. 문맹의 나이팅게일처럼 그는 가끔 스스로 노래를 지어 부르기도 했다.

그는 자의식 같은 것은 거의 갖고 있지 않은 듯했다. 갖고 있다고 해봤자 우리가 세인트버나드종 개가 갖고 있으리라고 추론하는 정도였을 것이다.

그는 끊임없이 자연의 힘들과 어우러져 살고, 육지라고 해 봤자 기껏해야 해변 정도, 혹은 다행히도 댄스홀이 있는 가게와 창녀와 바텐더들을 위해 따로 마련된 바닷가 공간, 요컨대 '뱃사람들의 낙원' 정도밖에는 알지 못했다. 따라서 그는 지체나 체면으로 알려진 꾸며진 것과 모든 면에서 잘 어우러지는 도덕적인 부정함에 물들지 않은 소박한 성품을 그대로 간직하고 있었다. 한데 '뱃사람들의 낙원'의 단골손

---

* 『마태복음』 10장 16절. "이제 내가 너희를 보내는 것은 마치 양을 이리 떼 가운데 보내는 것과 같다. 그러므로 너희는 뱀같이 슬기롭고 비둘기같이 양순해야 한다."

님들인 선원들은 악덕을 갖고 있지 않은 사람들일까? 그렇지는 않다. 하지만 육지 사람들보다는 나쁜 짓을 덜 저지르는 편이고, 이른바 고약한 심보도 덜한 편이다. 약간의 나쁜 짓이라는 것도 사악한 의도에서가 아니라 장기간 억제되었다가 풀려난 뒤에 넘치는 활력을 주체하지 못해서 나오는 것으로 보인다. 자연법에 따른 솔직한 표현. 빌리는 자기 운명의 영향을 받아서 형성된 원래의 기질 때문에 여러 가지 면에서 정직한 야만인과 크게 다르지 않은 부류의 젊은이였다. 아마도 세련된 뱀이 교묘한 말로 접근하기 전의 아담과 비슷한 부류의 사람이랄까.

여기에서 그런 면이 인간 타락의 교훈, 오늘날에는 대체로 무시되고 있는 교훈을 확실하게 뒷받침해 주는 것 같다는 점을 인정한다고 할 때, 문명의 외피를 걸친 사람들 중 원시적이고 순수한 어떤 미덕들을 지닌 경우를 자세히 살펴보면, 그들은 관습이나 관례를 통해서 나온 사람들이 아니라 그런 것들과 전혀 일치하지 않는 사람들인 것 같다는 점을 알 수 있다. 마치 카인의 도시와 도시화된 사람들이 등장하기 이전 시대에서 이례적으로 툭 튀어나온 것 같은 사람들. 그런 특성들을 지닌 사람은 오염되지 않은 미각의 입장에서는 산딸기 같은 상큼한 맛을 갖고 있는 반면, 속속들이 문명화된 사람은 좋은 혈통의 표본이라 할 만한 것을 타고난 사람이라 할지라도, 도덕적인 기호를 가진 이의 입장에서는 혼합된 와인의 그것처럼 수상쩍은 맛을 갖고 있다. 카스파르 하우저*처럼 문명화된 도시에서 멍한 상태로 방황하다 발견

---

* 1828년, 뉘른베르크 시내에서 발견된 신원 미상의 고아로, 발견 당시에 기이한 모습과 행동으로 화제가 되었던 인물이다. 그 전까지 굴속같이 좁은 방 안에서 외부와 일절 차단된 상태에서 살았다고 한다.

된 이런 원시적인 특성들의 상속자에게는 근 2,000년 전 황제들의 도시 로마에서 온후한 한 시인이 본인에게 어울리지 않을 만큼 소박한 시골풍으로 쓴 다음과 같은 유명한 기원문이 그런대로 어울린다.

정직하고 가난하며, 말과 생각 모두가 믿음직한,
파비안이여, 대체 무엇이 그대를 그 도시에 데려다줬는가?*

우리의 멋쟁이 선원은 우리가 어딘가에서 만나리라고 기대할 수 있는 만큼의 남성적인 아름다움을 갖고 있기는 했지만, 호손의 사소한 이야기들 중 하나에 나오는 아름다운 여성의 경우처럼 딱 한 가지 흠을 갖고 있었다. 사실 그것은 그 여성처럼 눈에 띄는 흠은 아니었다. 하지만 그는 이따금 한 번씩 음성적인 결함을 드러내곤 했다. 자연의 힘이 맹위를 떨칠 때나 그 밖의 위험한 사태가 일어날 때 그는 선원으로서 아무 부족함이 없는 젊은이였다. 하지만 갑자기 격정에 사로잡히면, 평소 내면의 조화를 드러내기라도 하듯 대단히 음악적이던 그의 목소리는 기질적인 망설임의 증상을 드러내곤 했다. 사실상 말더듬이처럼 말을 더듬는 증상을. 이런 면에서 빌리는 에덴의 시기심 많은 엄청난 훼방꾼**이 지구라는 이 행성에 미친 모든 인간적인 요소들과 여전히 관련이 있다는 것을 말해 주는 인상적인 예가 아닐 수 없다. 모든 경우에 빌리는 본인에게 그런 면이 있다는 것을 떠올리게 할 만큼 이런저런 식으로 말을 더듬곤 했으며, 내게도 역시 그런 면이 있다. 멋쟁이 선원이 자신의 그런 결점을 인정한다는 것은 그가 이 이야기

---

* 1세기의 로마 시인 마르티알리스의 『금언집』 1.4.1~2.
** 이브를 유혹한 뱀.

에서 인습적인 영웅으로 등장하지 않을 뿐만 아니라 그가 주인공으로 등장하는 이야기가 달콤한 로맨스가 아니라는 점도 역시 입증해 준다.

3

빌리 버드가 벨리포텐트호에 강제로 징집되었을 즈음 그 배는 지중해 함대와 만나기 위해 항해하고 있었다. 그리고 얼마 지나지 않아 그 함대에 합류했다. 그 전함은 뛰어난 항해 능력 때문에 프리깃함들이 없을 때는 이따금 정찰 임무를 띠고 따로 항해하기도 하고 가끔 지속적인 별도 임무를 수행하기도 했지만, 대체로 그 함대의 일원으로 함대의 기동작전에 참여했다. 그러나 이 모든 일화들은 별로 중요하지 않아서 함대의 일원인 한 특별한 배의 내부 생활과 한 선원의 이력을 중심으로 해서 이야기를 펼쳐 나가려고 한다.

때는 1797년 여름이었다. 그해 4월에 스핏헤드에서 폭동이 일어났고, 5월에는 노어에 정박한 함대에서 좀 더 격렬한 두 번째 폭동이 일어났다. 두 번째 폭동은 '대폭동'이라는 별칭에 아주 걸맞은 사건이었다.* 영국의 입장에서 그것은 당대의 선언문들과 개종을 요구하는 프랑스 집정부의 정복군보다 훨씬 더 위협적인 항명 사태였다. 대영제국의 입장에서 노어 폭동은 전면적인 방화 위협을 받고 있는 런던 시에 소방대 파업이 미치는 파급 효과에 버금가는 것이었다. 그 왕국

---

* 두 사건 모두 프랑스 대혁명의 영향을 받은 영국 수병들이 부당한 징집, 형편없는 급여, 야만적인 규율에 불만을 품고 일으킨 폭동으로, 스핏헤드에서는 적당한 타협이 이루어졌지만 노어에서는 폭동을 무자비하게 진압했다.

은 몇 년 뒤 해군 전체에 공표한 저 유명한 위기의 조짐을 사전에 미리 예상하고 있었을지도 모른다. 한데 그런 상황에서 영국이 가끔 영국인들에게 기대했던 것은 무엇이었을까?* 그것은 수천 명의 수병이 제 나라 항구에 정박한, 그리고 구세계에서 유일하게 자유로운 지위를 누리고 있는 전통적인 강대국의 오른팔 격인 함대에 속한 3층 갑판선**들과 74문의 포를 장착한 전함들의 돛대 꼭대기에 세 나라***의 연합을 상징하는 세 개의 십자가가 지워진 영국 국기를 게양하면서 만세를 부른 시대였다. 그들은 세 개의 십자가를 지워 버림으로써 한 나라의 기초가 된 법률과 명확하게 규정된 자유를 상징하는 깃발을 고삐 풀린 폭동을 상징하는 적대적인 붉은 별똥별로 변형시켰다. 함대에 만연했던 열악한 조건들에서 싹튼 이유 있는 불만은 화염에 휩싸인 프랑스에서부터 해협을 건너 날아온 불씨들에 의해 무분별한 폭동으로 터져 나왔다.

　그 사태는 한동안 디브딘—유럽의 위기 상황에서 영국 정부에 큰 도움을 준 작사가—의 기백 있는 노래들, 수병들의 애국적 헌신을 찬양하는 힘찬 노래들로 전환되었다. "내 목숨은 곧 폐하의 목숨이다!"

　영국의 해군 역사를 쓴 사람들은 그 섬의 장대한 해군 이야기에서 자연히 그런 일화를 축소시켰다. 그런 이들 중 한 사람인 윌리엄 제임스****는 자신이 그 대목을 빠뜨리고 넘어가고 싶었다고 솔직하게 인정하면서 "공정하다고 해서 꼼꼼하게 선별하지 않는 건 아니"라고 했

---

* 로버트 사우디의 『넬슨의 생애』에는 "영국은 전 국민이 자신의 의무를 다하기를 기대한다"라는 내용이 나온다.
** 각 갑판에 대포를 갖춘 옛 범선 군함.
*** 잉글랜드, 스코틀랜드, 아일랜드.
**** 『영국 해군사』(1822~1824)의 저자.

다. 하지만 그가 이 일화에 관해서 언급한 내용은 서술이 아니라 그저 참조 사항 정도에 지나지 않았으며, 자세히 서술한 내용은 거의 없다시피 했다. 이런 이야기들은 도서관에서도 쉽게 찾아보기 힘들었다. 어느 시대를 막론하고 미국을 포함한 이 세상 모든 나라에서 일어나곤 하는 다른 몇몇 사건들과 마찬가지로, 그 대폭동도 정책적인 관점과 아울러 민족적 자부심이 작용해서 역사의 이면에 매몰시켜 버리고 싶은 성격을 지닌 사건이었다. 그런 사건들을 무시하기는 힘들다. 하지만 역사에서 그런 사건들을 다루는 신중한 방식이 하나 있다. 양식 있는 개인이 가족 내에서 일어난 잘못된 일이나 불행한 일을 외부에 공개하기를 삼가는 것과 마찬가지로, 비슷한 상황에 처한 국가도 역시 그것을 드러내어 비난하기보다는 공표하기를 삼가려 들 것이다.

정부와 주모자들 간의 협상, 그리고 심한 욕설에 대한 정부 측의 양해가 있은 뒤 스핏헤드에서 일어난 첫 번째 폭동은 여러 어려움을 딛고 진정되었으며, 당장은 모든 문제가 가라앉았다. 그러나 뜻하지 않게 노어에서 더 큰 규모의 폭동이 일어났다. 당국 관계자들이 허용할 수 없을 뿐만 아니라 호전적이고 무례하다고 본 요구 사항들 때문에 연이어 회의가 열렸는데, 여기에서 주동자들이 강력하게 내세운 주장은 그들을 들고일어나게 만든 정신이 뭔지를 드러내 줬다. 붉은 깃발만으로도 충분히 짐작할 수 있는 일이지만 말이다. 그러다 결국 최종적인 진압이 이루어졌다. 하지만 그 진압 작전은 영향력 있는 일부 수병들이 자발적으로 충성심을 회복한 데다 해병대가 확고부동한 충성심을 갖고서 행동한 덕에 겨우 성공한 것으로 보인다.

노어 폭동은 체질적으로 건강한 몸에 돌연히 전염성 열병이 침입한 것에 비유해 볼 수도 있을 것이다. 그리고 그 몸은 이내 그 병을 떨쳐

냈다.

아무튼 이런 폭동들을 일으킨 수천 명의 수병들은 얼마 지나지 않아 나일 해전에서 넬슨이 승리하도록, 그리고 트라팔가르 해전*에서 넬슨이 영국 해전사에 길이 빛나는 승리를 거두도록 도운 수병들 중 일부에 해당했다. 반란자들이 그렇게 변모한 것은 애국심 때문이었을 수도 있고, 싸우기 좋아하는 본능 때문이었을 수도 있다. 양자가 모두 작용했을 수도 있고. 특히 트라팔가르 해전은 극적이고 영웅적인 대大 해전들에 관한 기록을 다루는 모든 이들에게 인간사에서 유례를 찾아보기 힘든 빛나는 해전으로 각인되고 있다.

4

이런 이야기를 쓸 때 큰길만 따라가겠다고 결심할 수도 있지만 어떤 샛길들은 쉽게 저항하기 어려운 매력을 갖고 있다. 나는 그런 샛길로 들어설 작정이다. 독자들이 계속 나와 함께 동행해 줄 의향이 있다면 나로서는 여간 기쁘지 않을 것이다. 샛길로 벗어나는 것은 문학적인 죄가 될 터이므로, 적어도 심술궂은 사람들이 죄라고 말하는 즐거움 정도는 기대할 수 있을 것이다.

화약이 처음 중국에서 유럽으로 전래됨으로써 모든 전투에서 혁명적인 변화가 일어난 것에 상응할 만큼, 우리 시대의 발명품들이 해전에 큰 변화를 일으켰다는 사실은 별반 새로운 견해가 아닐 것이다. 꼴

* 넬슨이 1789년과 1805년에 프랑스 해군을 상대로 승리한 해전들.

사나운 무기였던 유럽 최초의 화기는 적과 접전을 벌일 때 너무나 겁이 많아 강철과 강철이 맞부딪치는 것을 견딜 수 없어 했던 직공 출신의 병사들에게는 아마도 매우 좋은 무기로 비쳤겠지만, 잘 알려진 바와 같이 많은 기사들은 천한 무기라고 해서 이를 거부했다. 그러나 육상에서는 기사의 용맹성이 원래의 빛이 많이 바래긴 했지만 그래도 기사들과 더불어 명맥을 유지한 반면—오늘날의 전투에서는 상황이 변하는 바람에 용맹성의 과시 같은 것은 써먹기 힘든 낡은 것으로 전락하고 말았지만—바다의 경우에는 그렇지 않았다. 오스트리아의 돈 후안, 도리아, 반 트롬프, 장 바르, 영국의 많은 해군 제독들, 1812년에 활약한 미국의 디카터스 같은 각국 해군 명장들의 좀 더 고상한 재능과 자질은 그들의 목조 전함들과 더불어 시대에 뒤처진 폐물이 되고 말았다.

그럼에도 불구하고 과거를 무시하지 않으면서 현재의 가치를 제대로 볼 줄 아는 사람들의 입장에서는 포츠머스 항에 보존된 낡은 배 한 척, 곧 넬슨의 빅토리호*가 불멸의 명성을 기리는, 부식해 가는 기념물로서뿐만 아니라 그보다 훨씬 더 막강한 유럽 철갑함들과 모니터스호**에 대한 시적인 비난—그 배의 아름다움 때문에 순화된 형태의 비난—의 상징으로 거기에 떠 있는 것으로 비칠 수도 있으며, 그들이 그렇게 생각한다고 해서 나무랄 수는 없는 일일 것이다. 그리고 그런 시적인 비난은 꼭 그런 배들이 보기 흉하고, 옛 전함들의 균형미와 장엄한 선들을 어쩔 수 없이 결여하고 있다는 데서 비롯된 것만은 아니다.

아마도 방금 전에 언급한 시적인 비난에 대해서는 아무런 반박도

* 트라팔가르 해전에서 넬슨의 기함 역할을 했던 배.
** 미국 남북전쟁 때 건조된 북군의 철갑선.

할 수 없지만 새로운 질서를 위해서 그런 비난을 슬쩍 눙치고 싶어 할 사람들도 있을 것이다. 그들은 필요하다면 우상파괴주의 수준으로까지 나아갈 수도 있다. 예컨대 이 전쟁 공리주의자들은 그 위대한 뱃사람이 쓰러진 자리를 알려 주는 빅토리호의 후갑판에 그려진 별을 보고는 전투 중에 넬슨이 요란하게 꾸민 자기 모습을 눈에 잘 띄게 드러낸 것이 전혀 불필요한 짓일 뿐만 아니라 군인다운 짓도 아니며, 무모함과 허영심의 냄새를 풍기는 짓이었다는 견해를 밝힐지도 모른다. 또한 트라팔가르에서의 그런 행동은 사실상 죽음에 대한 도전이었고, 그리하여 결국 죽음을 맞이하게 되었으며, 그런 허세를 부리지 않았다면 제독이 승리와 아울러 목숨까지 건졌을지도 모른다는 견해를 덧붙일 수도 있다. 그리고 그가 죽어 가면서도 기민하게 후임자에게 지휘권을 이어받으라고 명령하는 대신 전투의 향방이 결정되었을 때 본인이 직접 함대를 안전하게 정박시켰을 수도 있고, 그렇게 되었다면 그 전투에 뒤이어 불어닥친 폭풍우에 배들이 난파되어 많은 인명 손실이 일어나는 애석한 사태를 모면할 수도 있었으리라는 견해를 제시할지도 모른다.

여러 이유로 그 함대를 정박시키는 것이 과연 가능했는가의 여부를 둘러싼, 논란의 여지가 많은 그런 쟁점을 우리가 무시한다고 해도, 그 전쟁 벤담주의자*들은 얼마든지 위와 같은 주장을 펼칠 것이다. 하지만 "그렇게 되었을지도 모른다"는 것은 어떤 주장을 펼치기에 근거가 박약한 표현이다. 한 해전이 내포하고 있는 더 큰 이득을 미리 내다보고 치밀하게 대비하는—코펜하겐 해전에서처럼 죽음의 해로에 부표

* 존 스튜어트 밀과 더불어 공리주의를 주창한 제러미 벤담의 추종자들.

를 띄우고 지도에 상세히 기록하는 식으로—면에서 이처럼 전투 중에 무모하다고 할 만큼 자신의 몸을 노출시킨 그 사람만큼 신중하고 용의주도했던 사람은 거의 없었다.

개인적인 신중함은 이기적인 것과는 전혀 다른 동기에서 나온 것이라 해도, 군인이 갖춰야 할 특별한 덕목과는 거리가 멀다. 그보다는 명예에 대한 유별난 사랑, 미지근한 충동에 불을 지필 수 있는 능력, 정직한 의무감이 으뜸이다. 웰링턴*이라는 이름이 그보다 더 간단한 이름인 넬슨이라는 이름만큼 우리의 마음을 뛰게 하지 못한다면, 이는 바로 앞에서 언급한 이유 때문일 것이다. 워털루 전투의 승자를 기리는 송시頌詩를 쓴 앨프리드**는 그 시에서 넬슨을 "지상에서 가장 위대한 선원"이라 일컬었지만, 웰링턴을 모든 시대를 통틀어 가장 위대한 군인이라고 부르지는 못했다.

트라팔가르에서 넬슨은 전투가 시작되기 직전에 자리에 앉아 짧은 유서를 썼다. 그가 본인의 영광스러운 죽음에 의해서 그 해전이 역사상 가장 장엄한 승리가 되리라는 예감을 하고, 일종의 사제 같은 마음가짐으로 자신의 빛나는 공훈들의 증거가 되는 것들로 스스로를 찬란하게 치장할 마음을 먹었다면, 그리하여 자신을 제단에 바치는 희생제물처럼 장식한 것이 참으로 허영이나 허식이라면, 위대한 서사시와 드라마들에 등장하는 더 영웅적인 표현들도 하나같이 다 겉치레와 과장이라고 해야 옳을 것이다. 그런 표현들에서 시인들은 그저 넬슨과 같은 천성을 지닌 사람이 주어진 기회에 실행에 옮기는 감정의 고양을 시로 구현하는 것에 불과하니까.

* 워털루 전투에서 나폴레옹을 패배시킨 영국의 장군.
** 영국의 시인 앨프리드 테니슨.

5

그렇다. 노어에서의 폭동은 진압되었다. 그러나 모든 불만이 다 바로잡힌 것은 아니었다. 예컨대 납품업자들이 상한 데다 정량에 미치지도 못하는 식량과 낮은 품질의 의류를 납품하던 특유의 관행은 더 이상 허용되지 않았지만, 징병 관행은 전과 다름없이 지속되었다. 지난 몇백 년 동안 허용된, 최근 맨스필드 대법관이 재판을 통해 유지시킨 관례에 따라 함대 요원들을 충원하는 방식은 잠시 중단되기는 했지만, 공식적으로 폐기되지는 않았다. 당시의 상황이 엄중했던 터라 완전히 폐기시키기는 불가능했다. 그런 징병 관례를 폐기시킬 경우 나라에 꼭 필요한 함대의 기능은 마비되고 말았을 것이다. 증기력은 전혀 사용하지 않고 순전히 범선들로만 이루어진 함대에서 수많은 돛과 대포들을 다루는 일, 요컨대 모든 일은 오로지 인력으로만 이루어졌다. 함대는 전란의 수라장이 되어 버린 대륙에서 현재 일어나고 있거나 미래에 일어날지도 모를 우발 사태들에 대비해서 모든 등급에서 배의 숫자를 늘리고 있었기에 전보다 더 많은 신병들을 끊임없이 충원하려 들었다.

두 건의 폭동이 일어나기 전에 수병들의 불만이 있었고, 일어난 뒤에도 다소간의 불만이 여전히 해소되지 않은 채 잠복해 있었다. 따라서 산발적이거나 전면적인 말썽이 다시 터져 나올지도 모른다고 걱정하는 것은 터무니없는 우려가 아니었다. 그중 한 가지 예를 들어 보기로 하자. 이 이야기에 나오는 사건이 일어난 바로 그해에 함대와 함께 스페인 해역에 머무르던 해군 소장 허레이쇼 넬슨 경은 함대 사령관으로부터 기함을 캡틴호에서 테세우스호로 바꾸라는 명령을 받았다.

노어 대폭동에 휘말렸던 테세우스호가 본국에서 그 함대에 새로 합류했기 때문에, 수병들 사이에 아직 잠재되어 있는 분노가 다시 폭발할지도 모른다고 우려했기 때문이었다. 사령관은 넬슨 같은 장성이라면 수병들을 위협해서 강제로 복종하게 하기보다는 본인의 존재만으로, 그리고 영웅적인 인품의 힘으로 수병들의 마음을 얻어 수병들이 본인만큼 열렬한 정도까지는 아니더라도 어느 정도의 충성심을 회복하게 해 줄 것이라 믿었다.

적지 않은 해군 장교들 사이에서 이런 정도로 우려와 불안감이 존재했다. 해상에서 그런 폭동이 다시 일어날지도 모른다는 우려 때문에 함대에는 팽팽한 긴장감이 어려 있었다. 게다가 갑자기 해전이 일어날 것 같은 조짐이 보였다. 그리고 실제로 해전이 일어났을 때 함포를 지휘하는 역할을 배정받은 대위들 중 일부는 포를 발사하는 임무를 맡은 수병들 뒤에서 반드시 검을 뽑아 들고 지키고 서 있어야 한다고 여기기도 했다.

6

그러나 빌리가 해먹을 흔들고 있는 그 전함에서는 여느 사람들이 보기에 장교들의 태도에서 최근에 대폭동이 일어났다는 것을 암시할 만한 요소는 전혀 찾아볼 수 없었고, 이는 수병들의 태도에서도 마찬가지였다. 지휘관이 본래 강한 개성과 기질을 타고났을 경우 전함에서 근무하는 장교들은 자연히 태도나 행동의 면에서 그의 영향을 받아 그와 비슷해지는 경향이 있다.

아너러블* 에드워드 페어팩스 비어 대령이라는 정식 이름과 직함을 가진 이는 마흔 살가량의 나이를 먹은 총각으로, 유명한 뱃사람들이 많았던 시대에서도 두드러진 해군 장교였다. 그는 더 지체 높은 귀족들과도 연줄이 닿아 있었지만, 순전히 그런 점만으로 순조롭게 승진한 사람은 아니었다. 그는 많은 보직을 거치고 여러 해전을 겪었으며 늘 사병들의 복지에 신경을 쓰는 장교로 처신해 왔지만, 기강이 문란한 것은 결코 용납하지 않았다. 그는 자기 직무와 관련된 지식과 기술에 철저히 숙달되어 있었고, 분별없이 날뛰는 일은 결코 없었지만 만용에 가깝다고 할 만큼 용감하게 행동했다. 그는 서인도 제도 수역에서 로드니 제독이 프랑스의 드 그라스 제독과 싸워 승리를 거뒀을 때 그의 부관으로 혁혁한 무공을 세운 덕에 함장이 되었다.

그가 뭍에서 민간인 복장을 하고 있을 때 그를 뱃사람으로 여길 사람은 거의 없었을 것이다. 항해와 무관한 이야기를 항해와 관련된 표현으로 수식하는 경우가 전혀 없는 데다 단순한 유머를 거의 즐기지 않는 그의 진중한 행동거지를 생각하면 특히 더 그렇다. 항해 중에 자신의 탁월한 지휘를 필요로 하는 사태가 일어나지 않을 때 그가 더없이 과묵한 사람이 되는 것은 이런 특징들과 그런대로 잘 어울린다고 할 수 있다. 키가 별로 크지 않고, 눈에 띄는 어떤 훈장이나 기장도 달지 않은 복장을 한 그가 함장실에서 갑판에 나와 바람 불어 가는 쪽에 나와 있는 장교들의 목례를 받고 있는 모습을 보면, 뭍사람들은 그를 왕의 손님으로 여기기 십상이다. 왕의 배를 탄 민간인, 중요한 임지로 가는 중인 귀족 출신의 신중한 사절 같은 인물로. 그러나 사실 이렇

* 백작 이하의 귀족 출신에게 붙는 존칭.

게 조촐하게 삼가는 태도는 가끔 단호한 천성을 동반하고 있는 남성성 특유의 꾸밈없는 겸손함, 언제고 간에 눈에 띄는 어떤 행동도 할 필요가 없는 겸손함에서 비롯된 것인지도 모른다. 어떤 계급 사람이든 간에 이런 겸손한 태도는 귀족적인 덕목이라는 느낌을 불러일으켜 준다. 이 세상의 다양한 분야에서 좀 더 영웅적인 활동을 하는 일부 사람들과 마찬가지로 비어 대령은 가끔 실질적으로 행동하면서도 몽상적인 기분 상태를 드러낼 때가 종종 있었다. 그는 후갑판의 바람 불어오는 쪽의 뱃전에 홀로 서서 한 손으로 밧줄을 잡은 채 텅 빈 바다를 망연히 응시하곤 했다. 어떤 사소한 문제가 생각의 흐름을 방해할 때면 약간 짜증스러운 기색을 보였지만, 이내 그런 기분을 억누르곤 했다.

해군에서 그는 '별처럼 빛나는 비어'라는 별명으로 널리 알려진 인물이었다. 그가 가진 진정한 특징들이 어떤 것이든 간에, 빛나는 어떤 특징도 갖고 있지 않은 사람에게 그런 별명이 붙은 내력은 이러했다. 그가 서인도 제도 순항에서 돌아왔을 때 그가 좋아하는 친척이자 대범하고 솔직한 친구인 덴턴 경이 맨 먼저 찾아와 축하를 해 줬다. 한데 그 전날 덴턴 경은 앤드루 마벌의 시집을 읽다가 자기네 조상, 곧 17세기 독일의 전쟁 영웅인 인물이 살았던 저택들 중 하나의 이름인 「애플턴 하우스」라는 제목의 시를 접하게 되었다. 그가 그 시를 읽은 것은 그것이 처음이 아니었지만 말이다. 그가 읽은 시구들은 다음과 같다.

> 이것은 처음부터 예정되어 있었다
> 페어팩스와 별처럼 빛나는 비어의,
> 엄격한 규율하에

자상한 보살핌을 받은 가정이라는 한 낙원에서.

그렇게 해서 비어 대령이 용맹하게 한 역할을 맡았던 로드니 제독
의 위대한 승리 후 임지에서 갓 돌아왔을 때, 덴턴 경은 사촌을 끌어
안으면서 같은 가문 출신의 그 뱃사람에 대한 정당한 자부심으로 충
만해진 나머지 열정적으로 소리쳤다. "에드, 자네에게 기쁨이 차고 넘
치기를, 자네에게 기쁨이 차고 넘치기를, 별처럼 빛나는 나의 비어여!"
이 별명은 널리 퍼졌으며, 그 새로운 별명은 그의 먼 친척뻘 되는 더
높은 항렬의 인물로, 해군에서 그와 비슷한 계급의 장교였던 또 다른
비어와 벨리포텐트호의 함장을 쉽게 구분하기 위한 친숙한 호칭 역할
을 했다. 그리고 그 후 그의 성 앞에는 늘 그 별명이 따라붙었다.

7

벨리포텐트호 함장이 곧이어 나올 장면들에서 맡을 역할 때문에 앞
장에서 개략적으로 서술한 그에 관한 엉성한 스케치를 충실하게 채우
는 것이 좋을 것 같다.

비어 대령은 해군 장교로서 많은 능력과 자질을 갖추고 있었지만,
그런 것들 말고도 여러 가지 면에서 남다른 인물이었다. 그 흠 없고 온
전한 사람은 영국의 유명한 대다수 해군 장교들과는 달리 헌신적인
자세로 장기간의 힘겨운 근무를 해야 하는 것을 즐거워하고 그 일에
만 열중했던 사람이 아니었다. 그는 지적인 모든 것에 유별난 기호를
갖고 있었다. 그는 책을 좋아해서 바다에 나갈 때마다 새로 구한 책들,

양은 그리 많지 않아도 가장 수준 높은 책들을 갖고 갔다. 전쟁이 벌어져 배를 타고 바다를 순항해야 하는 때조차도 함장들에게는 혼자 한가하게 시간을 보낼 기회가 간간이 있었는데, 어떤 경우 그런 시간은 지루한 것이 되기도 했지만 비어 대령에게는 전혀 그렇지 않았다. 그는 전달되는 내용보다 전달 수단에 더 관심을 갖는 문예적 취향과는 무관했고, 세상에서 힘을 행사하는 실질적인 직위를 차지하고 있는 상층 계급의 진지한 사람들이 관심을 가질 만한 책들을 좋아했다. 고금을 막론하고 실제 인물들과 사건들을 다룬 책, 이를테면 역사와 전기, 당대의 유행과 관례에서 벗어나 상식의 정신 속에서 정직하게 사실을 추구한 몽테뉴처럼 비인습적이고 자유로운 작가들의 책을 좋아했다. 이런 책들을 골라 읽는 과정에서 그는 남들에게 드러내지 않았던 자기 생각들의 정당성을 뒷받침해 주는 확증, 그가 사교적인 대화에서 얻으려 했지만 허사로 끝나고 말았던 확증을 얻었다. 가장 근본적인 주제들을 접하면서 그에게 긍정적인 확신들이 굳게 자리 잡았던 것이 아닌가 싶다. 그는 자신의 지성적인 부분이 손상되지 않고 그대로 남아 있는 한 그런 확신들이 본질적으로 변하지 않은 채 살아남아 있으리라는 것을 예감했다. 그 험난한 시대에 이런 확신은 그에게 큰 도움이 되었다. 든든하게 자리 잡은 그 확신은 물밀 듯이 밀어닥쳐오는 정치적이거나 사회적인 새로운 견해들을 막아 주는 제방과 같은 역할을 했다. 그 시절에는 본질적으로 그보다 못하지 않은 많은 이들이 그런 견해들의 격류에 휩쓸려 들어갔다. 그처럼 귀족 계급에 속한 다른 이들은 혁신적인 이들의 이론이 자기네 같은 특권 계급에 적대적이라는 점이 주로 작용해서 그런 이들에게 분노했지만, 비어 대령은 초연한 입장에서 그들의 견해에 반대했다. 그는 그런 이들이 자기네 이론을 오래 지속되는 제도 속에서 구현하는 것에 무관심할 뿐만 아니라 세계 평화와 인류의 진정한 복지를 해치고 있는 것 같았기 때문에 그런 입장에 섰다.

그보다 지식이 부족하고 진지한 면도 덜하며 그가 어쩔 수 없이 어울리곤 하는, 그와 비슷한 계급의 일부 장교들은 그를 사교적인 면이 부족하고 건조하며 학구적인 사람이라고 여겼다. 그가 자신들과 어울리지 않고 혼자 떨어져 있을 때면, 그들은 자기네끼리 이런 식의 얘기를 소곤거렸다. "비어는 고상한 친구야, 별처럼 빛나는 비어. 관보에는 이런 이야기가 나오지 않지만, 허레이쇼 경*은 본질적으로 뱃사람이나 투사적인 요소가 부족한 분이지. 그런데 우리끼리 하는 말이지만 저 친구에게서도 그런 현학적인 묘한 기류가 흐르는 것 같지 않나? 해군의 밧줄 다발에 왕의 털실이 끼어든 것 같은 느낌?"

이런 식의 은밀한 비판에는 나름대로 분명한 근거가 있었다. 대령은 익살맞고 친숙한 이야기 같은 것을 하는 법이 결코 없었을 뿐만 아니라 화젯거리가 된 당대의 인물이나 사건을 이야기할 때도 곧잘 역사적인 인물이나 옛날 고릿적의 사건을 예로 들곤 했다. 그는 본인이 예로 드는 옛날이야기들이 제아무리 적절하고 타당한 것이라 해도 독서라고 해 봤자 주로 신문을 읽는 정도에 지나지 않는 뚝뚝한 친구들에게는 대단히 낯설고 이질적으로 비치리라는 점을 전혀 고려하지 않는 것 같았다. 하지만 비어 대령 같은 기질을 지닌 사람들이 그런 식의 고려를 하기는 쉽지 않은 법이다. 그렇게 정직하고 고지식한 사람들은 그저 직선적으로 행동할 수밖에 없으며, 때로는 철새처럼 앞뒤 좌우

* 넬슨 제독. [원주]

가리지 않고 아주 멀리까지 나아가기도 한다. 철새가 국경선을 개의 치 않고 곧장 날아가듯이 말이다.

8

　비어 대령의 참모진을 이루는 대위들과 그 밖의 장교들을 여기에서 자세히 서술할 필요는 없다. 준사관들에 관해서 언급하는 것 역시 마찬가지고. 하지만 부사관들 중에는 이 이야기와 많은 관련이 있어서 지금 당장 소개하는 편이 좋을 사람이 하나 있다. 여기서 나는 그를 묘사하려 할 테지만 제대로 그려 낼 성싶지는 않다. 그는 존 클래거트 선임위병 부사관이다. 육지 사람들에게는 해군의 이런 직함이 좀 모호하게 여겨질 것이다. 본래 이런 부사관들은 사병들에게 검이나 단도 같은 무기의 사용법을 가르쳐 주는 일을 담당했다. 그러나 아주 오래전부터 총포 제조법이 발전되면서 백병전을 치르는 일이 줄어들고 질산칼륨과 황이 강철보다 훨씬 더 중요해짐에 따라 그런 역할은 끝났다. 그리고 큰 전함의 선임위병 부사관은 많은 인원이 있는 포열갑판들에서 질서를 유지하는 임무를 맡고 있는 일종의 경찰서장 같은 존재가 되었다.
　클래거트는 나이가 서른다섯 살쯤이고, 약간 여윈 몸매에 키가 좀 큰 편이어서 대체로 무난해 뵈는 체격을 갖고 있었다. 그의 손은 아주 작고 예쁘장해서 거칠고 험한 일에 익숙해지기 힘들어 보였다. 얼굴은 고상해 보였고, 이목구비는 그리스의 메달에 나오는 인물들만큼 반듯했다. 하지만 쇼니족 인디언 추장인 테쿰세의 턱처럼 수염 없이 매끄러운 턱은 기이하다고 할 만큼 펑퍼짐하면서 앞으로 툭 튀어나와서, 찰스 2세 시대에 성직자 특유의 느릿한 말투로 위증을 하여 이른바 가톨릭 음모 사건을 조작한 닥터 타이터스 오츠 목사의 모습을 떠올려 줬다. 훈계조의 시선을 던질 수 있는 그의 눈은 클래거트가 직무를 수행하는 데 도움이 되었다. 그의 이마는 골상학*적으로 보았을 때 평균 이상의 지능을 가진 것으로 추론된다. 부분적으로 뭉쳐 있는 보드라운 칠흑빛 고수머리가 창백한 두피를 덮고 있었고, 얼굴 피부는 오랜 세월의 경과로 빛이 바랜 대리석처럼 연한 황갈색을 띠었다. 붉거나 짙은 청동빛을 띤 선원들의 얼굴빛과 유난히 대조적인 창백한 안색은 햇볕과 격리된 곳에서 일하는 데서 비롯되었다. 그 안색은 꼭 불쾌해 보인다고는 할 수 없지만 체질이나 혈통 면에서 뭔가 결함이 있거나 비정상적이지 않나 싶은 느낌을 자아냈다. 그러나 그의 전반적인 겉모습이나 태도는 그가 해군에서 맡고 있는 역할과 어울리지 않는 높은 학력과 이력을 암시해 줬고, 따라서 그런 역할을 바쁘게 수행하지 않을 때의 그는 사회적으로나 도덕적으로 수준 높은 사람이지만 그 나름의 어떤 이유들 때문에 정체를 숨기고 살아가는 사람처럼 보였다. 그의 과거 이력에 관해서는 알려진 바가 전혀 없었다. 그는 잉글랜드 사람일 수도 있었다. 하지만 그의 말투에는 그가 잉글랜드에서 태어난 것이 아니라 유년 시절에 영국으로 건너온 사람임을 암시해 주는 억양이 깃들어 있었다. 포열갑판들과 앞갑판에서 떠도는 뒷담화들 중에는 그가 왕좌재판소에서 심문을 받을 때 이상한 사기를 친 덕에 고소를 취하해 주는 조건으로 해군에 자원입대한 사기꾼이

---

* 19세기의 사이비 과학으로, 머리의 크기나 모양을 근거로 하여 당사자의 능력을 평가할 수 있다는 근거 아래 성립된 이론이다.

었다는 은밀한 소문이 있었다. 그것이 사실임을 입증해 줄 사람은 전혀 없었지만 소문은 여전히 은밀하게 나돌았다. 포열갑판들에서 시작된, 대체로 장교들보다 계급이 아래인 이들과 관련된 그런 소문은, 이 이야기의 배경을 이루는 시기에 전함에서 일했던 타르 얼룩투성이인 늙은 선원들에게 그런대로 신빙성 있는 것으로 받아들여지는 것 같았다. 그리고 과거에 선원으로 일한 경력이 전혀 없는 상태에서 성인의 나이에 해군에 들어온 터라 시초에는 가장 밑바닥 일을 배정받을 수밖에 없었던 데다 과거에 뭍에서 지낸 이야기를 전혀 하지 않는 클래거트 같은 사람에 관한 소문 역시 당연히 믿을 만한 것으로 받아들여졌다. 그런 요인들에다 그의 진짜 이력에 관해 알려진 것이 거의 없다는 점 때문에 그를 둘러싸고 좋지 않은 내용의 추측이 난무하는 불쾌한 상황이 벌어지는 것은 당연했다.

한데 클래거트에 관한 선원들의 반당직 험담은 그 무렵 한동안 영국 해군이 수병들을 선발할 때 까다롭게 굴 만한 처지가 아니었다는 사실에서 비롯된 막연한 추측을 근거로 해서 나왔다. 그 당시에는 해군과 육군에서 악명 높은 강제 징집이 이루어졌으며, 또 런던 경찰이 거리에서 신체 건강한 용의자들, 곧 대체로 수상쩍은 이들을 멋대로 체포해서 즉석에서 배에 태워 해군 공창이나 함대로 보낸다는 사실은 거의 비밀이 되지 못했다. 게다가 자원입대자들 중에도 선상 생활이나 전쟁 모험을 해 보고 싶다는 즉흥적인 욕구, 애국적인 충동 같은 동기에서 입대한 것이 아닌 경우들이 있었다. 파산하는 바람에 소액의 빚을 진 사람들, 풍기 문란한 도덕적 낙오자들은 해군에서 편리하고 안전한 피난처를 발견했다. 징집되어 왕의 배에 승선한 것은 중세 시대의 범법자들이 제단의 그늘 속에 숨은 것처럼 일종의 성소에 들어간 것이나 다름없었기 때문이다. 그 당시 정부가 몇 가지 분명한 이유로 자랑삼아 내세울 생각이 거의 없었고, 따라서 아무 영향력 없는 한심한 조처들로 거의 망각의 늪 속에 파묻혀 버리다시피 한, 인가된 그런 불법행위들은 내가 확실한 증거를 댈 수 없어 언급하기가 좀 찜찜한 어떤 이야기가 진실임을 입증해 준다. 책 이름은 기억나지 않지만 아무튼 나는 시중에 출간된 어떤 책에서 그것과 관련된 내용을 읽은 기억이 있다. 하지만 지금으로부터 40여 년 전에 나는 해군 장교 모자를 쓴 한 퇴역 노인에게서도 같은 이야기를 들은 적이 있었다. 트라팔가르 전투에 참전했던 볼티모어 출신의 흑인 노인과 나는 그리니치에 있는 그의 집 테라스에서 아주 흥미로운 이야기를 주고받았다. 그의 이야기인즉슨 다음과 같았다. 빠르게 항해하는 것이 절대적으로 필요한 전함에서 수병의 수가 부족한데 그 숫자를 채울 뾰족한 방도가 없을 때면 교도소에서 직접 끌어모은 인원들로 채웠다고. 앞에서 암시한 여러 이유로 오늘날 그런 이야기를 입증하거나 반박하기는 쉽지 않을 것이다. 그러나 진실이라고 한다면, 그 당시 하피*들이 날아오르듯 함락된 바스티유의 소음과 먼지 속에서 비명과 함께 솟아오른 그 전쟁들과 맞닥뜨린 영국인들의 입장에서 그것은 얼마나 의미심장한 일이겠는가. 그 시대를 돌아보는, 아니 그저 활자를 통해서 읽은 우리에게 그 시대의 윤곽은 아주 선명하게 잡힌다. 그러나 수염이 희끗희끗한 노인들, 좀 더 사려 깊은 노인들에게 그 시대의 분위기는 카몽이스**가 쓴 「케이프의 정신」에 나오는 것과 같은 국면, 곧 모든 것을 잠식해 들어가는 불가사의하고 놀라운 위협으로 다가왔다. 미국이라고

---

* 그리스 신화에서, 추녀의 얼굴과 몸, 새의 날개와 발톱을 가진 괴물로, 죽은 사람의 영혼을 나른다고 한다.

해서 불안감을 면제받은 것은 아니었다. 나폴레옹의 유례없는 정복 사업이 정점에 이르렀을 때, 왕년에 벙커힐***에서 영국군과 싸웠던 미국인들은 『묵시록』에서 예시된 '심판의 구현' 장을 떠올려 주는 그 혁명적인 대혼란 속에서 대서양이 프랑스의 이 무시무시한 벼락출세자가 세운 궁극적인 계획을 막아 줄 방벽이 되지 못할지도 모른다는 예상을 하고 있었다.

하지만 전함에서 클래거트와 똑같은 소임을 맡고 있는 사람치고 선원들에게 인기 얻기를 바랄 수 있는 사람이 거의 없다는 점을 고려해 볼 때, 클래거트에 관한 포열갑판에서의 험담은 과히 믿을 만한 것이 되지 못했다. 게다가 나름대로 무슨 이유가 있거나 아무 이유도 없이 무조건 싫어하거나 자신이 적의를 품고 있는 사람에 대한 험담을 늘어놓는다는 점에서는 선원들도 육지 사람들과 별반 다르지 않다. 그들은 있는 이야기를 부풀리거나 없는 이야기를 곧잘 지어내곤 한다.

선임위병 부사관이라는 직책을 맡기 전 클래거트의 이력에 관해 벨리포텐트호 선원들이 진짜로 알고 있는 것이라고는, 한 혜성이 처음 하늘에서 눈에 띄게 나타나기 전에 그 여정에 관해 천문학자가 알고 있는 것 정도에 불과했다. 소문 퍼뜨리기를 좋아하는 사람들의 평결이라는 것은 단지 소문의 당사자가 거칠고 무지한 이들에게 어떤 인상을 안겨 줬느냐를 알려 주는 데 지나지 않았다. 그 무지한 이들이 인간의 사악함에 관해 갖고 있는 개념은 더없이 단편적일 수밖에 없었고, 비천한 악행과 관련된 생각들 정도에 국한될 수밖에 없었다. 이를테면 야간당직을 서는 동안 다른 선원들이 잠자는 틈을 이용해 물건

** 포르투갈의 대시인으로, 1572년 대서사시 『우스 루지아다스』에서 민족의 기질을 찬미했다.
*** 미국 독립전쟁의 격전지.

을 훔치는 짓이나 인신매매, 뭍에 상륙한 뱃사람들을 등쳐 먹는 짓거리 등과 관련된 개념 정도에.

하지만 앞에서 암시했듯이 클래거트가 해군에 처음 들어왔을 때 전함에서 가장 밑바닥 일에 해당하는 보직을 배정받았지만 그 험한 일을 기꺼이 했고, 그 자리에 오래 머물러 있지 않았다는 이야기는 뜬소문이 아니라 사실이었다. 그는 즉각 뛰어난 능력과 아울러 타고난 침착성, 상관들에게 호감을 주는 공손한 태도를 드러냈고, 어느 한 기회에 숨겨진 진상을 밝혀내는 데 뛰어난 재주를 갖고 있다는 점을 입증했다. 이런 모든 장점들에다 엄숙하다고 할 만한 정도의 애국심까지 갖춘 덕에 그는 대번에 선임위병 부사관으로 승진했다.

이런 해양 경찰서장에게 그 배의 이른바 병장에 해당하는 이들은 직속부하들이었고 그의 지시에 따라 움직여야 하는 사람들이었다. 이런 상황은 육지의 일부 사업 부서들의 경우에서처럼 전체의 도덕적 의지와 상당한 정도의 부조화를 조성했다. 선임위병 부사관은 은밀한 영향력을 지닌 다양한 끄나풀들을 거느리는 직책이어서 이런 조직망이 그의 부하들을 통해 기민하게 작동할 때면 배의 수병들 전체에게 이상한 불안감과 불쾌감을 안겨 줄 수 있었다.

9

앞돛대 망루에서의 생활은 빌리 버드에게 잘 맞았다. 훨씬 더 높은 활대들 위에서, 일거리가 없을 때면 젊음과 활기로 선발된 망꾼들은 말아 올려져 푹신한 쿠션처럼 된 보조돛들에 기대서서 게으른 신神들처럼 실을 자아내며 노닥거리는 공중클럽 회원들이 되었다. 그들은 흔히 저 아래 갑판들에서 사람들이 바쁘게 일하는 광경을 내려다보는 걸 즐겼다. 그 당시 빌리 같은 기질의 젊은이가 그런 사회에 만족하는 것은 전혀 이상한 일이 아니었다. 그는 누구에게도 화낼 원인을 제공하지 않았으며, 누가 부르면 늘 재빨리 응했다. 상선에서 일할 때도 그랬다. 그러나 이제 그 배에서 그가 그렇게 빈틈없이 행동하는 것을 보고 그의 동료들은 가끔 악의 없이 그를 놀려 댔다. 그가 이 전함에 와서 전보다 더 기민하게 행동하는 데는 나름의 이유가 있었다. 그가 강제 징집 되어 그 배에 승선한 바로 다음 날 최초의 공식적인 체벌 광경을 목격했기 때문이다. 그 사건은 전함이 항로를 변경하고 있을 때 체격이 왜소한 한 젊은 신참 선미 망꾼이 근무지에서 무단이탈하는 바람에 일어났다. 그것은 돛을 풀었다가 잡아맬 때 제시간에 딱 맞춰 순간적으로 기민하게 행동해야 하는 기동작전에 꽤나 심각한 지장을 초래하는 직무 태만에 해당했다. 빌리는 그 선원의 등에 그물망처럼 난 새빨간 채찍 자국들을 봤고, 채찍질한 사람이 던져 준 모직 셔츠를 받아 들고 풀려난 그의 얼굴에 어린 비참한 표정을 봤다. 그는 현장에서 앞으로 쏜살같이 내달려가 주위에 몰려 있던 선원들 사이로 사라져 버렸다. 그 모든 광경을 목격한 빌리는 그만 속이 서늘해졌다. 그는 태만이나 부주의 때문에 그런 체벌을 받을 만한 짓은 절대 하지 않겠다고, 욕설을 들을 만한 짓도 하지 않겠다고 결심했다. 그런데 드디어 그가 가끔 자신의 소지품이 든 자루나 그 밖의 물건들이 본인의 해먹속에 나뒹구는 일 같은 사소한 말썽에 휘말렸음을 알았을 때 그 얼마나 경악하고 근심 걱정을 했겠는가. 그런 문제는 아래갑판 병장들의 단속 대상이었고, 빌리는 그 일로 병장들 중의 한 사람에게서 막연한 위협을 받았다.

자기가 매사에 그토록 조심을 했는데 어떻게 이런 일이 일어날 수가 있지? 그는 도무지 이해가 가지 않았고, 그 때문에 몹시 초조해했다. 젊은 망꾼들에게 그런 이야기를 하자, 그들은 좀 믿지 못하겠다는 식의 반응을 보이거나 그가 드러내 놓고 걱정하는 것을 재미있어했다. 그중 한 사람이 말했다. "그게 자네 자루야, 빌리? 그 속에 자네 몸을 집어넣고 꿰매 버리지그래, 불리 보이*. 그럼, 누가 그걸 건드리는지 금방 알 수 있을 거 아냐."

나이 때문에 활동적인 일을 하기 어려워져 주돛대 담당 경비 일을 배정받은 고참 선원 한 사람이 있었다. 그는 갑판 근처의 주돛대를 둘러싼 난간에 밧줄로 고정된 기계 장치를 지키는 일을 맡았다. 비번 때마다 빌리는 그와 이야기를 주고받아 어느 정도 가까워졌던 터라, 말썽에 휘말리고 난 뒤에는 그가 현명한 조언을 구할 만한 사람일지도 모르겠다는 생각이 들었다. 그는 영국 해군에서 아주 오래 근무해 이제는 영국인처럼 보이는 늙은 덴마크 사람이었다. 과묵하고 주름이 자글자글한 데다 명예로운 흉터들을 좀 갖고 있는 사람. 덧없는 세월과 오랜 풍상으로 옛 시대의 양피지 같은 빛깔을 띤 그의 여윈 얼굴에는 전투 중에 우연히 폭발한 탄창 때문에 생긴 푸른색 흉터들이 여기저기 흩어져 있었다.

이 이야기의 시점보다 2년 앞선 때 그는 넬슨 휘하의 아가멤논호에서 복무하고 있었다. 넬슨이 해군 역사에서 잊을 수 없는 그 배의 함장으로 있었던 때. 이제 주요 시설물들이 철거되고 일부가 부서져 늑재

* 빌리의 이름을 빗대서 지어낸 '깡패'나 '어깨'를 뜻하는 말.

들이 드러난 그 배는 헤이든*의 에칭화에 등장하는 거대한 해골처럼 보인다. 아가멤논호의 선원이던 그의 얼굴에는 총탄이 한쪽 관자놀이와 뺨을 사선으로 스치고 지나간 탓에 마치 새벽빛 한 줄기가 검은 얼굴에 사선으로 떨어진 것처럼 보이는 엷고 긴 흉터가 나 있었다. 이 덴마크 사람이 벨리포텐트호 선원들 사이에서 '포연 속에서의 돌진'이라는 별명으로 통하게 된 것은 이 흉터와 그 원인으로 알려진 사건 때문이기도 했고, 푸른색 흉터들이 점점이 흩어져 있는 얼굴 피부 때문이기도 했다.

그의 작은 족제비눈이 빌리 버드를 처음 본 순간, 음산한 내적 흥겨움에 그의 해묵은 주름살들이 우스꽝스럽게 뒤틀렸다. 감상적인 요소가 전혀 없는 그의 괴팍하고 원시적인 종류의 늙은 지혜는 그 멋쟁이 선원에게서 전함의 상황과는 전혀 이질적인, 이상하리만큼 어울리지 않아 보이는 어떤 것을 봤거나 봤다고 생각한 것이 아니었을까? 그러나 이따금 빌리를 은밀히 훔쳐본 뒤 그 늙은 멀린**이 맛보곤 했던 수상쩍은 즐거움은 다른 것으로 변했다. 이제 두 사람이 만날 때면 그의 얼굴에 의문 어린 표정이 떠오르기 시작했기 때문이다. 하지만 그런 표정은 순간적으로 떠오르다 사라졌고, 그 대신 그런 기질의 젊은 이에게 결국 어떤 일이 닥칠지를 헤아려 보는 듯한 표정이 가끔 떠오르곤 했다. 곳곳에 함정이 매설된 세계, 경험과 처세 능력이 결여된 데다 방어적인 기능을 하는 사악한 요소도 없는 단순한 용기가 별 쓸모가 없는 복잡 미묘한 세계에서 그가 어떻게 견뎌 낼지 궁금해하는 표정이. 그런 세계에서 그같이 순진한 사람이 정신적인 위기 상황에 처

* 19세기의 해부학자 프랜시스 시모어 헤이든.
** 아서 왕 이야기에 나오는 예언자이자 마술사.

할 때 본인의 능력을 더 예리하게 가다듬고 의지를 군건히 하기란 쉽지 않다.

그러나 그 덴마크 사람은 그 나름의 절제된 방식으로 빌리를 좋아했다. 빌리 같은 성격 유형에 철학적인 흥미를 가졌기 때문만은 아니었다. 또 다른 이유가 있었다. 이따금 곰을 닮은 그 늙은이의 괴팍함 때문에 젊은이들은 그를 멀리했지만, 빌리는 그를 바다의 영웅으로 존경하는 터라 그런 것에 전혀 개의치 않고 왕년의 아가멤논호 선원이었던 그의 곁을 지나칠 때마다 꼭 존경심 어린 인사를 했다. 젊은 선원들은 나이 든 선원들에게 대체로 그런 식으로 인사를 했지만 상대방의 계급에 따라 가끔 생략하고 넘어가기도 했다.

그 주돛대지기에게는 천연덕스러운 유머 기질 같은 것이 있었다. 빌리의 젊음과 건장한 체격을 풍자하려는 가부장적인 마음에서건 혹은 다른 어떤 깊은 이유에서건, 그는 처음 빌리와 이야기할 때부터 빌리를 '베이비 버드'라고 불렀다. 사실 그 덴마크 사람은 나중에 그 배에서 통용되었던 빌리의 별명인 '베이비 버드'의 창시자였다.

그런데, 빌리는 그 주름진 사람을 찾는 데 약간의 묘한 어려움을 겪은 끝에 반당직 근무 비번 시간에 위포열갑판의 포탄 상자에 앉아 혼자 생각에 잠겨 있는 그를 발견했다. 그는 가끔 다소 냉소적인 관심을 갖고서 그 부근을 활달하게 오가는 사람들을 주의 깊게 살펴봤다. 빌리는 또다시 어떻게 그 모든 일이 일어났는지 의아해하면서 자신의 고민거리를 자세히 이야기했다. 바다의 현자는 주름살을 묘하게 씰룩이면서, 탐문하듯이 작은 족제비눈을 빛내며 그의 이야기를 주의 깊게 들었다. 젊은 앞돛대 망꾼은 이야기를 다 끝내고 물었다. "이 문제를 어떻게 생각하시는지 말씀 좀 해 주세요."

노인은 입고 있던 방수포의 앞섶을 위로 밀어 올리고, 숱이 별로 없는 엷은 머리칼 속으로 들어가는 지점의 긴 흉터 끝 부분을 문지르면서 간단히 잘라 말했다. "제미 레그스*가 자네를 미워하고 있는 거야, 베이비 버드."

"제미 레그스가요!" 빌리는 하늘빛 눈을 크게 뜨고 소리쳤다. "대체 뭣 때문에요? 사람들이 그러는데, 그분은 저를 '상냥하고 싹싹한 애송이'라고 부른다던데."

"그 친구가 그렇게 부른다고?" 반백의 노인은 씩 웃었다. "그래, 베이비 버드, 제미 레그스는 상냥한 목소리를 갖고 있지."

"아니, 항상 그런 건 아니에요. 하지만 제게는 상냥하게 대해 주시죠. 제가 지나갈 때마다 거의 늘 기분 좋은 이야기를 해 주는걸요."

"그 친구가 자네를 미워하기 때문에 그러는 거야."

신참으로서는 두 번이나 되풀이된 그 말과 표현법을 이해하기가 힘들었다. 혼란에 빠진 빌리는 그 수수께끼에 대해 설명을 요구했다. 그는 노인에게서 덜 고약한 예언 같은 것을 듣고 싶어 했다. 하지만 그 늙은 바다의 키론**은 이제 자신이 그 젊은 아킬레우스에게 충분한 가르침을 줬다고 생각했는지 입을 다물고 주름살을 잔뜩 찌푸렸다. 그리고 더 이상 어떤 말도 하지 않았다.

이 덴마크 사람은 연륜, 그리고 평생을 상관의 의지에 복종해 온 예리하고 영리한 사람들이 겪곤 하는 다양한 체험 덕에 방어적이고 함축성 있는 냉소적 태도를 갖게 되었다.

---

* 선임위병 부사관. [원주]
** 그리스 신화에 나오는 현명하고 다재다능한 반인반수. 아킬레우스, 헤라클레스 등에게 가르침을 준다.

10

빌리는 전날에 들은 덴마크 사람의 이상한 요약 평가에 대해 설마 그럴 리가 있나 하고 생각했지만, 이튿날 그의 말에 근거가 있다는 것을 입증해 주는 사건이 일어났다. 정오 무렵, 배는 순풍을 맞아 항로를 따라 빠르게 나아가고 있었고, 빌리는 점심 식사 시간에 아래로 내려가 같은 식탁에 앉은 동료들*과 농담을 주고받았다. 그런데 배가 갑자기 기우는 바람에 그는 말끔히 청소한 갑판에 수프 그릇에 담겨 있는 내용물을 모조리 쏟아 버리고 말았다. 때마침 선임위병 부사관인 클래거트가 한 손에 지휘봉을 들고 빌리 일행이 있는 칸막이의 포열 앞을 지나가고 있었고, 기름기 많은 액체가 그의 바로 앞길에 엎질러져 있었다. 그는 쏟아진 수프 위를 건너간 뒤 아무 말도 하지 않은 채 그대로 몇 걸음 걸어갔다. 수프를 엎지른 사람이 누군지 살펴보기는 했지만 그 상황에서 특별히 뭐라고 할 만한 사안이 아니었기 때문이다. 한데 그의 안색이 변했다. 그는 잠시 걸음을 멈추고 빌리에게 무슨 말인가를 내뱉으려다가는 지그시 억눌렀다. 그리고 지휘봉으로 김이 나는 수프를 가리키고는 뒤에서 그를 장난스럽게 두드리면서 가끔 선보이는 특유의 음악적이고 낮은 목소리로 말했다. "잘하는 짓이다! 잘생긴 놈은 하는 짓도 역시 멋져!" 그것으로 끝이었다. 클래거트는 이런 애매모호한 말과 함께 인상을 구기면서 자기도 모르게 쓰게 웃었지만, 그를 등지고 있던 빌리는 그 모습을 보지 못했다. 그 삭막한 웃음은 그의 모양 좋은 얇은 입꼬리 끝에 희미하게 걸려 있었다. 모든 사람

* 이 당시의 전함에서는 식사 때마다 한 식탁에 앉는 수병들이 하나의 팀을 이루었다.

은 그의 말을 익살스러운 농담으로 받아들였다. 상관의 입에서 나온 말이기에 그들은 '짐짓 재미있다는 듯이' 웃어 줘야 했고, 실제로 그렇게 했다. 빌리는 자신이 멋쟁이 선원임을 암시하는 그 말에 자극받아 그들과 함께 즐겁게 웃었다. 그러고 나서 그는 동료들에게 소리쳤다. "그런데 제미 레그스가 나를 미워한다고 누가 그러더라고!"

"누가 그랬다는 거야, 예쁜이?" 도널드라는 선원이 좀 놀라면서 물었다. 그 물음에 앞돛대 망꾼은 그 말을 한 사람이 단 한 사람뿐이었다는 사실을 떠올리고는 약간 멍한 표정이 되었다. 이 선임위병 부사관이 자기에게 유난히 적대적이라는, 뭔가 찜찜하고 고약한 기분이 들게 하는 의견을 밝힌 사람은 그 덴마크 노병이었다. 한편 다시 걸음을 옮기던 부사관은 감추고 있던 내심이 일부 드러나면서 순간적으로 좀 전의 그 씁쓸한 미소보다는 덜 위장된 어떤 표정을 지었을 것이다. 아마도 약간 찡그린 표정 같은 것을 짓지 않았을까 싶다. 맞은편에서 북치는 수병 하나가 부주의하게 장난을 치다가 그만 부사관과 가볍게 몸을 부딪치면서 그의 표정을 보고 크게 당황해서 쩔쩔맸기 때문이다. 지휘봉으로 수병을 세게 후려치며 "앞을 제대로 보고 다녀!"라고 사납게 소리쳤을 때도 선임위병 부사관의 표정은 누그러지지 않았다.

11

선임위병 부사관에게는 어떤 문제가 있었던 것일까? 그리고 그게 무슨 문제이든 그것이 어떻게 빌리 버드와 직접적으로 연관될 수 있었을까? 수프를 쏟기 전까지만 해도 빌리는 부사관과 특별한 어떤 공적인 접촉도 가진 적이 없었는데? 상선의 '평화 유지자'로서 누군가를 화나게 할 소지가 거의 없는 사람, 클래거트 자신의 말마따나 '상냥하고 싹싹한 애송이'와 클래거트의 문젯거리가 참으로 어떤 연관성을 가질 수 있단 말인가? 덴마크 노병의 말을 빌리자면 제미 레그스는 어째서 멋쟁이 선원을 '미워'했을까? 한데 진상을 볼 줄 아는 그 사람에게 근래의 우연한 맞부딪침이 암시해 주듯이, 부사관은 빌리를 은밀히 미워하고 있었고, 그가 그러는 데는 나름의 충분한 이유가 있었을 터였다.

클래거트의 좀 더 사적인 내력에 관한 어떤 것, 빌리 버드는 전혀 모르고 있지만 아무튼 본인과 관련된 어떤 것, 클래거트가 그 전함에서 빌리를 처음 보기 전의 어떤 시기에 이미 그 젊은 수병을 알고 있었다는 것을 암시해 주는 어떤 로맨틱한 사건 같은 것을 지어내는 일은 과히 어려운 일이 아닐 테고, 이 사건 속에 잠복해 있을지 모를 수수께끼를 밝히는 일에 그런대로 흥미로운 방식의 도움이 될 수 있을지도 모른다. 하지만 사실 그런 일은 전혀 없었다. 그럼에도 그 사실 자체에는 필연코 유일한 어떤 이유라고 추정할 만한 것이 존재한다.『우돌포의 비밀』을 쓴 래드클리프의 창의력이 고안해 낼 수 있는 그 어떤 요소들에 못지않게 중요한 래드클리프식 로맨스의 신비로운 한 요소가. 특이한 어떤 사람들의 내면에서 그저 다른 누군가를 보는 것만으로도, 그 사람이 자기에게 어떤 해를 끼치지 않는데도 자연 발생적인 깊은 반감이 촉발되는 경우보다 더 불가사의한 일이 또 있을까? 이런 경우에는 상대가 아무 해를 주지 않는다는 사실 그 자체가 반감을 불러일으킨다는 것 말고는 달리 설명할 길이 없다.

서로 다른 개성들이 맞부딪치는 짜증스러운 상황으로 바다에 떠 있는 커다란 전함, 그것도 많은 인원이 꽉꽉 들어찬 전함 속에서의 부딪침만 한 것은 다시없을 것이다. 그곳에서는 매일 온갖 계급의 거의 모든 사람이 다소의 정도 차이는 있지만 거의 모든 다른 사람들과 접촉하게 마련이다. 거기서 보기만 해도 부아가 치미는 사람을 전혀 보지 않으려면 요나의 배에서처럼 그 사람을 바다에 내던져 버리거나 본인이 바다에 뛰어드는 수밖에 없다. 성자와 정반대되는 특이한 사람의 경우에 이런 상황이 어떤 결과를 초래할지 한번 상상해 보라!*

하지만 평범한 사람의 입장에서 클래거트를 제대로 이해하려면 이런 정도의 단서만으로는 충분하지 않다. 평범한 사람을 지나 그에게 가려면 '죽음과도 같은 끔찍한 공간'을 가로질러 가야 한다. 그것도 에둘러 가는 것이 가장 좋다.

오래전 나보다 연장자였던 한 정직한 학자가 내게 그처럼 지금은 더 이상 존재하지 않는 어떤 사람에 관한 이야기를 들려준 적이 있다. 너무나 훌륭한 인물이라 공개적으로는 그를 폄훼하는 어떤 이야기도 나온 적이 없었지만, 간혹 "그래요, X——는 숙녀의 부채로 두드려서는 깨지지 않는 너트**죠"라는 이야기도 은밀히 나돌았다. "자네는 내가 조직화되지 않은 종교의 신봉자임을 잘 알 거야. 시스템으로 구축된 철학을 싫어하는 것은 더 말할 나위도 없고. 한데 그럼에도 불구하고 나는 X——와 가까워지려고 애쓴다는 것은, '세상적인 지식'으로 알려진 것 외의 다른 어떤 소스에서 나온 단서 없이 그의 미궁 속에 들어갔다가 다시 나오는 것은 거의 불가능하다고 생각해. 적어도 내

---

* 이 당시의 전함은 현대의 전함에 비해 아주 작았음에도 정원을 몇 배나 초과하는 많은 전투 인원이 탑승했다. 따라서 잠자리도 무척 좁아 포열갑판에서 2층으로 해먹을 줄줄이 걸고 잠을 자야 했다.

** '견과류'라는 뜻 외에 '미치광이', '괴짜' 등의 뜻도 내포되어 있다.

게는 그래."

나는 말했다. "왜요? X——는 어떤 사람들에게는 연구 대상이 될 만한 괴상한 사람이지만 어쨌든 인간이잖아요. 세상적인 지식이라는 것은 분명 인간성에 대한 지식을 뜻하는 거고요. 다양한 인간성의 대부분을 포괄하는 지식."

"맞아. 하지만 인간성에 대한 피상적인 지식이라는 것은 단지 일반적인 용도에만 쓸모가 있지. 한데 그보다 더 깊은 어떤 것들과 맞닥뜨릴 경우 나는 내가 세상을 알고 있다거나 인간성을 알고 있다고 자신하지 못해. 세상에 관한 지식과 인간성에 관한 지식은 서로 다른 분야가 아니야. 그것들은 한 사람 속에 공존할 수도 있는 반면, 다른 것이 거의 없거나 전혀 없는 상태에서 존재할 수도 있어. 한데 평균적인 사람들의 경우, 세상과의 끊임없는 마찰은, 선하든 악하든 간에 어떤 예외적인 인물들의 본질을 이해하는 데 없어서는 안 될, 좀 더 예리한 정신적 통찰력을 무디게 하지. 어떤 중요한 사건에서 나는 한 처녀가 늙은 변호사를 제멋대로 휘두르는 것을 본 적이 있어. 그것은 늙은이의 사랑이 빚어낸 망령 때문이 아니었어. 그런 종류와는 전혀 무관해. 하지만 그 변호사는 법은 잘 알아도 그 처녀의 마음은 제대로 알지 못했지. 코크와 블랙스톤*은 어두컴컴한 영적 공간들에 유대 예언자들만큼 밝은 빛을 던져 주지는 못했어. 그 예언자들이 어떤 사람들이야? 대부분 다 은둔자들이었지."

그 당시 나는 세상 물정을 잘 모르는 사람이어서 이 모든 말의 참뜻을 제대로 알지 못했다. 지금은 그런대로 알고 있는 것도 같다. 사실

---

* 영향력 있는 법률 논평으로 유명했던 영국의 변호사들.

성서에 기반을 둔 그런 어휘들이 좀 더 오래 명맥을 유지했다면 우리는 일부 놀라운 사람들을 그리 어렵지 않게 규정하거나 이름 붙일 수 있었을 것이다. 실제로 우리는 성서적 요소를 띠고 있다는 비난을 받지 않을 만한 출전들을 찾아봐야 한다.

플라톤을 제대로 번역한 내용에 포함된 정의의 목록, 플라톤 본인의 발언으로 추정되는 것들의 목록에는 "천성적인 사악함 : 천성에 따른 사악함"이라는 정의도 포함되어 있다. 이것은 칼뱅주의적인 냄새가 좀 나기는 하지만 전 인류에 대한 칼뱅의 도그마와는 전혀 무관한 정의다. 그 정의에 내포된 취지로 보아 그것은 오로지 개인들에게만 적용될 수 있다. 교수대나 감옥행에 걸맞은 이런 사악함의 예는 그리 많지 않다. 아무튼 이런 사악함에는 야수의 비천함 같은 요소들이 전혀 내재되어 있지 않고 항상 지능과 총명함을 특징으로 하기에, 그 주목할 만한 예들은 다른 데서 찾아봐야 한다. 문명, 그중에서도 특히 엄격한 종류의 문명은 그런 사악함의 좋은 토양이 된다. 그것은 존경할 만한 사회적 지위나 체면이라는 망토로 스스로를 휘감고 있다. 그것은 조용한 조력자로 기능하는 부정적인 덕목들을 갖고 있다. 그것은 그 방어망 속에 와인 같은 것은 절대로 들이지 않는다. 그것은 자체 내에 악덕이나 사소한 죄 같은 것이 없다고 말하는 식으로 과하게 나가려 들지 않을 것이다. 하지만 그 안에는 놀라운 자부심이 내재되어 있어 악덕이나 사소한 죄 같은 것들을 허용해 주지 않는다. 그것은 결코 돈을 추구하지도, 탐욕스럽지도 않다. 요컨대 여기에서 말하는 사악함은 비천하거나 속된 요소들이 전혀 개입되지 않은 것을 뜻한다. 그것은 진지하고 엄숙하나 매섭고 신랄한 요소 같은 것은 없다. 그것은 인간에 대한 아첨꾼적인 요소는 전혀 갖고 있지 않지만 그 자체를 결코 나쁘게 말하거나 평하지 않는다.

그러나 유명한 예들에서 너무나 예외적인 성격을 돋보이게 하는 것은 다음과 같은 것이다. 즉, 그 사람의 기질과 신중한 태도는 그 정신이 유별나게 이성의 법칙에 지배받고 있다는 것을 암시해 주는 것 같기는 하지만, 그에 못지않게 마음속에서는 그 법칙에서 완벽하게 면제되는 것에 골몰해 있는 듯하다. 이런 사람은 그 법칙을 비합리적으로 행동하기 위한 위장 수단으로 이용하는 것 외에 이성과는 거의 무관한 사람인 것처럼 보이기 때문이다. 바꿔 말하자면 잔학한 짓을 자행하면서 그런 미친 짓과 동반되는 듯한 목적을 이루는 데 현명하고 건전하며 냉철한 판단을 동원할 것이다. 이들의 광기는 지속적이지 않고 특별한 어떤 목적을 위해 이따금 한 번씩 일어나기 때문에 이들은 미치광이요, 가장 위험한 부류의 사람이다. 이런 광기는 은밀하고 잘 위장되어 있으며, 자족적이라고 할 만한 것이다. 따라서 그것이 맹위를 떨칠 때도, 앞에서 암시한 바와 같이 일반인들이 보기에 정상적인 행동과 구분이 되지 않는다. 그 광기의 목적이 무엇이든 간에—그런 목적을 공개적으로 드러내는 일은 결코 없다—그 방식과 외적으로 진행되는 양상은 항상 더없이 합리적이다.*

클래거트는 바로 그런 사람이었다. 그에게는 악한 본성이라는 병적인 기질이 내재되어 있었다. 그것은 사악한 훈련이나 부도덕한 책들, 방종한 생활에서 온 것이 아니라 그가 본래부터 타고난 것이었다. 요컨대, 그것은 '천성에 따른 사악함'이었다.

어떤 이들은 이런 이야기를 두고 모호하다고 말할 것이다. 한데 왜?

---

* 멜빌의 이런 견해는 오늘날의 '반사회성 인격장애sociopath'의 개념과 어느 정도 맞아떨어지는 듯하다.

'사악함의 미스터리'*라는 구절에서 성경 냄새가 좀 나서인가? 만일 그렇다고 한다면, 이는 의도한 바와는 아주 거리가 멀다. 그런 냄새가 풍긴다고 해서 오늘날의 많은 독자들이 이 이야기를 읽고 싶어 하게 될 가능성은 거의 없으니까.

선임위병 부사관의 숨겨진 본성에 관해서 이야기하려다 보니 부득이 이번 장의 내용이 들어가게 되었다. 식사 중에 일어난 사건과 연관된 한두 가지의 추가적인 힌트와 함께 다음 장은 이번 장에서 언급한 내용의 신빙성을 입증해 주는 성격의 이야기가 될 것이다.

12

클래거트가 대체로 무난한 체격을 갖고 있으며, 턱을 제외한 얼굴이 그런대로 잘 빠졌다는 이야기는 이미 했다. 옷차림새가 말끔하고 신경을 써서 입는 것으로 보아 스스로도 본인의 장점들에 무관심하지는 않은 듯했다. 그러나 빌리 버드는 영웅적인 풍모를 갖춘 청년이었다. 그의 얼굴에는 클래거트의 창백하고 지적인 면모는 없을지 몰라도 클래거트의 경우처럼 속에서 우러나오는 빛이 어려 있었다. 그 빛이 나오는 원천은 클래거트의 그것과는 달랐지만. 그의 심장 속에 들어 있는 화톳불은 그의 뺨을 장밋빛으로 환하게 물들였다.

두 사람의 생김새가 너무나 대조적이라는 점을 고려해 보면, 앞서의 장면에서 선임위병 부사관이 젊은 선원에게 "잘생긴 놈은 하는 짓도

---

* mystery of iniquity. 『데살로니카후서』 2장 7절.

멋져"라는 속담을 써먹었을 때, 그 이야기를 들은 젊은 선원들은 클래 거트가 자기도 모르게 빈정대는 식의 암시를 드러냈다는 것, 그가 빌 리에게, 즉 그의 준수하게 잘생긴 용모에 대해서 처음으로 적대적인 태도를 드러냈다는 사실을 미처 눈치채지 못했을 공산이 크다.

질투심과 혐오감은 대조적인 감정들로 보이지만 그럼에도 불구하 고 사실상 챙과 잉*처럼 한 몸으로 태어날 수도 있다. 그렇다면 질투심 이란 그토록 기형적인 것일까? 법정에서 죄상을 인정하느냐는 질문을 받았을 때 많은 이들이 형량이 경감되기를 바라서 자신이 저지른 중 죄에 대해 유죄를 인정하기는 했다. 하지만 자기가 질투를 했다고 진 심으로 자백한 이가 과연 있었을까? 질투심에는 대체로 흉악한 범죄 보다도 더 수치스럽게 느껴지는 무엇인가가 존재한다. 사람들은 하나 같이 그런 것을 느끼지 않았다고 부인할 뿐만 아니라, 인품이 좋은 사 람들은 지적이고 영리한 사람이 그런 것에 사로잡혔다는 사실을 좀 처럼 믿지 못하는 경향을 보인다. 하지만 질투심은 뇌가 아니라 심장 에 자리 잡고 있으므로, 뛰어난 지성을 가졌다는 것이 질투심이 없다 는 것을 보장해 주지는 않는다. 한데 클래거트의 질투심은 흔히 볼 수 있는 평범한 형태의 감정이 아니었다. 빌리 버드를 겨냥했을 때의 그 것은 준수하게 잘생긴 젊은 다윗 때문에 불안하게 속앓이를 하던 사 울의 얼굴을 망가뜨린 근심 어린 질투심의 기미를 동반하고 있었다. 클래거트의 질투심은 그보다 더 깊었다. 만일 그가 빌리 버드의 준수 한 얼굴, 원기 있는 건강, 숨김없이 청춘을 향유하는 태도를 흘겨봤다 면, 그것은 이런 것들이 타고난 단순성 속에서 한 번도 악한 의도를 가

---

* 전 세계적으로 유명했던 샴쌍둥이.

384

져 본 적이 없거나 뱀이 반사적으로 무는 것 같은 일을 경험해 본 적이 없는 천성과 함께 어우러졌기 때문일 것이다. 클래거트는 그런 천성에 매혹되었다. 클래거트가 보기에 빌리의 내면에는 영혼이 거주했고, 그것은 창문을 통해서 내다보듯 빌리의 푸른 눈을 통해서 내다보고 있는 것 같았다. 말로 형언할 수 없으리만치 경이로운 그것은 장밋빛으로 물든 뺨에 보조개를 만들어 주고, 그의 관절들을 유연하게 해 줬으며, 하늘거리듯이 춤추는 그의 황금빛 고수머리는 그를 단연 멋쟁이 선원으로 만들어 줬다. 그 배에서 예외적인 한 사람, 곧 그 선임 위병 부사관은 아마도 빌리 버드에게 존재하는 그 도덕적 현상을 지성을 통해서 제대로 알아볼 수 있는 유일한 사람이었을 것이다. 그리고 그런 통찰력은 단지 그의 감정을 악화시키는 역할만 했다. 그 감정은 그의 내면에서 은밀하고 다양한 형태를 띠고 출몰했다. 그것은 때로 냉소적인 경멸감, 천진함에 다름 아닌 순수함에 대한 경멸감의 형태를 띠고 나타났다. 하지만 그는 그 순수함이 지닌 심미적인 매력, 씩씩하고 대범한 속성을 알아봤으며, 자기도 그런 것을 갖고 싶어 했지만 단념하고 말았다.

그는 자기 내면에 도사리고 있는 원초적인 사악함을 쉽게 감출 수는 있어도 없애 버릴 수는 없었다. 선함을 감지하기는 해도 그렇게 될 힘은 없었다. 클래거트 같은 이들의 천성이 거의 항상 그러하듯이 에너지가 과도하게 넘쳐흐르는 그런 천성, 의지할 만한 것들이 남아 있어도 본래의 자신으로 되돌아가 버리곤 하는 그런 천성은, 오로지 창조주의 탓으로만 돌릴 수밖에 없는 전갈처럼 자기에게 주어진 역할을 최후까지 실행해 나간다.

13

감정, 더없이 심원한 감정은 그 배역을 연기할 호화로운 무대를 요구하는 것이 아니다. 심원한 감정은 저 아래 비천한 인간들 사이에서, 거지들과 청소부들 속에서 제 역할을 한다. 그런 감정을 불러일으키는 상황이 제아무리 사소하고 하잘것없다 해도 그 상황이 지닌 힘은 측량할 수 없으리만치 크다. 지금의 예에서 무대는 깨끗이 청소된 포열갑판이고, 그런 감정을 불러일으킨 원인의 하나는 한 수병이 쏟은 수프다.

자기 발 앞에 흐르는 기름기 많은 액체를 쏟은 사람이 누군지 알아차렸을 때 선임위병 부사관은 분명 그것을 단순한 우발적 사고가 아니라 빌리 쪽에서의 자연 발생적인 감정의 교활한 배출—아마도 어느 정도 고의적인 짓—로 여겼을 것이다. 자기가 그를 미워하는 데 대한 반응으로. 요컨대 그는 분명 그것을 어리석은 시위라고 생각했을 것이다. 어린 암소의 쓸데없는 발길질처럼 자기 쪽에 별 해를 주지 못하는 장난이라고. 하지만 발굽에 편자를 박은 종마가 어린 암소에게 하는 발길질은 별 해가 없는 일이 아닐 것이다. 그렇더라도 그는 클래거트의 질투심이라는 독액 속에 모욕이라는 독액을 주입한 셈이었다. 어쨌든 그 사건은 '찍찍이'가 클래거트의 귀에 은밀히 속삭여 준 고자질들이 사실임을 입증해 줬다. 찍찍이는 반백의 왜소한 사내로, 그의 휘하에 있는 유달리 교활한 병장들 중 하나였다. 선원들은 그의 찍찍거리는 목소리, 교활해 보이는 얼굴 때문에 그런 별명을 붙여 줬다. 아래갑판의 어두운 구석들에서 뭔가를 찾아다니는 그의 모습은 선원들에게 지하실의 쥐라는 경멸스러운 이미지를 떠올려 줬다.

그 병장은 상관이 앞돛대 망꾼이라는 두통거리를 잡을 작은 덫들을 설치하기 위한 비밀 도구로 자신을 고용하자, 자연히 상관이 그 선원을 좋아할 리가 없다는 결론을 내렸다. 앞에서 언급한 소소한 괴롭힘들도 선임위병 부사관의 지시로 진행되었으니까. 그리하여 그 병장은 선임위병 부사관의 충직한 졸개로서 선량한 앞돛대 망꾼이 아무 생각 없이 천진하게 떠들어 대는 소리들을 자기 상관에게 왜곡되게 전달하고, 앞돛대 망꾼이 상관에 대한 온갖 욕설을 입에 올리는 걸 엿들었다는 식의 이야기를 날조하는 것으로 상관을 격노하게 만드는 것을 본인의 임무로 삼았다. 선임위병 부사관은 이런 제보들의 진실성을 추호도 의심하지 않았다. 욕설을 했다는 제보에 대해서는 특히 더 그랬다. 클래거트는 선임위병 부사관이라는 직책이 수병들 사이에서 얼마나 인기가 없는지 잘 알고 있었다. 적어도 그 시절에는 그 직무의 성격에서 비롯된 시샘 때문에 그랬다. 그리고 그는 수병들이 자기를 은밀한 조롱과 농담거리로 삼고 있다는 사실도 잘 알고 있었다. 수병들이 재미 삼아 불러 대는 자신의 별명, 곧 '제미 레그스'는 그에 대한 경멸과 혐오감을 함축하고 있었다. 그러나 먹을거리만 있으면 무엇이든 먹어 대려는 증오의 탐욕스러운 성질에 비추어 볼 때, 클래거트의 악감정은 고자질쟁이가 없어도 얼마든지 필요한 먹이를 찾아낼 수 있었다.

　아주 교묘한 사악함은 모든 것을 숨겨야 하기 때문에 보기 드문 신중함을 함께 타고나는 법이다. 그저 짐작에 지나지 않는 모욕을 받은 경우, 사악함의 비밀스러운 속성은 분명하게 밝히거나 각성하는 과정으로부터 스스로를 의도적으로 차단해 버린다. 그리고 짐작에 불과한 내용을 어쩔 수 없지 않느냐는 식의 마음가짐 속에서 확실한 것으로 단정하고 행동을 취하며, 그저 상상에 불과한 모욕과 전혀 어울리지 않을 만큼의 혹심한 앙갚음을 한다. 어떤 사람이 원한을 품고 앙갚음을 하려 들 때는 으레 무자비한 고리대금업자처럼 굴지 않겠는가? 그런데 이럴 때 클래거트의 양심은 어떻게 작용할까? 각자의 양심이 각자의 얼굴만큼 다르긴 하지만 "믿고 무서워 떠는"* 성경의 마귀들까지를 포함한 지적인 모든 존재들은 다 양심을 갖고 있다. 하지만 본인의 의지를 변호하는 역할만 할 뿐인 클래거트의 양심은, 아마도 빌리가 수프를 쏟았을 때 그 안에 숨겨진 동기라고 하는 것과 그저 추정에 불과한 험담들이야말로 빌리에게 앙갚음할 만한 강력한 증거가 된다고 주장하면서 사소한 일들을 엄청나게 부풀렸을 것이다. 이것이 일종의 보복에 대한 당위성으로 정당화된 증오심에 불과했음에도. 클래거트의 본성과 같은 것들의 저변에 깔려 있는 숨겨진 방 안에서 배회하는 가이 포크스는 바리새인 같은 인간이다. 그리고 그런 사람들은 진실로 일방적인 악의란 것을 이해할 능력이 없다. 빌리를 은밀히 괴롭힌 선임위병 부사관의 행태는 아마도 빌리의 기질을 시험해 보기 위해 시작되었을 것이다. 그러나 그런 행태는 적의를 공식적으로 이용할 수 있거나 그럴싸한 자기 정당화로 돌릴 수 있는 빌리 내면의 어떤 능력도 계발해 내지 못했다. 따라서 식사 중에 일어난 일은 사소한 사건이었지만 클래거트의 멘토 역할을 한 그 특이한 양심에게는 환영할 만한 사건이었다. 게다가 그는 그 사건을 계기로 새로운 실험을 할 수 있었다.

---

* 『야고보서』 2장 19절. "당신은 한 분이신 하느님을 믿고 있습니까? 그것은 좋은 일입니다. 그러나 마귀들도 그렇게 믿고 무서워 떱니다."

14

그 마지막 사건이 일어나고 나서 며칠 지나지 않았을 때 빌리에게는 앞서 일어난 그 어떤 일보다 더 그를 곤혹스럽게 만든 일이 터졌다.

그 위도에서는 꽤 따듯한 밤이었다. 앞돛대 망꾼은 비번이어서 가장 높은 갑판에서 잠을 자고 있었다. 그 전에 그는 수백 명이 해먹에 누운 채 촘촘히 겹쳐 있다시피 해서 해먹을 흔들 공간도 거의 없는 아래포열갑판에서 잠을 자다가 더위를 견디지 못하고 해먹을 빠져나와 그리로 올라왔다. 그는 마치 산그늘 밑에서인 양 바람 부는 쪽의 아래활대들 밑에 누워 있었다. 그곳은 앞돛대와 주돛대 사이의 선체 중앙에 여분의 원재들이 높이 쌓여 있는 곳이었으며, 그곳에는 또 그 배의 가장 큰 보트인 대형 함재정이 실려 있기도 했다. 그는 앞돛대 가까이에 있는 활대들의 거의 끝 부근에 누워 있었고, 그의 밑에서는 세 명의 다른 선원들이 잠들어 있었다. 앞돛대 망꾼인 그의 근무 위치가 앞갑판원들이 근무하는 곳 바로 위여서 그는 관례에 따라 이웃에 해당되는 앞갑판에서도 다소 편한 마음으로 누워 있을 수 있었다.

한데 얼마 지나지 않아 누군가가 그의 몸을 건드리는 바람에 그는 반쯤 깨어났다. 상대는 사전에 다른 이들이 잠들었는지를 확인하고 그랬을 것이다. 그 사람이 어깨를 건드리는 바람에 앞돛대 망꾼이 고개를 쳐들자, 그 사람은 그의 귀에다 입을 대고 빠르게 속삭였다. "바람 불어 가는 쪽의 포어체인*들 있는 데로 살짝 나와, 빌리. 의논할 게 좀 있으니까. 쉿, 말하지 마. 빨리 와. 거기에서 널 기다리고 있을게."

* 배의 앞부분, 닻과 연결되어 있는 체인.

그러고 나서 그는 사라졌다.

빌리는 본질적으로 선량한 여느 사람들과 마찬가지로 타고난 좋은 천성과 분리될 수 없는 몇 가지 약점을 안고 있었다. 그중 하나는 누군 가가 느닷없지만 과히 터무니없어 보이지 않는 제안을 할 때 대놓고 "안 돼"라고 말할 능력이 거의 없다는 점이었다. 남들에게 드러내 놓고 불친절하게 대하거나 비열하게 행동하는 것도 꺼렸다. 그리고 따뜻한 마음을 타고난 터라 마음에 내키지 않는 제안을 받을 때도 냉담하게 못 들은 척할 만한 뱃심이 없었다. 정직하고 자연스러운 성품이라 외 부 세계에서 일어나는 사태의 본질을 이해하는 것도, 두려움을 느끼 는 것도 느린 편이었다. 게다가 이때는 아직 잠에서 제대로 깨어나지 도 못한 상태였다.

하지만 그는 졸린 가운데서도 의논할 게 뭐가 있을 수 있단 말인가, 하고 생각하면서 기계적으로 일어나 지정된 장소로 갔다. 그곳은 높 은 현장들 밖에 위치해 있고 세구멍도르래들과 기둥처럼 늘어선 돛대 줄들과 뒤버팀줄들로 가려진 여섯 개의 좁은 플랫폼들 중의 하나였 다. 플랫폼은 당대의 큰 전함에서 선체의 크기에 따라 넓이가 달라졌 으며, 요컨대 바다 위로 튀어나온, 타르가 칠해진 발코니 같은 곳이었 다. 그곳은 개종한 진지한 비국교도 선원이 낮에라도 남들 모르게 개 인적인 기도를 올릴 수 있을 만큼 다른 곳들과 분리된 호젓한 곳이었 다.

그렇게 움푹 들어간 공간에서, 낯선 사람은 이내 빌리 버드와 합류 했다. 아직은 달이 뜨지 않았고, 안개가 별빛을 가리고 있었다. 빌리는 상대의 얼굴을 제대로 볼 수가 없었다. 하지만 얼굴 윤곽과 몸의 움직 임 등을 통해 그가 후갑판원들 중의 한 사람임을 정확히 알아챘다.

그 사람은 아까처럼 빠르고도 조심스러운 어조로 속삭였다. "쉿, 조용히! 빌리, 자네는 강제 징집 되었지? 나도 그래." 그는 그 말의 효과를 가늠해 보기라도 하는 것처럼 잠시 말을 멈췄다. 하지만 빌리는 그 말이 정확히 무슨 뜻인지 몰라 아무 말도 하지 않았다. 그러자 상대가 다시 말을 이었다. "강제 징집 된 사람들은 우리뿐만이 아니야, 빌리. 우리 같은 사람들의 숫자가 적지 않아. 만약의 경우에 도와줄 수 있겠나?"

"그게 무슨 소리야?" 이즈음 졸음에서 완전히 벗어난 빌리가 물었다.

"쉿, 조용히!" 상대가 쉰 듯한 목소리로 황급히 속삭였다. "여기 좀 봐." 그는 밤빛 속에서 희미하게 반짝이는 작은 물건 두 개를 쳐들었다. "이건 자네 거야, 빌리. 자네가 맘만 먹으면……"

하지만 그의 말이 채 끝나기도 전에 빌리는 분개하며 본인의 약점인 더듬거리는 말투로 그의 말을 가로챘다. "도, 도, 도대체, 당신이 뭐, 뭐, 뭘 하겠다는 건지, 무, 무슨 의도로 그러는 건지 난 모르겠어. 그러니 다, 다, 당신 자리로 그만 돌아가는 게 좋겠어!" 그 순간 상대는 당황했는지 꼼짝도 하지 않았다. 빌리는 자리에서 벌떡 일어났다. "만일, 가지 않는다면 당신을 저 나, 난간 너머로 더, 던져 버릴 거야." 오해의 여지가 없는 분명한 말에 괴이한 밀사는 그 자리를 떠나 아래활대들의 그늘 속에 잠겨 있는 주돛대 방향으로 사라졌다.

"어이, 무슨 일이야!" 빌리의 언성이 높아진 바람에 잠에서 깨어난 앞갑판원 하나가 소리쳤다. 빌리가 모습을 드러내자 그는 상대가 누군지 알아봤다. "아, 예쁜이 자넨가? 자네가 마, 마, 말을 더듬는 걸 보니 무슨 문제가 있었던 모양이군."

이제 말더듬이 상태에서 벗어난 빌리가 말했다. "아, 후갑판원 한 사람이 우리 구역에 얼쩡거리는 걸 발견하고 제 구역으로 가라고 했어요."

"그것뿐이야?" 얼굴빛과 머리가 벽돌 색깔을 띠고 있어 동료들에게 '빨간 고추'로 알려진 성마른 늙은 선원은 퉁명스럽게 말했다. "그런 고자질쟁이 같은 놈들은 포병대원의 딸과 결혼시키고 싶어!" 그것은 그런 사람들을 대포 포신 위에 묶어 놓고 매질하고 싶다는 뜻이었다.

하지만 그 짧은 소동에 대한 빌리의 대답은 이런 질문에 납득이 갈 만한 설명이 되었다. 앞갑판원들은 배의 각 구역 담당자들 중에서 대부분 고참들로 이루어져 있고 해상에서 통용되는 갖가지 편견을 완강하게 고수하는 이들로, 타구역 사람들, 그중에서도 특히 후갑판원들이 자기네 구역을 침범하는 데 가장 민감한 이들이었기 때문이다. 후갑판원들은 주로 풋내기 선원들로 이루어져 있고, 주돛을 줄이거나 감아올리는 일을 할 때를 제외하고는 절대로 돛대나 활대 위로 올라가지 않으며, 밧줄의 꼬임을 푸는 데 쓰는 뾰족한 쇠막대나 세구멍도르래를 다루는 솜씨가 아주 젬병이어서 앞갑판원들은 후갑판원들을 아주 못마땅하게 여겼다.

15

그 사건에 빌리 버드는 무척이나 당혹스러워했다. 그것은 전혀 새로운 경험이었다. 누군가가 은밀히 음모를 꾸미는 방식으로 직접 접근해 온 일은 생전 처음이었으니까. 그 후갑판원과 빌리는 근무지가 멀리 떨어져 있어서 평소 빌리는 그에 관해서 아무것도 알지 못했다. 빌리는 배 앞쪽 높은 곳에서, 그 후갑판원은 선미갑판에서 당직을 섰다.

그 사건은 무엇을 의미하는 것일까? 그것들, 그 침입자가 빌리의 눈앞에 쳐들었던 두 개의 반짝이는 물건은 정말로 기니*였을까? 그자는 기니 두 개를 어디에서 얻었을까? 배에서는 여분의 단추조차도 구하기 힘든데. 그 문제에 관해 생각하면 할수록 뭐가 뭔지 더욱더 알 수가 없어 꺼림칙하고 당혹스럽기만 했다. 그는 그 제안이 무엇을 의미하는지 제대로 이해하지 못했지만, 모종의 악을 내포하고 있는 게 분명하다는 것을 본능적으로 감지했기에 역겨운 기분을 느끼며 뒤로 물러났다. 그런 그의 모습은 방목장의 건강한 젊은 말이 화학공장에서 느닷없이 날아온 고약한 냄새를 들이마시고는 폐와 콧구멍에서 그 냄새를 몰아내기 위해 거듭 콧바람을 부는 것과 흡사했다. 이런 마음 상태는 그자와 다시 어울려 보고 싶은 생각을 완전히 차단해 버리는 역할을 했다. 그자가 자기에게 어떤 목적으로 접근했는지 알아보기 위해 다시 만나는 것조차도 싫었다. 하지만 한밤중에 자기를 찾아온 그자가 대낮에는 어떻게 보일지 알아보고 싶은 자연스러운 호기심이 없지는 않았다.

이튿날 오후 첫 반당직 시간에 빌리는 아래로 내려다보이는 위포열갑판의 흡연 구역에서 다른 흡연자들과 함께 파이프 담배를 피우고 있는 그를 조심스럽게 관찰했다. 빌리는 주근깨가 있는 둥그런 얼굴과 거의 하얀 속눈썹으로 가려진 연푸른색의 흐리멍덩한 눈보다는 전체적인 얼굴 윤곽과 체격으로 그자를 알아봤다. 하지만 밤에 찾아

---

* 영국의 옛 금화로 이전의 21실링에 해당한다. 현재는 계산상의 통화 단위로, 상금이나 사례금 등의 표시에만 사용된다.

왔던 자가 정말로 그자인지는 약간 자신이 없었다. 그 나이 또래로, 한 포신에 기대서서 터놓고 웃고 있는, 상냥해 보이는 인상에 어느 모로 보나 경박한 것 같은 청년. 선원으로서는 물론이요, 후갑판원으로 일 하기에도 적합해 보이지 않는 퉁퉁한 몸매. 그는 누가 봐도 온갖 생각, 특히나 위험한 생각으로 꽉 찬 사람으로는 전혀 보이지 않았다. 심각한 음모를 꾸미고 있는 사람은 두말할 것도 없고, 그런 자의 졸개라 할지라도 의당 그런 생각에 골몰하고 있는 것 같은 기미가 보여야 하는데.

빌리는 미처 알아채지 못했지만, 그자는 슬쩍 곁눈질을 해서 빌리를 먼저 알아보고는 빌리가 자기를 보고 있다는 것을 알아차리자 마치 오랜 지기를 보기라도 한 양 다정하게 목례를 했다. 그러면서 그는 흡연자들과 계속 이야기를 주고받았다. 하루 이틀 뒤 저녁 무렵 그자는 포열갑판을 거닐다가 우연히 빌리의 곁을 지나칠 때 마치 친한 사이라도 되는 양 한 마디를 획 던지고 갔다. 그 상황에서 그것은 전혀 뜻밖의 행동이었고, 또 무슨 뜻으로 그러는지도 감을 잡을 수가 없었다. 빌리는 몹시 당황한 나머지 어떻게 대응해야 좋을지 알 수가 없어 그냥 모른 척하고 말았다.

이제 빌리는 전보다 더 당혹스러워했다. 이런저런 생각 끝에 휘말려 들어간 엉뚱한 추측은 스스로 도저히 용납할 수 없는 것이어서 그는 그것을 억누르려고 무진 애를 썼다. 여기에서 문제는 사안이 워낙 수상쩍으니 충성스러운 수병으로서 당연히 적당한 해당 부서의 상관에게 보고하는 편이 좋겠다는 생각을 결코 하지 못했다는 점이다. 어쩌면 그렇게 할까 생각하기도 했지만 그것이 상부에 고자질을 하는 것 같은 냄새가 나는 짓이라는 신병다운 너그러운 생각에서 그만 단념하고 만 것이 아니었을까 싶다. 그는 그 사건을 그저 속에만 담아 뒀다. 그러다 한번은 늙은 덴마크 사람에게 속에 있는 이야기를 조금 털어 놓고 싶은 마음을 억누를 수가 없었다. 아마 바람이 자서 배가 조용히 서 있던 포근한 밤의 영향 때문에 그런 유혹을 받았을 것이다. 두 사람은 대체로 갑판에서 현장에 머리를 기대고 앉아 침묵을 지키기만 했다. 결국 빌리 편에서 이야기를 꺼내기는 했지만 그것은 사건의 한쪽 당사자를 익명으로 처리한 부분적인 설명에 그쳤다. 빌리는 앞에서 언급한 근거 없는 도덕관념 때문에 있는 그대로 이야기를 털어놓지 못했다. 덴마크인 현자는 빌리가 적당히 편집해서 들려준 이야기를 듣고 자신이 들은 것 이상을 간파해 낸 듯했다. 그는 눈살을 잔뜩 찌푸리고 잠시 묵상하더니, 가끔 짓곤 하는 질문하는 것 같은 표정을 완전히 지우고 말했다. "내가 그렇게 말했잖아, 빌리 버드?"

빌리는 물었다. "무슨 말씀을요?"

"제미 레그스가 자네를 미워하고 있다고."

빌리는 놀라서 대꾸했다. "제미 레그스가 그 넋 나간 후갑판원과 무슨 상관이 있다는 거죠?"

"저런, 후갑판원이 그런 짓을 했구먼. 고양이 발이야, 고양이 발!"

그는 그렇게 외친 뒤, 그것이 그때 고요한 바다 위를 한바탕 획 스치고 지나가는 대기의 가벼운 움직임에 대한 언급인지 아니면 그 후갑판원과 미묘한 어떤 관계가 있는 말인지는 전혀 밝히지 않았다. 늙은 멀린은 빌리가 충동적으로 같은 질문을 반복했음에도 아무 말씀도 내려 주시지 않은 채 꺼먼 이빨로 씹는담배를 물고 잡아 비틀어 뗐다. 자신의 간결한 신탁, 늘 매우 명료하지 않고 대부분의 델피 신탁에 으레 따라붙기 마련인 모호함과 난해함을 동반한 신탁에 대해 누군가가 회의적인 어조로 물을 때면 완강한 침묵으로 돌아가는 것이 그의 버릇이었기 때문이다.

이 노인이 어떤 일에도 결코 개입하거나 조언을 해 주지 않는 가차 없는 신중함을 갖게 된 데는 오랜 경험이 작용했을 공산이 크다.

16

빌리가 벨리포텐트호에서 겪은 이런 이상한 경험들의 저변에 선임 위병 부사관이 있다는 덴마크 선원의 일관된 간결한 주장에도 불구하고, 그 젊은 선원은 그것들을—본인 자신의 표현을 빌리자면—"항상 내게 기분 좋은 말을 해 주는" 그 사람을 제외한 다른 어떤 이의 탓으로 돌릴 준비가 되어 있었다. 이것은 놀라운 일이 아닐 수 없다. 하지만 따지고 보면 그렇게 놀랄 일도 아니다. 어떤 문제들에서는 나이 든 일부 선원들조차도 꽤나 순진하게 굴 때가 있으니까. 하지만 강건한 체격을 지닌 우리의 앞돛대 망꾼과 같은 기질을 지닌 젊은 선원은 거의 몸만 큰 애나 마찬가지다. 하지만 아이의 천진난만함은 철저한 무지에 지나지 않으며, 지능이 높아질수록 그 천진함은 줄어든다. 한데 빌리의 지능은 비록 변변치는 않지만 계속 발전해 온 반면, 빌리의 단순하고 천진한 면은 대체로 변하지 않고 그대로 남아 있었다. 경험은 참으로 스승 역할을 하지만, 빌리의 경우에는 아직 젊어서 경험치가 많지 않다. 게다가 그는 선하지 않거나 불완전한 성품 속에서는 경험을 앞지르는, 따라서 젊은이들도 이미 갖추고 있을 수 있으며 어떤 이들의 경우에는 너무나 분명하게 갖추고 있는 악에 대한 직관적인 지식을 전혀 갖고 있지 못했다.

그리고 빌리가 단순한 선원으로서의 인간 말고 인간에 관해서 어떤 것을 알 수 있었겠는가? 구식 선원, 돛대 앞에 선 진정한 사내, 소년기부터 배에서 일한 선원인 그는 뭍사람과 같은 인종이기는 하지만 어떤 면에서는 뭍사람과 전혀 다른 부류의 사람이다. 뱃사람은 솔직 담백하고 뭍사람은 꾀가 많다. 선원에게 삶은 선견지명을 요하는 게임, 곧장 앞으로만 나아가는 직선적인 움직임은 거의 없고 술책으로 목표를 이루는 얽히고설킨 복잡한 체스 게임 같은 것이 아니다. 또한 그것을 하는 데 소요되는 약간의 양초 값 어치도 안 되는 부정하고 따분하고 무익한 게임 같은 것도 아니다.

그렇다. 하나의 집단으로서의 선원들은 성격상으로 유치한 종족이다. 그들의 일탈조차도 유치한 면을 갖고 있으며, 빌리 시대의 선원들의 경우에는 특히 더 그러했다. 그 젊은 선원의 경우에는 모든 선원들에게 적용되는 어떤 특징들이 때로 더 두드러지게 작동했다. 선원들은 명령이 떨어지면 군말 없이 복종하는 데 익숙하다. 그들의 선상 생활은 그들을 위한 외적 통제를 받는다. 그들은 외부 사람들과 어지럽게 어울리지 않는다. 그들이 접하는 외부 세계에서는 대등한 조건—적어도 표면적으로는 동등한—하에서 아무것에도 매이지 않는 자유로운 상태가 이내, 만일 그들이 외견상의 공평함에 비례해서 강도가 더해지는 불신의 태도를 가끔씩 훈련하지 않는다면 고약한 사태 전환과 맞닥뜨릴 수 있다는 것을 가르쳐 준다. 그들은 장사꾼들뿐만 아니라 장사보다 덜 얄팍한 관계 속에서 가까워진 사람들, 곧 세상의 어떤 사람들과의 만남에서조차도 적절히 다스려진 조심스러운 불신의 태도가 너무나 습관화되어 있어서, 결국에는 거의 무의식적으로 그런 불신의 태도를 보이게 된다. 그리고 그들 중 일부는 그런 불신이 자신의 전형적인 특징으로 자리 잡고 있다는 사실에 적지 않게 놀랄 공산이 크다.

17

 그러나 식사 중에 일어난 그 사소한 사건 뒤 빌리 버드는 자신의 해 먹, 옷가지가 든 자루 같은 것들 때문에 이상한 말썽에 휘말리는 것 같 은 일을 더 이상 겪지 않았다. 이따금 그의 얼굴을 환하게 해 주는 웃 음을 보이거나 다른 선원들과 기분 좋은 농담을 주고받는 일이 전보 다 더 잦아진 것은 아닐지 몰라도 전보다 눈에 더 잘 띄기는 했다.

 한데 그 모든 것에도 불구하고 이제는 다른 어떤 볼거리들이 존재 했다. 벨트를 찬 빌리가 후반 반당직을 서는 한가한 시간에 위포열갑 판을 오락가락하면서 무리를 이루어 그곳을 지나가는 젊은 수병들과 장난스러운 말을 교환할 때 클래거트는 그 모습을 남들 눈에 띄지 않 게 슬며시 주시했다. 명랑 쾌활한 바다 히페리온*의 뒤를 좇는 그 시선 에는 착 가라앉은 명상적이고 우울한 빛이 어려 있었고, 두 눈에는 묘 하게도 열병 초기에 흔히 보이는 눈물이 그렁그렁했다. 그럴 때의 클 래거트는 슬픔으로 가득한 사람** 같아 보였다. 운명과 금제 같은 것 만 없었더라면 빌리를 사랑했을 수 있기라도 한 것처럼, 가끔 그 우울 한 표정에는 부드러운 열망과 동경의 빛이 어려 있었다. 하지만 그런 것은 순간일 뿐, 이내 얼굴이 일그러지고 뒤틀려 순간적으로 주름진

---

* 고대 그리스의 태양신.
** 『이사야서』 53장 3절.

호두같이 변하면서 전과 다름없는 강퍅한 모습으로 돌아갔다. 그러나 가끔 자기 쪽으로 다가오는 앞돛대 망꾼을 미리 발견할 때면 순간적으로 이빨을 허옇게 드러내고 빈정거리는 것 같은 미소를 지으면서 옆으로 비켜나 그가 지나가게 해 줬다. 하지만 뜻하지 않게 빌리와 불쑥 마주칠 때면 그의 눈에서는 침침한 대장간의 모루에서 튀어 오르는 불똥과 같은 붉은빛이 번뜩였다. 평소 더없이 부드러운 짙은 보랏빛에 가까운 빛깔을 띠고 있던 안구에서 튀어나오는, 순간적으로 번뜩이는 그 사나운 빛은 기묘하고 이상한 빛이었다.

그의 눈에서 일어나는 이런 변화무쌍한 모습들은 그 눈이 관찰하는 대상이 전혀 알아챌 수 없었고, 설사 알아챈다 해도 그렇게 순진한 천성을 가진 사람의 이해 범위를 넘어서는 것이었다. 그리고 빌리의 강건한 체력은, 어떤 경우 무구한 천진함에게 사악한 것이 근접해 있다는 충고를 본능적으로 전달하는 기능을 하는 민감한 정신 구조와 양립하기 어려웠다. 빌리는 선임위병 부사관이 가끔 좀 이상하게 행동한다고 생각했고, 그것이 전부였다. 그러나 선임위병 부사관이 이따금 한 번씩 드러내는 솔직한 태도와 기분 좋은 말은 다 속셈이 있어서 나오는 것들이었고, 빌리는 그 '지나치게 싹싹한 사람'의 정체에 관해서 아직 아무 이야기도 들은 적이 없었다.

만일 그 앞돛대 망꾼이 자기편에서 그 부사관의 반감을 불러일으킬 만한 행동이나 말을 했다는 것을 의식했더라면 그의 언행은 달라졌을 것이고, 안목도 예리해질 정도까지는 아니더라도 상당히 트이기는 했을 것이다. 사실, 순진함이 그의 눈을 가리는 역할을 했다.

또 다른 문제에서도 그는 그랬다. 빌리는 다른 두 부사관, 곧 병기계 주임과 창고 주임과는 근무처가 달라서 접촉할 기회가 없었기에 그들과 한 마디도 나눠 본 적이 없었다. 한데 이제 이 두 사람은 빌리와 우연히 마주칠 때면 빌리에게 묘한 시선을 던지기 시작했다. 그것은 그 사람들이 누군가에게 어떤 식으로든 영향을 받아 그 시선이 향하는 당사자에게 편견을 갖게 되었다는 증거였다. 빌리는 그런 사실을 잘 알고 있기는 했다. 하지만 그 두 사람이 배의 소지주들과 약제사에 해당하는 이들과 그 계급의 다른 사람들과 더불어, 해군의 어법에 따르자면, 선임위병 부사관과 한 식탁에 앉는 사람들이요 그가 은밀히 들려주는 이야기를 자주 듣는 사람들이라는 사실을 주의해야 할 일이라거나 경계해야 할 일로 전혀 여기지 않았다.

우리의 멋쟁이 선원은 이따금 보여 주는 사내다운 적극성, 불쾌한 느낌을 불러일으킬 소지가 있는 어떤 정신적인 우월감도 드러내지 않는 매혹적인 좋은 천성 때문에 그 배의 선원 대다수에게 인기가 있었다. 하지만 바로 그런 점 때문에 빌리는 자신을 향하는 그런 무언의 모습들에 대해, 그리고 그것들이 무엇을 암시하는가에 별반 신경을 쓰지 않았다. 그는 그런 시선들의 전체적인 의미와 중요성을 파악할 수 있을 만큼 그런 것들을 깊이 통찰할 능력이 없었다.

이미 언급한 몇 가지 이유로 빌리는 그 후갑판원을 보기가 힘들었다. 그러나 어쩌다 둘이 마주칠 때면 그는 항상 밝은 표정으로 아는 척을 했고, 어떤 때는 한두 마디 인사말을 던지고 지나가기도 했다. 그 수상쩍은 젊은이의 원래 의도가 참으로 어떤 것이든, 그리고 그가 그런 의도를 가진 이들의 대표자든 아니든 간에, 그럴 때 보이는 그의 태도로 미루어 그는 그런 계획을 완전히 포기한 것이 분명했다.

그것은 마치 때 이르게 조숙한 그자의 삐뚤어진 심성—원래 모든 야비한 악당은 조숙한 편이다—이 어쩌다 그를 현혹시켰고, 그자가 숙맥으로 보고 함정에 빠뜨리려 했던 사람이 천성적인 단순함을 통해서 그를 굴욕적이라 할 만큼 당황하게 만든 것만 같았다.

그러나 영리한 사람들이라면 빌리가 그 후갑판원을 찾아가서 통명스러운 어조로 일전에 포어체인들로 가려진 은밀한 공간에서 갑자기 만나자고 한 목적이 뭐냐고 따져 묻고 싶은 마음을 억누르기가 거의 불가능하다고 생각할지도 모른다. 그리고 선상 반란을 암시하는 것 같은 밀사의 모호한 암시에 어떤 근거가 있는지 알아보려고 빌리가 자기처럼 강제 징집 된 몇몇 사람들을 찾아가서 이것저것 캐묻는 것이 당연하다고 생각할지도 모른다. 그렇다, 영리한 사람들은 그렇게 생각할지도 모른다. 하지만 빌리 버드와 같은 성격을 가진 사람을 제대로 이해하려면 아마도 단순히 영리함 이상의 어떤 것, 혹은 그와는 다른 어떤 것이 필요할 것이다.

클래거트의 경우, 앞에서 자세히 서술한 모습들처럼 무심결에 발작적으로 드러나곤 했지만 그의 자족적이고 합리적인 태도에 의해 대체로 은폐된 그 편집광적인 속성—그것이 참으로 그런 것이라고 한다면 말이다—은 지하의 불처럼 그의 내면에서 더 깊이 퍼져 나가고 있었다. 거기에서 결정적인 어떤 것이 터져 나올 것임이 분명했다.

18

포어체인들 속에서의 그 수상쩍은 면담, 빌리가 단칼에 끝내 버린 그 면담 뒤, 이 이야기와 특히 밀접한 관계가 있는 사건은 한동안 전혀 일어나지 않았으나 이윽고 다음에 서술할 사건들이 터져 나오기 시작했다.

앞에서 언급했던 것처럼 그 당시 지브롤터 해협 일대를 장악하고 있던 영국의 소함대에서는 프리깃함들이 부족했던 터라—물론 우수한 수병들이 전함들보다 더 부족했지만—벨리포텐트 74호는 가끔 프리깃함을 대신해 정찰 임무를 맡기도 하고, 또 때로는 그보다 더 중요한 임무를 띠고 멀리 항해하기도 했다. 그 정도 등급의 배에 주어지는 경우가 드물었던 이런 임무는 그 배의 항행 능력 때문만이 아니라 아마도 그 배의 선장이 갖고 있던 특성과 능력도 함께 작용했기 때문이었을 것으로 생각된다. 그는 예기치 않은 어려움에 봉착했을 때 뛰어난 선박 조종술에 수반되는 여러 자질들뿐만 아니라 지식과 능력을 요하는 문제들을 해결하기 위해 기민하고 신속한 선제적 조처를 취해야 하는 임무에 특히 더 적합한 인물이었다. 이번의 항해는 후자, 곧 정찰보다 더 중요한 임무 때문에 꽤 먼 데까지 나아가야 하는 항해였다. 벨리포텐트호가 함대에서 최대한 멀리 떨어져 나왔을 때, 그리고 오후의 후반당직 시간 무렵 뜻밖에도 적선 한 척이 시야에 들어왔다. 알고 보니 그것은 프리깃함이었다. 그 배는 쌍안경을 통해서 이쪽 배에 승선한 인원과 포의 수가 자기네보다 더 많다는 것을 눈치채고는 좀 더 신속하게 움직이기 위해 돛을 있는 대로 올리고 달아났다. 큰 기대 없이 적선에 대한 추적이 이루어졌지만, 결국 첫 번째 반당직 시간 중간 무렵 적선은 무사히 탈출하는 데 성공했다.

적선에 대한 추적이 끝나고 나서 얼마 되지 않았을 때, 그 사건에서 비롯된 흥분이 완전히 가시기 전에 선임위병 부사관은 자신의 동굴같이 깊숙한 영역에서 올라와 한 손에 모자를 쥔 채 주돛대 곁으로 갔다. 거기에서 그는 공손한 자세로 서서 후갑판의 바람이 불어오는 쪽을 따라서 혼자 걷고 있던 함장의 눈에 띄기를 기다리고 있었다. 함장은 적선을 뒤쫓는 일이 실패로 돌아간 데 약간 화가 나고 짜증이 나 있을 것이 분명했다. 클래거트가 서 있는 그 지점은 갑판 장교나 함장과 특별 면담을 하고 싶어 하는, 그보다 계급이 더 낮은 수병들에게 배정된 장소였다. 그러나 그 시절에는 수병이나 부사관이 함장을 직접 만나려고 하는 일은 흔치 않았다. 이미 확립된 관례에 따라 오로지 예외적인 어떤 이유가 있을 때만 그렇게 하는 것을 인정해 줬다.

깊은 생각에 빠져 있던 함장은 선미에서 돌아선 순간 클래거트가 주돛대 곁에 서 있는 것을 의식하고는 그가 경의를 표하는 뜻에서 손에 모자를 쥐고 공손히 서 있는 모습을 쳐다봤다. 여기에서 비어 함장은 그 배가 최근에 고국을 떠나올 때쯤에서야 비로소 그 부사관을 알게 되었다는 점을 언급하고 넘어가는 것이 좋을 것 같다. 벨리포텐트호가 아직 영국에 있었을 때 먼젓번 선임위병 부사관이 불구의 몸이 되어 부득이 그 배를 떠나야 했고, 클래거트는 수리하기 위해 항구에 들어온 배에서 벨리포텐트호로 전보 발령을 받았기 때문이다.

공손한 자세로 서서 자기가 쳐다봐 주기만을 기다리고 있는 상대가 누군지 알아보자마자 함장의 얼굴에는 묘한 표정이 떠올랐다. 그것은 그가 좀 알고 있기는 하지만 함께 오래 지내지는 않아 제대로 알지 못하는 사람과 뜻밖에 맞닥뜨린 사람의 얼굴을 무심코 스쳐 지나가는 표정과 별반 다르지 않았다. 그럼에도 처음에는 상대의 모습 속의 뭔가가 막연한 어떤 혐오감과 불쾌감 같은 것을 불러일으켰다. 하지만 함장은 걸음을 멈추고는 서두의 어조에 약간의 짜증기 같은 것이 묻어 있다는 점을 제외하고는 버릇처럼 된 장교다운 거동을 상당 부분 회복한 상태에서 물었다. "어? 무슨 일인가, 선임위병 부사관?"

클래거트는 어쩔 수 없이 좋지 않은 소식을 전해야 하는 사자의 처지를 슬퍼하는 부하가 보임직한 기색으로, 양심에 어긋나지 않게끔 솔직하게, 그러면서도 허풍이나 과장은 하지 않고 이야기하기로 결심한 사람의 표정을 하고서 심중에 있는 말을 있는 그대로 밝히라는 함장의 이 초대—혹은 소환—에 큰 소리로 응했다. 그는 나름대로 배운 사람의 언어로 다음과 같은 취지의 이야기를 전했다. 꼭 이런 식으로 말한 것은 아니지만, 아무튼 그 내용은 대략 다음과 같았다. 본인이 추적 조사를 벌이고 함장님과의 그 만남에 대비해서 여러 가지 준비 작업을 하는 동안 최소한 한 명의 수병이 위험한 인물이라는 사실을 함장님께 납득시키기에 충분할 만큼 확인했다. 최근의 중대한 사건들에서 유죄에 해당하는 짓을 저지른 몇몇 수병뿐만 아니라 문제의 인물처럼 모병 외의 또 다른 형태로 폐하의 군대에 들어온 다른 자들을 모아 놓은 이 배에서 그런 문제가 발생했다.

이 대목에서 비어 함장은 약간 짜증스러운 기색으로 그의 말을 가로챘다. "꼬지 말고 이야기해, 이 사람아. 강제 징집 된 사람들이라고 곧바로 이야기하면 되잖아."

클래거트는 알겠다는 뜻의 몸짓을 하고는 말을 계속했다. 아주 최근 자기는 포열갑판들에서 문제의 선원이 촉발시킨 모종의 움직임이 은밀히 진행되고 있지 않나 하는 의심을 품기 시작했지만, 그 의혹이 확연한 사실로 밝혀지지 않은 한 상부에 보고하는 것은 옳지 않다고 생각했다. 그러나 그날 오후, 문제의 그 사람에게서 자기가 관찰한 사실을 통해 어떤 음모가 은밀히 진행되고 있다는 의혹이 확신에 가까운 것으로 변했다. 이어서 그는 그 주동 인물에게 심각한 결과를 초래하게 될, 그리고 최근에 일어난 대규모 폭동들 때문에 모든 해군 함장들이 당연히 느낄 수밖에 없는 자연스러운 우려를 증폭시킬 소지가 있는 보고를 하면서 자기가 져야 할 중대한 책임을 통감한다고 덧붙였다. 그러면서 그는 비통한 어조로 여기에서 그 폭동들의 이름을 굳이 거론할 필요는 없을 것이라고 말했다.

클래거트가 그 문제를 처음 거론했을 때 비어 함장은 놀라서 불안과 우려의 기색을 완전히 숨기지는 못했다. 그러나 클래거트가 말을 계속해 나가자 함장의 표정은 증언하는 제보자의 태도에 깃든 어떤 점 때문에 완강하게 굳어졌다. 그럼에도 함장은 그의 말을 가로막고 싶은 마음을 지그시 억눌렀다. 클래거트는 다음과 같은 말로 이야기를 끝맺었다. "우리 벨리포텐트호가 부디 그 배가 겪은 것과 같은 일은 겪지 말았으면 합니다, 함장님."

"그런 걱정은 안 해도 돼!" 이 대목에서 클래거트의 상관은 상대방이 이름을 대려고 했던 배, 그 당시 함장의 목숨을 위태롭게 할 만큼 대단히 비극적이었던 노어 폭동에 휘말린 그 배의 이름을 직감적으로 떠올리고는 분노로 안색이 변하면서 단호하게 일갈했다. 당시 상황이 그러했기에 함장은 클래거트가 의도적으로 그 사건을 암시한 것에 분개했다. 일전에 한 부사관이 함장 앞에서 쓸데없이 그 폭동들에 관해 언급했고 함장이 그것을 더없이 무례하고 주제넘은 짓으로 여겼기에 장교들은 가급적 그 사건들에 관해서 언급하지 않으려고 늘 조심했다. 게다가 그는 자부심이 강한 사람이었기에 함장은 그 상황에서 그런 이야기를 하는 것은 자신을 놀라게 하려는 의도로 받아들이곤 했다. 그때까지 함장이 살펴본 바로 클래거트는 자기가 하는 일에 뛰어난 솜씨와 감각을 보이는 사람이었는데, 이제 그런 감각이 결여된 모습을 보이는 바람에 처음에는 은근히 놀랐다.

그러나 갑자기 하나의 직관적인 추측이 그의 마음을 가로지르는 이런 생각들과 반신반의한 생각들을 대신해서 들어섰다. 그런 추측은 아직 희미하기는 하지만 그가 그 좋지 않은 소식을 받아들이는 면에서 실질적인 영향을 미쳤다. 비어 함장은 복잡한 포열갑판 생활, 삶의 다른 모든 형태와 마찬가지로 그 나름의 은밀한 통로들과 미심쩍은 측면, 대체로 무시되기 쉬운 측면이 있는 생활과 관련된 모든 것을 오랫동안 제대로 파악하고 있었기에, 부하의 그런 제보에 크게 당황하거나 과도한 불안에 빠지지는 않았다.

게다가 그는, 최근의 사건들에 비추어 볼 때 반복되는 불순종의 기운이 시초에 뚜렷한 조짐을 보이는 시점에서 신속하게 조치할 필요가 있다면, 제보자의 신뢰성을 지나치게 따지느라 해묵은 불평불만의 싹을 그대로 남겨 두는 것은 현명한 일이 되지 못할 것이라고 생각했다. 더구나 그 제보자는 자기 부하요, 수병들에 대한 사찰 임무를 맡은 사람이지 않은가. 과거에 그런 사건들이 일어나지 않았더라면 그는 그런 느낌에 사로잡히지 않았을 것이다. 클래거트가 확연하게 드러내고 있는 애국적인 열정은 좀 과민하고 부자연스럽게 보여 함장은 약간 짜증스러운 기분이 들었다. 더구나 그의 차분함 속에 내재된 어떤 면, 사건을 꽤나 요란하게 설명하는 방식은 묘하게도 비어 대령이 대위 시절 밑에서 열린 군사재판에서 재판관의 일원으로 중범죄를 다룰 때 위증을 했던 한 악사의 모습을 떠올려 줬다.

함장은 클래거트가 과거 폭동 사건과 관련된 배 이름을 슬쩍 암시하는 것을 단호하게 가로막은 뒤 이내 이렇게 말했다. "자네의 말인즉슨 이 배에 적어도 한 명의 위험한 자가 있다는 이야기로군. 그자의 이름을 대게."

"앞돛대 망꾼인 윌리엄 버드입니다, 함장님!"

"윌리엄 버드라고!" 비어 함장은 진정으로 놀라서 상대의 말을 그대로 되받았다. "요전에 래트클리프 대위가 상선에서 데려온 친구 말인가? 인기가 아주 좋아서 수병들이 멋쟁이 선원 빌리라고 부르는 그 젊은 친구?"

"그렇습니다, 함장님. 젊고 인상이 좋지만 사실은 교활한 녀석입니다. 녀석은 그럴 만한 이유가 있어서 교묘한 수단으로 선원들의 환심을 사고 있습니다. 녀석이 위급한 상황에 처하면 그들이 이구동성으로 유리한 말을 해 줄 테니까요. 래트클리프 대위님이 함장님께 말씀하셨죠? 녀석을 태우고 떠날 때 보트가 상선 선미 밑을 지나가는 순간 녀석이 보트 앞머리에서 벌떡 일어나 교묘하게 비아냥거리는 말을 뱉었다는 이야기 말입니다. 녀석은 강제 징집에 은밀히 분개하는 마음을 장난기 어린 그런 말로 덮어 가렸죠. 함장님은 녀석의 하얀 뺨만을 보고 계십니다. 그 화사한 붉은 꽃이 핀 데이지들 밑에는 덫이 숨어 있을지도 모릅니다."

수병들 사이에서 유난히 두드러져 보이는 그 멋쟁이 선원은 자연히 처음부터 함장의 관심을 끌었다. 함장은 대체로 휘하 장교들에게 본인의 감정을 솔직하게 드러내는 편은 아니었지만 래트클리프 대위에게는 인류의 그런 훌륭한 종을 발견하는 행운을 얻은 것을 치하해 줬다. 그는 벌거벗고 있으면 인류가 타락하기 이전 젊은 아담의 조각상을 만드는 데 모델이 되어 줄 만한 젊은이였다. 빌리와 같은 보트를 타고 있었던 대위는 빌리가 '라이츠오브맨'호에 던진 작별 인사에 관해서 정말로 함장에게 보고를 하기는 했지만 아주 재미있는 일화라고 생각해서 전했을 뿐이었다. 비어 함장은 그것을 재치 있는 풍자로 잘

못 이해하기는 했지만, 오히려 그 때문에 그 청년을 더 좋아하게 되었다. 수병으로서 강제 징집을 그렇게 유머 있고 재치 있게 표현할 수 있는 그 정신을 높이 평가했고. 그 후 함장의 눈에 비친 앞돛대 망꾼의 품행은 처음에 가졌던 즐거운 예감이 역시 맞는다는 것을 입증해 줬다. 게다가 '선원'으로서 그 신병이 갖춘 자질들이 대단해 보여서 함장은 인사 담당 장교에게 빌리를 자신이 더 자주 볼 수 있는 곳, 즉 후장루*의 책임자로 승진시키라고 권할 생각을 했다. 함장은 그곳에서 우현을 담당한 이가 과히 젊지 않다는 점 때문에도 그 자리에 적합하지 않다고 여겨 그를 빌리로 교체했으면 했다. 여기에서 잠시 한마디 설명을 덧붙이고 넘어가는 것이 좋을 것 같다. 원래 후장루 담당자들은 주돛대나 앞돛대의 아래쪽 돛처럼 무겁고 넓은 천들을 다룰 필요가 없기 때문에 좋은 자질을 갖춘 젊은이가 일하기에 가장 적합할 뿐만 아니라, 사실 관례상으로도, 그런 젊은이들이 그 자리의 책임자로 선발되곤 한다. 그리고 그런 책임자 휘하에는 솜씨 좋은 사람들과 아울러 풋내기들도 포함되어 있다. 요컨대 애초에 비어 대령은 빌리 버드를, 당대의 해군 용어를 빌려 말하자면 '왕의 거래'**라고 할 만한 존재로 여겼다. 말하자면 조지 3세 휘하의 해군에게는 비용을 거의 들이지 않고 이루어지는 자본 투자 같은 것으로 여겨지는 존재로.

짧은 침묵이 이어졌고, 그사이 함장의 마음속에서는 위에서 언급한 여러 기억들이 생생하게 지나갔으며, 그와 아울러 그는 클래거트가 '화사한 붉은 꽃이 핀 데이지들 밑에 숨어 있는 덫'이라는 말로 전한 암시의 의미를 헤아려 봤다. 한데 생각하면 할수록 제보자의 정직성

* 주돛 위에 있는 플랫폼.
** 횡재.

에 대한 믿음이 자꾸 떨어져 갔다. 갑자기 그는 클래거트 쪽으로 몸을 돌리면서 낮은 목소리로 물었다. "그렇게 애매모호한 이야기를 갖고 서 내게 온 건가, 선임위병 부사관? 귀관이 버드를 고발하기에 합당하 다고 생각할 만한 분명한 어떤 행동이나 발언이 있었다면 자세히 말 해 보도록 하게. 잠깐." 함장은 클래거트에게 좀 더 바싹 다가갔다. "말 을 할 때는 조심해서 하게. 이와 같은 중대한 사안에서 자칫 위증을 했 다가는 활대 끝에 매달리는 형벌을 받을 테니까."

"아, 함장님!" 클래거트는 함장이 너무하다고 할 만큼 준엄한 어조로 따지고 드는 것이 억울하다는 듯이 모양 좋은 머리를 흔들면서 탄식 했다. 그러고 나서 그는 머리를 곤추세우고는—용감하게 자기주장을 하는 사람처럼 고개를 꼿꼿이 세우고—빌리가 했다는 행위와 말을 자 세히 열거했다. 그것들은 액면 그대로 받아들일 경우 빌리에게 아주 불리한 추정을 하게 할 가능성이 있었다. 클래거트는 본인의 주장 중 일부는 그것을 뒷받침해 줄 증인들도 가까이 있다고 덧붙였다.

비어 대령은 짜증스러운 기분과 불신이 어려 있는 회색 눈으로 클 래거트의 속내를 파악하기 위해 그의 냉정한 보랏빛 눈 속을 깊숙이 들여다보면서, 이번에도 역시 상대의 이야기를 끝까지 다 들은 뒤 잠 시 그 내용을 반추하며 서 있었다. 함장의 강렬한 응시에서 잠시 해방 된 클래거트는 함장의 얼굴에 드러난 기분 상태를 뭐라 표현하기 어 려운 표정으로 계속 주시했다. 자신의 책략이 어떻게 작용했는지 궁 금해하는 표정, 어린 요셉의 피 묻은 겉옷을 불안해하는 아버지에게 보여 주며 거짓말을 하는 야곱의 질투심 강한 아들들*의 대표자가 보

* 『창세기』 37장 31~35절.

였음직한 표정이라고 할 만한 것으로.

평소라면 동료와 진지하게 만나는 자리에서 비어 대령의 도덕적 자질에 내재된 비범한 어떤 면이 상대방의 본성을 드러내 주는 참다운 시금석 역할을 하곤 했지만, 이때 클래거트 본인을 비롯해 그의 진짜 속내와 관련해서 대령은 직관적인 확신보다는 이상한 의혹으로 가득한 강한 의심에 더 사로잡혀 있었다. 그가 드러낸 당혹감은 클래거트가 자신만만하게 죄상을 고발한 사람과 연관된 것이라기보다는 제보자와 관련해서 자신이 어떻게 행동하는 것이 최선인가를 심사숙고하는 데서 나왔다. 사실, 처음에 그는 클래거트가 자기 곁에 있다고 주장한, 본인의 고발을 뒷받침해 줄 증인들을 소환할 생각이었다. 하지만 그 같은 절차를 밟았다가는 이내 문제가 확대될 가능성이 있었다. 그는 현재와 같은 국면에서 이 문제가 확대되는 것은 그 배의 수병들에게 바람직하지 않은 영향을 미칠지도 모른다고 생각했다. 만일 클래거트가 위증을 했다면 문제는 그것으로 일단락될 것이다. 따라서 그는 그 고발 건을 본격적으로 심리하기에 앞서, 우선 고발자를 실질적으로 테스트하고 싶었으며, 그런 일은 드러나지 않게 조용히 진행할 수 있다고 생각했다.

그가 택하기로 마음먹은 조처들 중에는 장면 전환, 곧 넓은 선미갑판보다 사람들의 눈에 덜 노출된 곳으로의 변경이 포함되어 있었다. 물론, 비어 대령이 바람 받는 쪽의 갑판을 혼자 조용히 산책하기 시작했을 때 몇 명의 하급 장교들은 해군 예절에 따라서 바람 불어 가는 쪽으로 물러나 있었으며, 대령이 클래거트와 대화하는 동안 그 거리를 좁히려는 짓은 당연히 하지 않았다. 그리고 그와 대화하는 동안 비어 대령은 평소와 달리 목소리를 낮췄으며, 클래거트의 목소리는 낭랑하면서 낮았다. 게다가 밧줄들 사이를 스치는 바람 소리, 파도 소리도 남들의 귀에 들리지 않게 이야기하는 데 많은 도움이 되었다. 하지만 두 사람의 대면이 오래 지속된 탓에 높은 곳에 올라가 있던 몇몇 망꾼들, 배의 중간이나 앞쪽에 있는 몇몇 수병들이 이미 관심을 갖기 시작했다.

비어 대령은 앞으로 어떠한 조치를 취할 것인지를 결정한 뒤 이내 행동에 나섰다. 그는 갑자기 클래거트 쪽으로 고개를 돌리고 물었다. "선임위병 부사관, 지금 버드는 위에 올라가서 근무하고 있나?"

"아닙니다, 함장님."

그 말을 듣고 그는 가장 가까이에 있는 해군 소위 후보생을 불렀다. "월크스 군! 앨버트에게 가서 나한테 오라 그래 줘." 앨버트는 함장의 시중을 드는 소년으로 판단력이 뛰어나고 성실해서 함장에게서 큰 신임을 받고 있었다. 이윽고 소년이 나타났다.

"너, 앞돛대 망꾼인 버드가 누군 줄 알지?"

"예, 함장님."

"가서 그 친구를 찾아와. 지금 비번이니까. 살짝 가서 남들 귀에 들리지 않게, 선미에서 찾는다고 말해. 그 친구가 남들하고 이야기할 시간을 주지 말고 너하고만 이야기하게끔 해. 두 사람이 선미로 올 때까지, 함장실에서 그 친구를 찾는다는 걸 알려 줄 때까지 누구하고도 이야기하지 못하게 해. 무슨 말인지 알겠지. 어서 가 봐. 선임위병 부사관은 아래갑판에 내려가 있다가, 앨버트가 그 수병을 데리고 올 때가 되었다고 생각되면 뒤따라 들어와서 조용히 대기하고 있도록 하게."

19

앞돛대 망꾼은 함장실에서 다른 사람들은 아무도 없이 자기와 함장, 클래거트 단 셋이서만 앉아 있게 되자 은근히 놀랐다. 하지만 그것은 걱정이나 의혹 같은 것이 전혀 동반되지 않은 놀라움이었다. 본질적으로 정직하고 선하면서도 미성숙한 면이 있는 사람의 경우, 다른 사람이 암암리에 풍기는 미묘한 위험성을 좀처럼 포착하지 못하고, 설사 포착하더라도 뒤늦게야 알아채는 법이다. 젊은 수병의 마음속에 떠오른 생각이라고는 이런 것뿐이었다. 그래, 평소 함장님이 나를 늘 좋게 봐 주신다고 생각했어. 혹시 나를 키잡이로 삼으시려고 하는 걸까? 그건 정말 좋은 일이지. 그리고 이제 선임위병 부사관님에게 나에 관해 물어보시려는 것 같아.

함장은 말했다. "문 닫아, 초병. 문밖에 서서 아무도 안에 들이지 말아. 자, 선임위병 부사관, 귀관이 나한테 했던 이야기를 이 수병이 있는 자리에서 그대로 해 봐." 그래 놓고 그는 서로 마주 보고 있는 두 사람 곁에 서서 두 사람의 얼굴을 면밀히 살펴보려는 자세를 취했다.

클래거트는 곧이어 발작 징후를 보일 환자에게 다가가는 정신과 의사의 차분하고 냉정한 기색과 잘 계산된 발걸음으로 부러 빌리 앞으로 바짝 다가가 최면을 걸듯 빌리의 눈을 들여다보면서 함장에게 고발했던 이야기를 짧게 되풀이했다.

처음에 빌리는 그 이야기의 뜻을 이해하지 못했다. 이해했을 때 장밋빛으로 발그레하게 물들어 있던 그의 뺨은 백반증 환자의 안색처럼 새하얘졌다. 그는 말뚝으로 가슴을 관통당해 헐떡이는 사람처럼 서 있었다. 한편, 빌리의 크게 확장된 푸른 동공을 여전히 주시하고 있는 고발자의 눈은 평소에는 짙은 보랏빛을 띠고 있었으나 이제는 그 빛이 흐려지면서 탁한 자줏빛으로 변했다. 인간의 표정을 잃어버린 인간 지능의 그 빛들은 세상에 알려지지 않은 심해 물고기의 이질적인 눈처럼 싸늘한 빛을 내뿜고 있었다. 최면을 거는 것 같았던 처음의 눈빛은 먹잇감을 노리는 뱀의 눈빛 같다가 마지막에는 전기가오리가 발산하는 아찔한 충격파를 닮은 빛으로 변했다.

클래거트의 모습보다 빌리의 모습에 더 충격을 받은 비어 대령은 말뚝에 꿰찔린 수병에게 소리쳤다. "말해 봐! 어서 말해! 자기변호를 해 봐!" 대령의 외침에 빌리는 벙어리처럼 이상한 몸짓을 하면서 갓난아이처럼 꼴록거리는 소리만 냈다. 느닷없이 당한 고발에 경악한 그는 세상 물정 모르는 갓난애로 화했다. 고발자의 눈이 안겨 주는 공포감은 빌리에게 내재된 결함을 드러나게 했고, 이 순간 그 결함을 증폭시켜 혀가 마비되어 완전히 꼬이게 하는 결과를 빚어냈다. 입을 열어 자신을 변호하라는 함장의 명령에 복종하고 싶은 마음은 굴뚝같았지만 뜻대로 되지 않는 고통을 이기지 못해 뜨겁게 달아오른 그의 머리와 온몸은 팽팽하게 긴장한 채 앞으로 기울었다. 그런 그의 얼굴은 산 채로 화형당하면서 숨이 막혀 몸부림치기 시작하는, 베스타 여신을 모시는 여사제*처럼 잔뜩 일그러졌다.

그 전까지만 해도 빌리의 말더듬이 증상을 전혀 알지 못했던 비어 대령은 그 순간 그것을 즉각 간파했다. 빌리의 그런 모습은 그에게 옛 동급생의 모습, 선생님이 반 학생들의 실력을 테스트하기 위해 질문을 던지자 맨 먼저 일어나 답을 하려고 했으나 잔뜩 긴장한 나머지 혀

---

* 고대 로마 시대에 순결 서약을 어긴 베스타 신전의 여사제는 산 채로 화형당했다.

가 꼬여 좀처럼 말을 하지 못하는 바람에 그에게 깊은 인상을 안겨 줬던 똑똑한 어린 학생의 모습을 생생하게 떠올려 줬기 때문이다. 함장은 젊은 수병에게 가까이 다가가 달래듯이 그의 한쪽 어깨에 손을 얹고 말했다. "서두를 것 없어. 잠시 진정하고 여유를 갖도록 해." 하지만 함장이 자애로운 아버지 같은 목소리로 해 준 그 말, 빌리의 가슴 깊이 가닿았을 게 분명한 그 말은 함장의 뜻과는 정반대로 말을 토해 내려는 격렬한 노력을 불러일으키면서 결국은 마비 상태가 더 굳어지게 하는 결과를 빚고 말았으며, 빌리의 얼굴에는 십자가형에 처해진 사람의 고통만큼이나 혹심한 괴로움의 표정이 떠올랐다. 다음 순간, 빌리의 오른팔이 한밤중에 발사된 대포의 포신에서 이는 불꽃처럼 번개같이 뻗어 나왔고, 클래거트가 바닥에 쓰러졌다. 빌리가 의도적으로 가격한 탓인지, 아니면 그 젊은 운동선수의 큰 키 탓인지는 몰라도 그 주먹은 클래거트의 이마, 균형 잡히고 지적으로 보이는 그의 얼굴 한복판을 정통으로 가격했고, 그의 몸은 똑바로 서 있던 무거운 판자가 쓰러지듯이 큰대자로 쭉 뻗었다. 클래거트는 한두 번 헐떡이더니 이내 잠잠해졌다.

비어 대령은 거의 속삭임에 가깝다고 할 만큼 아주 낮은 목소리로 말했다. "운도 나쁜 녀석. 대체 무슨 짓을 저지른 거야! 아무튼 이리로 와서 나를 도와줘."

두 사람은 바닥에 쓰러진 사람의 허리를 잡아 일으켜 앉혔다. 여윈 몸은 그들의 의도에 따라 유연하게, 그러나 무력하게 응했다. 마치 죽은 뱀을 다루는 것 같았다. 그들은 그 몸뚱이를 다시 바닥에 내려놨다. 다시 몸을 일으킨 비어 함장은 한 손으로 얼굴을 감싸 쥔 채 바닥에 쓰러져 있는 몸뚱이 못지않게 꼼짝하지 않고 서 있었다. 그 사건과 관련된 모든 사항들을 헤아리면서, 지금 당장뿐만 아니라 앞으로 어떤 행동을 취하는 것이 최선인가를 생각하는 일에 골몰해 있었을까? 이윽고 그는 얼굴에서 천천히 손을 뗐다. 그 모습은 달이 월식으로 가려졌다가 가려지기 전과는 아주 다른 모습으로 다시 나타난 것과 흡사했다. 좀 전에 빌리에게 드러냈던 아버지처럼 자상했던 모습은 이제 군대 훈육자의 모습으로 바뀌었다. 그는 앞돛대 망꾼에게 접견실로 물러나 (그쪽을 가리키면서) 다시 부를 때까지 꼼짝하지 말라고 명령했다. 빌리는 묵묵히, 기계적으로 그 명령을 따랐다. 그러고 나서 비어 대령은 후갑판 쪽으로 열려 있는 함장실 문으로 가더니 밖에 있는 초병에게 말했다. "사람을 시켜서 앨버트를 이리로 오게 해." 소년이 모습을 드러내자 함장은 엎어져 있는 사람의 모습이 눈에 띄지 않게 하면서 말했다. "앨버트, 군의관에게 가서 내가 보잔다고 해. 그리고 너는 내가 부를 때까지는 여기에 올 필요 없어."

풍부한 경험과 냉정한 판단력을 지녀 어떤 일에도 좀처럼 놀라지 않는 차분한 성격의 군의관이 들어오자 비어 대령은 그를 맞기 위해 앞으로 나섰고, 그 바람에 무의식적으로 군의관의 시야에서 클래거트의 모습을 막아섰다. 그리고 관례화된 경례를 하려는 군의관을 제지했다. "그만둬. 저 친구 상태가 어떤지 먼저 좀 봐 줘." 그러면서 그는 바닥에 엎어져 있는 사람을 가리켰다.

군의관은 봤다. 그 사람을 갑자기 본 터라 군의관은 차분한 기질임에도 좀 움찔했다. 늘 창백했던 클래거트의 얼굴 위로 코와 귀에서 나온 검고 굵은 핏줄기가 조금씩 흘러내리고 있었다. 군의관의 전문적인 시선으로 보았을 때 그 사람은 분명 살아 있는 사람이 아니었다.

"역시 그런가?" 비어 대령이 그를 뚫어지게 주시하면서 말했다. "나도 그렇게 생각했어. 하지만 확실하게 살펴봐 줘." 군의관은 관례적인 몇 가지 검사를 해 본 뒤 애초에 자신이 눈으로 보고 내린 심증이 맞는다는 것을 확인하고는 근심 어린 얼굴로 상관을 올려다봤다. 그 얼굴에는 대체 이게 어떻게 된 일이냐고 캐묻는 것 같은 표정이 어려 있었다. 그러나 비어 대령은 한 손으로 이마를 짚은 채 꼼짝하지 않고 서 있었다. 그러다 갑자기 발작적으로 군의관의 한 팔을 움켜쥐고는 시신을 가리키며 소리쳤다. "이건 아나니아*에 대한 하늘의 심판이야!"

군의관은 함장이 그렇게 흥분한 모습을 처음 본 터라 좀 혼란스러운 기분이 들었고, 아직 그 사건에 관해 아무것도 알지 못했지만 여전히 침착한 태도를 잃지 않은 채 대체 어떻게 해서 이런 비극적인 사건이 일어났느냐고 진지하게 묻는 것 같은 시선을 던지기만 했다.

하지만 비어 대령은 또다시 깊은 생각에 빠져들어 꼼짝하지 않았다. 그러다 갑자기 상념에서 다시 깨어나면서 열띤 목소리로 외쳤다. "하느님의 천사가 이자를 쳐 죽인 거야! 하지만 그 천사는 교수형을 받아야 해!"

군의관은 느닷없이 터져 나온 그 격렬한 외침에, 그리고 과거에 함장이 이렇게 뜬금없이 엉뚱한 소리를 하는 경우를 한 번도 본 적이 없었던 터라 몹시 불안해졌다. 그러나 이제 냉정한 태도를 되찾은 비어 대령은 전보다 좀 누그러진 어조로 사건의 경위를 간략하게 설명했다. "한데 이리 좀 오게. 서둘러야 해." 그러면서 그는 덧붙였다. "저자**를 저 방으로 옮기는 걸 좀 거들어 주게." 그는 앞돛대 망꾼이 억류되

---

* 『사도행전』 5장 3~5절. 교회에 바치기로 약속한 돈을 빼돌렸다가 베드로의 질타를 받고 그 자리에서 거꾸러져 숨진 사람.
** 시신. [원주]

어 있는 방의 반대편 방을 가리켰다. 군의관은 사건을 은밀히 처리하고 싶다는 뜻이 함축된 함장의 요청이 아주 이상하게 여겨져 다시 당혹스러운 기분에 빠졌지만, 상관의 요청이라 응하는 수밖에 없었다.

"이제 가도록 하게." 비어 대령이 평소와 같은 태도로 말했다. "그만 가도록 해. 나는 곧 약식 군사재판을 소집할 작정일세. 대위들에게 어떤 일이 일어났는지 이야기해 주도록 하게. 미스터 모던트*에게도 그렇게 이야기하고. 그리고 이 사건을 비밀에 부치라고 지시하도록 하게."

20

군의관은 불안과 근심으로 가득한 상태에서 함장실을 떠났다. 비어 대령이 갑자기 정신이 이상해진 것일까? 아니면 그런 생각은 그토록 이상하고 엄청난 비극이 가져다준 일시적인 흥분 상태에서 나온 것에 불과한 것일까? 군의관에게는 약식 군사재판이 별로 좋은 방안이 아닌 것 같았다. 그는 일단은 빌리 버드를 감금하고, 관례에 따라 함대와 합류할 때까지 문제 처리를 보류했다가 제독의 의견을 묻는 것이 옳다고 생각했다. 그는 비어 대령이 평소와 달리 몹시 동요하고 유난히 흥분해서 소리친 것을 떠올렸다. 함장이 혼란 상태에 빠진 것일까?

하지만 그렇게 추측할 수는 있어도 그것을 뒷받침해 주는 증거는 없었다. 그런 상황에서 군의관이 뭘 할 수 있겠는가? 자기 함장이 미

---

* 해병대 중대장. [원주]

친 것은 아니지만 머리가 좀 이상해진 것 같다고 생각하는 부하 장교의 입장만큼 곤혹스러운 것은 다시없다. 함장의 명령에 토를 다는 것은 무례한 짓이 될 터였다. 그리고 그의 지시를 거역하는 것은 반란으로 간주될 것이다.

그는 비어 대령이 지시한 대로 대위들과 해병대 중대장*에게 그 사건의 전말만 전했을 뿐 함장의 상태에 대해서는 아무 말도 하지 않았다. 그들은 군의관과 똑같이 놀라고 걱정했다. 그들 역시 군의관과 마찬가지로 그런 문제는 제독에게 상신해야 한다고 생각하는 것 같았다.

21

무지개에서 오렌지색이 시작되는 선과 보라색이 끝나는 선을 누가 그을 수 있을까? 우리는 그 색깔의 차이를 분명하게 알기는 하지만, 과연 하나의 색깔이 다른 색깔과 어느 선에서 뒤섞이는지도 정확하게 알까? 제정신과 정신이상의 경우에도 사정은 마찬가지다. 판결이 내려진 경우에는 그런 의문이 들지 않는다. 그러나 애매모호한 정도에 약간씩 차이가 있기는 하지만 대체로 짐작에 불과한 일부 경우에는 누구도 정확한 경계선을 긋지 못할 것이다. 직업적인 일부 전문가들은 보수를 고려해서 그렇게 할 테지만. 그러나 그런 경우를 제외하고

---

* 이 시기의 영국 해군 전함에는 적함에 뱃전을 붙였을 때 적함에 쳐들어가 육박전을 벌일 해병대원들이 타고 있었다. 해병들은 이런 전투 임무 외에도 선상 반란에 대비해 함장을 보호하는 임무도 맡고 있었다.

는 누구도 딱 부러지게 단언할 수 없다.

군의관이 직업적으로 그리고 내밀하게 짐작한 것처럼 비어 대령의 정신이 정말로 갑자기 어느 정도 이상해졌는지 아닌지는 이 이야기가 제공하는 사실들에 근거해서 스스로 판단해야 할 것이다.

여기에서 서술된 그 불행한 사건이 더없이 좋지 않은 시점에 일어났다는 것은 아주 자명했다. 그때는 폭동이 진압된 직후여서 해군 당국에게는 앞으로의 행보가 아주 중요했던 시점이었고, 영국의 모든 해군 지휘관들에게 쉽게 갖추기 어려운 두 가지 자질, 곧 신중함과 엄정함이 요구되던 시점이기 때문이다. 게다가 이 사건에는 더없이 중요한 어떤 요소가 개재되었다.

벨리포텐트호에서 일어난 그 사건 이전, 그리고 사건과 동일한 시점의 여러 상황들이 합세해서 이루어 낸 마법 속에서, 그리고 그 사건을 공식적으로 심판해 줄 군법에 비춰 볼 때 클래거트와 버드로 상징되는 무죄와 죄는 사실상 입장이 뒤바뀌었다. 법률적인 관점에서 그 비극의 명백한 피해자는 아무 죄 없는 사람을 희생시키려 했던 사람이었다. 하지만 해군 당국의 입장에서 볼 때 버드의 명백한 행위는 가장 극악한 군사적 범죄에 해당했다. 한데 문제는 그것으로 끝이 아니라는 점이었다. 그 사건에 내포되어 있는 본질적인 선악은 아주 자명한 것일 수도 있었고, 따라서 충성스러운 한 해군 지휘관이 책임지기가 아주 어려운 문제였다. 그에게는 그 문제를 그렇게 허술한 방식으로 결정지을 권한이 없었으니까.

평소에 신속한 결정을 내리곤 했던 벨리포텐트호 함장이 앞으로 자신이 취해야 할 모든 방침을 결정할 때까지 신속함에 못지않게 신중함이 필요하다고 느낀 것은 별로 이상한 일이 아니었다. 그뿐만 아니라 그는 모든 상황을 고려해서 최종적인 조처들이 시행되는 시점에 이르기 전까지는 가급적 그 사건을 선원들에게 공표하지 않는 편이 좋겠다고 여겼다. 이런 그의 판단은 잘못된 것일 수도 있고 아닐 수도 있다. 하지만 그 뒤 하급 장교들이 쓰는 몇몇 선실들에서 오간 은밀한 이야기 속에서 그가 일부 장교들에게 적지 않은 비난을 받은 것은 확실하다. 그의 친구들은 그것을 별처럼 빛나는 비어에 대한 직업적인 질투심에서 나온 것이라 여겼고, 그의 사촌 잭 덴턴은 특히 더 그렇게 주장했다. 그렇게 시샘 어린 비난을 불러일으킬 만한 여지가 있기는 했다. 그 사건을 비밀에 부친 일이나 한동안 그에 관한 모든 정보 교환을 살인 사건이 일어난 장소, 곧 함장실로 제한한 것에는 야만스러운 왕 페테르*가 창건한 수도에서 여러 차례 일어난 왕궁의 비극 당시 채택된 정책들과 어느 정도 유사한 면이 숨어 있었다.

사실 그 사건은 벨리포텐트호 함장이 그와 관련된 어떤 조처도 유보하고 싶었던 유형의 사건이었다. 그로서는 앞돛대 망꾼을 자기와 가까운 곳에 감금해 뒀다가 함대와 합류했을 때 제독의 판단에 맡기는 편을 택하고 싶었다.

하지만 참된 군 장교는 어느 한 가지 점에서 참된 수도사와 비슷한 면이 있다. 군 장교가 자신의 모든 것을 다 바쳐 군인의 의무에 대한 서약을 지키려 하는 것은 수도사가 무슨 일이 있어도 수도원의 권위에 복종하겠다는 서약을 지키려고 하는 일에 못지않을 것이다.

비어 대령은 그 사건에 신속하게 대처하지 않을 경우 빌리의 행위가 포열갑판들에 알려지자마자 수병들 사이에서 노어의 타다 남은 불

* 러시아의 표트르 대제. [원주]

씨를 되살아나게 하는 사태가 일어날 소지가 있다고 느꼈고, 그 문제를 처리하는 일이 워낙 화급하다고 여겨 다른 모든 고려 사항들은 뒤로 미뤄 놨다. 하지만 그는 성실한 규율주의자이기는 해도 그저 권위를 위한 권위 애호가는 아니었다. 그는 도덕적 책임을 져야 하는 모험을 할 기회를 혼자 독점하려는 사람과는 아주 거리가 멀었으며, 공식적인 상관에게 돌려야 마땅하거나 비슷한 계급의 장교나 부하들과 공유해야 할 것을 독점하려는 성향은 더더욱 갖고 있지 않았다. 그는 그런 사고방식을 가진 사람이었기에 그 사건을 자신의 휘하 장교들로 이루어진 즉결재판에 회부하는 것이 관례에 어긋나지 않으리라고 여겼다. 그리고 재판 과정을 감독하면서 필요하다면 공식적, 비공식적으로 개입할 권리가 최종 책임자인 자신에게 있다고 여겼다. 그에 따라 그가 선발한 인원들, 곧 갑판 장교와 해병대 중대장과 항해장으로 이루어진 군법회의가 즉시 소집되었다.

한 수병이 연루된 사건을 다루는 군법회의에 갑판 장교와 항해장 외에 해병 중대장을 포함시킨 것은 아마 일반 관례에서 좀 벗어난 일이었을 것이다. 함장은 그를 현명하고 사려 깊으며, 과거에 경험한 적이 없는 어려운 사건을 다룰 능력이 전혀 없지는 않은 사람이라고 여겼기에 그렇게 했다. 그러나 함장은 그에 대해 일말의 잠재적인 불안감이 없지는 않았다. 그는 성격이 대단히 온후하고 잘 먹고 잘 자며 비만에 가까운 몸집을 갖고 있었고, 전투가 벌어지면 늘 대장부다운 면모를 유지했지만, 그 비극의 어떤 면과 관련된 도덕적 딜레마에서는 크게 믿을 만하다는 점을 입증하지 못하지 않았나 싶다. 갑판 장교와 항해장의 경우, 비어 대령은 둘 다 정직한 성품에 간간이 용맹성을 발휘하기로 정평이 나 있다는 사실을 너무나도 잘 알고 있었지만, 그들의 이해력은 대체로 실질적인 선박 조종술의 측면과 전투에 필요한 직업적인 요소들로 국한되어 있었다.

군법회의는 그 불행한 사건이 일어났던 함장실에서 열렸다. 함장실은 선미루 갑판 밑의 공간을 전부 차지하고 있었다. 선미 양쪽에는 작은 접견실이 하나씩 마련되어 있었으며, 하나는 현재 임시 감옥으로, 다른 하나는 임시 시체안치소로 쓰이고 있었다. 그 사이에는 더 작은 칸막이 방이 하나 있고, 그 앞쪽으로 배의 가로들보 길이만큼에 해당되는, 잘 꾸며진 직사각형 공간이 자리 잡고 있었다. 그 위쪽에는 적당한 크기의 채광창이 나 있었고, 양옆에는 가장자리가 장식틀로 마감된 둥근 창이 두 개 나 있었다. 그 창들은 필요할 때는 뒤로 젖혀 언제든지 짧은 함포를 발사할 수 있는 총안으로 쉽게 개조할 수 있었다.

모든 채비가 신속하게 갖춰진 뒤 빌리 버드는 인정신문을 받았다. 비어 대령은 사건의 유일한 증인으로 출두할 수밖에 없는 입장이었기에 일시적으로 계급장을 떼고서 재판에 임해야 했다. 하지만 사소해 뵈는 한 가지 문제에서는 잠시 자신의 계급을 이용하기도 했다. 이를테면 본인이 그 배의 바람 불어오는 쪽에서 증언을 하도록 조처했고 그 때문에 재판관들이 바람 불어 가는 쪽에 앉아야 했던 것이 그것이다. 그는 그 재앙을 초래하는 결과를 빚은 모든 과정을 간략하게 진술했다. 그는 클래거트가 고발한 내용을, 그리고 피고가 그것을 어떤 식으로 받아들였는지를 하나도 빠뜨리지 않고 죄다 증언했다. 이런 증언을 듣고 세 장교는 크게 놀란 표정으로 빌리 버드를 쳐다봤다. 빌리가 클래거트가 주장한 폭동 계획 같은 것을 일으킬 사람이라거나 그가 저지른 그 부인할 수 없는 짓을 저지를 사람이라고는 도저히 믿어지지 않기 때문이다. 수석 재판관 역할을 맡은 갑판 장교가 피고를 바라보면서 물었다. "이상은 비어 대령님의 증언이다. 비어 대령님이 말씀하신 대로인가, 아닌가?"

빌리는 예상과는 달리 그다지 더듬거리지 않고 대답했다. "비어 대령님께서는 진실을 말씀하셨습니다. 비어 대령님 말씀대로입니다. 하지만 선임위병 부사관님이 말한 것은 진실이 아닙니다. 저는 폐하의 빵을 먹는 사람으로 폐하께 거짓 없이 임하고 있습니다."

증인이 말했다. "나는 귀관의 말을 믿는다." 그의 목소리에는 다른 상황에서라면 드러나지 않았을 숨겨진 감정이 묻어나 있었다.

빌리는 약간 더듬거리면서 맥없이 말했다. "하느님께서 함장님께 축복을 내려 주시기를." 그러나 재판관이 다시 질문을 하자 빌리는 자제심을 회복하기는 했지만 감정적인 힘겨움에 여전히 말을 더듬으면서 답했다. "우리 사이에서 원한 같은 건 없었습니다. 저는 선임위병 부사관님에게 나쁜 감정을 품었던 적이 전혀 없습니다. 그분이 사망한 것은 유감입니다만 저는 그분을 죽일 의도가 없었습니다. 제 혀가 제대로 움직이기만 했더라면 그분을 치지는 않았을 겁니다. 그런데 그분은 제 면전에서, 함장님 앞에서 비열한 거짓말을 늘어놨고, 저는 뭐라고 말을 해야만 할 입장이었는데, 그만 주먹으로밖에 말할 수가 없었습니다!"

그 솔직한 사람이 충동적으로 내뱉은 진솔한 이야기를 듣고 재판부는 조금 전에 자신들을 당혹시킨 말들 속에 함축된 모든 것이 진실임을 알았다. 그들의 당혹감은 그 비극에 대한 함장의 증언, 그리고 자신의 반란 음모에 대한 빌리의 강력한 부인에 뒤이어 나온 비어 대령의 "나는 귀관의 말을 믿는다"라는 발언에서 비롯되었다.

다음에는 그가 배의 어느 구역에서인가 말썽(재판관은 분명하게 표현하는 것은 피했지만 폭동을 뜻한다)의 조짐이 일고 있는 기미가 보인다는 것을 알고 있거나 그럴지도 모른다고 생각한 적이 있느냐는 질문이 이어졌다.

빌리는 좀 꾸물거리다가 대답했다. 재판부는 그것을 앞서의 대답을 지연시키거나 방해했던 말더듬이 증상 탓으로 여겼다. 그러나 이 경우에서의 진상은 대체로 그것과는 달랐다. 그 질문이 나온 순간 빌리의 마음속에서는 포어체인들로 가려진 공간에서 후갑판원과 만났던 일이 떠올랐고, 그러면서 동료에 관한 좋지 않은 내용을 고발하는 역할을 하는 데 대한 타고난 혐오감이 일었다. 그 당시 그 문제를 상부에 보고하지 못하게 했던, 그가 배운 적이 없었던 잘못된 명예의식이 이번에도 역시 작용했다. 그는 충성스러운 수병으로서 고발의 의무가 있고, 그가 그렇게 하지 않았을 때 누군가로부터 고발이 들어가 그것이 사실로 입증될 경우 중형을 받을 텐데도 그랬다. 그리고 이 순간, 그는 그 배에서 어떤 음모도 이루어진 적이 없었다는 맹목적인 느낌에 사로잡혀 그런 적은 없었다고 대답했다.

이제까지 침묵했던 해병 중대장이 곤혹스러운 어조로 진지하게 말했다. "한 가지만 더 물어보지. 귀관은 우리에게 선임위병 부사관이 귀관에 관해서 고발한 내용이 거짓이라고 말하고 있다. 한데 귀관의 말마따나 두 사람 사이에 어떤 적의나 원한도 없는데, 그 사람은 어째서 그런 거짓말을, 그것도 아주 악의적인 거짓말을 했을까?"

자신이 전혀 알지 못하는 정신적인 영역을 무심코 건드린 그 질문에 빌리는 몹시 당황했다. 그 광경을 본 일부 사람들은 그것을 죄상을 숨긴 일이 자기도 모르게 드러난 증거로 여길 공산이 컸다. 그럼에도 그는 어떤 식으로든 대답하려고 안간힘을 쓰다가 갑자기 그런 노력을 포기하고는 비어 대령 쪽으로 고개를 돌리더니, 그를 더없는 조력자이자 친구로 여기기라도 하듯 호소하는 것 같은 시선을 던졌다. 대령은 한동안 묵묵히 앉아 있더니 자리에서 일어나 질문자에게 말했다. "귀관이 저 친구에게 던진 질문은 충분히 할 만한 질문이오. 그런데 저 친구가 어떻게 제대로 대답할 수가 있겠소? 저 방에 있는 사람이 아닌 그 누구도 대답하기 어려울 거요." 그는 시신이 누워 있는 방을 가리키며 말했다. "한데 저 방에 엎어져 있는 사람은 우리의 소환에 응할 수 없어요. 사실, 귀관이 지적한 점은 실질적인 것이 못 되는 것 같소. 그건 선임위병 부사관을 그런 식으로 움직이게 한, 있을 수 있는 어떤 동기는 고사하고 주먹을 휘두르게 한 동기와도 무관하니, 본 사건에서 군사법정은 그 가격의 결과 쪽으로 초점을 좁혀야 해요. 그 결과는 의당 가해자의 행위 외의 다른 어떤 점들과도 연관시켜서 생각하지 말아야 하고."

이 발언의 전체적인 의미는 빌리가 받아들인 것과는 전혀 달랐지만, 그 발언 때문에 빌리는 간곡하게 묻는 듯한 표정으로 대령을 쳐다봤다. 그것은 좋은 혈통을 타고난 개가 주인을 쳐다볼 때의 표정과 별반 다르지 않았다. 개의 지능으로 잘 이해되지 않는 방금 전의 몸짓이 무슨 뜻인지 알려 달라고 청하는 것 같은 표정을 닮은. 그 발언은 세 장교에게도 적지 않은 효과를 미쳤으며, 해병 중대장의 경우에는 특히 더했다. 그들에게는 그 발언에 내포된 의미가 함장의 예단을 포함하고 있는, 뜻밖의 것으로 받아들여진 듯했다. 그것은 그 전에 뚜렷이 드러났던 정신적인 혼란을 증폭시키는 작용을 했다.

중대장은 회의 어린 어조로 동료들과 비어 대령 모두에게 또다시 말했다. "이 문제에서 미스터리로 남아 있는 것들을 어느 정도 파악하게 해 줄 수 있는 사람이 아무도 없군요. 이 배에 있는 사람들 중에서 말입니다."

비어 대령이 말했다. "사려 깊은 발언이오. 귀관이 무슨 뜻으로 그런 말을 하는지 알고 있소. 맞아요, 미스터리가 하나 있지. 하지만 성경 구절을 인용해서 말하자면, 그건 '사악함의 미스터리'요. 심리 신학자들이 토론함직한 문제. 그러나 군사법정이 그것과 무슨 상관이 있겠소? 우리가 그 문제를 파고들어 봤자 결국은 저기 저 친구의 영원한 침묵 때문에 중단되고 말 거라는 건 새삼 덧붙일 필요가 없을 거요." 대령은 시체안치소로 쓰이는 방을 다시 가리켰다. "우리가 다뤄야 할 것은 오직 피고의 행위뿐이오."

대령의 말, 특히 마지막에 다시 언급한 그 발언에 해병 중대장은 적절히 응답할 말이 없어 유감스럽긴 했지만 더 이상의 발언을 삼갔다. 재판이 시작되었을 때 자연스럽게 수석 재판관 역할을 맡았던 갑판 장교는 이제 비어 대령이 던지는 시선, 말보다 더 효과적인 시선의 지령을 받고는 다시 그 역할을 되찾았다. 그는 피고에게 시선을 돌리고는 떨리는 목소리로 말했다. "버드, 스스로를 위해서 무슨 할 말이 있다면 지금 하도록 하라."

그 말에 젊은 수병은 또다시 비어 대령 쪽을 재빨리 쳐다봤다. 그리고 그의 모습에서 하나의 힌트, 지금은 침묵하는 것이 최상이라는 본인의 직감을 뒷받침해 주는 힌트를 얻고는 대답했다. "할 얘기는 다 했습니다."

빌리와 선임위병 부사관이 차례로 함장실에 들어갈 때 함장실 문밖에서 보초를 섰던 해병대원은 재판 내내 빌리의 곁에 서 있다가 이제 그를 뒷방, 빌리와 감시인인 본인에게 원래 배정되었던 방으로 데려가라는 지시를 받았다. 빌리와 함께 있는 것만으로 뭔가 거북하고 불편했던 세 장교는 두 사람이 사라지고 나자 가벼운 해방감이 들면서 거의 동시에 자리를 고쳐 앉았다. 그들은 결정을 내릴 수가 없어 난처하고 당혹스러운 기분이 깃든 시선을 교환했다. 하지만 그들 모두 오래 지체하지 않고 곧 결정을 내려야 한다는 점을 감지하고 있었다. 비어 대령은 무의식적으로 그들에게 등을 돌린 채 바람 불어오는 쪽의 둥근 창으로 황혼 녘의 단조로운 바다를 내다보면서 묵묵히 서 있었다. 세 장교가 간간이 낮고도 열띤 목소리로 짧게 의논할 때를 제외하고 계속 침묵이 이어지자 그것이 오히려 대령의 기운을 북돋아 줘서 무력한 느낌을 떨치고 일어서게 해 줬다. 그는 돌아서서 함장실 안을 오락가락했다. 그러다 배가 바람 불어 가는 쪽으로 기우는 바람에 그는 경사진 갑판의 바람 불어오는 쪽으로 올라가는 형국이 되었다. 그는 미처 깨닫지 못했지만 그의 그런 행동은 바람과 바다만큼이나 강한 원시적인 본능들에 맞서는 한이 있더라도 기필코 어려움들을 타넘어가겠다는 마음의 결단을 상징하는 것이었다. 이윽고 그는 세 장교 앞에 우뚝 섰다. 그는 세 장교의 얼굴을 죽 훑어본 뒤, 자기 생각을 표현하기 위해 머릿속을 정리한다기보다는 지적으로 성숙하지 못한 악의 없는 사람들, 본인에게는 자명한 이치인 어떤 원칙들을 증명해 줄 필요가 있는 사람들에게 그 생각을 어떻게 전하는 것이 최선인가를 심사숙고하는 것에 더 가까운 자세로 묵묵히 서 있었다. 대중 집회에서 발언하는 일을 주저하게 되는 이유 중 하나가 아마 발언에 대한 이런 조바심이 아닐까 싶다.

그가 발언했을 때 그 내용과 말하는 방식 양쪽에 내포된 어떤 점은 활동적인 직업의 실전적인 훈련을 상황에 따라 적절히 가감하고 조절하는 혼자만의 연구가 그에게 미친 영향력을 보여 줬다. 그의 표현법과 아울러 이런 점은 이따금 아주 실제적인 유형의 해군 장교들이 그를 현학적이라고 해서 터놓고 비방하는 이유가 무엇인지를 떠올려 줬다. 하지만 동료 함장들은 영국 해군에서 별처럼 빛나는 비어만큼 유능한 함장은 다시없다는 점을 솔직하게 인정하곤 했다.

그가 말한 내용은 다음과 같았다. "지금까지 나는 거의 증인 역할만 해 왔소. 그리고 귀관들에게서 불안한 망설임의 기미를 감지하지 않았더라면 나는 당분간, 위기 상황에서라도, 귀관들의 보좌역으로만 머무를 뿐 다른 입장을 취할 생각은 하지 않았을 거요. 나는 그것이 연민에서 생겨난 양심의 가책과 군인으로서의 의무가 충돌한 데서 비롯된 것이라고 확신하오. 그런 연민이라면 나 역시도 여러분과 똑같이 느낄 수밖에 없어요. 하지만 나는 더없이 중요한 의무들을 생각하고서 결정하려는 힘을 빼앗을 소지가 있는 양심의 가책과 싸우고 있소. 여러분, 나는 이 사건이 예외적인 사건이 아니라는 식으로 스스로를 속이고 있지는 않아요. 이론적으로만 살펴보면 이 사건은 결의론자*들의 패널에게 맡기는 편이 좋을지도 몰라요. 하지만 결의론자들이나 도덕론자들로 행세하지 않는 우리들에게 이것은 실제적인 사건이고, 군법에 따라 현실적으로 다뤄야 해요.

하지만 귀관들의 마음 한편에서는 양심의 가책이 작용하고 있지 않나요? 그것과 맞서도록 하세요. 그리고 그것이 전면으로, 분명히 나타나게 하세요. 자, 자, 양심의 가책은 이런 느낌을 들게 해요. 만일 우리가 선임위병 부사관의 죽음에 대해 정상참작을 해 주지 않고 그것을

* 궤변론자.

428

피고의 소행으로 간주하기로 한다면, 그 행위는 중죄가 되고 그 처벌은 아주 무거울 것이다. 하지만 피고의 그 명백한 행위는 자연법적 정의에 비추어 살펴봐야 하지 않을까? 우리가 아무 죄 없는 사람, 아니 우리가 그렇다고 여기는 사람에게 어찌 약식재판으로 치욕스러운 죽음을 선고할 수 있단 말인가? 내가 귀관들의 마음을 정확하게 짚어 냈소? 슬퍼하는 얼굴로 다들 동의를 하시는구먼. 그래요, 나 역시도 온몸으로 그렇게 느끼고 있소. 그게 바로 자연이오. 하지만 우리가 착용하고 있는 이 배지들이 우리가 자연에게 충성하고 있다는 것을 말해 주는 걸까? 천만에, 폐하에게 충성하고 있다는 걸 뜻하지. 저 바다가 무엇으로도 더럽혀지지 않는 원초의 바다라 할지라도, 우리가 선원으로 활동하고 살아가는 원소*라 할지라도, 폐하의 장교들로서 우리가 가진 의무는 그에 못지않게 자연스러운 영역 속에 놓여 있지 않겠소? 그런 진실이 아주 하찮게 여겨진다 할지라도 폐하의 장교로 임명받은 이상, 우리는 가장 중요한 사항들에서는 타고난 자주적 행위자로서의 권리를 포기해야 하오. 적에게 선전포고를 할 때 국가가 장교인 우리들과 먼저 상의하고 나서 그렇게 하나요? 우리는 그저 명령을 받고 싸울 뿐이오. 설사 우리가 판단하기에 그 전쟁을 하는 게 옳다고 여겨지더라도 그건 우연의 일치에 불과해요. 다른 상황들에서도 마찬가지요. 지금의 경우도 그렇고. 지금 진행하는 절차에 따라서 내려질 판결에 대해서 생각해 봅시다. 판결을 내리는 주체가 우리를 통해서 작동하는 군법이지, 우리 자신들은 아니지 않소? 우리는 그 법이나 그 법의 엄정함에 대해 아무 책임이 없어요. 우리가 서약을 통해서 지고 있

---

* 우주의 4대 원소 중의 하나.

는 책임은 이런 거요. 그 법이 어떤 경우 제아무리 무자비하게 작용한다 할지라도 우리는 그 법을 고수하고 법대로 시행해야 하오.

그런데 이 사건에서 예외적인 요소가 여러분의 마음을 흔들고 있어요. 내 경우에도 역시 그렇고. 하지만 따뜻한 가슴이 냉철해야 할 머리를 배반하게 하지는 말아요. 뭍에서 다뤄지는 형사사건에서 올곧은 판사가 판사석을 떠날 때 피고인의 다정다감한 친척 여인이 다가와 팔을 붙잡고 울고불고 탄원하는 걸 과연 허용해 줄까요? 여기에서 가슴, 남성 속의 여성은 그 가련한 여성과도 같아요. 가혹한 일이 되기는 하겠지만 여기에서 우리는 그 여자가 접근하지 못하게 막아야 하오."

그는 말을 멈추고는 그들의 얼굴을 주의 깊게 살펴보다가 다시 말을 이었다.

"하지만 귀관들의 표정을 보니, 여러분의 내면에서는 가슴뿐만이 아니라 양심, 곧 개인적인 양심도 움직이고 있다고 역설하는 것 같군. 그러나 우리 같은 위치에 있는 사람들의 입장에서 볼 때, 과연 우리의 사적인 양심이 법전 속에 명문화되어 공적인 진행을 좌우하는 제국의 양심을 따르지 말아야 할까요? 어떻게 하는 것이 옳은지 말해 봐요."

이 대목에서 세 사람은 대령의 주장에 설득된 것이 아니라 혼란스러워져서, 그리고 내면의 자연 발생적인 갈등으로 심란해져서 자리에 앉은 채로 몸을 이리저리 움직였다.

대령은 그것을 알아채고 잠시 말을 멈췄다. 이윽고 그는 갑자기 논조를 바꾸면서 말을 계속했다.

"우리의 마음 자세를 좀 더 굳건히 하기 위해 사실들로 되돌아가 보기로 합시다. 전시의 해상에서 전함에 탄 한 수병이 상관을 가격해서 죽음에 이르게 했어요. 그 결과는 둘째치고, 우선 가격 그 자체만도 전쟁에 관한 법조문에 따르면 중범죄에 해당돼요. 게다가,"

해병 중대장이 감정적인 동요를 이기지 못하고 대령의 말을 중간에서 끊었다. "아, 함장님, 한 가지 의미에서는 그 말씀대로입니다. 하지만 버드는 분명 폭동을 일으키려고 하지도 않았고, 살인을 하려고도 하지 않았습니다."

"맞아, 그렇게 하려고 하지 않았지. 군법회의보다 덜 독단적이고 더 자비로운 법정에서라면 그런 탄원을 크게 참작해 줄 거요. 가장 최근의 판례에서는 무죄가 선고되었고. 한데 여기에서는 어떻게 해야 할까? 우리는 반란조례* 규정에 따라서 재판을 진행하도록 합시다. 이 조례는 아이가 아버지의 생김새를 닮는 것 이상으로 그것의 정신적인 아버지 격인 전쟁을 닮았어요. 군인으로 복무하는 이들, 특히 이 배의 수병들 중에는 본인들의 뜻과는 상관없이 강제로 동원되어 폐하를 위해 싸우는 사람들이 있어요. 내가 알고 있는 한 이것은 그들의 본심에 반하는 행동이오. 우리 중 몇몇은 동료 인간으로서 그들의 입장을 이해해 줄 수도 있지만, 해군 장교들인 우리에게는 그런 입장 따위가 무슨 상관이 있겠소? 적들의 경우에는 더더욱 그럴 테지. 적들은 강제징집 된 사람이건 지원병이건 상관하지 않고 똑같이 쳐 죽이려 들 거요. 그리고 적의 징집병들 중 일부는 국왕을 시해한 프랑스 집정부**를 우리만큼 혐오할지도 몰라요. 한데 전쟁은 단지 정면, 혹은 외관만 봐요. 그리고 전쟁의 아들인 반란조례는 아버지를 따라가요. 그 조례의 목적에 비춰 볼 때 버드에게 의도가 있었느냐 없었느냐 따위는 아무 문젯거리가 되지 않아요.

* 영국군 내에서의 폭동과 탈주를 방지하기 위해 1689년에 제정된 조례.
** 루이 16세를 처형한 뒤 프랑스 군주제를 대신해서 들어선 5인 통령정부.

그러나 여러분은 여러 가지 우려와 불안감으로 문제를 복잡하게 만들고 있고, 나로서는 그런 심정을 존중해 줄 수밖에 없어요. 그 바람에 이상하게도 우리는 약식으로 끝내야 할 절차를 오래 끌고 있죠. 한데 나는 같은 말을 반복할 뿐이오. 적들이 곧 나타나 교전이 벌어질 수도 있어요. 우리는 결단을 내려야 해요. 둘 중의 하나를 선택해야 해요. 유죄 판결을 내리든지, 석방해 주든지."

"유죄를 입증할 수 없는데도 형벌을 경감해 줄 수 없는 건가요?" 항해장이 물었다. 그는 처음에는 주저하다가 이 대목에서 발언을 했다.

"여러분, 이 상황에서 그렇게 하는 것이 명백히 합법적이라 해도, 그런 자비로운 조처가 어떤 결과를 낳을지 한번 살펴보도록 합시다. 사람들*은 그들 나름의 고유한 감각을 갖고 있어요. 그들 대부분은 우리 해군 관례와 전통에 익숙한 사람들이오. 그런 사람들이 과연 우리의 관대한 조처를 어떤 식으로 받아들일까? 여러분은 그들에게 자세히 설명해 줄 수도 있을 거요. 우리의 공적인 위치가 그것을 금하고 있긴 하지만. 그들은 오랫동안 독단적인 규율에 틀이 있는 사람들이라 제대로 이해하고 판별할 수 있는 현명한 반응 양식 같은 것을 갖고 있지 않아요. 공고를 통해 자세히 설명해 준다 해도, 그들에게 앞돛대 망꾼의 행위는 하극상이라는 극악한 행위의 형태로 자행된 명백한 살인으로 받아들여질 거요. 그들은 그것에 어떤 형벌이 따르는지 잘 알고 있어요. 그런데 그런 형벌이 떨어지지 않은 거요. 어째서 그럴까? 그들은 곰곰이 생각할 거요. 여러분은 뱃사람들이 어떤 사람들인지 알고 있어요. 그들은 최근 노어에서 일어난 폭동을 떠올리지 않을까? 당연

* 이 배의 수병들을 뜻한다. [원주]

히 그러겠지. 그들은 그 폭동이 영국 전역을 강타한 근거 있는 충격과 공포를 잘 알고 있어요. 그들은 여러분의 자비로운 판결을 소심한 판결로 간주할 거요. 그들은 우리가 자기네들에게 겁을 집어먹고 자기네를 두려워해서, 이 사건이 새로운 분란을 불러일으킬까 봐 이 중대한 시기에 특히 더 필요한 엄정한 법 집행을 꺼린다고 생각할 거요. 그런 억측을 하게 만드는 것이 우리에게 얼마나 수치스러운 일이며, 또 규율과 기강에 얼마나 치명적인 결과를 빚어내겠소. 귀관들은 내가 의무와 법을 따르려는 마음을 갖고서 확고부동하게 어느 방향으로 나아가고 있는지 잘 알 거요. 그러나 내 친구들이여, 간곡하게 당부하건대 부디 나를 나쁘게 생각하지 말아 줘요. 나는 이 불운한 아이에게 귀관들과 똑같은 감정을 갖고 있어요. 한데 그 아이도 우리 마음을 알고 있었소. 나는 그 아이가 너그러운 천성을 타고난 아이라서 우리가 군사적 필연성 때문에 본인에게 중형을 선고하는 것에 대해서조차도 너그럽게 받아들여 주리라 생각하오."

말을 끝내고 나서 그는 결정내리는 일을 세 사람에게 맡겨 두고 갑판을 가로질러 둥근 창 곁 자기 자리로 돌아갔다. 세 사람은 함장실 반대편에서 곤혹스러운 심경에 휩싸여 조용히 앉아 있었다. 왕의 명백하고도 실질적인 신하들은 비록 마음속으로는 비어 대령이 제시한 몇 가지 관점들과 의견을 달리했지만, 자기네가 진지하고 성실하다고 여기고 있고 계급상으로 상관이자 정신적으로도 우월하다고 여기는 사람에게 맞설 만한 능력이 없었고 또 그럴 마음도 거의 없었다. 그러나 그의 말이 그들에게 미치는 영향이 없지 않았지만, 마음 깊이 가닿았던 것 같지는 않다. 그보다는 오히려 마지막에 한 말들이 해군 장교인 그들의 본능에 호소하는 면이 더 컸을 것이다. 함장은 당시 함대의 뒤

숭숭한 분위기를 고려해 볼 때 그 사건이 규율에 미칠 실질적인 영향력을 암시하면서, 한 수병이 배에서 상관을 폭력으로 살해한 것은 신속한 처벌을 요하는 중죄이며, 이것에 대한 정상참작 같은 것은 생각하지 말아야 할 것이라는 뜻을 밝혔다.

그들은 아마 1842년 미국의 쌍돛대 전함 소머스호 함장의 결정에 영향을 미친 불안하고 초조한 마음 상태와 다소 비슷한 어떤 심경에 빠져들지 않았을까 싶다. 그 결정이 평화 시에, 그리고 본국에서 그리 멀리 떨어지지 않은 해역에서 내려지기는 했지만 말이다. 당시 소머스호의 함장은 영국의 반란조례를 모델로 삼아 만든 이른바 육해군조례를 근거로 해서 한 수습 장교와 두 명의 수병을 그 배를 탈취하려고 기도한 항명자들로 간주하고 배에서 처형하기로 결정했다. 그 후 뭍에서 소집된 해군 심리법정은 이 결정이 정당하다고 인정해 줬다. 여기서는 아무 논평 없이 그저 그런 역사적 사실만을 인용하고 넘어가기로 하자. 사실 소머스호가 처한 상황과 벨리포텐트호가 처한 상황은 달랐다. 하지만 충분한 근거가 있든 없든, 두 함장 모두가 절박한 위기감을 느꼈다는 점에서는 아주 비슷했다.

세상에서 아는 이가 거의 없는 한 작가*는 이렇게 말했다. "전쟁이 끝나고 나서 40년이 흘렀을 때 비전투원인 사람이 그 전쟁에서 어떻게 싸워야 했는지를 두고 이런저런 추론을 하기는 쉽다. 한데 자욱한 포연이 앞을 가리는 가운데 개인적으로 전투를 지휘한다는 것은 전혀 다른 문제다. 현실적이고 도덕적인 고려 사항들을 포함하고 있으며 신속하게 행동하는 것이 꼭 필요한 다른 비상사태들의 경우에도 사정

---

* 멜빌 자신을 뜻한다.

은 마찬가지다. 안개가 짙을수록 기선이 위험에 처할 가능성은 더 높아지며, 빠르게 내달리는 모험을 하는 와중에 누군가가 쓰러진다 할지라도 속도를 높여야 한다. 아늑한 선실에서 카드놀이를 하는 이들은 군함다리에서 잠도 못 자고 일하는 이가 지고 있는 책임에 관해서는 거의 생각하지 않는다."

요컨대 빌리 버드에게는 정식으로 기소한 뒤 활대 끝에 매달아 교수형에 처하라는 선고가 떨어졌다. 선고가 떨어진 때가 밤 시간이었으므로 형은 이튿날 새벽당직 시간에 집행하기로 했다. 그런 경우, 관례화된 다른 방식으로는 판결이 떨어지자마자 즉시 형 집행이 이루어지는 일도 있었다. 전시에 육지나 바다에서는 약식 군법회의에 의해서 사형이 언도될 경우 판결이 떨어지기가 무섭게 항소할 기회도 주지 않고 형 집행이 이루어진다. 육지에서는 가끔 장군의 고갯짓 하나로 판결이 내려지기도 한다.

22

비어 대령은 재판 결과를 피고에게 전하러 가겠다는 뜻을 밝힌 뒤 빌리가 감금된 방으로 가서 지키고 있던 해병에게 잠시 물러나 있으라고 명령했다.

판결 내용에 관한 대화 외에 이 면담에서 어떤 일이 일어났는지에 대해서는 알려진 것이 전혀 없다. 그러나 그 방에서 단둘이 맞대면한, 원래부터 우리 자연의 아주 드문—교양 높은 일반인들이 볼 때도 거의 믿을 수 없으리만치 희유한—특성을 공유하고 있는 두 사람의 성격에 비추어 볼 때, 어느 정도의 추측을 해 보는 것이 가능할 것이다.

만일 비어 대령이 이때 사형 선고를 받은 사람에게 아무것도 감추지 않았다면, 그런 판결이 떨어지는 데 그 자신이 한 역할과 아울러 그 동기를 참으로 솔직하게 털어놓았다면, 그것은 그의 정신과 일치하는 것이었으리라. 빌리 쪽에서도 대령과 비슷한 정신을 갖고서 그런 고백을 받아들였을 공산이 크다. 빌리는 대령이 자기를 그렇게 허심탄회하게 대해 준 것 속에 함축되어 있는, 자기에 대한 깊은 신뢰에 크게 기뻐하고 감사했을 것이다. 판결 그 자체에 대해서도 역시 그렇다. 빌리는 대령이 자신을 죽는 것을 두려워하지 않을 사람으로 여기고 그 사실을 전해 줬다는 것을 느끼지 못했을 리가 없다. 아마 그랬을 공산이 크다. 결국 비어 대령은 자제심이 강하고 냉담해 보이는 겉모습 속에 숨어 있는 뜨거운 애정을 드러내기까지 했을지도 모른다. 그는 빌리의 아버지뻘이 될 만큼 나이 먹은 사람이었다. 군인의 의무에 엄격하게 헌신해 온 그 사람은 우리의 형식화된 인간성 속에 남아 있는 원초적인 요소 속에 자신이 다시 녹아들어 가도록 가만 내버려 둔 끝에 결국은 빌리를 가슴에 끌어안았을지도 모른다. 야훼의 가혹한 명령에 따라 결연하게 이삭을 희생 제물로 바치기 직전에 아브라함이 했을 법한 그런 행동을.* 하지만 여기에서 나름대로 설명해 보려고 시도한 것과 유사한 상황에서, 위대한 자연의 좀 더 고귀한 유형에 속하는 두 사람이 끌어안은 그런 성스러운 의식에 관해서는 알려진 바가 거의 없어서 이야기할 것이 없다. 그 생존자에게는 그 순간과 관련된 신성불가침한 프라이버시가 존재한다. 각자의 성스러운 아량에 따른 귀

* 『창세기』 22장 1~8절.

결이 섭리에 의해 모든 것을 아우르는 성스러운 망각이.

그 방을 막 떠난 비어 대령과 처음 맞부딪친 사람은 그보다 더 나이든 갑판 장교였다. 그가 본 그 얼굴, 그 순간 그 강인한 사람이 드러낸 고통 어린 표정은 쉰 살 먹은 장교에게도 놀라운 광경이 아닐 수 없었다. 그런 판결이 떨어지는 데 주된 역할을 한 사람보다 사형수가 덜 고통스러워했다는 것은 앞으로 반드시 언급해야 할 장면에서 터져 나올 축복의 외침으로 분명하게 드러날 것이다.

23

짧은 시간 간격을 두고 빠르게 이어진 여러 사건들에 대해서 적절히 서술하려면 적지 않은 시간이 소요될 것이다. 그런 사건들을 더 잘 이해하는 데 필요한 설명이나 논평을 하려면 특히 더 그럴 것이고. 살아서 함장실을 떠나지 못한 사람이 그 방으로 들어간 시간과 사형 선고를 받은 사람이 그 방을 떠난 시간 사이, 이에 더해 바로 앞에서 설명한 둘만의 비밀 면담이 끝날 때까지의 시간은 한 시간 반이 채 되지 않았다. 하지만 그것은 그 배의 적지 않은 수병들 사이에서 선임위병 부사관과 그 수병을 함장실에 붙잡아 둘 만한 일이 무엇인가에 관해서 여러 가지 추측을 불러일으키기에는 충분히 긴 시간이었다. 포열갑판들과 위갑판들에서는 두 사람이 함장실에 들어가는 걸 목격하기는 했는데 나오는 것은 보지 못했다는 소문이 널리 퍼졌기 때문이다. 전함 수병들은 어느 면에서 마을 사람들 같은 데가 있어서 외적인 모든 움직임뿐만 아니라 움직임이 없는 것까지도 현미경으로 들여다보듯 죄다 꿰고 있었다. 그러므로 폭풍우가 일 기미가 전혀 보이지 않는 두 번째 반당직 시간에 모든 수병을 집합시켰을 때, 그런 상황에서 그 시각에 전 수병을 소집한 것이 드문 일이 아니기는 했지만 수병들은 특별한 어떤 발표가 나오리라고 예상하고 있었다. 그들은 그 발표가 두 사람이 평소 머물곤 했던 곳에서 계속 모습을 보이지 않는 것과 어떤 연관이 있을 것이라고 추측했다.

그때 바다는 평온했다. 만월에 가까운 달이 갓 떠올라 고정된 시설물들과 움직이는 사람들의 그림자가 선연하게 드리워진 곳들을 제외한 하얀 경輕갑판 전체를 은빛으로 물들이고 있었다. 선미갑판 양쪽에는 무장을 한 호위 해병들이 도열해 있었다. 비어 대령은 상급 장교 전원에게 둘러싸여 있는 자리에서 수병들에게 연설했다. 그렇게 할 때 그는 그 배에서 최고의 지위에 있는 사람에게 딱 어울리는 태도를 보여 줬다. 그는 수병들에게 함장실에서 일어난 사건을 분명한 말로 간결하게 이야기해 줬다. 선임위병 부사관이 죽었고, 그를 죽인 수병은 이미 즉결재판에 회부되어 사형을 선고받았으며, 처형은 이튿날 새벽당직 시간에 시행될 것이라고. 그의 말 속에 '폭동'이라는 단어는 들어 있지 않았다. 그는 그 시간을 규율 유지에 관한 지루한 설교를 할 기회로 삼는 일도 삼갔다. 아마 현재의 상황 아래 해군에서 규율을 해친 결과는 굳이 말을 하지 않더라도 이미 분명하게 드러났다고 생각해서 그랬을 것이다.

수병들이 꿀 먹은 벙어리처럼 묵묵히 서서 함장의 발표를 듣고 있는 광경은 광신자들이 교회에 앉아서 칼뱅주의의 원리를 발표하는 목사의 말에 귀 기울이는 광경과 비슷해 보였다.

그러나 함장의 말이 끝나자 당황해서 웅얼거리는 소리들이 터져 나

438

왔다. 그 웅성임은 점차 더 높아지기 시작했다. 그때 갑판장과 그의 동료들이 일제히 불어 대는 요란한 호각 소리에 그 소란은 거의 즉각 진압되었다. 각자 자신이 맡은 자리로 돌아가라는 명령이 떨어졌다.

클래거트의 시신을 수장할 준비를 하는 일은 그의 가까운 동료들인 몇몇 부사관들에게 맡겨졌다. 이 대목에서 사건의 결말을 곁가지에 해당하는 것들로 가로막지 않도록 하기 위해, 선임위병 부사관은 적당한 시각에 계급에 걸맞은 장례식과 함께 바다에 수장되었다는 이야기를 덧붙이는 게 좋을 것 같다.

그 비극에서 비롯된 모든 공적인 조처들에서처럼 이런 조처도 역시 관례를 엄격하게 따랐다. 클래거트의 시신이나 빌리 버드의 신병을 다룰 때 추호도 관례에서 어긋난 점이 없었다. 이는 하나같이 관례에 심하게 집착하는 사람들인 그 배 사람들, 특히 수병들이 바람직하지 않은 생각이나 추측을 하지 않게끔 하기 위해서였다. 그와 비슷한 이유로 비어 대령과 사형 선고를 받은 수병은 그 전에 두 사람이 만난 이후 다시는 접촉도, 대화도 하지 않았다. 그 수병은 이제 처형 전에 이루어지는 예비적인 일반 관례를 따라야 했다. 그는 특별히 눈에 띌 만큼 삼엄한 경계 없이 초병의 호위하에 함장실에서 이송되었다. 장교들이 바람직하지 않다고 여길 만한 쓸데없는 짐작이나 추측들이 가급적 나오지 않게 하는 것이 전함에서의 암묵적인 규칙이다. 어떤 종류의 말썽이 참으로 우려될수록 장교들은 드러나지 않게 경계 태세를 강화하기는 해도, 그런 우려는 더욱더 속에 감추곤 한다. 지금의 예에서 죄수를 지키는 초병은 군목을 제외하고는 아무도 그와 이야기를 나누지 못하게 하라는 엄격한 명령을 받았다. 그리고 이런 명령이 철저히 시행되도록 하기 위한, 그리 요란하지 않은 몇 가지 조처가 취해졌다.

24

구형 전함에서 위포열갑판으로 알려진 갑판은 경갑판으로 덮인 곳이며, 이 무렵 경갑판에 포가 없지는 않으나 대체로 비바람에 노출되어 있었다. 대체로 어느 시각에서나 그곳에서 잠자는 수병들은 없었다. 수병들은 아래포열갑판과 숙소갑판에서 잤다. 숙소갑판은 커다란 공동 침실일 뿐만 아니라 수병들의 짐을 갖다 놓는 공간이기도 해서 그 양옆에는 수병들의 사물을 보관하는 대형 궤, 혹은 이동식 공간들이 줄지어 늘어서 있었다.

빌리 버드는 벨리포텐트호 위포열갑판 우현 쪽에서 양옆으로 포들이 일정한 간격을 두고 늘어서 있는 포열들로 이루어진 만灣 같은 공간들 중의 하나에서 초병의 감시 아래 쇠사슬에 묶인 채 누워 있었다. 포는 모두 그 시절의, 육중한 대구경 대포들이었다. 목재 포가에 탑재된 포들에는 아래쪽의 거추장스러운 장치들과 포신을 끌어낼 때 쓰는 강력한 사이드도르래들이 어지럽게 장착되어 있었다. 대포와 포가, 머리 위의 고리들에 걸려 있는 긴 꽂을대와 그보다 짧은 도화간*들은 모두 관례에 따라 검은색으로 칠해져 있었다. 굵은 밧줄로 된 포삭**도 역시 장의사의 옷처럼 검은 색깔이었다. 이런 주위 사물들의 장례식 색조와는 대조적으로, 웅크려 누워 있는 수병의 겉옷들, 곧 군데군데 더럽혀진 하얀 점퍼와 하얀 즈크 바지는 산지의 동굴 어귀에 4월 초까지 남아 있는 변색된 눈밭처럼 이 공간의 침침한 빛 속에서 희미하게 빛나고 있었다. 사실 그는 이미 수의를 입고 있는 것이나 다름없었다.

* 포탄을 집어넣고 발사하는 데 쓰는 도구.
** 포를 쏠 때 포의 반동을 막기 위한 밧줄.

수의의 역할을 해 줄 옷을 걸치고 있었으니까. 그의 머리 위에는 두 개의 군용 랜턴이 위갑판을 떠받쳐 주는 두 개의 육중한 빔에 걸려 흔들리면서 그를 희미하게 비추고 있었다. 전쟁 도급업자들—정직한 방식이든 아니든, 모든 나라에서 그들이 그 죽음의 수확을 통해 돈을 번다는 사실은 으레 예상할 수 있는 일이다—이 공급해 준 기름이 채워진 랜턴들은 가물거리는 칙칙한 노란빛을 흩뿌리며 희미한 달빛을 오염시키고 있었다. 그것들이 발산하는 빛은 나무 마개로 포신을 막아둔 대포들이 돌출해 있는 열린 현창들을 통해서 조각난 형태로 비쳐 들어온 달빛과 싸우고 있었지만 역부족이었다. 여기저기 늘어져 있는 다른 랜턴들은 두 줄의 포열에 의해서 생겨난 침침해 보이는 긴 통로에서 가지를 친 작은 고해실이나 성당의 부속 예배실처럼 보이는, 좀 더 희미한 만들을 드러나게 하는 역할만 했다.

그때 멋쟁이 선원이 누워 있는 갑판 풍경은 그러했다. 그의 장밋빛 안색에서 창백한 빛은 찾아볼 수 없었다. 그 장밋빛은 그가 바람과 햇빛에서 여러 날 격리되어야 비로소 사라질 것이다. 그러나 각진 부분의 광대뼈는 따뜻한 색조의 피부 밑에서 이제 막 그 윤곽을 보일락 말락 하게 드러내기 시작하고 있었다. 선창 속에서 은밀하게 일어난 불이 면화 꾸러미를 다 태워 버리듯이, 얼마간의 짧은 경험들이 자족적인 뜨거운 심장 속에서 세포 조직들을 먹어 치우고 있었다.

그러나 운명의 사악함에 물린 것처럼 두 대포 사이에 누운 빌리의 고뇌, 주로 고결한 젊은 가슴이 일부 인간들 속에서 활개 치는 악마적 속성을 생전 처음 경험한 데서 비롯된 고통의 긴장감은 이제 끝났다. 그것은 비어 대령과의 독대에서 맛본 치유의 힘 덕에 말끔히 사라졌다. 그는 몽환 속에 빠져든 것처럼 꼼짝하지 않고 누워 있었다. 앞에서 언급한 그의 어린 표정은 요람 속에서 선잠을 자고 있는 아기의 표정, 밤중에 고요한 방에서 따듯한 난로의 붉은빛이 이따금 한 번씩 양뺨에서 신비롭게 나타났다 사라지곤 하는 보조개에서 어른거리는 아기의 얼굴을 닮았다. 쇠고랑을 찬 사람의 몽환 상태 속에서 두서없이 일어나는 추억이나 꿈에서 태어난 고요하고 행복한 빛이 때때로 그의 얼굴에 번져 나갔기 때문이다. 그런 빛은 잠시 이울었다가 다시 피어나곤 했다.

군목은 그를 보러 왔다가 그런 그의 얼굴을 보고, 또 그가 자신이 와 있는 것을 알았다는 어떤 조짐도 보이지 않자 한동안 그를 지켜보다가 살며시 그 곁을 떠났다. 아마 그는 자신이 마르스로부터 봉급을 받고 있는 처지이기는 하지만* 그래도 명색이 기독교 목사인데 방금 목격한 그 표정을 넘어설 만한 깊은 평화를 안겨 줄 수 있는 어떤 위안거리도 갖고 있지 못하다고 느껴서 그랬을 것이다. 하지만 한밤중에 그는 다시 왔다. 그리고 죄수는 이제 잠에서 깨어나 목사가 다가오는 것을 알아채고 정중하게, 즐거워하는 것에 가까운 얼굴로 그를 맞아 줬다. 그 뒤에 이루어진 면담에서 그 선한 사람은 빌리 버드에게 새벽이 오면 필연코 죽게 되리라는 성스러운 진실을 일깨워 주려고 했지만 그것은 하릴없는 짓에 불과했다. 빌리는 자신의 죽음이 임박했다는 이야기를 아무 거리낌 없이 입에 올렸다. 하지만 그것은 관과 문상하는 사람들이 있는 장례식 놀이를 하는 아이들이 일반적인 죽음에 관해서 이야기하는 방식과 비슷했다.

빌리에게 아이들처럼 죽음이 진실로 무엇인가를 이해할 능력이 없

* 마르스는 로마 신화에 나오는 군신으로, 여기에서는 내각의 전쟁부를 상징한다.

는 것은 아니었다. 전혀 그렇지 않았다. 다만 그에게는 죽음에 대한 비합리적인 두려움이 전혀 없을 뿐이었다. 모든 면에서 때 묻지 않은 자연에 더 가까운, 이른바 야만 사회보다 고도로 문명화된 사회에서 죽음에 대한 두려움은 더 널리 퍼져 있었다. 그리고 다른 데서 언급했던 것처럼 빌리는 근본적으로 야만인이었다. 비록 이 시대의 옷차림을 하고 있긴 했지만, 게르마니쿠스*가 로마에서 개선식을 할 때 함께 행진해 가게 한 빌리의 동족인 영국인 포로들, 살아 있는 전리품들과 아주 비슷한 존재였다. 그 후대의 야만인들, 적어도 명목상으로나마 기독교로 개종했다고 하는 초창기 영국인들 중에서 정선되어 로마로 보내진 이들(오늘날에는 동인도나 서인도 제도의 개종자들을 런던으로 보낼 것이다), 아마도 주로 젊은이들 위주로 구성된 야만인들과 비슷한 존재. 그 당시 교황은 이탈리아인들과는 아주 다른 그들의 기이하다고 할 만큼 아름다운 모습, 혈색 좋은 깨끗한 얼굴, 부드럽게 소용돌이치는 금발에 감탄하면서 "앵글스Angles,** 저 사람들을 앵글스라고 부른다고? 저들이 꼭 천사들angels같이 생겼기 때문인가?"라고 소리쳤다. 만일 후대에 그런 일이 벌어졌다면, 사람들은 교황이 프라 안젤리코의 천사들을 떠올렸을 것이라고 생각했으리라. 그 천사들 중에서 헤스페리데스의 황금 사과밭에서 사과를 따고 있는 천사들은 빼어나게 아름다운 영국 처녀들의 연한 장미 꽃봉오리를 닮은 안색을 갖고 있다.

만일 그 선한 목사가 묘석 같은 데 새겨진, 두개골에 두 개의 대퇴골을 십자 모양으로 교차시킨 형태로 전달되는 것과 비슷한 죽음의 개

---

* 고대 로마 티베리우스 황제의 양자로 인기 있었던 장군.
** 여기에서 파생된 현대식 용어 English를 뜻하는 단어. [원주]

넘들로 그 젊은 야만인을 감화시키려고 시도하는 것이 헛된 짓이라고 한다면, 구원과 구세주의 개념을 그에게 심어 주려는 노력 역시 어느 모로 봐도 쓸데없는 짓이었다. 빌리는 목사의 말을 경청했다. 하지만 외경심이나 존경심에서가 아니라 타고난 예의 바른 마음가짐 때문이었다. 그의 마음 밑바탕에서는 분명 목사의 설교를 대부분의 수병들이 추상적인 설교, 이 뻔한 세상의 아주 평범한 말투로 전해지는 설교를 받아들이는 것과 비슷한 방식으로 들었을 것이다. 군목의 설교를 받아들이는 이 수병의 방식은 오래전 열대 섬들에서 우수한 야만인, 곧 이른바 쿠크 선장 시대나 그 직후의 타히티인이 초월적인 기적들로 가득한 기독교 입문서를 받아들이던 방식과 크게 다르지 않다. 그는 타고난 공손한 태도로 받기는 했지만 써먹지는 않았다. 그것은 펼쳐진 손바닥에 놓인 선물과도 같았다.

그러나 벨리포텐트호의 군목은 선한 마음에서 우러난 양식을 갖춘 분별 있는 사람이었다. 그리하여 그는 목사라는 입장에서 자기주장을 밀어붙이지 않았다. 한 대위는 비어 대령의 의뢰를 받고 빌리에 관한 거의 모든 사실을 그에게 알려 줬다. 그리고 그는 죄 없음이 정의의 심판을 받을 종교보다 훨씬 더 낫다고 생각했기에 마지못해 물러났다. 그러나 영국인으로서 생전 처음으로 이상한 행동을 했다는 기분이 없지 않았다. 그런 상황에서 정상적인 성직자라면 그런 기분이 훨씬 더 했을 것이다. 군목은 허리를 숙이고 군법회의에서 중죄인으로 낙인찍힌 동료 인간, 비록 죽음을 눈앞에 두고 있다고 해도 자기가 종교적 도그마에 굴복시킬 수 없는 사람의 하얀 뺨에 키스했다. 군목은 그렇게 행동했음에도 자신의 미래에 대해 아무 걱정도 하지 않았다.

젊은 수병이 본질적으로 무죄임을 잘 알게 되었음에도, 그 훌륭한 사람이 군대 규율의 희생자가 된 젊은이의 죽음을 막기 위해 손가락 하나 까딱하지 않은 것은 전혀 놀랄 만한 일이 아니다. 그렇게 하는 것은 그에 상응하는 벌을 자초하는 무익한 짓일 뿐만 아니라 갑판장이나 다른 해군 장교들의 직무와 마찬가지로 군법에 의해 규정된 본인의 직무 한계를 무모하게 넘어서는 짓이 될 수도 있기 때문이다. 단도직입적으로 이야기하자면, 군목은 전쟁의 신, 곧 마르스가 주인인 집에서 봉직하는 평화의 왕의 대행자다. 사정이 그러하니 그는 크리스마스 날의 제단에 놓인 머스킷 소총만큼이나 부조리한 존재다. 그렇다면 그는 왜 그곳에 있는가? 그는 대포가 입증해 주는 목적을 간접적으로 돕고 있기 때문에, 그리고 잔혹한 힘 외의 모든 것의 실질적인 폐기를 뜻하는 그 목적에 유약한 자들의 종교*의 재가를 해 주고 있기 때문에 그곳에 있다.

25

경갑판은 달빛으로 환했지만 그 아래 동굴 같은 갑판들, 석탄 광산 통로처럼 층층이 겹쳐진 갑판들은 캄캄했던 밤 시간이 이제 막 지나갔다. 그러나 물러가는 밤은 엘리사에게 망토를 떨궈 주고 불의 전차를 타고 하늘로 사라지는 예언자**처럼 그 엷은 겉옷을 움터 오는 여명에 넘겨줬다. 온화하고 수줍은 빛이 동녘에 나타났다. 동녘에는 양털 같은 엷은 수증기가 하얀 고랑을 이루고 넓게 펼쳐져 있었다. 빛이

* 기독교를 뜻한다.
** 『열왕기하』 2장 11~13절.

서서히 밝아졌다. 갑자기 선미에서 여덟 개의 종이 울렸고, 배 앞쪽에서 그보다 더 큰 종소리가 그에 화답했다. 새벽 4시였다. 즉시 전 장병들을 형 집행 장소로 소집하는 여러 개의 호각 소리가 울려 퍼졌다.

아래에서 당직을 서고 있던 수병들이 육중한 포탄 선반들에 둘러싸인 대형 승강구들을 통해 쏟아져 나와 이미 갑판에서 당직을 서던 이들과 뒤섞였다. 그들은 대형 함재정과 그 양옆으로 층층이 늘어선 검은 아래활대들이 차지하고 있는 공간까지를 포함한, 주돛대와 앞돛대 사이의 공간에 넓게 퍼져 나갔다. 함재정과 활대들은 포수들과 그보다 더 젊은 수병들이 올라가서 구경하기에 좋은 공간들이 되어 줬다. 전함급 배에서는 규모가 제법 큰, 바다의 발코니라고 할 수 있는 장루의 난간에는 장루 당직자들 한 무리가 기대서 아래에 모인 군중을 내려다보고 있었다. 젊은이, 나이 든 사람을 막론하고 낮게 소곤거리기나 할 뿐 말을 하는 이는 거의 없었다. 거기 모인 장교들의 중심인물인 비어 대령은 배의 전면을 향하고 있는 선미루 갑판의 넓게 트인 부분 근방에 서 있었다. 그의 바로 아래 선미갑판에서는 완전 무장을 한 해병들이 전날 밤에 그가 사건에 대해 공표할 때처럼 양쪽으로 길게 도열해 있었다.

옛 시절의 해상에서 수병을 교수형에 처할 때는 대체로 앞돛대 맨 밑의 활대에서 했다. 현재의 예에서는 특별한 이유들이 있어 큰 돛대의 맨 아래 활대가 배정되었다. 이윽고 죄수가 그 활대의 한쪽 팔 밑으로 끌려왔고, 군목도 그 곁에 붙어 따라왔다. 이 마지막 장면에서 사람들은 그 선한 사람이 형식적인 의례를 따르는 모습을 거의 혹은 전혀 보이지 않는 광경을 목격했다고, 훗날 그렇게 전했다. 사실 그는 사형수와 짧은 이야기를 나누기는 했지만, 참된 복음은 그의 혀가 아니라

446

사형수에 대한 그의 표정과 태도를 통해서 전해졌다. 갑판 장교의 두 동료가 개인 자격으로 사형수를 위해 올려 주는 기도는 금방 끝났고, 죽음의 순간이 임박했다. 빌리는 선미 쪽을 향해서 섰다. 처형 직전에 나온 그의 말, 전혀 더듬지 않고 시원하게 터져 나온 몇 마디는 "비어 대령님께 축복을 내려 주소서!"였다. 목에 수치스러운 밧줄을 건 사람의 입에서 뜻밖에 터져 나온 몇 음절, 인습적인 기준으로 볼 때 중죄인인 사람이 장교들이 늘어서 있는 선미 쪽을 향해 외친 축복의 말, 새가 나뭇가지에서 막 날아오르면서 청아한 멜로디로 전해 준 것만 같은 몇 음절은 놀라운 효과를 불러일으켰다. 그런 효과는 통렬하도록 깊은 최근의 몇몇 체험을 통해서 영적으로 정화된 그 젊은 수병의 얼굴과 몸매가 지닌 빼어난 아름다움에 의해 더욱 증폭되었다.

어떤 의도도 없이, 말하자면 그 배의 모든 곳에 퍼져 있는 전 수병들이 마치 목소리의 형태를 띤 전류에 감전되기라도 한 듯이 일제히 한 목소리로 빌리의 외침에 공명하는 메아리를 토해 냈다. "비어 대령님께 축복을 내려 주소서!" 하지만 그 순간 그들의 마음속은 물론이요 시야에 존재하는 것은 오직 빌리 한 사람뿐이었을 것이다.

선연하게 들어온 그 외침과 그것에 반향하여 자연 발생적으로 터져 나온 우렁찬 메아리에 비어 대령은 금욕적인 자제심 혹은 충격에 가까운 격정에 의해서 유발된 일종의 일시적 마비 상태 속에서 병기창에 보관된 소총처럼 잔뜩 굳은 자세로 꼿꼿하게 서 있었다.

바람 불어 가는 쪽으로 기울었다가 느리게 몸을 일으키던 선체가 똑바른 자세를 회복했을 때, 마지막 신호, 사전에 타합된 무언의 신호가 떨어졌다. 바로 그때 동쪽에 낮게 걸린 양털 같은 수증기 구름은 신비로운 환상 속에 등장한 하느님의 양털*처럼 포근하고 아련한 영광

의 빛으로 가득했다. 그와 동시에 모든 사람이 고개를 치켜들고 지켜
보는 가운데 빌리의 몸이 솟아올랐다. 그 몸은 허공으로 솟구쳐 오르
면서 장밋빛 여명을 온몸으로 받아 선홍빛으로 물들었다.

그의 몸이 활대 끝에 이른 순간 움직임이 뚝 그치는 바람에 모두들
놀랐다. 온화한 날씨에 대포가 잔뜩 적재된 크고 육중한 선체가 느리게
흔들리는 여파로 생겨난 미미한 흔들림 외에는 어떤 움직임도 없었다.

26**

며칠이 지난 뒤 혈색이 좀 좋고 통통하게 살이 올랐으며 철학적인
깊이보다는 회계관답게 매사에 정확한 편인 장교는 군의관에게 바로
앞에서 언급한 기이한 현상을 두고 "그것이 의지력 속에 깃들어 있는
힘의 증거가 아니겠느냐"라고 말했다. 그러자 키 크고 여윈 몸집에 냉
소적이며, 친절함보다는 정중함에 더 가까운 태도와 아울러 신중하
고 날카로운 면이 있는 군의관은 이렇게 대답했다. "죄송합니다만 회
계관님, 과학적으로 시행된 교수형에서, 그것도 어떤 식으로 처형해야
할지를 제가 구체적으로 지시한 형 집행 과정에서, 처형이 끝난 뒤에
어떤 움직임, 곧 허공에 매달린 것에서 비롯된 어떤 움직임이 있었다
면, 그것은 근육 시스템에서의 기계적인 경련을 뜻하는 겁니다. 따라
서 그런 것이 없었던 원인을 마력馬力 탓으로 돌릴 수는 있어도 회계

* 『요한계시록』 1장 14절. "그분의 머리와 머리털은 양털같이 또는 눈같이 희었으며 눈은 불
꽃 같았고."
** 멜빌의 원고에서 이번 장에는 '여담'이라는 소제목이 붙어 있었다.

관님이 표현하신 의지력 때문으로 돌릴 수는 없습니다."

"하지만 이런 경우에서 군의관님이 말씀하신 그 근육 경련이라는 것이 다소간의 차이는 있겠지만 항상 일어나는 것이 아닐까요?"

"그건 그렇지요."

"그렇다면 이번 경우에 그런 것이 없었던 이유를 어떻게 설명하시겠어요?"

"이번에 일어난 그 기이한 현상에 대한 회계관님의 느낌과 제 느낌이 같지 않은 것은 분명합니다. 회계관님은 그것을 '의지의 힘'이라는 용어로 설명하시는데, 그것은 아직 과학 사전에 수록되어 있지 않은 용어입니다. 저는 현재 제가 가진 지식으로 그 현상을 설명할 수 있다는 식으로 주장할 생각이 전혀 없습니다. 우리는 버드의 몸이 마룻줄에 처음 닿았을 때, 버드의 심장이 그 절정의 순간에 일어난 특별한 감정으로 심하게 격동하면서 갑자기 작동을 그쳤다, 라는 식의 가정을 해 볼 수는 있습니다. 시계태엽을 조심성 없이 끝까지 감을 때 갑자기 줄이 탁 끊어지는 것처럼 말입니다. 한데 그런 식의 가정을 한다 해도 그 뒤에 이어진 현상은 어떻게 설명하면 좋을까요?"

"그렇다면 군의관님은 경련성 움직임이 없었다는 것이 놀라운 일이었다는 점을 받아들이시는군요."

"그런 움직임이 없는 원인을 곧바로 규정하기 힘든 현상이라는 의미에서는 좀 놀라운 일이었죠."

회계관은 끈질기게 파고들었다. "하지만 그 사람의 죽음이 목을 조른 밧줄 때문이었는지 아니면 일종의 안락사술* 때문이었는지 말씀해

---

* 편안하게 죽을 수 있는 기술.

주세요."

"안락사술이라는 건 회계관님이 말씀하신 '의지의 힘'과 같은 것이죠. 다시 죄송합니다만, 저는 과학적인 용어로서의 그것의 신빙성을 의심합니다. 그것은 가상적인 것인 동시에 형이상학적인 것이죠. 요컨대 그리스적인 것이란 말입니다. 한데……" 군의관이 갑자기 어조를 바꾸었다. "의무실에 제가 조수들에게 맡기고 싶지 않은 환자가 하나 있어서 죄송합니다만 이만 실례해야겠습니다." 그러면서 그는 식탁에서 일어나 정식으로 자리를 떴다.

27

처형 순간과 그 뒤에 이어진 한두 순간의 고요함, 규칙적으로 선체를 두드리는 파도 소리 혹은 키잡이의 눈이 잠시 딴전을 피우고 싶은 유혹에 빠지는 것에서 비롯된 돛의 펄럭임에 의해 더욱 증폭된 침묵은 말로 표현하기 어려운 어떤 소리 때문에 점차 균열이 생겨났다. 평원은 해가 쨍쨍한데 열대 산지에만 쏟아져 내린 폭우로 갑자기 격류가 골짜기를 타고 치달려 내려가는 소리를 들어 본 사람, 가파른 숲 사이로 격류가 처음 밀려 내려갈 때의 그 숨죽인 웅얼거림을 들어 본 사람이라면 이때 들리는 그 소리가 대략 어떤 소리인지 짐작할 수 있을 것이다. 그 소리의 진원지가 멀리 떨어져 있다는 느낌은 그 웅얼거리는 소리가 불분명해서였다. 사실 그 소리는 가까운 데서 날아왔다. 어쩌면 위가 열려 있는 갑판을 지나가는 사람들에게서 나오는 소리일 수도 있었다. 발음이 불분명했기에 그것은 뭍의 군중들이 흔히 그러하듯이 생각이나 느낌의 일시적인 급변을 뜻하는 것 이상의 의미를 가졌다고 보기는 어려웠다. 현재의 예에서는 빌리의 축복을 무심결에 따라 했던 사람들의 마음속에서 그런 축복의 말을 철회하고 싶다는 뜻을 함축한 소리일 수도 있다. 그러나 그 웅얼거림은 본격적인 외침으로 증폭될 시간을 채 얻기도 전에 전략적인 명령과 맞닥뜨렸다. 그 명령은 예기치 않은 순간에 갑자기 떨어졌기에 더 효과가 있었다. "갑판장, 호각을 불어서 우현 당직자들을 배치시켜."

갑판장과 동료들의 호각이 발하는 큰도둑갈매기의 외침만큼이나 날카로운 소리가 그 낮고 불길한 소리를 꿰뚫으면서 퍼져 나가자 그 소리는 대번에 가라앉았다. 수병들이 규율의 메커니즘에 굴복하면서 그곳에 모인 사람들의 숫자는 반으로 줄어들었다. 남아 있는 사람들 대다수도 활대 손질과 관련된 일시적인 일이나, 갑판에 있던 장교들이 그 기회를 이용해서 쉽게 맡길 만한 작업에 투입되었다.

선상에서 사형 판결에 뒤이어 나온 절차들은 서두름과 신속함의 중간쯤에 해당되는 빠른 속도로 이루어졌다. 그 배의 장의사들과 돛 깁는 이들은 빌리의 침대였던 해먹에 무거운 추를 매달아 돛천으로 된 관을 만드는 작업을 신속하게 끝마쳤다. 모든 준비가 완료되자, 앞에서 언급했던 바와 같이 전략적으로 이동시킨 선원들을 다시 장례식에 입회시켜야 했기에 부득이하게 전 수병에 대한 재소집 명령이 떨어졌다.

이 마지막 예식을 상세히 설명할 필요는 없을 것이다. 그러나 널빤지가 기울어지면서 거기에 실린 화물이 바닷속에 떨어지는 순간, 사람들이 내는 괴이한 웅얼거림이 또다시 들려왔다. 그리고 추가 달린 해먹에 감싸인 무거운 시신이 바닷속에 들어가면서 수면이 끓어오르는 광경에 사람들의 주의가 쏠렸을 때, 그 현장으로 쏜살같이 날아온 상당히 큰 바닷새들이 내는 또 다른 불분명한 소리가 그 웅얼거림과 뒤섞였다. 그 새들이 선체 아주 가까이에서 날아다니는 통에 수병들은 이중 관절로 연결된 앙상한 날개들이 삐걱거리는 소리를 들을 수 있었다. 배가 맑은 대기를 뚫고 항진해 가면서 시신이 떨어진 수면이 선미 쪽으로 밀려갔을 때도 새들은 넓게 펼친 날개들로 수면에 그림자를 드리우고, 날카롭고 요란한 장송곡을 부르며 여전히 그 주위를 맴돌았다.

옛사람들에 못지않게 미신적인 수병들에게, 자기네의 총아가 허공에 매달려 영면했다가 바닷속에 수장되는 모습을 목격한 수병들에게, 그 바닷새들의 행동은 범상치 않은 의미를 지닌 것이었다. 그것이 비록 먹이를 노리는 동물들의 단순한 행동이기는 했지만 말이다. 그들 가운데서 분명치 않은 어떤 움직임이 일어나기 시작했으며, 일부 사람들이 그 움직임에 휘말려 들었다. 하지만 지휘부에서는 그런 움직임을 오래 용납해 주지 않았다. 갑자기 북소리가 배 전체에 울려 퍼졌기 때문이다. 이 순간, 하루에 최소한 두 번 이상 울리는 익숙한 그 소리에는 단호한 의지 같은 것이 깃들어 있었다. 평범한 이들의 내면에서는 오래도록 유지된 참된 군기가 일종의 충동 같은 것을 불러일으키곤 하며, 공식적인 명령이 떨어졌을 때 그런 충동이 작동하는 양상은 신속함이라는 면에서 본능의 효과와 많이 닮아 있다.

그 북소리는 군중을 해산시켰다. 그들 대다수는 다른 갑판이 지붕 역할을 하는 두 포열갑판의 포열을 따라 사라졌다. 그 포열에서는 여느 때처럼 포병들이 각자 맡은 대포 곁에 꼿꼿이 서서 침묵을 지키고 있었다. 얼마 후 후갑판에서는 함장이 한쪽 팔 밑에 검을 차고 자기 자리에 서서, 검을 차고 그 아래 포들의 각 구역을 관장하는 대위들로부터 연이어 보고를 받았다. 마지막으로 보고한 대위는 함장에게 경례를 한 뒤 전체의 보고들을 종합하여 보고했다. 그 모든 일이 다 끝나기까지는 시간이 좀 걸렸다. 평소보다 한 시간 먼저 북을 치게 한 것은 바로 그런 형식들을 통해서 시간을 끌기 위해서였다. 관례에 그런 변화를 준 장본인은 바로 규율을 엄격하게 준수하기로 유명한 비어 대령 본인이었다. 그가 그렇게 한 것은 부하들의 일시적인 기분 상태라고 간주한 것 속에 함축되어 있는 색다른 행동 때문에 어쩔 수 없이 편법을 써야 했다는 것을 말해 준다. 그는 말하곤 했다. "형식들, 정연한 형식들은 인간에게 아주 중요하다. 수금으로 숲의 거주자들*을 매혹시켰다는 오르페우스의 이야기에 함축되어 있는 의미가 바로 이것이다." 그는 영국 해협 건너편에서 진행되는 형식들의 붕괴와 그로 인한 여러 가지 결과들에 대해서도 이런 논리를 적용한 적이 있었다.

이런 이례적인 소집 명령에 모든 수병들은 정해진 시간에 그렇게 했던 것처럼 움직였다. 후갑판의 군악대가 성가를 연주했고, 이어 군목이 관례적인 아침 예배를 주재했다. 예배가 끝나자 북소리를 통해 해산 명령이 떨어졌다. 규율과 전쟁의 여러 목적을 보조해 주는 음악적이고 종교적인 의식들로 순화된 수병들은 평소처럼 질서 정연한 태도로 각자에게 배정된 자리로 흩어졌다.

그리고 이제 한낮이 되었다. 낮게 걸려 있었던 양털 모양 수증기는 그것을 찬연하게 빛나게 해 준 태양의 기운에 의해 사라져 버렸다. 고요하고 청량한 주변 대기는 대리석 상인의 마당에서 아직 옮겨지지 않은, 잘 연마된 매끄럽고 하얀 대리석 블록 같았다.

* 동물, 나무, 바위 등.

순수한 픽션에서 성취할 수 있는 형식적 균형은 본질적으로 우화보다 사실과 더 깊은 관련성을 갖고 있는 이야기에서는 쉽게 이루기가 힘들다. 가차 없이 서술된 진실은 항상 거칠고 날카로운 모서리를 갖게 마련이다. 그러므로 그런 이야기의 결론은 건축의 마감장식보다 덜 완성된 형태가 되기 십상이다.

여기서는 대폭동의 해에 일어난 멋쟁이 선원의 일화를 충실하게 서술해 왔다. 그 일화는 당연히 그의 삶의 종말과 함께 끝나야 하지만, 후일담 형식의 이야기가 따라붙는다고 해서 부적절한 일이 되지는 않을 것이다. 그 후일담을 서술하는 데는 짧은 세 개의 장만으로도 충분할 것이다.

프랑스 집정부 치하에서는 왕년에 프랑스 왕조의 해군을 구성하고 있었던 배들의 이름을 전면적으로 바꿨으며, 그런 흐름 속에서 전함 생루이호는 '아테'*호로 바뀌었다. 그 혁명기의 함대에 속한 배들의 개명된 다른 이름들처럼 '아테'라는 이름은 프랑스 지배 권력의 이교도적인 대담성을 선연하게 드러내 주면서도 비록 의도하지는 않았겠지만 전함에 붙여진 이름들 중에서 가장 적절한 이름이었다. 데베스테이션,** 에레보스***를 비롯하여 전함들에 붙여진 이런 유형의 이름들보다는 분명 훨씬 더 적절했다.

앞에서 기록한 사건들이 일어난 기간 동안 벨리포텐트호는 단독으

---

* 무신론자. [원주]
** 황폐함, 참화.
*** 지옥. [원주]

로 순항하다가 영국 함대로 귀환하는 길에 바로 아테호와 우연히 맞닥뜨렸다. 곧이어 교전이 벌어졌으며, 비어 대령은 자기 배의 돌격대원들을 적함으로 뛰어들게 하기 위해 벨리포텐트호의 선체를 적함의 선체와 나란히 붙이려고 시도했다. 그 과정에서 대령은 적함의 대형 선실 창에서 발사된 소총 탄환에 맞았다. 총탄에 피격된 뒤 대령은 의식을 잃고 바닥에 쓰러졌고, 곧이어 몇 명의 부하들이 누워 있는 부상병용 선실로 후송되었다. 서열이 가장 높은 대위가 함장의 지휘권을 인계받았다. 그의 지휘하에 적함은 결국 나포되었으며, 배는 많은 부분이 파손되기는 했어도 드문 행운 덕에 교전이 벌어진 해역에서 그리 멀지 않은 영국령 항구 지브롤터에 무사히 입항했다. 거기에서 비어 대령은 다른 부상자들과 함께 뭍으로 후송되었다. 그는 며칠을 버텼으나 결국 죽음을 맞이했다. 불행하게도 그는 너무 일찍 쓰러지는 바람에 나일 해전과 트라팔가르 해전에는 참여하지 못했다. 그 철학적인 엄정함에도 불구하고 내면 깊은 곳에서는 모든 열정 중에서 가장 은밀한 형태의 열정인 야망에 탐닉했었을 수도 있었던 그 정신은 결국 화려한 명성을 얻는 데까지는 이르지 못했다.

죽기 얼마 전, 몸의 고통을 진정시켜 주는 한편으로 인간의 좀 더 미묘한 요소에 신비롭게 작용하는 마법적인 약*의 영향하에 누워 있는 동안 그의 곁을 지켰던 사람은 그가 뜻 모를 말을 웅얼거리는 소리를 들었다. "빌리 버드, 빌리 버드"라는 말을. 그 말이 자책이나 후회와 관련된 뉘앙스를 갖고 있지 않았다고 하는 것은 그가 벨리포텐트호의 해병 중대장에게 한 말로 분명해지는 듯하다. 그 중대장은 군법회

* 아편. [원주]

의의 판결을 가장 내키지 않아 했던 사람으로서 그 사람과 함께한 자리에서는 아무것도 모르는 척했지만 빌리 버드가 누구인지 너무나 잘 알고 있었다.

29

빌리의 처형이 집행되고 나서 몇 주가 지났을 때 당시의 한 해군 신문, 곧 정식으로 인가받은 주간지에서는 「지중해 소식」이라는 제목으로 다른 기사들과 아울러 이 사건에 관한 기사를 보도했다. 그 기사는 대체로 좋은 뜻으로 작성된 것이 분명했다. 하지만 기자가 소문만 듣고 쓴 기사를 보도한 그 보도매체는 사실들을 편향되게, 일부는 왜곡시켜 보도하는 역할을 했다. 그 기사 내용은 다음과 같았다.

지난달 10일, 전함 벨리포텐트호 선상에서는 개탄할 만한 사건이 일어났다. 그 배의 선임위병 부사관이었던 존 클래거트는 일반 사병들 사이에서 모종의 음모가 싹트고 있으며, 그 주모자가 윌리엄 버드라는 사병임을 알아챘다. 클래거트가 함장의 면전에서 그 사병을 비난하던 도중, 앙심을 품은 버드가 갑자기 칼집에서 칼을 뽑아 그의 심장을 찔렀다.

그런 행위와 그에 사용된 도구는 그가 비록 영국인의 이름으로 군대에 징집되기는 했지만 실은 영국 성을 차용한 외국인들 중의 하나라는 것을 암시해 주고도 남음이 있다. 우리 군이 처한 특별한 사정 때문에 현재 우리 군에는 상당수의 외국인들이 들어와 있다.

범죄의 잔학성과 범인의 흑심한 악행은 희생자의 사람됨과 특징에 비취 볼 때 한층 더 크게 부각되는 듯하다. 희생자는 존경할 만하고 신중한 중년 남성이자 부사관이었으며, 해군 장교들은 부사관들이 없다면 영국 해군이 제대로 돌아가지 않으리라는 사실을 누구보다 더 잘 알고 있다. 희생자가 생전에 맡고 있었던 역할은 책임만 무거울 뿐 번거로우면서도 남들에게 인정받지 못하는 역할이었다. 그는 강한 애국적 충동을 가진 사람이었기에 그런 역할을 누구보다 더 충실히 이행했다. 오늘날의 다른 많은 예에서와 마찬가지로 이번 사례에서도 이 불운한 사람의 캐릭터는 고故 닥터 존슨의 "애국심은 악당의 마지막 도피처이다"라는 성마른 말을 강력하게 반박해 준다. 굳이 반박하는 게 필요하다면 말이다.

범인은 자신이 지은 죄의 대가를 치렀다. 그 범죄에 대한 신속한 처벌은 유익한 결과를 낳았음이 드러났다. 현재 전함 벨리포텐트호 함상에서는 좋지 않은 어떤 분위기도 감지되지 않고 있으니까.

오래전에 보도되어 지금은 잊힌, 한 잡지에 보도된 이 기사는 이제까지 인류의 기록 속에서 존 클래거트와 빌리 버드가 어떤 유형의 사람들인가를 증언해 주는 유일한 기록에 해당된다.

30

한동안 수병들은 빌리와 관련된 모든 것을 존경하고 떠받들었다. 해군에서 일어난 인상적인 그 사건과 결부된 실체적인 모든 대상은 기념물로 화했다. 수병들은 그 앞돛대 망꾼을 목매달았던 활대를 몇 년 동안 잘 보존했다. 그 사건을 아는 이들은 배에서 해군 공창으로, 해군 공창에서 다시 배로 그것의 자취를 좇았으며, 그것이 마침내 해군 공창에 보관된 아래활대에 불과한 것이 되었을 때도 그것을 보려고 찾아왔다. 그들에게는 그것의 한 조각이 십자가의 한 조각과도 같았다. 그들은 비록 그 비극의 은밀한 진상들에 관해서는 아무것도 몰랐고, 해군 당국의 관점에서는 그런 식의 처벌이 불가피했으리라고 생각하기는 했지만, 그럼에도 빌리가 폭동을 일으킨다거나 고의적으로 누구를 살해할 수 없는 사람이라는 것을 본능적으로 느끼고 있었다. 그들은 그 멋쟁이 선원의 젊고 상큼한 이미지를, 뒤틀린 속내나 비웃음에 의해서도 결코 흉하게 일그러지지 않았던 그 얼굴을 자주 떠올렸다. 빌리가 생전에 맡았던 역할을 대신했던 사람들 중의 하나인 또 다른 앞돛대 망꾼, 일부 수병들처럼 재능 있고, 꾸밈없는 시인의 기질을 지닌 한 수병은 소박한 시어들을 통해 빌리의 천성과 무의식적인 천진함에 대한 벨리포텐트호 수병들의 일반적인 평가를 대변해 줬다. 그는 타르로 얼룩진 손으로 시를 썼으며, 그 시는 한동안 그 배의 수병들 사이에서 떠돌다가 마침내 포츠머스에서 소박한 발라드집으로 출간되었다. 그 제목은 『수병들』이었다.

수갑 찬 빌리

선한 군목은 론베이에 들어와
두 무릎을 꿇고 기도한다
딱 나 빌리 버드 같은 사람들을 위하여.
—하지만 보라, 현창을 통해서 달빛이 새어 들어온다!
그 빛에 이 침침한 골방에서 경비병의 단도와 은장식들이 하얗게 떠오른다.

하지만 빌리의 최후 날 새벽에 그 빛은 스러질 것이다.

내일이면 그들은 나를 볼ball들이 도르래*로 만들어 버릴 것이다.

내가 브리스틀 몰리에게 줬던 귀고리처럼

활대 양 끝에 늘어진 진주 장식물 같은 것으로—

그들은 판결이 아니라 나를 허공에 매달 것이다.

아아, 모든 것은 올라간다. 나 역시도 올라가야 한다,

첫새벽에, 아래에서 위로.

이제 배를 곯지는 않을 것이다.

그들은 내게 한입거리의 먹을 것을 줄 것이다— 내가 가기 전에 약간
의 비스킷을.

분명, 한 전우가 내게 마지막 작별의 잔을 건넬 것이다.

사람들은 감아올리는 기계와 밧줄로부터 고개를 돌리겠지만,

누가 나를 허공으로 끌어 올릴지를 하늘은 안다!

수병들은 아무 노래도 하지 않고 묵묵히 마룻줄만 당길 것이다.

—하지만 그 모든 것은 겉꾸밈에 불과한 것이 아닐까?

눈앞이 흐려진다. 나는 꿈꾸고 있다.

손도끼가 내 밧줄에 떨어질까? 모든 것이 한꺼번에 떠내려갈까?

나직한 북소리가 울릴 때, 빌리는 아무것도 알지 못할까?

하지만 도널드가 널빤지 곁에 서 있어 주겠다고 약속했기에

나는 몸이 뚝 떨어지기 전에 다정하게 손을 흔들어 줄 것이다.

하지만— 아니! 생각해 보니 그때 나는 이미 죽어 있을 것이다.

웨일스 사람 태프의 몸이 떨어졌을 때가 기억난다.

---

* 돛을 활대 양 끝으로 완전히 펼쳐 주는 도구.

그의 뺨은 꽃봉오리처럼 발그레한 분홍빛이었지.

그러나 그들은 내 몸을 해먹으로 묶어서 바다에 던져 버릴 것이다.

바닷속에 깊이깊이 가라앉으면서 나는 한시라도 빨리 잠이 들기를 간절히 바랄 것이다.

이제 잠기운이 조금씩 스며들어 오는 것 같다. 감시병이여, 거기 있는가?

손목을 옥죄는 이 수갑들을 좀 느슨하게 해 주고,

내 몸을 크게 한번 굴려 주오!

졸음이 오고, 내 주위에서는 질척한 해초들이 몸을 뒤틀고 있다.

저주받은 시대,
저주받은 한 작가의 초상

평생에 걸쳐 인간 삶의 비극적인 면들을 통찰하고 이에 관한 다양한 글을 쓴 허먼 멜빌은 에드거 앨런 포, 너새니얼 호손, 월트 휘트먼 등과 더불어 미국 낭만주의 문학을 대표하는 작가이자 미국 문학 중흥기의 토대를 이룬 작가이다.

그는 생전에 동료 작가에게 보내는 편지에서 이렇게 썼다. "이런 생각이 들어요. 제가 제일 쓰고 싶은 글은 금지되고 팔리지 않을 것이라는 예감이. 그런데 다른 식으로는 쓸 수가 없습니다." 그의 글은 다행히 금지되지는 않았지만, 팔리지 않을 것이라는 예감은 맞아떨어졌다. 그의 대표작이자 그가 가장 왕성하게 글을 썼던 시기에 발간된 불후의 명작 『모비 딕』(1851)은 평단으로부터 좋지 않은 평을 들었고, 독자들에게서도 대체로 외면받았으며, 서점에서는 엉뚱하게 수산업 코너로 직행했다고 한다. 고래에 관한 전문서적이라고 여겨서였을까?

그 전에 그가 쓴 해양 소설들은 당대 미국의 모험정신 혹은 개척정신과 잘 맞물려 들어가 꽤 잘 팔린 덕에 작가로서의 첫 출발은 그런대로 괜찮았지만, 그가 '제일 쓰고 싶은 글'을 쓰기 시작한 뒤부터 그는 평단과 독자들에게서 외면받았다. 그리고 그의 그런 글들이야말로 오늘날 가장 높은 평가를 받는 대표작들이기도 하다.

그의 이런 불운은 동시대 프랑스의 '저주받은 시인' 샤를 보들레르의 운명을 떠올려 준다. 그 시대의 일반적인 사조의 틀에서 벗어나 자유분방하고, 창의적이고도 독자적인 정신을 마음껏 표출한 그의 시들은 당대 대중의 취향에 영합하지 않은 죄로 온갖 악평과 비난의 대상이 되었지만, 그 역시 사후에 불세출의 시인으로서 당대의 위대한 시인의 반열에 올랐다.

멜빌과 보들레르의 이런 공통된 운명은 근세의 뛰어난 문예 애호가이자 향유자였고 예술가들의 주요 후원자이기도 했던 귀족 계급이 유럽 각국의 시민혁명으로 몰락하고, 천박한 장사꾼이자 사업가인 부르주아가 사회의 주역으로 부상하면서 비참한 운명으로 전락한 창조적인 예술가들의 처지와 궤를 같이한다고 볼 수 있다. 자본주의가 발전하면서 돈만 아는 싸구려 벼락부자 대중들이 지배하는 사회에서 시대를 초월한 창조적인 정신과 철학적인 깊이를 지닌 예술가들은 설 자리가 없었다. 그리고 이런 이들을 일러서 흔히 '저주받은 시인(작가)'이라고 부른다. 모차르트 같은 천재적인 음악가들의 운명 역시 이런 시인 작가들의 처지와 별반 다르지 않았다.

이렇게 '저주받은 작가'들은 흔히 이성과 합리로 포장된 얄팍한 물질주의적 사고방식에 반기를 들었고 그런 사고방식의 한계를 넘어선 초월적인 세계, 인간 본연의 근원적인 정신세계를 탐구했으며, 따라서 시대의 얄팍한 유행을 추종하는 부르주아 대중들로부터 외면받았다.

우리는 이 책에 등장하는, 멜빌이 '제일 쓰고 싶었던' 글들에서 그러한 탐구의 자취와 자주 맞닥뜨린다.

> 근래 들어 세계 전역에서 야만적인 전제에 대항해 활기차게 일어난 많은 반란이 좌초의 운명을 겪었다. 기관차와 기선이 불러일으킨 수많은 끔찍한 사고들도 역시 활기 넘치는 많은 여행자들의 목숨을 빼앗아 갔다 (나는 그런 사고 중 하나로 친한 친구 하나를 잃었다). 나 자신의 사적인 생활도 압제와 불의의 사고와 사망으로 가득했다.
>
> —「꼬끼오! 혹은 고귀한 수탉 베네벤타노의 노래」의 첫 대목

기차는 근대 산업혁명을 힘차게 밀어 올리는, 문자 그대로 폭주 기관차 역할을 했지만 이 소설의 주인공은 "이 시대의 엄청난 진보라고! 그게 뭔데! 죽음과 살인을 손쉽게 만드는 것을 일러 진보라고 하지! 누가 그렇게 빨리 여행하고 싶어 한단 말인가?"라면서 매도한다. 그리고 그를 회색빛 우울한 삶에서 끌어내 한껏 고양시켜 주는 신비로운 수탉을 찾아 나선다.

「피뢰침 판매인」에서는 물건을 팔아먹기 위해 수단 방법을 가리지 않는 자본주의 산업의 역군이라 할 수 있는 한 외판원을 주인공이 때려서 내쫓는 장면을 보여 준다.

유럽을 따라서 한창 산업 발전에 매진하는 신흥 산업국 미국의 단면은 또 다른 단편 「총각들의 천국과 처녀들의 지옥」에서도 여실히 드러난다. 총각들의 천국은 중세 유럽의 면면한 전통을 이어받고 있는

런던 시 템플 지구에서의 즐거운 식사 장면이 핵심을 이루고 있지만, 처녀들의 지옥은 근대 산업혁명의 한 축을 담당한 제지산업의 끔찍한 단면을 보여 주고 있다.

기계의 동력이 되어 주는 괴물 같은 수차, 처녀들을 폐결핵과 사지 절단의 위험으로 몰아넣는 잔혹한 공정 등이 근대 자본주의 발전기의 음울한 풍자화처럼 우리를 맞아 준다. 제지공장이 자리 잡고 있는 곳의 지명은 '악마의 지하감옥'이요, 그곳의 겨울 기온이 높은 산꼭대기보다 더 낮다는 것은 시사해 주는 바가 크다. 그가 산업혁명의 핵심인 동력 기계를 어떻게 보고 있는가는 '처녀들의 지옥'에 나오는 다음과 같은 대목에서 여실히 드러난다.

그곳에서 인간의 목소리는 완전히 추방당했다. 여기서는 인간 노예들을 거느리고 있다는 것을 뽐내는 기계들이 인간들의 공손한 보살핌을 받으면서 서 있었다. 인간들은 노예가 술탄을 섬기듯이 그렇게 묵묵하고, 비굴한 태도로 기계들을 섬기고 있었다. 처녀들은 기계의 부속품인 톱니바퀴라기보다는 차라리 톱니바퀴의 이 정도에 지나지 않는 것 같았다.

우리는 자본주의의 물질적 정신이 지배하는 당대의 음울한 초상, 그리고 자본의 노예 혹은 또 다른 톱니바퀴의 전형적인 예를 그의 대표적인 걸작 중의 하나인 「바틀비」에서도 목격할 수 있다.

이 작품의 배경을 이루는 월 가의 사무실 풍경이야말로 '처녀들의 지옥' 못지않은 사무원들의 지옥 풍경을 떠올려 준다. 사방이 다른 건물들로 꽉 막힌 감옥 같은 건물의 침침한 빛 속에서 끝없이 법률서류를 베껴야 하는 이들의 어두운 운명이 곧 이 소설의 주인공인 법률서기 바틀비의 운명이다. 그런데 놀랍게도 그는 다른 이들이 위계와 권위, 생존의 필연성에 눌리고 몰려 돈이 시키는 일이면 뭐든지 다 하는 편을 택하는데, 오직 혼자서만 "하지 않는 편을 택하는 것"으로 그런 필연성에 저항한다.

바틀비의 소심하고 소극적인 저항은 저 유명한 "하지 않는 게 좋겠습니다 I would prefer not to"라는 단 한 마디로 선연하게 표출된다. 그리고 자본주의 사회에서 철저히 소외된 인간과 노동의 상징인 그가 이렇게 '하지 않는 편'을 택하고 어떠한 유혹과 타이름, 권유에도 끝끝내 소극적 저항의 자세를 굽히지 않았을 때 그에게 다가온 것은 죽음이었다.

일하지 않으면 살 수 없는 세상에서 어떤 일도 하기를 거부한 이에게 달리 어떤 운명이 찾아오기를 기대할 수 있겠는가. 그래서 멜빌은 바틀비의 운명을 인류 보편의 비극적인 운명에 빗대어 "아, 바틀비여! 아, 인류여!"라는 말로 이 소설을 마감한다.

어떤 이들은 이런 것을 일러 '인간의 근원적 운명'이라고 표현하지만, 나는 돈이 지배하는 시대의 왜곡된 노동 형태를 소극적으로 거부하는 한 시대 인간의 운명이라고 규정하고 싶어진다. 정밀한 톱니바퀴 같은 것들이 끝없이 갈아 내는 도시인의 피곤한 자본주의적 소비 문화의 삶은 멜빌 시대부터 지금까지 여전히 지속되고 있다.

허먼 멜빌의 현대성은 그의 소설 곳곳에서 선연하게 드러나는데, 우리는 그 대표적인 한 대목을 이 책에 수록된, 그의 사후에 출간된 또 다른 걸작 「선원, 빌리 버드」에서도 찾아볼 수 있다.

훗날 오페라로 각색되기도 한 이 소설은 줄거리상으로는 아주 간단한 작품이다. 빌리 버드라는 더없이 잘생기고, 자연의 본원적인 선함을 거의 그대로 타고난 보석 같은 젊은이가 악마의 화신 같은 선임위병 부사관 클래거트의 모함에 걸려 그를 실수로 때려 죽인 뒤 교수형 당하는 이야기. 클래거트의 본성을 설명하는 멜빌의 장황한 이야기의 흐름을 쫓아가다 보면, 결국 우리는 클래거트가 바로 겉으로는 제법 합리적이고 이성적인 사람처럼 보이지만 사실은 더없이 잔혹하고 냉혹한 우리 시대 소시오패스의 한 전형이라는 사실을 깨닫게 된다.

클래거트라는 인간의 본성에 대한 집요한 탐구는 우리에게 멜빌이 인간성과 인간 심리의 다양한 본질을 더없이 깊게 파고들어 간 깊이 있는 작가임을 알게 해 준다.

허먼 멜빌은 시대의 흐름을 정확히 읽고, 그런 흐름 속에서 부침하는 다양한 인간상들을 깊이 있게 천착한 면에서도 뛰어나지만, 다른 한편으로는 표현의 섬세함과 더불어 다양한 상징을 다채롭게 구사하는 면에서도 뛰어난 작가적 재능을 드러냈다. 그런 상징들은 그가 앞으로 본격적으로 표현할 주제들을 암시하는 첫 대목들에서 가장 잘 드러난다. 첫 대목이 소설의 핵심을 암시해 주는 것은 이 책에 수록된 「베니토 세레노」와 「바틀비」를 포함한 거의 모든 소설에서 공통적으로 드러나는 특징이기도 하다.

여기에서 내가 멜빌과 그의 삶의 배경을 이루는 시대와의 깊은 관련성을 강조했다고 해서 그것이 그의 작품들의 깊이를 훼손하는 일이 되지는 않으리라 믿는다. 한 시대를 살아가는 다양한 인간상들을 정밀하게 묘사하는 일이야말로 보편적인 인간상을 표현하는 가장 좋은 방법이 되기도 한다는 점에서 그렇다. 가장 한국적인 것이 가장 보편적인 것이라는 말과도 일맥상통하는 이야기라는 의미에서도 그렇고. 모쪼록 독자들이 다른 시대, 다른 사회에서 살았던 한 뛰어난 작가가 '참으로 쓰고 싶어서 쓴' 작품들을 즐겨 주셨으면 좋겠다.

1819   8월 1일 뉴욕 시에서 앨런 멜빌과 마리아 갠스부트 멜빌 부부 사
이에서 팔 남매 중 셋째로 태어났다. (원래 성은 Melvill이었으나
앨런이 사망한 뒤 성에 마지막 'e' 자를 덧붙였다.) 미국 경제는
불황에서 회복되고 있었지만 멜빌가의 수입 사업 같은 분야들은
여전히 진통을 겪고 있었다. 때문에 재정적으로 불안정해서 앨런
멜빌은 친척들한테서 자주 돈을 빌렸다.

1826   성홍열에 걸려 이후 평생토록 약한 시력을 갖게 된다.

1830   아버지의 사업이 파산하는 바람에 가족이 뉴욕 주 올버니로 이주
한다. 올버니 아카데미에 입학한 뒤 아버지가 사망할 때까지 그

학교에서 지낸다.

1832   아버지가 심한 빚에 몰린 상태에서 사망하자, 식구들을 부양하기
        위해 은행원과 농장 일꾼 등 여러 일자리를 전전한다.

1835   올버니 고전 학교에 입학한 뒤 제임스 페니모어 쿠퍼, 월터 스콧,
        조지 고든 바이런과 아울러 그 밖의 19세기 초기 영국 시인들의
        작품들과 접한다.

1837   매사추세츠 주 피츠필드 근방에 있는 한 학교에서 학생들을 가르
        친다. 가족이 파산 지경에 몰려 올버니에 있는 집을 더 이상 유지
        할 수 없는 처지가 되는 바람에 뉴욕 주 랜싱버러로 이주한다.

1838   이리 운하에서 엔지니어로 일할 생각으로 랜싱버러 아카데미에서
        측량학을 공부했으나 뜻을 이루지 못한다.

1839   《데모크래틱 프레스 앤드 랜싱버러 어드버타이저》지에 「책상물
        림의 단상들Fragments from a Writing Desk」을 2회 연재한다. (이 아마
        추어적인 글은 멜빌이 어떤 이들에게서 문학적인 영향을 받았
        는지를 알려 준다. 이 연재 글들에서 토머스 캠벨의 『희망의 기
        쁨*The Pleasures of Hope*』, 로버트 버턴의 『우울증의 해부*The Anatomy of
        Melancholy*』, 셰익스피어의 『햄릿』, 바이런의 『차일드 해럴드의 순
        례』, 월터 스콧의 『아이반호』, 새뮤얼 테일러 콜리지의 시들과 그
        리스 로마 신화에서 골을 직접 인용하거나 이런 작품들에 대해 언

급한다.) 6월에 뉴욕과 리버풀을 오가는 배에 선원으로 등록한
다.

1840   뉴욕 주 브런스윅에서 대리교사로 일한다. 친구 엘리 제임스 플라
        이와 일리노이 주에 있는 숙부 집 근처에서 일자리를 찾아다닌다.

1841   매사추세츠 주 뉴베드퍼드에서 남태평양으로 떠나는 포경선 어쿠
        시네트호의 선원으로 승선한다. 그 여행 덕에 항해 소설을 쓰자는
        생각을 하게 되었고, 이후 발표할 소설들의 밑바탕이 되는 다양한
        경험을 한다.

1842   마르케사스 제도에서 리처드 T. 그린과 함께 배에서 도망쳐 타이
        피 골짜기의 원주민 마을에서 몇 주간 생활한다. 8월 9일, 오스트
        레일리아 포경선에 탄다. 타히티 섬에 도착한 뒤 다른 몇 명의 선
        원들과 함께 일등 항해사의 명령에 따르기를 거부하여 항명죄로
        가벼운 구금 상태에 처해진다. 그 배의 선의와 친해져, 두 사람이
        함께 타히티 제도를 샅샅이 훑고 돌아다니는 '백인 부랑자들'이
        된다. 그 섬들에서 원주민 마을들, 가톨릭 및 개신교 선교사들과
        맞닥뜨린다.

1843   당시 사람들이 샌드위치 제도라고 부른 하와이 제도의 라하이나
        (마우이) 섬과 호놀룰루에서 넉 달을 보낸다. 8월에 미 해군 수병
        으로 입대한 뒤 고국으로 돌아온다.

1844   뉴욕으로 돌아온 뒤 자신의 모험들에 관한 글을 쓰기 시작한다.

1846   형 갠스부트의 도움을 받아 마르케사스 제도에서 원주민들과 함께 생활했던 내용을 다룬 첫 책 『타이피 : 폴리네시아인들의 생활상 엿보기 Typee: A Peep at Polynesian Life』를 출간한다. 시인 월트 휘트먼이 그 소설을 읽고 《브루클린 이글》지에 "기이하고 우아하고, 아주 재미있는 책"이라고 평한다.

1847   여행기이자 태평양 여러 섬들의 원주민들과 어울렸던 체험담을 다룬 『오무 : 남태평양에서의 모험기 Omoo: A Narrative of Adventures in the South Seas』를 출간한다. 『타이피』와 『오무』 둘 다 큰 성공을 거둔다. 《문학 세계》지의 편집장 에버트 다이킨크와 친하게 지내기 시작한다. (다음 몇 년 동안 다이킨크를 통해 윌리엄 쿨렌 브라이언트, 바야르드 타일롯, N. P. 윌리스와, 아마 워싱턴 어빙과 에드거 앨런 포를 비롯한 뉴욕 문학계의 다른 작가들과 교류하게 된 것으로 보인다.) 8월에 집안의 지인이자 매사추세츠 주 대법원장 레뮤얼 쇼의 딸 엘리자베스 쇼와 결혼한다. 워싱턴에서 관직을 얻으려고 했으나 실패한 뒤 엘리자베스와 함께 뉴욕 시에 정착한다. 다음 몇 년간 《문학 세계》지에, 그리고 영국의 《펀치》지를 모델로 한 풍자 잡지 《양키 두들》에 글을 쓴다.

1849   첫아이 맬컴이 태어난다. 『마디 : 그리고 저편으로의 항해 Mardi: And a Voyage Thither』를 출간하다. 이 소설은 폴리네시아 모험으로 시작되나 불운한 상징적인 추구의 형태를 띤 소설이 되었으며, 평단

과 독자들로부터 좋은 평을 얻지 못한다. 『레드번 : 그의 첫 여행 *Redburn: His First Voyage*』으로, 좀 더 성공적인 초기의 스토리텔링 방식으로 돌아가려고 시도하지만, 심각한 태도와 아울러 우울증이 점점 심해진다.

1850   『화이트 재킷*White-Jacket; or, The World in a Man-of-War*』의 출간을 계기로 또다시 과거의 독자층을 확보해 보려고 시도하지만 실패한다. 매사추세츠 피츠필드 근방에 있는 농장인 애로헤드를 구입한다. 너새니얼 호손이 가까운 레녹스에 살고 있어서 지속적으로 교류하며 강한 우정을 쌓아 나간다.

1851   『모비 딕*Moby-Dick; or, The Whale*』을 출간하나 별다른 반응을 얻지 못한다. 둘째 아들 스탠윅스가 태어난다.

1852   음울한 소설 『피에르*Pierre: or, The Ambiguities*』를 출간하지만 이번에도 역시 비평가들과 독자들의 외면을 받는다.

1853   딸 엘리자베스가 태어난다. 그가 거래하던 출판사 하퍼 앤드 브라더스에 불이 나서 멜빌의 책들이 모조리 소실된다. 수요가 별로 없어서 그 책들은 재출간되지 않는다. 《월간 푸트넘》지와 《신월간 하퍼》지에 글을 쓴다.

1855   미국 독립전쟁에 관한 소설 『이즈리얼 포터*Israel Potter: His Fifty Years of Exile*』를 출간한다. 둘째 딸 프랜시스가 태어난다.

1856	「바틀비」(1853), 「마법의 섬Encantadas」(1854), 「베니토 세레노」(1855) 등을 수록한 중단편집 『광장 이야기The Piazza Tales』를 출간한다. (표제작 「광장」을 제외한 나머지 모든 이야기는《월간 푸트넘》에서 발표되었다.) 이 책은 멜빌 생전에 출간된 유일한 중단편집으로 남는다.

1856~57   지난 몇 년 동안 낸 소설들에 대한 평이 좋지 않아 육체적, 정서적
으로 타격을 받고 유럽과 중동으로 휴가 여행을 떠난다. 로마, 나
폴리, 시리아, 살로니카, 예루살렘, 야파, 베이루트, 아테네, 알렉
산드리아, 카이로 등을 방문한다.

1857   미국 물질주의를 풍자한 블랙 코미디 『사기꾼The Confidence-Man: His
Masquerade』을 출간한다.

1857~60   강연으로 생계비를 벌려고 시도한다. 시를 쓰기 시작하지만 첫 시
집을 출간해 줄 출판사를 찾지 못한다. 1860년에 여행도 하고 건
강도 회복할 겸 배를 타고 샌프란시스코로 가지만 불쾌한 시간만
보낸 뒤 파나마를 통해 뉴욕에 있는 집으로 돌아온다.

1861   에이브러햄 링컨 대통령을 만난다. 4년간에 걸친 남북전쟁이 시
작된다. (멜빌의 이 시기 시들에서는 분열된 나라와 전쟁에 대한
생각들이 뚜렷이 드러나 있다. 일부 시들에서는 승리한 북부가 부
패할지도 모른다는 염세적 두려움이 드러나 있으며, 또 다른 시들
에서는 인간의 고통과 상실에 대한 연민이 깔려 있다.)

1863	가족과 함께 피츠필드에서 뉴욕 시로 이주한다.
1866	연작시집 『전쟁물과 전쟁의 여러 측면Battle-Pieces and Aspects of the War』 을 출간한다. 뉴욕 항에서 세관 검사관으로 일하기 시작한다.
1867	큰아들 맬컴이 자신의 총에 맞아 중상을 입은 끝에 사망한다. 우 발적인 사고인지 자살인지는 분명하지 않다.
1876	숙부의 재정적인 후원에 힘입어 종교적 회의의 문제를 다룬 장시 『클래럴Clarel: A Poem and Pilgrimage in the Holy Land』을 출간한다.
1885	세관 검사관을 그만둔다.
1886	둘째 아들 스탠윅스가 폐결핵으로 샌프란시스코의 한 병원에서 사망한다.
1888	시집 『존 마와 다른 선원들John Marr and Other Sailors』을 출간한다. 버 뮤다로 짧은 여행을 다녀온다.
1891~	시집 『티몰리언Timoleon』을 출간한다. 같은 해 9월 28일, 뉴욕 시에 서 심장마비로 사망한다. 1920년 무렵부터 비평가들이 멜빌의 작품들을 재조명하면서 멜 빌의 소설들이 다시 유행하기 시작하며 1924년, 유고작 『선원, 빌 리 버드』가 출간된다.

세계문학 단편선을 펴내며

  세상의 모든 이야기는 단편으로 시작되었다. 성서와 그리스 신화를 비롯해 인류의 많은 신화와 설화는 단편의 형식으로 사물의 기원, 제도와 금기의 탄생, 운명이라는 이름의 삶의 보편적 형식을 설명했다.

  〈세계문학 단편선〉은 모든 산문의 형식 중 가장 응축적이고 예술성이 높은 단편소설에 포커스를 맞추어 세계문학을 바라보는 새로운 관점을 제시하고자 한다. 단편소설을 언급할 때 빼놓을 수 없는 작가들의 작품들은 물론이고, 한두 편의 장편소설로만 우리에게 알려진 세계적 작가들이 남긴 주옥같은 단편들을 통해 대가의 진면모를 총체적으로 바라볼 수 있게 할 것이다. 또한 우리에게 문학의 변방으로 여겨져 왔던 나라들의 대표적 단편 작가들도 활발히 소개할 것이며 이미 순문학과의 경계가 불분명해진 장르문학의 형성과 발전에 크게 기여한 작가들의 작품 역시 새롭게 조명해 나갈 것이다.

  에드거 앨런 포는 문학작품은 독자가 앉은자리에서 다 읽을 수 있을 정도로 짧아야 한다고 했다. 바쁜 일상의 삶을 사는 현대인들에게 〈세계문학 단편선〉은 삶과 사회, 나아가 세계를 바라볼 수 있게 하는 더할 나위 없이 좋은 친구가 될 것이라 확신한다.

  21세기인 현재에 이르기까지 단편소설은 그리스 신화가 그러했듯이 삶의 불변하는 조건들을 응축된 예술적 형식으로 꾸준히 생산해 왔다. 그리고 새로운 문학적 기법과 실험적 시도를 통해 단편소설은 현재도 계속 진화, 확장되고 있다. 작가의 치열한 예술적 열정이 가장 뜨겁게 반영된 다양한 개성으로 빛나는 정교한 단편들을 통해 문학의 진정한 존재 이유를 독자들이 느낄 수 있기를 소망하며 이번 〈세계문학 단편선〉을 펴낸다.

현대문학 편집부

H 세계문학 단편선

01

단편소설이라는 장르에 새로운 바람을 불어넣은
20세기 문학계 최고의 스타

어니스트 헤밍웨이
킬리만자로의 눈 외 31편

하창수 옮김 | 548면 | 값 15,000원

02

문학의 존재 이유, 그리고 문학의 숭고함을 역설하는
20세기 세계문학의 거인

윌리엄 포크너
에밀리에게 바치는 한 송이 장미 외 11편

하창수 옮김 | 460면 | 값 14,000원

03

독일 문화가 제시할 수 있는 최고의 경지를 보여 준
세계문학의 대표자

토마스 만
베네치아에서의 죽음 외 11편

박종대 옮김 | 432면 | 값 14,000원

04

탐정소설을 문학으로 승화시킨
하드보일드 학파의 창시자

대실 해밋
중국 여인들의 죽음 외 8편

변용란 옮김 | 620면 | 값 16,000원

05

'광란의 20년대'를 배경으로 한
포복절도할 브로드웨이 단편들

데이먼 러니언
세라 브라운 양 이야기 외 24편

권영주 옮김 | 440면 | 값 14,000원

06

SF의 창시자이자 SF 최고의 작가로 첫손에 꼽히는
낙관적 과학 정신의 대변자

허버트 조지 웰스
눈먼 자들의 나라 외 32편

최용준 옮김 | 656면 | 값 16,000원

07

에드거 앨런 포를 계승한
20세기 공포문학의 제왕

하워드 필립스 러브크래프트
크툴루의 부름 외 12편

김지현 옮김 | 380면 | 값 12,000원

08

현대 단편소설의 문법을 완성시킨
단편소설의 대명사

오 헨리
휘멘의 지침서 외 55편

고정아 옮김 | 652면 | 값 16,000원

09

근대 단편소설의 창시자이자
세계 단편소설 역사에 우뚝 솟은 거대한 봉우리

기 드 모파상
비곗덩어리 외 62편

최정수 옮김 | 808면 | 값 17,000원

10

앨프리드 히치콕의 영원한 뮤즈,
20세기 서스펜스의 여제

대프니 듀 모리에
지금 쳐다보지 마 외 8편

이상원 옮김 | 380면 | 값 12,000원

11

터키 현대 단편소설사에 전환점을 찍은
스스로가 새로운 문학의 뿌리가 된 선구자

사이트 파이크 아바스야느크
세상을 사고 싶은 남자 외 38편

이난아 옮김 | 424면 | 값 13,000원

12

영원불멸의 역설가, 그로테스크의 천재
20세기 문학사의 가장 독창적이고 예언적인 목소리

플래너리 오코너
오르는 것은 모두 한데 모인다 외 30편

고정아 옮김 | 756면 | 값 17,000원

13
현대 공포소설의 방법론을 확립한
20세기 최초의 공포소설가

몬터규 로즈 제임스
호각을 불면 내가 찾아가겠네, 그대여 외 32편

조호근 옮김 | 676면 | 값 16,000원

14
영국 단편소설의 전통을 세운
최고의 이야기꾼, 언어의 창조자

로버트 루이스 스티븐슨
지킬 박사와 하이드 씨의 기이한 사례 외 7편

이종인 옮김 | 504면 | 값 14,000원

15
현대 단편소설의 계보를 잇는 이야기의 대가
인간 생활의 가장 기민한 관찰자

윌리엄 트레버
그 시절의 연인들 외 22편

이선혜 옮김 | 616면 | 값 16,000원

16
인간의 무의식을 날카롭게 통찰한
미국 문학사상 가장 대중적인 작가

잭 런던
들길을 가는 사내에게 건배 외 24편

고정아 옮김 | 552면 | 값 15,000원

17
문명의 아이러니를 신화적 상상력으로 풍자한
고독한 상징주의자

허먼 멜빌
선원, 빌리 버드 외 6편

김훈 옮김 | 476면 | 값 14,000원

18
지구의 한 작은 점에서 영원한 우주를 꿈꾼
환상문학계의 음유시인

레이 브래드버리
태양의 황금 사과 외 31편

조호근 옮김 | 556면 | 값 15,000원

19
우울한 대공황 시절 '월터 미티 신드롬'을 일으킨
20세기 미국 최고의 유머 작가

제임스 서버
윈십 부부의 결별 외 35편

오세원 옮김 | 384면 | 값 12,000원

20
차별과 억압에 블루스로 저항하며
흑인 문학의 새로운 전통을 수립한 민중의 작가

랭스턴 휴스
내가 연주하는 블루스 외 40편

오세원 옮김 | 440면 | 값 14,000원

21
개인적인 체험을 바탕으로
인류 구원과 공생을 역설하는 세계적 작가

오에 겐자부로
사육 외 22편

박승애 옮김 | 776면 | 값 18,000원

22
탐정소설을 오락물에서 문학의 자리로 끌어올린
하드보일드 문체의 마스터

레이먼드 챈들러
밀고자 외 8편

승영조 옮김 | 600면 | 값 16,000원

23
부조리와 위선으로 가득 찬 인간에 대한 풍자와 위트로
반전을 선사하는 단편의 거장

사키
스레드니 바슈타르 외 70편

김석희 옮김 | 608면 | 값 16,000원

24
'20세기'라는 장르의 거장,
실존의 역설과 변이에 대한 최고의 기록자

그레이엄 그린
정원 아래서 외 52편

서창렬 옮김 | 964면 | 값 20,000원

25

병리학적인 현대 문명의 예언자,
문체와 형식의 우아한 선지자

제임스 그레이엄 밸러드

시간의 목소리 외 24편

조호근 옮김 | 724면 | 값 17,000원

26

원시적 상상력으로 힘차게 박동 치는 삶을
독창적인 언어로 창조해 낸 천재 이야기꾼

조지프 러디어드 키플링

왕이 되려 한 남자 외 24편

이종인 옮김 | 704면 | 값 17,000원

27

미국 재즈 시대의 유능한 이야기꾼,
영원한 젊음의 표상

프랜시스 스콧 피츠제럴드 1

벤저민 버튼에게 일어난 기이한 현상 외 13편

하창수 옮김 | 640면 | 값 16,000원

28

20세기 초 미국 '잃어버린 세대'의 대변자,
사랑과 상실, 인생의 허무를 노래한 낭만적 이상주의자

프랜시스 스콧 피츠제럴드 2

바빌론에 다시 갔다 외 15편

하창수 옮김 | 576면 | 값 15,000원

29

풍자와 유머, 인간미 넘치는 서정으로
야생적인 자연 풍광과 정감 어린 인물을 그린 인상주의자

알퐁스 도데

아를의 여인 외 24편

임희근 옮김 | 356면 | 값 13,000원

30

아름답게 직조된 이야기에 시대의 어둠과
개인의 불행을 담아낸 미국 단편소설의 여왕

캐서린 앤 포터

오랜 죽음의 운명 외 19편

김지현 옮김 | 864면 | 값 19,000원

31

무한한 의식의 세계를 언어로 형상화한
모더니즘 문학의 선구

헨리 제임스

나사의 회전 외 7편

이종인 옮김 | 660면 | 값 16,000원

32

백인 남성이 지배하는 시대에 펜으로 맞선
탈식민주의와 페미니즘 문학의 선구자

진 리스

한잠 자고 나면 괜찮을 거예요, 부인 외 50편

정소영 옮김 | 600면 | 값 16,000원

33

상류사회의 허식을 우아하게 비트는
영국 유머의 표상

펠럼 그렌빌 우드하우스

편집자는 후회한다 외 38편

김승욱 옮김 | 1,172면 | 값 23,000원

34

미국 남부 사회의 풍경에 유머와 신화적 상상력을 더해
비극적 서사로 승화시킨 탁월한 이야기꾼

유도라 웰티

내가 우체국에서 사는 이유 외 31편

정소영 옮김 | 844면 | 값 19,000원

35

경이로운 상상의 세계를 발명한
라틴아메리카 환상문학의 심장

아돌포 비오이 카사레스

눈의 위증 외 13편

송병선 옮김 | 492면 | 값 15,000원

36

일상의 공포를 엔터테인먼트 영역으로 확장시킨
20세기 호러 문학의 위대한 선구자

리처드 매시슨

2만 피트 상공의 악몽 외 32편

최필원 옮김 | 644면 | 값 17,000원

37

끝나지 않은 불안의 꿈을 극도의 예민함으로 현실에 투영한,
시대를 앞선 실존주의 문학의 선구자

프란츠 카프카

변신 외 77편

박병덕 옮김 | 840면 | 값 19,000원

38

광활한 우주의 끝, 고독과 슬픔의 별에서도
인류의 잠재력과 선한 의지를 믿었던 위대한 낙관주의자

시어도어 스터전

황금 나선 외 12편

박중서 옮김 | 792면 | 값 19,000원

39

독보적인 스토리텔링으로 빅토리아 시대를
사로잡은 영국적 미스터리의 시초

윌키 콜린스

꿈속의 여인 외 9편

박산호 옮김 | 564면 | 값 16,000원

40

현존하는 거의 모든 SF 장르의 도서관
우주의 불가해 속 인간 존재를 탐험했던 미래의 철학자

스타니스와프 렘

미래학 학회 외 14편

이지원·정보라 옮김 | 660면 | 값 17,000원

허먼 멜빌

초판 1쇄 펴낸날 2015년 6월 10일
초판 4쇄 펴낸날 2022년 6월 23일

지은이 허먼 멜빌
옮긴이 김훈
펴낸이 김영정

펴낸곳 (주)현대문학
등록번호 제1-452호
주소 06532 서울시 서초구 신반포로 321(잠원동, 미래엔)
전화 02-2017-0280
팩스 02-516-5433
홈페이지 www.hdmh.co.kr

ⓒ 2015, 현대문학

ISBN 978-89-7275-722-1 04840
세트 978-89-7275-672-9